蓝莓爱芝士 著

此生不负你情深

上册

贵州出版集团
贵州人民出版社

图书在版编目（CIP）数据

此生不负你情深：全二册 / 蓝莓爱芝士著． -- 贵阳：贵州人民出版社，2023.1
　ISBN 978-7-221-17377-5

Ⅰ．①此… Ⅱ．①蓝… Ⅲ．①长篇小说－中国－当代 Ⅳ．① I247.5

中国版本图书馆 CIP 数据核字（2022）第 199239 号

此生不负你情深：全二册

CISHENG BUFU NI QINGSHEN：QUAN ER CE

蓝莓爱芝士 / 著

责任编辑	陈　章
装帧设计	赵银翠
出版发行	贵州出版集团　贵州人民出版社
地　　址	贵阳市观山湖区会展东路 SOHO 办公区 A 座
邮　　编	550081
印　　刷	大厂回族自治县德诚印务有限公司
开　　本	620mm×889mm　1/16
印　　张	38
字　　数	636 千字
版次印次	2023 年 1 月第 1 版　2023 年 1 月第 1 次印刷
书　　号	ISBN 978-7-221-17377-5
定　　价	69.00 元（全二册）

目  录 (上)

此 生 不 负 你 情 深

第一章：华家五小姐 _001

第二章：协议婚姻 _015

第三章：结婚证 _030

第四章：一笙有你 _045

第五章：世界级的古董鉴定大师 _062

第六章：江城民族大学 _075

第七章：遗　嘱 _090

第八章：生　日 _104

第九章：鉴定古玩 _119

第十章：才艺比拼 _133

第十一章：战　帖 _148

第十二章：大满贯 _162

第十三章：每月一次 _176

此　　生　　不　　负　　你　　情　　深

第十四章：后来的我们 _190

第十五章：鑫盛药业 _204

第十六章：私下和解 _217

第十七章：案 子 _230

第十八章：赝 品 _245

第十九章：阵 仗 _259

第二十章：红豆手链 _273

第二十一章：指桑骂槐 _286

华家五小姐

江城，初夏，盛世皇朝七星级酒店牡丹厅。

数千宾客刚刚目睹了一场尴尬的闹剧，原本华、谢两大家族联姻是名动全城的大喜事，而新郎谢东阳却逃了，没有出席婚宴。

这也就算了，偏偏在新娘登场的时候，大屏幕上突然放了一段新闻，正是谢东阳昨晚留宿三线女星公寓、清晨缠绵的一幕。

顿时震撼全场，主东家谢家人颜面尽失，方寸大乱，不知道该如何收场。

而台上穿着洁白婚纱，头上盖着白纱的新娘，也沦为了全城的笑柄。

贵宾席上，华夫人坐不住了，一脸愁容："老公，这可怎么办是好？"

华董事长面色阴沉。说实话，这种事情，他也没经历过，婚姻岂是儿戏？

东华、西王、南谢、北江，这是江城最有名望的四大家族，这种恶作剧的后果不是谢东阳能轻易承担起的。他也不知道，那谢家老二，怎么忽然就逃了。

亏得他们华家为了这次联姻，特意从钟翠山将十多年没回家的小五接回来，可是谁能料到，会发生这等丑事。

这时，谢家家主赶紧走过来，拍拍华镇岳的肩膀。

"老华，这件事是我们谢家不对，您看婚礼能不能先延后……待我将老二抓回来，再给你们一个满意的交代。"

华镇岳刚要开口，就看见台上的新娘子发声了……

华笙手持话筒，隔着白纱淡定扫过全场。

把目光锁定在第一排贵宾席上——那个低着头一直玩手机的男人。

就他吧……

她手持话筒轻声开口:"第一排第四张桌子,穿黑色西装低头玩手机的那位先生,打扰一下。"

江流眼皮一跳——低着头玩手机……莫非说的是他?

他抬起头望着台上穿着婚纱的女子,有些惊讶……

华家一共有五女,前四个他都见过,唯独小五,听说自小就跟着奶奶上了钟翠山吃斋念佛,三天前才接回来。

但是传闻说这个五小姐貌丑口吃拿不出手,可刚才听她说话,也不太像……

见男人抬起头,华笙继续道:"今天临时出了状况,始料未及,但是大家来赴宴的心情我不想破坏,所以我有个不情之请,这位先生您是否有胆子上台来,做我的临时新郎,和我一起完成这桩婚礼?"

此言一出,全场嘘声一片。

这难道是要抓个临时替补的新郎?听说过演员替补,球员替补,第一次听说新郎还有替补的。

谢家和华家人全部都惊得说不出话来,谁能想到这女人会这般胡闹?

江流也是微微一惊,替补新郎?还问他敢不敢?激将法?

本来就觉得这是一个特别狗血的事,可是腿脚偏偏不听使唤地起身朝着台上走去。

其实江流很好奇,接下来,这个女人还要做什么?这年头敢做这么出格事情的人不多了,尤其是这种有头有脸的名门千金。

尘封已久的心,终于再一次被勾起了兴趣……

儿子的反常,急得一旁的江夫人直跺脚。

"江流,你给我回来!"

江夫人的话,显然未能阻止儿子前进的脚步。

他着实被这华家小五勾起了好奇心。

相传,华家五小姐,自幼跟着华家老夫人去了钟翠山居住,样貌丑陋,是个口吃。可是刚刚听她说话,流利得很,难道传言有误?

带着好奇心和浓厚的兴趣,江流不紧不慢地走上台。

全场宾客始料未及这一幕,各个瞠目结舌。

倒是那五小姐又开口。

"牧师,婚礼可以继续了。"

近距离听着,才发现她的声音很清脆悦耳,怎么都不会认为这是一个貌丑口吃的女人。

"这……"牧师本是受谢家之邀,如今听新娘开口,也是一时间不知道如何办才好。

"听她的,请继续。"江流朝着"证婚人"笑了笑。

"先生贵姓?"显然牧师不知道这个临时替补新郎的身份。

"姓江,单名一个流字。"这男人也是洒脱干脆。这一句话听着好像没什么,台下却再次一片哗然……

江流?这个城市应该没有人不知道这个名字吧?

身为四大家族之首的江家,已经富贵百年,江家代代都是一脉单传,到了江流这一代,依旧只有这么一个男丁继承家业。

要问江家多有钱?多有势?

这么说吧,其他三大家族加一起,也未必是江家的对手。

如今联盟商会会长的位置,也正是江流的父亲江祖文。

所以,当大家听到这个临时上场的男人是江流时,只觉得不可思议。

不过新娘似乎很淡定……

牧师也是怕尴尬,只得按照要求,读着手中的婚书。

"江流先生,请问您愿意娶眼前这个貌美如花的女子为妻吗?不管贫穷、疾病,生老病死,一生一世都将不离不弃?"

江流犹豫了两秒钟,淡然开口:"可以。"

"这孩子……怎么这般胡闹……"台下的江夫人看见儿子上台突然跟人结婚,只觉得脑子里的血一个劲儿地往上冲,顿时血压增高了不少。

谢家人虽然觉得荒诞狗血,但他们家理亏,所以自然不敢出声。

毕竟是他们家二公子逃婚在先,大屏幕上又有甜蜜的视频,好好的两家联姻,就变成了这样一出闹剧。

牧师又看了看白色面纱下的新娘一眼,问道:"华笙小姐,请问你愿意嫁给眼前这个男人,让他成为您的丈夫吗?不管以后荣华富贵还是一贫如洗,您都愿意跟着他,在他身边一生相随?"

新娘几乎是秒回。

"愿意。"

"好,那我宣布,今日,江流先生与华笙小姐结为夫妻,从此夫妻比翼双飞,举案齐眉,让我们在场的亲朋与好友为他们鼓掌祝福。"

三秒钟后,全场响起了并不热烈的掌声。很简单,大家似乎还对这场意外无法适应。

"老爷,这……这……"华夫人也没想到事情会演变成这个地步,简直都不知要说什么好。

倒是华老爷,毕竟是见过大场面的人,反而一脸淡定,低声安抚夫人。

"我们也不亏,嫁给江流,比嫁给谢老二要好很多,谢老二不过是一个纨绔子弟,败家子。

"江家可不一样,江家就这么一个男丁,以后江流是要继承大业的,这笔买卖,我们华家赚了。"

身为一个父亲,在女儿大婚之日,关心的不是女儿今后的幸福,而是这笔买卖亏与赚,这样的父亲确实未免太势利了点,但,这就是名门。

这时,台上又响起牧师的声音:"下面让我们再次用热烈的掌声请新娘和新郎来一个幸福的拥吻作为他们爱的见证。"

虽然已经有了心理准备,但,江流此刻还是有了那么一丝丝紧张……

这是他二十多年来,第一次和女生亲密接吻,没错,是BOSS江的初吻。

江流正犹豫着该怎么办的时候,只见对面穿着婚纱的女子,主动朝着他走了几步,然后单手掀起自己的头纱,对着他的唇瓣在众人的惊叹下,轻轻一吻……

再然后,整个世界都安静了。

连江流自己也是始料未及,他就这么被一个女人给亲了?

甚至都没尝到那是什么滋味,人家就离开了,像是完成任务一般,然后再次顺势放下头纱,让许多没反应过来的人,都没看清楚她的长相。

就这样,这场闹剧在一次次的意外中,终于结束。

新娘在女佣的搀扶下进了化妆间换衣服。新郎也紧跟其后,却在化妆间门口被拦住。

"先生请留步。"女佣说。

"我有话要跟她说。"江流开口。

"稍等一下,我们小姐正在换衣服。"

江流只得耐住性子。大约等了五分钟的样子,化妆间门从里面打开:"里面请。"

江流大步流星走进去,才发现这是一个很宽敞的套房,此时此刻,那个冷静无比、冰雪聪明,特别会给自己解围的新娘已经换下白色的婚纱,换上了一身颇为素雅的红色礼服端坐在椅子上,他这个角度看到的只是一张侧脸。

他再想往前迈几步，就听那新娘开口。

"今天的事情谢谢了。"

"呵，光一句谢谢就可以了吗？我好像是帮了你很大的忙。"

今天若是没有江流解围，华家注定成为全城的笑话。

虽然身为四大家族的华家如今已经落魄，没有了往日的辉煌。但，不代表尊严任人践踏……

所以，江流确实帮了她很大的忙，这是事实。

"我明白，回头我会送一件贵重礼物到府上表示感谢，感谢今日江少出手解围，我华笙谨记在心，他日若是有需要我的地方，定然义不容辞，江少觉得可好？"

华笙的声音很好听，越听越顺耳。

不做作，不矫情，甚至隐隐约约能听到骨子里有那么一点点的傲骨……

最让江流感兴趣的是，这个华家五小姐说话文绉绉的，有点像古代大家闺秀的意思，这在现代是很少见的。

所以他更是突然来了兴致："哦？那我们俩呢，今天就白折腾这么一场了？别忘了，刚刚在千人的喜宴上，我们俩可是发誓要跟对方一生一世在一起的。"

"事出情急，不得不出此下策，江少聪慧过人，该知道，这本就是一场形式上的婚礼而已，并没有任何法律效力，等这件事平息后，我们华家会主动申请离婚，到时候就说是我性格怪异，不配做江家的媳妇，绝不坏江少名声，可好？"

每次她说"可好"的时候，江流都觉得心头有什么东西，缓缓流过……

那种感觉很神奇，而且这个距离看着那姑娘的侧脸，他总觉得，那会是一个极好看的美人，虽然他从不是颜控，但，就是有这样一种直觉。

江流听完，玩味一笑："还说不破坏我名声，我一个大好青年，就这么被你折腾得结婚离婚，一下子变成二婚男，这损失，谁来承担？"

"我说过，会送江少一件贵重礼物弥补，决不食言。"她的口气带着点冷清。

"哦？所以你觉得……我家很缺钱？"江流低声笑问。

一句话问得华笙彻底没了声音。

江家缺钱吗？当然不！江家的钱几辈子都花不完。

江家如今正春秋鼎盛，是其他三大家族都要仰望的存在。相传江夫人手腕上一个玉镯，都是价值几千万的极品。所以，华笙承诺的贵重礼物，江流并不感兴趣。

她忽然有些后悔，为什么刚刚要跟这个男人做这笔交易。大不了就是丢人而已，为什么要逞强？听口气，这男人似乎没那么好打发，果然啊！

"五小姐怎么不说话？"他一句话给人家姑娘怼没了词，还问人家怎么不说话，这腹黑的程度，真是让人望尘莫及。

不过华笙还是很淡定。

"那江少想要什么谢礼？"

"要什么你就给什么吗？"江流觉得，这件事越来越有趣了。

"我还没那么大口气，不过只要我能给得起，我愿意一试。"华笙也是干脆，不想浪费时间跟这男人多费口舌。

"我觉得……我现在缺的……是一个妻子。"

这话说完，华笙身子一震，隐隐约约觉得有什么不好的事情发生。

果然，江流继续说道："我今年也二十有七，一直没有花边新闻，外面曾有八卦媒体怀疑我性取向，这对我的个人名誉造成了一点点伤害，所以我需要一个妻子来维护我的名声，打破谣言。

"而你也知道，我江家的媳妇势必不能是普通百姓，五小姐出自华家，我们两家又是世交，我觉得不如就将错就错，让我们这段婚姻继续维持下去，你觉得可好？"

可恶的是，最后一句"可好"，仿的是华笙的语气。

这男人分明是故意的，但她又没办法翻脸，毕竟人家刚帮了她。

华笙微微叹息一声："多谢江少赏识，但我华笙人微言轻，没那个好命，更自认没本事做好江家的少夫人，所以还是算了吧。"

"我说你有你就有。"男人似乎认准了一般。

"江少如此优秀，要找妻子岂不是多得是人选？满城权贵又不是只有我华家有女，又何必强人所难？"

瞧瞧，连"强人所难"这个词都说出来了，可见人家姑娘多不愿意。

江流不但不生气，反而哈哈一笑："五小姐这意思是想过河拆桥？"

"不敢。"

"五小姐说我强人所难，那刚刚在婚宴上，五小姐为难我的时候，怎么不想想我的心情？"江流挑了挑眉毛。

华笙："……"

好吧，她错了，刚刚就不该那么胡乱一指。

前排坐着那么多人，为何要指上了江家这个祖宗。这太子爷的身份有多重要，她是知道的。而她从来都没那个野心。

这不是给自己找麻烦吗？现在看这意思，好像想甩都甩不掉了。

华笙深吸一口气，轻轻闭上眼睛："所以，江流，你到底想怎样？"

一声江流，将她的本性暴露，她就不是看着那么病娇的千金小姐，倒是像那种会隐藏爪子的小野猫。

江流偏着头，靠在房间的圆柱子上，懒洋洋地说道："很简单，我不想被人平白无故亲了，占了便宜，还不负责。"

华笙微微脸红，刚那一吻，也是她的初吻好不？！但是那种情况下，那么多人看着，还能跑掉吗？

哪知道这男人如此记仇，接个吻，就要负责？

"江少，那是无奈之举，你若是觉得亏了，你可以还回来。"华笙忍着怒火解释。

"还回来？你的意思让我主动亲你？想得美。"

华笙："……"

这世界上怎么会有如此不要脸的男人？典型的得了便宜还要卖乖，可人家说得也在理，所以你也挑不出什么，只得忍气吞声。

看小野猫又生气了，江流继续开口："我知道你们华家目前经济危机，需要大笔资金周转，要不然也不会这么着急跟谢家联姻，既然谢家能给的，我们江家也一样能给。

"华笙，跟我结婚不亏，我不敢说我多优秀，但我绝对比谢老二强。"

"你愿意为我华家解围？"这倒是让华笙有些惊讶，她自小离开家，跟父母、姐姐们关系都很淡薄，但是她跟奶奶感情很好，如今华家危机，奶奶也是一脸愁容。本就身体不好的华家老太太如今还犯病进了医院。若非如此，华笙也不会牺牲自己来成全家族，她可没那么伟大。

江流点了点头。

"那你有什么条件？"华笙问他。

"和我做夫妻，坐实了这场闹剧，将错就错，弄假成真。"江流说得干脆。

"做多久？"华笙这么一问，倒是把江流给问住了。

要说做多久，这问题他还真的没想过。不过为了让华笙放心，他还是给了一个期限。

"最多三年，三年后若是你不愿意留在我江家，我还你自由。"

"口说无凭。"华笙不依不饶。

"我们可以立字据，不过要保密，不能被第三个人知道。"江流给出附加条件。

又是沉默五秒，最终，华笙妥协。

"成交。"

看华笙最终同意，江流不知道怎么，心里居然有一种直觉——这小姑娘会是个很有趣的人，只怕三年后，他们会有更深的纠缠。

"那么……余生请多指教了。"江流这句话是半开玩笑。

华笙起身，将脸转过来，看着他，很严肃地纠正道："是三年。"

她的意思很明显，是提醒他，他俩的婚姻只有三年，所以不要说什么余生。可这些都不重要，重要的是，这是江流第一次看清华笙真正的样子。

之前接吻的时候，太快，他都没来得及看，人家就拉下面纱，如今真的四目相对时，倒是着实让人很意外。

那长相，那容颜……如果用四个字形容的话，那就是——倾国倾城。

传言五小姐口吃，可人家伶牙俐齿。

传言五小姐貌丑，可人家容貌倾城。

所以，传言都是不可信的。

江流不是好色之徒，可看见华笙的瞬间，还是失了神，无法移开视线。

三小时后，一个消息在这座安静的城市里彻底炸开。将谢家二少爷大婚之日流连情人温柔乡的丑闻都给盖过了。

那就是，新娘婚礼上抓了一个替补新郎，而最有意思的是新郎的身份，居然是江城龙头财团，四大家族之首江家的太子爷。

传闻江家太子爷，颜值爆表，智商情商双高，又是剑桥毕业的高才生，23岁回国接管家业，如今整整三年半，将江家业绩翻了几倍，成了国内为数不多的青年企业家之一，是江家注定要继承大统的人。

而这样一个人，居然毫无征兆地闪婚了？闪婚的对象，还是被谢家老二悔婚留下的新娘？

这简直不可思议……

江家的太子爷，照理说，那是要比谢家老二高上几个档次的！可他居然愿意委屈自己，娶一个连谢家老二都看不上的女人？

这明显不科学！可如今这世道，谁还在乎科不科学。

这件事霸占了各大新闻头条，热搜更是爆了。

标题是——江流华小五。

华家出身名门，祖上也是辉煌过的，到了如今这一代，有点阴盛阳衰。华家老先生华镇岳和许丽华夫妇连续四个都是女儿。到了最后一胎，因为是龙凤，所以让华家大喜，却没想到出生的时候，男丁因为发育不好，没有抢救过来，只留下了瘦弱的小五。

五小姐理所当然被认为不祥之人，出生没多久，就跟着老太太去了钟翠山，多年来不曾下过山，跟父母关系也就那么回事了。

如今华家老太太病重，华家又深陷经济危机，无奈之下，只能联婚。而一听说要嫁给谢家那个臭名昭著的老二，华家单身的三小姐和四小姐都是眉头一皱，摇头否决。

这时，大家便想起了没存在感的小五。

小五是老太太一手带大，自然是对老太太很有感情的。老太太近两年身体不好，尤其是今年，八十四一个坎儿，想着自己若是撒手人寰，小孙女没人照顾可怜得很。

华笙一直记得那日在医院里，奶奶跟她说过的话。

奶奶说："阿笙啊，奶奶不能照顾你一辈子，这也是一个不错的机会，奶奶派人打听过了，虽然谢老二人品有些瑕疵，但谢家是名门，你若嫁过去，一生衣食无忧，谢夫人也是个性子好的，你若是有福气能为谢家生下一儿半女，想必谢家二老也定然不会亏待了你。"

华笙同意联姻，一是有私心，想为奶奶冲喜。就算最后不成功，那也能让奶奶有生之年看见自己成婚，了却一桩心愿，回报她多年养育之恩。二是因为奶奶一生虽然吃斋念佛，但是很看重华家的家业，不想华家就此陨落，所以才宁可牺牲自己的幸福，也还是同意了这门婚事。

只是，没想到大婚当日，出了这等丢脸的事情。好在她临时抓了替补……只是……那替补怎么如此难缠？

"少夫人，江少让我来接您回江家。"

江流的司机开着黑色的宾利过来，将华笙的思绪一下子拉了回来。

新郎可以临时抓个替补，可其他的毕竟都是谢家出的。江流也不好占人便宜，所以跟华笙谈好条件后，去处理其他的事了，命人将华笙先接到江家去。

江流其实平时很少住江家老宅,都是在公司旁边的公寓楼里——他自己留了一套200平方米的跃层。可那里毕竟不是家,想着还是先将这忽然得来的媳妇送回老家才行。

酒店会客厅内,江家二老一脸蒙地看着儿子,等着他来一个解释。

江流松了松领带,先笑了笑。

"爸,妈,恭喜你们,多了一个儿媳妇。"

这话说完,江家二老都是心里一惊。

"胡闹!你真是胡闹……"江爸爸指着儿子,一直觉得这件事很突然,尤为不妥。

江夫人也是一脸愁容:"儿子,这叫什么事啊?这是人家谢家和华家的婚事,怎么我们家就被掺和进来了?"

"你是不是跟华家小丫头之前认识?"

江爸爸到底是长辈,又纵横商场多年,总觉得这件事有些唐突,有些不对劲。

江流坐在沙发上,双手交叉放在腿上看着父亲,摇摇头。

"那你们今天也是第一次见面?"江爸爸又问。

江流点点头。

"荒唐,第一次见面,你什么都不了解就答应娶人家也是糊涂……"

"这样吧,反正口头的也不作数,你回头去跟华家和谢家解释,就说当时为了维护他们两家的面子,不得不为之。但,君子不夺人所爱,让他们两家自己收拾烂摊子去。"

"听见没,我的意见和你爸爸一样,赶紧脱身,不要掺和进去。"

"新闻那边都开始发酵了,我已经派人去联系媒体解释,我们江家多少年来都没一个黑料,不要因为一场别人家的闹剧,牵连到自身。"江夫人很同意老公的处理方法。

可江流不是这么想的。

他听完父母的意见,只有一句话:"爸妈,我要娶她,我俩都说了,明早去领证。"

这句话震得江家夫妇再次傻了眼。

听儿子说,不仅不想去解释,还想要娶了那华家小五,还要去领证?

江夫人急了,起身握着儿子的手:"江流啊,你可不要糊涂。你是什么身份?婚姻大事怎么能如此随便?"

"那华家小五你可知道连学都没上过,自小跟着奶奶吃斋念佛,去了钟翠山。

"她是华家最不受宠的丫头,将来也不会继承华家大业,她只是华家用来联姻的棋子而已。

"这些都不算,而且那丫头又被谢家老二戏耍过,你想想谢老二是什么人,那么聪明的人,怎么就轻易被情人给阴了?还不是不认可这门婚事?说白了就是瞧不起华家小五这个人,这样被谢家嫌弃的一个人,怎能配得上我的儿呢?"

江流是江家下一代唯一继承人,这样身份显赫的太子爷,怎么可以去要一个人人嫌弃的小丫头?

江夫人这些话,似乎在江流预料之内。

他不急不躁,反握住母亲的手:"妈,我也不小了,今年也二十七了。"

江夫人性格急躁,立刻脱口而出:"你要想娶妻,什么样的女人没有?别说我们江城,就是全国上下,我们都可以随便挑,可以找到更好的,而不是捡别人不要的。"

说到底还是因为面子,毕竟都是名门家族。

连谢家老二都嫌弃的女人,江家自然也看不上,这很正常。

江流又来了一句:"妈,可她深得我心。"

江夫人愣了愣:"你刚不是说你们今天是第一次见面吗?"

"是啊,所以一见钟情嘛,况且这种事也不能当玩笑,刚在婚礼上你也看到了,在场的宾客都看到了,我跟那姑娘在千人宴会上对着牧师发誓,又当众亲吻,我们若是悔婚,你让她一个姑娘家以后该如何啊?"

江爸爸忍不住插嘴:"儿子,这是婚姻大事,是一辈子的,我们不能因为心软,因为看别人可怜,就把自己搭进去。"

江流笑出声:"爸,我可不是那么博爱的人,没有圣母心。我之所以愿意,是因为我是真的喜欢她。"

这一句喜欢,又让江家父母没了词儿。

确实,这些年来,儿子很少说过喜欢谁。就连当年那个……也没说过,算了,当年的事情如今在江家是禁忌,所有人都不提。

尤其是在江流面前,所以江妈妈只能在心里想想。

如今听到儿子主动说喜欢人家姑娘,还着实意外了一下。

"你第一次见到人家就喜欢人家?会不会太儿戏?"江妈妈还是心里不踏实,其实也是从心里无法认可这个突然从天而降的儿媳妇。

在她眼里，未来的儿媳妇，必然是万里挑一、有着很好容貌和家世的女孩子。

"所以妈妈你觉得，一见钟情这个词是子虚乌有？"

"你这是铁了心了？"看儿子一直跟她夫妇俩对峙，江妈妈隐约觉得，劝儿子放弃，似乎没可能了。

她的儿子什么都好，就是性格太倔强，若是决定的事情，十头牛都拉不回来。

"决定了，并且我已经让司机接她回我们老宅了。"

一句话说完，江家夫妇陷入了沉默。此时此刻，就算不同意，估计也不好说了。

都将姑娘主动接回了老宅，还上了媒体新闻，这要是送回去，估计也没办法跟华家交代。

另一边，谢家夫妇一个劲儿地给华家赔罪。尤其是谢家家主谢云，他今天可谓是颜面尽失，这个老二本来就不是个省油的灯，自打几年前回国后，一直都跟娱乐圈很多女明星传绯闻，如今想着给他定下一门婚事，倒是被自己愣生生地给搅和黄了。

"老哥，对不住了今天，我已经命人去抓我那个逆子，到时候肯定五花大绑亲自带着他登门给你们赔罪。"

华老爷没等说话，夫人沉下脸："谢董事长言重了，我们家小五没那个福气，分量不够进不了你们谢家的大门。"

这话一说，事情闹得就更僵了……

华夫人说完这句话，谢家二老的脸色都不好看。

可事已至此，就算说再难听的话有什么用？

华家夫妇带着怒气和不满匆匆离开了酒店。

"东泽。"谢家老爷子冷声道。

"爸。"

"不管用什么方法，把那个畜生给我弄回来，活要见人死要见尸。"

丢下这句狠话后，谢家老爷子拂袖离去。

一个小时后，某七星级酒店的总统套房内。

"东阳，你这回闯下大祸了。"谢东泽看着弟弟，眼神里都带着担忧之色。

谢家生有两子一女，老大谢东泽，是个很听话的人，目前是公司副总，跟在老爷子身边做事已经有些年头。他妻子是他大学时候的同学，华裔加拿大国籍,跟他结婚后就回国定居,已经生了一个女儿。

而老二谢东阳,自小就是个不让人省心的纨绔子弟。谢老爷子想着给他娶个媳妇,也能让他收收心,好好过日子。哪知道,谢东阳这下捅了更大的篓子。

说到底,他还是不满意家里给定的媳妇,就是故意闹这么一出。这让谢家和华家丢了脸不说,还把江家给牵扯进来了,这下可真的热闹了。

听大哥这么一说,谢老二嗤笑:"大哥,你又不是第一天才认识我,我从小到大,闯的祸哪个不够大?"

"你还好意思说,等着回家爸怎么收拾你吧。"

"你说你,好好的婚事怎么就搅和黄了,你让人家华家小五一个人在婚礼台上下不来台面,人家一个女孩子……你还真是坑死人家了。"

"咦?大哥快别这么说,你弟我也是看了新闻的。那女人可不是什么省油的灯,我可听说,她当场就找了一个替补新郎,而且眼光好到不要不要的,选的人是江流,对吧?"

"你还好意思说,那还不都是你惹的祸?"谢东泽无奈。要不是自家这个不省心的弟弟来这么一出,会把江流牵扯进来吗?

"是要多谢我成全才对,不过我倒是很意外。这次,江流当着那么多人的面,跟我的新娘,又是亲又是发誓的,看他怎么收场,呵呵……"

谢东阳和江流向来不和。原因很简单,因为谢家人总是在他面前夸人家怎么怎么样,你怎么怎么样,所以让他有了抵触心理。如今听说江流给自己收拾烂摊子,他倒是有点幸灾乐祸的意思。

不等谢东泽说话,谢东阳又来了一句:"江流不是向来喜欢高高在上吗?这一次,我看他还怎么高得起来。"

谢东阳悔婚是早就有预谋的,本来华家也不如谢家,所以他自然不放在眼里。但是他没想到的是,竟然把江流牵扯进来了,这对他来说,倒是意外收获。

谢东泽看出弟弟的意思,也没说太多,只是按照父亲的吩咐将他带回去。

当晚,谢东阳挨了一顿皮鞭。谢老爷是真的生气了,拿着鞭子一顿抽,最后还是谢夫人心疼儿子,给求了情才肯罢手。

"你这个不孝子,我就应该打死你。"谢老爷拿着鞭子,气喘吁吁。

谢东阳愣是一声没吭,咬着牙,明显不服气。

"那就打死呗,也省着我碍您的眼嘞!"

谢东阳小时候曾经在龙城姑姑家住过几年,所以偶然会蹦出几句京腔,听着就更让人来气了。

"你就不能少说几句,你想气死你爸啊?!"谢夫人也是生气,用拳头捶打谢东阳的肩膀,但力道不大,谢夫人最是疼这个老二,自然是舍不得下手。

"妈,这件事不怪我,你说你们给我订婚,都不经过我同意就直接摆酒席、请客人,我到现在连华家那小五长的是圆的还是扁的都不知道。

"什么事情都是你们做主,我自己没脑子?不会谈恋爱?要你们帮我选?

"娶媳妇是给谁娶?是给我,还是给你们?"

谢东阳这张嘴,向来是得理不饶人,也不管三七二十一机关枪似的,一顿牢骚。

谢云一听就更生气了,拿着鞭子还想抽,可刚抽一下,就有点头晕,一下子跌坐在身后的沙发上。

协议婚姻

"爸。"谢东泽赶紧上前搀扶。

"他爸,你怎么样?"谢夫人也赶紧凑上前。

"瞧瞧,还不让人说,一说就血压高,这简直就是毫无人权。"谢东阳继续吐槽。

"快闭嘴吧,东阳,爸身体不好。婚事你不同意,你可以提前说,干吗要闹这么一出?这么大的事情闹出来,现在我们家和华家脸面都挂不住,这件事就是你不对,你快给爸道个歉。"谢东泽指着弟弟。

谢东阳低着头,不再多言,反正这顿皮鞭也受了,这婚肯定是结不成了。

此时此刻,江家老宅。

江家父母和江流都坐在豪华的客厅里,三人一言不发。

华笙换好衣服从楼上走下来的时候,三人抬起眼望去。她换了一件淡红色的长款旗袍,是那种新改良式的,既有现代的美,又有古典的韵味。耳朵上只戴了一对很简单的珍珠耳钉,成色极好。头发简单盘起来,跟年轻的脸有些违和。

其实华笙今年才22岁,这个年纪就结婚,确实很早。

她在大家的注视下,一步步走下来,极为优雅,走到江家二老面前,微微俯身行礼:"江伯伯,江伯母。"

"叫错了吧,应该改口了。"江流眼带笑意提醒。

华笙低着头,微微脸红。

华笙犹豫了一下,最终还是叫了一声:"爸,妈。"

声音不是很大,但是江家二老和江流都听得很清楚。

"哎,好孩子。"江夫人虽然不是很情愿,可事已至此,再说了这姑娘看着也确实精致。光是看着这出众的样貌，心里之前的抵触也退去了几分。

江爸也是微微颔首，毕竟人家姑娘喊了爸妈，不管情不情愿，这都是出于尊重。更何况，就算现在华家没落了，毕竟之前也是有往来的世交，总不能弄得太难堪。

江夫人拿出一张黑色的金卡塞在了华笙的手里："这里有张卡，是我和你爸的一点心意。"

华笙看了江流一眼，他给了一个眼神，示意可以收。

华笙也没推辞，点点头："谢谢爸，谢谢妈。"

"坐吧。"江爸江妈本身对这个儿媳妇成见不大，只是觉得这件事太过突然。两人参加个婚礼，回来的时候竟然多了一个儿媳妇？

华笙点点头，坐在对面的中式沙发上，坐姿很端庄，很优雅。

江流仔细地打量她，发现她不太像一个二十出头的小姑娘。她一举一动很稳重，是这份年纪不该有的稳重和成熟。

"你和江流的事情，他都跟我们说了，这件事过于突然，我和他妈妈确实也没做好心理准备。

"不过既然我们认了你这个儿媳妇，就不会怠慢了你，我们江家和华家也是旧识，聘礼我们会补上，婚礼也会补上，不会让你就这么委屈地过了门。

"我呢，和他妈妈只有这么一个儿子，不求你们多优秀，只希望你们安安稳稳过日子，一家人和睦就好。"

江爸爸这番话给了华笙这个儿媳妇很大的尊重，也给了华家尊重。这让华笙心里也是松了口气，想着这公婆还算是好相处。

"爸，聘礼和婚礼就不用了，我一直觉得结婚是两个人的事情，这件事已经闹得沸沸扬扬，我不想再让我们江、华两家被推上风口浪尖，我觉得不如就这么低调处理，以后若是有机会，再说。"

江流倒是有些意外，没想到华笙是个这么有主见的人。这办法不错，他也不喜欢张扬。江流跟谢东阳不一样，虽然都是豪门子弟，但是一个张扬，一个低调。一个就喜欢混迹各大新闻版面，一个则默默在公司做事，平时打打篮球，做点自己喜欢的事情。

听华笙这么一说，江爸和夫人互看了一眼。

"也好，那就先按照你说的办。"

在客厅里又说了几句话后，华笙和江流一起回楼上休息。

一进卧室，华笙就将黑金卡递给江流。

"什么意思？"他看着她，眼带笑意。

"这本不是我该拿的。"华笙很有自知之明，既然是协议婚姻，那拿人家钱算怎么回事？而且看着这黑金卡，也知道里面的金额不会少。

江流拿着卡看了一眼，又塞回了华笙的手里。

"拿着吧，这是改口费，爸妈可不能白叫。不过他俩还挺大方的，这里面应该有一百万。"

华笙着实被惊到了。

"这太多了，象征性给点就好。要不，这张卡你拿着，你给我几千意思意思就好。"

"你当我们江家很缺钱？"他又问了一遍。

华笙哑口无言。

好吧，全世界都知道江家有钱。

她也懒得跟他继续纠结这个问题，回过身，坐在梳妆台前卸下耳钉。

这卧室是给江流准备的卧室，因为他俩结婚太突然，连准备新房的时间都没有，所以只能在这里凑合一宿。

"我要卸妆准备休息了，你还不走吗？"华笙对着镜子里男人的身影开口。

"走？我是你老公，你让我往哪里走？"江流笑着。

"可我们是假的。"

"可毕竟要在一起三年，你这第一天就分居，你让我爸妈怎么想？这里可是老宅。"

一句话，又让华笙没了词儿。

这一点，确实是她欠缺考虑，但是也不能怪她。过去的二十多年，她几乎都是和奶奶住在钟翠山的别院，很少下山，身边更是没有接触过太多男人，所以一想到两人要睡在一个房间，她就有些慌。

"春桃和银杏呢？"她为了避免尴尬，错开话题。

"那两个是你的保姆？"江流也注意到了。这华家小五不管走到哪里都带着两个年纪相仿的姑娘，而且俩丫头好像还挺厉害。

"她们俩一个在楼上给你煲汤，还有一个说要回去复命，被我的司机送回你们华家了。"

然后又是一阵寂静。

华笙安静地卸妆，江流就在旁边观看。本以为卸了妆后，华笙的模样要逊色几分。但没想到卸了妆的华笙，皮肤出奇的好，白得发光，又正是好年纪，满满的胶原蛋白。一双眼眸黑得发亮，就好像眼睛里面有星星。

卸完妆后，华笙起身，拿起之前准备好的睡裙。她眼神不冷不热地看了一眼江流："你是睡床，还是地上？"

"当然是睡床。"江流故意地说。

华笙愣了一下。哪有男人这么不懂事，让女生睡地上嘛，简直一点都不绅士！华笙心里恼火，却还是忍着没发作。

她点点头："那我一会打地铺。"

说完，她拿着睡裙进了洗手间去换。

江流靠在卧室的太妃椅上，单手摸着下巴，只觉得刚才那一幕有趣极了。

换完睡裙后，华笙走出来第一句话就是："明天我就要搬到十里春风的水韵阁去住，我奶奶在那里给我留了一套中式别墅。"

"所以呢，我也要一起跟你搬过去吗？"江流问她。

"都行。"她答得很模糊。

"那说来说去，是我入赘了？"江流继续逗她。

一句话给华笙问得有些急了，直接回了一句："你要不愿意，那咱俩合作就到此为止。"

其实，华笙是真的误会了，江流真的只是觉得小姑娘有意思，逗逗她，没想到一下子给整急眼了。

他一看华笙真生气了，赶紧给赔不是。

"我开玩笑，你看看你，这小脾气……十里春风是吧，也罢，我就厚着脸皮跟你搬过去，正好我也在老宅住够了。"

对于搬家，江流没有意见。

想着既然是结婚了，在哪里都行，反正家大业大，房子不还有的是？

既然华笙点名要住那里，那就去。

两人聊得并不太愉快，华笙准备休息，不再搭理他。华笙抱着被子刚打好地铺时，这男人直接躺了上去。

"你……"

"我喜欢睡地上，凉快。"说完，江流直接眼睛一闭。

华笙无语。这家伙是流氓吗？之前不是说要睡床，怎么她打好了地铺又来抢？

华笙气得转身上了床，被子一拉，灯一关，不再说话。

这是她生平第一次跟男人在一个房间睡，好在江流没有怪癖，两人都很安静，所以也算睡得还不错。

次日清晨，江流去了公司忙了一天，华笙在老宅里闭门不出，倒是安静了一整天。

转眼到了第三日。这天早上，两人在江家老宅吃过早餐后，华笙就带着春桃和银杏一起回了娘家。

这就是北方民间所说的三日回门。这是一个传统习俗，新娘子在结婚第三日，要带着丈夫和礼物一起回到娘家，来答谢娘家这些年的照料和恩情。

华笙对华家并无感情，唯一记挂的是华家老太太。

江流的司机开着一台金色的劳斯莱斯将她们送到华家，一同送来的还有昂贵的回门礼物，这些都是江流准备的。

价值百万的野山参，极品卖相的冬虫夏草，印尼燕窝，还有空运过来的浴池。

华家这一天也是热闹得不行，知道五妹要回门，几个姐姐也都回来了。

一进门，江流就看见一大家子都在客厅里。

"哟呵，刚还聊你们，这回来得够早啊。"

说话的是华笙的大姐华枫，也是华氏现任的执行总裁。三年前华家老爷子因为轻微脑梗住院后，就退居二线了。家业都是大女儿和二女儿打理。

"大姐。"江流嘴巴甜，跟华枫打招呼。

华枫笑道："我这五妹命是真的好，本来是要嫁给谢东阳的，却没想到临阵出了这档子事情，好在最后还是圆满收了场，你俩这也是修来的缘分。"

这话里话外，有不少层意思。

这些话华笙听着并不高兴，只觉得虚伪、恶心。

"奶奶呢？"她淡淡地扫过那些人的脸，一脸毫不遮掩的厌恶之色。

"你奶奶在后院歇着呢，不急，先坐下跟姐姐们说说话。"华夫人起身笑着打圆场，也不想让华笙的态度凉了大家的心。

事实上，这些人也没有人会觉得凉心，毕竟这些人跟华笙的交集本就不多。

华家小三华芷不耐烦地看了看手表，拿起外套往外走："我中午还有个采访，一会得去化妆，就不跟你们吃饭了。"

华芷是大明星，接触的也都是大腕，所以为人有些傲慢，有些强势。她路过华笙身边的时候，顿了一下脚步，说道："小五，谢东阳的事情我们家不会就这么算了，那个勾搭他的狐狸精是梁潇潇对吧，以后我让她混不下去，臭不要脸的狐狸精。"

不等华笙开口，华芷就走了，就是这么风风火火。

"阿笙，带着江流来这边喝茶。"华夫人笑着。

华笙回头看了一眼江流："你喜欢喝茶吗？"

"还行。"他淡淡地。

"那你在这里陪他们喝茶，我去看看奶奶。"说着，华笙头也不回地走了，也没顾什么家里人的面子。

江流早就听说华笙和家里人关系不好，如今一看，还真是不好到了极点，连表面都不愿意去维护。他身为晚辈，肯定不能驳了岳父、岳母的面子，只得硬着头皮坐到沙发上，和华家人聊天。

华家老二华青冷声开口："我那五妹被奶奶惯坏了，也不懂个礼数，生性凉薄，想来眼里是没什么亲情的，这一点，江少你还要慢慢习惯。"

"老二，别胡说八道。"华老爷赶紧呵责华青。

"爸，我说得难道不对吗？刚才你没看到？她眼里哪还有我们这些姐姐？"

"除了奶奶，别人都入不了她的法眼，这个性格没嫁入谢家也是对的，不然就谢东阳那个暴脾气，估计一天不知道要揍她几回。"

华青越说越过分，话也越来越不对味。其实她是心里有气，更是嫉妒。她长得也不差，能力还过人，可公司里，偏偏被大姐压着。找了一个老公，婚姻也不如意，老公是个搞科研的，在研究院，木讷得很。两人结婚三年也没个孩子，如今看华笙，样样不如她，可却能阴差阳错嫁入第一豪门江家，地位一下子就飙升了上去，连父母对她的态度都变了，所以言语之间难免刻薄了一些……

老四华琳没比华笙大几岁，性格内向老实，一直拿着一本历史书翻看，也不参与这些话题。

江流听着华家二姐这些话，自然也不舒服，毕竟如今华笙是他媳妇。

所以他笑着接话道："笙儿的性格倒是很对我的脾气，我父母也喜欢她，并没有觉得生性凉薄。"

"至于谢东阳,他脾气如何,如今都和笙儿没关系,若是他日,真的有人敢动笙儿一下,那就是跟我们江家过不去,和我江流过不去。"

江流这番话,让华家人听了集体沉默……这是多抬举华笙啊!

华家人是无论如何也没想到,这看似不起眼的小五却能得到江家,得到江家太子爷如此垂青。

这番话就看得出,江流娶小五,不仅是没怠慢她,反而还如获至宝。

华家有五女,老大华枫和老二华青都已经成家,而且年纪也都过了三十。老三华芷虽然未婚,但是也二十八了,谢东阳才二十六,年纪上就长两岁。再说了,华芷那个脾气,自然看不上谢东阳这样的纨绔子弟。华琳是大学老师,教历史的,今年也二十六了,虽然未婚,但是有一个警察男朋友,两人感情好得很,打死都不肯联姻。

最后综合考虑,才想到了那放在钟翠山上多年的小女儿华笙。

还是那句话,华笙能同意联姻,不是好说话,也不是性格软,主要还是看华家老太太。

这后院里,老太太看见孙女回来,很是高兴。两个保姆阿姨搀扶着她起床,华笙忙走过去,给奶奶拿了一个软枕靠在身后。

"回来了?"老太太握住孙女的手。

"奶奶,你这几日可好些了?"

"嗯,好些了。"

"那就好,早上吃的什么?"华笙关心道。

"吃得不少,还喝了半碗小米粥呢。"老太太笑得很慈祥。

华笙点点头,坐在床头的椅子上,看着奶奶,有些心酸。

"阿笙啊,婚礼上的事情我都听说了,你做得对,咱们就算家世不如谢家,也不能被他们戏耍了。"

华笙笑了笑,有些勉强。

"江家那孩子怎么样,江家人对你可好?"

自从那日婚礼后,华笙跟着江流去了老宅,就没回来过。老太太也只能打听了一下,可具体的也不是很清楚,很担心这孩子在江家受了委屈。

"奶奶,您放心,江家人……待我极好。"

华笙用了一个"极"字,就是让奶奶放心。

"你这孩子,想必是受了委屈也不肯跟我说。

"阿笙,你是我从小带大的,奶奶说过,让你嫁人,不是为了利用你让家族起死回生,我都这把年纪了,也不太看重家族的荣耀了,我倒是担心,我死后,你身边也没个人,冷清得很。"

"奶奶身体健康着呢,能活到一百岁。"华笙听闻后眼眶瞬间红了。

老太太笑了,又咳嗽了几声。

华笙忙拿起纸巾递过去。

"奶奶都八十四了,能活到这等年纪也足矣了,不会陪你太久的,我就希望你这孩子,不管嫁到哪里都能被婆家人善待。"

不等华笙开口,老太太又问:"江家那孩子呢?跟你一道来了吧,我瞧瞧。"

"奶奶……没什么可瞧的,他就是……一般人,长得很普通。"

华笙不太想奶奶见江流,是因为怕他乱说话,也是觉得他俩反正不是真的,也没必要那么较真儿。毕竟说不定哪天就离婚了,也许三年都不用,这些豪门子弟,最容易变心的。

正说着,门口响起一个清凉的声音。

"笙儿,你居然在奶奶面前说我的坏话。"

华笙身子一震。笙儿?她明明都跟他不熟的好不?

江流自己走了进来。他本来跟华家那些人没啥好聊的,话不投机,说了几句,江流就借口来看奶奶。没想到刚到门口,就听见华笙和奶奶说话了,也算是巧了。

被人抓个正着,华笙有些不好意思,也没吭声。

倒是老太太,有些高兴。她摆摆手,吩咐下人:"快给这孩子拿个椅子来。"

"奶奶,您身体怎么样?"

"好好好,奶奶身体最近不错,你们两个啊,也是有这个缘分,阿笙都跟我说了,说你们家人待她极好。"

"哦?她是这么说的?"江流侧头瞄了一眼华笙。

华笙面无表情,故作镇定。

"以前啊,你爷爷奶奶他们在世的时候,也跟我们有往来,你们江家家风正,人品都不错,阿笙进了你们家,我放心。"

毕竟是大户人家的出身,老太太这番话说得很讨喜。

"奶奶您过奖了,不过您说得对,既然笙儿和我有这个缘分,我会好好对她。"

这算是在老太太面前承诺了吗?

"阿霞,去把我的锦盒拿来。"

"是。"

叫阿霞的下人到老太太套房的另一个房间里,捧出一个暗红色雕花的锦盒,四四方方,很精致。

明眼人一看就知道是好东西。

老太太颤抖着从枕边的抽屉里拿出一把黄铜钥匙,将锦盒打开,然后从里面拿出一对崭新的金锁。

"来,拿着。"老太太说。

"奶奶我不要,十里春风的别墅您送我,那几个姐姐都说您偏心,我不能再要您东西了,您留着。"

见老太太又要送东西,华笙赶紧推辞。

"又不是给你的,这小金锁啊,还是十多年前我请工匠打造的,因为难度大,就成了这么一对,我想着等你将来结婚有了孩子,再送给我的重孙,可惜……我现在身子不好,也许等不到那天了,你拿着,就当提前给你们的孩子了。"

老太太执意要给,华笙也推辞不过。

"五小姐,您就收着吧,这是老夫人的一片心。"旁边的保姆跟着劝说。

华笙只好收下这对小金锁,泪水蓄满了眼眶。

江流也有些感动:"谢谢奶奶,奶奶身体健康,一定没事的,等我们宝宝出生,抱着她再来亲自跟您道谢。"

老太太只是笑了笑,也不多说。她自己的病,自己心里有数。

"时候不早了,你俩快去前院吃饭吧,今儿不可以留宿的,吃过了饭,趁着太阳落山前,早点回去。"

"奶奶……"华笙还有些恋恋不舍。

"去吧,改日有空再来看我。"老太太拍了拍华笙的手。

最终,她不舍地离去。

这饭在华家吃得并不开心,华笙几乎没说几句话,吃完饭就离开了。

回去的路上,江流接到电话。他还故意开了免提。

里面一个男人的声音嚷嚷:"江流你这么就结婚了,也不通知哥们一声,不够意思,今晚必须来摆场请我们喝酒,不然我们以后都不认你这兄弟。"

"好好好,请你们喝酒。"

"新婚嫂子也带上,都给咱们兄弟瞧瞧。"那边说。

江流没敢答应,而是下意识地偷瞄了一眼华笙。

华笙立刻冷声拒绝:"我不去,要去你自己去。"

哟呵,这是不给面子啊……

"反正我不管,我们已经在国色天香开好了包房,也点好了酒,就等你来买单了。"

不给江流拒绝的机会,那头挂了电话。

江流看了华笙一眼,她依然面无表情,一点内疚的意思都没有。

江流想了想,还是解释了一下:"国色天香是招待客户的地方,也是哥们的场子,我去坐坐,你要是不想去,我让司机先送你回家。"

"好。"这句话回得很痛快。

看华笙答应得这么痛快,江流还是觉得有必要解释一下。

"那里不是你想的那种地方,你别乱想。"

"是你想多了,你想怎样都与我无关。"

华笙说得很明白,他俩本就是一场交易,她才不会傻到真的入戏,去管人家的事。

好心解释,反而被人给顶回来了,江少也很不是滋味,但最终还是没说什么,车子很快到了十里春风。

这里的一切都是按照华笙的喜好布置的,其实她以前在山上无聊的时候,就会来住。

在这里也算住习惯了,这里清净,跟钟翠山的别院差不多。

华笙带着春桃和银杏下了车。司机继续开车送江流去了国色天香。

半路上,司机有些忍不住吐槽:"少爷,我有句话想说,不过您别多想,我不是想说少夫人不好的意思。"

"你说。"

江流坐在身后,看着司机老翟,扬了扬嘴角。

"感觉少夫人跟我们不是活在一个年代,有点像民国时期,就那个《上海滩》,看过没?感觉少夫人是冯程程那一挂的,喜欢穿旗袍,说话也文绉绉的,最搞笑的是走到哪里,都要带着两个丫头。"

司机说完,江流也忍不住笑了。

司机说得一点没错,他这媳妇啊,确实很复古。

江流顺势调侃道:"没错,我老婆应该是从民国时期穿越来的。"

三十多分钟后,车子在国色天香门口停下。这是市中心最繁华的地方,国色天香一共九层楼,寓意九九十成,从内到外装修都是很奢华的欧式,金碧辉煌的,只要是能看得见黄色的地方,据说都是镀金。门口停的车没有低于五百万以下的。

司机停好车后,小心翼翼看向江流:"江少,我在车里等您,您完事给我打电话。"

"不用,也不早了,你先回家,我回头让他们送一趟就得了。"

江流不愿意麻烦人,这司机也是跟了他好几年的。

安排好后,江流往里走。

"江少。"

"江少晚上好。"

"江少好。"

一路上,几乎没有人不认识江流。

他一路来到顶楼的至尊包房,一打开门,就被喷了一身香槟……

高鹤手里拿着一瓶黑桃A香槟,喷了江流一身。

"万年单身王老五,新婚快乐。"高鹤抱着香槟瓶子笑。

江流也不生气,接过服务员递来的纸巾擦了擦沾了香槟的手臂。

"哎哟?自己来的,嫂子呢?"这小子也是够八卦的。

江流放眼一看,才发现今儿这场子人不少啊,沙发那边坐了十多个。和他关系比较铁的秦皖豫和王君显都在,还有几个圈子内有名的名媛千金和公子哥。

江流很沉稳,淡淡来了句:"她没来。"

"这么不给面子?不应该啊……"高鹤这么一说,大家也都觉得惊讶,毕竟新娘子这出身肯定是不如江家的。换作任何一个女人过了门,嫁到江家,都应该是感恩戴德吧?哪里会不给江流面子?哪个女人这么不聪明啊?

秦皖豫也跟着乐:"我看不是人家不来,是你不让吧,你这家伙,就是抠门,舍不得给我们看你媳妇的样子,金屋藏娇是吧?"

江流大步走过去,挨着秦皖豫坐下,往沙发上一靠。

"还是你了解我。"

说完几个男人都笑了笑。

"哎呀,我们江少既然都闪婚了,肯定是不能找美女作陪了!"高鹤继续闹着玩。

"别说得好像我以前总找似的,坏我名声。"

王君显拿出一根雪茄递给江流。

江流拿着未点燃的雪茄，指了指调皮的高鹤。

这几个公子哥里高鹤最小，家里在上面颇有能量。

至于为什么会跟他们混在一起？那是因为几个人都喜欢打高尔夫和斯诺克。高鹤年纪虽小，但是天赋满满。球打得好，就是性格调皮了点，但人品不坏，所以跟这几个老哥处得很不错。

前几日刚从北欧度假回来，一落地，就看新闻炸了。江流居然结婚了，而且新娘还是谢东阳的未婚妻。这可是大事，所以等江流闲下来后，就嚷嚷着喊他出来喝酒，顺便问问怎么回事。

这里面，除了高鹤外，那几个老哥也都不好女色。秦皖豫本来是有女朋友的，但不幸的是两年前乳腺癌去世了。这事对他打击挺大，从那以后也一直没找。

王君显因为忙事业，也是个万年单身狗。但是王家是名门显贵，四大家族之一，所以这个身份，肯定是不愁的。

高鹤自己带了几个年纪不大的富二代小伙伴，男女都有。也是为了活跃气氛，顺便还叫了不少美女模特来热场。

趁着环境嘈杂，秦皖豫低头问江流。

"老江，你什么情况啊？怎么就闪婚了，而且还跟老谢家抢人……这不是你风格啊。"

江流听了，只是微微扬起嘴角，来了句："英雄救美。"

"别扯淡，好好说说，我们几个都好奇一天了。"

确实，不仅是秦皖豫，连性格内敛的王君显都想问江流，怎么就把终身大事这么仓促定了。

最主要是在别人的婚礼现场，抢了别人的新娘。这么做，确保不会跟谢家结下梁子？

其实事情大家也大概知道，毕竟现场那么多宾客都在。可是具体是怎么样的，他们也想听江流亲口说说。

江流靠在豪华的欧式红沙发上，笑得很有深意。

"谢东阳没福气，华笙人很好。"

江流向来不是那种会轻易评价别人的人。所以这一句点评就很到位了。一是说谢东阳那小子没福气，自己婚礼给玩砸了；二是说华家那个小五人很好，他很满意。

不等秦皖豫和王君显开口，高鹤忍不住了。

他毛毛躁躁地问:"老哥,真的假的?跟我们几个,你可别撒谎啊!

"我怎么听说,华家那个五小姐是个粗人,都没上过学,在华家很是没地位,从小就被华家老太太领山上修炼去了,一个没上过学又常年吃素的人,想必无趣得很。

"对了,外面还说,那个华家小五口吃,说话不利索,样貌也是奇丑无比,要不然谢东阳能作死?他可是比猴子都机灵的人。

"他那个脾气,可不会轻易被情妇算计,说到底他还是不满意这婚事,顺水推舟让情妇背了黑锅,自己也退了婚。"

江流听完只是笑笑,不说话。

"哎,我的天,老哥,你说句话啊!急死我了。"高鹤说了一堆,见江流没吭声,更是着急得不行。

"有些真相自己清楚就好,行了,喝酒吧。你们不是要坑我酒钱吗?"

关于华笙,江流不再多说。他本身也不是婆婆妈妈的人,只是话锋一转,说要喝酒。

秦皖豫和王君显多聪明啊,也没多问。

但江流是什么人,他这样的人,会把一个口吃貌丑没文化的女生娶回家?

当然不会。其中原委,想必是只有当事人知道了。

这时,包房门被推开,进来一个二十多岁的年轻女孩。她穿着一条香奈儿的新款连衣裙,手里拿着香奈儿新出的湖水蓝包包,头发是精致的bobo头,样貌也比较精致。

她一进门,就瞄到了四个男人这边的位置,直接冲过来:"江流哥,我有话跟你说。"

"宋美琪,我邀请你了吗,你就冲进来,这么多年,你他妈还是这么没礼貌。"高鹤和这个宋美琪是死对头。两人是一个高中的同班同学,上学的时候就不合,总吵架。

宋家也是名门望族,虽然不及四大家族那么显赫,但也不是普通富豪能比得上的,尤其是宋美琪的妈妈还是谢东阳的亲姨妈。有了这层关系后,宋家就更锦上添花,在这个城市里,也有一席之地。

"起开,我没跟你说话,我要跟江流哥说话。"宋美琪看也不看高鹤。

几个男人看着宋美琪,她面色微红,隐隐带着一点酒气,应该是刚喝了不少酒。

江流倒是一直很淡定,拿着手机,刷着微博。看着那些关于自己和华笙的事情，觉得好玩又好笑。

"说吧。"江流几乎是头都没抬，对这女人似乎也没什么好印象。最主要是，真的不熟，他自己都不知道这女的为啥叫他江流哥，哪来的辈分。

宋美琪咬了咬嘴唇，心一横："江流哥，你明知道我喜欢你，为什么要娶华家那个丑女人？你怎么可以把婚姻当成儿戏？你没看出来，连我东阳哥都不想要她，你这么尊贵的人，怎么可以去捡一个垃圾？"

听这宋美琪的话，就知道她多无脑了。二十多岁的人了，说话一点不过脑子。不管这些是不是真的，她当着这么多人的面，岂不是打江流的脸？

这哪是表白，分明是来砸场子的。

听完这番话，秦皖豫和王君显都不约而同地看了看江流，以为这哥们会发飙。

但江流并没有。

他吸了口雪茄，冷哼一声："我跟你很熟吗？"

宋美琪瞪大了眼睛，无法相信这么冷漠的话是出自江流之口。

宋美琪见过江流很多次，两人私下虽然没有太多的交集，可宋母不止一次跟江母表示过，他们家女儿对江流的爱慕。

她不相信这件事江流会不知道。两人上个月还在王家老太太八十大寿的寿宴上见过。虽然不是坐一个桌，但当时宋美琪去跟江流打招呼，他也含笑点头了。

她以为就算江流不喜欢她，可也不讨厌的。

怎么如今江流居然说了这么无情的话。

高鹤一脸幸灾乐祸，摆摆手："瞧瞧，打脸不？我老哥跟你不熟，你蹦跶个什么劲？"

宋美琪没心情跟高鹤吵嘴，只是撇着嘴，一脸委屈地盯着江流。

"江流哥，华家现在是需要钱才求我姨母，要把女儿嫁给我东阳哥的，你都知道她们是为了钱，又何必让他们得逞？我……我们宋家……"

宋美琪话还没说完，江流起身，看了看秦皖豫和王君显他们。

"换个场子，这里太吵了。"然后秦皖豫、王君显就跟着江流出了门。

高鹤安排好剩下这些人后也跟着走了。

宋美琪一个人愣在原地，尴尬癌都要犯了……

宋家也是不差的，就不知道为什么非要来找江流，说这些无脑的话。

江流是真心不爱跟人废话，尤其是这种无脑的女人，索性换了一个安静的会馆，哥几个开了几瓶洋酒，聊聊天说说话。

说是坑他一笔，可买单的时候，王君显还是抢着买了。不仅如此，哥几个还每人转了三十万给江流。

说是礼份子……

江流笑了笑，也没多说。

这场局子一直持续到十二点，然后秦皖豫开车送他回家。

半路上，这秦皖豫还百思不得其解地问："你就这么结婚了？"

"不然呢？要离吗？"江流坐在副驾驶座上，微微笑。

"不是，这也太快了，我还是无法适应……说好一起到白头，你怎么就偷偷焗了油。"

江流还是笑而不语。

"我现在真的很好奇，华家小五到底是什么人，让你芳心大乱。"

以秦皖豫这些年和江流的关系，也知道，他能愿意娶那个女人，想必那女人有过人之处。

江流还是笑而不语。

结 婚 证

十里春风，水韵阁。

江流回来的时候，客厅里的灯微微亮着，别墅里很安静。

他走到华笙的房间门口，尝试推了一下，果然……反锁了。

这时，身后响起一个声音："姑爷，小姐已经睡下了。"

"哦。"江流转身，看见了华笙的助理——银杏。

华笙走到哪里都要带着两个助理，一个是双眼皮，一个是单眼皮，很好区分。单眼皮的是银杏，双眼皮的叫春桃。据说，她们已经伺候了华笙超过十年。

"姑爷，您现在有空吗，有些事情，我觉得有必要跟您交代一下。"

"好。"

正好江流也没有睡意，想着华笙的助理主动说这话，肯定是有目的的。

果不其然，两人下楼到客厅后。春桃给江流泡了一壶醒酒茶，这一点还蛮贴心。然后银杏站在江流面前，手里拿着一个小本子。看着像记事本之类的东西，她慢慢翻开，缓缓读道："姑爷，以下我说的都是我们家小姐的习惯，作为以后要一起生活的您，我希望您能了解一下她的生活习惯，免得双方发生不愉快。"

"说说吧。"江流靠在沙发上，觉得这件事很有意思。

华笙和两个助理做事都很古板，很老成，但是就因为与现代格格不入，反而有趣了一些。

银杏缓缓开口："我们家小姐晚上十点前入睡，早上六点半起来吃早餐，我们家小姐从不吃肉，多年来只吃素，最喜欢香菜，还有土豆，讨厌吃的是秋葵。"

春桃补充："我们家小姐每日只吃两餐，早上六点和中午十二点，下午两点会有一个下午茶，会吃一些糕点和茶水，但是茶叶只喝西湖龙井，下午三点后不会再进食，只是偶尔喝水。

银杏又道："我们家小姐喜静，不喜欢人多的地方，如果姑爷以后要请客吃饭还请不要在十里春风，可以到别的住处去。

"小姐不会做菜，不下厨，有一个宠物，叫小黑，是一只黑猫，但是小黑经常夜游不回家，所以可以忽略不计，只是姑爷以后见到不要驱赶它就好。"

听到这里，江流揉了揉太阳穴，只觉得头大得很。

那丫头看着简简单单的，怎么还挺不好搞的样子。不吃肉这一点就很让人崩溃。

春桃看了一眼江流又接着补充："小姐和姑爷在十里春风的时候，各自睡各自的房间，没有小姐的邀请，不能擅自进入她的私人领域，如果过节回老宅或者华家的话，可以同房，但是不同床。"

江流笑了笑："她分得可真清楚。"

银杏又继续道："两人婚姻关系期间，经济是分开的，如果姑爷想做婚前财产公证的话，我们小姐可以全力配合。我们小姐也不会花姑爷一分钱，这一点可以放心。"

"怎么，怕我养不起她？"江流淡淡开口。

"并不是，这只是我们小姐的个人习惯，还请姑爷理解。"春桃忙解释。

"还有吗？"江流继续问。

"还有一点，我们小姐说了，姑爷在外面有女人可以，但是不要闹太大，毕竟会让华家颜面上不太好。"

"只要不闹得上新闻惊动媒体，小姐是不会干涉您的私人生活的，但是如果闹出了私生子，不要抱回来，我们小姐说了，没有义务给您养孩子。"

"哟呵，她这一点上倒是挺大方。"江流低声笑着。他甚至都能脑补出，华笙说这番话的样子，那模样一定很可爱。

不过孩子的事情倒是想多了，他哪有那个精力？这一个都搞不定了，还出去找女人生孩子？真以为他是谢东阳那种纨绔子弟？整天没事就喝酒花钱泡女星吗？

江流十岁就跟着父亲上董事会旁听做笔记。十六岁就可以一个人独立去开早会,十八岁的时候,已经是 HR 私人银行的法人代表了。

事实上,江流回国这三年,确实业绩越来越好。HR 银行也遍布全国各地,甚至海外也开始陆陆续续有了合作。

身为国内第一家纯私人银行,要知道这是要做多少努力才能做到的。

听完两个助理的话,江流只是笑着,喝了醒酒茶就上楼休息了。

十里春风不是全城最名贵的别墅,却是唯一一个中式风格的小区。既然华笙喜欢这里,那他倒是无所谓。

楼上有四间卧室,一个主卧,两个次卧,一个婴儿房。楼下有两间,是春桃和银杏的房间。还有厨房、地下仓库、后花园,基本上该有的都有了。

次日清晨,江流掐好时间,六点半下楼。华笙果然很准时地在这里吃早餐。

看见江流下楼,春桃忙进厨房又准备了一份。

江流坐在华笙对面,看了看她:"早。"

华笙低着头,没有看他,但是回了一个字:"早。"

她今天穿着连衣裙,米色的,款式很素雅,但是绸缎看得出来,是那种极好的料子。

谁说这丫头不受宠的,江流越来越觉得,这丫头是华家老太太富养的。虽然没上过学,但是这气质比那几个姐姐都要好。除了性格有些少言寡语外,简直就是名门闺秀的典范。

"你会弹古筝吗?"江流莫名来了一句。

华笙愣了下,抬起头看他一眼:"有事吗?"

"没事,就是问问。"

"会。"她说。

"嗯,我觉得你也应该会,你应该书法和绘画也不错,钢琴也应该会,还有刺绣……"江流嘀咕着。

声音不大,但是华笙却听得清楚。

春桃和银杏都在身后笑。

华笙只觉得这男人很奇怪,莫名其妙问这些干吗?

早餐后,江流开车去了公司。华笙进书房躺在贵妃椅上看书。如果江流知道她此时此刻手里的书,估计会震惊。

因为她看的不是什么古典名著,不是什么四书五经,而是一本很有名,但是很童心的《小王子》。

中午的时候，华笙手机来电话，是大姐华枫打的。

告诉她一件事，今天上午十点，江家，确切地说，是江流让公司财务给华家公司的账面上打了五个亿。

是的，没错，五个亿，解决了华家债务危机，他们一下子还清了银行贷款，不需要拍卖旗下不动产了。

这对华家来说是好事，要知道当初谢家承诺的也不过是华笙跟谢东阳结婚，然后谢家给两亿周转资金而已。

华枫很激动，在电话里说："五妹，你好福气，江流给了我们五个亿。"

华笙听了依旧面色淡然，她只是反问大姐："所以你们把我卖了五个亿，觉得赚了，是不是？"

华枫听了肯定是不高兴的，毕竟她现在是华家的掌舵人。

"五妹，你说这话就没劲了，当初嫁到谢家，也是爸妈跟你协商，你自己同意的，又不是我们逼你的。

"再说了，这些钱又不是给我的，我这天天辛辛苦苦为了谁啊，还不是为了我们华家？"

"好的，大姐，再见。"华笙不爱吵架，一言不合就挂了电话。

也不管那头大姐怎么想她，反正从小到大，她们姐妹间的关系就不是很好。

她其实一点也不在意别人怎么说她，外面传言那么多，她也没有为自己辩解一句。

HR总部。

江流的父亲出去见客户回来，助理就告诉他一个消息。

"江董，今天上午江总给华氏打了五个亿。"

"嗯，他跟我说了。"

"恕我直言，华家最近几年一直在走下坡路。我们拿这么多钱过去……是不是风险太高了？"

这助理也是跟在江流父亲身边多年了，所以直言不讳。其实也是对江流一下子拿走五亿表示不能理解，总觉得他过于冲动。

"江流做事还是靠谱的，这件事就让他自己去弄吧。"江董事长还是很明智的，他也明白儿子娶了华家女儿后，既然都是亲家了，总不能见死不救。之前据说谢家也是答应要赞助的，所以江流父亲表示，没意见，并且相信儿子。

助理一看董事长都这么说了,也就不再多说什么。

当天下午,这件事就上了财经新闻,而且还是头条版面,标题很醒目——江少宠爱新婚妻子,豪掷五亿解华家燃眉之急。文章洋洋洒洒写了几千个字,大多数都是猜测江流对新婚妻子很好,很满意,所以愿意拿出这么多钱来帮妻子的娘家人,也确实豪爽。

一时间江流涨粉无数,八百年都不上一次的微博,当天涨粉二十万,堪比流量明星了,也是吓人。

秦皖豫还特意发了微信逗他。

秦皖豫:江总,你火了。

江流拿起手机,扫了一眼,也不搭理他。

"江总,这是今天需要您签字的文件,您过目一下。"秘书拿着一堆文件进来。

江流低头看了看手表:"董事长回来了吗?"

"回来了。"

"找他签吧,我还有事,今天得早走。"

难得江流会早退,秘书也是一脸蒙。

下午两点钟,江流开车回老宅。华笙正在插花,很安静。

"今天日子不错。"他靠近她,来了这么一句。

华笙看了看他,都不知道怎么接话。

"所以,江太太,方便跟我领个证吗?"江流笑着问。

华笙一怔。

"总不能非法同居吧,说好要领证的。"可能是怕华笙多想,江流还低声补充了一句,"反正三年后再离嘛!"

"行,你等我一下。"一听说要出门,华笙上楼换了一件衣服。这次不是旗袍,也不是连衣裙了,而是简单的白色短袖上衣和黑色阔腿裤。手腕上干干净净,没有名表,也没有手镯。这样的打扮很素,但是江流很喜欢,觉得越是简单越是动人。

三点半,民政局门口。

两人拿着结婚证往外走。

"江太太,听说过吗,领证后要吃火锅,日子才能红红火火,能赏个脸不?"他在阳光下看着她笑。那笑容既真诚,又温暖。

本想拒绝的华笙,最终没忍心,点点头跟他上了车。

"咦?东阳,前面那好像是江流的车。"不远处,谢东阳和一个哥们儿在一辆红色的法拉利里,那哥们儿看着前面的劳斯莱斯小声嘀咕着。

谢东阳本来跟哥们儿出来兜风,没想到这么巧就能碰到江流的车。

在江城,劳斯莱斯本就不多,再加上江流的车牌号是9999,所以一下子就认出了。

尤其是谢东阳还隐隐约约看见江流带着一个年轻女人上了车,他顿时来了兴趣,于是也玩了一场跟踪的戏码。

他带着朋友一路开车远远地跟在江流的车后面,一直到了本地一个有名的火锅店。这是一家老四川火锅,以麻辣出名,据说火锅底料都是自家炒的,极好吃。

江流带着华笙上了楼,进了包房。谢东阳后脚带着哥们儿也跟了上去。

老板都认识这些富豪圈的金主们,也不敢得罪,以为谢东阳跟江流是约在一起的,于是告诉了谢东阳包房号。

江流和华笙两人刚坐下,还没来得及点菜,包房门就被推开了。

江流和华笙抬起头望着门口。

谢东阳靠在门口,嘲讽道:"江少,新婚宴尔,不在家陪妻子,跑出来和情人约会?"

江流一怔。华笙也是一怔。

谢东阳不经意地扫过江流身边的女伴,然后有些愣住了。

他好歹也是见过无数美女的人了,尤其是经常跟娱乐圈的女星混在一起,所以胖的瘦的圆的扁的什么样的美女都见过。

可这样纯素颜,没有任何整容痕迹的小姑娘,真的不多见。

谢东阳一下子忘记自己来的目的,仔细打量着江流身边的华笙。

圆月脸,甚至带了一点点婴儿肥,下巴很可爱,肉嘟嘟的那种。皮肤好得可以弹出水,满满的胶原蛋白。眼睛不大不小,双眼皮有些内双,很有特色。眉清目秀,一点朱唇。长得很精致,又很复古。五官单独看都是刚刚好,凑在一起更是变得让人看了很心动的那种。浓密的长发垂在腰际,很仙。

谢东阳暗暗感慨,江流这品味不错。

"谢少真会说笑。"江流微微扬起嘴角。

谢东阳不死心,问华笙:"小姑娘,你知道你身边的男人刚结过婚吗?"

华笙点点头。

"哟呵,知道还敢这么明目张胆,现在做小三的都这么胆大包天?也对,好不容易攀上江少这棵大树,还要脸干什么!

"可是你们这要是被媒体拍到,也不好吧。最主要,江少,你要怎么跟华家交代,我可听说你今早刚给人家打了五亿表忠心的,怎么下午就佳人在怀,不顾及华家颜面了呢?"谢东阳确实一副幸灾乐祸的样子。

毕竟抓到江流婚后带着小三跑出来吃火锅,还真是挺热闹的一件事。

谢东阳上蹿下跳地说了一堆,一副得意忘形的样子,让江流觉得更好笑。

他低声笑了笑,才开口:"谢少,你应该是误会了,我想我还是给你介绍一下吧,这是我太太——华笙。"

华笙微微点头示意,神色淡然。

下一秒,谢东阳彻底石化,不可思议地看着华笙。

谢东阳足足愣了十几秒,才支支吾吾地开口:"你是逗我玩的吧?"

"谢少说笑了,我从来不开玩笑,尤其是对自己不熟悉的人。"江流这话很明显,第一自己不喜欢开玩笑;第二,跟你谢东阳不熟。

"这……这怎么可能?"这个反差太大,谢东阳一时间无法适应。因为在他心里,那个华家小五一直传说是貌丑口吃,华家自己人都不待见的一个丫头。

当初说联姻,他就死活不同意。后来还是他父亲说看上了华家在南城的一块地,华家也承诺会当作陪嫁送给谢家。那块地价值虽然不是特别大,但是因为所处位置是南部新城开发区,所以谢家人很看好。

谢东阳的父亲一直想打造一个世界级的高端小区,正好华家那块地背后是山,面前是仙女湖,从风水上来说,是绝佳的好地方。

父母执意同意这门婚事,所以惹得谢东阳当天逃婚,来了一场闹剧。他哪里会想到这华家小五,不仅不丑,还颜若倾城。

"谢少,如果没事的话,还请回避一下,我和我太太要用餐了。"江流下了逐客令。

谢东阳晕晕乎乎地出了包房下了楼,回到车里,还有点精神恍惚。

谢东阳走后,江流拿出菜牌,递给华笙。

"这家菜都很新鲜,你想吃什么,自己点。"

华笙拿起菜牌扫了一眼:"青菜合盘。"

江流失笑:"看我这记性,都忘记你不吃肉了,要不我们换个地方吧。"

"不必,这里挺好。"华笙也懒得折腾。

江流扫了一眼菜牌,又加了一些东西,然后递给服务员。

服务员出包房后,江流主动为华笙倒了一杯开水,推到她跟前。

"谢谢。"她淡淡的。

"刚才那个人就是谢东阳,你也第一次见吧?"江流猜测,华笙这么淡的性子,估计婚前也没见过谢东阳。

"是。"

"有什么评价吗?"江流问她,似乎也是试探她对谢东阳的第一印象。

不过,华笙这么保守的性子,也许不愿意做评价。

只是没想到,她还真说了。她喝了一小口热水,给出四个字评价——名不虚传。

江流听完,再次忍不住扬起嘴角。心想自家媳妇还真是牙尖嘴利。

江流越来越喜欢这个小妻子了。

红色法拉利内。

谢东阳还是心有不甘,拿起电话:"德子,帮我调查一个人,华家小五,好好给我查查,从小到大的资料我都要。"

"谢少,你这是哪一出啊?"旁边的哥们儿也是费解了。之前人都送到婚礼上你不要,现在人家嫁给江流了,你倒是来兴趣了。

没有人能搞懂谢东阳的心思,连谢东阳自己都不能。

下午五点钟。在谢东阳自己开的酒吧里,德子拿着牛皮纸袋来了。

"二爷,资料只有这些,您看看。"

谢东阳嘴里叼着烟,从包里抽出一沓现金,目测有个五六万。

"二爷,给您办事,不用这个。"德子说。

"拿着吧,你手下也有兄弟,也是要吃饭的。"

德子笑着收起谢东阳给的钱。

谢东阳迫不及待打开牛皮纸袋,抽出里面的照片。

第一张是华笙四五岁时候的照片。还真别说,和现在的模样真像,那时候就能看出是个美人胚子了,白白净净,笑的时候,还有酒窝。

这张是跟华家老太太合照,华笙身上穿着一套很素雅的绣着花的白色小旗袍,梳着两个丸子头在上面,萌到炸。

就谢东阳这么不喜欢孩子的人,心都要化了。

再下一张，就估摸着有十一二岁了。这张照片只有一个侧脸，是华家老太太陪着她去南方参加古筝比赛的一个照片。

光是一个侧脸，也是让人惊艳不已。

再往后，就是婚礼上拍的那张了。那天，她主动吻江流，掀起面纱那一刻，下面有媒体抓拍，不是很清晰，有些模糊，但是也看得出来，是她。

不过这张照片，有些扎心。

毕竟是跟江流接吻的，所以谢东阳随手就撕了。

"就这三张？"他问德子。

"二爷可别小瞧了这三张，这三张我都是通过不少人脉才弄到的，华家这五小姐太低调了，你说她连学都没上过，连同学都没有，住在钟翠山上，更是连个邻居都没有，近身伺候她的，我们也都接触不上……"

"好了，我知道了，你回吧。"

"好，那二爷有事随时吩咐。"

德子走后，谢东阳拿出文字资料看。

不看不知道，一看还真是吓一跳。

这华家小五虽然没上过学，但是学的东西不少。除了历史，华家老太太更是请了外教让她学了六国语言，英语、俄语、法语、德语、西班牙语和日语，除了英语，其他语言虽然不是特别精通，但基本读写问题不大。乐器方面，华笙最擅长钢琴，古筝、琵琶、长笛、小提琴也都会一点，但不精通。刺绣、绘画、插花、高尔夫球、骑马、射箭也略知一二。

其实这还不让谢东阳太奇怪，在豪门，培养一个各方面都会一些的名媛其实很常见，看得出来，华笙就是朝着这个方向培养的。只是华笙本身学习能力强，学到的东西更多而已。

但最让谢东阳惊讶的是这女人居然有赛车驾照！虽然也就业余级别，但还是让谢东阳诧异不已。这是个什么神仙？这是在王母娘娘家里养大的吧？

没上过学，却比正常人学得都多！

谢东阳不知道的是，其实华笙还是一位古董鉴定高手，这个秘密很少有人知道。华笙本身对历史的研究颇深，又因为曾经通过家族关系结识了一位考古教授，跟着考古教授学习了五年，在鉴定古董方面突飞猛进。所以她在鉴定古董这个领域早就声名鹊起,只不过她用的是假身份进行古董鉴定,别人不知道她的真实身份,所以连谢东阳都没查到相关资料。

谢东阳忽然很后悔,婚前为什么不查清楚,居然听信了那些谣言……现在查到了,可是新娘已经不是他的了。

一想到这些,他就有些莫名的烦躁,将没有抽完的烟从嘴里拔出来,直接掐灭,起身离开……

他是打算直接回谢家老宅的,可是一出酒吧,就被梁潇潇给堵住。

梁潇潇是谁?就是他婚礼上视频里的女主,那个不出名的女明星。

"东阳,这几天你干吗躲我?"梁潇潇直接贴上来撒娇。

"什么事?"

谢东阳有些心烦,直接不客气地推开梁潇潇,不喜欢她跟个八爪鱼一样,上来就贴。

"你说什么事,这都三四天了,你就躲着我,打你电话也不接,发微信也没回,跟我玩失踪是吧?"

"没失踪。"

"那你躲着我干吗啊,还在生气?"

梁潇潇也知道那天的事情玩大了,她确实也是想为自己炒作。

但是也是因为舍不得谢东阳,所以就想破坏他的婚礼。

于是头天晚上,就在谢东阳酒里加了点助于睡眠的药,让他第二天早上起不来,起不来不说,还故意被媒体堵在酒店开房,一下子引起全城的关注,梁潇潇也因为热度,一下子从一个十八线艺人混出了名,这几天找她合作的公司也是源源不断。

可她也没什么心情,她对谢东阳是认真的,俩人也好三个多月了,谢东阳对她也不赖,买房、买车,过生日还送卡地亚蓝气球手表。

在她看来,自己只要能拴住谢东阳的心,就够了。至少这辈子衣食无忧,可她万万没想到,那件事后,谢东阳就对她避而不见了。

"生气?犯不上。"

"东阳,我错了,我那么做,也是因为爱你啊……我舍不得你,怕你离开我我才那么做的。"

"我不想回娱乐圈,我就想安安静静地在你身边,以后我们俩再生个孩子就够了,我知道你不能娶我,你以后肯定也是要结婚的,我不作了行吗?我保证以后不会再惹你生气了。"

梁潇潇其实长得不错,年纪也不大,还是音乐学院毕业。当初能跟谢东阳在一起,也是因为一个富二代圈子聚会,她唱了一首《左手指月》。那声音确实好听,所以被谢东阳看上了。

不过谢东阳换女人一向很快,维持不了多久,这也两三个月了,其实就算没有这次的事情,谢东阳也差不多腻了,因为他发现所有女人都差不多,只要给钱,就能哄得心花怒放。

"你先回家去,我有事。"谢东阳心思不在她身上,只觉得心烦,想回家。

梁潇潇偏偏不肯松手,抱着谢东阳的胳膊就哭。

"东阳……"

"梁潇潇你出局了,知道吗?"

梁潇潇哭得更厉害了。

"我错了,东阳,我再也不敢背地里做那些事情了,我保证以后你说什么我都听,好不好?"

谢东阳厌恶地甩开她的手:"最讨厌哭哭啼啼的女人,像什么样子。"

"东阳……"

"别跟着我,不然你会后悔。"

谢东阳发火还是很可怕的,他指了指梁潇潇,梁潇潇吓得不敢再上前。

他上了红色的法拉利,绝尘而去。

谢家老宅。

他进门的时候,父母正好都在家里。

家里还有一个客人,貌似是父亲的远房亲戚,大家正聊得开心。

谢东阳进门就直接来了一句:"爸,我后悔了,我要把华小五娶回来。"

谢家人一听,顿时脸色大变。

谢云一听就火了,直接骂道:"胡说八道什么,混账东西。"

谢东阳歪着头,一脸坚持:"爸,我没胡说,我说真的。"

谢夫人也坐不住了,忙起身,拉着儿子往楼上走,只觉得在亲戚面前,不成样子。

一直拉着儿子上了楼,谢夫人才压低了声音:"儿子,你这是做什么?"

谢东阳靠在墙壁上,嘴里叼起一根香烟。

"妈,我后悔了,那华家小五本来就是你们给我定的媳妇,现在我想抢回来。"

谢夫人一脸的愁容，又是生气又是窝火："这话可别跟你爸说了，不然又免不了一顿鞭子。那天你因为什么挨打不知道吗？

"婚礼我们给你安排好，日子给你选好，新娘给你接好，而你呢？你跑去跟一个三线小明星鬼混弄得满城皆知，我和你爸颜面无存，连之前给华家的一千万订金都没好意思要回来。

"还好华家不是要赖的人，直接退了钱，也没多说，但人家心里能高兴吗？"

谢家夫妇一生为人正直，明事理，通人情。一共生有两子一女，大儿子谢东泽很懂事体贴，小女儿谢东瑶还在外面留学。唯独这个老二不省心，想着给找一门婚事，娶个妻子，或许能好一些。哪知道现在弄得差点收不了场，还好江家最后接了盘。

要不然，华家能轻易算了？

这事好不容易过去了一点风头，这逆子又跑来说后悔了，要娶华家小五，这不是找抽？

好在谢夫人是个好脾气的，这要是谢云在，直接一耳光就地打死他。

谢东阳不以为然，丝毫没有悔意，只是坚持己见。

"妈，其实我找你们来说，也不是为了让你们帮我，你们老一辈的做事情太古板传统，我自己的事情我自己弄，我今儿回来就是知会您一声，别到时候我把华小五领回来，你和我爸惊讶就行。"

谢夫人气得咬牙："老二，你胡闹，人家五丫头已经进了江家的门，如今得罪一个华家还不够，你还要我们得罪江家？你爸知道会打死你的。"

"我爸也没少打我，行了，这件事我自有打算。"

谢东阳不愿意跟母亲多言，一脸不耐烦地下楼。

"东阳，我可告诉你，你别胡来。"谢夫人还不忘叮嘱一句，可是对谢东阳来说，压根没什么用。

他反悔了之后，第一时间就打算去找华笙单独聊聊。毕竟今天江流在场，也许有些话单独聊聊，效果会出乎意料。

要到华笙手机号后，他直接拨了过去。电话响了好多声，无人接听。

他又按照电话号搜索到微信，发现华笙的微信名字很特别，名字叫"一笙有你"。头像是一棵小草，很平凡很普通的那种。

他添加到通讯录，验证信息里信心满满地写着——华笙，我是谢东阳。

然而,十分钟过去了,半小时过去了,依然没有一点回音。

谢东阳有些坐不住了,心想,这是没看手机?

而另一头,华笙这个时间是听音乐的时间,谢东阳发的消息,她看见了,可是,她为什么要回?

江流晚上跟客户吃完饭,直接开车回了十里春风。

他回来的时候,华笙已经上楼休息。

"姑爷吃饭了吗?"银杏主动问。

"吃过了,她呢?"

"小姐在楼上陪小黑。"

江流吓了一跳,刚要问谁是小黑,就想到之前银杏和春桃给他讲的那些事。华笙有一个宠物猫,是黑色的,叫小黑。

他笑了笑,脱下外套往楼上走。路过华笙房间的时候,门正好虚掩着,里面还有她温柔的声音。

"小黑,你这几天跑哪里去了?这几天天气不好,老是下雨,你不要乱跑。"

"喵喵喵。"那小黑猫好像听懂似的,回应了几句。

华笙笑着继续说:"你是不是也想念钟翠山的日子了?可我们不能住在那里了,我现在结婚了,要住在城市里,还有奶奶,她身体不好,还是在老宅好一些,去医院也方便,等有空了,天气好了,我带你回去看看好不好?"

"喵喵。"

就这样,江流在门口听了三分钟。

还是春桃上来送水果,看见江流,直接问他:"姑爷,你在门口做什么,怎么不进去?"

江流有些尴尬,推门进去,春桃跟在身后。

这句话华笙也听到了,她有些生气,冷眼扫过他:"堂堂江家太子爷,居然喜欢听墙角,这是什么毛病?"

春桃低声笑,她也知道自家小姐这脾气,看着温温柔柔,实则很难讲话的。

江流倒是很淡定,直接坐在沙发上:"我听的也不是外人的墙角,我听我自己老婆的,我还不能听了?"

"谁是你老婆?"华笙脸有些红。

"结婚证都有,你还抵赖?"

"我那不是……"刚想说我那不是跟你形婚吗,是假的,是协议。但是看春桃还在房间里,也不方便说,所以就没说完。

春桃将果盘放在茶几上。

"小姐,姑爷,你们慢用。"

"嗯。"

华笙点点头,春桃退出去。

华笙也没心情吃水果,看了一眼江流:"我想,有些话我有必要和你说。"

"说。"他一副悠然自在的样子。

华笙坐在床上,转过身子,将怀中的小黑放下。

小黑"喵"了一声,乖乖在她身边趴下。

"江少。"

"太客气了,你应该叫老公。"

"这里没有外人,我也没必要装,江少,你要搞清楚一点,我们俩之间是合作关系。"

"没毛病。"江流点头赞同。

"所以我们俩不是真正的夫妻,形婚懂吧?"

江流点头:"接着说。"

"既然是形婚,你就不要太认真,反正我们只是暂时合作,你能帮我华家解决燃眉之急我很感激你,也愿意做你名义上的妻子,帮你挡外面那些流言蜚语。

"但是你自己要自重一下,比如刚才,听墙角不说,还直接推门进我房间,你不觉得这么做很不礼貌吗?江先生?"

华笙一口气说完一堆大道理,且情绪有点小激动,那红扑扑的小脸,可爱至极,弄得江流忍不住很想伸手去捏一下,可时机不对。

这时候去碰人家,这不是火上浇油吗?所以江流点点头,还故意挠了挠耳朵。

"江先生,我希望你能明白,我们除了法律上是夫妻外,并没有其他任何关系,我们各自的财产独立,我也不问你要一分钱,十里春风是我的房产,春桃和银杏也是我来发工资。"

"意思就是你管吃管住呗?"江流好笑地看着她。

"难道不是吗?"华笙气得反问。

"是是是，道理是这么个道理。"

"所以你不要过分好吗，至少要尊重我一些隐私。"

"比如？"江流眉毛一挑。

"比如不要随便碰我的东西，进我房间要敲门，除了公众场合外，不要跟我有肢体接触……言语调戏最好也不要有。"

"这有些强人所难吧，我这二十多岁，年轻气盛的，老婆你又貌美如花。你当我是柳下惠啊，坐怀不乱？"

"你……流氓！"华笙觉得他这个态度有些轻浮。

一 笙有你

"好了,不逗你,你放心,我明白你的意思,也会尊重你。"说完,江流起身,靠近华笙的床。

"你干吗?"她警惕地看着他。

"你这么紧张干吗?我看看你这只小猫,好可爱。"

江流伸出手,摸了摸小黑的头。

"小黑很认生,小心它抓伤你。"

事实上,小黑确实很认生,甚至连春桃和银杏它都有防备心,不让摸。除了华笙外,它不跟任何人好。

小黑不是什么名贵猫,只是六年前在钟翠山上发现的一只流浪猫。华笙觉得它可怜就收养了,一直养到现在。

华笙说这番话的时候已经晚了,江流已经将小黑从床上抱起来。

意外的是,小黑不仅没有抓它,还懒洋洋地往他怀里钻了钻。惊得华笙瞪大了眼睛,一脸的不可思议。

"它也不凶啊,没你说得那么厉害。"江流说。

"它之前不这样的……"华笙还是没办法相信一向凶猛的小黑,在江流怀中变成了乖乖仔。

"也许它就是喜欢我呢。"江流很是高兴,一只手拖着小黑,一只手轻轻抚摸。

话锋转到小黑身上后,明显没有刚才那么尴尬了。然后江流赖在华笙的房间两个多小时,还吃光了原本给华笙准备的水果,最后看华笙要休息了,才依依不舍地离开,回到自己的房间去。

晚上打扫卫生的时候,银杏还逗春桃:"春桃姐,你说咱们小姐这样和姑爷同居下去,会不会爱上他啊?"

"这都不好说啊,姑爷人挺优秀的,就看以后对咱们小姐啥样了。我觉得,咱们小姐虽然性子冷,可终究不是铁石心肠的人,要是一直对她好,就算是一块石头也能焐热的吧?"

这些话,正好被半夜起来喝水的江流听到,他笑了笑。

以后如何,他不敢说,但是华笙这丫头,他是喜欢的,他还是觉得她很有趣,尤其是生气时候的样子。

谢东阳私人别墅。

谢东阳拿起手机拨了一串号码,那头响了很久才接。

"谢东阳你发什么神经啊,大早上的打什么电话?让不让人睡觉啦?"那头传来一个女人尖锐的声音。

谢东阳穿着一身白色的浴袍,懒洋洋地靠在泳池边的躺椅上,手里还拿着一杯威士忌,简直不要太神仙。

他喝了一小口酒,将酒杯放在一旁。

"谢东瑶,你看看都几点了,加拿大和咱们这里时差十三个小时,我这里是晚上十点,你那里应该是早上九点才对啊……你居然还在睡觉,你也不怕太阳晒屁股?"

"昨晚喝酒喝大了,你管我?"说着谢东瑶就要挂电话……

"哎,等等,我真的有事找你,先别挂。"

"你找我还能有好事?"谢东瑶狠狠地翻了一个白眼。

她自小就喜欢跟二哥打嘴仗,两人就跟冤家似的,相爱相杀。

也许是年龄比较相近的关系,谢东泽比他们俩都大不少,所以跟他们玩不到一起去。

谢东阳今年 26 岁,谢东瑶 22 岁,跟华笙正好同岁。

"不能说好事吧,但也不是坏事。"

"不管不管。"

"你要是帮我,我给你买手表,就上次你看上的那款。"谢东阳一看不威逼利诱不行了。

果然,那头听见手表,平静了很多:"行吧,那你先说我听听。"

谢东阳坐起来,有些小兴奋:"瑶瑶,你猜我今天看见谁了?"

"谁?"

"华笙。"

"华笙?谁?"

很显然,这丫头对家里的事不是很了解,之前听说家里给二哥订了婚事。父母还希望她回来参加婚礼，但是她觉得没戏。毕竟二哥是那么不靠谱的人，所以机票都没订，结果，真的就没结成。

所以听到华笙这名字，并不熟悉。

"就是华家小五，原本打算嫁给我的那个。"

"哦……我想起来了，就是你逃婚的那个。"

"没错，就她。"

"哎哟喂，那你多尴尬啊，我要是那女的，我看见你，第一件事就是冲上来给你两大耳刮子。"

"你这是哪跟哪啊，别插嘴，你听我说完。"

"你说你说。"

听到二哥八卦起来，谢东瑶也来了兴趣，从被窝里爬起来，顶着鸟窝头，继续听下文。

"我今天碰见她和江流在一起，我一开始还以为是江流在外面的红粉知己，还过去奚落了人家一番……是挺尴尬，后来才知道那是华笙。"

"有什么不同吗？"发现二哥三句话离不开"华笙"两字，谢东瑶觉得，这女的应该是特别的。

"当然了，外面之前怎么传的，你还记得不？"

"呃……有点记得，说华家小五长得奇丑无比，说话还结结巴巴，对了，据说没文化，从来没上过学，好像还秃顶，说头发很少，总带着一个尼姑帽子。"

"我真是服了，这些都是谁说的，你把人叫到我面前来，我一巴掌拍死他。"

"怎么了，二哥……难道不是这样？"

"当然不是啦，传闻都是扯淡。我这次真的被传闻给坑死了，我要是知道华笙真实的情况，就算天王老子拦我，我也不会逃婚的。"

"说来说去，那个华笙到底长什么样啊？"

"颜若倾城，貌若天仙。"谢东阳自认为自己文采并不好，可也憋出了八个字来形容华笙。

三秒钟后，电话那头笑出猪叫。

"笑什么？"

"哥，这脸打得……疼不？"谢东瑶一副幸灾乐祸的样子。

"你给我闭嘴，别笑。"听谢东瑶笑成这样，谢东阳只觉得更闹心了。

"哎呀，好了二哥，既然你俩没那个缘分，人家长什么样都跟你没

047

关系了，我可听说了，人家那姑娘有魄力，你逃婚了，人家当场找了替补新郎，还是江流，对不，所以她现在应该是江流的媳妇了吧？"

"你这是故意往我心窝子上扎是不？"

"那哪能啊，我也是就事论事，话说你和梁潇潇怎么样了？"

"别跟我提她，过去式了。"

"这么快？"

"她给我下药，害得我起来晚了，还故意泄露给媒体，闹得我逃婚的事情满城皆知，我还能留着她？"

"哈，我以为你对她是真的。"

"怎么可能？我这个性格你还不了解？"

"那你今天跟我打电话，到底是怎么个情况？"谢东瑶有些没弄懂二哥的心思，心想，你婚也毁了，情人也被你抛弃了，还想怎么的？

"我想把华笙抢回来。"

"有毛病吧你。"

"我不是开玩笑。"

"哥你现实点行不？不说你逃婚让人家颜面无存，人家不会原谅你，就算人家想原谅你，人家现在的老公干吗的？江流可不是一般人，你可别惹他。"

"呵，江家怎么了，江流算个屁，我从来都没怕过。"谢东阳打小就看不上江流，两人不和。这也是富豪圈人尽皆知的事情，如今因为华笙的关系，两人更是矛盾升级。

"关键问题是，人家现在结婚了，你再动手抢，那就是你不对，当小三是要被唾弃的……尤其是男小三。"

"你少来，我又不是不知道，他俩也没感情基础，不过是碰巧罢了。"

"江流截和不过是因为恶心我，故意让我难堪。华家更简单，需要钱，所以女儿跟谁都无所谓，这也没真情真爱在里面，我怎么就抢不得了？

"再说了，若是论起来，江流才是那个不道德的，他在我的婚礼上抢走了我的新娘，那属于夺妻之恨明白吗？"

"不是你先逃婚的吗，你这也不讲理啊。"

"我什么时候讲过理，总之，这件事我已经定了，具体的你帮我出出主意，我应该怎么把华笙追回来？"

"追女人你不是最在行了吗，还要问我？"谢东瑶觉得好好笑。

"这次不一样,我得慎重点,你给我出出主意,快点,手表还要不要?"

又拿手表威胁……

谢东瑶眼珠子一转,来了一个灵感。

她说:"哥,我看最近某音平台上,表白都挺另类的,挺有创意,要不你给她放一场烟花?"

"这个办法不错,女人应该都喜欢浪漫,行,那我先琢磨琢磨。"

挂了电话,谢东阳立刻打电话给一哥们儿。

"我需要烟花,要大的,漂亮的,越多越好,最好能放几个小时的那种。"

当晚凌晨一点钟,十里春风小区正门,突然放起了烟花。

华笙手机收到一条短信——华笙,我是谢东阳,这场烟花只为你一人绽放,是我对你的歉意。

华笙揉了揉太阳穴,拉开窗帘,就看见一声接一声的烟花。

五秒钟后,华笙拿起手机拨了一个号码。

"喂,是公安局吗?我小区门口有一个疯子放烟花扰民,请你们立刻过来处理一下。"

谢东阳费尽心机弄来烟花,刚放没多久,就引来了警车。

好在市局的警察都认识这谢家二少。

"谢东阳,你这是……"

"啊,我放个烟花玩玩。"谢东阳解释。

"我如果没记错的话,您家不在这边吧?"警察说。

"我那个……有朋友在这边。"

"谢东阳,咱们文明城市,禁止燃放烟花爆竹,这里是居民区,你已经扰民了。"

"这里离市区那么远,你们是怎么知道的?"谢东阳隐约觉得不对劲,心想就算警察来,这来得也太快了点。

"实不相瞒,我们是接到举报了。"

既然警察都来了,自然不能再放烟花了,谢东阳只好找人将烟花拉走,自己也开车回去了。

一场闹剧以悲剧收场。

次日清晨。六点半,华笙换了一件湖水蓝的连衣裙,准时出现在餐厅。刚一落座江流也下楼了。

"早啊。"他打招呼。

华笙低着头:"早。"

"昨晚睡得好吗?"他问这话,是故意的。

华笙也知道他是故意的,所以爱搭不理地说了句:"一般。"

这时,春桃和银杏将早餐端上来,无比丰盛。

江流喝了一口粥,抬起头看看华笙:"你要是在家觉得无聊,可以回老宅,跟我妈一起打打麻将。"

"没兴趣。"

江流看她反应冷淡也没生气。

倒是华笙想到了什么,放下手中的柠檬红茶,正色道:"我听家里说,今天要把那块地给你们江家过户。"

"哪块地?"江流倒是有些没反应过来。

华笙盯着他的眼睛,发现他并不像是说谎。

"就是我们家在仙女湖那块地,之前说好本来是要给谢家的,但是如今我跟你结了婚,钱也是你们家出的,地自然就给你们家。"

"你说的是仙女湖那边的地啊,没关系,你没嫁妆我也不嫌弃你。"

华笙倒是义正词严:"江少,一码归一码,你给华家资金周转,华家自然要回报一点的,今天我大姐会过去找你过户。"

"好,我知道了。"

见华笙很在意这件事,江流只得点点头。他知道,她是不想欠他太多,不要觉得他拿了五个亿就好像是卖给他一样。

华家那块地,虽然不值五个亿,但有价无市,现在城市土地极为紧张的情况下,华家那块守着仙女湖的地,确实前景一片大好,放在手里,无论是盖楼还是干别的什么,都是一笔丰厚的财富。

"我吃好了,你慢慢用。"华笙吃得很快,吃完就转身要上楼。

"老婆,我们加个微信呗。"

江流的要求,让华笙有些始料未及。她转头有些惊讶地看着他。

"看我干吗?你别告诉我你没有?"他笑了。

"不是。"华笙拿出手机,打开二维码。

江流看了一眼她的微信名字,笑了:"一笙有你,这名字不错。"

华笙没吭声。然后他加了一下,还叮嘱她:"记得通过验证。"

华笙还是没吭声,转身上楼。

他自言自语:"年纪不大,性格是真的闷啊。"

江流随后去了公司，而华笙也不想天天待在家里。

她中午吃过饭后，穿着早上那条湖水蓝的连衣裙坐着车出了门。

华笙带着春桃和银杏来到古玩市场慢慢逛着，时不时引来路人的目光。可能是因为在这里很少会看见长相这么精致，穿着打扮这么讲究的姑娘吧。

"小姑娘，买古董不，我这里有铜钱、五帝钱，一百块钱一个，很划算。"一个小商贩主动跟华笙兜售。

华笙看了看那商贩手里的铜钱，笑了笑。

那商贩看有戏，立刻又接着忽悠："小姑娘，看你这么年轻，估计你也不知道五帝钱的用途吧？"

华笙倒是来了兴趣："哦，那你给我说说？"

那小商贩故意压低了声音，神神秘秘地开口："告诉你，五帝钱可厉害着呢，可以招财进宝，旺正财偏财，赌博之人带着便会逢赌必胜，家里有人赌博没，给买一串带着肯定赢钱，你要是自己带，买彩票也能中奖，信我的没错。"

"哦？是吗？那你自己为什么不买彩票？"华笙这么一问，还真是问住了，那四十多岁的小商贩尴尬一笑。

"我……我没那个命啊，俗话说得好，命里有时终须有，命里无时莫强求，我这人就是天生的穷命，还买什么彩票。但是姑娘不一样，姑娘一看就是富贵相。"

华笙伸手摸了摸那五帝钱，问他："那你知道五帝钱分大五帝和小五帝的吗？"

"啊？"那人还真被问住了。

"五帝钱有旺财之功效，你说得也没错，不过还可以辟邪，驱除晦气、霉运，化解煞气，挡太岁，用途很多。"

那小商贩一拍巴掌："姑娘原来是个行家啊，那敢情好了，我就愿意卖给你这种识货的。你看看我这个五帝钱多全，顺治、康熙、雍正、乾隆、嘉庆，一个不缺一个不少，一个只需要一百块，五个才五百块，我告诉你，今儿咱俩有缘分，要不然别人的话，我最少要一千五才卖。"

春桃和银杏也不说话，只是静静地笑着。

华笙点点头："小五帝钱的话，一百一个，也不贵了。"

"是吧，姑娘你要多少，我给你包起来？"那人一看这姑娘这么好骗，赶紧趁热打铁。

"一百一个不贵,我说的是真的五帝钱,而你这些显然是假货。"

华笙一句假货,引来不少人围观,大家纷纷对那小商贩指指点点。

小商贩哪里受得了啊,当场炸了。

"我说,你这个小姑娘,造谣没成本是不是?我在这里摆摊这么多年了,信誉一直很好的,怎么会卖假货,你不懂就不要乱说,不买就走。"

他不耐烦了,开始驱赶华笙她们。

华笙也不着急,继续说着:"五帝钱真假一是要看大小,真的五帝钱规格是在24到28毫米之间,你这个目测最少35了,大一圈不止。

"第二要看厚度,真的五帝钱厚度不会超过4毫米,而你这些都接近10毫米了,说明是假冒的,连高仿都不算。

"第三要看文字,五帝钱是五代皇帝所流通过的货币,每一代文字都有自己的特点,而你这些字体都一样,说明是电脑库里的字体。

"最后你这个颜色太亮了,真正的黄铜不会这么亮的,你这些东西成本不会超过三元一个,你卖一百,也是一本万利了。"

"你……你是来砸场子的吧?"那小商贩被华笙这么一说,彻底挂不住颜面了。

面对小商贩的激动,华笙笑而不语。

"敢坏我名声,告诉你,小丫头片子,你别以为你是女人我就不敢揍你!"小商贩仗着自己是男人,大呼小叫。

华笙抬脚就走,不想跟这种人聊得太多。

"站住,你就这么走了?"

"不然呢?"华笙回过头,淡淡地扫过那小商贩的脸。

"你毁我名声,耽误我做生意,你得买下我的东西。不然你就赔我钱。"

"你这是不要脸了,是吧?"

春桃脾气火暴,要上去理论,被华笙一把拦下:"我说的都是事实而已,至于你的东西,我不会买,因为我从不买假货。"

"不买就不能走。"那小商贩拦在他们面前耍赖。

春桃气得要动手,但华笙素来不是惹事的人,她直接拿出手机,假装拨号码:"喂,是消费者协会吗,我要举报……"

后面的话没说完,小商贩一溜烟就跑回了自己摊位,还一脸赔笑:"姑娘,误会,误会,嘿嘿,我刚和你开玩笑呢。"

华笙嗤笑，带着春桃和银杏接着逛。

"小姐，刚刚为什么不让我教训教训那个家伙？"春桃觉得有些憋屈。

华笙只是笑："我们第一次来这里，以后估计还要常来，不能太招摇，低调行事为妙。"

"小姐说得是。"春桃点点头。

"春桃姐，咱们小姐为人你还不知道吗，素来不喜欢打打杀杀的，那样的人，跟我们也不是一个段位的，当是垃圾就好了。"银杏比较了解华笙的性子。

主仆三人就在古董市场闲逛着。

另一边，江流代表江家去了华氏总部。

华氏的当家人，也就是名义上的董事长，华笙的大姐华枫热情地接待了江流，并且很痛快地将之前许诺给谢家的那块地给了江家。

华枫是个聪明的商人，签约后还不忘卖好："以后就是一家人了，其实这块地到底是无价的，我们也不舍得卖，想着五妹以后嫁给谁，就陪嫁过去，说到底还是我父母觉得这些年亏欠了五妹，想补偿她，我们没什么要求，只希望以后你能对我家妹妹好。"

江流心里明白，华家如此大方，是因为这块地是谢家之前跟他们说好的，是谈判的筹码。谢家援助他们资金，她们交出地。但是这么赤裸裸的交易说出去不好听，所以就打算用联姻来掩人耳目。

谢家说是聘礼，华家说这是嫁妆，为的都是面子上好看，其实华笙这些年在华家是什么地位，在父母心里是什么分量，江流一清二楚。

但，事实是事实，场面上的话还是要说的。

江流拿着土地转让合同起身："大姐放心，我会的。"

"那江少我们就合作愉快……不对，不能叫江少了，要叫江总。"华枫笑着说道。

江流笑而不语。

"对了，下周是家母寿宴，你和五妹会回去吧？"

江流点点头："既然是母亲寿宴，那自然是要回去的。"

"好，到时候见。"

"好。"

华枫做事向来雷厉风行，江流拿着合同也没多停留，离开了华氏。

江流走后，华家老二，也就是华青进来找华枫。

"土地合同你签了？"

"嗯。"

"愚蠢，为何要白白给江家？"华青觉得这笔买卖不划算。

"这块地之前说好了要给谢家的，如今五妹嫁到了江家，我们周转的资金也是江家给的，土地不给人家，你觉得给谁合适？"华枫冷眼看着二妹，其实，华枫和华青的关系并不好。

同在公司上班，两人也是面和心不和。

华枫身为执行总裁，主管的是华家私房菜这一块，华家做了二十几年的私房菜，虽然如今生意不如以前，但也是连锁店遍布全国的。

华青做了华家医美这一块，也就是华氏整容医院。因为近年来整容的越来越多，她的业绩如日中天，所以她并不甘心屈居人下，一直想找机会代替大姐。两人经常在董事会上针锋相对，大家也都习惯了她们这样的相处模式。

"我当然觉得自己留着合适，你也知道上边要发展南部新城，仙女湖是周围最大的中心区，无论我们自家做什么，那都是一块生财之地。"

"然后呢，你觉得江家无缘无故就给了我们五亿，你觉得五妹妹值五亿？"

"不然呢？"

"老二，你也不想想，江家是做什么起家的，人家是私家银行，每年指的就是吃利息放贷款。这五亿人家是打过来了，可是人家也可以说是按照贷款的方式借给我们啊，你可知道，五个亿一年的利息多少钱？"

华青不说话。

华枫讥讽一笑："这么说吧，你整容医院赚的钱，都不够零头的。"

"那你把土地给人家，人家就不要我们利息了？"华青不服气。

华枫不紧不慢地打开抽屉，从里面抽出一沓文件。

"自己看看。"

华青拿过文件，上面写着，江家出的五亿是赠予，并不需要偿还，也没有任何利息。

再看下面日期，正是今天。

也就是说，江家看她们出让了土地后，才给了这样一个合约。

要不然，人家随便出一个房贷文件，就开始收你利息了。

华青理亏，不再多言。

江家这么做，是鸡贼了点，但是，没毛病。

毕竟都是商人，谁也不傻，尤其人家现在还是第一豪门。

十里春风，水韵阁。

华笙逛了一天古玩市场没什么收获，下午回来简单吃了点东西，就坐在阳台上画画。

七月的晚风吹得人很舒服。

华笙坐在顶楼阳台上，喝着咖啡，拿着画笔，一笔笔勾勒不远处的景色。每到这个时候，她就会觉得岁月静好。她也许是太投入了，所以后面进来人也浑然不知。直到一只白皙的手拿起画笔在她的画板上描了几只大雁，她才惊觉。

回过身，正好近距离对上江流的脸。

第一次这样近距离看他，尤其是借着夕阳的余晖，竟然觉得他有点好看，一时间，华笙有些愣神。

江流不是那种第一眼大帅哥，他丹凤眼，小内双，这一点跟华笙很像。头发很短，是那种精简的毛寸，干净利落。鼻梁微挺，嘴唇不薄不厚刚刚好。这样不够精致的五官凑在一起，就是让人说不出来地舒服。尤其是侧脸看他的时候，勾勒出的线条完美到无懈可击。

空气静止了十多秒，只有两人的喘息声。

半晌，华笙才说话："你总是这样没礼貌。"

江流指了指画板："你不觉得原本的景色太寂寥了些吗，现在加上大雁才有人间烟火的味道。"

"瞎说，意境都变了。"华笙白了他一眼，从他手中夺回画笔，但是却没有擦去他画上去的大雁。

"喜欢画画？"他问她。

"还行。"

"你懂画画？"华笙继续说。

"略懂皮毛。"

江流就借着和华笙说话的工夫，厚着脸皮在她身边坐下来，还很自来熟地拿起她的咖啡杯喝了一口。

"哎？那是我的。"华笙皱眉。

"没关系，我不嫌弃你脏。"

华笙真是气坏了。这男人也太……没规矩了。

不是说江家是第一豪门吗？养出来的少爷，怎么会如此不拘小节？

难道不应该是一个儒雅的谦谦君子吗？

华笙怎么觉得，有时候，江流的举动，像个小无赖。

"别嫌，我没病。"江流逗她。

华笙鼓起腮，真是气成河豚。这杯子是某品牌刚出的限量款，她是在海外订的，今天刚到。外面是浅粉色，亮晶晶的玻璃，里面是一个猫爪子的形状，萌得不要不要的。

也许是因为小黑的缘故，华笙很喜欢猫。哪知道才用一天，就被这个男人给侵占了，还真是……倒霉。

见华笙生气，江流故意扯开话题："今天我见到大姐了。"

"你不是独生子吗？"华笙以为他说他的姐姐。

"是你大姐。"

"哦……"华笙的反应很淡。

"她签了土地转让合同，我也给了她五亿赠予合同。"

"那不是挺好的，有来有往，谁也不亏。"

"是，大姐说，下周是母亲的寿宴，让我们回去。"

华笙沉默不语。

江流观察她的表情，她对母亲的寿宴这件事，表现得也是非常冷淡。

"你会跟我一起回去吧？"江流又问了一遍。

"那就回去吧。"她有些勉强。

"礼物我来准备。"

"好，钱我出一半。"

"不用你，我来就好。"

"不行，说好的各自负担各自的花销，以后我们两家人的花销，我们就AA，公平一些。"华笙说得很坚决，她就是不想欠人情。

"你非要跟我算这么仔细吗？"江流无奈了。

"是，这些都是之前说好的。"

"那以后生了孩子，奶粉钱也要一人一半吗？我觉得养老婆孩子是男人的责任啊……"江流试图说服她。

华笙半天才反应过来，狠狠地瞪了他一眼："谁要和你生孩子？"

江流看她着急撇清的样子，也是可爱到不行。

看来是个没什么恋爱经验的丫头，所以一逗就脸红。

然后江流继续逗她，指了指这幅画："这画不错，卖我吧？"

"不卖。"华笙拒绝得也干脆。

"我出比市场价高三倍的价格。"

"十倍也不卖。"华笙一肚子气呢。

"那这幅画叫什么名字,总该告诉我吧?"他看着那幅水墨画。他很少看见女生画黑白风格的国画。

华笙就地取景,画着不远处的景色,经过她这么一雕琢,真是无比惊艳。尤其懂行的人一看,肯定知道出自天赋画家之手。

说到画的名字,华笙语气平和了许多:"我还没想好。"

"我帮你想个怎么样?"

华笙没吭声,没吭声就是默认了。

"叫一只大雁怎么样?"

"你赶紧给我出去。"

华笙气得都想摔画笔,这么美的画,这么美好的水墨画,都让这家伙"一只大雁"这四个字给搞得庸俗了,气得华笙赶人。

江流笑得很开心,然后看她真的有些生气,才改口:"不闹不闹,好好说,我觉得叫……北归怎么样?"

华笙琢磨了一下,问他:"为何叫北归?"

江流指着山中的大雁:"你看,你画中的水没结冰,说明不是冬季,旁边又有野草野花,说明春暖花开,大雁北飞,有北归之意,意味着回家,这多暖。"

北归,确实意境不错,又简洁,是华笙的风格。

可是……

大雁是他画的好吗,这画中本来也没大雁什么事啊?

这家伙是给自己脸上贴金呢吧?

"大雁是你画的,名字是你取的,要不要署名也写江流,你觉得怎么样?"华笙没好气地问。

江流两手一拍:"谢谢老婆。"

"谁是你老婆,江流你赶紧给我出去……"华笙气得推着他就往外走。

这是两个人第一次有这么亲密的肢体接触。就算被赶出来,江流也开心。

夜之光酒吧里,谢东阳这几日也没睡好,醉生梦死的。

有了追回华家小五的想法后,他就一直蠢蠢欲动,本想找机会先跟人套套近乎,结果人家压根就不给面子,这可让他没了头绪,所以只得约上几个哥们儿一起喝酒。

几个哥们儿也知道他最近因为女人的事情发愁，劝了几句。有一个更逗，直接说："谢少，得不到的永远在骚动啊……你这是因为得不到所以不甘心，其实你若是得到了，也就发现，华家小五也就那么回事。"

"女人嘛，都是一个样子，时间一长，谁都会腻，就算给你一个安妮·海瑟薇，你也会觉得她就是个女人而已，什么女神，都是吹的，大家都是鬼，玩什么聊斋呢。"

谢东阳郁闷地拿着一瓶啤酒在手，微微叹息："问题是，现在我还没得到，至于腻了，那也是得到以后的事。"

"不过谢少，你真的打算跟江家太子爷抢女人吗？那小子不好惹。"有一哥们儿好心提醒。

不说倒还好，一说江流，谢东阳就来气。

"江流，呵呵，就是因为是他的女人，我才抢到底。老子这辈子就跟他杠上了，就不信这个邪了。"

谢家虽然不如江家实力雄厚，但如今能和江流比上一比的也只有谢家这位公子了。

虽然外面都说"东华西王南谢北江"，但其实排名上，依次是江、谢、王、华才对。

华家没有儿子，只靠女人撑起一片天，根基并不那么稳。谢家做珠宝生意多年，如今奢侈品珠宝做到世界五百强，深受国人喜爱。去年，在国内最大的拍卖行，谢家自创品牌AILA的一套翡翠，拍出了1.9亿的天价。

当天股市暴涨百分之二十，一跃成为顶级富豪，仅次于江家。

所以谢东阳这些年在江城横行霸道惯了，做事也是不计较后果，但没有人敢得罪。

他唯一看不上的江流，还很少跟他碰面，偶然碰见了，他说几句挤兑的话，人家江流也不跟他一般见识，所以两人之间一直没有爆发过什么大的矛盾。

但是这次婚礼上，江流接盘了谢东阳的新娘，彻底将他们推到了风口浪尖。已经有不少媒体开始夸大其词地写一些捕风捉影的新闻了。

一周时间转瞬即逝。华家夫人许丽华生日在老宅低调摆了家宴。这次家宴没有邀请外人，都是自家人和一些宗亲。

江流和华笙在十里春风吃了早饭后来了。江流的父母因为去了欧洲出差，没赶得及，但是据说送了礼物过来，让华家人很高兴。

劳斯莱斯车内，江流问华笙："你猜猜我准备了什么礼物？"

"没兴趣。"华笙把头别过去，看着窗外。其实她一点都不关心母亲过生日的事情。在她心里，亲人只有奶奶一个。

这些人都只是与她有着血脉关系的陌生人。

"听说母亲信佛，我让人弄来一串成色不错的小叶紫檀。"见华笙不吭声，江流用手肘轻轻碰触她一下笑问，"听说你对古玩有研究，你帮我看看，我被骗没？"

说着，江流递上自己手中的紫红色锦盒。

江流就是有这个厚脸皮的劲儿，当然只限于在华笙面前，所以明知道华笙对寿礼没兴趣，却还是硬将小叶紫檀拿到她面前，给她鉴赏。

华笙无奈，只得转头打开锦盒看了一眼，拿起来研究了一番，才眼神颇为复杂地看他："你倒是舍得下血本，送这么贵干吗？"

"那不是我岳母嘛，也不是送了外人。"

华笙没接话，掂量了一下手串。

"你花多少钱买的？"

"三十五万。"

华笙点点头："价格合理，市值也就在35到40之间，不过你这个成色确实不错，你朋友也没坑你。"

"哈哈，没坑我就好。"

华笙鉴定了后，江流心情大好。

因为不用在华家住，所以春桃和银杏没带回来。

车子缓缓驶入华家老宅。两人从车上下来的时候，江流顺势牵住了华笙的手。

"你干什么？"华笙低声问。

"公众场合，说好了要恩爱的。"江流握紧了她的手就往里走。

门口出来不少人迎接。这么做，也是看重江家，看重江流。

"五妹气色越来越好了。"说话的是老三华芷。华芷因为是大明星，所以在家里颇有地位，性格也强悍，说话向来有一说一，口无遮拦。

华笙笑了笑，什么都没说，跟着江流进去了。

两人在客厅坐了一会，华笙又跑去后院看了奶奶。一直到中午吃饭才搀扶着老太太出来，一起入座。

华家有五女，有三个出嫁了。只有老三华芷和老四华琳还没结婚。

但是华琳有男友,今儿正好也来了,是个警察,叫白浩。

华家这样的人家,普通人是难入法眼的。当初华家就反对过,但是华琳也是个倔脾气,一门心思要和白浩在一起,甚至还把人带回来了,不过豪门总是势利眼的。白浩这样的普通人,在华家这样的场合难免会尴尬。

尤其是,江流送完了寿礼之后,再看白浩,只送了一条巴宝莉的丝巾,价值也就几千块而已。

老二华青故意奚落道,"我妈妈这种围巾多的是,都快堆成山了,干吗又送围巾啊?"

华夫人笑了笑,"是挺多的,这种颜色我也有,要不拿回去给你母亲用吧?"

这句话弄得白浩更尴尬……

表面上是这么说,其实都知道就是因为东西太便宜了。

巴宝莉的丝巾对于华家来说,就等于是日常用品,过生日的送,未免显得太寒酸了些。

但是也没办法,白浩是个小警察,工资也就四五千,人家也是一片心意。

华琳有些挂不住面子,也有些生气,赌气地开口:"白浩是普通警察,收入自然是跟江少没得比的,江少送的几十万的东西……那是普通百姓一套房子的首付钱,贫富差距大,但是有时候也不能用金钱来衡量心意,心意是无价的。"

华琳这番话,把江流扯进来,这就更尴尬了。

江流低着头没说什么,他也没打算矛盾激化。

但是华笙有些不高兴了。她淡漠地扫了华琳一眼:"四姐这话不对,生死有命富贵在天,贫富差距大这是国情,还能怪江流生在江家吗?会投胎也是门技术活,也不是人人都能驾驭得了的。"

这番话说完,江流有些受宠若惊,华笙这是主动维护他了啊?

华琳不服气,还想说什么。

还是大姐华枫发话,"大家快吃菜吧,不然一会凉了。"

这么一打岔,算是给圆过去了。

但是那个警察白浩,始终是没吃好这顿饭。他只简单吃了几口,就说单位有事要走,华琳也满肚子不高兴,说出去送送也就没回来。

华琳出门后,华青酸了一句:"老四真是糊涂,门当户对这是老祖宗留下来的规矩,她这脑袋一热为了爱情就奋不顾身了,我看她热度能维持多久。爸,妈,你们也不管了?就让她这么放飞自我了?"

华老爷有些郁闷地喝了口酒。

"不管了,女儿大了也管不了,自己的路自己选,自己的梦自己圆,以后享福受罪,都是自己知道。"

"行了,今儿是好日子,都少说一句,不是给丽华过生日吗?"老太太一开口,就都安静了。

吃完饭后,亲戚们陆陆续续离开,只剩下华家人在客厅里聊天喝茶。

世界级的古董鉴定大师

老太太有些累,早早地回了后院休息。

华芷忙着自拍臭美,华笙拿起一本书低头看着。

江流发现,华笙极少玩手机。在这个人人都离不开手机的年代,这样的女生真的很少了。不爱发朋友圈,不看娱乐新闻,不关注国家大事,也不愿意玩手机游戏。

华芷拍了好多张,都不太满意,于是换了一个滤镜,正好不小心切换了镜头。镜头对着正在看书的华笙。

华芷就觉得这角度很不错,丁是喊道:"五妹,抬起头。"

华笙下意识地抬起头。看着华芷用手机对着自己,她立刻抬起手挡住脸。可还是晚了一步,"咔嚓"一声,拍了一张。

虽然脸被遮住了,但是颜值还是在的,因为灯光的关系,遮住脸后,显得更有意境,有一种说不出的朦胧美。

华笙很瘦,只有90斤。166厘米的身高,90斤,真的很瘦。她今天穿了一条鹅黄色旗袍,修身款。脖子上戴着一串亮白色的珍珠。耳朵上是一对八宝耳环,指甲是裸色,很干净,手指也是修长又美。

华芷拍完照片后,简单修了一下,就迫不及待地发了微博,并写道——我家五妹很害羞,不肯拍正脸。然后下面就是那张照片。

华芷因为是大明星,微博粉丝有两千多万。所以一发微博,顿时引爆流量。

没几分钟,下面留言就过万条,点赞过了二十万,比平时她发别的要多几倍的流量。

酒吧里有几个富二代也关注了华芷的微博。看见她发微博后,立刻拿给谢东阳看。

"谢少,你看看,这是不是华家小五啊,就是你要抢的那个女人。"

谢东阳眯起眼睛,仔细看着照片,只觉得小心脏扑通扑通直跳,虽然只有一个侧脸,但是错不了。

就是华小五了,因为华小五的气质,是别人身上没有的。而且,华芷都明说了,是五妹,那肯定是她了。

谢东阳觉得不过瘾,一把抢过来手机,将图片点开放大看了好半天,越看越喜欢,越看心里越痒痒。旁边的几个人也都不敢吭声,不知道这位爷要看到什么时候。

他先是点了一个赞,又打开华芷的微博评论,在底下评论道——这女的,我要了。

"我去,谢少,这是我微博号……"那富二代急得跳脚。

"没事,华芷那么多粉丝,不会注意到你的,你慌什么?"谢东阳乐了。

"我不是怕华芷啊,我是怕江流砍我。"那小子捂着脸,一脸生无可恋。

谢东阳听完笑了笑,大言不惭地说道:"哥几个等着看吧,江流的老婆,肯定是我的。"

……

华芷无意中发的一张华笙的照片火了。因为她写明了是五妹妹,所以引来很多大V转发和传播。毕竟华家小五可是前几天谢家婚礼上的主角,更是在当日拐走了江家太子爷。这样一个神秘女子,外人都没看过什么样呢。所以没一会儿就上了热搜,华笙对这些不关心,并不知道。

倒是华芷,笑道:"五妹,我今天发你照片到微博,我的天,那人气……比我还高,你不进娱乐圈真是可惜了。"

"我没兴趣。"华笙只是淡淡的。

这就是她的性格,什么娱乐圈啊经商啊,她都没兴趣。

虽说她在家华家不受宠吧,可她父亲当年还是给她留了百分之五的股权。这些年也一直有分红,只不过华家效益不好,没分多少罢了。还不如她自己买卖古董赚的钱多。

在华家一直待到了晚上,两人才回十里春风的家。

一到家,江流就接了一个电话。

"妈说让我回去一趟,你去不去?"江流问她。

"我可以不去吗？有些累。"

这话倒是实话，在华家折腾了一天，也没吃好睡好的，确实想早点歇着。

最主要的是，江夫人打电话只让江流一个人回去，并没有说华笙一起。所以江流点点头："那你就早点歇着。"

随后江流开车一个人回了江家老宅。

江流的爷爷奶奶都在南方一个山清水秀的小镇生活，那里有江家的祠堂。老两口信佛多年，而且吃素，所以很少回来住。平时只有江流的父母在这边，还有几个女佣、司机照顾着。

江流回来的时候，只有母亲一人在家。

"妈，我爸呢？"

"他还没回来，还有个会要开。"

"哦，您找我什么事啊？"

江流笑着坐在江夫人身边，看得出来，他和父母关系一直不错。至少比华笙跟华家关系好，也比谢东阳和谢家关系要强。

江夫人侧头看着儿子，微微皱眉："好几个事，我一个个说吧，你们住在十里春风，是暂时的，还是长久的？"

"嗯……这个没想过啊，住着舒服，先住着呗。"江流不以为意。

"你这傻孩子，想得就是少，那十里春风是你媳妇自己的房子，这叫什么事啊，我们江家是娶媳妇，怎么可以住在华家的房子里呢？

"最主要的是，那房子地点不算好，有点偏，房子质量也一般，哪里比得上我和你爸给你买的东兴王府的房子，那边独栋别墅，带私家花园和泳池，使用面积超过八百平，装修也花了上千万，那里不是更好？"

事实上，江家父母确实早早地就给准备了婚房，小区叫东兴王府，是这个城市里顶级的地段，在一个湿地公园内，那里一套房子就是好几个亿。

"阿笙喜欢住在十里春风我就跟着她住呗，一个房子，多大能如何，还不是睡觉的地方？"江流笑得温和。

这时，他手机推送了一条新闻——顶级古董鉴定师SS再次现身某网络直播间，据说这次要鉴赏一件价值十二亿的天价宝贝。

江流挑了挑眉。SS？那个传说中，神秘的顶级古董鉴定大师？据说是个女人啊。

"江流？江流？"江夫人喊了两次，儿子才回过神。

"啊？妈您接着说。"江流真是走神了，想着要看SS的天价直播，所以母亲刚说了什么他真是一个字都没听进去。

"我说，你俩这样下去不是办法。"

"嗯嗯，暂时先这么住，等她怀孕了，有了宝宝，我们就搬到东兴王府好不好？"江流也不想跟母亲硬碰硬，所以也是商量的语气。

听他这么说，尤其是说到孩子，江夫人脸色好看了几分。

"这也行，那我说下个事，今儿你媳妇上微博热搜了知不知道？我看那个华家老三，那个当明星的，在微博上发了你媳妇照片？"

"哦，那是她们姐妹之间闹着玩的。"江流也是知道的。

江夫人脸色一沉："这可不行，现在华笙可不是华家女儿那么简单了，也是我江家的媳妇，我们家不喜欢让儿媳妇抛头露面的，还好不是拍什么过分的照片，你回去告诉你媳妇，让她以后注意点。"

"哎，好，我回去跟她说。"江流其实也是懒得跟母亲掰扯，只能先答应，到时候说不说，谁知道？再说，华笙本就是个低调的人，那照片是华芷拍的，又不是她自己想的。

江夫人还想说什么，可江流看直播时间快到了，赶紧找个借口说有工作，就上了楼，进了自己住的房间，然后打开手机，进入直播间。

不进倒好，一进吓一跳，江流瞄了一下右上角，发现全球在线观看人数已经超过了七百万人。

这直播间本来也是全球最大的直播间，总部在瑞士，每个月只开一次直播，每次只鉴赏一件宝贝，鉴赏后会直接公开拍卖，找到买家就直接售卖了。

直播平台会收成交价的千分之十作为酬劳，鉴定师收成交价的千分之五，这个都是公开的规矩。

就拿上个月的一个青花瓷花瓶来说，最后成交价格一个亿多，直播平台净赚了一百多万，而鉴定青花瓷的鉴定师也拿了五十多万的劳务费，很可观了。

江流进去的时候，鉴定已经开始了。

主持人用流利的英文介绍着："这是一条来自七百多年前的波斯公主佩戴的粉红之心项链，是一个神秘人在一个大户人家手里买的，花了十五万美金，要知道三十年前，十五万美金已经是天价，好了，下面让我们顶级古董鉴定大师SS为我们揭晓这红粉之心的价值。"

主持人说完,将画面切换到 SS 身上。

江流看了一眼,那是一个戴着银色天使面具的女人,身穿铂金色金属材质的风衣,很酷。

"这个项链,是假的。" SS 的声音有些低哑,她用英文说完这句话,整个直播间里沸腾起来。

大家可能都没想到,会是这样的结果。

主持人也是一脸的尴尬,跟 SS 确认:"请问 SS,您能再说一次您的鉴定结果吗?"

"这项链,是假的。"她又重复了一次。

这时,直播间里开始有网友不停地刷屏……

"这大师是个骗子吧,这么贵的项链能是假货?"

"我觉得 SS 也许没说错啊,钻石也有假的,这很正常,你们激动什么?"

"有点坑啊,要是假货的话,那当初那个花十五万美金的老哥,会不会跳楼?"

"到底怎么回事啊,是真的还是假的?"

"好的,SS 请给出你的理由。"主持人说。

SS 拿出一张电脑打印的项链图纸,说道:"钻石是真的钻石,铂金也是真的铂金。

"但没有那么久远的年代,根本不是七百多年前的东西,那时候波斯是富有,请到明朝工匠也不是难事,但不管是明朝的工匠,还是当时波斯的工匠,都不会有这个镶嵌的工艺手法,大家请看,这里……"

江流也仔细看了看,发现 SS 不断放大细节后,看见的钻石镶嵌处确实做得很细腻,而且是立体花纹浮雕。

"这种手法,最早出现在八十年前,是近代手艺,所以我说这东西是假的,并不是说钻石是假的,而是说年份虚假。

"不过,这颗粉钻倒是难得的宝贝,做工精细,又是七克拉的完整粉钻,还是有一定的收藏价值。"

这么一说,很多网友也都明白了,纷纷在下面给 SS 点赞。

"那么,SS 请给出你最终的评估价格。"

银色面具后,那低哑的声音缓缓用英文说道:"我给的价格是——八千万。"

价格一出,那个项链的主人眼中写满失望,因为如果是七百年前的东西，这最少要卖几个亿的。

最终，粉钻被一个来自俄罗斯的土豪买走，平台获得了八十万的酬劳，SS 获得四十万酬劳。

直播完美收场……

江流心里忽然有一个感觉，总觉得这个 SS 的气质很像一个人，具体像谁，他一下子也是没想起来。

这边，十里春风。

华笙睡得有些晚。

江流九点多回来的时候，发现她房间的灯还亮着。

江流这回学乖了，敲了敲门。

"进来。"她的声音极好听，清脆悦耳。

"还没睡呢？"他走进去，直接坐在离她很近的沙发上。

"嗯，看会书。"

"看什么书呢？"

"《小王子》。"

"哈？你居然看这种书？"江流意外，甚至有点想笑。

华笙板着脸："很意外吗？我怎么就不能看这种书了，或者说，你以为我该看什么书？"

江流觉得自己有点说错话，摸了摸后颈，赶紧解释："我以为你会看《红楼梦》啊，《老人与海》啊，《泰戈尔全集》啊之类的。"

"你说的那些我都不喜欢。"

"哈，那你喜欢什么？童话故事？"

江流压根就没想到，《小王子》这么单纯美好的书，华笙会喜欢看。

"《鬼吹灯》《盗墓笔记》。"她说。

江流再次被震惊。

"好吧……你这口味还真是重得很，看来你对盗墓很感兴趣啊？"

"不，我只是对古董感兴趣而已。"华笙淡淡地回着。

说到这里，江流想起来一件事，故意卖弄一下。

"阿笙，你既然喜欢古董，那你认识一个人吗？"

"谁？"

"世界级的古董鉴定大师 SS。"

华笙拿着《小王子》的手，微微动了一下，但是幅度很小，不明显，江流也没注意到。

"不认识。"

"这不应该啊,这么著名的大师,你怎么会不认识呢?"

"鉴定大师那么多,我记得谁是谁?"华笙故意低下头,不让江流看自己的眼睛。

"也是……不过有机会我得带你看看 SS 的直播,太精彩了,你知道吗?

"我今晚就赶上一场,她鉴定了一个假的波斯项链。我的天!细节观察太到位了。

"你知道她厉害在哪里吗?厉害的是她一直都是在第三国,属于在视频里鉴赏,这个难度很高的,毕竟摸不到实物,看不清楚细节什么的,她是第一个敢在视频里鉴定文物的大师,还敢直播,太厉害了,难怪身价那么高。"

江流对古玩有些兴趣,所以一直比较崇拜这个 SS。今晚聊到了,就狠狠地夸了一番。

华笙依旧没什么兴趣的样子,淡淡地开口:"我要睡了,你还不回你房间吗?"

"好吧,那你早点休息。"看人家都下逐客令了,江流识趣地起身。

在他出门后,华笙微微扬起嘴角……

那微笑,带着一丝得意。

次日清晨。吃过早餐后,江流就去了公司总部。

华笙跟着春桃和银杏修剪了一会儿花花草草。看时间差不多了,就抱着小黑上了车,去市中心一家宠物医院给它打疫苗。

春桃开着奥迪 A8,银杏这次坐在了副驾驶座上,华笙抱着小黑坐在后排。车子在四环的快速路上飞快地行驶着,前面一个红灯。

春桃缓缓踩刹车,车子还没等停稳,只听"哐当"一声,车子猛地一震,华笙惊讶地回过头。

居然被后车给追尾了。

春桃气得直接打开车门,下车骂道:"你是不是瞎?我这都开双闪了,前面是红灯,大家都停车了,你怎么还往上撞?"

后面的车是一台白色的玛莎拉蒂。

半天,里面下来一个人,穿着古驰的短袖,浅色的牛仔裤,古驰小蜜蜂的鞋,打扮倒是年轻帅气,人长得也不难看,还有小虎牙。

只是……

这人看着好眼熟啊！春桃忽然想起来，这不是谢东阳吗？

"不好意思，刚给客户回了一个微信，走神了……"谢东阳罕见地赔礼道歉。

其实，追尾是他苦思冥想很久的杰作，而且他还鸡贼地没开法拉利，毕竟法拉利贵一些。

豪车撞豪车，立刻引来不少人围观。

"别着急，我一定负责。"谢东阳心情大好。

"负责也不是那么回事啊，耽误我们事。"

"我家还有别的车，你们要去哪里？我让人送你们去吧。"谢东阳假装不知道这是华笙的车。

春桃看了他一眼，眼神有些复杂。

"你等下，我问下我们家主人。"随后，春桃回到奥迪车内，看了看华笙，低声说："小姐，撞我们的人，是谢东阳。"

一听是谢东阳，华笙顿时明白怎么回事了。她才不会相信是巧合，哪有这么巧的事情？再说了，谢东阳开车那么溜，他会犯追尾这么低级的错误？

华笙想了想，说："你在这里等着，我和银杏打车先走。"

"哎呀，怎么能让您打车呢。"春桃有些自责。

"没事。"说着，华笙抱着小黑下车，银杏帮华笙拎着包。两人下车后，站在路边，准备打出租车。

谢东阳一看华笙下来，立刻屁颠屁颠跑过去，故作惊讶："哎呀，原来是你的车啊，真是不好意思。"

华笙淡淡地扫过他的脸："怎么样？自编自导的撞车，好玩吗？"

"这话说得，我真的不是故意的，我也不知道是你的车……哎呀，你放心，我肯定给你修车。不对，我赔你一台新的好不好，你别生气了。"

"谢先生说笑了，你正常走流程就行，该怎么赔就怎么赔，我生什么气？"

"那……让她们在这里等交警和保险公司的人来，这么热的天我们站着也不舒服，我请你吃个饭吧？喝点冷饮什么的算是给你赔礼道歉好不好？"

不愧是套路之王啊，这小套路玩得明明白白的。

华笙几乎想都没想，就回绝："不必了，我赶时间。"

见华笙拒绝，谢东阳也不死心："你看今天天气不错——你以前在钟翠山那边冷不冷？"

华笙扫了他一眼："钟翠山离这里只有一百里，难道不是一个气候？"

"哈……对啊，看我这脑袋。"

"谢先生，我觉得我们还是不要尬聊得好。"华笙觉得，这家伙没话找话，话题都很尴尬。

比江流还不会说话，虽然江流说话也总惹她生气。但江流还是有会说话的时候，眼前这个，简直就是一个傻瓜。

"有尬聊吗，我怎么没觉得。我觉得我们还挺聊得来呢。"谢东阳一边说话一边偷瞄华笙。

今天她穿了一件套装，咖啡色的马甲和阔腿裤，里面搭配着黑色的短袖，清凉感十足，又看着很高大上。

谢东阳见华笙不搭理他，就伸手去摸华笙怀中的猫。

"哎哟，这个小黑猫真可爱。多大了？"

话音刚落，正在眯着眼睛晒太阳的小黑直接一爪子就给谢东阳的手背挠了。

小黑是很凶的，华笙那天也警告过江流，不过那天不知道为什么，小黑没发飙，放过了江流。

可惜，谢东阳的运气就没那么好了。

"啊……疼死了。"谢东阳眉头一皱，看了看手背，只见那里有三条血痕，上面的鲜血往外流着，看着还挺深的。

"我的猫很凶，你摸它干吗？"华笙也是无奈了。

"我看它挺可爱的，哈，原来那么凶啊……没事没事，不用你带我去医院，我自己擦擦就好了。"谢东阳转过身掏出纸巾就擦。

"不行，你这个伤口要专业处理，还要打疫苗才行。"

"那你会带我去吗？"谢东阳总算抓住了机会。

华笙："……"

"你的车是我撞的，我肯定负责到底，但是你的猫抓伤了我，我也不想讹你钱，你带我去打针就行，你觉得咋样？"谢东阳从来都没有这么有底气过，心里简直要感谢这只小黑猫。

华笙很想拒绝，但是确实是小黑抓伤了人家，而且好像还挺严重，只得点头："那你跟我走吧，我带你先去医院。"

随后，三人上了出租车，谢东阳坐在副驾驶座上，华笙和银杏坐在后排。车的事情,这边是春桃处理,谢东阳也联络了保险公司的人。

到了医院,华笙找了医生给谢东阳紧急处理了伤口,清洗后消毒,然后又打了疫苗她才放心。

钱是华笙给的,一共花了两千多。

完事后,华笙又让银杏给谢东阳一万块钱。

"这是什么钱?"谢东阳也没接。

"这是我们小姐给你的医药费,你这个手三天要换一次药的,而且最好这几天都打消炎针,别感染了,多出的你自己买点水果吃。"

谢东阳都觉得好笑,自己活这么大,除了爹妈外,第一次有人给他钱。

问题是他家真的啥都缺,就钱不缺啊!

华笙自然也知道他家有钱。

可,事情还是要办明白的。

华笙看着谢东阳:"你收下吧,你有钱那是你的,这些是我赔给你的,今天受伤的不管是谁,我都不会不管。"

她的声音清清凉凉的,谢东阳听着很心动。他还肉麻地来了一句:"笙笙,你真好。"

这句"笙笙"可把华笙给恶心坏了。她直接别过头,不再搭理他。

谢东阳只觉得很有意思,也不扭捏,从银杏手里接过一万块钱。他甚至觉得,这钱是华笙的钱,这钱都比别的钱长得好看。

"既然没事,我们就此分开吧,我还要带我的猫去打针。"

"笙笙,我们不一起吃个饭啊!你看都中午了。"

"不吃了,谢先生自便吧。"说完,华笙带着银杏就走了。

谢东阳痴痴地看着人家的背影,很是没出息。

"二哥,你怎么在这里?"宋美琪和闺蜜正好也是来打针。她们都是爱狗人士,养了泰迪犬,但是和小狗玩的时候,经常被咬伤,所以会来市中心医院打疫苗。

刚宋美琪远远地就看见谢家二哥,只是不知道那女人是谁。

宋美琪的妈妈和谢东阳的妈妈是亲姐妹,所以两人关系算是比较亲近,宋家在本市也是颇有名望。

"啊,我来打个疫苗。"

"你?你不是没养猫猫狗狗的吗?怎么还打疫苗?"

"被朋友的猫抓伤了。"

"二哥,刚才那女的谁啊,好漂亮啊!身材好好,穿得也好看。"宋美琪了解这个二哥,知道他不是一个安分的主儿,以为他又泡上了新的妹子。

谢东阳为了显摆,直接说道:"好看吧,当初我也不知道自己为啥这么眼瞎,错过了人家。"

"什么啊,二哥,我怎么听不懂?"宋美琪听得一愣一愣的。

"哎,那是华家小五。"谢东阳叹息,只恨自己有眼不识珠。

"华家小五?啊……你是说,那是江流哥哥的新婚媳妇?"这下子,宋美琪总算是明白了。

谢东阳点头。

"可……你跟她……怎么在一起?"

以现在这种情况,他们俩不是应该很尴尬才对吗?怎么会一起出现在医院呢?

谢东阳也是爱吹牛,不加考虑地说:"啊……那个我俩私下关系挺好的,这不今儿见面了,聚一下,她养的猫不小心抓伤了我,她心里难受,非要带我来医院,你说我一个大男人,抓伤一下能怎样啊!

"女人就是麻烦。我不来,她就哭哭啼啼的,说是担心我,这不,还给了我一万块钱,说让我买点好吃的。"谢东阳这一顿显摆,自己赚足了面子。

但,宋美琪听完,可有了别的心思。

"这女人都嫁给江流了,还来勾引你……二哥,我看她不是什么省油的灯,你可别着了她的道。"

本来就看不上华小五,听谢东阳说完,宋美琪更坚信,华笙嫁给江流,就是一个阴谋。

"什么乱七八糟的,你不懂。"谢东阳一听就不高兴了。

"行了,那你注意点,后续好好养着,我还有事,先走了。"拿了一手消息后,宋美琪出了医院,直奔江家的私人银行总部大楼。也是巧,在门口正好看见外出回来的江流。

"江流哥哥。"宋美琪冲上去。

江流看了看她:"有事?"

"我有个很重要的事情要告诉你。"宋美琪故意玩神秘。

"说吧。"

"这里说话不方便,我们换个地方吧?"她故意压低了声音,脸上是抑制不住的喜悦。

江流对这个宋家的大小姐是无感的,所以也不打算浪费时间跟她去说什么。

"我还有事要忙,要不下次再说?"

江流这就是要走了。

宋美琪着急,想装一把也没装明白,赶紧拦住江流。

"江流哥哥,这件事因为是你的家事,所以我也不太方便说,不过既然你觉得没问题,那我就在这里说吧。

"我今天看见你太太了,华家那个五小姐,叫华笙是不是?"

江流面无表情地看着她,隐隐约约觉得这女人嘴里说的定然不是什么好事。

果然,下一句宋美琪就用极其轻蔑的口气道:"我看见他和我东阳哥在一起,在市中心医院。

"我问了情况,我东阳哥说,他和你太太是好朋友,一起撸猫来着,然后被你太太的猫给挠了,然后你太太特别担心我东阳哥的伤势,就带他去打了疫苗,还给了一万块钱说要给他买水果吃……

"这件事吧,我就觉得不对劲,你说你太太现在的身份,继续跟我东阳哥混在一起好吗?我怎么觉得他俩要是接触久了,会做一些对不起你的事情呢?"

宋美琪自然是把事情说得越严重越好,这就是典型的挑拨离间。但也不全怪她,毕竟谢东阳吹牛的成分也在里面。

不过整件事,华笙确实最无辜。

无缘无故被碰瓷,无缘无故被牵扯进来,还被人怀疑她红杏出墙。

好在江流是个聪明人,听完只是笑了笑。

"这件事啊,没什么的。"

"江流哥你都不在意吗?"宋美琪惊讶。

"我太太是什么人,我心里很清楚,谢谢你告诉我这些。"

江流没发脾气,也没说什么不好听的,说完就转身走了。不过倒是又把宋美琪气个半死。

晚上江流回来的时候,华笙正在喝着花茶,吃着水果。

客厅的电视里,是一档《百家讲坛》的节目。

华笙看得津津有味,江流进门就脱下外套,走过去:"看什么呢?"

华笙指了指电视也不说话。

春桃又倒了一杯花茶给江流。

银杏正在拖地,两个助理正巧都在客厅里。

江流从包里拿出两把奥迪的钥匙,放在茶几上。

"阿笙,今天去 4S 看了看,觉得奥迪 A8 这车不错,质量也好,给你买了两台开着玩。"

华笙:"……"

江城民族大学

她确认自己是没听错吧？买两台奥迪A8开着玩？这车也不便宜的，顶配也要一百多万，而且一次买两台？

春桃和银杏也是惊呆了，姑爷这波操作简直666啊！

本来春桃还愁奥迪去维修了，这几日小姐出门可怎么办？虽然车库里还有几台车，可那都是江家的，华笙的脾气是不太愿意用别人的东西。

"好端端的你给我买车干什么？"华笙侧头看他。

"听说你的车今天不小心撞了，我觉得你出门会不方便，家里那几台跑车，你可能觉得浮夸，所以想来想去，还是多买两台奥迪A8备用吧，名字直接写了你的，你放心开，别有心理负担。"说完，江流喝了一口茶水。

"我不要。"华笙是个倔脾气，本来婚姻就是一个交易，她才不要无缘无故要别人的东西。

"那就当是卖给你了。"江流笑。

"我没钱买。"

"那就租给你。"

"租不起。"华笙拒绝。

"那就随便你吧，反正车是你的名字，刚才也送回来了，就在院子里，你开也好，不开也好。你若嫌弃碍眼，就直接砸了，都没关系，随你高兴。"

说完，江流主动上楼。

"你……"华笙又被气得不行，这男人是耍流氓啊，送车不要还不行？

"小姐,我怎么觉得姑爷是真心对您好啊,其实车库里还有跑车,可是姑爷还是买了奥迪,还不是为了迎合你的脾气,咱们也别太拒人于千里之外吧?"这是春桃第一次为江流说话,就事论事,这件事华笙有点作了。

"无功不受禄,算了,回头给他钱就是,就当我买的。"华笙叹息。

"小姐,我怎么觉得,姑爷是知道了今天的事情呢。"

"您想想,他都知道您撞车了,会不知道谁撞的吗?可姑爷没问啊,要是换作别的男人,估计要问一下您和谢东阳之前怎么回事吧?"银杏想到了这方面。

"管我干吗,我俩又不是真的恩爱。"华笙倒是觉得,江流也没必要吃醋,本来就说好谁都不干涉谁的。再说了,她和谢东阳真的没什么啊,还不是那个没脸没皮的家伙硬是碰瓷她,摸了她的猫?要不然哪有后面这些事?

一想到这些,华笙就觉得头疼,男人还真是麻烦。

华笙早上吃早餐的时候,问江流要了银行卡号。

江流一愣:"怎么了?好端端的,要什么卡号?"

"那两台车的钱,我得给你。"

"咱俩还分那么清干吗?"

"就是咱俩才要分清,你要不说,我就直接打到你公司账号了。"

这小妮子威胁人的时候一点都不可爱。

江流看她来真的也是无奈,只好说:"4S店的老板欠咱家银行的钱,所以属于抵押给我的,我也没付现金,你非要给钱的话,意思意思就好了。"

"我不管你们之间的事,既然是新车,我就按照市场价给。"华笙也是够倔强。

"卡号多少?"

江流无奈背了一串数字。

华笙拿起手机,用手机银行开始转账。

"好,过去了。"

"嗯。"

"一共给你两百三十万,应该是够用的。"

"阿笙,你很有钱哪,拿出两百多万眼睛都不眨一下,你还有什么其他副业吗?"江流故意逗她。

"我有华家的股份，就算不出去赚钱，也够一辈子养老了。"华笙底气十足。

"好的，老婆，我知道你是个富婆了。"江流叫老婆的时候，华笙总会有些难为情，或者说是不适应。

毕竟她才只是一个二十二岁的小姑娘，就成了人妻还真是……不可说。

"以后万一我们江家破产了，你会养我吧？"江流越发得寸进尺。

华笙淡淡地扫过他："你多虑了，江家若是破产，估计华家也难保住，唇亡齿寒的道理，你不懂？"

"哈哈，好了，不闹，我去上班了。"

华笙没说话，江流起身往外走，上了车才发了一条微信给华笙。

上面写道——刚给你的银行卡号是上次妈给你改口费的那张信用卡，你自己存着吧，我是你男人，送你车是我的心意，坚决不要你的钱。

华笙看完，忙去查那信用卡的余额。

果然320万了，原来有一百万是江流父母给的改口费，现在加上自己打过去的220万，刚刚好。

这家伙还真是……

一边欢喜一边忧，身在豪门从不会为钱发愁。可大多数人不能，上次华家老四华琳带着男友参加家母寿宴后，不欢而散。

一连几天，白浩都避而不见，发微信也很少回。

华琳上完课忍不住去了分局门口堵白浩，还真被她给堵到了。

白浩刚执行任务回来，一下车就看见华琳站在门口。

"浩子，我们聊聊？"华琳的情绪有些复杂。

白浩点点头，跟同事们打了一个招呼后就跟着华琳来到警局旁的一个咖啡厅。

华琳点了两杯咖啡，然后脸色略微沉重："浩子，那天的事，我们家对不起你。"

"小琳你别这么说，不怪你。"

"那你为什么躲着我，发微信反应也很冷淡，打电话干脆不接。"

"执行任务，你知道我工作性质特殊，又很忙。"

白浩说话的时候没有去看华琳，很显然，他说的不是真话。他俩谈恋爱也有日子了，可是之前都是甜蜜的。白浩在忙，哪怕下了夜班有时候都要给华琳买一些水果送到她的宿舍楼下。自从上次去了华家老宅后，明显态度就变了。

华琳在当地一所很有名的大学当老师,是教历史的。她跟家里关系也很一般,所以上班了就搬出来住了,住在学校为她们准备的单身宿舍里,过得也是逍遥自在。

几个月前,学校组织了一场单身联谊会,有她们学校的单身女教师,而来的男嘉宾,是警察、消防还有武警。

华琳和白浩就是这么认识的,两人相聊甚欢,当天就加了微信,后来渐渐接触了起来,正式谈了恋爱。

那时候白浩还不知道华琳的家境,只觉得应该是书香门第出身的,以为她的父母也是老师。

直到前几天,华琳母亲寿宴,她邀请他的时候也告诉了实情。

白浩虽然有心理落差,但也去了。只不过华家人的态度,他始终无法接受。

那毕竟伤了一个男人的尊严。

"你觉得你这样说,我会相信吗?你以前都不忙,就最近几天才开始忙?"

"白浩,你到底什么意思?你一个大男人老是这么躲着,不解决事情,这是你的做事风格吗?"

华琳也是个暴脾气,尤其觉得自己也是受害者,也受了委屈。

白浩沉默了几秒,看了一眼华琳。

"既然这样,那我说清楚也好,小琳,我们分开吧。"

华琳听到这话,心里"咯噔"一下,只觉得一块大石头重重地压下来,压得她透不过气。

"为什么?"她的声音有些颤抖。

"很明显,门不当户不对,其实……你若当初跟我说你是华家人,我们就不会开始,我没那么不自量力,很明显我们现在贫富差距大,你家里人也不喜欢我。"

"那你是跟家里人过日子,还是跟我过日子?"华琳憋着气。

"话虽如此,可……我还是做不到,我父母就是普通工人,高攀不起,真的……你年纪也不小了,我也不想耽误你。"

"白浩,你是真心的?就一定要分手?难道不能为了我再试试吗?"华琳忍着眼泪,就差点直接哭出来。

"小琳,对不起,我不想再试了,那天……我人生中第一次自尊被碾压，我就觉得……我们不是一路人。

"或许说不是一个世界的，你是华家大小姐，出生就含着金钥匙，我就是小老百姓，你就别为难了，成吗？"

华琳听完这话，眼泪刷地就掉下来。

她无声地哭着，看得出来，她很在意白浩，在意这段感情，可……这男人退缩了。

"白浩，我家里有钱，你难道不是更应该高兴吗，你要知道，我可以给你的东西，你奋斗二十年也奋斗不来！"华琳也是气头上，所以拿话刺激了他一下。

白浩深吸了一口气："你就当我没那么爱钱吧，当我是个傻子。"

说完这句话，白浩起身离开，咖啡从头到尾一口没动。华琳在白浩走后，终于忍不住趴在桌子上痛哭。

失恋的滋味，对于每一个付出真感情的人来说，都是惨痛的。不管是男是女，只要是真的爱了，最后分开的那一刻，都会痛不欲生。

华琳本来是想找白浩好好谈谈，化解这个矛盾的，哪知道会直接谈崩。其实说白了，豪门子弟大多数都是单纯的，想的东西也都不现实，她们从小在豪门长大，吃的用的都是奢侈品，根本不知道百姓疾苦，不知道一分钱难倒英雄汉，所以也不会了解白浩内心的想法。

白浩一个月工资才几千块，那天带着诚意，买了巴宝莉的丝巾，也有几千块。可是人华家看不上眼，正如华琳母亲所说，这东西，她有几百条，最不缺的日常用品了。

可，白浩已经尽力了。

错的是贫富差距，是这个现实的社会而已……

华琳因为失恋的关系，对家里人产生了恨意，甚至连家里的电话都不怎么接，家族群里也是不肯说一句话。

华笙正好这几日想着要请教华琳一些历史问题。她想好好研究一下五代十国那一段历史，以便以后鉴定文物的时候更精准。

可是她打了华琳的手机，那边并未接听。华笙以为是她没空，还给留言了一段话。

她说："四姐，你周末有空吗？我想请教一些关于五代十国的历史，最近想开一个小店，想卖一些五代十国的文玩，所以还请你帮忙指点一下，你看你周六周日哪天有空，我请你吃个饭，我们边吃边聊？"

华笙的话算是很客气了，跟华琳虽然关系一般，但是这点事情，她觉得，都是亲姐妹，一奶同胞，还不至于拒绝吧？

可她这次还真的想错了。华琳因为失恋，看华家人很是红眼，所以看完华笙这一段微信留言后，只回了两个字："没空。"

语气尤为生硬，弄得华笙也不是很开心。

"小姐，怎么了？"银杏给华笙送燕窝的时候，正好看见华笙脸色有点不对劲。

"银杏，你说我得罪过我四姐吗？"华笙靠在贵妃椅上，穿着棉质的白色睡袍。

银杏想了想，小心翼翼放下手中的燕窝："应该是没有，虽然这些年接触四小姐不多，但……也没得罪过——小姐好端端的，问这个干什么？"

"有点事想让她帮忙，直接回绝了。"华笙心里不是滋味。

"那应该是因为上次的事情吧，老夫人寿宴。"

华笙点头："我想也是，不过算了，既然人家不帮忙，那我就自己来吧。"

"小姐要干什么？"

"上学啊，上学去。"

"噗……上学，您是搞笑的吧？"银杏性格比春桃要开朗一些，所以动不动就跟华笙开两句玩笑。

"没，我是认真的。我对五代十国这段历史了解得还不够，想系统学习一下。"

"可您这岁数也超了吧？"

"直接上大学正好。"华笙一边翻着手中的书，一边扬起嘴角。

"还是不要了吧，小姐您这学识去大学里，也是去教那些老师的吧，他们哪有资格教您？"

银杏和春桃最知道，华笙这些年看了多少本书，学了多少东西。所以觉得她去上学的事情，简直是个笑话。

"活到老学到老嘛，多学点东西没什么不好。"

银杏最开始以为华笙只是顺口说说而已，哪知道后来还真的去落实了……

她这人要是想做什么，真的马上就付诸行动。

于是第二天，华笙就带着春桃和银杏，开着江流送的新车去看了本地的各大高校。

华笙特意避开了华琳上课的大学，选了另一所学校——江城民族大学。不过咨询了一下发现,她这种从来没上过学的,没参加过考试的人想直接进重点大学,还真的是难上加难。就算不要毕业证,光去听课都不行。这一块管制得还是很严格。

出来的时候,华笙默默不语。

春桃开车,银杏和她坐在后排。

"小姐,我有句话想说,您别骂我就成。"银杏开了口。

"我感觉您要是想进民族大学也不是没有办法。"

"你有办法?"华笙侧头看着银杏。

"我没有办法,但是我觉得,你去找那个人,他一定有办法。"

"你是要说江流吗?"

"哈哈,小姐果然聪明。"

本以为小姐会直接拒绝的,可华笙这次还真没有。

她低着头,拿起手机看了一眼。

"这件事先让我琢磨琢磨……"

谢家每周一次家庭聚会,这是谢家家主谢云规定的。也是怕大家疏离了亲情,所以才有了这个家规。

谢东瑶因为还在加拿大留学,所以没办法回来。家里只有谢家夫妇,还有谢东阳的大哥谢东泽及其妻子冯羽。

冯羽是谢东泽在国外留学时候认识的同学,华裔,父母都在国外。

他们结婚有几年了,女儿谢宁也有五岁了,是谢家二老的心头肉,也是谢东阳疼爱的小侄女,可谓是谢家团宠。

谢东阳拿着法拉利的钥匙一进门,小侄女就扑上来。

"叔叔,叔叔抱抱。"

奶声奶气的,让人听着心都要化了。

"哎哟喂,我的大宝,好像又沉了一些。"谢东阳单手抱起小侄女。

"妈咪说好好吃饭饭能长高高。"

"嗯,你妈说得没错,你要好好吃饭,少吃零食。"

对待这个小侄女,他也是极有耐心。

"东阳回来了。"冯羽笑着。

"嫂子。"他点头打招呼。

"嗯,妈刚还说,说你最近不知道忙什么,都见不着人影儿。"

"我就是瞎忙。"他挠挠头。

"叔叔,你还在跟那个漂亮阿姨谈恋爱吗?"

"嘘，别哪壶不开提哪壶，你爷爷听见会抽我的。"

"你也有怕的时候？"谢东泽正好从身后走过来，手里拿着平板电脑。

"你也是，不教孩子好话，教的都是什么乱七八糟的？"谢东阳抱怨，白了大哥一眼。

谢东泽笑："那不怪我，还不是你老是上花边新闻，宁宁经常刷微博看新闻，看到你照片了，你呀……要是想低调，可别再找娱乐圈的明星谈恋爱了，弄得天下皆知。"

"放心，这次不是圈内的。"谢东阳有些得意。

"这是有目标了？"

谢东泽和冯羽都望过来。

"回头和你们仔细说。"谢东阳神神秘秘的。

然后一家人开始吃饭，谢云因为上次逃婚的事情，对这个二儿子很是瞧不上。吃饭两人都离得远远的。

谢宁倒是喜欢二叔，一直黏着他，让他给自己剥虾仁。

"东阳啊，你趁着我和你爸还年轻，也应该抓紧成个家，生个孩子，我们还能帮你带带……你看宁宁一晃都五岁了。"这话是谢夫人说的。

"叔叔，我想要个弟弟跟我玩。"谢宁能说这话，应该也是奶奶给灌输了思想。

谢东阳伸出手，轻轻弹了一下侄女的头。

"哎呀，你个小崽子，学坏了……敢给你二叔施压了，你想要弟弟，让你爸妈给你生呗。"

"怎么又扯上我俩了？你啊……"谢东泽无奈，从小到大，真是没少替弟弟背黑锅了。

而谢东阳也看出来了，今儿哪是什么家宴啊，这分明是鸿门宴。

谢云瞪着儿子，忽然质问："你最近去公司了吗？"

谢东阳赶紧跟大哥交换一下眼神，想求大哥帮忙过关。

哪知道，大哥别过头："你别看我，这我也帮不了你，爸看了近期监控，你根本就没去办公室。"

谢东阳在集团也是有头衔的，是个副总经理。可一年365天，能见到他的机会不多。圈子里一直流传一句话，说你要是想见谢东阳，不能去集团找，要去各大夜场、酒吧、KTV，一抓一个准。

所以很多想泡富豪的女模特，都会打扮得花枝招展，想尽办法去认识谢家这个二少爷。

"我那不是忙嘛！"

"忙什么？忙花钱？忙败家？"

"爸，您说这话不对，我虽然花得多，可我也赚得多啊，我自己那个风投公司也是盈利的，您看您都多久不让我哥给我钱了，我不是还活得好好的？"

"你那个公司，不开也罢，每年赚的都供不上你花的。"谢云也是恨铁不成钢。

"老二，你也不小了，我和爸压力也挺大的，咱们家最近新推出不少新品，上市后很忙，各个分公司都需要人手。外面请高管的话，一年也要几百万，你还不如回来……"

"哥，我不是那块料，你经营就好，真的。"

"行，你有出息，你就这么混吃等死吧。"谢云不爱听谢东阳说话，一甩袖子，起身走了。

"爸……"冯羽着急，想起身劝劝老爷子。

"得，我在家爸也吃不好，我走吧，你们慢慢吃。"谢东阳吊儿郎当地起身。

"叔叔，叔叔不要走。"

"乖，等下次叔叔给你带新玩具。"谢东阳摸了摸小侄女的头，大摇大摆地走了。弄得谢家这顿饭也着实没吃好。

出了老宅，他就直奔国色天香，在那里跟一群圈内的哥们儿开始纸醉金迷。

巧的是，他在这里还遇到了高鹤，高鹤是跟江流他们玩的，所以跟谢东阳关系一般，但是遇到了，两人也还是喝了一杯。

"你最近怎么没跟你那几个混？"谢东阳慵懒地靠在沙发上，看着高鹤。

"别提了，秦爷（秦皖豫）最近出差频繁，王哥（王君显）好像血糖高最近跑步健身呢，暂时戒酒……"

"我江殿下更扯，莫名其妙地结婚了，现在完全是一副二十四孝好老公的样子，每天下班就回家陪老婆……咦？他老婆不是从你婚礼上弄来的吗？"高鹤这才反应过来。

这话说得让谢东阳相当不爽，他舔了舔嘴唇，一言不发。

高鹤没看出来这位爷的小情绪，继续吐槽："也不知道那女的什么样，能把我殿下迷得晕头转向的,我们也没见过啊!你说你也是,当初好端端的,逃婚干吗?结果还不是跟那个小明星也没长久。"

谢东阳郁闷啊!都想骂高鹤一顿了,可自知理亏,说多了反而叫人看笑话,只得憋着。

另一边,江流出去见客户,回来的时候已经十点。

他没想到进门的时候,华笙还在客厅里坐着,怀里抱着小黑。

"这么晚了你还没休息?"他有些意外。

华笙看了他一眼:"我有件事,想请你帮忙。"

果然,求人帮忙的时候,语气比平时温柔了不止一倍。

江流心里美滋滋,但是表面上还一副很淡定的样子。

他拿着外套直接坐在华笙对面:"你说说看。"

"我想去咱们江城民族大学上学,但是因为我条件不够,学校不肯收。"

"等等……你再说一遍,我确认一下。"江流以为是自己听错了,所以让华笙重复一遍。

"我说,我想去江城民族大学上学。"

"你……想上学?"

"是。"

"你多大了?"

"22。"

"所以你想上成人大学?"

"不,我想上的是正规本科。"

"阿笙,别闹。你都22岁了,而且你貌似都没参加过任何考试。"江流觉得这有些扯淡。

华笙很平静:"就是这样,我才说有点困难,才想请你帮忙。"

江流忍不住笑:"阿笙,你先告诉我,你为什么要去上学?"

"在家待着无聊,这个理由够不够?"华笙不太喜欢把自己的内心想法都告诉别人,所以她并没有打算告诉江流为什么要去上学。

"嗯,够用,容我想想。"说着江流起身打了几个电话。

不到十分钟的样子,他转身回来:"可以了,你下周一带着你的身份证去办理入学手续吧。但是我有一个要求。"

"你说。"华笙以为,这家伙估计是要借机敲诈一笔,或者占点便宜什么的。

"你不可以在学校住宿,必须回家。"

华笙一愣,这还算是要求吗?她本来也没打算在学校宿舍住好吧。家里这么舒服,不回来住,跟人挤在四人间,那也不是她风格。

但是她还是不想被江流看出来她的想法。只是故作平静地点点头:"可以。"

"那去吧,反正家里有车,我看春桃开车开得不错,接送你应该没问题。学费什么的你不用交,我来处理。"

"我自己来。"

"都说了不用你,那校长之前受过我们江家的捐助,图书馆、电影院都是我们捐建的,我媳妇上个学,他还能收钱?"

华笙心里有些暖,也有些欣慰。虽然这件事不是什么难事,但江流乐意管是一回事,她还是要记他的情的。

江流低头看了看手表:"这回放心了吧?快去睡吧,很晚了。"

"好,你也早点休息。"华笙有些不好意思,起身往楼上走。

江流拿出笔记本电脑,在客厅里继续加了一会儿班。

"银杏。"

"小姐,您说。"

"给他煮一碗莲子百合银耳汤。"

"是。嘿嘿,小姐你越来越关心姑爷了。"银杏吐了吐舌头开玩笑。

"别胡说,是因为他刚帮了我一个忙。"华笙有些羞涩。

"知道知道,您不用解释。"

华笙也没再多说,吩咐银杏给江流煮了甜品端下去。

躺在床上的时候,她还在想一个问题。江流他人还行……嗯,是不错,至少比谢家那个傻子强百倍。幸好当初那个傻子逃婚了,她才遇到江流。

带着满足感,华笙浅眠入梦……

次日清晨。她起来得有些晚,下楼的时候,已经是六点五十。江流已经去上班了。

华笙一个人安静地吃着早餐。

江流发来微信:"阿笙,我昨天帮了你,你该怎么谢我啊?"

果然,这人是不经夸啊!昨晚还想这人不错,今儿就主动要人情了。

华笙有些冷漠地回复:"你想要什么?"

"这口气,我要什么你都能给吗?"

"我要先看看我有什么。"

"我要的,你肯定有。"他故作神秘。

说到这里,其实也是有些暧昧的。

江流这种身份,不缺钱不缺权力,要风得风要雨得雨。他还能要什么呢?

莫不是要……

华笙一想下去,就觉得脸颊有些火辣辣。要是江流真的提出那种无理的要求,那她以后真的要少搭理他才行。

半晌,江流发来微信,她打开一看,上面写着——为了感谢我,你陪我看一场电影吧,好吗?

说实话,华笙万万没有想到,江流的要求能如此简单。

看电影算什么要求?

不过也是,华笙自己不爱看电影,所以对于她来说,电影院确实不在规划内。

不过江流既然说了,她还是要陪的,要求也不过分。

"可以。"她编辑文字发过去。

"那我下班回家接你。"

"不用麻烦了,我让春桃开车送去就行,你把电影院地址发来。"华笙向来独立,不觉得一定要男人接才行。

江流也尊重她的意思,不勉强。将电影院位置发来,附上两张电影票。

看到电影票的瞬间,华笙有些无语。

她原本以为江流会看一些爱情片,或者再不济会是一些美国大片。

哪知道,居然是——《驯龙高手3》。

这是动画片好吧!

可……都答应了也不能反悔。

华笙只好回复了一个 OK 的表情。

到了晚上六点半,春桃开车送华笙去了市中心——一个离江家私人银行总部很近的电影院。

这里人超多,华笙罕见地穿了一套运动装,短袖,七分裤,带着黑色的棒球帽,散着长发,别有一番风味。

八月末的江城,还是有一些炎热,很多情侣都手拿冰激凌和冷饮,等待电影开场。

春桃和华笙在这里等了不到两分钟，江流就来了。他手里拿着买好的哈根达斯，还有一桶爆米花和可乐。

春桃有些惊喜的是，姑爷居然也买了她的那份。

"谢谢姑爷。"她道谢。

"你要不要也跟我们一起去看？"江流倒是没多想，只觉得春桃自己在这里也无聊。

"我不去了，我去车里等着你们。"春桃也不是那么不识趣的人，拿着冰激凌就跑了。

江流带着华笙还有一堆零食，进了电影院。

华笙很多年不进电影院了，她一向排斥人多的地方，所以最开始有些不习惯，但是电影开场后就好多了。

甚至不爱吃零食的她，居然吃起了爆米花。到电影看完的时候，她已经吃了半桶，自己都给吓着了。

"好看吗？"江流问她。

"还行。"

"有时候电影带给我们的是心灵的冲击，正是因为这个世界太黑暗，所以我们才会去电影中寻找美好。"江流突然感叹。

"哦？你觉得这世界黑暗吗？"华笙饶有兴趣地侧头看他。

"你说呢？"江流没回答，而是来了一个反问。

说完两人默契一笑。

这个世界黑不黑暗华笙不知道，但是她知道，生活从来都不是童话故事。即便她已经在豪门，出生在上流社会，可还是会有得不到的东西。

本以为看完电影就直接回家了，但是江流罕见地带着华笙直接坐电梯去了商场的五楼。在那里给她买了不少生活用品，就是准备去学校用的，笔袋、钢笔、日记本，还有可爱的吸管水杯，随身携带的手帕，还有椅子垫。甚至还买了一个防噪声的耳机，价格不菲，好几千大洋。

"买这个做什么？"华笙不解。

"我上大学那会儿，老去图书馆学习，图书馆人多，安静不下来，就买了这个，很好用。不信你可以试试。"

"好吧……"华笙什么都没说，但是心里记住了江流这份关心。

两人买了足足两大袋子，才心满意足地回家。

可能是看电影时间太久，回去的时候两人都饿了。

华笙想吃饺子，春桃和银杏赶紧去厨房准备。当晚家里就吃了饺子。

江流是很少发朋友圈的人,可这一晚,主动拍了饺子的照片,然后也不知道是有意还是无意,把华笙修长的手指也拍了进去。

写道——今天的饺子特别好吃。

没一会儿,下面评论热闹极了。

高鹤:哎哟我去,有家的人确实不一样,连吃饺子都吃出了情怀。

秦皖豫:你媳妇没出镜,差评。

王君显:给哥几个留点。

江流一边吃着饺子,一边愉快地回复信息。

晚上十点,华笙准时上床,刚想休息,就接到老宅来的电话。是她母亲打的,就一句话:"阿笙,你奶奶有点不好。"

华笙接完电话,就慌忙起身。正巧江流也没睡,问清楚后,就开车带着华笙连夜赶回了华家。

华家老太太是老毛病了,其实也都知道就是到寿了。华家人不愿意再折腾去医院,老太太自己也不愿意去,干脆就请了医生来家里,给打针,挂氧气瓶。

华笙她们回去的时候,都快十一点钟了。华家人都回来了,华琳也在,看见华笙,两人也没打招呼。

众人都围在老太太的后院,老太太脸色很差,吸着氧气。伺候老太太的保姆,边哭边说:"本来还好好的,晚餐的时候,老太太还吃了半碗小米粥,九点多的时候说胸闷,我就拿着扇子给她扇,然后就觉得老太太脸色不对劲,再后来,呼吸就有些困难了。"

"妈,您受罪了。"华镇岳握着老太太的手。

华镇岳这些年,生意做得不好,但是孝顺,对老太太也是尽孝了。华笙呢,虽然不受宠,但是跟着奶奶,也没吃着苦,算是沾光了。

老太太吸着氧气半天,才缓过来一点。她看了一圈,最后目光落在华笙身上,朝着她抬起手……

"奶奶好像叫你过去。"江流在华笙耳边轻语。

华笙缓缓地走过去,到了老太太床边。老太太已经说不出什么话,她就握着华笙的手,眼睛看着她,都是眼泪……

华笙强忍着,没哭出来。

"王医生,我奶奶情况如何?"华枫问私家医生。

"说实话,情况不太好,这是老毛病了,老夫人的病也不是一天两天,现在就等于是一根蜡烛燃烧到了最后……一直熬着心血呢……

"我刚打了一针强心剂,也不知道能熬多久,你们还是要有心理准备,好好准备后事,因为她随时可能……离开。"

听医生这么一说,众人的心又是一沉。尤其是华笙,说不出来地难受。

老太太想说什么,可张不开嘴。华笙陪了一会儿,就起身了。伺候老太太的保姆将华笙悄悄拉到一旁的小房间里。

"五小姐,老太太最近这几天一直在熬夜做鞋,这不还差最后一边的针脚了,但是老太太不让说,怕别人看见挑理。这双鞋估计是她做的最后一双,说是给重孙的,以后你有孩子,就穿。"

保姆拿起一个小布包,缓缓打开,里面是一双做工很精致的小布鞋,蓝色的布面上,绣着一对栩栩如生的小蝴蝶。

只可惜,有一只鞋,针脚还没完成。

华笙拿着鞋,心里沉甸甸的。

"五小姐应该知道,老太太最惦记的就是您了,您自小就在她身边,跟别人是不一样的。老太太前几日还跟我念叨,特别想看你有孩子,但是身体不允许了,让你好好照顾自己,好好和江家人相处。"

华笙双手捧着鞋,眼泪就跟断了线的珠子一样,噼里啪啦地掉落。

江流找了一圈,才在这个小房间找到华笙。他进来的时候,保姆已经出去了,华笙拿着小孩子的鞋,一动不动。

"阿笙。"他温柔地开口。

华笙抬起头,满脸泪痕:"江流,可以借我一个肩膀吗?"

江流没说话,但却慢慢地靠近华笙的身体。

最终,他将肩膀缓缓凑过去。

遗 嘱

华笙紧紧地抱着老太太做的那双鞋,将头靠在江流的肩膀上,无声地哭泣。

这一刻,江流有些心疼。

因为他发现华笙在极力克制自己的情绪,她到底经历过什么?

为什么连哭都要这样克制?

"其实……你可以大声哭出来,我不会嘲笑你。"他说。

华笙依旧没有声音,但是泪水已经浸透了他的衬衫。

三分钟后,华笙抬起头。

江流贴心地递上纸巾。

华笙擦了擦眼泪:"不想被别人听见,也不想被奶奶听见。"

她这么说完,他更心疼了。

这一晚,华笙和江流都没走。

两人守着老太太一夜,天亮的时候,看老太太缓过来一些。

华笙才放心离开,临走前还看着老太太吃了几口稀粥。

江流开车先送华笙回的十里春风,然后自己又去上班。

"小姐,老夫人怎么样?"春桃和银杏都很关心。

"情况不是特别好,但好在是挺过来了,医生说暂时情况还算稳定……"

"熬了一夜您也累了,您先吃点东西睡一会儿吧。"

两个丫头,一个帮华笙放了一缸热水泡澡,另一个做了一小碗红枣桂圆粥送到了她的卧室。

华笙算是睡了一个回笼觉。

中午十一点的时候,她被手机铃声吵醒,是大姐华枫打来的,华笙接电话的时候,心跳都加快了,特别害怕是关于奶奶的坏消息。

"五妹,你三姐出事了。"

"啊?"这是华笙始料未及的。

华芷昨晚还回来看老太太了,怎么今儿就出事了?

"大姐,三姐怎么了?"虽然关系没有多好,但是终究是一奶同胞的姐妹,她还是蛮担心的。

"今天上午有一场骑马的戏,她从马上摔下来了,断了两根肋骨,在医院呢。"

"这……"华笙微微叹息,还真是一波未平一波又起,华家今年可谓是诸事不顺。

生意本就不好,加上老太太的病,现在华芷又坠马,真是什么事情都赶到了一起。

"大家都去医院了,妈让我问问你,来不来?"华枫也知道五妹向来跟大家走得不近,所以不确定她会不会来。但消息还是要告诉的,不为别的,只因为她现在是江家少奶奶的身份。有了这个身份后,华笙在华家的地位明显提升了一大截。华笙自己也知道,这是因为江家的面子。

"我看看情况吧。"话没有说得特别死,华笙也真的没想好去不去。不是因为姐妹关系不好,华芷其实跟华笙还可以。

她想的是,华芷是大明星,一旦受伤,医院门口肯定24小时都有狗仔队潜伏,而且去探望的人肯定也是人山人海。粉丝啊,经纪人啊,公司啊,还有她在娱乐圈那些明星朋友。

一想到这些,华笙就不确定了。

当天下午,谢东阳倒是去看了华芷,还带着鲜花和果篮,诚意满满。可问题是华芷跟谢东阳根本就不熟,两人几乎是没说过几句话。

所以看见谢东阳,华芷很是意外。

"这是哪阵风把谢少给吹来了?"华芷偏着头看着谢东阳笑。

谢东阳也不客气,直接拉过椅子坐在了华芷跟前:"你受伤的事情上了头条,而且微博热搜居高不下,想不知道都难啊……咱俩好歹也认识一场,过来看看你。"

"你觉得你说这话,我信吗?"华芷是什么人?在娱乐圈多年,那心思岂是一般人能比的?所以她立刻看出谢东阳的来意。

"哈,不要说这么直白嘛!"

"你是故意来堵我五妹的吧?"华芷虽然不关注谢东阳,但是朋友多,所以关于谢东阳后悔,还纠缠华笙的事情,她是略有耳闻,但是没确认过真假,如今一看,十有八九了。

因为谢东阳进门开始,眼睛就开始四处瞄着,似乎找什么人。

华芷受伤,华家人肯定都要来的,所以谢东阳这是来碰碰运气,看看能不能堵住华笙。

被华芷给看透了来意,也是尴尬。

"咳咳……不愧是娱乐圈大咖,真是什么都瞒不住你。"

见华芷都明说了,谢东阳也不掖着藏着,摊牌了。

华芷觉得特别好笑,将身后的枕头立起来,靠上去,手里还拿着一个苹果啃着。

"我说谢东阳你没毛病吧?当初逃婚的是你,现在后悔的也是你。你到底怎么回事啊?

"你要是对我五妹有心,你当初就不该作死啊?你现在这是唱的哪出?你不知道她现在是江流媳妇?"

谢东阳挠挠头,也是有些不好意思:"我那时候……哎呀别提了,提起来我都上火,我那时候不是听信了谣言嘛!"

"什么谣言?"华芷继续一副看热闹的样子。

"就外面说的那些,说你五妹……口吃、结巴,脑子还笨,没上过学,奇丑无比……"

"这些你也相信?你这么大的人,自己不会去查啊?"

"我那不是没在意嘛!再说了,她确实在钟翠山长大的。"

"我五妹虽然在钟翠山长大,但是我奶奶可是把她富养的。四书五经什么都会,六国语言手到擒来,琴棋书画、诗词歌赋样样精通。就算现在你随便找个大学教授,都未必有她懂得多。你是瞎了狗眼吧?"华芷把华笙一通乱吹后,顺便损了谢东阳一顿。她本来就脾气暴躁,而且性格比较女汉子,所以也没管那么多。

事实上,谢东阳之前逃婚,她确实也憋着气,觉得跌了她华家的颜面。

谢东阳心虚,被骂了也没什么动静。这让华芷有些意外。

"唉,我后来知道了,这不后悔了想追回嘛!"

"你以为幼儿园小孩啊!你想追回就追回?哪有那么简单……

"再说了,你居然跟一个三线女明星滚床单,真是没品……

"那个梁潇潇以前是景润集团那个大肚子秃头的刘胖子养了三年的金丝雀,你居然能看上她,你也是上辈子炸了银河系了。"

"哎呀,我今天算是栽你手里了,好心来探病,被你骂得狗血淋头。"

"呵,你是来看我吗,你是来看我们家小五的。"华芷也不留情面。

"是啊,笙笙她人呢?"谢东阳东找西找,也不见华笙影子。

"还笙笙,你恶不恶心?我五妹听见估计都得瞪死你。"华芷了解华笙那个冷淡的性子,是看不上谢东阳这样浮夸庸俗的纨绔子弟的。

"人呢?人呢?"谢东阳也不想跟华芷打嘴仗,只想见见华笙。

"没来。"

"没来?怎么可能?"要说华笙没来,谢东阳还真不信。

华芷拿着苹果,笑成了一朵花:"你神通广大,不信可以调医院监控啊,真没来。我那五妹妹最讨厌人多的地方了,更讨厌媒体记者。

"不过她呢,给我打过电话了,说给我煲了汤,会让她的丫头送过来,心意还是有的。"

"这……那我不是白来了?"谢东阳一听华笙没来,哪还会在这里浪费口舌。

"哈哈,对啊,你白跑一趟,水果和花我可不退啊!"

"你别扯淡了。走了,你好好养着吧,大明星。"看华笙没来,谢东阳匆匆走人。

华笙在十里春风确实亲自煲了汤,里面加了一些药材,自己配制的。她从小饱读中医古书,对养生之道极为精通。

熬好了之后,春桃打包好。

"给三姐送去吧,告诉她趁热喝,这几日我会每天熬一份给她,让她忌口,这几日不要吃辣的腥的。"

"是,小姐。"

"去吧,路上小心。"

交代一番后,春桃开车去了医院。

华笙坐在客厅里,微微叹息。这时,手机又响起,还是家里打来的。这次,打电话的是华笙的父亲,华镇岳。

其实华镇岳跟这个小女儿的交集真的不多,这些年都是有数的。

"阿笙。"

"什么事?"她也懒得叫爸了。

"你奶奶今天清醒了一点。"

"是吗?那她吃东西了吗?"

"吃了一点稀饭,她一直念叨要回钟翠山去看看。我想着,那里你最熟悉,你要是有空的话,能不能带着你奶奶回去看看。"

"当然我和你妈也会跟着的,你只要陪着她,路上说说话就好,不然我怕她……坚持不到。"

父亲话里话外说得很明显,老太太眼看着就是这几天的事了。

如今想要回钟翠山,那是不是……落叶归根的意思?

因为这一生,老太太住在钟翠山的时间最长。

那个别苑,也是老太太拿出自己的私房钱建造的,也花了六七百万的。

"成,打算什么时候走?"

"明天一早吧,家里已经安排好了房车,不过不确定要住几日,你跟江流商量一下,万一江家不同意的话……你不去也行。"

很显然,连华镇岳都很忌惮江家的意见,不得不说,这挺悲哀的。

"不用问他,我自己能做主。"

"你可不能那么任性啊!你现在可是江家的少奶奶,你……"

父亲的话还没说完,华笙就挂了。

挂了电话后,她忧心忡忡。然后上楼开始收拾行李。确实,奶奶的病不确定,所以去了钟翠山还不知道要住几日。虽然距离不远,可毕竟是要离家的。

江流晚上回来的时候,华笙就跟他说了。

"我奶奶情况不太好,我打算陪着她去钟翠山住几日。"

"要不要我也去陪着你们?"江流倒是没意见,只是觉得会不会他陪着更好一点。

说实话,江流能说这样的话,华笙心里还是有些暖的。她以为,这些顶级豪门的富家子都是人情淡薄的,不会体会到她和奶奶之间的情分。如果换作别人,也许会态度很冷淡。就算让她去了,也不会和颜悦色。但江流并没有,反而还问自己用不用陪着。

"不必,你还要忙你的工作,我陪着就行,而且我父母也会去……"

"嗯,那你照顾自己,现在八月末快九月了,山上的温度会很低,你带一些厚外套。"

"这个没问题的,春桃会陪着我去,银杏会留在家里给你做饭。"

"不用了,你走了,我和一个丫头在家算怎么回事,我可以回老宅住几日,你带着她俩一起回去吧,有她俩在,我也放心。"江流说完,温暖地笑着。

华笙听着这些话,不知道什么滋味,只觉得心里最深的地方,有什么东西,缓缓流过。

"那我这一走,不一定要住几日,也许会很久……"她委婉地说。

"没关系,奶奶若是喜欢那里,你就陪她老人家住一阵子,不过我还是有一个要求。"

"什么?"她看着他,眼睛亮亮的,黑溜溜的,像北方的一种植物,叫星星,学名叫龙葵果。

江流看着很是喜欢,很想抬起手去摸摸她的小脸,但终究忍住了。他不想太唐突,更不想让她对自己有戒备心。

"我若是想你,我是要去看你的,到时候你别赶我走。"这句话说完,江流和华笙都笑了。

她知道江流这么说,是开玩笑。

江城到钟翠山有几百里路,来回开车的话,高速也要几个小时,不是很方便。而且上山下山路很滑,没有多少人会真的折腾。

"好。"

虽然知道他不会去,但华笙还是点点头。

次日清晨,华笙早早地带着春桃和银杏离开十里春风,早餐都没来得及吃。她们到了华家之后,带着奶奶上了房车,一行人直接去钟翠山。路过高速收费站的时候,过来一个工作人员,拦住她们的车。

"请问,哪位是江夫人?"

一开始华笙还没反应过来,后来想了想,自己结婚了,应该说的是她。

"我是。"

"江夫人,江少交代我,将这个给您带上。"

说着递来一个锦盒,很长,包装极其精美。

"好的,谢谢。"

"哇,姑爷这是玩浪漫啊,有什么东西不自己给你,偏偏要在这里堵我们的车啊?"银杏捂着嘴笑。

老太太在后面迷迷糊糊睡着了。

华夫人和华老爷相视一笑,知道这是江家看重华笙的意思,尤其是江流,似乎对她不错。

095

华笙缓缓打开,锦盒里是一颗成色非常好的野山参。华笙一瞬间又被感动了。这东西不好弄,通常是有价无市。野山参可遇而不可求,一颗成色好的山参动辄几百万,是可以用来给一些身体弱的人续命的,说有延年益寿功效。华笙知道,这个是江流弄来给奶奶吃的。

"江流这孩子真不错。"华镇岳看了看人参,夸赞道。

"阿笙,你要好好把握住,一旦为江家生下男丁,你就是头号功臣了。"华夫人也念叨着。

这话华笙就不爱听了,低着头直接回了句:"我嫁到江家,不是为了生孩子的。"

华笙这么一句话,弄得华镇岳和他的妻子都有些难看。一时间车内很是尴尬,还好春桃机灵,赶紧拿出一些水果分给大家,缓和了一下尴尬的局面。

江流白天在公司忙碌,下班和父亲一起回了老宅吃饭。

江夫人看儿子回来还挺意外。

"你这是跟你媳妇闹别扭了?"

"没有。"

"那你好端端地怎么回来吃饭?"

江流笑:"想您了行不行?"

"别在这里哄我,你的性子我还不知道?你在老宅住得巴不得早点搬出去。到底怎么回事?"

江夫人嘴上虽然是嫌弃儿子的,但是还是一边说着一边给他夹了一块他最爱的麻辣鳕鱼块。

江流抽出纸巾,优雅地擦了一下嘴角:"真没闹别扭,我俩好着呢。"

"那你怎么一个人来了?不叫你媳妇一起来吃个饭?"江夫人渐渐地已经能接受这个突如其来的媳妇了,毕竟是儿子中意的,虽然过程曲折了一点,耐人寻味了一点,但是江流成个家,这件事终究是好的。

免得外面那些风言风语还有一些无良的八卦写一些关于江流的性取向问题,毁她江家名声。

"您看您……什么事情都好奇,这不是阿笙的奶奶病重了嘛,老太太要回钟翠山,她父母就觉得回钟翠山的话,还是阿笙对那里熟悉,就带着阿笙一起回去了。"

"哦……原来是这样。"听到儿子这个解释,江夫人倒是放心了不少,不是小两口闹别扭就好,要不然这才结婚几天?传出去要怎么收场?

江父也问:"老太太的病到底怎么样了?"

"说实话,不是很好,估摸着也就这几日了。阿笙是老太太从小带大的,感情深厚,她去陪着,我也不可能不同意。"

"这话对,咱们也不是那么薄情的人家,华笙这孩子知恩图报,回去陪老太太这也是孝顺,咱们要支持。"江父很明事理,对华笙去钟翠山的事情表示很理解。

江母也没多说,江流吃过饭后,就去了书房弄一些文件,晚上就留宿在了老宅。

另一边,一行人到了钟翠山,安顿好之后,天已经黑了。

八月末九月初,山上温度确实很低,但是满院子的桂花香味扑面而来,还是带给人不一样的感觉。华笙对这里的一草一木都是无比熟悉。

跟谢家联姻的前一个星期,她都是在这里过的。说实话,若不是奶奶病重下山去治病,她还真舍不得离开这里。

华笙推着轮椅,给老太太披着很厚的斗篷,然后推着她在院子里散步。

这时候,老太太还带着氧气,虽然不能开口说话,但是意识还在。

看着这熟悉的院子,和满院子的桂花树,老太太激动得流泪,但是却说不出来。

华笙蹲下来,在老太太身边,温柔地指着不远处的一棵老梧桐:"奶奶您看,那棵树本来都快枯死了,但是您让我给它浇水,给他松土,竟然活了过来,这是好兆头。您放心,您的病一定能好起来。"

老太太紧紧地握着华笙的手,抖得很厉害,情绪也很激动。

华笙隐约记得,那还是三年前,院子里唯一一颗梧桐树不知道为什么突然枯死。用了很多药和肥料都不见好,眼看着要不行了。

老太太让华笙去给松松土、浇浇水,甚至还要陪梧桐说说话。

华笙觉得有些扯,但是毕竟是老太太的心思,就照着她的话做了,没想到三年的时间,梧桐居然奇迹般复活了。

很久之前,老太太说,梧桐树是寓意特别好的树木,能吸引凤凰,还开玩笑说,她们家的小阿笙,就是金凤凰,以后长大了,嫁的人肯定也是人中之龙。

这些话华笙都没在意,因为奶奶是个老迷信,有些话,只能听听就好。

老太太激动地抓着华笙的手,想说什么。

华笙轻轻帮奶奶摘下氧气面罩，俯身在她的嘴角边，只听到微弱的两个字——凤凰。

华笙点点头，眼中带泪。

"嗯，奶奶您说得没错。凤凰，梧桐是吸引凤凰的吉祥木，所以您要好好的，好好陪着我一起等着凤凰。"

刚说完这句话，华笙就感觉奶奶的头一歪，直接靠在了她的头上……

她惊慌回身："奶奶，奶奶……奶奶您别睡，您看看我……"

春桃和银杏也慌了，急忙跑过来。春桃用手探了探老太太的鼻息。

"小姐……老夫人……已经……走了。"春桃无比艰难地开口。

华笙只觉得脑子里一片空白……

虽然早知道奶奶身体不好，早晚都会离开，但是没想到……这才刚到钟翠山就……

"小姐节哀，老夫人再也不用受苦了。"银杏劝着，但是自己忍不住哭了起来。

春桃和银杏还是很多年前，华家老太太带着华笙去南方一个小地方做慈善的时候偶然收留的两个孤儿，因为和华笙年纪相仿，又很投缘，所以华家老太太收养了两个孩子，打算让她们两个照顾华笙。

这一照顾，就是很多年。虽然春桃和银杏是助理的身份，但是这些年，华笙对她们吃穿住行，照顾得都很周到。

华笙学四书五经，她们也跟着学一点。甚至为了保护华笙，两人还学了散打，多才多艺。

这些年在华笙身边，自然对老太太也是有感情的。

倒是华笙，没有放声大哭，只是一直握着老太太的手不肯松开。

不知道过了多久，她和老太太分开的时候，华笙就眼前一黑晕了过去。

再次醒来，已经是一天后。

华笙醒来的时候，银杏赶紧搀扶着她。

"小姐。"

"我奶奶呢？"华笙问。

"老夫人还在灵棚里，等告别仪式结束，就会入土为安了。"

华笙看了一下四周的环境，这里是华家老宅，没错，她们已经回来了。

"扶我起来，我去给奶奶上香。"她虚弱地说。

"小姐,您身体不行,还是先躺着吧……您至少吃点东西,喝点水……"

可是无论银杏说什么,华笙都听不进去,她执意起身,拖着疲惫的身躯,勉强自己走到门口,刚打开门,就朝着前面扑倒在地。

还好,门口站着一个人,他直接将华笙拥在怀中。

"闹什么?"江流很少会用这样的口气斥责她。

这一次,实在是有些生气。她自己都这样了,还勉强要出去,这不是为难自己?

华笙抬起头,看见抱着自己的人是江流。

"我要去给奶奶上香。"

"可以,我抱你去。"不等华笙说话,江流就将她一个公主抱抱起来往外走。那霸气十足的样子,华笙也是第一次见。

之前一直觉得他总是笑呵呵的,很好说话。哪知道他也有这么霸道强硬的一面。

江流抱着华笙一路到正院的灵棚,远远就看见老太太遗照挂在中间,华笙看了就觉得鼻子一酸。

"不许哭,留点力气,还要送奶奶最后一程。"江流低头命令着,华笙就真的很听话,将眼泪憋回去。

华家人全部到齐,包括华枫和华青的婆家人也都来了,华芷身边是助理搀扶着,她的肋骨还没好利索。华琳一个人跪在一边默默地烧纸。

华家的宗亲也都来了不少,上上下下也有百十来人。

江流抱着华笙到了灵棚附近就放下了,然后搀扶着她。华笙穿着一身白色长裙,黑色的长发披散着,头上系着白色的布条,脸色很憔悴。本来就瘦,这么一折腾,愣是掉了三四斤的肉。

弱不禁风的样子,让人看着就心疼。

华笙勉强拖着身子,到老太太灵前磕头上香,想说点什么,但是终究没说出口,只是默默流泪。

完事后,江流抱起她回了房间继续休息。华笙闭着眼睛,一句话都不肯说。

春桃将江流偷偷叫到了一边。

"姑爷,这样下去可不是办法。我们小姐都一天一夜滴水未进了,这么下去,好人也熬不住啊!"

"嗯,我来想想办法。"

"这里有一碗小米粥,你能喂她吃进去就好了。"

"我试试。"

江流知道华笙的心情肯定比任何人都难受，毕竟她是老太太一手抚养长大的。那种感情，比父母都要亲上十倍。如今老太太走了，华笙就这么一病不起。其他人谁会关心呢？

华家人都很聪明，各个只求自保，自己管好自己，谁能去关心一个自小就不受宠的，存在感很低的丫头呢？

恐怕此时此刻，春桃、银杏，还有江流，只有他们三人才真正关心华笙的死活。

江流穿着黑色的长袖衬衫，下面是黑色的西裤。按照习俗，他是外人，不是华家人，所以只需要袖子上绑着一块黑布就可以。

他端着一碗小米粥，坐在华笙床边的椅子上。

"阿笙。"他说，"阿笙，你已经一天一夜没吃东西了，水都没喝，这样下去身体吃不消的。"

华笙还是没回应。

"人死不能复生，奶奶如今已经八十四，算是喜丧，我觉得人的一生，能活到84岁已经是很幸福的事情了，奶奶是个善良的人，所以能有这个福报。

"我相信她离开这个世界后，也是去了另一个温暖的世界，而不是留在这里继续受病痛的折磨，你说呢？"

江流不太会哄女人，所以也不知道这样说行不行。

华笙还是没反应，江流也知道她没睡着，只是不想说话，不想睁眼而已。

"这里有一碗小米粥，你喝完再睡。"

她不吭声。

"你不吭声，我就当你答应了，反正你不吃，我是有办法让你吃下去的。我们是夫妻，我不介意嘴对嘴喂你，只是万一被别人看见，反正我是不介意的。"

说完，江流自己喝了一口小米粥，凑近华笙的脸……

她终究是没忍住，直接推开他的同时也睁开了眼睛。

"江流，你想干什么？"她的声音很哑。

江流抬手蹭了蹭她的鼻尖："喂你喝粥。"

"你真……"

想着还要嘴对嘴地喂，华笙就一阵鸡皮疙瘩。

"没办法,谁叫你不吃,我总不能看着刚娶回家没几天的媳妇,活生生饿死吧?"

华笙没吭声。

"自己吃,还是我来喂?"他逼着她。

华笙不吭声,心里也是有气。

"既然不说话,那我就当你默认要我喂你了……"江流作势还要喂她的样子,华笙直接从他手里抢过碗。

"我自己吃。"然后华笙低着头,逼着自己一口一口喝着小米粥。虽然如同喝中药一样,但,终究还是喝了下去。

江流露出欣慰的笑。

不远处,春桃和银杏也是松了口气。

"春桃姐,你发现没……咱家小姐这个脾气,姑爷似乎很了解,也有办法对付她。"

春桃微微叹气:"这也许就是传说中的一物降一物吧。"

"哎呀,如果姑爷真的是这么好的人,真希望小姐能好好跟人家在一起。"

"如今老夫人已经不在了,小姐也没了唯一的靠山,以后若是在江家过得好还可以,若是不好,可怎么办啊?"

两个丫头都很在乎华笙的处境,毕竟小姐在华家不受宠。华镇岳夫妇其实很偏心,虽然现在是华枫在管家,但是他们俩喜欢的却是华青,华青平时活干得不多,但是却一直被夸。华芷也是红人,因为是大明星,让他们脸上有光。

江流看着华笙吃完粥后,放心了不少。她躺下后,他还贴心地帮她拉了拉被子。

"你好好睡一会儿,我去看看前院,替换他们一下,一会儿再来看你。"

华笙还是没回应,不过江流也习惯了。

当晚九点钟,华家吃晚饭的时候,华家主人华镇岳说要开会,将华家自己人单独叫到了餐厅里。

江流扶着华笙,身后站着的是春桃和银杏。华家夫妇旁分别是,华枫和她的丈夫张德凯,还有华青和她的丈夫刘玉洲,然后是华芷和她的女助理,再然后是华琳一个人,白浩并没有来,不过华家也不关心这个。

华镇岳扫了一圈:"人都到齐了吧?"

"到齐了爸,您有什么要交代的吗?"华枫问。

"请律师来吧。"华镇岳说完,一个戴着金丝眼镜的男律师走了进来,大家也都认识,这是华家御用律师郭庆海。

"郭律师,人都到齐了,您可以宣布了。"华镇岳颔首。

"好的,各位,我遵照华老夫人生前的遗嘱给大家宣布一下,三年前华老夫人,也就是周玉兰女士,委托我写了这份遗嘱,遗嘱里写明,钟翠山的院子,十里春风的别墅,她名下一台宾利轿车,寄存在银行的两个珠宝箱,还有她本人在华家的股份和基金,全部都赠予华家五小姐——华笙。"

所有人的目光都朝着华笙看过来,那一道道要杀人的目光,让江流都感觉到不寒而栗。

郭律师说完这些,那些人的眼睛都红了。不仅是华家那些姐妹,包括华夫人和华老爷都惊呆了。老太太的遗嘱是保密的,老太太不死,谁都不知道里面到底写了什么,包括华笙,也不知道奶奶到底是怎么分配的。

华家如今已经不比从前辉煌,老太太手里的东西,着实不少。这么分配,难免大家都凉了心。

华青嫉妒到不行,直接不服气道:"我不服!凭什么?一碗水怎么就不能端平?"

"我也伺候过奶奶的,过生日什么的,我也没少给红包,给礼物,怎么人一走,这些东西都给五妹了?我们几个难道是后妈养的?"

华青这么一说,大家看华笙的眼神就更耐人寻味了。

其实,这个结果华笙并不意外。

老太太素来是偏心的,走的时候给疼爱的小孙女留点东西,无可厚非。不过闹心就闹心在,东西实在太多了点。

这时,老大华枫也沉不住气了:"钟翠山别院现在市值最少一千万,十里春风别墅五妹住着,就不计算价格了。

"奶奶那台黑色的宾利,现在少说也能卖 220 万,珠宝的话,就往少了说,算五百万,加上我们华氏集团的股份和基金……这满打满算也要过亿了。

"现在我们家不比从前家底那么丰厚,这一个亿可不是小数目。奶奶就这么都给了五妹,这是要凉了我们其他四个人的心啊!"

华夫人和华老爷也是两两对望,一时间不知道该说什么。

华枫的丈夫刘德凯也附和妻子，故意拿腔拿调："是啊，老太太这么做，太不公平。人都不在了，现在家里最大的就是爸了，爸您和妈说句公道话吧。"

"这东西既然都摊开了说，就今天一次性解决完，总不能真的都给五妹了吧？而且，五妹现在可是江家的少奶奶，也不缺这点钱，不是吗？"

华笙只是静静地听，没打算插嘴。

江流算是看明白了，这些人，都是吸血鬼啊！老太太死的时候不见哭得多厉害，这一到了分遗产的时候，各个精明得很。都是看华笙得到了这么多，眼红了。

用现在流行的词儿来说，就是柠檬成精了，酸到不行，其实最厉害的也就是结婚那两个。

华枫和华青，她俩都是有自己家庭的，已经不算是华家的人，肯定是有私心的。反而华芷是大明星，不缺钱，不怎么在意奶奶的钱给谁。而华琳是文人，骨子里有点小清高，也不贪图这些东西，总觉得钱够用就好。所以，蹦跶最欢的就是老大和老二了。

华镇岳看了看女儿们。

"阿笙，这件事你怎么说？"

得，这可真是亲爹，直接将锅甩给小女儿了。这不是故意为难人吗？他不想得罪人，就直接问华笙。华笙要是说了，那岂不是得罪了四个姐姐？要是不说，那难道就看着奶奶留下的东西拱手让人？

江流侧头看华笙，一瞬间有些心疼这个小丫头了。

华镇岳将黑锅甩给华笙，大家自然都在等她开口。

生　日

　　华笙抬起头，环视一周，朱唇轻启："我尊重奶奶的意见。"

　　这话说完，立刻又拉来不少仇恨。这话什么意思？很明显人家不想分啊！说得好听是尊重奶奶意见，说白了，还不是一毛不肯拔？

　　华青当场就不高兴了，直接拉着脸看华笙："五妹，你这话说得不对劲吧？还尊重奶奶？奶奶三年前立下遗嘱的时候，估计也不那么清醒的。

　　"我们是一奶同胞，都是亲姐妹，你一个人拿了将近一个亿，你真的好意思？

　　"你一结婚连江家给你准备的房子都不肯住，直接霸占了十里春风的别墅，我们都没说什么，如今连公司基金股票都承包了，你这是不给我们几个活路啊！"

　　"二姐说笑了，我怎么不给你们活路了？这些年……难道你们一个个的不是比我好？

　　"大姐、二姐都在美国读的大学，回来就接管家业，集团很多重大项目都是你们掌管。

　　"三姐没出国，但读的也是国内重点，毕业直接用我们家的关系当了大明星。

　　"四姐低调，大学毕业后直接留校任教，体制内在编，到老了都有工资拿。

　　"我呢？我八个月的时候，还没断奶就被送去了钟翠山养着。奶奶怜悯我，陪我在山上居住多年，我连学都不曾上过，更不用说奢侈品。

　　"这些年我过得清心寡欲，堪比尼姑，你们反过来说我不给你们活路？

　　"我倒是很想问问，到底是谁不给谁活路？"华笙说这番话的时候，横眉怒目，就差直接掀桌子了。

全场所有人傻眼了。

谁能想到平时看着柔柔弱弱的小五，在这种场合，会说这么硬气的话？连华琳和华芷都被震住了。

华琳一脸不可思议地看着华笙。春桃和银杏在小姐身后，只觉得心里那个爽啊！心想，我们小姐不发威，你们真当她是病猫啊！

这话说完，华夫人听着不舒服了，拿起纸巾开始抹眼泪。

"阿笙啊，这些年是我和你爸对不起你，你不要怪姐姐们，姐姐们也有她们的难处……"

"你奶奶偏心你，这是大家都知道的事情，但是这些年，确实你们姐妹都为她老人家做了不少，到头来，一个都没分到其他姐姐头上，这有点说不过去……"

"阿笙啊，你就当给妈妈一个面子，今天好好谈，毕竟大家都是自家人，是不？"

华夫人话虽然说得好听，可终究还是偏心其他几个姐姐的。明显是让华笙将东西拿出来大家分了。

华笙其实心里也不在乎这些东西，就算没有奶奶这些钱，她自己也过得很好。她只是咽不下这口气。

不等华笙说话，江流搂着华笙笑着开口："既然都是自家人，那我也说说我的想法。我先问一下，我给阿笙的聘礼，阿笙自己拿了几成？"

这么一问，大家都不说话了。

除了五亿资金援助，江家还是给了聘礼的，据说光是奔驰E就有十台，还有富强天玺大楼的5000平方米的写字楼，更有名画和名表，据说某品牌金条还有几箱，可是这些，华笙确实一点都没拿到。

"聘礼呢，就算阿笙没拿也没关系，那也是给爸妈的，毕竟没有你们就没有阿笙。

"我觉得奶奶留给阿笙的东西是其次，更多的是一个念想，你们若是这般为难她，我这个做老公也着实心疼。"

华笙不可思议地看着江流，她真的没想到，他会在这个时候为她说话，跟华家人正面刚。

江流一开口，堵住了悠悠众口。尤其是人家一提聘礼，都闭嘴了。聘礼确实都被华镇岳给收入囊中了，连女儿们都没给。五亿就不用提了，毕竟华家也给了仙女湖的地皮。但是江流在华家是很有分量的，因为他代表的是江家。所以，他们很忌惮江流。

江流这句话明显霸气护妻，谁还敢再多说一句？

见江流都这么说，华芷笑了笑，打圆场："哎呀，你们一个个的，也不是穷得不行，人心不足蛇吞象，有多少算多啊？都消停的吧！

"五妹是奶奶养大的，这些年承欢膝下，确实比我们用的精力要多一些，拿点东西也是正常……

"行了，我困了，先去睡了，肋骨伤势还没好呢，不和你们在这里耗着了。"华芷打了一个哈欠起了身。

华琳也紧跟着起身："你们随便吧，反正我什么都不要。"

说着华琳也走了，她确实不需要那些东西，她就是想过普通人的生活，金钱对于她再多也是数字。

老三和老四都走了，如果继续纠缠的话，只能说明当大的不懂事。华枫和华青也不好多说什么，也只能起身走了，但是华枫的老公刘德凯今天给江流留下了不太好的印象。身为华家的大姐夫，也算是长辈了，说话居然这么咄咄逼人、唯利是图，这不是欺负华笙年纪小吗？

一点亲情都不念，这种人，以后还是少搭理的好。

大家都走得差不多了，只剩下华笙、江流，还有华家夫妇的时候。

华笙突然开口："奶奶的宾利车，就给爸爸开吧。"

华镇岳有些受宠若惊，好歹也是几百万的车。

华笙看了看母亲又道："奶奶的珠宝妈妈您收着吧，我也用不上，都是一些老款式了。"

"好好好。"华夫人立刻眼冒金光，这是捡了多大的便宜啊！

刚才那么逼着，她都不肯吐一毛，现在自己主动往外吐钱，这说明什么？你们逼我，我偏不，我自己愿意给才行。这说明，华笙是个有脾气的人，可不是软柿子。

如果刚才被她们逼着拿走了，那他们会认为理所当然。可是现在不同，华笙开口赠予的，他们会感恩戴德。所以说，人啊，是一种奇妙的生物。

两箱珠宝和宾利车送出去了，华笙不在乎，但是钟翠山别院她要留着，那是她唯一能想念奶奶的地方，也是她小时候长大的地方。

回去休息的时候，已经是晚上十一点半。华家只给准备了一个房间，江流和华笙双双进了客房。

"今天谢谢你。"她看着他，说得很诚恳。

江流看着她，眼睛里全是温柔："阿笙，你别怕，奶奶虽然不在了，可从今往后，我就是你的靠山。"

华笙没想到他会这么说，一下子倒是有些不知所措。因为从小到大，都没有男生跟她说过这么暧昧的话。

江流真的会让她靠一辈子吗？华笙和江流一直等老太太出殡后，才回十里春风。

一回到家，华笙就卧床不起了。也是这几日累了，可江流不行，公司还有很多事情要忙。

他洗了一个脸，拿起西装外套就往外走，临走前还嘱咐春桃和银杏："她累坏了，先让她睡，最近饮食要清淡一些，下午最好熬一些补血补气的东西给她吃。"

"好的，姑爷，您放心，我们一定好好照顾小姐。"

江流回总部开了一天的会，临下班的时候，秦皖豫来了。

这倒是让他很意外，秦皖豫很少会来公司找他，都是私下在饭店或者会所见面喝酒。

"江总，秦总来了。"

"让他进来。"

秦皖豫穿着浅灰色的衬衫和黑色休闲裤，手上戴的积家月相大师钻表，四十几万。秦皖豫低调，他喜欢的牌子，都不是那么大众的。

"哈喽，江总。"秦皖豫说。

"别闹。"江流起身，走到咖啡机前，给他接了一杯美式。

然后两人坐在真皮沙发上。

"今儿怎么这么有空？是路过吗？"江流问。

"不，特意来找你。"

"这么好心？不会是要找我贷款吧？"

"哈哈，我要贷一千个亿，江总请放款。"秦皖豫开玩笑。

"好好说，你到底怎么回事？"

"我真的只是来看看你。想着最近你老忙着，也没空跟我们几个喝酒。昨儿小鹤还抱怨你娶了媳妇忘了哥们儿，典型的重色轻友。"

江流低笑，拿出一根香烟点燃，疲惫地往后一靠："最近确实忙坏了，我老婆的奶奶刚刚过世，在华家住了几日。从早到晚吃不好睡不好……不过总算老太太入土为安了。"

"哎哟，你还挺孝顺。"秦皖豫笑。

"哥们儿你就别挖苦我了。"

"你这老婆娶得,听说花了不少钱啊!"

"嗯,是不少,但是值。"江流笑。

"看看,我还没说什么,你就着急为她说话。这是心头好了呗,不过我还听到一个八卦。"

"什么?"

"我可听说谢东阳最近不老实,后悔了,四处扬言说要把你老婆抢走,抢回去什么的。"

"他那人做事一向很冲动,从来不过脑子。"对于谢东阳,江流真心没放心上,包括那次故意撞华笙的车,他都没问华笙,而是直接给提了两台新车。

"话虽如此,可你还是小心点。谢东阳不比普通的富二代,这小子作起来你是没见过。"

"你来就为了提醒我这事?"

"不,我来其实还想跟你说一下,下周小鹤生日,在国色天香包了场子。你要不要带上你老婆一起?"

"这个可以,我考虑一下。"

"生日礼物呢,咱们送点啥好?"秦皖豫也是头疼。高鹤是这里最小的,但是跟他们感情却很深。

"我回头选选,不是下周吗?时间还来得及。"江流和秦皖豫就这么闲话家常。

另一边,华笙睡醒的时候,已经是下午三点钟。她刚下楼准备吃点东西,江夫人就来了。

这还是江流的妈妈第一次来十里春风。华笙当时正在抄写佛经,江夫人直接就到门口了。

"阿笙。"她听江流这么叫的,她也就这么跟着叫了。

华笙一怔,然后马上放下手中的毛笔,起身点头:"妈。"

江夫人对这个称呼颇为满意,然后走进书房:"听江流说,老太太过世后,你一直身体不太好。"

"是,可能有些伤心过度。"

"你身体单薄,要自己悠着点,我让人送了一些血燕过来,让你的丫头给你熬着喝。"江夫人语调温和。

江夫人穿着很大气,喜欢穿深色的连衣裙,外面会搭配很简单的围巾,有点布衣风格,但完全不失华贵。这个穿着风格,华笙颇为喜欢,不像她的母亲华夫人一样,华夫人喜欢雍容华贵的打扮,喜欢戴着满身的金银珠宝。

光从品位上来看,江夫人要略高一筹。

"你在练字?"江夫人看着桌子上的毛笔和没写完的字。

华笙点头:"闲来无事,就为奶奶抄写经文祈福超度。"

江夫人较有兴趣,走过去看了一眼。华笙的字体不太像普通女生那样娟秀清雅,倒是有一种男生的笔锋,下笔有劲,笔锋凌厉。

"字不错。"

"妈说笑了,我也没学过,就是自己喜欢,闲暇时候会写一写。"

"抄的这是《大悲咒》?"

"妈,您也懂这个?"华笙有些意外。

"那是自然,咱们这种家庭有几个不是信佛的,《大悲咒》不错,你奶奶能有你生前身后地为她考虑,也不枉费疼爱你一场,你这孩子,是个有心的人。"

"嗯,我也只能做这些了。"

"先别写了,来,下来陪我坐坐。"江夫人倒是不客气,直接拉着华笙出了书房。

两人坐在一楼客厅内,银杏给两人泡了花茶。华笙就和这个不太熟悉的婆婆闲聊了一会儿。

其实聊天还真不是她的强项,她经常会冷场。就算是伺候她多年的春桃和银杏,也没什么机会跟华笙聊天。

不过江夫人比较温和,没有任何敌意,是带着交好的意思来的,华笙也不是那么不识抬举的人。

江夫人在这里坐了一个多小时才走,江夫人走后,春桃忙告诉华笙:"小姐,你婆婆除了血燕,还买了不少其他的补品,还有大枣、枸杞、莲子、百合、银耳。对了,还有一些山里的野菜,说是您喜欢吃素,这些小菜清口,对了,还有两只乌鸡,说给您炖汤。"

说实话,这些年,除了奶奶,没有人对她这样关心过,华笙一时间有些不适应,都不知道要说什么好了。

被人冷落久了,忽然被关心,这种感觉还真是……

"小姐,您这个婆婆人看着不错,我以为江家这么富贵的出身,您婆婆会是一个特别事多,喜欢找碴儿的老女人呢?"银杏笑着。

"那不会，江家这个地位，女主人格局肯定很大，不会是那种市井小民的状态，但……江流妈妈这样，我也没想到，可能是因为心疼儿子吧。"

"小姐，不管江夫人是心疼儿子还是什么，她对您好，不为难您，就是好的。"春桃说。

华笙点头："这倒是真的，我也不是那么不知道感恩的人，回头我挑一件她喜欢的东西回礼。"

在华笙眼里，别人对她好也是有来有往的，她也不是那么心安理得享受别人好的一个人。

这时，她微信响起，打开一看，是江流。

江流：我妈去咱家了？

江流是个很聪明的人，说话很有技巧。一个"咱"字，就拉近了他和华笙之间的距离。

华笙：嗯，妈刚走。

江流：她干什么去了，有没有为难你？

华笙：你自己妈妈，你难道不知道什么样？

好吧，她这几日跟这个姓江的在一起都学坏了，居然还会调侃了。

江流发了一个龇牙的表情。

江流：我妈是不是去念叨，让你生个宝宝什么的？

华笙：那没有，现在说这些太早了吧，我们才结婚几日……再说了我们本来也不是真的。

江流：没准以后就弄假成真了，很多电视剧都这么演的。

华笙：那你是电视剧看多了。

江流：我妈人还行，我觉得她也不像是能为难儿媳妇的人，不过她要是欺负你，你告诉我啊！

华笙：怎么？你还能帮我对付你妈？

江流：不啊，你告诉我，我可以和你一起背后吐槽我妈。

华笙看到这句，"扑哧"一声就乐了。不远处，春桃和银杏也相视一笑，自从小姐和姑爷结婚后，好像笑得越来越多了。

华笙也是完全没想到，江流这样的豪门太子爷，身居高位，那么厉害的一个风云人物，私下里居然是个爱说冷笑话的人，这个反差还真是……让人忍俊不禁。

华笙：妈其实就是看看我，听说我最近身子不好，送了不少补品，都挺贵重的。

江流：没事，她有钱，她是个土豪。

华笙：行吧，江少，你这是职业坑妈专业户吧？

江流：好吧，江少奶奶，我为了你坑我妈，所以你要不要奖励我点什么？例如一个吻……

其实江流真的是开玩笑，以他这些时日的观察，华笙这人是绝对的慢热。要是想接近她，跟她有什么亲密的肢体接触，估计很困难。

看到这句，华笙脸颊有些微烫，她确实还不太习惯这些。应该说，她一个恋爱都没谈过的人，直接跟人家结婚做人家老婆，这个新身份是真的还没适应。

江流调戏的这句，她就没再回了。

晚上六点半。江流下班回到家，就看到华笙坐在餐厅的椅子上。

"姑爷回来得正好，小姐等你吃饭呢。"

"她不是下午后不进食了吗？"江流有些意外。因为他几乎没看过华笙晚上六点还吃饭的时候。

银杏吐了吐舌头，故意压低了声音："姑爷，我们小姐是亲自下厨，给您做了一顿晚餐，说要陪您一起吃。"

"这么好……不会有诈吧？"这句话是江流自己小声嘀咕的。

幸福来得太突然，还真的会有些不习惯。

江流脱下外套，洗了手，就走到餐厅里。桌子上，是整整齐齐的六道菜一个汤。看着卖相也不错，闻着也有很诱人的香味。

他看了一眼华笙，华笙只穿了一件很简单的半袖衬衫，白色的，复古款式，荷叶袖，有点那种宫廷风，看着很减龄，说她是高中生都不会有人质疑。

"银杏说，你亲自做了晚餐……给我吃？"江流还是不太敢相信。

华笙点了点头。

"今儿是什么好日子吗？"他笑着落座。

"并不是。"

"那你是有求于我吗？要找我贷款？"江流开玩笑。

华笙摇头："我不缺钱。"

"那到底怎么回事啊？阿笙，你不说明白，我真的不敢吃，怕是鸿门宴。"

华笙忍不住微微扬起嘴角："其实，就是我为了表达谢意，你不用担心。"

"谢意?谢什么?"江流一下子愣住了。

想了想,难道是因为之前买的两台奥迪A8吗?

华笙平静地看了他一眼:"我奶奶过世那几日,你在华家忙前忙后,还要照顾我。宣布遗嘱那天,你也是帮我说话。

"我这人虽然性子冷淡,但绝不是不知道感恩的人,想来你这个身份也不缺什么,我也不知道要买什么好,所以正好今天妈过来,我问了她你爱吃的菜,就做了一些,你尝尝看,味道怎么样?"

不等江流说话,华笙又补充了一句。

"我不经常下厨,所以手艺可能不那么好。"

"没关系,我试试看。"江流也没客气,拿起筷子就夹了一块糖醋排骨,认真地咀嚼起来,闭着眼睛享受。

"嗯,很好吃,手艺不错。"他赞道。

其实,华笙能说这些话,对她那个性格来说,还真是不容易。江流确实什么都不缺,华笙能亲手做一顿饭给他吃,这个举动无疑是很暖心的。

江流只觉得,对她好,是值得的。

华笙确实下午问过了江夫人,江流是个很固执的人,这些年,小时候爱吃什么现在就爱什么,几乎不变。

华笙做了糖醋排骨、素炒秋葵、山药炒肉丝、清蒸鲈鱼、酱牛肉,还有一个银鱼煎蛋,外加一个酸溜溜的西红柿牛腩汤,简直不要太好喝。

华笙下厨确实少,但是她是极有天赋的。

春桃和银杏在旁边指导和打下手,华笙亲自主厨,做的东西也是不输酒店大厨。

江流当晚食欲大开,一口气吃了三碗米饭。

华笙心里说不出什么滋味,应该是满足感,成就感?

晚上八点钟。江城某大学校园里发生了一起伤人事件。

白浩跟着队长和同事正好在附近执行任务,接到电话就来了。出事的学生华琳正好认识,所以她也在场。

两人见面,格外尴尬。

上次白浩提出分手后,就删除了华琳的一切联系方式。华琳伤心难过了很久,最近还一直不在状态,上课的时候也是无精打采。

"你……还好吧?"私下里,白浩单独将华琳叫到了一边。

华琳忧郁地看着他："你觉得呢？"

"小琳，爱情不是一切……你要好好照顾自己身体，好好生活。"白浩看出华琳精神状态不是很好，这才几日，整个人就瘦了一大圈。

"白浩，你现在说这些，不觉得很可笑吗？"

白浩沉默不语，摘下警帽，看着不远处的一个湖泊，心情也是复杂。

他爱华琳吗？爱，华琳虽然是华家女儿里颜值最一般的，但才华横溢，不物质，品行端正。白浩需要的就是这样一个女人，跟他一起过日子。

白浩工资不高，两人每次约会，华琳都主动提出要吃小吃，会吃汉堡、面条这些快餐，白浩也知道，她是为他省钱，所以越发疼爱这个小女友，如果不知道她是华家人，也许两人现在都要谈婚论嫁了。

可……事实无法改变，她就是华家人。

"白浩，说分手的是你，带给我痛苦的是你，现在让我好好照顾自己的也是你。你凭什么扮演救世主，扮演局外人？

"你凭什么操控我的一切？既然都分手了，我现在是死还是活，跟你还有什么关系？"华琳是个自尊心很强的女生，被分手后，内心一直很敏感脆弱。

被华琳这么一说，白浩还真的有些无地自容。

"小琳，对不起……是我伤害了你……"

"说这些有意思吗？白警官既然是来办案的，那就快去工作吧。"说完，华琳转身。

"小琳，我虽然只是一个普通警察，但是如果你有什么需要帮忙的，我肯定义不容辞。"白浩也是放不下，觉得对不起华琳。

虽然两人没有发生什么亲密关系，但是在一起也有好几个月了，那么多甜蜜的回忆一下子就变成了凌迟的刀。

女生比男生更为脆弱一点，所以白浩也心疼，也难受。

华琳顿了顿脚步，头也没回，甩了一句："我没有跟前任做朋友的习惯，白警官就不必强人所难了。"

分手后，还能做朋友这件事，本身就是个矛盾。

分手后，不能做朋友，因为曾经伤害过。

分手后，也不能做敌人，因为曾经相爱过。

分手后，只能做个最熟悉的陌生人，然后其他的交给时间，时间会冲淡一切。

包括曾经的海誓山盟,和刻骨铭心。

所以白浩这些话,华琳是听不进去的。华琳走后,白浩带着人也上了警车离开。

华琳回去后,辗转难眠,最终发了一条带着对华家,对白浩有怨气的朋友圈。

她写道——如果有来生,我要做一棵树,站成永恒,没有悲欢的姿态。一半在尘土里安详,一半在风里飞扬。一半洒落荫凉,一半沐浴阳光。非常沉默,非常骄傲,从不依靠,从不寻找。如果有来生,要化成一阵风,一瞬间也能成为永恒。没有善感的情怀,没有多情的眼睛。一半在雨里洒脱,一半在春光里旅行。寂寞了,孤独去远行,把淡淡的思念统统带走,从不思念,从不爱恋。

华琳这段话,是摘自三毛的诗,三毛是她非常喜欢的作家。她一直羡慕三毛和荷西之间的爱情,可她终究不是三毛,白浩也不是荷西。

他们两个,连最世俗的这一关都无法跨过去。爱情,也许本就这么脆弱。

华笙刷到朋友圈,看到华琳这番话后,其实是有些难受的。她没谈过恋爱,不知道什么叫虐心,但还是同情。

想来想去,华笙在下面给她留言,写了一句话——愿你尝尽世间百态,眼中仍有光。

华笙本就是个少言寡语的人,所以长篇大论也不是她性格。

相比之下,其他姐几个就弱了一些。

华枫评论的是:不要为了一棵大树放弃整片森林。

华青的评论是:一个穷酸的臭警察而已,一年工资都没你一个月拿的分红多,你还伤心什么?

华芷比较强势,只说:错过了你,他会后悔,你错过了他会有更好的。

这些话,对华琳都没有什么作用,她甚至不想回复。

但是华笙那一句说得,她心里有些暖,有些感动,又有些复杂。

她这些年一直都努力做一个普通人,试图摆脱豪门痕迹。试图靠自己活成自己喜欢的样子。所以即便尝遍世间百态,也不能放弃对生活的态度。

眼中仍有光,哪怕心里有伤。

所以华琳为了不让其他几个姐姐多想,没有在下面回复,而是单独给华笙发了一条微信。

她说：五妹，谢谢你。

华笙回了一个微笑的表情。

华琳忽然有些自责那天对华笙的态度，所以想问问她，还需不需要帮忙了。但总觉得，现在立刻说，时机不太对。

华笙其实倒是没有多想，安慰华琳也不是为了拉拢她。毕竟华琳在华家也不是那么受宠，拉拢也没什么用。她只是觉得，华琳失恋了，无比伤心，自己安慰一下。

一转眼到了周五，晚上下班前，江流给华笙打了电话，试探地问问她，高鹤过生日，在国色天香包了场子，大家想看看她。

江流已经做好了被拒绝的准备。没想到，华笙居然答应了，而且态度极好。

所以他愣是半天没反应过来，也忘记给华笙回信息。

华笙：嗯？

江流：在。

华笙：我需要给你朋友准备什么生日礼物吗？

江流：不需要，我准备好了，你跟我一起去就好。

华笙：嗯。

江流：那我一会回家接你，一起去。

华笙：好。

集团总部，江流发完微信，心情大好。

"今天我早点走，你们有事随时给我打电话，要是情况紧急的可以去找我爸。"

男助理笑了笑："好的，江总，您这么着急去哪里？"

"带我老婆吃饭。"丢下这句，江流拿起外套就急匆匆走了。

江流在集团，有两个助理，一男一女，男的叫李敬，女的叫谭静。两人是夫妻，都是海归的名校高才生，所以也不存在和江流之间有什么暧昧情况。这样也能避嫌，除此之外，门口还有一个秘书室，里面有两个女秘书，一个秘书长，主管一些集团的事务。这些年江流在她们眼中，实则是一个尽职尽责的好老板，人品好，有魄力，有远见。

江流走后，秘书室立刻开始八卦起来。

"你们有没有觉得我们江总最近容光焕发啊？结婚了就是不一样啊！"

"听说江总对夫人很好，每晚都按时回家。要我说啊，谁能嫁给我们江总，还真是上辈子拯救了银河系。"

晚上八点，国色天香夜场。

江流牵着华笙的手进了包房，然后全场沸腾。因为大家都没想到江流这个神秘夫人会来。

高鹤和王君显日瞪口呆。除了他们几个外，还有高鹤不少朋友，这包房里有二十几个人，都是富豪圈里的，还有几个富二代带着模特女友。

在场的还有一个二线明星，长得不错，叫郝姗姗。

江流穿着藏蓝色修身西装，身高186厘米的他挺拔俊逸，走到哪里都是亮点。左手无名指戴着一枚婚戒，别有一番风味。

华笙今天也是罕见地抛弃中国风穿法，弃了旗袍和改良裙，穿了一条香奈儿新款的湖水蓝连衣裙，无袖，洁白又纤细的双臂，让所有女人都羡慕到不行。

尤其是那倾世的颜值，她所在的地方，会让所有女人没有存在感。这也是为什么这么多年，华笙都没有朋友的原因。

女生天生都有嫉妒心，没有喜欢当绿叶的。白居易的长恨歌里有一句：回眸一笑百媚生，六宫粉黛无颜色。

其实江流觉得，他虽然不知道唐明皇的后宫到底如何，但是如果阿笙在的话，真的会让所有女人失去颜色。

爱美之心人皆有之，他不是颜控，却也喜欢美。

"我的天！我不是眼花了吧！这是我江殿和殿下的媳妇啊！"高鹤惊呼。

秦皖豫得意地笑着。

王君显没说话，只是目光落在江流身上，故意打趣："江总，快给我们介绍一下江夫人吧。"

江流握着华笙的手，又紧了紧："这是我太太，华笙。"

这么正式的介绍，大家倒是有些不自在了，感觉好大的场合啊！

高鹤最先反应过来，赶紧起身："嫂子好。"

华笙微笑回应。

"这是今晚的小寿星，高鹤。"江流给华笙介绍，然后指了指沙发连排座的两个男人，"那是秦皖豫和王君显，跟你提过的，都是我哥们儿。"

"大家好。"华笙大方打招呼。

事实上，这些都是来的路上才说的，华笙多少了解一点，对秦皖豫和高鹤不是很了解，但王君显绝对知道。因为东华、西王、南谢、北江——王君显也是名门公子。

江流带着华笙落座，几个人一边喝酒一边聊天。江流为华笙点了一杯橙汁，她也没喝几口。倒是不远处，那些富二代和小模特都被震住了，心想，不愧是江流的女人啊，就是绝色倾城，而且出自名门华家，一言一行都不是她们这些小女生所能比的。那气质真是与生俱来的，不是学能学会的。

其中有一个富二代叫陈亮，平时也和谢东阳一起玩，所以就拿出手机偷拍了一段小视频，微信发给了谢东阳。

"谢二哥，你看看这女人是谁？"

谢东阳此时正在另一个酒吧蹦迪，收到小视频后，认真地看了好几遍才问那个陈亮：你在哪呢？

那个叫陈亮的忙回复："二哥，我在国色天香呢，今天是高鹤生日，我们都过来了。"

"哦。"

只回了一个"哦"字，谢东阳就再也没消息了。

陈亮想着，估计是他玩嗨了，懒得回了。陈亮之前也听说了谢东阳有点后悔，想跟江流抢人。但是这些只是听说，也没确认，今天发视频也是个试探。本以为这件事就过去了，哪知道……

半小时后，谢东阳来了，手里拎着一个蛋糕。

他一进来，全场又惊呆了。

高鹤一脸蒙："你这是什么情况？"

谢东阳一进门就瞄了一眼华笙，她坐在江流身边，安安静静的，穿着湖水蓝的裙子，很是好看。

他那么远看着她，都觉得很心动。

谢东阳看了一眼华笙后，又看了看高鹤笑道："这不是来给你过生日嘛！"

"别闹……"高鹤一脸尴尬。

他和谢东阳本来也没什么交情，平时也不在一起玩。高鹤这些年一直叫江流大哥的，所以跟谢东阳自然不是一路人。就是因为没交情，所以谢东阳这么来了，说给他过生日，他怎么会相信。

其实，当谢东阳踏进来那一刻，在座的几个，高鹤也好，秦皖豫也好，王君显也好，甚至是江流和华笙也好，都知道他的来意。

只是华笙不在意这些，她本身跟这个男人也不熟。

"没闹啊，生日快乐。"谢东阳将蛋糕重重地放在茶几上。他将蛋糕盒子拆开，拿起刀具直接切下去，从里面拿出一把钥匙。

车钥匙，保时捷的车钥匙。

谢东阳将车钥匙往高鹤怀里一扔："保时捷911，限量版月光白。"

"咳咳……谢少你太客气了，这我不能要。"高鹤本身家境也好，自然不是差一台车的人，但是不得不说，这谢东阳出手确实大方。

"没事，甭跟我客气，拿着。"他口气极其霸道，然后下一秒直接大步流星走向华笙。

"笙笙，你也在这里啊！"

鉴 定 古 玩

谢东阳一副不知道华笙在场的模样。那个叫陈亮的小富二代看着都惊呆了，我的天，谢少这演技。

华笙几乎连眼皮都没抬："谢少，我不喜欢开玩笑。"

江流也笑："谢少，我妻子性格内敛，不太适合开玩笑，另外你叫她笙笙也不合适。"

"江总你别介意，我和笙笙本来就是有私交的，笙笙有空还要带你的小黑出来啊，我觉得我和它很有缘分。我还托朋友在国外给它买了不少进口猫粮，我相信它会喜欢的。"

行吧，拿猫说事，这谢东阳也不是个善茬。这是存心给江流难堪。

那些不明所以的小富二代们都是一脸蒙。这是什么情况？明明是江总的妻子，却跟谢少关系好？还一起养猫了吗？

那个叫郝姗姗的二线女星得意一笑，偷拍了一张照片，直接发给梁潇潇。

梁潇潇：你什么意思？

郝姗姗：潇潇，身为你的姐妹，不得不告诉你一个事情真相啊，你输得不委屈，你看看这华家五小姐，容貌真是惊为天人，如今都嫁人了，谢少还不死心追来了呢，好像还一起养了猫，对她真是无微不至啊！

梁潇潇被谢东阳甩了后，一直愤愤不平。因为享受了那种跟王者在一起时候众星捧月的姿态，就再也没办法忍受被人冷眼嘲笑了。虽然她现在不缺钱了，但是社会地位不被认同。换句话说，离开了谢东阳，她真的什么都不是。想回到娱乐圈，也接不到什么好的片子。姐妹聚会吧，还要受人奚落嘲笑。

毕竟娱乐圈本来就是塑料花友情。所以郝姗姗这么一说，梁潇潇就更生气了。

她看了看照片,那个华笙确实美,可自己也不差啊!她会唱歌吗?华笙有她才华多吗?有她品位高吗?有她会哄男人开心吗?

这一刻,就好像有一车柠檬翻了一样,梁潇潇心里很不是滋味。

"他们怎么会在一起?"梁潇潇冷言冷语。

"今儿是高鹤生日,我男友和他玩得好,被邀请了,我跟着沾光了。没想到,高鹤有那么强大的朋友圈,秦家的那个秦皖豫,王家的公子,江家太子爷和夫人全部都到了,谢少是刚到的,不过明显是奔着江夫人来的。"

"你说真是奇怪,早知道这样,当初干吗要逃婚啊?你也是厉害,本来谢少都要结婚的,硬是让你用温柔乡给迷得起不来床,错失了婚礼。"

"这件事啊,说起来,江总要好好感谢你的,要是没闹出那么多幺蛾子,他怎么可能有机会娶谢少的未婚妻呢?是吧?"

"郝珊珊你会不会说人话?"梁潇潇气得不行。

"哎哟,还生气了,别生气,我逗你玩的。好了,不和你说了,我要和谢少、江少他们喝酒了。"末了,郝姗姗还要故意显摆一番,气得梁潇潇将手机直接摔在地板上,摔得粉碎。

如果没有谢东阳对华笙的反悔,她确实也不至于这么快被抛弃,毕竟她听话又聪明。那个华笙……还真的对男人有手段啊!

梁潇潇暗暗下,将这笔账记在了华笙身上。

另一边,因为华笙的出现,她的照片也被大肆曝光,不管是小视频还是照片,不管是朋友圈还是微博。富豪的朋友圈就那么大,所以这件事很快华家人也都知道了。谢家人也都知道了。

谢东阳的哥哥谢东泽和妻子在家里正准备休息。冯羽看见照片后,拿给老公:"老公你看看。"

"这是谁?"

"这就是东阳之前要娶的华家小五,现在是江家的媳妇了。"

谢东泽看了一眼,微微叹息:"难怪咱家老二不消停,一直闹,原来是这样的美貌。"

"你是不是也看着心动?"冯羽故意逗谢东泽。

谢东泽捏了捏妻子的脸:"别胡说八道,你知道我不是那样的人。"

冯羽也笑了:"我知道,开玩笑而已,不过话又说回来,咱家老二这么下去可不行……

"要是别的女人闹就闹了,可如今华家和江家联姻了,那两家都是要面子的,老二这么胡闹下去,是要惹祸的。"

谢东泽微微叹息,伸出手搂住妻子的肩膀:"你说的我都懂,但老二是什么人你还不知道吗?连爸的皮鞭他都不怕,会在乎江家和华家颜面吗?"

冯羽也是颇为头疼,想着下次见面说说谢东阳。

国色天香内。谢东阳的到来让全场气氛尴尬到了极点。他主动找话,华笙也不搭理他。后来高鹤不好意思,怕让江流不高兴,就早早地让大家散了。

临走前,谢东阳还不是很甘心,故意凑近华笙:"你跟着他,生活多无趣啊,早晚会后悔的。"

江流直接搂住华笙肩膀,让她离谢东阳远远的。

江流扫了一眼谢东阳,一脸不屑:"机会只有一次,但你错过了。现在又来死缠烂打,实在有失你谢家二少爷的身份。

"你也是个成年人了,做事最好三思而后行,我的妻子显然跟你不是很熟,请不要再骚扰她了。"说完,江流搂着华笙肩膀离开。

华笙也是头都没回。看得出来,她对谢东阳确实没有一点留念的意思。

江流私下也问过,华笙之前和谢东阳从未见过面,没有任何交集。联姻也是两个家族的意思,所以现在谢东阳这样纠缠,真是让他掉价。

高鹤走在谢东阳身后,也拍了拍他肩膀:"你今天这么一闹,我生日也没过好。成吧,就当你的保时捷是赔礼了。

"听我一句,少纠缠江殿的女人,他不是你能惹得起的,何必给自己找麻烦呢,好好过纨绔子弟的生活不好吗?"

"不好,我就是要抢回来。"谢东阳这么说,是故意气高鹤的,也是故意针对江流的。

秦皖豫和王君显正好也往外走,听得清清楚楚。不过那两人什么都没说,他们两个性格一向低调。

高鹤有点意犹未尽,带着一群富二代又换了场子继续嗨皮。

江流侧头笑看华笙:"阿笙,你刚才都没吃饱吧,要不要我带你去吃点东西?"

本以为华笙会拒绝,毕竟她很晚吃饭。哪知道她指着路边一个小店:"就去那家吃吧。"

江流听罢缓缓停车，将劳斯莱斯停在了路边。两人下车朝着华笙指着那个小店走去。

这是一个馄饨面的小馆子，虽然小，但是干净整洁。

"二位，吃点什么？"老板娘是一个四十多岁的中年妇女，长得笑面，很有眼缘。

华笙看了看菜谱，指了指："我要纯白菜馅儿的馄饨面。"

"好。"

"我要一碗肉三鲜。"江流说。

两人面对面坐着，江流发现华笙大多数时候都很安静，哪怕是吃饭，都是安安静静没有声音的，很是文雅。

"你这么拘谨的样子，我都要怀疑你是不是从古代穿越过来的了。"

华笙一怔，随后笑了。

"笑什么？"

"你脑洞真大，适合写小说，不适合当总裁。"华笙低着头。

两人就这么闲话家常，华笙说话比较少，一般都是江流问她什么，她回答什么，但是比之前有进步了，至少现在会笑，两人没那么陌生了。

他们不知道的是，此时此刻，铺天盖地黑华笙的帖子开始出现了。

最开始是一篇名为"江家少奶奶不为人知的黑料"的帖子被人恶意刷屏转发，慢慢地热度上去了，也上了热搜的版面。

看的人也就越来越多，里面大概写的是江家少奶奶之前跟谢家少爷有瓜葛，后来因为家族利益两人闹掰了，谢东阳拒绝联姻，华家也直接找了江家做备胎，还拿了江家五个亿，把女儿卖了，话说得很难听，写帖子的人笔锋很犀利。

这一篇帖子在网上引起轩然大波，甚至有不明真相的网友被水军带着开始站队黑华笙。

华芷最先看到这篇帖子，因为她本身就是大明星，很关注媒体动态。华芷听助理说了这件事后，马上登录微博找到这个帖子翻看，气得够呛。

下面还有不少网友的评论。

网友1：华家真是穷疯了，一个闺女卖五个亿，这是镶金边了？

网友3：华家五小姐很好看啊！我要是江流我肯定也愿意，爱美之心人人都有。

网友4：不觉得华笙好看，倒是觉得华家最好看的是华芷，威武霸气女王范儿，华笙看着就觉得是个包子，很窝囊。

网友5：这个瓜真好吃，顶级豪门你们都敢扒，不怕到时候查水表啊？

华芷看完气得要死，直接将手机丢在一旁。

"这是哪家媒体写的，坏我五妹名声，坏我华家名声，我要弄死他丫的。"

"你先别气，这不是媒体写的，这就是一个微博小号发的，但是显然花钱买了热度和水军。我们都怀疑是有人故意黑五小姐的，不知道五小姐是不是得罪了人。"

"五妹那个样子不太像能得罪人的。难道……是谢东阳？"华芷只想到谢东阳一个。

华芷说完就拿起手机打电话给了谢东阳。

谢东阳这回正生闷气呢，看见华笙，人家却没搭理他，还赔了一台保时捷给高鹤那个货。

"喂？"看见华芷来电话，他迅速接起来。

"谢东阳，黑我五妹的帖子，是你叫人写的？"华芷直接不客气地质问。

"什么帖子？"

"你还装？都上微博热搜了。"

"我去看看。"谢东阳拿起平板电脑打开微博热搜，一眼就看到那个黑料帖子，然后打开快速扫了一眼。

"华芷，这个真不是我干的，我虽然不是什么正人君子，但还不至于做这种偷鸡摸狗的事情。再说了，我那么喜欢华笙，怎么会舍得黑她，你也不想想。"

华芷拿着手机，翻了一个白眼。

"这可不好说，万一你因爱生恨，故意挑拨离间，让她和江家生嫌隙呢……

"毕竟里面可写了我五妹之前跟你有私情什么的，倒是会往自己脸上贴金，我五妹我都是几年见不到一次，还能和你有私情？"华芷是厉害，不分三七二十一，也不管是不是谢东阳做的，劈头盖脸就是一顿臭骂。

谢东阳虽然脾气也暴躁，但是跟华芷还没闹那么僵。

"我会叫人调查的，你放心吧。"不等华芷说话，谢东阳就挂了。

"你这人……"华芷对着手机，一看挂了，还真是无语。但是听谢东阳那意思，应该不是他做的。

那么，又是谁会弄这些歪门邪道来黑华笙，故意挑拨两家呢？

华笙正在和江流吃馄饨面，几个姐姐就在家族群里一直艾特（@，通知、提醒）她。华笙是想不知道都不成了。

她拿出手机默默看完了那个帖子，只是冷笑了一下，继续低着头默默吃面。

江流也收到了，他直接安排人开始全网删帖、禁言，把握舆论风向。不过从始至终，都没和华笙提这件事，毕竟谁知道自己被黑，心情都不会好。

身在顶级豪门，本来就逃不开是是非非。老百姓最喜欢的就是茶余饭后，讨论这些豪门的恩怨和八卦，并为此津津乐道。

江流其实看得挺淡的，只要暗中处理就好了。

可谢东阳完全不是这个行事风格。他正喜欢华笙，喜欢得火热。听说心上人被黑，这能忍？

谢东阳直接发动攻势，就是掘地三尺，也要把这个幕后黑手挖出来。于是乎……他最后发现，这人居然是自己的熟人。

市中心某高档公寓楼内，刚洗完澡还没来得及擦干头发的宋美琪，穿着白色浴袍刚一开门，就被谢东阳拎着推到了客厅。

"二哥，你咋来了？"她诧异。虽然两人是亲戚，但是谢东阳并不喜欢这个妹妹，小时候就觉得她是个麻烦精、爱哭鬼，并且事儿特别多，很难缠。

谢东阳反而更喜欢自己亲妹妹谢东瑶，觉得瑶瑶性格像自己，放荡不羁，野马一样的女汉子。

"黑华笙那个帖子，你找人做的？"谢东阳脸色阴郁。

"二哥，我……"

"别说没用的，直接回答是不是你？"谢东阳怒火中烧。

宋美琪吓坏了，谢东阳的脾气她是知道的。那是天王老子也驾驭不了的小霸王，从小到大，都是个让人头疼的主儿。

"是我做的，但是二哥我也是有原因的。"宋美琪怕挨巴掌，赶紧解释。

谢东阳冷哼一声，坐在沙发上，左手敲打着沙发脊背。

"说说吧，什么原因？"

"我一直喜欢江流哥，华笙突然给我抢走了，我心里难受。你应该听瑶瑶说过,我喜欢江流好久了,在大学的时候我为了见到他,拼命学习争取跟他一个系。

"我做了那么多,我不甘心。而且我想着我要是挑拨了他们,他们若是分开了,二哥你也可以得到华笙啊!你不是喜欢她吗?"宋美琪赶紧讨好。

"呵,你这如意算盘打得还真是响当当。"谢东阳冷眼扫过她。

"二哥,我说的都是真的,要不然我不会做这种事。"

谢东阳最初以为,是梁潇潇干的。因为那女人一向心机很可怕,做出这种事也不奇怪。但是最后查下去,居然发现是自己这个愚蠢的妹子。

真是要被她气死了。

宋美琪这次也是大手笔,为了买热度买水军,豪掷一百万,比很多明星炒作都厉害,这是真想黑死华笙。

只可惜,江流暗中出手直接扭转乾坤。

江流不愿意过度追查,想必是知道背后的人是宋美琪,而不愿意搭理她。

但是谢东阳不一样啊,如果今天这人不是宋美琪,他真的会让她下半生在轮椅上度过。

谢家二少一直都这么火暴,这么粗鲁。

"宋美琪,有些话我只说一遍。你喜欢江流用什么手段都可以,你能下药都是你的本事,我不会多问一句。

"但是我警告你,别再从华笙这里下手,华笙是我看上的人,我不允许有人背后黑她,今儿要不是你,换作别人,早就残废了。"

宋美琪吓得瑟瑟发抖。

"二哥,我错了,我不敢了,真的,我以后不会了。"

"记住了。"谢东阳指着她鼻子又说了一次才走。

宋美琪简直要吓瘫了,谢东阳走后,她直接躺在床上大口喘息。她怎么也没想到,最后江流没暴躁,谢东阳先暴躁了。

看来,他看上华笙这件事,还真的不是一时的新鲜感。

次日。华笙正在织围脖,给小黑用的,因为想着天凉了,小黑喜欢到处跑。

"小姐,四小姐电话。"银杏拿着手机赶紧递给华笙。

闻言,华笙放下手中的东西,接过手机。

"喂?"

"阿笙,你有空吗?我们见个面?"

"现在吗?"华笙还挺意外的。

"是。"

"那我接你来我家?"

"不去了吧,我们找个茶楼坐坐吧。"华琳是比较保守的人,不太喜欢去别人家里做客,尤其是和华笙关系这么微妙。

华笙想了下:"也好,那你等我一下,我现在就过去。"

随后,华琳发了一个位置,在华琳大学附近的一个叫悠然的茶楼。

半小时后,华笙和华琳在茶楼的包房里见面。

"四姐,你找我这是有事?"

华琳拿起手拎兜递过来:"这是我学校里的一些历史书,都是关于五代十国的,你不是一直感兴趣吗?"

"谢谢。"华笙接过书,挺高兴的。之前她也求助过华琳,但,那时候她失恋,心情不好,拒绝了。后来想来想去,心里不太舒服,就决定给华笙送来。

"阿笙,那天的事情……对不起。"

"没事。"

"我和白浩分手了,我那段时间心情特别烦躁,我排斥家里,也排斥你们……可后来想了想,我做这些都没有意义,我还是没能挽回他。"华琳捧着茶杯,望着窗外的小雨沥沥。

茶楼里放着周杰伦的《青花瓷》。歌词正好是——天青色等烟雨而我在等你,炊烟袅袅升起隔江千万里。

很有意境,华笙很喜欢这样的情景。

她问华琳:"你很爱他吗?"

"爱?算是吧……我俩在一起几个月,平时都挺好的,本来想着见过家长就要订婚的,没想到见了家长,反而分手了,呵。"华琳的嘴角,带着自嘲的微笑。

"如果你很爱他,觉得他是你不想放弃的人,我觉得你应该去找他。"

华笙想了想。

华琳摇头:"没用的,他是一个固执的人,我找他,也无法改变局面。我改变不了出身,他接受不了我们豪门的标签,他是一个自尊心很强的人,不会想做豪门的女婿受气的。"

"我可能当初也是因为这个爱上的他,如果他跟大姐夫刘德凯那样,只会巴结大姐,讨好爸妈来攀龙附凤的话,我可能倒会瞧不起他,所以我很矛盾。"华琳也不知道怎么,可能是因为跟华笙在一起的时候,心情平静,所以能将心里的话说出来。

"四姐,可有钱不是你的错,你没办法选择你的出身,但是你有权利选择你的爱情。贫贱夫妻百事哀,没钱的日子终究是难过的。

"你有自己的积蓄,以后若是跟白浩一起生活,还是会特别好的。至于爸妈,我想他们也不指望你去联姻,哪怕不同意,最后应该也管不了。

"现在关键是白浩的态度,他是在乎你多一些,还是在乎别人说三道四多一些,如果是在乎你多,就应该冲破他自己那个思想,不管别人怎么说,都和你在一起。

"如果他只顾着别人怎么看他,放弃了你,那么只能说明,他不够爱你,既然不够爱你,这样的男人,你挽回似乎也没什么意思,你觉得呢?"

华笙这些话说完,华琳目瞪口呆。

华笙今天说的这些话,似乎比之前那么多年跟她说的话都要多,最重要的是居然那么有道理。

华琳愣了好半天,才回过神。

"阿笙……你……"

华笙看华琳的眼神一愣一愣的,笑道:"是不是觉得很意外?"

华琳点头:"感觉今天的你,有些陌生,一点都不像我认识很多年的你。"

华笙问她:"那我以前是什么样子的?"

"不爱说话,不爱笑,惜字如金,性格颇冷。"

华笙低着头,浅浅地笑。

"阿笙,你过得应该很幸福吧,在江家?"华琳忽然问了这么一句话。

"在江家怎么说呢?也不能说幸福吧,你也知道我的婚姻毫无感情基础,不过就是联姻罢了。但平心而论,江家人对我不错,我过得也挺自由自在,这样就足够了。"

华琳想,华笙一定是在江家过得不错,才能状态比之前还要好,笑得比以前多,话也多了。

上次宣布奶奶遗嘱的时候,华笙被众人围攻,江流出面护妻,特别男人。想来，就五妹这个姿色，江流也必然会善待的。

但是有些话华琳也没说得太明，她也不是那么八卦的人。

两人这么一聊就是两个小时。华琳主要还是道歉，给华笙拿了一些书。分开的时候，华笙看了看时间还早。春桃提议去逛逛附近的古玩杂货市场。

这次的古玩杂货市场比较低端，都是摆摊的，东西也是真真假假，一不小心可能就上当。可华笙心情不错，想着既然路过，那就逛逛。

于是，主仆二人朝着龙蛇混杂的古玩杂货市场走去。

这是一个旧货市场改良的，里面有四趟街，都是摆摊卖货的。但东西质量确实很次，有很多甚至是做工很假的赝品，这些不过是为了糊弄一些冤大头而已。

这不，刚进去就遇到一个。一个二十多岁的小伙子，肥头大耳，脖子上戴着一条很粗的金链子，穿着范思哲的衣服，手里拿着一个LV的手包，搂着一个长相嫩嫩的小姑娘。

小姑娘年纪不大，但是化着很浓的妆，穿着黑色丝袜，小短裙，打扮得十分庸俗。

华笙路过的时候，他二人正在看一个老大爷卖的碗。

那老大爷穿得破破烂烂，脸上还有灰，但越是这样，越吸引买家。因为买家们潜意识里都会认为这样的村里人实在，不骗人，更认为他们手里都是老祖宗留下的好东西，或者是自家附近挖出来的宝贝。

"小伙子，我这碗一万块钱卖你真的不贵了，我和我老婆子也不懂这些，就是着急换点钱给儿子治病，要不然肯定不卖。

"这碗还是我爷爷的爷爷留下来的，听说是明朝的青花，官窑的货，你买回去转手找个识货的，几十万都不是问题……"

老大爷说完，明显那胖子动心了。

华笙扫了一眼那两人微微叹息："这年头，傻子太多，骗子明显都不够用了。"

声音不算大，但是胖子身边那个小姑娘耳朵灵，听见了就瞪了华笙一眼："要你多嘴，说谁是傻子呢？"

春桃气得直接要冲上去打架，被华笙拦住。

"小姐，这样的人就欠收拾，您别拦着我。"春桃压不住怒火。

"算了，少惹事，咱们逛逛就好。"

华笙一向是不喜欢招惹是非，尤其是怕招摇过市，而且眼前这两个人智商明显不够用,她不想跟傻子一般见识,这倒是真的。

春桃虽然生气,可小姐都那么说了,自己也不敢冲动。最后那胖子讨价还价,用现金九千二百块钱买了那老头的破碗,还以为自己占了便宜。

"小姐,那碗是赝品吗,能值多少钱?"春桃好奇。

华笙边走边道:"赝品都算不上,估摸着也就十块八块的吧,碗底下的字都是一个月之内刻上的,也只有骗骗这些人了,没办法,谁叫他们自以为聪明呢。"

"您说那老大爷长得一脸憨厚的样子,没想到竟然也是个骗子,这世道……"春桃可能过去也是在钟翠山跟华笙住得太久了,所以都不知道原来人心可以如此险恶。

华笙倒是很看得开:"世间百态,本就如此。"

华笙路过那老大爷的时候,没想到那老头故技重施,趁着那胖子走了,从身后的布兜里又拿出来一个跟刚才一模一样的破碗。

"小姑娘,买碗不?明青花,价值连城啊!这是我老祖宗留下的,我家现在需要钱给儿子治病。您若诚心要买,价格好谈。"

华笙笑了笑:"谢谢,我再看看。"

华笙逛了一圈空手而归,也就没心思买了。

上了车后,春桃往十里春风开。

晚上回到十里春风,华笙看了会书,有些口渴,就准备下楼倒点水喝。春桃忙着收拾卫生,银杏在厨房里炖汤。

江流回来的时候,只看见华笙在客厅里喝着花果茶。

他脱下外套:"阿笙,你还没睡?"

"没呢。"

"今天出门了吗?看你好像特意弄了头发。"他抬起头,深情地望着她。

"出去了一趟,和我四姐喝茶去了。"

"下次喝茶叫上我啊,我也喜欢。"他笑了,也是故意逗她。

她不理会,继续看书。江流就厚着脸皮凑过去,靠近她。然后华笙就闻着一股酒气,很刺鼻。

"你喝酒了?"她皱眉。

"嗯,陪客户喝了点。"他如实回答。

华笙不喜欢酒的味道,所以有些嫌弃地起身。可刚走几步,她就被江流喊住。

"阿笙。"

她无意间回头，就看见这男人跟上来。

气势很压人，华笙下意识地靠在了身后的墙上。

江流单手拄着墙，堵住了她的去路。

所以这是……被壁咚了吗？

之前两人还没有这么近距离过。

江流喝了酒，所以看华笙的眼神朦朦胧胧的，还带着一点危险的味道。

这人是他的妻子啊……他每天下了班，很自然地就回十里春风，把这里当家了。江流或许自己都没想到，当初临时救场，居然让自己多了一个妻子，更没想到小妻子原来是这么优秀的人，谁看了都会动心。

华笙本来就美得不可方物。清水出芙蓉，天然去雕饰。

江流一时间有些把控不住，低着头，朝着她微红的嘴唇吻了下去。

下一秒，华笙从他身下钻了出来。

江流直接吻上了白墙……而银杏正好出来拿东西，就看见了这狗血的一幕。

"呃……姑爷喝醉了，居然吻了墙。"银杏说。

华笙低着头忍不住想笑，然后一口气跑上楼，头也不回。江流尴尬得都没敢回头，直接拿着外套，也上楼回了自己房间。

晚上银杏把这件事给春桃说的时候，两人差点没笑死。没想到高高在上、无比尊贵的太子爷江流，也有这样萌萌的一面。

次日清晨。江流换了一身西装坐在华笙对面。

"早。"他还是因为昨晚的事情有些尴尬，所以低着头。

"早。"华笙回他。

"阿笙，你老是不吃肉，这样身体能吃得消吗？"他看着她常年吃素，也是有些心疼。

"都是动物的尸体，有什么好吃的？"

江流："……"

"好吧，你赢了。"

被华笙这么一形容，弄得江流都不想吃肉了。

然后，华笙又想起昨晚的事情。她也是吓一跳，回去后，还查了百度和知乎，最后得出结论，男人也是有生理需要的。江流这个年纪，二十六七岁，正是年轻气盛，火力旺的时候。所以华笙从理智的层面，表示也能理解。

于是她想了想,开口道:"我想跟你说件事。"

"好。"

"你……你其实可以出去找女人,我不会介意,只要不要闹得媒体都知道,上热搜什么的就没关系。我们的婚姻毕竟只是协议,不是真的,所以你有权利去找其他女人,来解决你的一些……基本需要。"

华笙说完这话,有些脸红。

江流眼皮一跳,心想,这小丫头一早上说什么乱七八糟的啊?

"怎么了?好端端地干吗说这个?"江流抬起头看着她精致的脸。

"我想了一下,你是一个正常男人,你也需要有女人……陪的,我做不到的事情,你可以找别人做。这个我允许你找,我也会替你保密。"华笙一本正经地说。

江流扶额:"你还真是一个好老婆。"

"我是说真的,没开玩笑。"

江流看着她,足足五秒钟,才说:"我也没开玩笑,我有你,就够了。"

华笙没想到江流会说这句话,她愣了好半天。

江流说完,就起身走了,也没继续跟她讨论这个话题。

"你们说,他这是什么意思?"华笙确实猜不透了。她以为,她这么说,允许他出去找,他会高兴。可他并没有,反而脸色还有那么一丢丢的小难看。

银杏捂着嘴笑。

"你笑什么?"华笙觉得莫名其妙。

春桃嘴巴也快:"小姐,这您都看不出来,姑爷这是喜欢小姐,不想去找别的女人。"

华笙脸颊微红:"别瞎说,哪有的事儿,我俩根本不熟。"

"可你在婚礼上亲人家了,好几千人都看见了。"银杏说。

华笙一下子就窘了。

当时的场合是迫不得已好吧!而且那时候因为谢东阳逃婚,她也是带着气的。现在就算给她一千万,她也不敢再那么大胆了。

"别管怎么说,我倒是觉得,姑爷这样挺好的,他若是随随便便就出去找别的女人,我们俩都看不起他。"春桃说。

银杏点头:"对,我们俩都瞧不起他。"

"行了吧你俩,别八卦了。"华笙干脆不再谈论这个让人尴尬的话题了,至于江流,随便吧。

华笙忙了一整天都在准备上学的东西,因为学校刚来电话,让她明天去报到。

江流下班的时候,还特意嘱咐:"阿笙,我明天送你去学校。"

华笙想上学这个心愿其实早就有了。她不要什么文凭,没有毕业证也无所谓,但是想找一些历史学的教授好好学学五代十国那一段历史,因为古玩不仅仅是一个东西,而是代表了一段辉煌的历史和文化。

明天就是去报到的日子,也是每年学校开学的日子。别人9月1日去报道,华笙是9月3日去的。为了低调,江流只开了黑色的奥迪A8,没开那辆劳斯莱斯。

华笙只穿着浅色牛仔裤,米色的毛衣开衫,头上戴了一个MLB的黑色经典款帽子,为的是遮住这张脸,不想太引起关注。

江流送她到了新生报到的地方,签好字后,打了招呼就走了。

华笙决定要留一上午,在图书馆先看看书,熟悉熟悉学校环境。她一整个上午都泡在图书馆一个很偏僻的角落里,几乎没有人能注意到。

江流在集团忙完,看了看手表,已经中午十一点了。

他给华笙发了一条微信。

才 艺 比 拼

江流：阿笙，吃饭了吗？
华笙：还没。
江流：学校环境熟悉得怎么样？
华笙：挺好的，都熟了。
江流：那赶紧去吃饭吧，你要是想回家，告诉我，我去接你。
华笙：不用，你忙吧，我下午让春桃来接。
江流：有事给我打电话，自己注意安全。
华笙：放心，我是在学校，不是去闯黑市。

江流看完这句话，不自觉地就笑出声。当时他和几个高管正往餐厅走，看江总这么一笑，大家莫名其妙。

华笙一直在图书馆待到了十一点半，一起身，饥饿感顿时袭来。她起身将书放回原处，朝着不远处的学校食堂走去。

不去还好，一去还真是吓一跳。食堂里人山人海，华笙第一次跟着人群排队去买饭。

入学的这些东西都是江流给办的，饭卡在她手里，具体有多少钱，她也不知道。当她去买了一份青菜炒面的时候，才发现里面余额显示有一万。

这对于学生来说，实在是太奢侈了。这里的物价也是便宜得很，炒面八元，水两元，一共才花了十块。

华笙买完后才发现，用餐区满员，几乎找不到座位了。她端着面在里面徘徊了一圈，正打算出去找个亭子吃，就看见一个男同学主动起身："同学，你坐我这里吧，我吃完了。"

华笙点点头，坐过去。

然后她抬起头的瞬间,她对面的三个男生全部惊呆了。

这是仙女下凡了……

三个男生看见对面的女生后,惊讶得说不出话来,愣是谁也没敢去搭讪,就这么看着华笙安安静静地吃完饭,走人。

"我的天……哥几个,你们看见了吧?不是我幻觉吧?"

"不是,我们也看到了。"

"这是……神颜啊……我的天,我刚还以为看见大明星了,长得也太好看了吧?"

"不知道啊,会不会是哪个节目在这里拍真人秀呢,也许真的是明星。"

直到华笙走后,几个男人才窃窃私语。

华笙吃过饭后,又在校园里转悠了一圈。

为了不惹人注目,她走路的时候,都是将帽檐拉得很低,不让人看清她的模样。

下午一点,春桃开着奥迪A8来接她。华笙让她去了一个平时人少的侧门接。

"小姐,今天第一天上学怎么样?"

"还可以,说不上多喜欢,但也不讨厌。"

"上课了吗?见到同学了吗?"春桃很感兴趣,一顿打听。

华笙摇头:"今天只是新生报到,我没去班级里,我只在附近转了转,在图书馆又看了看书。"

"反正您一个人在家也无聊,上个学倒是挺好。"

华笙只是笑,看着窗外的风景,不再说话。

她大部分时间都是安静的。

晚上,江流七点钟才回来。

华笙洗完澡,正在阳台喝花茶。

江流敲门进来,就看见穿着浴袍坐在阳台上悠然自在的华笙。

她的头发还没干透,带着一点小魅惑。

江流定了定神,走过去:"阿笙,下班我路过一个商场,给你买了几样东西,你看看。"

他递上盒子,华笙扫了一眼。

最上面的是一只手机,华为保时捷款,包装很高大上。下面有一支派克钢笔,限量粉,也要大几千块钱。最下面是一把遮阳伞,也是好几千的高档货。

确实够实用,也够周到。

"手机我有。"她声音淡淡的。

"我知道你有,这个拍照不错,你可以没事拍点风景什么的。"

华笙没说话,因为她确实喜欢拍一些照片。江流买回来,她还真心觉得能用得上。

至于钢笔和雨伞,更是生活必备了。

华笙抬起头看了看江流:"好,放在这里吧,我回头让春桃把钱给你。"

"又来。"江流也是无奈了。一送点什么东西,她就要给钱,还真是不太习惯她这个样子。

他试图耐心跟她说:"阿笙,你现在是我老婆,我送你礼物,正常。你别动不动就要给钱,太生分。"

"可我不想欠你人情,我们又不是真的夫妻。"她纠正。

"不是真的,我也愿意送,我们江家家大业大,不差这点东西。你就当作是我家有矿吧。"

华笙:"……"

江流这突如其来的幽默,让华笙还真的有点无法适应。

不等她开口说什么,江流伸出手,轻轻摸了摸她的头。

那掌心的温热,顿时传遍全身……

"洗完头要吹干了才行,不然容易着凉。"

华笙刚要开口,又听他说:"你明天还要上学,早点睡。"

他的声音无比温柔,华笙有那么一瞬间,有点沉迷其中无法自拔。

更有一种幻觉是,两人很相爱。

有了这个念头后,她自己赶紧甩到了一边。

还是要稳住的好,三年后,是要离开江家的。

她今年才22岁,三年后也才25岁。到时候离开了江家,自己带着春桃和银杏出国去,没准直接定居瑞士,有利于她鉴定那些稀世珍宝。

当然,这些都是暂时的想法。

江家出资援助华家5个亿,这个事情全世界都知道了。奶奶虽然不在了,但她不能背信弃义。

说好的三年,如果江流没有做出什么违背承诺的事,她还是要遵守承诺的。

只是……

他刚刚摸自己头是什么意思？

她的头，是给人随便乱摸的吗？

华笙躺在床上胡思乱想，很久才入了睡。

第二天早上起来，春桃送她去上学的时候，她在车里喝了一杯豆浆垫了一口。因为华笙来得有些晚，所以她到的时候，导师已经在讲台上跟大家讲课了。

华笙穿着昨天那身杏黄色毛衣，下面是牛仔裤，依旧戴着帽子，散着头发。为了低调，手里拿着一个米色的帆布包，没有任何LOGO的。

华笙轻轻敲门。戴着眼镜的中年男导师侧头，随即全班同学都侧头看向门口。

"有什么事吗？"那导师一脸严肃，看起来就不是那么好说话的人。

"老师好，新生报到。"

"这都几点了？你足足晚了十五分钟，难道不知道吗？"老师听说新生报到，也是气得不行。

他不太喜欢不守时的学生。

"很抱歉，昨晚没睡好，迟到了。"华笙道歉。

"叫什么名字？"导师一脸的不耐烦，这时候也没看清楚华笙的样子，因为她的帽子还有长发都遮住了一大半脸。同学们望过去也都是模模糊糊的。

"小笙。"

为了不泄露身份，她没说真名。

"小笙？"导师重复了一遍，恍然大悟。

早上开会的时候，校长还特意交代，他们班级会来一个女同学，这女生背景极其强大，让他不要怠慢了。

他差点都给忘了，于是赶紧切换了语调："哦，行，你先回座位上吧。"

"谢谢老师。"

华笙缓缓走进班级，看了一眼，只有最后面的一个不起眼角落里，有一个空位子。

她走过去，将包放在书桌上。

"小笙，你坐前面来，孙静，你去后面。"老师直接给调换座位。

"老师，为什么……我不想去后面。"叫孙静的女生是个胖子，戴着眼镜，一脸的不情愿。

不等老师开口，华笙忙说："不用了，老师，我坐在这里可以，我视力好，可以看得见。"

"那行吧……那现在我继续说几点。"导师看她这么好说话，也就没强行换座位。

导师交代完毕后，走出教室。

这个班所有同学都回过头看这个半路新来的女生，惊讶无比。毕竟没有听说过谁能在大学里中途转学的，还直接来了大三。

"喂，美女，什么情况啊，你是空降我们班的？厉害啊！"几个调皮的男生围着她问。

华笙点点头："嗯，喜欢历史系。"

"哈哈，历史系无聊得很。我跟你说，咱们的老师都是老头老太太，那一张口就跟《百家讲坛》似的，无聊得要死。真想不通你来这里干吗，去哲学系不好吗？可以当学者，还有金融系，全是帅哥美女。咱们班级可都是恐龙。"

这么一说，华笙倒是笑了笑，低着头没说什么。

那个叫孙静的胖女生有点看不上这个新来的，直接走过来："你上课还戴着帽子，还散着头发，这样不好吧？也不尊重老师。"

华笙沉默了几秒，没说话，但是她缓缓地摘下帽子，然后将长发往后捋了一下……

然后，全班目瞪口呆……

这颜值，他们是从来没见过的。本来以为这女生又戴帽子又长发遮面的，是不是脸上有什么见不得人的胎记啊，疤痕啊，或者是长得奇丑无比啊……哪知道原来是惊为天人。

"这样可以了吗？"华笙淡淡地扫过那个胖女生。

"你……你应该去音乐学院或者电影学院的，不该在我们这里啊……"孙静被华笙的美貌惊到了，说了一句所有人都想说的话。

这样的美貌，确实不该来历史系，这简直就是暴殄天物！

华笙淡淡回着："人各有志，我喜欢历史系，有问题吗？"

"没……没问题。"孙静气场不如华笙，几句话就被噎回去了。

几节课过去，历史系出了个仙女的消息犹如长了翅膀，传遍了整个学校。

有好多男生开始陆陆续续来历史系围观，最后演变成了粉丝见面会一样。

华笙坐在教室里听着音乐,看着书。外面的走廊里,被堵得死死的,全部都是别的系慕名而来的男生。

为了防止他们偷拍,华笙拿起一本厚厚的历史书挡在脸上。

结果越传越凶……

篮球场内,十几个男生打着篮球,挥汗如雨。半场结束后,大家坐在篮球场休息。

一个男生说:"恐怕整个民族大学里,只有我们几个没去过历史系围观了。"

"去历史系干吗?"袁邵一怔。

袁邵,23岁,民族大学金融系大三学生,校草。因为颜值神似某两位男明星的结合体,打篮球又好,所以受万千女生追捧。

甚至早有星探过来问他是否愿意签约,要重金打造他出道,但都被拒绝了。

"你不会还不知道吧?历史系出了一个神颜的小仙女,那小姑娘长得据说超级好看。要不咱也去瞅瞅?"

袁邵喝了一口水,摇头:"没兴趣。"

"神颜啊,你不想看看吗?"那男生继续问他。

袁邵又摇头:"不想。"

说实话,他在幼儿园的时候,就深受女生喜欢。这几年,从初中、高中到大学,就没有消停过。所以他现在看见女生就躲。

学校的消息总是传播得很快,有人去校园论坛开帖子。有的人去微博上添油加醋说这件事。消息持续发酵后,终于,惊动了谢东阳。

他正愁想见华笙,找不到门路了,一听说她去上学了,一脸兴奋地开车直奔民族大学。他将千万豪车往学校停车场一停,直接去了历史系找人。只可惜,华笙没在班级里。

"帅哥,你找人啊?"历史系的女生看见有颜值高的男生在门口徘徊,赶紧上前搭讪。

"呃……你们班有个小姑娘……"谢东阳说。

"你说小笙吧?"

"哦,对,就是她。"

"她不在。"

"去哪里了?"

"去吃午饭了应该。"

"那她什么时候回来？"

"不好说，下午没什么课，她也许会去图书馆，也许会提前回家……你是她什么人吗？"

那女生好奇地问，谢东阳也没来得及回答，就开始四处寻找。

中午吃饭华笙为了避免上课时发生的事情，就没有再去食堂了。她从侧门出去，在学校附近一个快餐店内吃了一碗螺蛳粉，喝了一瓶矿泉水。再回来的时候，就直接去了图书馆。

中午的时候，图书馆没什么人。她坐在角落里，用书挡着脸，倒是清净得很。

谢东阳在图书馆找了大半天，都快放弃的时候，忽然发现了这个躲在角落里的小姑娘，然后一脸兴奋，甚至像个要准备见初恋的情窦初开的少年一样。

他小心翼翼地走过来。

"笙笙。"他说。

一听这个称呼，华笙都觉得头疼。她拿开书，看了一眼谢东阳。

"有事吗？"

"笙笙，我买了一只加菲，不太会养，你帮帮我，给我一个攻略好不？"想了很久的借口，终于无耻地用上了。

华笙拿起笔和纸，写了一个号码给他。

"我也不会养，这是宠物店电话，你直接问这个老板。"

谢东阳："……"

"笙笙，你怎么跑来上学了。哈！是因为想体验一下大学的感觉吗？"

"不是，我只是想学点东西。"

"你可以问我啊，我在国外留学回来，也算是博学多才了，你问我，我教你。"谢东阳自告奋勇。

华笙抿了抿嘴唇，问他："那你说说五代十国这段历史里，留下哪些最为珍贵的古董玉器？"

"那些帝王下葬的时候，陪葬最多的是什么宝物，他们的墓穴现在在哪里，身上穿的衣服是什么材质的，还有他们生前用的酒杯，也就是琉璃盏现存世多少件？"

谢东阳："……"

见他半天不说话，华笙有些不耐烦。

"谢东阳,你到底想干什么?"

"啊,笙笙,你叫我名字的时候,好好听。不过呢,叫谢东阳有些生分,你可以叫我东阳的,我家里人都这么喊。"

"谢东阳,我在上学。"

"我知道啊,所以我跑来看看你,平时发你短信你也不回,打电话你也不接,微信也不加。"谢东阳说这些话的时候,满满的委屈。那意思好像是华笙多么不近人情似的。

华笙很是无奈,谢东阳跟江流还不一样。江流虽然有时候会小无耻那么一点点,但江流大多数时候都很尊重华笙的意见。可谢东阳不一样,他是非常的无耻。

上次碰瓷,还碰小黑的瓷,已经让华笙非常非常的无奈。

"我们根本不熟的好吧,你不要再这样了,你这样已经对我的生活造成了困扰。而且江流知道了也会不高兴的,毕竟我现在是江流的妻子。"

华笙以为拿出江流做挡箭牌的话,这家伙会收敛一点,毕竟在江城这个地方,谁不知道江流大名?不管你是做什么的,都要给这个名字三分薄面。

岂料,谢东阳坏笑得更欢了。

"笙笙,你不觉得江流是个很无趣的人吗?你跟他在一起,暴殄天物你知道吗?"

"我承认当初是我不对,我不该逃婚。可那也是被谣言给误导了啊,我要是知道你是这个样子,我就算打死都不会逃婚的,所以你别生气了。"

"你弄错了,谢先生,我从来都没有生气,我也不想跟你有什么交情,请你离开吧,我一会要上课了。"说着华笙起身就走。

"笙笙。"

"别跟着我,不然我报警了,你也是要脸面的人,这件事传出去,弄个骚扰的罪名也不好看。"华笙冷眼警告。

谢东阳无奈,不敢继续跟着。

报警这种事,他相信华笙能做得出来。

下午没什么课,华笙就去找了历史系一位很有名的老师。这老师叫孙淑香,是一位年近五十岁的女人,一生都在研究历史,很是博学多才。

华笙主动请老师在校内喝咖啡，浅谈了一下自己的见解。这一聊就是两个多小时。放学的时候，春桃准时在偏门处等候。

华笙上车催促道："快开车。"

"小姐，怎么了？后面有人跟踪吗？"

"不是，是怕这些人看到，最近流言蜚语已经够多了。"

"哈，他们是不是都被您的美貌惊呆了？"

"别提了，我不想说这个。"华笙只觉得头疼。一想到走廊里人山人海，跟动物园看熊猫一样看她，她就烦躁得很。

到家的时候，华琳打来一个电话。

华琳："阿笙，你去民族大学上课了？"

华笙："嗯，才去两天。"

华琳："感觉如何？"

华笙："挺好的，那些老师都很优秀，我能学到不少东西。"

华琳："我和那边的几个老师关系还不错，我帮你引荐一下？"

华笙："不用了，四姐，我自己目前这样挺好的，找太多关系反而不自在。"

华琳："你啊，我开始以为你只是心血来潮想学学历史，哪知道你居然去上学了，也真是……爸妈都不知道吧？"

华笙："嗯，除了江流，还有春桃和银杏，其他人不知道。"

华琳："要告诉大姐她们吗？"

华笙："无所谓，我私人的事，她们也不太会感兴趣。"

华琳："也是，不过你若有什么需要，给我打电话。"

华笙："好，不过四姐，你和白浩……"

华琳："没联系，估计应该是彻底断了。"

华笙："那你还打算找吗？"

华琳："暂时不想，有些乱，想静一静。"

华笙："也好。"

华琳："那你先忙吧，有事联系。"

华笙："嗯。"

挂了电话后，华笙心情很不错，她觉得，和华琳的关系不仅是改善一点点。通过上次喝茶后，好像能聊的也多了一些。

华笙自小除了春桃和银杏身边没什么朋友，如今和华琳说说话，倒是觉得这种感觉还不错。

"银杏。"

"小姐,您说。"

"咱们自制的燕窝面膜还有吗?"

"还有很多,都在冰箱里。"

"你回头给我四姐送去一些,我那天看她皮肤有些暗黄,想必最近是熬夜多了,你给她一些。"

"好的,小姐。"

银杏笑着,小姐现在似乎比以前会关心人了,这样的改变她是高兴的。

江流这一天晚上是半夜回来的,回来也没有惊动华笙,自己悄悄洗澡就睡了。

第二天华笙吃早餐的时候,他就已经走了。

对于江流的早出晚归,她也没有多问,这样自己过自己的日子,谁也不干涉谁,蛮好。

第三天,是周五。华笙换了一件牛仔外套,穿着黑色的铅笔裤,白色球鞋,依然戴着黑色的棒球帽。跟所有学生一样,她为了这次上学,不敢穿那些大牌。都是临时买的一些平价衣服,就怕那些人乱造谣。

可到了学校上了两节课后,还是听到了关于她的绯闻。是班上一个特喜欢八卦的女生告诉她的。

"小笙,你得罪人了!"

华笙抬起头,一怔。

"你得罪了陆雪怡了,你知道吗?"

"陆雪怡是谁?我不认识。"华笙确认自己从来都没听说过这个名字。

"陆雪怡是我们民族大学校花,中文系的大美女。你没来之前,她一直都是公认的校花,但是自从你来了后,现在学校的男生都来看你来了,听说陆雪怡对你有很大意见,要跟你挑战呢?"

"挑战?怎么挑战?"华笙真是搞不懂这些女生的心思。

"过几天不是开学迎新晚会吗?据说陆雪怡要弹钢琴,应该要跟你才艺比拼。"

华笙又是一脸懵。在她的世界里,才艺是因为自己喜欢,用来陶冶情操的,绝不是用来跟谁比赛的。

小时候,奶奶倒是带她参加过一些古筝和琵琶的表演赛,不过她去了一两次后,表示不喜欢,后来奶奶也不带她去了。

如今听说有人要跟她比拼，有点可笑。

中午，华笙整理好书本，往外走的时候吓了一跳。

走廊里站着好几十人，都是男生。

华笙一时间手足无措，不知道怎么办了。正巧，袁邵和几个朋友路过，要去食堂吃东西。当他路过华笙身边的时候，看这个瘦瘦的小女生低着头，被围堵在门口，瞬间起了一丝同情心。

"你要不要去吃饭？"他问。

华笙有些惊讶地抬起头。

"你这样站在这里，被他们堵着，可是哪里都去不了。"

"我……要去吃饭。"华笙下意识就觉得，这个男生应该跟其他人不一样。

"嗯，跟我走吧。"他冷冷的，但是气场强大。

有了他这句话，那些男生纷纷退后，让出一条路来。

华笙低着头，跟在袁邵身后。一直走了差不多五百多米，才摆脱那些人。

她停住脚步："刚才，谢谢你解围。"

"没什么，碰巧路过。"袁邵确实也是路过，所以回应华笙的时候也是淡淡的口气，并没有因为她长得好看，就对她格外的好。

不过这种正常的反应，倒是让华笙觉得，这男生不错，至少不是那些失去理智的脑残粉。

华笙道谢后，一溜烟小跑，从侧门出去吃饭了，也不敢去食堂。

江家私人总部。江流吃午饭的时候，就听旁边桌开始议论。

"你们知道吗？民族大学出了一个名人，火了一个小姐姐。"

"是啊？听说长得神颜，引起轰动了，粉丝爆棚，听说不少星探都去挖人了。"

"不过没一张照片传出来，也不知道是不是炒作。"

"也有可能，现在很多网红，为了红，什么都做得出来，一直搞一些人设出来恶心人。"

江流在一旁听得郁闷，拿出手机刷了刷。

果然，看侧脸，就知道是他家不省心的小媳妇。

江流心那个酸啊！就好像，藏在手里的好东西，被人给窥探了一样不爽。

于是乎，他给华笙发微信。

江流：在吗？

华笙：嗯。

江流：你成为网红了？

华笙：……

江流：要不，这个学咱别上了，你想学什么，我把民族大学教历史的那几个老师，请回去给你单独上私教课。

华笙：你是不是太紧张了？上个学而已。

江流：可是我怕你受到太多关注，太多困扰。

华笙：我知道你是好心，可我是成年人，我早晚要自己面对，自己解决的。

江流：好吧。

某人是真的心酸啊！可是现在的关系，还不能强行干涉。万一说深了，小姑娘不高兴，一下子搬回钟翠山可傻眼了。

也许是感觉到江流有些不悦，华笙又补充了一句："谢谢你送的手机，像素很好，我今天拍了不少校园内的照片。"

看到这一句，江流果然心情好了不少，给华笙回了一句："你喜欢就好。"

华笙在外面简单吃了一口饭，刚回到教室。就看见门口守着四个穿着西装的男人。

"这位同学，我们是经纪公司的，想请你去试镜。"

"同学，你想做主播吗？我们可以保证你年入一百万。"

"美女，有兴趣做我们化妆品的代言人吗？广告费很可观哦！"

华笙被这几个人拦住，又正巧被袁邵他们给碰到了。

"看来她要红了。"袁邵说这话的时候，是带一点嘲讽的，毕竟很少有女人能抵住这种诱惑。

"抱歉，我没兴趣。"这话是华笙说的，并且口气特别冷淡，没有一点商量的余地，直接拒绝了。

"同学你可要好好想想啊！"

"是啊，同学，你现在上学学习，不也是为了将来走上社会赚钱嘛！"

"一个月保你过十万的，你做才艺主播就行，你唱歌跑调，我们可以帮你修音。"

"我们帮你打造一个偶像剧，肯定让你一炮而红。"

"让一让，我要去上课了，还有……别再来了，我不喜欢被人打扰。"说完，华笙进入教室，"砰"的一声把门关上。

几个知名的经纪人、星探全部都吃了闭门羹。这是他们没想到的，也是不远处，袁邵他们没想到的。

"哥们儿，这小姐姐语气跟你好像啊，也是喜欢说：'没兴趣。'"

袁邵没吭声，确实，刚才华笙拒绝这些人是他没想到的。而且拒绝的口吻，与他很相似。他承认，她的表现确实很出乎意料。

华笙从最开始的完全不习惯，到后来应对自如。她想得很简单，只要能学到自己想要的就好。可有些人不这么想……

陆雪怡是这里的校花，如今也是大三，在中文系。她一直都是民族大学的翘楚，如今来了一个抢风头的，心里肯定不高兴。

中午在食堂的时候，几个身边的小姐妹就给出主意了。陆雪怡没答应，也没拒绝。

所以下午的时候，她和闺蜜夏可可路过历史系，或者说是故意来路过历史系的时候，华笙正好往外走，要去洗手间。

迎面而上，那个夏可可就故意撞了华笙肩膀一下。

华笙回头看她，等她一句道歉。

那女生却很没礼貌地骂道："你走路不长眼睛的吗？"

华笙淡淡地看了她一眼："你先撞的我。"

"那还不是你走路不看着路，怪我了？不要仗着自己有几分姿色就可以为所欲为，有点素质！"夏可可故意很大声，引来不少同学围观。

大家也都知道，夏可可在故意欺负这个新来的，为陆雪怡出气。

陆雪怡可能觉得有些过分了，拉着夏可可："算了，可可，我们走。"

"我们雪怡善良，我也不跟你一般见识，下次走路长点眼，蠢货。"夏可可骂完刚要走，华笙开口了。

"我看你眼圈发青，面色蜡黄，想必是最近熬夜很多，双目无神，长得不吉利，还满身戾气。如果不知道收敛，反而变本加厉的话，近期只会倒大霉。"

"你说什么，你敢骂我？"

"你理解错了，这不是骂，这是好心提醒，祝一切顺利。"华笙说完，扬了扬嘴角，拉低帽檐就走了。

大家都以为她是为了出口恶气所以才那么说的，但是下午就听班级里的女同学说，中文系有个女生，下午体能课的时候，不小心绊倒，脚踝劈了,据说送医院手术,还打了钢钉。

华笙故意多嘴问了一句:"那女生叫什么名字?"

"好像是中文系的夏可可,就是校花陆雪怡身边的那个跟班。"

华笙又是一笑。

晚上放学回家的时候,华笙换好衣服,在楼下点着倒流香,插着花,听着轻音乐,很是惬意。

银杏从厨房出来,手里提着一盒鲜花饼。

"小姐,您吃点点心。"

"哪来的鲜花饼?"华笙问她。

"四小姐给的。您不让我给四小姐送点面膜吗?四小姐挺高兴的,就回赠了这个,说是有学生家里是云南的,正好给她带了不少,她一个人也吃不完,让我给你尝一尝,据说是那边的特产,很正宗。"

华笙点点头,小心翼翼地拿起一块吃着。

"嗯,味道是不错,四姐其实也不是那么不好相处的人,只是没有人懂她。"

"是,我也觉得四小姐人不错,三小姐也不错。就是大小姐和二小姐有点……"银杏没说完。

显而易见,她和春桃都不是很喜欢华枫和华青。

华笙也没接话。这时,门开了,江流回来。

"吃什么好吃的呢,这么香?"他脱下外套,递给一旁的春桃。

"鲜花饼,要吃吗?"

"要吃。"

江流走过来,挽起袖子,拿起湿巾擦了擦手,也不客气地拿起一小块鲜花饼。

"嗯,味道不错,看来这些素食也蛮好吃。"江流说。

华笙笑而不语。

江流看着花瓶里的一些小雏菊和满天星,虽然简单,却很好看:"你弄的?"

"嗯。"

"好看。"

"谢谢。"

"明儿给我也弄一个,放我房间里,行吗?"

"行。"华笙还是笑。

这时，小黑不知道从哪里钻出来。
华笙伸出手想抱它，却发现它居然爬进了江流的怀中。
懒洋洋地一趴……

战　帖

江流小心翼翼地抚摸着它的后背。

看着江流那暖暖的目光，华笙嘴角微微上扬。

第二天是周六，不用去上课。本打算趁着周末出去看看，有没有合适的地方开个小店，毕竟开店这个念头早就有了。可华家那边司机忽然来了，说要接她回去一趟。既然是父母的意思，就算不情愿也是要回去的。

华笙只带了一个银杏上车，回了华家。

这周的周末倒是冷清得很，华笙回去后，才发现大家都没回来。只有母亲坐在客厅里，旁边还有几个用人正在打扫卫生。

"妈。"她说。

"阿笙回来了，快，过来坐。"华夫人很是热情，拉着华笙的手，这倒是让她有些不习惯了。

"她们呢？"华笙扫了一圈都没看到姐姐们。

"你大姐公司还有事，二姐出差去外地了，你三姐在影视城拍戏，回不来，你四姐……唉，说是跟几个同事去爬山了，这周不回来吃饭了，还好你回来了，不然我和你爸都得闷死。"

华笙点点头，也没多说。

"早上我去水果超市的时候，看见这个，忽然想到你爱吃，就给你买了一些你尝尝。"华夫人指着盘子里一个黄黄的果粒，那是北方的一种很有特色的果子，叫黄菇娘，只有拇指指甲大小，圆圆的，脆脆的，入口清甜，钟翠山以前种了很多，都是奶奶给她种的。

她确实很喜欢吃。

华笙拿起几个放在手心，慢慢吃着。

这时,华镇岳从楼上走下来。

"阿笙回来了。"

"爸。"她打招呼。

"江流怎么没和你一道来?"

果然,江流的地位是很高的,所有华家人都要高看人家一眼。华笙如今的地位,都是因为江流而来的。

"他约了几个客户去打高尔夫球。"

"嗯,下周有空带他一起来吃饭。"华父说。

华笙点点头,也没多言。

"你奶奶去世后,我和你爸身体都不太好,最近也没出门。等过了你奶奶五七之后,我们打算出国走一走。"华夫人说着。

"也好,免得你们难过。"其实华笙知道,奶奶过世,他们并没有多难过,本身感情也没那么好。

虚伪归虚伪,但是,有些话,还是要说的。

"阿笙,你和江流打算什么时候要个宝宝?"华夫人突如其来的一问,让华笙脸红了。

银杏在一旁,忙替小姐回答:"夫人,小姐今年才 22 岁,不着急的,老夫人才去了没多久,小姐身体也不太好,要养养身体再要,姑爷也是这个意思。"

"嗯,银杏你要好好照顾阿笙,多做点补品给她。"

"是,夫人。"

随后华笙在客厅里,跟父母闲话家常了一会儿。华笙有些困意,看她困了,银杏就说小姐要午睡。两人就去了楼上的客房休息。

午饭是在华家老宅吃的。知道华笙不吃肉,所以做的都是素菜。

华笙心里隐隐猜到,父母这么大的阵仗,找她回来,又是买水果又是做素菜的。这么打温情牌,必然是有所求的。

果然……

饭后趁着说话的时候,华夫人开口:"阿笙,其实妈今天还有个事想请你帮忙。"

"妈您有事直说就行,不用这么客气。"表面上华笙心平气和,但其实内心已经很是不满。从小到大,她得到的父爱和母爱太少了。当年正是因为和她一起生的那个男孩没保住,家人便断定是她克死了弟弟,所以在她那么小的时候就给送去了山上。

这么多年来，父母与她相处的日子屈指可数。所以要说有什么感情，谈不上的。并且华家人天生都是势利眼，心中永远是利益为先。这一点，华笙早就看得清清楚楚。

华夫人拉着华笙的手，放在手心里拍着。

"阿笙啊，其实这件事不该说的，但是我也没办法。你娘家的一个堂舅，叫许健民，之前是做汽车修配厂的，后来经营不善倒闭了，如今一家人过得比较艰难，毕竟是我亲叔叔家的弟弟，我想着也不能不管。

"如今他想着要东山再起，还做老本行，但是因为能抵押的东西不多，所以去其他银行贷款也困难，我想着江流家里正好是做私家银行的，给你堂舅贷点款，帮帮他，总归是亲戚，不能见死不救的。"华夫人边说边观察闺女的脸色。

很可惜，她从华笙的脸上看不出任何喜怒哀乐。她总是那么淡然，哪怕听到天大的消息，也没有那种很过激的反应。

华笙听完这些话，心里只有冷笑，她故意不明白，问华夫人："妈，一个修配厂也没多少钱，您手里不是有吗？直接借给他不行吗？

"既然是您堂弟，也是要帮的，不然姥姥家的人以后肯定会跟您心生隔阂。"

华夫人似乎早有准备，笑道："你这傻孩子，我的钱自然不能拿，他知道我们家有钱，拿了自然不会给的。

"但是如果去银行里借的，就没有不还的道理，不还就会影响征信，这也不是什么大事，我想着，你和江流说一声，应该就可以的。"

果然这个小算盘打得精明，华笙很讨厌母亲这种处处算计她的行为。

华笙听完点点头："您的话确实有道理，那我回去问问。"

"嗯，好孩子，这些妈妈都会记在心里的。"

吃完了饭，说完了事，自然是要离开的。

回去的路上，银杏一边开车一边抱怨："小姐，您怎么那么好说话，夫人明显是欺负您，利用您，连她自己堂弟需要钱，都要找您。"

华笙笑而不语。

"小姐您还笑得出来？"

"我确实答应帮她问问，但我说了只是问问，成不成不一定。"

银杏嘟嘴："这话说得，小姐您都开口了，姑爷肯定答应啊，开个汽车修配厂能要多少钱，估摸着也就一两百万，这点小钱，姑爷肯定不会让您难堪。"

"但我没打算跟江流说啊。"华笙笑了笑。

"啊？您不说？"

"嗯，我过一阵子就说，江流一直忙，没机会说，再往后，就说说了，但是堂舅条件不符合银行的规定，没成。"

"哈哈，小姐，高，您这招是真高，不得罪夫人，也不得罪姑爷。"银杏这才反应过来，原来小姐心里早就有数了。

江家老宅。

江夫人一个上午都带着家里的用人在后花园修剪一些花花草草。跟在她身边的是一个在江家工作多年的阿姨，也是江夫人很信任的人，叫王娟。江流都叫她娟姨的。

"夫人，您看着有心事？"王娟说。

江夫人微微叹息，擦了擦手上的灰尘，进了凉亭。

"娟啊，你说，我心里总担心一件事呢。"

"夫人担心什么？"

"我总怕我儿子对五年前那件事……"

王娟脸色微微一变："夫人，那件事说不得啊，老爷不让说。"

"是啊，我知道，我只是放心不下……老觉得那是一颗定时炸弹，总怕以后会是个祸端。"江夫人忧心忡忡。

王娟递上一杯白开水："夫人您就别胡思乱想了，如今五年过去了，少爷不是一点都没想起来吗？现在也结婚了，过两年就有了自己的孩子，那些前尘往事，他忘了就忘了，可别再想起来了，那毕竟是不好的回忆。"

"嗯，希望如此吧。希望流儿以后能平静地生活下去。阿笙那孩子虽然看着不爱说话，寡言少语的，但我看，性子也算稳当。只要她能好好和江流过日子，我也不多过问，就如你说的，过几年，他们生几个宝宝，一切也都过去了。"

"嗯，夫人就宽心吧。"

江夫人喝了一口水，没再多说。

高尔夫球场。江流刚一竿子打下去的时候，只觉得脑子"嗡"的一声，然后好像有什么记忆的碎片闪过。

"江流，你快来追我啊！哈哈，江流，我在这里……你抓不到……"

隐隐约约，有一个陌生的声音在脑子里。那是一个女孩子的笑声，很清晰……很熟悉……可他就是想不起来那女孩子是谁。

"江总,你没事吧?"

男助理李敞发觉不对劲,赶紧上前搀扶了一下。

"有点头疼。"

"是不是着凉了?这边歇歇吧。"

"嗯。"

江流将球杆递给助理,捂着头走到一旁的休息区。

服务员忙递上一杯温开水。

江流这一生,无疑是所有人都想活成的样子。自小出生在名门世家,是江家五代单传的嫡长孙,天资聪颖,身体康健,又是剑桥的高才生,回国后接管家族企业。长相俊逸不凡,言谈举止优雅从容。这么完美的一个人,简直就没有任何瑕疵。

除了五年前……

这件事,只有江家人知道。

江流在五年前,出过一次事故,后来住院三个多月。出院后,他就忘记了五年前那一整年的记忆。五年前,江流22岁,那时候还没出国。他到底经历了什么,跟什么人在一起,身边有什么朋友,他都不记得了,怎么想都想不起来。

他痊愈后,也去母校查过,可一无所获。他问了他们那一届的同学,可大家什么都说不出来,都说那只是平平淡淡的一年。

可江流的直觉告诉他,他那一年绝对是遗忘了什么重要的事情。可无论怎么努力,就是想不起来。

最近几个月,时不时会有这种记忆碎片闪过,总是隐隐约约觉得有个女孩子在喊他的名字。

那个女孩子到底长什么样子,他真的完全记不清了。

"让你帮我查的事情查了吗?"江流问助理。

"嗯,查了,还是没什么消息。"

"江总……五年前的事情,我觉得您也不要太执着了……都过去那么久了,当时您落下山崖,董事长和夫人都要吓晕了,还好您最终没什么大事。"

"至于失去的记忆,医生也说了,可能是您下意识地自己选择性失忆,就是不想回忆当时落下山崖的可怕情景,你又何必这么固执呢?"

江流缓缓喝了一口水。

"其实这不是执着,我只是觉得,缺失的那部分记忆,应该是有隐情的,不然最近不会频频想起……

"对于我来说,缺失一年的记忆,就是不完整的人生,我有权利知道真相,找回我缺失的部分,我不想我的人生留有遗憾。"

"江总说得没错,可……万一找到真相后,发现和您想的不一样呢……"

"哦?此话怎讲?"江流看着李敞。

"万一这女孩是您曾经爱过的人,现在你去找回来了,那么少夫人该怎么办?您会舍得离婚吗?

"换句话说,就算您舍得少夫人,那个女孩子万一嫁人了呢?您想起来,就不怕自己痛苦吗?"

李敞的这些话,说实话,江流还真没考虑过。是啊,如果真的找到那个脑子里的女孩,那阿笙怎么办?真的就要离婚吗?

想到这里,江流竟然有些莫名的烦躁。

华笙这边从华家老宅回来后,一下午时间都在画画、听音乐,很是惬意。晚上吃燕窝的时候,春桃提醒:"小姐,你们学校不是要开迎新会吗?"

"应该是吧,我没注意。"

"那您不准备表演一下吗?"春桃故意戏弄自家小姐。

华笙拿着汤勺,调皮一笑:"我表演什么?胸口碎大石吗?还是高空钻火圈?"

说完,春桃和银杏都笑出了眼泪。

"小姐你不是人造革,你是真的皮。"

这时,江流正好回来,一进门就听见笑声,心里一暖:"什么事情这么好笑?给我也说说。"江流脱下外套,直接走向华笙。

银杏嘴巴也是快,不等华笙说话,她就抢着拆了小姐的台。

"姑爷,我们家小姐说了,下周学校里的迎新晚会,她表演的才艺就是胸口碎大石,高空钻火圈。"

江流也笑,看了看华笙,眼里都是柔情蜜意。

"老婆,你还有这个才艺,那你怎么不给你老公我表演一个?"

华笙更机智:"因为这个一生只能表演一次,三年前我有个同行表演完,现在坟头草都一米高了。"

这下春桃和银杏笑得更厉害了。这可是华笙第一次这么不严肃啊!

江流很喜欢这样开朗的华笙,总觉得这样就没有那么大的距离感了。

"你们学校要开迎新会了?"

"嗯。"

"你上台不?"

"当然不。"

"嗯,咱低调点好,免得那些凡夫俗子眼红。"

华笙抿着嘴笑。

"下午在家干吗了?"

"画画。"

"我看看。"

"不给。"

"那么小气呢,不就画画吗?我也会。银杏拿画板来,我现场给你们露一手。"

"好嘞,姑爷。"

银杏渐渐已经能接受这个男主人了,她觉得江流对小姐不错,比谢东阳那个渣男不知道强了多少倍。

所以江流指使她干啥,她也是痛快得很。

银杏抱着画板下来,春桃准备好画笔。

江流竟真的作起画来。穿着昂贵的衬衫和西裤画画,显得有些格格不入。但是华笙觉得他这样很有趣。难得有如此的雅兴,也就不打击他的积极性了。

江流画的是春桃和银杏的抽象版漫画。画完后,他一亮画板,春桃和银杏差点笑抽了。

"这是我俩?"春桃大呼。

"真的有点像啊,不过咋那么丑啊?"银杏歪着头越看越不对劲。

"阿笙,你说句公平话,像不像?"

"嗯,是有点,你这抽象画不错,最主要是作画速度也快。"华笙点评。

"我之前在剑桥上学的时候,还在路边做过街头艺人,凭着给人画画像一周赚了1200英镑。"

"想不到你还有这样的经历。"华笙有些佩服他。毕竟一个富家子弟,要风得风,要雨得雨,钱多得花不完,可他却愿意去做这样的事情。

"人活着就要去尝试不同的东西,这样才能不枉来人间一回。行了,你们先聊着,我去冲个澡。"随后江流上楼,临上楼之前,还把画板送给了春桃和银杏做纪念。

"小姐,你看看姑爷把我们画得,像个大傻子。"春桃还在为这个漫画耿耿于怀,华笙却笑而不语。

一晃迎新晚会很快到来,晚上六点钟正式开始。华笙受邀也出席了,坐在了第一排导师的身边。

轮到校花陆雪怡上台的时候,全场暴动,看得出来她人气很高。一台黑色的三脚架钢琴摆在台上,陆雪怡看了一眼台下的华笙,拿着话筒微微开口:"我有个不情之请,想邀请历史系的小笙同学一起来跟我四手联弹这首理查德·克莱德曼的《瓦妮莎的微笑》,请问可以赏脸吗?"

一旁导师惊讶地看着华笙:"你和陆雪怡是朋友?"

"并不是。"她回答。

"那她好端端地干吗找你上台表演?"

"也许……她是欣赏我吧。"华笙微笑。

这时候,台下的学生们都疯狂了,本来陆雪怡就是校花,而华笙身为新来的小仙女人气也是爆棚。如今听陆雪怡这么一邀请,大家都沸腾了。男生们兴奋,是因为可以看到两个女神同台演出;女生们兴奋,是因为可以看好戏了,知道陆雪怡这是故意给人家难堪。

袁邵坐在第二排,看见陆雪怡这个做法,他其实挺不屑的。女生嘛,就是麻烦,就喜欢搞这些小动作。

"元芳,你怎么看?"袁邵身边一哥们儿故意逗他。

"我坐着看。"袁邵反应不厚道。

道理其实大家都懂,陆雪怡就是故意为难人。

看着华笙没吭声,陆雪怡拿着话筒对着她笑:"小笙同学,有困难吗?如果你不熟悉这首曲子的话,我们换一首也可以,随你挑。"

这话说完,全场哗然。陆雪怡这是把人往死里逼啊,这是赤裸裸的下战帖的意思。

话都说到这个份上了,如果再不应战,确实不对。

华笙缓缓起身,她今天穿了一条青色的旗袍改良裙,乌黑的长发散落,很有江南女子的韵味。

陆雪怡穿着白色连衣裙,本来单独看,挺美,可跟华笙一比,就立判高下了。

华笙微笑:"不必了,没有困难,《瓦妮莎的微笑》是吗?来吧。"

华笙在热烈的掌声中缓缓走上台。

袁邵看着那姑娘侧脸的时候，有那么一瞬间的心动。不过让他心动的不是那倾世容颜，而是她带着自信上扬的嘴角。

他看出来了，她是不怕陆雪怡的。不仅这样，这姑娘这次被陆雪怡摆了一道，弄不好一会要讨回来的。

华笙上台后，坐在陆雪怡身边。两人对着曲谱，在伴奏中开始了四手联弹。

第一次合作，因为默契不够，所以华笙也不敢贸然加快。倒是陆雪怡，偷偷地加速，想要甩开华笙，让她出糗。

可哪有那么容易？

华笙紧紧地跟着陆雪怡的节奏，一个音节都没弹错。台下的学生们纷纷拿出手机对着拍照，更有甚者，居然开启了现场直播。

因为热度很高，所以直接上了首页推荐。江流看见了，谢东阳也看见了。华笙和陆雪怡四手联弹的《瓦妮莎的微笑》弹奏得几近完美，一曲结束后，掌声雷动。

不等陆雪怡说话，华笙主动拿起话筒，环视全场几千人。

"在这里有个不情之请，既然今儿大家兴致这么好，那我想继续和陆雪怡同学合作一首，李斯特大师的《鬼火》。不知道她是否愿意呢？"

台下立刻手舞足蹈地高喊："愿意，女神们加油！"

这些看热闹的自然是不怕事大，可陆雪怡听完，差点直接晕倒。华笙刚说的这首李斯特大师的《鬼火》被誉为世界上最难弹的十大钢琴曲之一，节奏快，音节特别多，而且曲风很怪异。没有多少人愿意尝试完整弹奏下来这个曲子，就是专业的钢琴家提到这个曲子，都避之不及。

陆雪怡本来想为难华笙一下，没想到为难不成，反被将了一军。台上的陆雪怡，脸色已经惨白至极。

"陆雪怡同学，有困难吗？有困难的话，你可以选其他曲子，我陪你。"华笙微笑。

这些话是刚才陆雪怡说的，为了羞辱华笙的。可是五分钟后，石头砸在了自己的脚上。

台下那么多学生，尤其是新入学的学弟学妹也在，她这么一个大校花，怎么好意思说自己弹奏不了？所以只能硬着头皮回答："可以。"

"好，那我们开始吧。"华笙微笑坐下来，开始翻着曲谱。

台下第二排的袁邵，单手挂着下巴，笑得别有深意。

"元芳，这次你怎么看？"那哥们儿又问袁邵。

"小仙女不好惹啊！陆雪怡搬了石头砸自己的脚，只能说活该。不过我倒是很期待，现场听听这首传说中最难弹的钢琴曲之一——《鬼火》。"袁邵忽然觉得小笙这人很有意思，看着老老实实的，以为好欺负。可其实呢？不声不响地就能置人于死地。

不用想都知道，陆雪怡是弹奏不了李斯特曲子的。她能弹的也都是理查德这种节奏缓慢的钢琴曲，难度高的，根本不行。

江流坐在办公室里，文件都懒得批了，看得入神，他也是第一次看到华笙这么刚的一面。那倔强的样子，还有那坏坏的报仇的样子，可爱至极。

谢东阳也懂这首曲子，他此时此刻激动到不行，将礼物刷了很多。

李斯特的曲子其实都很难弹，这首《鬼火》就不用说了。所以一开始，陆雪怡就手忙脚乱，跟不上调调了。而华笙则稳中有序，一点都没乱，没有被陆雪怡带跑偏。

陆雪怡第一小节勉强还跟着浑水摸鱼，可第二节，加速的时候，基本上手指不听指挥了。她急得眼泪都在眼圈里转悠。然后起身给大家道歉，什么都没说，只是默默地站在华笙身边看着她弹。

陆雪怡本想打脸华笙，却被人家狠狠地抽了一嘴巴，那心里说不出什么滋味，想哭都不敢哭，只是后悔莫及……

谢东阳激动坏了，看着华笙弹奏李斯特的曲子简直绝了。他本来正在饭店吃饭的，连筷子都放下了，一个劲地说："哎哟我去，我的笙笙不得了啊，是个狠人，我果然没看错。"

面对华笙会弹钢琴这件事，江流一点都不意外。因为之前调查的资料就显示，这姑娘虽然没上过学，但是比那些重点大学的大学生都要厉害，琴棋书画，诗词歌赋，样样精通。

这得亏是在现代，若是在古代，他都要怀疑，那华家老太太，是按照太子妃的规矩，去教育的华笙了——简直就是全能小达人。

春桃和银杏也是在家里看直播，激动得不行。

"小姐威武，就该这么打脸，那个死女人真是给脸不要脸。"

"我们家小姐不出手则已，一出手，全都吓死，哈哈哈。"银杏一边吃着瓜子，一边欣赏小姐单方面"吊打"校花。

一曲弹奏完毕后，华笙起身，优雅地行了一个礼。全场掌声再次雷动，久久回荡在半空。陆雪怡草草地道了歉，说是身体不舒服，刚才影响了发挥，就下台去了。

当晚各大媒体都转载这段视频。华笙长发挡住了镜头拍摄，让大家没看清楚她的长相。

华笙下台后，回到自己的座位上，继续淡定地观看节目。

袁邵就坐在她后面，其实离得很近。袁邵一时兴起，拿起一张餐巾纸团了团，然后扔了过去。

华笙回头，微微皱眉。

"李斯特的曲子弹得很棒，给你点赞。"这句话不是恭维，是真心的。袁邵小学时候学过几年钢琴，后来大了，就沉迷打篮球。他当然也懂得刚才华笙的指法是何等的逆天。

华笙微微点头，什么都没说，丝毫没有把他这个校草放在眼里。

说实话，袁邵心里还挺失落的。

"哈哈，我们袁哥纵横情场多年，堪称少女杀手，如今也遇到对手了。我看女神好像没鸟你啊，这女孩子比陆雪怡还刚啊！"

袁邵笑了笑也没说什么，一直等到晚会散场，华笙往外走的时候，他才趁机上前："你得罪了陆雪怡，想必以后在学校里会有麻烦。"

华笙回过头，发现是他，笑了笑："是吗？我不是很在意这些。"

"陆雪怡她爸是副校长。"

"哦，无所谓。"

陆雪怡主动招惹她，她也不过是给了一个反击而已。华笙并不觉得自己做错了什么。

她就是那种人不犯我我不犯人，人若犯我那我肯定狠狠给你打回去的人。

见华笙反应很淡，袁邵更有兴趣了。

"其实我很好奇，你为什么去历史系？"

"喜欢。"

"那你中途转来一定是费了不少力气吧，民族大学还是很难进的。"

"还好。"

袁邵一看自己不管说什么，这姑娘都是简短地回答，那就是态度冷漠啊。说真的，他这辈子被女生纠缠怕了，从来就没有一个女生对他这么无视过。他心里还有那么一丝丝的失落，感觉自己第一次如此没有存在感。

"我在学校里还算有些人脉，以后……陆雪怡要是找你麻烦，你可以找我。"

"不必了。"

华笙说完这句话的时候，正好也到了门口。

她转身淡淡地扫过他："谢谢你告诉这些，再见。"

"嗯。"

袁邵就这么看着华笙离开，第一次知道什么叫挫败感。这确实是个仙女，无论你说什么，她根本就不在意，脸上甚至连喜怒哀乐都没有。回想刚才在台上，不管是被陆雪怡挑衅的时候，还是反击陆雪怡的时刻，她的脸上都没有胜利的表现，没有那种幸灾乐祸的刻薄。

这样的女生，真的只有22岁吗？袁邵想……

回到家的时候，华笙一进门就看见客厅里有一大捧满天星，中间是白色、黄色和紫色的小雏菊，包得特别精美，一看就不像是春桃和银杏的风格。

"你回来了？"这时候江流已经换好了宝石蓝的家居服。褪去正装后的他，穿着家居服的时候，给人的感觉很舒服。

如沐春风……

至少在华笙这边看来，江流是一个很好相处的人，至少对她是。

"嗯。"华笙点头。

"送你的，喜欢吗？"

江流指了指那一大捧鲜花。

华笙点点头。雏菊是她很喜欢的花，花语是天真、和平、希望、纯洁，以及藏在心底的爱。

华笙不知道江流选这个是有心，还是无意，或者是从春桃和银杏口中打听出来她的喜好才买的。

"江太太，你今天的表演非常完美，我为你骄傲。"江流一步一步走到华笙面前，目光所及，尽是温柔。

华笙顿时脸颊绯红一片。

"其实我只是正常发挥。"

憋了半天，华笙憋了这么一句话，那模样特别可爱。这才是一个22岁的小姑娘该有的娇羞和萌点。江流差点就想伸出手去捏捏她粉嘟嘟的脸了。

"有机会我也要和江太太来一曲四手联弹。"他笑。

华笙抬起头，看着他的时候，眼神里带着闪烁的光芒。

"可以，随时奉陪。"

周一，华笙早上到学校的时候就发现，这些学生看她的眼神不对。一节课下来，她无意中刷手机，才看到原来是有人开始爆她的黑料了。确切地说，应该算是抹黑。

事情还得从学校论坛的一张照片说起。照片拍得有些模糊，一看就是偷拍的，是华笙正在开奥迪A8的车门。帖子的名字有些扯，标题叫——仙女人设崩塌，爱财如命拜金至极。下面就是详细说她怎么喜欢钱，怎么在学校里装仙女，但是私下坐的车都是奥迪A8，还怀疑她是靠不正当的关系来的学校，说白了就是被人包养的金丝雀。

反正写帖子的人语言很是恶毒，用词也是难听得很。下面也有不少人跟帖，大多数是女生，都很酸，一致抹黑华笙，说她是有钱人的小三。

中午她去吃饭的路上，就听见有人对她指指点点。

"你们听说了没，这女的据说是被人包了，那人开奥迪A8接送她上学，她怕人发现，从不敢走正门，一直都是从侧门走的，真不要脸啊！"

面对这一诋毁，华笙的心里依然很平静。她不想理会背后的人，不管是陆雪怡也好，还是之前那个夏可可也好，跟这些人斗下去，会显得自己很没品，很低级。

吃完饭回来的时候，华琳给她发了一个微信。

华琳：五妹，论坛上的帖子怎么回事？

华笙：有人故意抹黑我。

华琳：真可恶，我去查查。

华笙：算了，这些小鱼小虾，你弄没了还会再有，层出不穷的，不必理会。

华琳：那怎么行，会坏你名声的。

华笙：我不在意这些。

华琳：那我替你澄清一下吧，你的身份一亮相，他们就会被亮瞎狗眼。

华笙：不必，清者自清。

华琳：五妹，你这个性子我真是服了。

华琳是好心想要为她解释，可华笙觉得没有必要和这些学生纠缠。

下午，袁邵在篮球馆打篮球的时候，几个男人还在讨论这事。

有人问袁邵："袁哥，这事你怎么看？"

袁邵拿着毛巾擦了擦汗："我觉得不太像，她不太像能委屈自己被人包养的人。"

是的，虽然接触不多，但是袁绍自认为看人还算准，觉得这个脾气有些古怪的女孩子，倒是不太像传说的那么不堪。

民族大学里，其实也有不少女大学生跟土豪有不可说的瓜葛，整天炫富，就怕别人不知道她们有钱一样。

可这个小笙不一样，袁邵跟她也打过几次照面了，甚至就连迎接晚宴，她穿得也挺朴素的，不是大牌子，拿的帆布包也是很平价的那种。

他不觉得这样一个看着如此低调的女孩子会是那些人口中被土豪包养的小三。

"袁哥，这你就不懂了吧，知人知面不知心，有些人啊，表面上看是一回事，其实真面目又是另外一回事，也许她的背后是一个有来头的大老板，怕被查，所以才让她低调的呢？"

"那不会，能弹出李斯特曲子的人，想必小时候接受过极其良好的教育，我光是这一点就可以断定，她应该是自身家境就不错，不至于被人包养。"

"再说她的气质，应该是看不上那些有钱的暴发户的。"

袁邵还是坚持自己的看法。

快放学的时候，华笙接到江流的微信。

"我给春桃打电话了，让她别去学校，今天我去接你。"

华笙只回了一个"好"字。本以为在侧门能看见江流的限量版劳斯莱斯的，可惜，只看到了一辆出租车。

出租车上，江流挥挥手，华笙上车。

"没敢开劳斯莱斯，怕给你招黑。"他说。

"你都知道了？"华笙明白，江流肯定是看到那些黑她的帖子了。

"嗯，知道了，你怎么样？心里难受吗？"他有些担心，问她。

华笙笑了笑："难受？一点也不，完全没感觉，就好像他们说的那个人不是我一样。"

江流听完就忍不住笑了。他家的小媳妇啊，真不是凡人格局。虽然才22岁，但是少年老成，很多事情比长辈看得都要透彻。

大 满 贯

车子大约行驶了半小时,两人来到一家很简约古朴的餐厅。
江流将车停好后,带着华笙进去。
华笙环视四周,发现店面不大,但干净整洁,有点像咖啡店的装潢,白色和原木色为主,餐桌也是那种图书馆常用的原木长桌。桌子上还放着各种小盆栽,两边的墙壁上是抽象的壁画。棚顶还镶嵌了不少绿色植物,给人的感觉很舒服。
刚进来的时候,华笙留意了门口的招牌,这家店叫——醉雪。
很诗情画意的一个名字,华笙很喜欢。
"江总。"吧台里的女人四十几岁,风姿绰约,优雅至极。
"嗯,带我太太来吃点东西。"
"好,你们先坐。"
不一会服务员就拿来菜单。华笙看了下名字,倒是挺有意思。比如"万朵莲花一点红",比如"漂洋过海来看你",再比如"美人如玉""气势如虹""三山五岳"等,名字都很优雅。
"阿笙,你想吃什么?她家菜很正宗。"江流问她。
"我除了肉,其他的都吃。"
"放心吧,她家是素食餐厅,你想吃肉也没有。"
这倒是让华笙很意外,毕竟素食餐厅在北方还不盛行,北方人都喜肉,喜荤。
江流看了一会儿菜牌,随便点了几道,又给华笙要了一杯桂花茶。
她拿起杯子轻呷了一小口,随后淡淡地看着窗外。
江流则看着华笙的侧脸,慢慢说道:"你在看风景,而我,在看你。"
这么露骨的情话一出口,华笙就有些不好意思,她低着头假装没听见。

"阿笙,你觉得刚才那句诗如何?"江流问她。

华笙又是一怔:"刚才那是……诗吗?"

江流点点头。

"不然呢?你以为是什么?"他看着她,浅浅地笑。

华笙忙低下头,害怕被看穿一样。

"没什么。"

"这还是我在国外留学的时候,一个国外的同学写的,我翻译成了中文收录起来。"

"嗯,意境还不错。"

华笙依旧是淡淡的,整个吃饭的过程,两人都没提起学校闹得那么大的风波。

华笙不爱说话,江流就把公司里发生的事情说给她听。

另一边,谢东阳再次失眠了。

他直接拿出手机发视频给了大洋彼岸的谢东瑶。

"二哥,你又想干吗?"

"瑶瑶,我跟你说,我今天看见笙笙弹奏《鬼火》知道吗,弹得真是绝了!"

谢东瑶一脸懵:"笙笙?谁?"

她真是一时间没反应过来。

"当然是华笙,你到底有没有认真听?"

"拜托,我的亲哥,你跟人家熟吗?你叫人家笙笙,你肉麻不,恶心不?咱爸妈知道你这么贱吗?"谢东瑶隔着屏幕甩过来一个大大的白眼。

"哎呀,这些都不是重点。重点是,我越接触越发现笙笙真心是个宝藏女孩,我越来越爱了,怎么办?"

"凉拌呗。"

"好好说,谢东瑶。"某少爷生气。

"还不是你自己犯贱?弄跑了媳妇又要去追。"

"我那不是一时糊涂嘛……总之,我这次再也不会放手了,笙笙真的太厉害了。"

"当时,那个欺负她的校花,脸都绿了,李斯特的曲子,有几个能弹下来?"

谢东阳跟妹妹谈起华笙的时候,一脸兴奋。

"行了行了,上次你被猫挠了也要跟我说一声,这次看人家弹钢琴你也要和我说一声,你真是疯了,不说了,我还有课,拜拜!"说着谢东瑶就挂了。

"你这个小兔崽子,白疼你了。"挂了电话谢东阳拿着手机躺在床上玩手机,完全忘了他一时兴起买回来的加菲猫。

一个富二代的群里,他冷不丁发了一条:"谁有江流那厮的黑料,快快快,赶紧给我爆点,有酬劳。"

本就是随口的一句话,没想到这句话说完。还真有一个人私聊他了。

那人叫王刚,是王氏家族的,但是因为是旁系,所以不受重视,平时也是吃喝玩乐的一个纨绔子弟。

"谢二哥,我有料,而且是一个关于江流很大的黑料。"

"哦?说说!"谢东阳很是感兴趣,大半夜的也毫无睡意。

"谢二哥,您看,我信用卡这月的十三万还没还……"这小子直接没头没脑地来了这么一句。

"你先说说你知道的,我看看值不值十三万?"

那个叫王刚的直接发了语音过来。

"嘿嘿,谢二哥,那我可就说了,这事一般人还真不知道,我也是无意中听我堂哥跟我大伯母聊天说的,我堂哥王君显你知道吧?他是江流关系很好的哥们儿,肯定不能有错。"

"别磨磨唧唧,说不说?"见这小子不往正题上说,谢东阳也是烦躁得不行。

"说说说,嘿,别发火啊!我听说五年前,江流曾经出过一次事故,好像是出去旅行从山崖上掉下来了,昏迷了三个多月才醒,差点变成植物人。"

"这还用你说?全世界都知道,当时都上新闻了。"谢东阳真的急了,本来就心急,结果等来的却是这个,这算什么狗屁黑料?

"别急啊,我还没说完,后来出院后,据说他失去了那一年的记忆。"

"医生说是因为掉下去的时候伤到了头,才会出现这种记忆缺失,但是那次我听我堂哥和我大伯母说的,好像不是这么回事。"

"好像是江家为了隐瞒什么,故意用黑科技给儿子整失忆了,不让他想起来。

"这……不能吧?谁家愿意给自己孩子弄失忆?"谢东阳一怔。

"具体不清楚,不过肯定有什么见不得人的事情,后来听说江家花了很多钱让知道那件事的人守口如瓶,没有人再提了,江流自己好像也不记得怎么回事了。"

"还有这事?"谢东阳眯起眼睛,表示很感兴趣。

"嗯,我猜测,江家能如此花钱摆平,肯定是黑料啊,好事的话还用得着这么大费周章吗?谢二哥你神通广大,如果去查,说不定能有收获。"那王刚末尾还坏笑了一声。

其实这人很不怎么样,但谢东阳也不管这些,只要这些是真的,他就觉得对自己有利。

"行,我知道了,我自己查查。"

"谢二哥,那我的信用卡……"

这小子还没忘了要钱的事情,说实在的,如果不是因为谢东阳在群里说了有酬劳,他才不会说呢,毕竟得罪了江家,也没好果子吃。

谢东阳也是爽快,直接转账十三万过去。

拿起手机,谢东阳打了一个电话:"喂,帮我查查这件事,嗯,给我彻彻底底地查,慢慢地查,一定要查个明明白白。"

放下电话,他有一丝得意。

如果真的找到江流什么黑料,那么华笙……应该不会继续跟他在一起了吧?

嗯,拆散他们,是他要做的第一步。只要华笙离开江家,就一切好说。

又是新的一周。华笙来到学校的时候,就发现导员拿着试卷。

"你来得正好,要参加考试吗?"

自从知道华笙背景不凡后,导师跟她说话都是客客气气的。

"可以试试。"华笙点点头,既然还没尝试过,那就试试呗。

这时,有几个看不惯她的女生小声讥讽:"呵呵,小心不及格,打了自己的脸。"

华笙也没吭声,慢慢走到自己的位子坐下。

这场疯狂的考试一直持续到了当天下午三点钟。华笙交了最后一科试卷,提前出了教室。

她打算呼吸一口新鲜空气,没想到遇到袁邵一伙人打篮球回来。

袁邵看到华笙,直接走过来。

"听说历史系今天考试?"

"嗯。"她点头。

"考得怎么样？"

"不知道。"

"好吧。"袁邵也是笑出了声，总觉得这姑娘有时候很呆萌。

华笙刚想走，袁邵又开口："我明天在 8 号篮球馆和科技大学那些人打比赛，你来吗？"

"没兴趣。"华笙拒绝得很干脆，简直是一点面子都不给。

袁邵身后几个男生咳嗽了好几下，试图来掩饰袁邵的尴尬。

"行吧，这么不给面子，那我祝你科科都考 59 分。"袁邵丢下这句话，笑呵呵地走了。

华笙一怔，59 分？这是一个什么操作？她又没考过，哪里会知道 59 分对于一个大学生来说，是一个多么可怕的魔咒。

回到教室后，几个女生花痴般递上矿泉水，袁邵都冷着脸没接。

"几位，今天还是别献殷勤了，我们袁哥哥，今天心情不好。"杜鹏打趣。

"袁邵怎么了？看着不开心啊，输球了吗？"

"没，是让人给气了。"

袁邵一个眼神杀过来，这小子也不敢多说了。不过华笙直接拒绝去看球赛，真是他完全没想到的。他以为，哪怕不想来，至少也会委婉地说一句"我看看情况"。没想到人家直接来了一句"没兴趣"，就跟他以前拒绝别的女生一样，他真是没有想到，终于有一天他也成了那个被人轻易就拒绝的人。

别说，心里还真的有点酸酸的。

考试成绩是第二天出来的，导师进来的时候，面色凝重，大家也都不敢吭声，毕竟刚开学没多久，都没投入学习的状态中，考得不好也可以理解。

"说两件事，第一，我没想到你们如此松懈，如此玩物丧志，放假回来就不知道自己是谁了？这成绩我都替你们脸红……"

全班同学默默不语。

导师下意识地看了最后一排的华笙，她在走神，低着头转笔。

"第二，咱们班居然出现了一个大满贯，这是我没想到的。"

听完这句，大家全部都目瞪口呆。科科满分？

"老师，您没看错吧？您确定是大满贯？"前排一个男同学显然不信。

导师扫了一眼，无比淡定："我确定，不仅这样，校领导说了，这次大满贯的学生要给予两万元的奖励。"

此言一出，又是一阵沸腾。两万啊！对于学生的他们来说，可是一笔巨款。

华笙低着头，淡淡地转着手里的钢笔，都没认真听导师说什么。

"老师，大满贯是于萍吧，她成绩一直那么好。"一个女生主动问。

这时其他人也跟着说起来。

这个叫于萍的女生来自偏远的山区，家里很困难，父亲瘫痪在床，母亲靠采山里的药材维持生计。于萍下面还有一个弟弟，一个妹妹，都还小，她是村里唯一的大学生，甚至可以说是那个贫困县唯一的大学生。她当初考上的时候，学校不仅免了她的学费，还给予生活费补贴。

以往不管什么考试，她都是稳稳的第一。所以大家以为，这次是她发挥好，也许就大满贯了。甚至连那小姑娘自己也是这么认为的。

直到，老师宣布大满贯同学的名字。

"小笙，恭喜你。"

这时，全班同学才傻眼，这个大满贯的同学居然是那个转学生？

在众人的惊讶中，华笙缓缓起身，她自己其实也不知道考了多少。她是第一次参加考试，看见什么题目就答，哪里会知道，第一次考试，就来了一个大满贯。

"两万元奖金，一会儿你下课去教务处领一下。"

"哦，好。"华笙的内心还是没有一点喜悦。

不过那些同学都傻眼了。那个叫于萍的女孩子，在听到结果的一瞬间，很是失望。因为她一直以为是自己，也想着，若是拿到这两万块钱，就回家给爸妈修补一下那个破旧简陋的房子，可……

下课后，华笙按照指示，拿到了奖学金。没想到刚回到教室，就被几个女生堵在门口。

"你这些奖学金本该是于萍的，还给她。"带头的女生咄咄逼人。

华笙冷漠地扫过这些人的脸。

"大家都是同学，我劝你善良，你没来之前于萍一直都是第一名，这钱就是该给她，而且她也需要这笔钱，你给人家当小三，坐着百万豪车，不差这点钱吧？"另一个女生的话更过分。

华笙眉毛轻挑："跟我玩道德绑架？"

这些女生，无非就是看不得她的好，哪里是为了伸张正义，帮那个女同学要奖学金？

这时，那个叫于萍的女生走过来。

"同学们，你们不要为难小笙，这钱本来也不是我的，她成绩比我好，这是事实，我也很佩服她，你们应该不知道这成绩的背后她付出了多少，所以拜托大家了。"

说着于萍给大家鞠了一躬。

华笙只是淡淡地看着她，什么也没说。

"于萍，你怎么可以那么善良，她要是不半路插一脚，这钱就是你的，她是一个转学生，本来都可以不用参加这次考试的，可是她偏偏要出风头，这难道不是故意的吗？你家里条件那么不好，多需要这笔钱啊！"

"是啊，于萍，人家可是坐百万豪车的人，你怎么跟人家比，这钱是你的，你就该拿回来。"

几个女生丝毫不顾当事人于萍的感受，嫉妒使她们变得无比丑陋。

华笙扫了几个女生一眼："当事人都没说什么，你们算老几？来对我指手画脚？

"我爱参加考试是我的自由，我考得好，那是我的本事。这钱是学校给予的奖励，你们想要，就去考个大满贯来。

"另外，抹黑我污蔑我的，你们这般造谣不怕被雷劈？"

几个女生被骂得一愣。因为之前看华笙性格，好像不爱说话，以为挺老实的。哪知道这一出口，字字带着刺儿，而且撑得特别到位。

"你要不是还怕人说吗，你是心虚了吧，不然你这么年轻哪里来的钱买那么贵的车？

"还有你别总是一副高高在上的样子。别人惯着你，我们可不惯着你，我们是来上学的，不是来伺候大爷的。"一个小姑娘脸红耳赤地对着华笙大吼大叫。

华笙拿出手机，调出镜头，对准那孩子的脸。

"你看看你自己现在的样子多么丑陋？光凭一台车就断定别人是什么小三，你还真当自己是福尔摩斯？

"也罢，我就算被包养也是因为颜值过关，而你……怕是想被人包养，都找不到金主。

"长得丑就算了，偏偏心眼还那么坏。我真担心你这样的女生以后走上社会,会成为一个老姑婆,当然,也许有男生眼瞎爱上你,但是爱上你的,一定是人渣。"

华笙这番话,再次让大家目瞪口呆。

那女生气急败坏,上来就挠华笙的脸,却还没等碰到,就被华笙伸手拦下。

她死死地抓着那女生的胳膊,眼神像锋利的刀片一样:"信不信你敢碰我一下,我让你倾家荡产?"

这一瞬间的气势吓坏所有人,同班男生也都明白了,原来仙女也是会发威的。所谓的眼神杀,估计就是华笙这种了。

谁能想到有着神颜的小仙女,发威的时候也是大地颤三颤的。几个女同学被华笙的气势吓坏,赶紧散开不敢多管闲事。

毕竟这些不是自己的事情,她们也只不过是找碴儿而已。倒是那个叫于萍的女生,她一脸愧疚,再次给华笙道歉,并且鞠了一躬。

"小笙,真的对不起,给你造成困扰了,但是我真的没有一点怨言,这些奖金就该是你的,我心服口服,我也会继续努力,好好学习,争取下一次拿到奖金。"

这个于萍的态度还是很让华笙欣赏的。虽然出身贫苦,但是穷也有骨气,不会道德绑架,弄这些手段。

华笙点点头,算是回应。

有了这次发威后,班里的女同学更是不敢接近她了。不过倒是有一个叫朱彩玲的女生主动向她示好,只可惜华笙没搭理她。

晚上放学的时候,华笙不顾流言蜚语依然上了奥迪A8车。不过这次不是侧门了,毕竟这件事大家既然都知道了,那我就大大方方地上车。

袁邵和几个哥们儿正好要出去吃饭,也看见了这一幕。

一旁,杜鹏问袁邵:"元芳,你怎么看?"

"我刚观察了一下,驾驶位开车的是一个女人,不是什么金主。"

"这不能算吧,也许是家里雇佣的司机呢,之前帖子里不是有人扒了吗?说她的背后也许是一个来头不小的企业家,不方便露面,才让司机来接,但是奥迪A8确实是豪啊,她穿着三五百的鞋子,不太像能有百万豪车的人。"

这些男生也渐渐地接受了传言,认为华笙是靠着男人才有这些的。

可袁邵心里倒还是有一种感觉,他感觉华笙不是那种人。

晚上回到十里春风的时候,华笙没什么胃口,连糕点都没吃。

她直接吩咐银杏:"去查查我们班级这个叫于萍的女孩子。"

"怎么了?小姐,她得罪你了?"

"不是,先查查她的底细。"

随后华笙进了卧室洗澡,顺便换了一套白色的家居服出来。

等她下楼时候,春桃已经切好了水果,泡好了花茶。

"小姐,查完了,丁萍的家境属实困难,没有隐瞒。"银杏说。

"嗯,你看看她最近可有参加什么转发抽奖之类的活动,借着这些给她拿两万块钱。"

银杏带着疑惑:"小姐,你欠她钱吗?"

华笙端起花茶,笑了笑:"欠?算是吧。"

银杏也没多问,直接上网调查,发现于萍两天前在微博转发了一个现金抽奖的活动,但奖金是28888。

"小姐,找到了,有一个,不过奖金是28888。"

"那你就从我账户拨出8888,然后以抽奖平台的名义给她。"

"好的,小姐。"

银杏做完后才好奇地问:"小姐,这人谁啊?"

"一个女同学。"

"是您认识的朋友吗?"

"并不是。"

"那您还帮她?"

春桃和银杏都知道她们小姐的脾气,她们小姐可不是什么善男信女,更不是什么圣母活菩萨,不会好心到去管陌生人的事情。

但是这次确实因为她参加了考试,让于萍失去了这次奖学金的机会。虽然她没错,不过想着自己也不缺这点钱,所以华笙最终自己搭了8888,操作了一波,既私下帮了于萍,也不会显得高调。

于萍自然是以为自己中奖的,很高兴地拿着奖金给家里修房子。

又是一个周末,九月的北方已经很凉了。华笙穿着一件黑色的风衣,带着春桃和银杏出了门。

她们在整个城市里不停地绕圈,去寻找华笙看着有眼缘的地方。

"小姐,您都这么有钱了,还开店干吗?"银杏是理解不了的。毕竟小姐是顶级鉴定师,银行里的存款都是惊人的数字。

可华笙居然说,想开一个小店,专门收古董,卖古董,赚个中间商的差价。

这个思维方式,春桃不懂,银杏更不懂。

"打发时间嘛,有自己的小店,也算是我心里的一个梦想吧……"

"以前在山上的时候就常常想,若是有一天奶奶不在了,我该何去何从?后来想,自己要是能开个小店度日就好了,生活一定很充实。"

"小姐,您的钱都够用很久了,您可别那么累。再说了,不还有姑爷嘛!"春桃也是心疼自家主子。

关于她和江流的协议,她没有告诉任何人。只想着三年时间一到,她转身就走。

春桃和银杏见小姐不说话,以为她是不好意思花江流的钱,也就没再多劝。

最终,在市中心老城区的一个不起眼的小巷子里,华笙看上了一个店铺,只有80平方米大,带一个独立洗手间,门面有些旧,还是那种原木做的门头。

这条街看着也冷冷清清的,似乎没什么人。可是附近就是市中心最高级的经贸大厦,说是闹中取静一点也不为过。

"就这里吧,很好。"华笙转了一圈,面带笑意。

春桃和银杏都是一怔。

"小姐,这里多冷清啊,都没人。"银杏大声道。

"本来我开古董店的,不需要人多,只要质量,识货就好。"

春桃也不满意,劝着华笙:"小姐,开在这里能行吗?这里看着好简陋,以后若是赔了怎么办?"

华笙笑而不语。

别人若是在这里做生意,定是要赔得精光。可她不一样,她有办法的。

无论春桃和银杏怎么劝,她都不动摇,最后还约了房主见面谈房租。

那房主也是痛快,生怕租不出去,还给华笙便宜了很多。

80平方米的门面,在这个市中心的地段,每个月只要3000块的租金,这简直划算得要死。

华笙也是痛快,一口气要交三年房租,房主乐坏了,再给优惠,一年只要35000元。所以华笙最后给了房主105000元。

房租高兴坏了,以为碰见了一个冤大头,毕竟这地方谁敢一次性交那么多?

华笙当然有自己的想法,她想着无论小店经营到什么程度,三年后,她都不会继续留在这里。跟江流离婚后,她打算带着春桃和银杏回钟翠山,或者去环游世界。

交了房租后,华笙有点小开心,带着春桃和银杏去吃甜点,还给她们俩买了新衣服,都是大牌。

回家的路上,银杏提醒:"小姐,今晚有鉴定直播,您别忘了,晚上九点钟开始,地点是意人利博思拍卖行。"

华笙点点头。

她每次出现在直播间,都是戴着银色面具,根本就看不到容貌。声音也是通过变声器合成,不是本人的声音。收款账户是瑞士银行的太空账号,别人想查都难。

她以为是万无一失的,没想到晚上江流回来了,并且还带回来一个朋友。这朋友不是别人,正是王家的公子,王君显。

其实两人是有正经事要谈,本来是要出去喝酒的,但是江流最近因为学校里的流言蜚语不放心华笙,所以就想着回家来,还能陪陪华笙。

哪知道,小妮子今晚可是有重要的事情要办。

"老婆,我带了朋友回来,还记得他吗?"江流一进门,就亲昵地喊老婆。

华笙看了一眼王君显,点点头:"记得,王总。"

"华笙你别跟我客气,直接叫我名字就行,我和江流是多年的哥们儿了,不必拘于礼数。"

华笙点点头:"春桃,银杏,泡茶。"

"是,小姐。"

华笙看了看时间,还有半小时就到九点,她刚想说上楼去,就听江流说:"阿笙,今天我找君显来,也是想你帮他一个小忙。"

"我?"华笙一怔,没想到居然还有她的事。

华笙哪里会想到江流还有这一出啊?!只得硬着头皮坐下,想着快点结束。

"什么忙,你说。"

王君显看了看江流,又看了看华笙,颇为不好意思。

"其实事情是这样,我奶奶最近闹得很凶,就是我结婚的事情,非要她一个什么远亲的孩子嫁给我,但是那女孩子我实在不喜欢,我就说我有了女朋友,并且还是名门。"

"我奶奶说这周要带去家里吃饭,我搪塞不过去了,咱们四大家族中,江流是独生子,谢家有两子一女,女儿还在国外没回来,只剩下你们华家了,想着你们家里还有两个未婚的,能不能让她们帮帮我,只要我先搪塞过去就行。"

华笙听完后,沉思良久。

"那你觉得,我三姐和四姐,谁合适?"华笙问他。

王君显倒是淡定:"都可以,反正是假装的,只要帮我这一次就行……我最近忙着集团招标,实在没空应付我奶奶,她真是要把我逼疯了。"

"阿笙,我们对你三姐、四姐都不了解,你觉得谁合适?"

江流一脸坦诚地问自己媳妇意见。

华笙也没客气,想了想:"我四姐华琳倒是老实本分的人,不过她刚失恋,心情不太好,想必是不能帮你这个忙了。"

"我三姐华芷的话……是大明星,你们也认识,她的性格有点……怎么说呢,人是好的,但是性格很霸道,典型的狮子座。而且这件事你们跟我说没用,要问她们是否愿意帮忙。"

"是,我跟她们不认识,也不敢贸然去找,所以想托你帮忙问一句,可以吗?"王君显是真的被难住了,不然也不会主动跟华笙开这个口。

"可以倒是可以,只是……我怕不行。"华笙也没把握能说服那两人。

毕竟姐妹感情没那么亲密。

"小姐……咳咳,您该敷面膜了。"银杏咳嗽提醒,还指了指手表。

华笙这才想起,自己还有大事没办,一看手表,又过去十五分钟了,只剩下最后十五分钟,真是急死人。

"那我先去敷面膜,你的事情回头再说?"

"阿笙,敷面膜不着急,君显第一次求人,你要不,现在就给华琳和华芷打个电话,或者发微信问问呢?"

华笙当时就僵住了。

她哪里想到平时那么会察言观色的江流今天看不出她的着急,居然还要耽误她的时间。

当然,她也不想被人看出她很着急。更可气的是,江流此时还低头看了看手表,嚷嚷一句:"哎哟,快九点了,我的偶像SS快要直播鉴定古董了,我一会不陪你们了,你俩聊。"

华笙:"……"

华笙此时此刻真的要被江流气成河豚了。

眼看着时间要到了，要是迟到了，那么以后名誉……

情急之下，华笙只好眼睛一闭，假装晕倒了……

春桃和银杏都要笑死。

"阿笙，你怎么了？"江流倒是吓得脸色大变。

"姑爷，我们小姐可能是有点低血糖。我们俩扶她到楼上，给她拿点糖吃，休息一会儿就好了。"

"她还有低血糖？"江流微微皱眉，倒是没看出一点点破绽。

春桃和银杏赶紧连搬带抬地将华笙弄上楼。然后银杏下来守着楼下，就怕人上去。

华笙进了卧室，赶紧开始行动。

春桃帮着小姐拿衣服拿面具，等坐到镜头前的时候，真的是时间刚刚好。

看着九点一到，华笙终于长长出了一口气。

江流在楼下倒是没察觉不对劲，只是慢条斯理地跟王君显继续聊着生意场的事。

看着银杏一会儿上去一下，送点水，送点糖，还真像那么回事。

王君显是十点二十离开十里春风的，临走前还嘱托江流："哥们，这次就靠你了，好好在你媳妇面前帮我说说，你知道我奶奶的脾气的。"

"放心吧，阿笙不是那么冷漠的人，我会帮你说。"

王君显走后，江流迫不及待地上楼。

春桃还在门口站岗。

"阿笙怎么样？"他问。

"小姐好多了，刚精神了点，我帮她换了衣服。"春桃违心地回答。

江流点头，然后推门走进去。

华笙躺在床上，假装自己很虚弱的样子。

都说关心则乱，还真是。

江流只担心华笙的身体状态，都没来得及问她具体是怎么回事。

"你怎么还有低血糖？"江流走过去，伸出手下意识地摸了摸华笙的额头，发现没有发烧，才安心了一点点。

"嗯，因为我常年吃素嘛，所以会有一点营养不良。"

"唉，你啊……吃什么素呢？"江流嘴上虽然责备，但是其实更多的是心疼。

"我没事，你不用担心。"

华笙直播了一小时，一百万酬劳瞬间进账，爽是爽，就是有点惊魂未定，差点来不及直播。

要知道外国人可是很守时的，不管你什么原因，若是晚了，也就等于失去了信誉，以后合作就难了，也等于砸了自己的招牌。

一想到这个，华笙就生气。

"你带客人来家里，干吗都不跟我提前说一下？你怎么知道家里方不方便？"华笙还在为刚才的事有些生气。

江流听完就笑了，很自然地伸出手反握住她的小手。

"他没说要来，就是要我叫你出去，我看今天外面有风，怕你来回折腾，想着让他来家里，这样能方便你我，没想到你会生气，你若不高兴，我以后不带朋友来就是。"

江流说得风轻云淡，一点都没有不高兴的意思。

华笙忽然觉得，这男人其实还挺好说话的，至少认错态度良好。

"阿笙，你先歇着，君显的事我们明天再说也成。"

华笙一听还在说这件事，就问他："这王君显为什么非看上我华家人？"

江流耐心解释："王家老太太特别看中门当户对，刚才也说了，如今四大家族之内，只有你们华家还有两个没结婚的女孩子，年纪也跟君显相当，符合老太太口味。"

"可我三姐、四姐未必同意。"华笙皱眉。

"没关系，你只要帮忙问问就好，拒绝就算了，总之君显主动求我们帮忙，我们总要帮一下的，你说呢？"

看着江流这么耐心，这么温柔地跟自己说话，华笙也没忍心直接拒绝，只得点点头，心里记下了，想着什么时候有空，就问一句。

每月一次

第二天,华笙就给华琳发了微信,试探地问她还想不想相亲。

华琳直接严词拒绝了,而且摆明了忘不了白浩。听那个意思,还是想挽回这段感情的。若是这样的话,就没办法问了,万一假装情侣被白浩误会的话,岂不是有理说不清?

再说了,华琳那个闷性子,也不可能同意。

华笙躺在贵妃榻上,怀里抱着小黑。

"小黑,你说该怎么办呢?王君显倒是长得可以,眉清目秀的,也不像是那鸡鸣狗盗之人,可我四姐是个死心眼,只认准了那个虐她半条命的白浩,三姐那边还要问吗?会不会被骂死啊?"

小黑"喵"了一声,直往华笙怀里钻。

周三晚上,华笙收到华芷的微信后,就直接拿给江流看了。

"今晚是我三姐生日,我也是第一次参加。你要不要叫王君显一起来?"

其实华笙从来不记得任何人生日,自己的生日都不过。她今年属于第一次到城里生活,华芷可能觉得她既然在,就顺便喊她一下,热闹热闹,也喊了其他几个姐妹,可惜其他几个都借口有事没去。

怕的是什么?还不是不想送生日礼物!

华琳倒不是因为这个,她是不喜欢那种吵闹的夜总会,所以直接给华芷微信转账表达心意了。

华笙也是临时知道的,想去买礼物,就怕时间来不及。她刚想着从衣帽间挑一个没拆开标签的包包,就看见江流从包里拿出一个锦盒。

"给,我替你准备了。"

"呃……"华笙有点不知道说什么。

"你别误会，我是中午看新闻才知道华芷今天生日的，听说粉丝们还搞庆典了。"

"这是什么？"华笙指着锦盒，并没打开。

"一枚胸针，纯手工制作，应该适合她。"

华笙听完觉得还不错，拿起来打开看了看。银色的胸针，镶嵌着蓝宝石，确实不错。再看里面的LOGO，是一个法国很有名的珠宝品牌，肯定价格不菲。

"多少钱买的，我给你。"她问。

"一千万。"江流故意地。

"别闹，好好说，到底多少钱？"

"你要给，就给一千万好了，要么就别问。"

江流也有任性的时候，他不喜欢华笙跟他这么生分，可华笙总好像改不了。无论你买什么，她一定会冷着脸严肃地问你这东西多少钱，下一步保准就是要给你钱。

"你不说我也有办法知道。"说完，华笙拿起手机，用一个识货的软件，对着锦盒扫了一下，上面立刻出现了品牌标识、详情，还有价格。

不看不知道，一看吓一跳，六十三万！

一枚破胸针，居然要六十几万，真是贵到没边了。

"你居然花了六十三万买这个东西，你还真是……"后面的话，她没说，但是相信以江流的聪明才智，一定也猜得到。

"没办法，你姐也是我姐，既然都是一家人，总不至于太寒酸的。"

"好吧，那我给你转三十一万五。"华笙分得清清楚楚。

"不着急，回来再说，时间来不及了，我们先上车。"不等华笙拿手机银行转账，他就着急地搂着她的腰，往外推。

华笙也就暂时忘了这件事。

他俩走后，春桃站在门口微微叹息："咱们小姐这是上了姑爷的道了，连自己的原则都要打破了。"

"是啊，我也觉得姑爷这人好好玩，给小姐忽悠得一愣一愣的。"银杏一边拖地一边笑。

华芷生日派对定在了丽思卡尔顿酒店的三楼，包下了整个场子，里面布置的是华芷最爱的紫色，一进来，全部都是紫色的水晶和鲜花，奢华至极。

中间有一行很大的字，是用鲜花摆的，写着——华芷生日快乐。

大明星过生日，自然是众星云集，圈内的很多明星都到场了，还有导演、制片人、投资商。

华家的父母也来了，不过华笙离他们远远的，也没过去。

江流叫上了王君显，其实也喊了秦皖豫，但是秦皖豫没在本地，出差了。高鹤自然是不可少的，他很喜欢来凑热闹，还四处撩拨女明星。

不过最让人意外的还是谢东阳，谢东阳来的时候，是一个人，没有任何人陪伴，手里拿着一个漂亮的盒子，在众人的瞩目下，他直接走到穿着酒红色晚礼服的华芷面前。

"大明星，生日快乐。"

"这是什么？"华芷也是够直白。

谢东阳很是得意，回道："我们AILA珠宝旗下新品还没来得及上市，却打了一个月广告的手镯，也是我们集团今年最看中的一款珠宝，名字叫作——此生缠绵。"

这话一说，其他女明星顿时羡慕得都要眼红了。

这款手镯确实打了一个月的广告了，铺天盖地，据说邀请的是世界顶级珠宝大师设计的，而且全球限量只有20只。

最主要的是，还没等上市，华芷就能拿到，也是厉害了。

这时，旁边的媒体一下子涌上来，将二人团团围住。

"谢少，请问您和华芷是什么关系？"

"谢少，你们两个之前貌似没交情，是什么时候开始的呢？"

"谢少，这次您不惜重金送了'此生缠绵'，是否跟这个镯子一样，打算跟华芷小姐此生缠绵下去呢？"

谢东阳："……"

华芷："……"

"谢少……"

谢东阳被问得也是烦透了，直接抢过一个话筒大声地说："各位别误会，我和华芷确实只是好朋友，没有谈恋爱，以后也不会谈恋爱，送礼物纯属是朋友之间的情谊。

"我出手一向很大方，身边很多朋友都收过我家的珠宝，这没什么好奇怪的。好了，对于此事我也不再回应，大家赶紧散了吧。"

解释完后，谢东阳将手镯往华芷怀里一塞，转身就找角落里清净去了，弄得华芷也是一愣一愣。不过既然谢东阳正面回应不是恋人，那就不是了。

毕竟谢家二少爷是个说话算数的,也不藏着掖着,以前跟哪个女明星交往也都是光明正大的。

华芷忙得很,继续接待朋友。趁着她稍微有些空闲的时候,华笙把礼物塞给华芷。

"三姐,生日快乐。"

"不要你的,你人来就好,自家人没那么多说道。"

"是江流送的。"华笙笑。

"哦,江神豪送的,那我收了,他家有矿,我得狠狠坑一笔。"

说完,华芷还摸了摸华笙的头。

华笙趁机给她介绍:"三姐,这是江流的朋友,王君显。"

"王公子,幸会。"华芷点点头,微笑打招呼。

王君显和华芷其实都知道对方,就是不熟悉,没在一起吃过饭。华芷混娱乐圈的,很少跟富豪圈的人打照面,所以这是两人真正意义上的第一次正式见面。

王君显赶紧递上生日礼物。因为关系不熟,所以他只买了一个爱马仕的包,普通款,七八万的样子。

华芷笑着接过:"谢谢王公子,大家赶紧去吃点东西,休息一下。"

等华芷招呼完朋友,晚宴结束已经是晚上九点钟。

华芷兴致高涨,非要去唱歌,还拉着华笙不松手,没办法,华笙只能跟着去,华笙去了,江流也得去,江流就拉上了王君显一起。

倒是谢东阳,今天很神奇的没有来打扰华笙。或许是因为有媒体在场,他怕对华笙影响不好吧。

直到江流去开车,华笙和华芷站在门口,谢东阳才过来。

他看了一眼华笙,有些羞涩:"华笙,又见面了。"

华笙还有些奇怪,心想,这谢东阳是正常了吗?这次终于不叫"笙笙"那么肉麻了。

"嗯,你好。"华笙一贯地疏离。

"刚里面有媒体在,我也没敢过去跟你打招呼,怕对你影响不好。"他说。

华芷笑出声:"哎哟喂,谢少什么时候这么体贴了?跟之前判若两人啊!"

谢东阳也笑:"我之前不是不懂事嘛,也没遇到良人,现在我不是……遇到对的人了嘛!"

说完,他又含情脉脉地看了华笙一眼。

华笙赶紧别过头,假装听不懂的样子。

华芷直接推了他一把:"你少扯淡,我们去唱歌,你去不去?"

按照道理说,谢东阳最喜欢往华笙跟前凑,他应该是要去的,况且人家今天还送了礼物的。但是他今天有些犹豫。

上一次华芷受伤住院,谢东阳也是探望了的。华芷是一个很仗义的人,谁对她好,她都记得,绝不会只占便宜不回报。她确实真心想让谢东阳也跟着去玩。

"我就不了,你们好好玩,我还有点事,先走了。"说完,谢东阳又深情地看了一眼华笙。

"华笙,我走了,拜拜。"谢东阳说。

华笙没说话,只是微微点头。

不远处,江流跟王君显开车过来。

"君显,我看今儿华芷挺高兴,你一会就趁着她开心,跟她说说,我觉得她不会不帮忙的。"

王君显本来要走的,但是听江流这么一说,就动摇了。

他吧,怎么说呢?以前也谈过女朋友,但是那都是十几岁的事情了。后来他出国,回来接管家业,就跟江流一样,一心一意为家族做事,这几年也接触过几个觉得还不错的,可最后都是有缘无分。

这老太太催得紧,他也是没办法,才想到了华家的人。

去KTV的时候,只剩下江流、华笙、华芷、王君显,还有华芷的女助理了。

华笙不喝酒,也不唱歌。江流还能喝点酒,王君显也喝了一些。华芷一个人连续唱了好几首,嗓音一般,不好听也不难听,毕竟她不是歌手。

"阿笙,你在看什么?"江流发现自家小媳妇又神游了,就凑过去逗她。

"我感觉,我三姐心情不是很好。"华笙看着不远处拿着麦克风的华芷。

"嗯?不应该啊,她今天很高兴。"江流说。

华笙扫了他一眼,还带着点鄙视说:"那你应该是不知道什么叫用快乐来掩饰悲伤。"

江流:"……"

"老婆,你每次这样甩经典语录的时候,我都觉得你像莎士比亚。"

华笙捂脸,自己都忍不住笑场了,然后很随意地抬起手,抽了江流的手臂一下:"别闹,我说真的,你没感觉她一直在努力掩饰悲伤吗?"

"说实话,真没有,可能是你们姐妹之间有心灵感应吧。"江流确实没看出华芷悲伤,毕竟今天是好日子,她怎么可能会悲伤?

江流觉得,是华笙太过敏感了。

可就在最后,华笙唱了一首五月天的《后来的我们》,尤其唱到副歌部分,华笙看见华芷抬起手擦了一下眼角。

华笙刚要起身去安慰,就看见华芷走过来,带着灿烂的微笑。

"来,今儿我高兴,谢谢大家为我庆生,我干了你们随意。"

说完,华芷拿起桌子上一瓶香槟,直接就对瓶吹了起来。

华笙看见这样的华芷,忽然有那么一丝心痛。她那样坚强霸道的一个人,原来也有这样的落寞时刻。

华芷喝光一瓶后,就直接走S路了,歪歪扭扭地跌倒在了沙发上,还好华笙接着。

"华芷姐。"女助理赶紧过来搀扶。

"不用管我,去,买单去。"

华芷醉醺醺地从钱包里拿出金卡递给助理。

女助理不放心地看了一眼。

"没事,有我在。"华笙说。

"华笙姐,你好好照顾华芷姐,她下午已经喝不少了。"女助理嘱咐完才走。

"三姐,你醉了,不能喝了。"

"瞎说,我没醉。"

说完,华芷又爬起来,指着王君显说:"来,敢不敢跟我喝,喝赢我我今晚跟你走,喝输了,你跟我走。"

王君显:"……"

江流扑哧笑了一下,华笙狠狠地掐了他胳膊一下,让他别笑。

"我喝不过去,我也不想跟你走。"王君显也是老实人。

华芷不服气,直接站起来,走过去,很是凶猛地一把揪起王君显的西服领子。

"让你喝你就喝,不喝你不是男人。"

这下可好,喝个酒都上升到是不是男人的层面了。

王君显看了一眼江流。

"你别看我,我不管。"江流也怕了,毕竟华芷喝多了,他也控制不住。

"行,我跟你喝,但是你说准了,输了的话,你要跟我走。"

"行,跟你走。"

"华笙,你拿手机录下来。"王君显说。

华笙:"……"

"你给我做个见证,这下好了,不用问了,她就是这周跟我回家的人了。"

王君显这是明显要乘人之危啊,他说的那个跟他走,当然不是真有什么,只是要回王家老宅吃饭,见王家老太太而已。

但是华芷喝多了,哪里知道这些。

"我不干,她醒酒会砍死我。"华笙直接拒绝了。

华芷那是什么脾气?要是知道她胳膊肘子往外拐,那还不揍死她?

"成,那我自己录。"王君显也是淡定,拿着手机将华芷的醉话又给录了一遍。

然后两人开喝,华芷怎么可能喝过王君显?华芷都喝了一下午了,王君显明显是占了便宜的。

最后,华芷喝到崩溃,直接搂着王君显脖子不松手,并且边哭边骂:"你这负心汉,好好的人不当,援助个鸟蛋啊。你真当自己全能啊,我这辈子都不会原谅你,你说你长得那么难看,我当初怎么看上你的,啊?"

从这些断断续续的话中,大约听出华芷是思念一个人,看样子,像前任。

"阿笙,华芷怎么回事啊,谈过恋爱吗?"江流很好奇。毕竟没有媒体报道过华芷恋情,这些年一直都是单身狗啊!

华笙倒是知道一些眉目,推测道:"好像是……十七八岁的时候吧,那男孩家里是当兵的,跟着他爸爸去援助了,后来就留在那边了,很多年都没回来了,那时候华芷才多大,还没上大学呢,初恋嘛,肯定刻骨铭心。"

"江流,我现在该怎么办?"王君显看着自己身上黏着的女人,哭哭唧唧的,弄他一身眼泪和鼻涕。洁癖狂的他都要崩溃了。

"你不是赢了吗,不是准备要带回家吗?王公子,请随意……"江流做了一个请的姿态，明显是故意捉弄他。

王君显："……"

王君显也没想到自己捡到一个烫手的山芋啊！

"阿笙，我们走吧。"

"那华芷……"华笙还蛮不放心地看了一眼。

"没事的，有君少呢，哈。"

江流打的什么鬼主意，王君显不知道，但是华芷八爪鱼一样黏着王君显，还真是……尴尬到不行。

最终，华芷的女助理和王君显从KTV后门将华芷弄走，头上还蒙了一条丝巾，就怕媒体看到乱写。

然而在车内的时候，女助理开车，只听后面华芷一直说醉话，而且口水弄了王君显一身，还有那该死的口红印。

最终，王君显是一直抱着华芷回了她的私人公寓，将她交给助理才离开的。

"王少，今儿对不住啊，等华芷醒来，我会让她好好跟你道歉的。"女助理连连道歉。

王君显扫了一眼床上的醉猫："行，等她醒酒，你让她给我打个电话吧。"

华笙和江流回家的时候，已经是凌晨一点。华笙很少这么晚睡，确实也有了睡意，再加上刚在KTV被逼着喝了一些酒，自然就晕晕沉沉的。

江流送华笙进卧室后，默默地看着她。

"你干吗？"

"我可以留下吗？"他问。

"你说呢？"华笙反问他。

"你要我说的话，那我自然是要留下的。"

"你做梦呢，江先生，快回你房间去吧，我累了。"

"那我行使一下我的权利总可以吧。"说完，不等华笙反应，江流直接捧起人家的脸，对准了就是吧唧一口。这还不算，离开她脸颊的时候，他还颇为意犹未尽地笑了一下，让华笙很是震惊。

这……

一个不注意，华笙被偷亲了，肯定生气啊！刚要发作，就觉得有点不对劲。她渐渐地脸色发白，下腹传来丝丝剧痛。

"阿笙，你怎么了？"

发觉她不太对劲,江流赶紧俯身蹲下来,握住她的手,她的小手冰凉。

"没事,你回吧。"华笙说话的时候,明显气息都微弱了很多。

"那怎么可以,我送你去医院。"

"不要。"

"听话,你这是病了,要去医院的。"江流坚持。

华笙不得不咬着嘴唇,说了实话:"我不是生病,我是大姨妈来了。"

江流这下就尴尬了……对于江流来说,还真的不知道怎么处理这种突发事件。

"阿笙,那我……需要做点什么?"

"你出去,赶紧出去。"华笙捂着肚子,也是窘到不行。

其实今天不是大姨妈的准确日期,但是可能因为在KTV喝了冰凉的酒,就刺激到了,所以提前了。

"我去找春桃和银杏帮你。"

江流也是慌了,赶紧出去找了春桃和银杏来,然后自己也去洗了一个脸,清醒了不少,在门口守候着。

华笙每次姨妈来,都是很痛苦的那种,而且是娘胎带来的,天生无解,可以痛到让人怀疑人生那种。

半小时后,银杏出来的时候,发现江流还在门口。

"姑爷,您怎么还不去睡?"

"她怎么样?"

"啊,小姐没事,每月一次,老毛病了。"

"那有什么办法没?"他担心地问。

银杏也是尴尬地摇摇头。

"姑爷,这个真没有,这些年也吃过不少药,但是效果微乎其微,医生也说了,这是先天的。只能靠喝红糖姜水驱寒暖着了。"

"那她……还好吗?"

"不太好,小姐每次月经都要五日,第一天最为严重。"

江流没说话,但是隐约有些心疼。想着华笙刚才那张惨白的小脸,还有那个弱不禁风的小体格。

能抗住吗?

最终,江流也是一夜没睡好。

早上吃早餐的时候,华笙不舒服,就没下楼。

江流嘱咐了一阵子才去上班，但也是心不在焉。开完晨会，他就板着脸回了办公室。

"老板今天心情貌似不太好，大家小心。"男助理提醒秘书室的几个。

女助理谭静进去送材料的时候，江流委婉地问了一句："小谭，痛经的话，要怎么治疗？"

"是少夫人吗？"谭静多聪明啊，立刻就反应过来。

江流点点头。

"痛经据说是因为体寒的缘故，最好是能开一些暖宫驱寒的中药，泡浴什么的会好一点吧……还有贴暖宝宝，喝红糖水，若是痛得厉害，就要吃止痛片，当然止痛片都是有副作用的，对身体也不好，所以这个也不建议。"

"嗯，我知道了，你出去吧。"

"是。"

女助理走后，江流拿起外套起身就走。

公司总部的旁边就是一个高档的商场，他买了不少暖宝宝、肚脐贴、红糖姜茶，还有……一个神秘的东西。

江流买完后，直接开车回了十里春风。

华笙因为身体缘故，直接请假没有去学校。他回来的时候，手里拎着一大兜东西。

"她还在睡吗？"

"小姐在楼上休息。"银杏说。

江流点点头，上楼敲门走进去。

华笙躺在床上看书，脸色依旧不太好，毫无血色，让人看了都心疼。

"怎么这么早回来了？"华笙看了看时间，才中午。

"嗯，买了点东西你应该用得上。"

随后，江流坐在床前，就从袋子里往外拿。

暖宝宝、红糖姜茶、肚脐贴，还有一块巧克力。

"听银杏说，你一天没怎么吃东西，身体也受不了，吃块巧克力补充一点能量。"

"好。"

还真别说，看见巧克力的时候，还真的有那么一点点食欲。

最后，当江流红着脸，将那个神秘东西拿出来的时候，华笙差点呛着。

因为上面赫然写着五个大字——成人纸尿裤。

尿不湿？

华笙有点不敢相信，看着江流："这是给我买的？"

"嗯，听说你那个头两天血量比较多，想着这个可能会方便一些。"江流挠了挠头，言谈举止都不自然了。

华笙抿着嘴笑："我只是姨妈来，不是被人放血了，你会不会有点大惊小怪了？江先生？"

江流低着头，也是因为尴尬，也是因为不好意思。这一瞬间的萌态，让华笙打从心里觉得暖暖的。

奶奶过世后，她很久都没有这种被人捧着的感觉了。他真的是很细心，而且不顾自己的身份，去买这些让男人难以启齿的东西。

"江流。"她忽然低声喊着他的名字。

"嗯？"江流抬起头，那深邃的眼神对上华笙清澈的目光。

有那么一刹那，似乎有什么东西，无形之中将两个人紧紧连在一起了。

"谢谢你。"她缓缓道。

"唉，跟我你还客气，你是我老婆，这些都是我应该做的。"江流真没觉得这点小事也要华笙说一句谢谢，就觉得不过是举手之劳。

"不过你要是谢我的话，一会就得跟我去一个地方。"

"我现在这样子，出不了门的。"

"没事，我抱你。"他笑。

"去哪里？"华笙也好奇了，明知道自己不舒服，还要带她出门，这男人到底想什么？

"你别问了，跟我走吧。"

江流的暖心行为，在华笙那里获得了一定程度的好感，所以当江流对她有要求的时候，她也不会像以前一样直接拒绝。

华笙换了一身稍厚一些的黑色打底裤，上面是一件V字领的毛衣，红白相间。脖子上还围了一条围巾。

江流确实说到做到，一路将华笙从楼上抱下来放进车里。然后两人开车离开。

四十五分钟后，江城中医药大学附属医院。华笙下车才发现，他原来是带她去医院的。

"我不是说了吗？我这个病，来医院没用的。"华笙有一丝不悦。

"我约了一个教授,既然来了,进去看看吧,别白走一回。"江流低声劝着,然后搀扶着她,进了医院。

这一幕,正好被门口的狗仔队拍到。其实他们是来堵一个女明星的,让他们没想到的是,女明星没等来,倒是等来了一个顶级豪门。

所以当天下午,所有新闻头条都是华笙和江流。照片只拍到了一个背影,毕竟离得太远。照片里的江流搀扶着华笙,华笙则捂得很严实,两人一起进了医院。

据说约的还是最有名的一个妇科教授。

于是下午的新闻标题叫作——顶级豪门千亿少奶奶疑似有孕,老公全程陪同进出妇产科。

这消息一出,肯定是平地惊雷啊!江家是什么地位啊!那是富可敌国的大豪门、大家族。

江家的儿媳妇怀孕,这就是头条新闻啊!毕竟刚结婚也才一个多月。

所以,当教授给华笙针灸治疗的时候,江流的手机都要被打爆了。他的父母,他的岳父、岳母,华枫,秦皖豫,还有助理等人,几乎每个人都关心这件事。

江流只得不厌其烦地一个个解释,华笙只是身体不舒服,没有怀孕。

诊疗室内,女医生将她肚皮上的银针拔下:"痛经大多数都是因为气血不足、淤堵造成的,针灸能帮你活血,让血流畅通一些,新陈代谢快一些,也能迅速将毒素排出体内,不过你还是要以保暖为主,不要疏忽大意。"

"好的,谢谢医生。"华笙穿好衣服后,刚拿起手机,就看见不少未接电话和微信信息。

她打开扫了一眼,顿时黑脸。

是谁造谣说她怀孕了的?她都没跟江流有过什么真正的接触,孩子哪来的,难道是大自然受孕吗?怀的是孙悟空吗?

华笙走出来的时候,江流赶紧上前搀扶。

"怎么说我怀孕了?"她冷下脸。

"是我们刚进来的时候,被狗仔队拍到了。乱写的,我已经让公司处理了,你不用在意。"

"所以,狗仔队是你请的吗?"

华笙冷漠地扫过江流的脸。

江流也是愣住了,这问的是什么话?不过也不怪华笙多想,是江流带她来这个医院的,而且这么偏僻的地方都能被狗仔队拍到,这是不是太巧合了点?

所以华笙想,会不会是江流为了证明什么,所以故意放出的烟幕弹,就是给别人看的?不过不管怎样,如果这件事是江流做的,那么她肯定会不高兴。有种被人利用的感觉,难道之前买那些东西,对她的关心,都只是利用吗?

"阿笙,你就这么看我?我在你眼里,就是这样的人?"不得不说,一瞬间,江流有那么一丝丝失望。他不明白,他这么用心地呵护她,小心翼翼地捧着哄着,她上一刻还和颜悦色,怎么下一刻就变了脸,难道女人的情绪都是这么复杂多变吗?

"你是什么人我并不清楚,但我确实不了解你,怀疑也很正常。"华笙说得义正词严。

江流自嘲一笑:"好吧,你有你的道理,但狗仔队不是我找的,这件事不是我做的。"

华笙没吭声,仰起下巴,带着傲慢走在前头,也没用江流搀扶。

两人因为这件事,闹得有些不愉快。

回去的时候,华笙一言不发,就是闭着眼睛假寐。回到家里,华笙直接上楼将房门反锁。

江流脸色也不太好,下楼又开车走了。

春桃在厨房里和银杏给华笙准备补身体的汤。然后小声问道:"我看小姐好像和姑爷生气了,两人回来后怪怪的。"

"估计是,算了,夫妻床头吵架床尾和,我们不跟着掺和。"银杏微微叹气,心想这俩主子可真让人不省心。

看到华笙怀孕的新闻,有人欢喜有人愁。

江家和华家自然是高兴的,有了孩子,两家合作更加稳固,利益也会更多。

不高兴的第一个当属谢东阳了,他看到新闻的时候,脸上乌云密布。十几秒后,直接将手里一万多的手机扔出去,还砸碎了玻璃橱窗,吓坏了公司的人,都不知道这谢总是怎么了。

谢东阳讨厌回谢家,自己在外面租了一层写字楼,开了一个风投公司。凭借他的头脑,这几年也没少赚,公司人数不多,只有三十多个,但是个个是骨干,薪水也高于同行。

谢东阳很少在公司发脾气,毕竟他的性格是挺开朗的。如今把办公室都要砸了,众人自然是大气不敢喘。

谢东阳心里说不出什么滋味,只觉得堵得慌。一想到华笙居然怀孕了,而且还上了新闻头条,天下皆知,就郁闷得要死。

虽然人家是夫妻,平时干什么,他也阻挡不了。但这个怀孕的消息一传出来,谢东阳就被刺激到了。

所以,当天晚上快十一点了,谢东阳用一个没被拉黑的号给华笙发了一条短信。

字数不多,但是霸道至极。

他说——华笙,打掉孩子,离开江流。

华笙睡眠很浅,手机响了,就顺手拿起来一看,然后就脑补到这应该是谢东阳那个家伙说的,这毕竟是他的风格。

华笙扫了一眼后,就将手机丢在枕边,没有理会了。

可对谢东阳来说,这是一个难眠之夜。他整整一夜没睡好,就是觉得心里难受,没有一点困意。

第十四章

后来的我们

清晨六点钟,谢东阳西装革履出现在了谢家老宅的早餐厅。一大家子人这个时间看见他,都惊呆了。

"老二,你这是太阳打哪边出来啊?"谢东泽一脸震惊。

谢家二老看着儿子,没说话,却也意外。谢宁奶声奶气地抱住谢东阳的大腿:"二叔,哇,你今天起得好早哦,跟我一样勤快。"

谢东阳笑着抱起小侄女,吧唧在脸蛋上亲了一口,满满的宠爱。

"宁宁,你给二叔做个见证,从今天开始,你二叔我决定……要洗心革面重新做人了。"谢东阳宣布。

"这话说得,你这是刚从里放出来吗?"谢家老爷子不乐意了,最听不得谢东阳说话。

"爸,你就别挤对我了成吗,我毕竟是您亲生的。"

不等谢云说话,谢夫人一脸的牙痒痒,想起上次带着姑娘去给他相亲,结果弄得人家姑娘一脸尴尬就走了,这个儿子就是不争气。

"你不是亲生的,瑶瑶和你哥才是我们亲生的,你只是垃圾桶旁边捡的。"谢夫人这是气话。

谢东阳嬉皮笑脸也不生气,找了一个位子坐下来。

谢家的早餐丰盛至极,中西餐都有。

谢东阳给小侄女拿了一个她最爱的蛋挞,又给她倒了一杯牛奶,很是体贴。

"东阳,你今儿回来这么早,是有什么事吧?"冯羽一边夹着小笼包,一边看着这个让人头疼的小叔子。

谢东阳笑了笑:"嫂子,你果然了解我。"

"说说吧,这是干吗来了?没钱了?"谢东泽对弟弟也很疼爱,只是更多的是恨铁不成钢,希望他能成熟一点,为自己和父亲分忧。

"并不是,钱够用呢,我今年可赚了不少,我这次回来是想说,我打算回公司上班了。"谢东阳说着环视了一下四周,看看大家什么反应。

结果大家反应都很冷淡,似乎并不关心他说的这件事。

"你们怎么如此漠视我啊?这不是你们最想的事情吗?我说我要回咱们 AILA 珠宝上班,干一番大事业了。"谢东阳不服气地又重复了一遍。

谢东泽微微叹息:"你这话说了好多次了,爸爸也给你一个总经理的职位,可你一年能来集团几次啊?还不是在外面瞎混。所以,我们不可能相信你了。"

"哥,这次是真的,我发誓。"

"狼来了的故事听多了,我们不信了。"谢东泽埋着头喝粥,不再搭理弟弟。

"爸……"

"我从来不信言语上的承诺,你若真的要改变,就用实际行动证明,集团旗下子公司鑫盛药业连续亏损三年,如今只剩一个烂底子了,你若是能让它在一个月内起死回生,我便相信你的能力,到时候你再回集团总部也不迟。"

谢家老爷子说这话的时候,眼神都没看谢东阳。

"爸,您这不是为难人吗?"谢东阳皱眉。

"觉得为难,你可以不做,滚回你那个破风投公司继续玩你的就是。"

看得出来,谢云这几年对这个玩物丧志的二儿子是很有意见的,尤其是前阵子给他订好的婚姻都能黄了,最后落得江家拿到了仙女湖的地。这件事,让谢云对这个儿子很是不满。

"爸,鑫盛已经是个没办法救活的企业,您又何必为难东阳?"谢东泽终究是不忍心,不想让弟弟去碰那些头疼的烂尾工程。

"不这样,怎么能证明他行?"谢云严肃反问。

谢夫人倒是淡定,只是喂着小孙女吃东西,从头到尾都不参与。

集团的事情,她一个女人家不管,也不过问。

"爸,要不然还是先让二弟回来吧,我们再给一次机会?"冯羽也开口求情了。

谢家其实比华家和谐很多,家庭成员至少没有芥蒂,不会因为金钱利益分配不均而翻脸。

谢东泽是很憨厚的人,冯羽也是很懂事的女人,在谢家很受尊重。

不等谢云开口，谢东阳一拍桌子。

"爸，那就这么定了，要是一个月我能救活鑫盛，您就让我和我哥一样进董事会，当执行总裁。"

"没问题。"谢云一脸的淡定。毕竟在他看来，这是不可能完成的任务。

谢东阳匆忙吃完饭后，直接开车去了鑫盛实地考察。

这一考察，谢东阳差点没疯掉。

鑫盛连续三年每年亏损1.5亿，现在不仅不盈利，还欠银行3亿贷款，这可怎么办？这就是一摊烂泥啊，难怪老爸会让他来。

"服了。"谢东阳叉着腰，低声咒骂自己不该说大话的。

"小谢总，嘿嘿，情况现在就是这么个情况，您有什么计划吗？"鑫盛现任总经理韩东林是一个油嘴滑舌的胖子，因为他是外聘来的，所以每年只拿到相应的薪水就好，至于其他的，一概不管，等集团破产，他就拍拍屁股走人。

"容我想想。"谢东阳也是一脸愁容。

民族大学校园内，华笙休病假足足一星期，再次来上学的时候，学校里又是一阵不小的轰动，甚至还惊动了外校，不少其他大学里的男生都旷课跑来看她。

中午休息的时候，她依旧走偏门，打算出去找个地方吃饭。袁邵早就等在那里，等她经过的时候，喊住她。

"小笙。"他不知道她的真名，只知道学校里都这么叫她，要么就是小仙女、女神之类的。不过那些称呼太浮夸，袁邵都不喜欢。

"什么事？"华笙侧头看他，眼神依旧淡漠无比。

袁邵有点受不了这样的委屈，带着尴尬靠近华笙。

"好久不见，你怎么突然旷课一周，是家里有事吗？"他问。

华笙看着他，神态依旧不变："我觉得我们之间好像没熟悉到可以问个人隐私的地步，而我也没义务告诉你这些，不是吗？"

"你对谁都这么冷吗？"袁邵有些受不了，没沉住气，问她。

"对陌生人，是。"华笙淡淡回答完后，转身就走。甚至她一转身都不记得这个男生的样貌。

毕竟这些人都是过客，都是沧海一粟，没必要每个人都要去留意一下。

袁邵的关心再次被忽视，那种挫败感又涌上心头。他原本以为，至少他这么主动关心，她会回应一些，哪怕不热情，也不该是那么冷漠的态度。

可是他终究还是想得太美好了，华笙从来都不是能热情起来的人。

华芷在生日后，大醉了一天，夜里醒来的时候已经是晚上八点钟。

"头疼……"她坐起来，双手捂着头，表情痛苦。

"我的天，大明星，你终于醒了，你若再不醒，我都打算送你去医院了，以为你是酒精中毒了。"女助理连跑带颠地过来，递上一杯水。

华芷只觉得口干舌燥，一口气将整杯水全部喝光。

然后问她："现在几点钟了？"

"晚上八点。"

"我睡了一夜？"华芷惊讶。

"错了，祖宗，是一天一夜，你足足睡了一天一夜。"

"我的妈，喝大了……谁送我回来的？"

她其实只是顺嘴问了一下，毕竟那天都断片了，后面的事情都记不起来。

"呃……这件事……"

女助理面对华芷的问题，支支吾吾半天。

"干吗？有什么直说。"华芷瞪大了眼睛。

女助理低着头，不自觉地降低了音量："华芷姐，这件事说来有些复杂，你先答应我，你听我说完后，一定要淡定。"

"老子什么场面没见过，说，别磨磨唧唧。"华芷脾气大，嗓门也大。她揉着太阳穴，也没太把助理前面的铺垫当一回事。

"生日的时候，你不是喝醉了吗？然后心情貌似不太好，就吵着要去KTV，还拉着五小姐和她的老公一起。"

"我貌似有点记得……阿笙也来了。"华芷断断续续地回忆着那天发生的事情。

"但是你到了KTV还继续喝，一边唱歌一边喝酒，最后边哭边喝，然后就不知道怎么，抱着王公子不松手，对他又是指责又是谩骂，最后还趴在他胸口睡着了，很是失态。

"还好那天没有外人在场，我把工作人员也都赶出去了，只有咱们自己人知道，不然传出去，你可是要丢脸的。"

女助理说完，华芷直接一脸蒙。

华芷哑了半天，然后干涩地道："谁是王公子？"

"就是王君显啊，五小姐老公带来的，王家那个显贵的公子，你一点印象都没有了吗？"

"回来的时候，人家可是一路抱着你上楼的，进了卧室，你还不松开人家的衣领，并且吐了人家一身。"

"这，绝对不可能。"华芷直接甩头否认。

"我还能骗你？要不，你问问五小姐？对了，王公子说了，你醒酒后，让你给他打个电话。"

华芷听完双手捂脸，恨不得找个地缝钻进去。

她可是大明星华芷啊，有着几千万粉丝的名人，怎么会做出这么丢脸到家的事情啊！

这简直太可怕了，华芷根本不敢想。

最终，华芷用了一小时才消化掉这个可怕的真相。但她确实想不起来了，她生日那天，本来很开心，那么多人来捧场，又送礼物，连谢东阳都送了"此生缠绵"的手镯。

再后来，她收到一张卡片，还有一只绿色的千纸鹤，上面只有一句话——小恶魔，生日快乐。

连署名都没有，可华芷一瞬间就泪崩了。

"小恶魔"这个名字，多少年没有人这么喊她，那是别人都不知道的，只有那个人知道。

可是那个人已经离开她了，早就离开了。

华芷不想回忆那段伤心往事，可是却管不住自己的心。看着那熟悉的字体，那五颜六色的贺卡，还有那只千纸鹤，她就知道是他。

这么多年，他还记得她生日。

绿色代表和平，千纸鹤是华芷曾经最喜欢的东西。他为了援助，选择远走他乡，从那一天起，她们俩就再也没有交集了。

所以，后来华芷唱五月天的那首《后来的我们》的时候，才会泪流满面，才会那么伤心难过。

每个人都有自己的一段往事，那是自己心里的秘密。

那是关于一个曾经深爱的人的记忆，记忆一旦开启，就会肆虐全身。

华芷那晚失了态，却没有想到，居然发酒疯，缠上了王君显。她和王君显真的不熟好吗？

华芷起床后，吃了点东西，左思右想纠结了很久，才打了这个电话。

此时此刻，已经是晚上十点半。

"你……睡了吗？"她问。

"你哪位？"王君显还在集团加班。

"咳，我是华芷。"她有点心虚。

"嗯。"

"那个……我那天晚上喝多了，不好意思啊……我听我助理说是你送我回家的，我还吐了你一身……真的很抱歉。"

"没关系。"王君显淡淡的。

"那……你被我吐的衣服多少钱，我赔给你。"

王君显放下手中的钢笔，往老板椅上轻轻一靠。

"华芷小姐，赔钱就不必了，但是你打赌输给我的筹码，是否兑现一下呢？"

王君显真是说得云淡风轻，脸不红心不跳。

"什么赌注？"华芷又是一脸蒙啊！显然女助理遗漏了这个环节，或者说，赌博的时候，只有华笙和江流在，女助理也不知情。

"既然你忘了，我来告诉你一遍吧，你那天跟我打赌，谁喝不醉，谁就赢了。"

"那……输的人要怎么办？"华芷有种不好的预感。

"这样吧，你加我微信，我这里有视频，你看过就明白了。"

"好，我微信就是手机号，你直接加吧。"

华芷挂了电话，打开微信，总觉得心里毛毛的。那个男人看着很好说话的样子，可语气总觉得怪怪的。

华芷加上王君显的微信后，那边发来一段小视频。

打开看完后，华芷差点将手机摔了。简直不可思议，居然是输的人要跟赢的人走？这下真是玩大了。

冷静半晌，她才拿起手机，默默发了一条微信过去。

"王先生，这个是我喝醉的醉话，哈，不算数的，您可别当真。"

王君显几乎是秒回。

"我不管你真醉还是假醉，既然承诺了就要说话算数，普通人都要如此，何况你是大明星？"

"王先生，这件事是我不对，这样吧，你想怎么处理？"

华芷微微感觉到，这个男人如此难缠，是不是要趁机索要一些什么东西？

"很简单，履行你的承诺，跟我回家。"

华芷听完倒吸一口凉气，差点对着微信破口大骂，但她还是忍住了，毕竟对面是王家的人，也是江流和华笙的朋友。

不看僧面还是要看佛面的。

"王先生，您别开玩笑了好吗？我承认这事是我做得不妥当，但是我真的是喝醉了，您就大人有大量别纠缠不放了，成吗？

"这样吧，我给你点补偿，这件事我们就此了结，您觉得呢？"华芷也是忍到极限了，一口一个"您"，只希望这家伙放过她。

"补偿就不要了，还是跟我回家吧。"

"你这人怎么回事？别给脸不要脸行吗？那个事我肯定不能答应你，你用这个威胁我，你有意思吗？"

"那个？不，你应该是误会了，我是说跟我回家，不是说那件事。"

看华芷误会，王君显还淡淡地解释了一句。

这下华芷更是火冒三丈，对着微信语音吼道："你这不是废话吗？大家都是成年人了，你就别在这里跟我兜圈子了，跟你回家，不就是那件事，难道是去你家里嗑瓜子吃雪糕吗？"

面对华芷的发飙，王君显居然乐出声。

她真的是一个大明星吗？为什么说话这么有趣？连梗都这么多？

还嗑瓜子吃雪糕，亏她想得出来。

王君显耐着性子解释："我说的跟我回家，是跟我回老宅的意思，不是做那件事，我对母狮子没什么兴趣，你放心。"

"回老宅干什么？"华芷更慌了。不过又想到一个问题，刚刚他说什么，母狮子？谁？是她吗？

"我需要一个人假扮我的女友，帮我一起骗过我那个难缠的奶奶，时间不用太久，等我手里这个项目做完就可以，免得她老吵得我头大。

"正好我跟你打赌赢了，所以就希望你能说话算数，跟我回家，我不觉得有什么不妥。"

听完这些，华芷终于懂了。

直接回道："你那么有钱你可以去找别的女人啊，你来纠缠我干什么？都说了打赌不作数的，有病。"

"找你是因为你是华家人，我奶奶很喜欢你的家世，就这么简单。"

"如果我不同意呢？"华芷隔着手机翻白眼。

"那我就只能将视频上传到我的社交软件了，到时候……"

后面的话王君显没说，但是其中利害关系，华芷最清楚不过，她可是明星，如果视频公布的话，不敢想。

"王君显，你就不配叫王君显，你应该叫王八蛋，你威胁人，你不怕遭雷劈吗？"华芷真的发飙了。

"你可以随便骂，我给你五分钟考虑时间，五分钟后，我会决定视频的发布与否。"

"R你￥#@%。"华芷简直被气昏了头，一口气骂了一串自己都不知道是什么的话，她第一次遇到这么不知廉耻的男人。

可把柄在人家手里，她还真的不敢拿人家怎么样。

五分钟后，华芷发来一条微信："王八蛋，我答应你的条件，视频必须当我面删除，不然我宰了你。"

明明华芷是发怒了的，可王君显居然觉得她超可爱，虽然说话是粗鲁了一些，但是总比那些一开口就嗲声嗲气故作矜持的绿茶婊好。

至少这是华芷真实的一面。

勒索成功后，王君显简单告诉了江流一声。

江流竖起大拇指，认为王君显是有手段啊。

王君显和华芷协议达成后见了个面。华芷自然是急着亲眼看见他把视频删除，所以他俩约在了市中心一家很高档的西餐厅。

王君显先到的，点了两个牛排套餐。华芷来的时候，也没心情吃，直接问他："手机呢？"

华芷来的时候，素颜打扮，戴着帽子，穿着军绿色长款风衣，白色球鞋，很少女。

也没有路人看出这是大明星。

"先吃点东西吧。"

"吃个毛，我哪有心情，快点，手机拿出来。"华芷瞪眼睛。

王君显好笑地拿出手机。

"解锁。"她继续女王般地命令。

他听话地解锁。

"找到那段视频，当着我面删除。"

"那我若是删了，你要是反悔呢？"王君显抬起头看着她。

"我不是那么没义气的人，你放心我说到做到。"

见华芷话都说到了这个份上，王君显就没多说什么，当着华芷的面删除了那段小视频。

"你发誓，你没有其他的拷贝。"华芷还是不放心。

"我没拷贝。"

"你发誓,你要是有其他的拷贝,你就生不出儿子。"

"这么狠毒?"王君显憋不住想笑,忽然觉得眼前的女人好幼稚啊!电视上的人设,什么御姐啊,霸气女强人啊,那都是装的吧?

"你发不发?"华芷又急了。

"好好好,我发誓,我要是有其他的拷贝,我就生不出儿子来。"王君显只得抬起手发了誓。

华芷这才放心。

"什么时候回老宅?"

"这周五吧,我们周五晚上是家族聚会,到时候人比较多,最主要的就是我奶奶。"

"好,周五下午我会联系你,到时候我们一起去你家。"

"嗯。"王君显心情莫名地好。

说完华芷起身要走。

"喂,不留下一起吃个牛排吗?"王君显故意逗她。

"仇人的东西,我吃不下,我没你那么心大。"给了一个狠狠的白眼后,华芷潇洒离开。

这女人确实做事情风风火火,办事效率高。

这件事就算是定下来了。

晚上,江流回到十里春风,看见华笙就主动打招呼。

"阿笙,你好点没?"

华笙直接扭头,理都没理。这是还没消气,还是因为在医院门口两人闹了别扭的事情。

江流耐着性子,故意找话题:"阿笙,君显给我打电话了,说你三姐答应了帮他忙。"

本以为华笙会顺着这个话题问他一点什么。可惜,华笙毫无反应,低着头看手里的杂志,拿他直接当了空气。

春桃和银杏也不敢靠近,毕竟是小两口闹别扭,气氛很尴尬的。

江流屡屡受挫后,一声叹息上了楼。华笙这是铁了心要冷战,他也很被动。

"小姐,我觉得姑爷都那么主动了,您就别生气了吧?"银杏都有点看不下去了,偷偷劝着华笙。

华笙还是不吭声,这倔脾气是谁都没办法。

另一处私人别墅内,谢东阳躺在沙发椅上,手里拿着红酒杯。眼前站着一个有文身的男人,他手里拿着资料客客气气说道:"谢老板,您拜托我们查的事情,已经有一点眉目了。"

谢东阳听后心里一喜。谢东阳本来因为华笙怀孕的传闻,心情不太好。虽然后来江流的公司团队给出了声明,说那是假的,但他就是心里不爽。不过一听说他查江流的黑料有进展,他又回暖了。

"哦?说说看。"谢东阳嘴角扬起一个漂亮的弧度。

其实谢东阳长得也好看,颜值很高,所以很多女明星不为了钱,也愿意跟着他。

只不过他天生长了一双桃花眼,没江流那么高冷傲娇。所以华笙对他的印象,实在是不好。

那人从文件袋里抽出资料。

"根据我们的调查,这件事江家确实做了手脚,而且不惜重金大费周章地动用了很多人脉和资金……很多证据都已经找不到了。

"当年的人也都不在本地,一些关键的证人都被江家安排到了哪里,我们无从得知,但是我们找到了一个突破口,就是江流五年前的出事地点。"

"哦?哪里?"

"川藏高原交界处,有着魔鬼之称的天一山,断肠崖。"

"然后?"谢东阳挑了下眉毛,继续等待下文。

"谢老板,是这样的,我们找到了当年经历过这件事的一个工作人员,他一开始不说,后来我们恩威并施,才逼出来一点点有用的信息,那就是当年,不是江流一个人掉下山崖的。"

"哦?还有别人吗?"谢东阳一怔,觉得这件事有点新鲜。

那人点点头。

"嗯,是一个女孩子,工作人员说,应该是江流的女朋友。"

"哦?江流有女朋友?"谢东阳忽然觉得有点离谱。虽然自己跟江流是对手,可这么多年,还真没听说过他和谁传过绯闻啊!包括江流在国外的几年,也是零绯闻的。

"是,说是两人当时到了景区的时候天都黑了,还在山下的旅馆投宿了,只不过后来景区改造,小旅馆都拆了,也没有办法进一步查。

"但是工作人员说了,是一个很漂亮的女孩子,两人挺亲密的,江流掉下山崖的时候,那女孩子也掉下去了,后来江家人连夜赶到,惊动了当地的领导，再后来，两人如何，就不知道了。"

"这可真有意思啊！"谢东阳放下红酒杯，摸着下巴，若有所思。

"不过谢老板，我们推测，那女孩子应该是已经死了，要不然江家不会重金掩盖那件事的真相，而且那件事后，那女孩子再也没出现过，所以我们有理由相信那女孩子已经死了。"

谢东阳听完觉得有点道理。可能真的是死了，不然这么多年，不会不来找江流的。

"这么说，那很有可能是，江流的前女友因为他死了，江家为了儿子声誉，拿钱掩盖事实真相，对吧？"谢东阳笑着。

那人点点头："就是这样，这样是最合理的解释。"

"很好，继续给我查，最好查到女孩子的身份、家属、家庭住址等，要证据，我要很多证据。"

"好的，谢老板。"

谢东阳这是铁了心要跟江流干上了。

这些年，江家第一贵公子的名号，狠狠地压在谢东阳头上，如同一座大山。江流从小优秀到大，毫无黑点。如今好不容易抓住他的小尾巴，怎么可能放过？

不管江流的前女友死了还是没死，只要找到，那么对他和华笙之间就是一个考验。

十里春风。

华笙跟江流闹别扭后，自己心情也有点差，话就比平时更少了。大姨妈过后，她依然是断断续续地去上学。用春桃的话来说，她们家小姐是佛系学生，想去就去，不想去就不去，任性得很。

不过无所谓了，谁让她是个插班生呢？本身也不是冲着毕业证去的。

中午的时候，华笙只睡了半小时就起来了，吃了点水果后，坐在沙发上，做着手工小家具。

这时，手机来了一条微信，是家里发来的，华笙的母亲，华夫人。

"阿笙，江流上专访了啊，你快看看，就在财经频道。"

华笙一脸的不屑，可五秒钟后，还是不自觉地拿起遥控器，假装要看电视，然后假装不经意地按到了财经频道。

果然……

频道切换后，一张俊逸不凡的脸出现在100寸的高清电视上，画面极具舒适感。

"我的天,那是姑爷啊!"银杏正在拖地,看到江流,吓了一跳。

春桃也从厨房跑出来看热闹。

华笙只是默默盯着电视不吭声。电视机里,江流一身宝石蓝修身西装,优雅地跟主持人交谈着。

"江总,您能给我们说一下,您小时候的理想是什么吗?"

讲真的,这问题华笙也挺想知道的。她就是好奇,江流那样性格的一个人,小时候的梦想是什么呢?

江流听完低着头笑了笑。这微笑瞬间秒杀万千少女,因为是很纯净的笑,就好像回到了少年时候的清澈模样。

"我小时候其实很简单,虽然明知道长大后,一定是要接管家族企业的,但还是幻想可以做自己喜欢做的事情。

"当年看新闻,马王堆发现辛追夫人干尸的时候,我就对考古产生了极大的兴趣,觉得我们去不断地发掘古代人留下的痕迹,也是一件很有意义的事情。"

说完,江流和女主持人都笑了。

"江总那时候还真是天真啊,童言无忌,不过有理想是值得被尊重的,江总现在有什么喜欢的名人偶像吗?例如影视界明星、商场大佬或者投资天才之类的,都可以。

"这问题是代替粉丝问的,他们其实很好奇,你这样优秀的一个人会喜欢什么人?崇拜什么人?欣赏什么人?"

江流的目光流露出一丝丝欣豫之色,他犹豫片刻,缓缓开口:"说起来大家可能不太知道,因为她比较冷门,但我确实欣赏,她就是神秘的珠宝鉴定大师SS,也是远程鉴定古玩第一人,如果有机会,我是想见见本尊的。"

听完这句,春桃和银杏都瞄着华笙,华笙表面上依旧风轻云淡,但内心其实是有点小雀跃的。

因为她没有想到,江流会喜欢SS。

问题是她也没有想到江流的梦想,居然是考古,这还真是……

虽然冷门,但还别说,跟她可真对脾气。

华笙喜欢鉴定古玩,收藏古玩,江流喜欢考古,这可能是冥冥之中的默契。

"小姐,听见没,姑爷喜欢SS。"春桃故意笑。

银杏更夸张:"小姐,你要不要戴上面具,给姑爷看看?会不会吓坏他?"

"你们俩不许拿我开涮,这件事以后更不要提,我不愿任何人知道,更不愿江流知道。"

华笙从做SS那一刻起,就没打算公开自己的身份。本身做这个,就是为了赚钱,给自己留后路。因为那时候就想,奶奶若是过世,自己肯定无依无靠,指望华家养她一辈子,不大可能。所以她就做了,只是没想到一下子在业界出了名。

当然,这些她还是打算保守秘密的,江流喜欢的是SS,但是她只有在鉴定珠宝的时候才是那个戴着面具的炫酷女郎。

平时的她,只是华笙而已。

想到这里,华笙拿起遥控器,关了电视机。

"关了干吗啊,小姐,访问还没结束呢?"银杏不解。

华笙也没说话,直接默默地上楼。

"小姐这个性格你又不是不知道,阴晴不定的,估计是内心戏多了。"春桃倒是能理解华笙。因为华笙小时候就是这样,表面上什么都不说,可有些事,有些话,心里已经演练了一百遍。

谢东阳查到眉目后,并没有急着告诉华笙这些,因为他需要更多有利的证据,最后甩到华笙面前,让江流没办法翻身。

一想到这里,他就开心了,大半夜的没有睡意,开车出去浪。

国色天香夜场,VIP包房里。谢东阳和十几个富二代、十几个嫩模一起在里面唱歌、喝酒。不过他竟然是全场唯一一个没有女伴的人,这可是开天辟地头一遭。

"谢少,你这是怎么了?没兴致?"有小伙伴问他。

"我啊,浪子回头了,从此江湖只剩哥的传说。"

谢东阳其实还想说,自己以后要抛弃"花心"的标签,做个爱情里的"忠犬"。但他不打算跟眼前这些肤浅的人说,要说也是当面跟华笙说,那样才有意义。

玩了两个多小时,谢东阳有些困意,起身打招呼,拿着车钥匙就走。

刚一出门,一个女人就跟出来了,是个车模,身高175厘米,身材火辣,脸也耐看,没有整容。

"谢少。"她娇滴滴地开口。

谢东阳转身:"你有事?"

谢东阳不认识这女孩,就是都在一个包房里玩的,看着面熟,但他连对方的名字都不知道——这样的多了去了。

"谢少,你回家是走蔚山路吧?我家就在蔚山路上的小区,叫锦绣东方,你可以捎我一段路吗?"

看女孩子这么客气,谢东阳也没拒绝,点点头,让女孩子上了自己的法拉利。然后等到了地点的时候,女孩子犹犹豫豫不肯下车。

路边没有人,说话也是方便。

她低着头,含羞带笑地看着谢东阳:"谢少,谢谢你送我回来。要不,你去我家喝杯咖啡?我一个人住。"

说得这么直白,还邀请谢东阳上楼喝点咖啡,这女人心思真的是太明显了。

谢东阳是什么样的人?情场老手了,什么样的女人没见过?

"不了,时间挺晚了,你回吧。"

"谢少……我……我会听你的话,我保证乖乖地做你的女朋友……我不要钱,我真的不图钱,我就是仰慕您,很崇拜您。"

女孩子不死心,直接豁出去,厚着脸皮往谢东阳身边凑。

然而,女孩被他一把推开,动作很是粗鲁。

"爷没心情,你丫的就别犯贱了,识相点,见好就收。"说完,谢东阳冷漠地扫过她的脸,开着跑车扬长而去。

女孩子失望至极,这是她唯一翻身的机会了。圈内的女人都知道,若是搭上了谢东阳,哪怕被他看上一小时,都能凭着热度直接大红大紫。本以为今晚谢东阳没带女伴,是很好的下手机会,只可惜啊,人家没心情,那能怎么办呢?只能感叹自己倒霉,时机不对。

事实上,谢东阳自从决定对华笙下手后,就真的没心思去琢磨别的女人了。哪怕是用尽各种方法,给他下圈套,他也没打算另找新欢,可见他这次的决心。

鑫 盛 药 业

又是一个安静的夜晚。江流下班回来时候,就没看见华笙。她出了趟门,回来的时候九点了。江流在客厅,刻意等着她。

"阿笙,回来了?"

华笙点点头,也没答话。

"阿笙,我今天……"江流的话没说完,华笙就直接往楼上走了,根本没给他说完的机会。

春桃和银杏也是默默地低着头,不敢吭声。

这是要继续冷战的意思吗?

算起来,其实也不是自己的错,狗仔队确实不是他找的。但是华笙对于他强行带她去医院,正好被拍到,又传怀孕的事情很反感,所以之前好不容易亲近了一点点,又被打回了原形。

江流微微叹息……这可怎么办?

他也不会哄女孩子啊!毫无经验,正犹豫着要不要问问秦皖豫他们,就看见小黑一脸慵懒地从外面回来了。

"来,小黑,到我这里来。"

江流看见小黑后,来了精神头。小黑也是听话,直接懒洋洋地走过来,进了江流怀中。

江流抱起它,就直接上了楼,然后敲门,进了华笙的卧室。

毕竟,终于有借口了。

"你有事吗?"华笙正在梳头发,对着镜子的那张脸,清冷依旧。

"啊,小黑回来了,我琢磨着……给你送上来,我看你很喜欢抱着它。"

"放下吧,你可以走了。"

"那个……"

"还有别的事？"

"我……其实我想说，古人有负荆请罪，我江流今天打算抱猫请罪……还请华女神网开一面，大人不计小人过，不要跟我生气了，特别是冷战。所以请看在小黑的面子上，能原谅我不？"说着，江流双手举起了小黑。

小黑被弄得一脸蒙，喵喵叫了两声，害得华笙差点笑场。

抱猫请罪？亏他想得出来……

其实会撒娇卖萌的男人也不是没有，只是江流这种反差萌，才给人惊喜。毕竟中午的时候，他还在那个《亚洲财经领袖》的专访中一本正经的，晚上回家就抱着猫求和，谁会想到大总裁还能撒娇卖萌？以至于给了华笙一种错觉，认为她和他真的是夫妻俩，是一个整体了。

回神后，她才逐渐回归理性，淡漠地看着他："你不用这样，咱俩之间本来就是一场交易，谈不上谁对谁错。"

"就算是交易，我也希望我们是一场没有遗憾的、完美的交易。阿笙，你若不相信我，可以调查清楚，我相信这对你来说不难。"

"你大姨妈来是突发事件，我不可能提前设计好，怎么可能知道你是什么时候来大姨妈？"

"医院是秦皖豫帮我联系的，我真的没想到那里居然有狗仔队，而且还乱写说你有孕。

"我后来也派人去查了，那些狗仔队抓我们是碰巧，他们要等的是一个娱乐圈的一线女星，据说是婚内出轨，还跟情夫有了孩子，那天女星去医院是打胎的，只不过有人提前泄露了行程，那女星没来，所以我们俩成了背黑锅的。"

江流说的这些都是实情，也经得起推敲。

华笙听完后，脸色也没那么难看了，其实她那时候只是一瞬间的怀疑。回头仔细想想，江流做这些有什么意义呢？谎报怀孕，再辟谣那不是打自己脸吗？

道理华笙都懂，她只是不讲理而已。

不是有那么一句话吗？跟女朋友吵架，你最好认输。因为如果你吵赢了，你就会失去她，变成单身狗。

所以说女人都是神奇的物种，有人说过，我们不要去试图招惹一个每个月流血那么多还能活蹦乱跳的生物，这就是生物链中最无敌的存在。

"阿笙，你听见了吗？"

"我没聋。"

"嗯，你听见我的解释就好。你别气了，你大姨妈刚走，身体还没好，不能动气。"

"江流，你小时候也这么好脾气吗？"华笙很好奇，所以莫名地问了一句。

江流真的是超级有素养的人，无论跟谁交谈都是客客气气，当然除了谢东阳的挑衅外。所以华笙想知道，他是不是天生就是这么温柔的人。

江流眼神复杂地笑了笑："以前不是的，以前我挺冷漠无情，对什么事都不关心，后来出了一场事故，差点死了，在医院昏睡了三个多月，醒来后，就似乎看透了一切。人活一世，草木一秋，好好活着吧，哪有时间来浪费？"

华笙听完，也挺有触动的，于是也不打算继续跟他赌气了。她起身，从他怀里接过小黑，温柔地抚摸着。

"行吧，这件事算了，翻篇了。"华笙淡淡地说。

"多谢女王殿下赦免。"江流开玩笑。

华笙低着头也跟着笑，可就在这时，江流一手搂着她的后脑，一手捏住她的下巴。毫无预兆地，在她的红唇上，轻轻一口。

真的只是轻轻一口，然后就迅速闪人，以至于华笙都没来得及发火。

这是……又被亲了吗？华笙有些蒙。她摸着嘴唇，说不出是什么感觉，总之很神奇。

AILA珠宝总部，这是谢家的商业帝国中心。

晨会结束后，谢云问大儿子谢东泽："那个不孝子知难而退了吗？"

谢东泽忙帮弟弟解释："爸，这次您可说错了，我都派人打听过了，这几天东阳一直在鑫盛药业那边，估计也在想解决方案，那毕竟是个烂摊子，问题多如牛毛，我估计他一时半会儿可能也弄不完。"

"呵，那正好，就让他历练吧，总归比他出去鬼混的强。"

谢云这几年都要放弃他家这个老二了，不听话、叛逆，还经常上娱乐头条。谢云这样要脸面的人，自然是容不下的，所以父子俩关系一直很微妙，全靠大哥、大嫂和谢夫人从中调解，才一直没决裂。

谢东阳确实天天来鑫盛药业，大难题一时间想不到解决的办法，只能先解决小事。

一忙就是一上午，中午的时候，鑫盛的总经理韩总过来，笑眯眯地说："小谢总，走啊，请你吃饭去。"

"没心情吃,看着都闹心。"

"哈哈,你要淡定,这边肯定是没办法了,现在就等银行最后评估,宣布破产,您也别想着让这里起死回生了。

"我看啊,董事长是故意为难您呢,你们是亲爷俩,啥话不能说开,何必置气呢?"

"算了,我俩的事,不是一句两句说清楚的,你走吧。"

谢东阳懒得搭理这些人,一个比一个精明,就等着熬到破产,好拿着赔偿金走人呢,他还不知道他们那点小心思?

鑫盛药业亏损其实不可怕,负债3亿也不可怕,哪个企业没有贷款呢?可怕的是没有资金生产功能了,直白了说,就是没有能赚钱的东西了。

这可笑不?堂堂一个药业集团,曾经那么风光,如今竟然落得如此田地。

谢家这几年确实把全部精力都投入珠宝上,毕竟利润大,也没顾得上一个子公司。

谢东阳看了一下资料,以前卖得好的感冒药、胃药和降压药,现在都不行了。因为现在很多厂家出的新款价格低不说,活动力度还大,特别吸引各大经销商。

"什么药最畅销呢?"谢东阳自己念叨着,然后就在哥们儿群里,发了一条语音。

"哥几个,你们说,现在卖药的话,什么药能赚钱快呢,并且受大家疯狂追捧?"

其中一人几乎秒回:"伟哥。"

"滚蛋。"谢东阳笑骂了一句,这小子就知道闲扯淡。

另一个来了一句:"我觉得减肥药行,现在女人一个个不管胖不胖都说自己胖,天天喊着要减肥,各种跑步节食,我觉得你要是做一款减肥药的话,肯定能火爆市场。"

谢东阳叹气,拿起手机回复:"哎呀,兄弟,你是不知道,减肥药我之前咨询过专业药剂师,有效果的全部都有违禁药成分,不允许售卖。

"别看我这人没正经的,但是黑心钱我肯定不赚,既然卖药,就要做一款有效果的,对得起广大群众的好药,绝不能坑人,我家老爷子一辈子都清清白白,到我这里,更不能给他制造污点黑料,落人口舌。"

群里好几个人集中发了好几个点赞的表情:"二爷,你今天正能量爆棚,身高两米二。"

谢东阳一笑而过,也不打算继续浪费时间了。既然答应了老爷子,要好好的,就得给他整出点眉目来,不然老爷子真以为他是个败家子窝囊废呢?

一转眼,华笙的小店就开张了。

早上,她带着春桃和银杏就来打扫,然后摆好要卖的货物。

"小姐,咱这店也太偏了,在小胡同里,一般人找不到啊,万一没有人买,咱们多尴尬啊?"银杏来了一句。

"小姐,要不,咱们发发传单,打打广告?"春桃也建议。

华笙无奈:"你俩想啥呢,我开店本身也不是为了盈利。我是佛系卖家,一切看缘分,我不希望被人知道这是我的店铺,我也不打算雇佣员工在这里日夜守着。以后呢,我有空就来,碰上买家就卖,碰上卖家就买,明白不?"

春桃和银杏似懂非懂地点点头。小姐的想法,确实和平常人不一样。

三人打扫完毕后,华笙亲自挑了一个吉时,三人一起给财神爷上了一炷香,就等于正式开张了。

整个上午,足足三个半小时,一笔生意都没有。因为这条巷子很偏僻,周围商家都关门了,很少有人会走到这里。所以一上午,别说成交了,就连个人影都没有。

"小姐,要不咱们网上卖呢,我帮你弄个网店?"银杏突发奇想。

"对对对,或者我们帮你直播卖,也许会好一些。"

华笙摇头,也懒得继续解释。

中午,春桃和银杏出去买吃的。华笙无聊趴在原木色桌子上发呆,享受安静的气氛,然后就听见了脚步声临近,一个中年女人问她:"姑娘,你这店是卖什么的?"

"一些小物件,古玩什么的。"华笙缓缓起身。

"啊,挺有意思,我进来看看。"说着那中年妇女走进来,手里拎着一个几千块的包,看得出来,这个女人经济条件还不错。

这中年大姐走马观花转了一圈,看样子也不像是懂行的。

华笙以为她肯定不是自己的客户,没想到那女人快要出门了,拿起门口处摆放的一个深灰色的宝塔。

"这是什么?"

"文昌塔。"

"干什么用的?"那大姐拿在手里,左看右看。

"文昌塔有七层,有九层,还有十三层,我这个是七层的,可以保佑家里的小孩聪明伶俐,升学顺利。"

"哈?那这个有点意思,我喜欢,我家孩子正好要上初中了,你这个多钱?"大姐开始询问价格。

华笙其实从来没认真定价过,都是随缘。

"这个的话,给我两千吧。"

"那么贵?我以为二三百顶天了。"中年女人有些惊讶。

"普通摆件的话,确实不贵,但是这个年代久远,也是古物,所以我卖你两千,真的一点不贵。"

华笙本以为这大姐肯定要还价的,没想到她直接掏出钱包:"行,包起来吧,我要了。"

真是猝不及防啊……就这么开张了?

当春桃和银杏回来的时候,看着桌子上两千块,吓了一跳。听说卖了东西,更是惊讶。

"我的妈,这可真是缘分啊!"春桃惊讶。

华笙得意,心情大好:"今儿开张了,饭钱也赚回来了,不错,没白忙。"

"小姐,买主什么人啊?这么大方?"银杏都不知道看起来又破又旧的小塔,还能值两千?

华笙单手拄着头,闭上眼睛:"跟她也是有缘吧,那大姐看样子家里应该是做小生意的,衣食不愁,两千给儿子买了宝塔改改运气,也是物有所值。"

"小姐,你这真是神了!"

华笙笑了笑。

小店的开张让华笙又多了一样事情可以做,所以她把原来的一周五天去学校上课改成了只去三天,周一周三周五去,周二和周四去看着那个小店。

小店的名字她想了很久,都没合适的,最后干脆用了她的微信昵称——一笙有你。

转眼又到了周三,去学校的日子。

华笙上午只听了一节课就走了,去了老图书馆。中午的时候,她就从旁边的小门出去,穿过两条街,找到了一家水煎包店。进去后才发现正值饭点，没有位子了。

华笙刚要转身，就听见有人喊自己。

"小笙。"

华笙回头，看见那女孩子，也是一怔。

这是她的同学？那个贫困生？于萍？如果没记错的话。

"小笙，坐这里来，这里还有一个位子。"

于萍不等华笙反应，就拿着抹布擦着最里面一个不起眼的小桌子。华笙也就没出去，转身又折回来。

本以为这女孩也是来吃饭的，可是走近才发现，她身上穿着衣服，和这里的服务员穿的是一样的。

所以……

不等华笙问，她自己就说了。

"我在这里当小时工。哈，午休这两小时，能赚 40 块钱呢。"她憨笑，不觉得自己丢脸，也不觉得自己的工作卑贱，反而觉得很幸福、很知足。

这一刻，让华笙对她有了一点好感。

华笙点头，安静地坐下。

"你想吃什么馅儿的？我给你拿去。"她热情地问。

"我吃素，什么馅儿都行，不带肉就行。"

"好，那我给你拿，你等着。"于萍一顿忙活，端着一蒸笼水煎包就到了华笙面前。

"小笙，这是白菜的，你趁热吃。"

华笙刚要掏钱，她忙慌乱地按住她的手："哎呀你别掏了，我替你给了。"

"那怎么行？"华笙绝对是不好意思。

"没事，都是同学，遇见也是缘分，嘿嘿……不过你能别说出去吗？我怕……我怕其他人笑话我，瞧不起我就不愿跟我玩了。"

她的语气带着恳求，希望华笙能为她并不体面的兼职工作保密。

"其实你可以做家教的，你学习那么好。"华笙给她意见。

"我这个长相不行，哈，家长不会要我的。"她还是笑，可笑得那么悲伤。

于萍确实也想跟其他同学那样，凭着自己的学识做个家教，赚钱也轻松一些。可是城市里的孩子都太难伺候了，她长得确实是不行，所以基本上不等那些家长说话，孩子们都会说，这老师好丑，我不要。

碰壁多了，她自己也不敢尝试了，只得趁着午休，或者周六周日，在学校周围找点小时工的零活。

这家包子铺中午还管她吃饱，所以既省了饭钱，还赚了零花钱，一举两得。

华笙这么冷漠的性子，这一刻都有点同情她了，同样生而为人，于萍过得确实苦，就是那种新闻上常常报道的社会最底层吧？

于萍替华笙垫付了包子钱，华笙也没坚持给。

两人还说了几句话，临走的时候，华笙看了她一眼，不过最终也没多说。她向来就不是一个会用语言去表达自己心情的人，还是习惯什么事情都在心里琢磨。

回学校的时候，在侧门门口，她再次被谢东阳堵住。

不过谢东阳这次低调多了，把车停在了很远的地方，没有耍酷。

他和江流不同，江流喜欢穿正装，少年老成；谢东阳喜欢装嫩，往少年的样子上打扮，可能是不想让自己变老吧。

"华笙。"

之前一直叫笙笙，似乎很不受待见，这次谢东阳学乖了。

华笙看了他一眼，没有停住脚步，继续走。

"华笙，你等一下。"

华笙微微皱眉，看着他，多一个字都懒得说。那表情就已经表达了"你要干吗"的意思。

"华笙，你别紧张，我不会耽误你太久，我今天就是想跟你说。我打算不做以前的自己了。"

华笙默默地听着，毫无感觉。

"我打算为你改变，我知道你也不喜欢那样的我，我以前活得确实也太离谱。嘿嘿，所以我决定浪子回头了。

"我前些日子找了我爸，跟他说要回家族工作，我爸也给我出了难题，说如果我能解决那些难题，才有资格回去。

"我知道这也许很难，但是我愿意去尝试，我也知道自己不如江流那么有经商头脑，可只要有决心，坚持下去，最终还是能成为那个自己想成为的人的。"

这番话正能量确实很足，他以为华笙听了就算不激动，也应该有点小感动。

可惜……

华笙听他说完，只回了一句："你变成什么样的人，都与我无关。"

说完转身就走。

谢东阳叹了口气，自言自语道："我的笙笙妹妹，还真是冷漠得跟冰山一样啊！"

谢东阳找她，确实很低调，可还是被人看见了。一传十、十传百，校园里又开始有人窃窃私语，八卦不胫而走。

陆雪怡在夏可可受伤后，就马上找了新朋友，所以听到这个消息后，有点小高兴。她马上买了一瓶功能饮料去了篮球场找袁邵。

袁邵刚好打完上半场，大汗淋漓。陆雪怡高傲地仰起脖子，当着很多同学的面走上去。

"喝点水。"

袁邵看了她一眼，想不接吧，又觉得当着这么多人面不太好。

只得接过水，致谢。

"我，想给你看点东西。"陆雪怡压低了声音，故作神秘。

袁邵一怔，正犹豫着，又听她说："我想，你会很感兴趣，是关于历史系那个奇葩的。"

果然，一听是关于华笙的，他还是动摇了。不顾别人的眼神，跟着陆雪怡来到一个僻静处。

"你想说什么？"他看着陆雪怡，眼里没有一点好感。

本身他就不喜欢陆雪怡这种自以为是的女生，尤其当他看到她在迎新会上出手陷害小笙后，更觉得这女人人品非常有问题。

陆雪怡拿出手机，调出了一张照片。

"你自己看看。"

"这是……"袁邵看着这照片，拍得还挺清晰的，学校的一个侧门。一个是小笙，而跟她说话的男人，只有一个侧脸，也认不出是谁。

他不知道陆雪怡这时候拿来这样的照片到底是什么用意。

"看不出来吗？这是那个奇葩和她的金主，金主终于现身了，之前不是一直好奇她怎么坐奥迪A8上学吗？现在知道了吧，确实是因为男人，你好好看看，这男人，眼熟不？"

陆雪怡提醒后，袁邵又仔细看了看。

确实有那么一点点眼熟……但是一时间想不起来是谁。

"袁邵，你没认出来，我来提醒你吧，这人叫谢东阳，我这么说，你该知道了吧？"

听到谢东阳的名字，袁邵一怔，随后心里一沉。他没想到他的小仙女会跟谢东阳有瓜葛，这还真是……令人失望。

谢东阳是什么人？在江城几乎是无人不知无人不晓。他出身顶级豪门谢家，是四大家族谢家的二公子，仗着自己有钱有势有颜值，四处泡女明星，花边新闻几乎没停过，这样一个口碑爆炸的渣男，居然跟她认识？

看袁邵不说话，陆雪怡的目的也就达到了，她笑："这回你知道了吧？学校里之前传闻的都不是假的。

"谢东阳是顶级豪门，不是我们这等人能接触得上的，他最喜欢颜值高的女人了，看来那个女人也不过是他的临时女友而已。

"我比较恶心的是她在学校里装清高装女神，背后却做这等肮脏的交易。

"不过袁邵，身为朋友，我还是劝你一句，既然是谢东阳的女人，你就不要惦记了。

"除非……等谢东阳玩腻了，不然你招惹了他，他有足够的势力让你家破人亡，在这个城市混不下去，这不是危言耸听，你自己心里应该清楚。"

陆雪怡这些话，更加刺激了袁邵的内心。

她看出袁邵对那女人的心思，所以就不断地贬低华笙，甚至强调谢东阳玩够了腻了，才是你的。

这让一直很有傲骨的袁邵怎么受得了？

"你可以不接受我，但我劝你也别去招惹那女人，祝你好运。"陆雪怡说完，得意扬扬地走了，袁绍再也没有心情继续打下半场了。

"袁子，快来啊，下半场快开始了。"不远处有人喊着。

袁邵不回应，忽然大步流星地朝着历史系的方向走去，脸上带着抑制不住的怒气。

袁邵其实是一个很理智的人，可这一次，他真的是忍不住了。他能理解小笙为了生活、为了金钱屈服一个男人，但任何男人都可以，唯独谢东阳不行。

怎么可以跟谢东阳在一起？

至于袁邵为什么会对谢东阳这么有意见，还要说起两年前的一件事。

那时候袁邵有个玩得很好的发小。发小有个姐姐，长得很好看，是个网红，自己也有网店，平时卖卖衣服什么的。后来不知道怎么的，就混入了富豪圈，据说是跟谢东阳在一起了。然而没多久，就听说他的姐姐因为感情纠纷，想不开割腕自杀了。这件事没有被曝光，一直被那些富豪拿钱压得死死的。

再然后，他的发小一家一夜之间就消失了，也不知道是搬走了，还是怎么了。总之毫无音信。

后来，在一些贴吧还流传这样一个传言。说是他发小的姐姐跟谢东阳在一起没多久，就怀孕了，然后被逼着打胎，他姐姐不肯，就被他抛弃了。他姐姐承受不住打击，得了抑郁症，然后割腕死了。

至于他发小一家，有人说是因为拿了谢家巨额封口费，移民海外了。还有人说，谢家赶尽杀绝，对他们做了手脚，让他们全部消失了。

从那时候起，他就认定，谢东阳这样的富家子就是败类，就是社会人渣，就没资格活在这世界上。

所以袁邵没忍住怒气，直接来到历史系。

历史系这时候正在上课，是一节政治课。戴着眼镜的男老师正激情四射地讲课。

袁邵门都没敲，直接闯进来，走到最后面，将华笙从座位上拖起来。华笙反应很快，用力一甩，挣脱了他的大手。

"跟我来，有话跟你说。"他情绪很不好，脸色阴沉。

"没空，正在上课。"华笙也是淡定得很。她本身跟袁邵就不熟，而且这么多同学看着，如果出去了，那不得传言他俩有一腿？

"别闹，我真的有重要的事情。"

"是你别闹，你闯进来打扰了我们全班同学。"华笙义正词严，冷冷地看着他。

袁邵深吸一口气，努力让自己平静一些。

他低声说："谢东阳，你认识？"

"嗯。"华笙不否认。

"你……怎么会跟他？"袁邵只觉得心痛极了。

华笙不知道他到底受了什么刺激，也没说话。

"离开他，他是个彻头彻尾的人渣，知道吗？"袁邵忍着怒气。

"这位同学，你不觉得，你管得有点多吗？"华笙很反感那种，我明明跟你不是很熟，你还要来对我指手画脚的人。

她并不知道袁邵其实也是因为知道一些内情，为了她好，所以言辞也是有一些过激。

看着华笙,还有那带着蔑视的眼神,袁邵忽然有了一个邪恶的想法。他,想为难她,当着历史系所有人的面。

于是他就跟失去理智一样,低着头,冲着她的脸而去。可还没等碰到,就看见了最最经典的一幕。

华笙几乎是在他靠近的同时,直接单手提起身旁的座椅,对着袁邵的头,狠狠就是一下。

然后,袁邵的头,开花,见红,傻眼。

全班集体傻眼。这操作,是不是太猛了点?女神这反差,是不是也太大了点?

本以为华笙之前对待那些女生已经是极限了,没想到还有这完美的暴力一砸。最后不知道谁打了急救电话,叫来了110还有120。

这件事发生后,全校都很震惊,校方觉得影响不好,立刻封锁消息不让外传。

而华笙则被警察带到了局子里审讯。

袁邵可能自己也没想到,多管闲事的下场是被爆头。最主要小笙那个气质的女孩子,怎么会有如此暴力的一面?

事实上,华笙很小的时候,自我保护意识就很强。一旦有陌生人非法靠近,她就会下意识地做出自我保护动作。

这些在她的意识里,是属于正当防卫。

毕竟如果她不砸他的话,自己就可能被亲了,这是绝对不允许发生的事情。

袁邵送去医院急诊室,倒是没有大碍,头上缝了几针,他也没敢惊动家里人。

华笙进了警察局后,依旧一脸平静。

审讯她的警察,最开始很是凶巴巴。

"说,为什么打人?"四十多岁的警察大叔瞪眼。

"自我保护。"华笙淡定。

"什么叫自我保护,他伤害你了吗?"

华笙漫不经心地扫了警察一眼:"等他伤害我,我再出手,还来得及?"

"那你怎么确定他伤害你呢?据现场的同学说,他只是想要靠近你。"

"我不那么认为,我的身体会下意识地自我判断,当我受到一定威胁,就会反击。那个人不是我们历史系的,却在我们上课的时候闯入我们班级,对我出言不逊,并打算进一步侵犯,我不认为自己做错了。"

"你这个小姑娘,年纪不大,倒是牙尖嘴利,你到底懂不懂法律?你随便打人就是不对,那男生伤势万一要是严重,你可能会面对起诉,你这属于故意伤人,你别当成小事,我警告你。"

华笙一言不发,也没有一点点害怕的意思。

"监护人呢,打电话喊来签字。"

华笙犹豫了一下,想着是打给父母,还是……

最后,她还是根据自己的心,选择打给了江流。

江流本来正在跟客户看新的合作场地,接到华笙的电话,他火速赶来。江家的御用大律师也从公司赶来。

经过一番了解,警察局知道了事情的原委,按照保释流程给华笙办理了保释。

江流牵着华笙的手走出警局。

私下和解

晚上的时候，华芷直接发来视频通话。

华笙洗完澡正在吹头发，看华芷的视频邀请就随手接了。

"五妹，你出名了。"华芷龇着牙一脸得意。

"什么？"华笙被她这么一说，还没明白咋事。

"用座椅打爆男同学的头啊！哈哈，帅！"华芷竖起大拇指。

"你怎么知道？"华笙汗滴滴。

"这你就不懂了吧？今天请你去喝茶的分局有我的粉丝，微博上给我发了私信，哈哈，我正好就看到了私信，他给我讲了事情的经过，我觉得我有点要对你刮目相看了。"

华芷以前觉得华笙是个老实人，现在才觉得，自己看走了眼。

华笙沉默，都不知道该说啥了，毕竟打人也不是光彩的事，真不值得宣扬。

"江流对你不错啊，这件事处理得完美至极。"

"他……也是为了维护江家名声，并非为我。"华笙还是不相信江流会无缘无故对她那么好。

所以，在这一点上，还是有所保留的。

"你呀，别身在福中不知福，江流这些年口碑也是极好的，无论从哪方面都是无可挑剔，你就知足吧，总比那个谢东阳强，若是你嫁了谢东阳，才会知道什么叫渣渣。"

"别说他，我不想提。"一听到谢东阳的名字，华笙就觉得头大。

华芷和华笙就这么闲聊了一会儿，华笙也没问那天喝醉后的事情，毕竟她不是那么八卦的人，倒是江流，晚上来找华笙说话的时候，提到此事。

"真是没想到华芷那样的人，居然能给君显那个闷葫芦面子，王家老太太确实不是省油的灯，若是其他女生，还真的不一定压得住，不过华芷的话，一定过关。"江流笑。

"这件事，我没听说。"华笙淡淡开口。

"估计是不好意思说吧，本来也是假的，又不是真谈了，不过话又说回来，君显人挺好的，也是个负责人的男人，华芷要是真跟了他，也不会受委屈，王家必定会重视华芷。"

"应该不会吧，我三姐应该对他不感冒。"

华笙想了想，觉得那个王君显虽然长得一表人才，又是王家人，又掌权王家的生意。可，那男人貌似不爱说话，有些闷。

华芷那么张扬的性格，应该是不会喜欢这种。

江流也没深说，反正就是那么闲聊，具体到哪一步，谁能预料呢？

华笙打人后，她还是照样上课，该吃饭吃饭，该去图书馆去图书馆。

反正以前大家看她的眼神就不正常，不介意再多几次了。

华笙回去的时候，听说袁邵伤势还挺严重，在医院缝针后，回家休养了。

不过江流的律师也说，袁家人不会起诉，似乎也想息事宁人，可能一大部分还是因为江家的势力吧。毕竟这个社会弱肉强食，没有多少人会傻到跟这种顶级财团干上。

可问题是华笙也不觉得是自己的错啊！她只是自我保护而已，所以并没有一点内疚之色。

华笙打了袁邵，这件事最生气的其实还是陆雪怡，陆雪怡的本意是想让袁邵断了喜欢这个女生的念头，没想到袁邵那么冲动，去人家班级，还被打了。

所以陆雪怡课间就借机挑拨一些暗恋袁邵的女学生，添油加醋说了很多话。以至于华笙在课间去洗手间的时候，被人围堵在里面。

洗手间就在她们班级附近，都在一个楼层。

她从洗手间出来，刚洗完手就看见五六个女生气势汹汹而来。

华笙看着那些人，也没开口，这些女生中带头的是一个微胖的短发女孩，还戴着眼镜。

"袁邵就是被你打伤的？"她瞪着眼睛质问。

"对，有问题吗？"华笙往后靠在洗手台上，带着一点点骨子里原有的轻狂。这些人本就来者不善，所以看华笙态度如此猖狂更是生气。

"小易，我们少废话，直接打她，撕烂她这张狐狸精脸，一定要为我们男神报仇。"旁边有女生已经迫不及待了。

"袁邵你都敢打，你可真是厉害得很，今儿就给你点颜色看看，看你没了这张皮囊，以后还怎么勾引男人，在学校里还怎么去倒贴男人。"

说完，这个带头的短发女生就伸出手要来抓华笙的脸。

华笙非常迅速地躲闪开来，接着熟练地从披散的长发内抽出一根发簪。

银色，镶嵌祖母绿孔雀石，簪头极其锋利。

她从身后绕到那短发女生背后，一把用胳膊圈住短发女生的脖子，另一只手将发簪抵住她的喉咙，动作一气呵成。她就是想吓住这些学生，所以用电视剧里经常有的抵住对方喉咙的手法。

其他几个女生看傻眼了，甚至都有点不敢相信，以为是幻觉。

"谁再敢往前动一步试试。"她的声音依旧很淡，但气势很强。

"你……你别乱来，我告诉你，杀人是犯法的。"有个女生结结巴巴地说。

华笙冷笑了一下："你们主动挑衅在先，我不过是正当防卫，就算她死了，我的律师也有足够的证据证明我是正当防卫。

"你们知道我背后是有金主的吧？我的金主可是很舍得为我花钱的，几百万砸进去的话，你们觉得我还用负什么责任吗？所以死了就是白死……"

"你……你别吓唬人……我不怕你的。"短发女生其实已经慌得不行，可还是要硬着头皮跟华笙对峙。

华笙也懒得废话，直接加重手中的力道。

簪头尖锐地刺痛皮肤，让她脸色苍白一片。

"不要，求你了，我还不想死，我不想死。"这短发女生终于心态崩了，吓得一边哭一边求饶，最主要的是刚才华笙那些话让她心生凉意，她们几个女学生只是普通百姓，没钱没背景。

可全校都知道这女人背后是有金主的，接她的车都是百万豪车，所以就算真的做了什么过激行为，估计也真的是白死，人家顶多赔钱，可她赔上的是命啊！这么一想，还报个毛仇啊！袁邵都不知道她是谁好吧？

"想明白了？"华笙早就预料会是这个结果，本来也是吓唬一下，她也不敢杀人。

"我想明白了,你放过我,我们保证再也不敢找你麻烦。"短发女生立刻保证。

华笙也就松开她,随后缓缓将簪子扎回长发内。

"嗯,不要惹我。"丢下这句话,华笙推开面前围着的几个女生,潇洒地走出洗手间,轻松突围。

"这女人真是太可怕了……"华笙身后,响起其中一个女生的感慨。

华笙这一下震慑了很多人,算是彻底立威了。前有座椅暴打校草,后有洗手间银簪锁喉。

这些学生哪里见过这种阵势?都是吓得一个个对她避之不及,不敢再靠近她。

俗话说得好,软的怕硬的,硬的怕横的,横的怕不要命的。只要你拿出同归于尽的姿态,恐怕没有人不害怕。

渐渐地,校霸的传言开始在校园内传开。

谁会想到民族大学的校霸,会是一个跟仙女一样的姑娘?

可这就是事实啊,不想承认都不行。

三天后,袁邵伤势好得差不多了,去医院拆线复查。

没想到,在医院里碰到了华笙,或者说是等来了华笙,毕竟出事后,两人一直没见面。

袁邵将家属支开,找了一个方便说话的地方,两人看着对方。

"你,我……"袁邵忽然觉得自己词穷了,不知道该说什么。

养伤这些日子,他心情很复杂,虽然被爆头了,可还是对小笙恨不起来,甚至觉得自己那天有点过激。

如果真的当着那么多人的面亲了她,那估计更难收场吧?毕竟女生名节更重要,所以他一直在纠结,是自己该道歉还是先等华笙道歉。

"既然你说不出来,那我先说吧。"

华笙看他支支吾吾的样子,也不打算浪费时间。

"好,你说。"袁邵努力让自己平静下来,看着眼前的姑娘。

"我的律师说,协商好了,你家不准备起诉。"

"是,我跟我爸妈说了,这件事本就是我不对在先,不起诉的。"袁邵解释。

"嗯,既然这样,那就走私了的程序,你想要多少钱?"

"我不要钱。"袁邵家境还不错,医药费本来也没多少,所以根本没打算问她要钱。

华笙不管他，继续道："我刚查了一下医院的账单，你住院费用是一万八千五，加上你家里人这几日的误工费、车马费，你的精神损失费等，我一共给你二十万吧。"

说着她从包里拿出一张写好的二十万的支票递过来。

"你这是什么意思，我是那种讹钱的男人吗？"袁邵觉得，自己的尊严受到了前所未有的羞辱。

华笙依旧淡定，面无表情地看着他："我知道你不是，但赔偿还是要的，不管我打了谁，也没想白打，钱你拿着，觉得不够可以再跟我的律师商量。

"对了，顺便再多说一句，以后不要靠近我，更不要有跟那天一样的疯狂想法，要不然的话……你下次可能就要坐轮椅。

"我从不介意用更多的钱来赔偿给你，但你要想好，你可能会下半生都站不起来，所以，你懂得。"

这句话说完，华笙将支票丢在袁邵握着拳头的手上，然后转身离去。

袁邵看着支票，内心是震撼的。

这女生，总是在他以为他已经看透她的时候，给他一个大大的意外。

所以，她到底还有多少面呢？

可爱的？羞涩的？低调的？内敛的？冷漠的？绝情的？还是专横跋扈，用钱解决一切的？

袁邵也迷茫了，他忽然觉得自己很悲哀，悲哀的是，自己都不知道自己喜欢上的是一个什么样的女人。

越来越看不透她……

当晚，江流的律师打来电话，说袁家将二十万支票退回，分文不收，也不打算起诉。

这件事双方律师已经代表当事人签字，算是私下和解了。对于袁邵要不要这个钱，华笙根本不在意，她反正也不是差二十万的人。

江流本来是要出的，可华笙坚持要自己给。毕竟这是她自己惹的祸，所以江流只得顺了她的心意。

"江总，这钱您替少夫人收下吗？"

"不用，你直接打她卡上就行，我回头让人给你卡号。"

"好的，江总。"律师点头。

"袁家不要钱，也不起诉，这还真是出乎我的意料，袁家在本地有生意吗？"江流顺口问。

221

"有的,我整理资料的时候看到他们家好像有几个连锁的美容会馆,好像是袁夫人旗下的产业。"

"嗯,你去告诉我助理,安排一下,照顾一下他们的生意,就算是……我帮我太太做的一点赔偿吧。"

"好的,江总。"

江流这件事是私下做的,也没告诉华笙,他只是觉得袁家人什么都没要求,有点意外,算是额外给予一些补偿吧。

另一边华琳就没华笙这么幸运了。她跟几个大学里的女老师聚餐回来的时候,在学校公寓楼附近的小路散步。

可就在她的身后,一个男人猛地冲上来,狠狠地将她推倒在地上,然后捡起她的包就跑。

"来人啊,救命啊!"华琳拼命地叫喊,同时吓得双腿发软。

十五分钟后,附近的警察赶到,其中一个认出华琳是白浩的女友,就偷偷给白浩打了电话。

白浩一听华琳被抢劫,还受了伤,哪里坐得住,直接从家里跑出来冲进警局。

他到的时候,华琳正在做笔录,脸色很差。看得出来,她被吓坏了。

"来了,浩子。"这个在做笔录的警察看见白浩来了,赶紧起身。

白浩点点头。

警察开门出去,给她俩一个单独说话的时间。

华琳看了一眼白浩,没吭声。

"伤到哪了?去医院了吗?"他关切地问。

"没事,小伤,白警官要是来给我做笔录的话,就快点吧,我有些累,还想回去早点睡觉。"

白浩知道,华琳这是在闹脾气。因为分手的事情,对他有怨念。

他也没多说,拿起笔录,公事公办,问了详细的前因后果,然后一一做笔记。

"还记得劫匪有什么特征吗?"

"太黑了,没看清,就知道戴着帽子和口罩,身材高大,偏瘦。"华琳努力回忆。

"你包里都有什么?"

"里面有大约两千元现金、一部手机、一个充电器,还有身份证、三张银行卡、两张信用卡、一张医保卡和社保卡。包里还有我们宿舍的钥匙和我们家里的钥匙，对了，还有一个太阳镜和一根口红。"

"没了？"

华琳犹犹豫豫没吭声，看得出来应该是纠结要不要说。

"小琳，这是办公，你有必要全部交代清楚，我们才能根据你说的，帮你找回来失去的物品。"

听白浩这么说，华琳低着头，声音不大："还有一张咱俩的合影。"

白浩微微一怔，心里说不出是什么滋味。他以为，分手后以华琳的脾气，肯定是将这些撕个粉碎。可她居然留着，并且放在包里随身携带，可见她对他的心……

白浩一瞬间百感交集。

看白浩不吭声，华琳也有些不好意思。

"能查到吗？拜托快点帮我追回来，钱财事小，那些证件，还有我手机里的东西对我来说很重要。"

"嗯，放心吧，我同事已经去调监控了，他一路跑出去，应该有目击证人看到他，还是很好抓捕的，你放心，一旦抓到人，拿到东西，我就联系你。"

"好。"

"那你快回去休息吧。"

"好。"

华琳起身，神色疲惫地往外走。

一个单身女孩子，出了这样的事情，真是吓得不轻，惊魂未定，所以出警局的时候，还有点心事重重。

白浩本来是想跟同事一起去调查的，尽快破案，帮她拿回来包。可看着华琳那孤独的背影，他终究是不忍心，还是跟了上去。

"小琳。"他喊着。

华琳顿住脚步，双手插在深褐色的羊绒大衣兜里，没有回头。

"小琳，我送你。"说完，不等她开口，他就赶上来，顺便将自己的工装脱下来，给她披在肩膀。

华琳也没拒绝，但也没说话。

"刚才你说包里有你的公寓钥匙，那你现在肯定是进不了门的，我送你回家吧？"白浩想到了刚才的一个细节。钥匙丢了，她肯定回不到单身公寓啊！

"不用，我找个酒店凑合一宿就成。"华琳实在不愿意回老宅，尤其在这么狼狈的时候。

"发生这种事,女孩子都会恐惧,你一个人,在酒店敢吗?"

白浩问完,华琳有些生气,侧头瞪着他:"不敢又能怎么样?你能24小时保护我吗?还是跟我去酒店?"

"白警官,我不用你可怜,我被抢劫,自认倒霉,但日子还得过,我也没你想得那么脆弱,拜托你们警察早点破案。"

华琳到底是个烈性子,这些话也是赌气说的,他都离开她了,还这么关心她,这种微妙又心痛的感觉真的很折磨人。

华琳气急败坏地说完这些话,将工装扯下来丢给白浩,扭头就跑。

白浩拿着工装,一时间竟然不知道说什么好。

白浩回到警局的时候,同事给他查了华琳的行踪。

"浩子,你小女友五分钟前入驻了华夏大酒店,那是个四星级酒店,很安全的,你不用担心了。"

"嗯。"白浩点点头。

"浩子,你俩到底怎么回事,吵架了?"

同事自然不清楚他俩之间发生过什么,只是觉得两人见面后,怪怪的,跟以前不一样。

"没事,大家辛苦点,抓紧找人。"

另一边华芷参加一个时尚盛典的活动,回到公寓的时候已经是深夜。

她进门后,疲惫地将包丢在沙发上,高跟鞋一甩,然后来了一个葛优躺……

这时,手机响了,是电话。看来电显示,三个字——王八蛋。

这是华芷给王君显存的,自从那天被阴了一把,被迫答应他的条件后,华芷就气得要死。想起来,她都要把那个姓王的骂上一遍,连带祖宗十八代的问候。

可,还不能不接。

于是她极其不耐烦:"什么事?"

"明天晚上别忘了跟我回家。"

"知道了。"说着华芷就要挂。

"等一下。"

"还有什么事?"华芷拿着手机,忍不住翻白眼。

"你明天尽量别穿那么暴露,家里人多,很多叔叔伯伯都在。"王君显友情提示。

华芘一听就急了:"怎么就你们姓王的事多?当自己是皇亲国戚呢?跟我在这里摆谱?都啥年代了,还穿多穿少的?那我明儿去,只露两只眼睛得了呗!"

明明是讽刺的话,可王君显也不生气,倒是一脸淡定:"你要不怕闷得慌,也行。"

"去你大爷的,滚吧你。"气得华芘直接挂了电话。什么东西?王君显这厮坏得很,一肚子坏水。

虽然生气,但答应的事还是要做的。

华芘第二天早早地收工后,回家换了衣服,见长辈的话,确实不能穿得太过性感,于是在衣帽间转悠了很久,最后决定穿一套灰格子的西服套装。头发也只是简单扎起来,没有弄任何花样。她连见面礼都没带,好在王君显够了解华芘,自己帮她买完了放在车内。

晚上六点钟,王君显开着保时捷帕拉梅拉,带着华芘回了老宅。

一进门,华芘就被那阵势吓到了,七大姑八大姨,叔叔伯伯,差不多来了四十个人,摆了五桌,堪比订婚宴。

"给大家介绍一下,这是我女朋友,华芘。"王君显一脸淡定,当着亲戚们的面,大方地介绍。

王家人有的惊讶,有的高兴,有的情绪复杂,有的一脸蒙,总之表情都挺精彩的,最后还是王君显的母亲——王夫人热情地牵着华芘的手过去坐。

王君显将买的东西命家里的用人搬进来,说是华芘买的。

王家老太太貌似也挺高兴。吃饭的时候,为了表示重视他们,老太太刻意让王君显和华芘坐在了主桌。

这一桌,同时还有王家老太太、王君显的父母、王君显的姐姐和姐夫。

饭桌上,王家老太太不断地打量这个未来孙媳妇。

首先,长相上,就很满意。华芘虽然是大明星,可并不是整容脸,天庭很饱满,眼睛也大,五官精致立体,很耐看。用华笙的话来说,她一直觉得三姐长得很大气,有点像年轻时候的李嘉欣。

然后看家世,出自名门华氏,四大家族之一,跟王家那是名副其实的门当户对。

王家老太太越看越喜欢,然后亲昵地问:"华芘,你和我们君显在一起多长时间了?"

"我……"华芷赶紧看了看王君显。

"奶奶,我们刚在一起不到一个月。"

"那你俩是怎么认识的?"老太太也好奇,一顿打听。

华芷忙接话:"是我五妹妹和五妹夫引荐认识的。"

"嗯,奶奶您知道的,江流是我好朋友,而江流的妻子是华芷的五妹。"

"这个我也听说了,这以后啊,大家都是亲戚了,也能相互照料,生意上合作也多了起来,这是好事。"

席间王君显的父母也跟华芷聊了几句。华芷也没吃几口饭,实在是吃不下去,一是因为人太多,二是因为这些大鱼大肉的也没食欲。

"君显,你看华芷都没吃几口,你快给夹菜。"老太太叮嘱。

王君显夹了一块红烧肉到华芷嘴边。

"来,尝尝。"

"我不吃肉,减肥的。"华芷假笑。

"尝一块,又不会胖,听话,要不然……我要亲自用嘴喂你吗?"王君显似笑非笑。

华芷当时就觉得一股火往上冲。怕他真的用嘴喂,华芷赶紧张嘴将红烧肉咬住。然后王君显假装亲昵地捏了捏华芷的脸:"这才乖,你看你瘦得,必须好好吃饭才行。"

华芷被捏脸,火大到不行,可当着王家人的面又不好发作,只得在桌子底下狠狠踩了王君显一脚,报仇雪恨。

老太太看着两个小年轻的感情这么好,很是高兴,笑道:"之前啊,我还一直担心我这孙子,他打小就不爱说话,嘴巴笨,我怕他不会哄女孩子开心,耽误了婚姻大事,总是催他。这回可好了,华芷,你俩计划什么时候结婚没?"

华芷被老太太这句问得差点呛着,这才是第一次来,就要结婚?

这王家都是什么脾气?性子急得赶上坐火箭了。

华芷没吭声,王君显就代替回答了:"奶奶,我们还不着急,我们打算好好处着,毕竟婚姻和爱情还不一样,不过您不用担心,我们自有分寸。"

"是啊,妈,年轻人都有他们的计划,而且他俩都有自己的事业,必须要协调好才行。"这话是王夫人说的。

老太太点点头,表示理解:"也成,总之你们定,我就一句话,别太晚，我还想趁着身子骨硬朗，多陪重孙子几年呢。"

华芷尴尬地笑了笑。

好不容易吃完饭，老太太意犹未尽，竟然拉着华芷一起打麻将，还有王君显的亲姐王柳润，王君显的表姑。

期间，为了体现亲密，感情好，王君显一直坐在华芷身边，帮她看牌。时不时地就凑近华芷一下，看似无意，但……华芷觉得，这厮就是故意揩油的。

终于，晚上十点半，老太太困了，麻将散场。王君显开车送华芷回去，一路上她一句话都没说，表示气愤。

王君显这性格也是沉稳，你不开口，我也不问你。足足四十分钟，才到华芷住的公寓楼下。

"到了。"王君显提醒。

华芷不着急下车，侧头瞪着他："王君显，你还要不要脸？"

"怎么了？"他一脸无辜。

"说好的是假装情侣，你给我玩真的？吃饭的时候就不老实，打麻将的时候故意靠近我……要是去看电影，是不是你还要做点更过分的啊？"

"那得先看电影才行。"王君显一脸淡定。

"看你大爷，我以前怎么没发现你这么猥琐呢！你说你一个王家少东家，也是有头有脸的人，怎么那么没皮没脸呢？就跟没见过女人一样！你揩油揩得过瘾不？"

"还行，没怎么尽兴。"

话音刚落，华芷就拿起包狠狠地砸了上去。

王君显赶紧伸胳膊挡住，要不然还真是招架不住。

"你们老王家没好人，赶紧把我打麻将输的两万三千元给我。"华芷伸出手问他要钱。

"长辈的红包你不是都收了？"他眉毛微挑。

"那是我应得的，酬劳费懂不？这都算你少了，我要是出席商业活动，一小时一百万的，拿钱。"

王君显微笑打开包，拿出三捆现金递过去。

华芷一把抢过来，没好气地塞在包里。

"赶紧滚吧，以后可别见了，合作一点都不愉快。"

"别啊，说好了要暂时假扮我女友到我这个项目完工的，你可不要出尔反尔。"

华芷冷笑:"怎么?视频删了,你还有啥能威胁我的东西吗?"

"有啊,我家有监控,今晚你在我家吃饭打麻将的事要是放网上,你猜你粉丝会不会觉得咱俩只是朋友?"

"我去……你个卑鄙无耻的小人。"华芷觉得,自己又被坑了,这该死的男人,套路很深。

"行了,快上楼吧,早点歇着。"王君显说完,笑着离开。

华芷气冲冲地回到家,一进门,就迫不及待地拿出手机打给了华笙。

这都十一点钟了,华笙迷迷糊糊地打开手机,看是华芷的电话,才爬起来接。

"三姐。"

"五妹,你赶紧告诉你老公,让他那个变态的哥们儿给我滚远点啊!"

"怎么了?"

华笙听着华芷情绪这么激动,也就精神了一半。

华芷躺在地毯上,一副生无可恋的样子。

"我也不知道我上辈子造了什么孽,怎么遇到这么个奇葩,我好心帮他,假装情侣骗他奶奶蒙混过关,你知道他怎么对我的吗?他居然趁机揩油,恶心不?"

华笙又是一怔,她努力回想着那天见到王君显的样子。总体来说,人很好啊,低调有素养,不太像华芷说的那样。

难道真是有什么怪异的癖好不成?

"他怎么了?三姐……他该不会是……"华笙有点紧张,还担心是不是对华芷做了什么不可描述的事情。

华芷气急败坏地就把今天在王家的一切仔细说了一遍。

华笙听完,问她:"只有这些吗?"

"我的天,这些还不够吗?捏我脸,摸我腰,他是开天辟地第一人,在娱乐圈谁敢这么对我啊!记得以前有个导演喝醉了,跟我动手动脚,被我暴揍的事情吗?"

"记得,不过我觉得王少也许是做给他家人看的,毕竟王家人也不傻,他怕看出什么破绽,才亲近你的吧?"

"狗屁,根本不是,你都不知道他多卑鄙无耻。算了,说多了你也不懂,你就告诉江流,让他想办法,弄走这个缺德冒烟的王八蛋,我真的不想再看见他了,气死姑奶奶了。"

疯狂吐槽完后,华芷啪的一下挂断。

华笙也是莫名其妙,看了一下时间,都这么晚了,有话也得明天再找江流说了。

寨子

华芷洗过澡躺在床上的时候,已经过了十二点。她忽然想到那些长辈给的红包都是今天在王家收获的,想着也算没白去,就当接外快赚点钱了。

毕竟五妹第一次去江家,江家还给了一百万呢。

这么想着,心里就平衡多了。

只是没想到华芷打开那些红包的时候,都傻眼了。

里面居然都是10元、20元的人民币,连50元的都没有。

红包一共收了20多个,总共加一起不到400元,这……是被耍了吗?

华芷抑制不住怒气,再次打电话给王君显。

那头也是秒接。

"什么事?"

"王君显,你就是个王八蛋!"

"大明星说话别这么粗鲁。"他依旧淡定到北极。

"你们王家是故意的吧?给我的红包加一起没到400块,玩呢?当我是乞丐?"华芷凶猛极了,恨不得直接顺着电话线爬过去吞了他。

王君显也不意外,似乎早就知道。

"这是我们家的规矩,还是我爷爷活着的时候定的。

"因为家族人太多,所以不管过年还是过节,给红包的话,给一些零钱就好,不能太多,亲戚们都习惯了,以前其他几个堂弟的女友来,也都是这样,并不是针对你。"

"可我五妹去江流家,人家给了一百万。"华芷虽然不在乎钱,可面子上过不去啊!这要是传出去,她第一次来男朋友家才收了400块钱的红包,不得被人笑掉大牙?

不知道的还以为她找了一个贫困户呢!

"江流家给一百万那是因为你五妹跟江流领证了,人家是合法夫妻。要不,你也跟我领证试试?看看我奶奶能给你多少钱?"

王君显说到后面,自己都忍不住笑场,因为他觉得,说完这句,华芷更要抓狂。

"王君显,我问候你王家祖……"

知道不是好话,后面的王君显也没继续听,直接挂了电话。但是对于华芷的谩骂,他一点都没生气,反而觉得自己能把她惹毛,也很有成就感。

华芷前半辈子都霸道惯了,只有她欺负别人的分,哪有她被欺负的。可是遇到这个王八蛋后,真是邪了门。

不过也是太巧了,那天华芷生日,从来都没有消息的初恋小哥哥居然送了卡片来,所以华芷才心情不好,一下子喝醉。哪知道这个姓王的趁火打劫,就骗她上了贼船。

挂了电话,华芷还骂了差不多半小时,气得蒙上被子入睡。

次日清晨。谢东阳早上去了一下烂摊子公司,然后看了看时间,还不到八点,想着这会儿回家,正好可以蹭个早餐,然后就开车回了谢家老宅。

果然,一家五口正在吃饭。

其实谢东泽和妻子、孩子本来是单独住的,后来谢家二老总想小孙女,谢东泽就跟妻子商量回来住一阵子。

谢东阳进门后,搬了一把椅子,往小侄女跟前一坐。

"二叔,你起来好早啊!"小侄女笑着打招呼。

"你二叔以后都这么勤奋了。"

"东阳你这么早,是从哪里回来?"还是大哥了解他。

"我去了鑫盛那边,看看情况。"

听到这里,谢云闷着头不吭声,假装没听见。

"爸,这边还有多久到期啊?银行要清盘的话?"谢东阳主动问老爷子。

谢云不给好脸色,但还是回了句:"应该是下月20号到期,你要是没本事就趁早说,别浪费时间进去,免得最后又诉苦。"

"这话说得,我是那么容易放弃的人吗?"谢东阳乐了。

"也不能管公司拿钱,更不能管你大哥要,至于其他的,你可以找你那群狐朋狗友,看看他们肯不肯给你还 3.5 亿银行贷款,帮你接下这个烂摊子。"谢云一直都看不上儿子那些朋友,都不是什么正经人。

"爸,您放心,本来我也没打算问你们要钱,我就是回来蹭饭的,您就别想太多了。"说着谢东阳低着头开始吃饭。

"二叔,一会儿我有钢琴课,你可以送我去吗?"小侄女开始撒娇。她很喜欢二叔,为啥?因为爸妈管得太严,爸妈不让她玩的,不让她吃的东西,二叔都让,所以谢宁是最喜欢谢东阳这个神豪二叔的,出手大方,又从来都不训斥她。

"宁宁,你二叔哪有时间,一会儿妈妈送你。"冯羽觉得孩子太不懂事了赶紧拦下。

"别,嫂子,我今天正好没什么大事,也好久没陪宁宁了,今天我送她去,然后我等她下课正好带她去市内玩一会儿,买点玩具啥的。"

"谢谢二叔。"谢宁顿时笑开花。

"你啊就知道惯着孩子。"谢东泽无奈地看了眼二弟。

"爸妈都惯着,不差我一个了。走,宁宁,上二叔车。"谢东阳吃了几口,就带着小侄女走了。

"小羽啊,你身边要是有合适的,还是帮留意一下,越是不结婚,越是不成熟,我琢磨还是让他成个家,就不这么混了。"谢夫人看着她家老二,也是愁得慌。

谢东阳带着谢宁去了她经常去学钢琴的地方,是一个非常高端的钢琴培训学校,据说校长是有名的国内钢琴大师,里面的老师学历非常高,长得又好看。

谢宁的老师,叫董莹莹,据说是华夏音乐学院毕业的高才生,长得甜美,身材也好,典型的小家碧玉,笑起来很甜。因为谢宁喜欢这老师,才选的她,一对一。一节课收费据说是 1500 元,这已经是天价了。

谢宁进去跟老师学钢琴,谢东阳在休息室里刷手机、看新闻、打游戏。

一小时时间很快过去,弹奏最后一遍后,谢宁起身。

"宁宁,你弹得很好,回去也要练习一下哦。"

"好的,莹莹老师。"

"嗯,那走吧,我送你出去。"

"老师,刚才送我来的那个是我二叔,你觉得他长得帅不帅?"谢宁牵着老师的手缓缓往外走。

这老师也是一怔，然后笑道："帅，你们家人颜值都很好，基因好。"

"老师，那如果让你做我二叔女朋友，你愿不愿意？"

董老师："……"

说实话，董莹莹根本就没想到，这是一个五六岁孩子能说出来的话，简直雷人至极。

看老师不说话，谢宁以为她不愿意，继续利诱老师："我二叔人很温柔的，又会讲笑话，还有耐心，自己有别墅，有法拉利，还有公司，对女友也好，之前的女友跟他在一起，都有好多珠宝和包包呢。

"我爷爷很疼我二叔，以后二叔结婚也是要给很多很多钱的，还有公司的股份，老师你以后要是做了我的婶婶，就可以不用上班，在我们谢家做少奶奶了。"

"宁宁，这些都是谁跟你说的？"董老师也是忍不住笑。

"都是我自己看透的啊，老师你别以为我是小孩子，我在我家说话很有分量的，我二叔很疼我。

"我觉得你最适合我二叔，你要是愿意，我一会儿出去，就给你们介绍一下。"

董莹莹之前是没有一点想法的，知道谢宁是名门千金，其他的也没仔细打听。

但是如今，谢宁这个二叔……

刚才董莹莹也看见了，确实长得很好看，穿着打扮也很有品位。董莹莹也没男友，虽然觉得小孩的话不靠谱，可她还是有些动心。

见老师犹豫不决的样子，谢宁就拉着她手一直往外走。

"二叔。"

"完事了？"谢东阳起身，笑着走过来。

"二叔，给你介绍一下，这是我董老师。"

"你好。"谢东阳也没多想，主动伸出手。

董老师倒是有些不好意思，低着头腼腆地笑。

"二叔，我老师人很好，你们做个朋友吧，先加个微信。"谢宁指挥着。

谢东阳这下才有点反应过来，这孩子这是……要做月老啊？

这下谢东阳就有点尴尬。

董老师也是一脸娇羞，不过她也没拒绝谢宁的提议。

"二叔，你磨蹭什么，快点。"见二叔不动，谢宁催促。

谢东阳不好意思，只得拿出手机加上这个董老师。

加完微信两人走出钢琴学校，一上车，谢东阳就捏着侄女脸问："谢宁，你什么意思？"

小丫头一脸无辜："这你都看不出来吗？给你找女朋友啊！"

谢东阳听完扑哧就乐出声来。

"我说你成精了，你才几岁？你给我牵红线？你二叔我混到这个地步了吗？需要你一个小屁孩给我当月老？"

谢宁拿起车里的口香糖放在嘴里，不紧不慢地说："我这是为你好，我昨晚苦思冥想一宿，那么多老师，就董老师最好看又温柔，你听我的准没错。"

"你给我滚蛋。"谢东阳笑骂了一句，启动车子带着小侄女去了市中心玩。

加上董老师后，那老师发来一个微笑的表情。谢东阳出于礼貌，也只回复了一个同样的表情，就再也没多说一句。

那个董老师，他没仔细看长什么样子，因为心不在她身上。

两人一起夹娃娃的时候，谢宁还唠叨："你不是泡妞老手吗？给董老师发信息啊，约她。"

"你少管我的事，我跟你说，我不喜欢那什么老师。"

"那你喜欢谁？梁潇潇吗？"

"这你都知道？"谢东阳震惊了，小侄女才多大啊，连他一个多月前的绯闻女友都知道。

"我在平板电脑上看见过你俩新闻，那女的不行，看着就不适合你。"

"你可给我打住，你一个小孩，别管那么多事。"

"若不是我奶奶答应，介绍成了带我去迪士尼总部玩，你以为我愿意管你的事？"谢宁还不乐意了。

谢东阳这一听，哎呀，这是有猫腻啊！

他就说，这孩子不会那么积极嘛！

"哈？小崽子，行啊，你这是跟你奶奶私下达成协议了？"

"那可不？反正我是为你好，你不找就自己打光棍吧！"谢宁说完，认真地夹娃娃，不搭理二叔了。

谢东阳也没打算跟小侄女说心里有喜欢的人，毕竟她只是一个孩子。

只是没想到，会在这里遇到华笙。

华笙出现在这里,纯属巧合。

她是去跟华芷喝了杯咖啡,听华芷吐槽了王君显好久。结束后,她就想来给小黑买一些猫粮和玩具,没想到会看见谢东阳带着小女孩在这边玩。

四目相对,谢东阳只觉得一颗心狂跳不止,甚至都以为是自己的幻觉。

华笙穿着一条真丝连衣裙,裙角绣着红色的梅花,上面还披着一条针织的围巾,很有古典美。

"小姐,那好像是……谢东阳。"春桃在华笙身后低声提醒。

华笙也看见了,正打算转身就走。

"华笙。"他喊她名字,然后一路小跑过来,谢宁也赶紧跟着二叔屁股后跑来。

"华笙,真的是你啊?我还以为看错了。"谢东阳有点小激动。

谢宁抬起头看着二叔,发现他看这姑娘的时候眼睛都冒光了,那简直是……

"嗯。"华笙反应依旧很冷淡。

"你……来这边玩啊?"他故意找话题。

"来买东西,已经买完了,你忙。"华笙不喜欢谢东阳这人,所以不打算多说。

谢东阳想挽留,可是又不知道找什么借口,只得痴痴地看着那背影离开。

"二叔,别看了,一会儿看到眼睛里小心拔不出来。"谢宁调侃她二叔。

"滚蛋。"

"哈哈,二叔,我说你怎么看不上董老师,原来你喜欢这款。"谢宁捂着嘴。

"怎么?不好看吗?"谢东阳问侄女。

"好看啊,长得很仙女。"

"那是,我的眼光一直很好。"谢东阳得意。

"可是好冷啊,她对你好像不感兴趣,总觉得是你热脸贴个冷屁股。"

"你这小崽子,别乱说。"

"我说的是实话啊,你看她多冷漠,看见我在你身后都不问问我是谁,肯定就是对你不感兴趣,这样的很难追吧?"

"难追才有乐趣啊,你懂什么,你二叔我就喜欢挑战高难度。"

谢东阳抱起小侄女,两人玩了一会儿后,找了个地方吃饭。

谢东阳再三嘱咐小侄女,回家不许乱说,怕她跟家里人胡说八道,影响不好。结果这孩子一回家就跟妈妈说了今天的事。

冯羽倒是很淡定:"你二叔就是那样,三分钟热情,喜欢新鲜的,一旦追到手,用不了多久就会腻。

"算了,不说他的事情了,说说你,牵什么红线,什么董老师?让你去学习,还是让你去整没用的了?"

谢宁默默低下头……八卦不成反被训斥了。

大学校园内,华琳那天又配了一把公寓的钥匙,但丢的那些证件比较麻烦。一件件补的话,需要很久,所以她打算等等消息,如果一周还没消息,就不指望东西追回来了,却没想到这天下午,她一下班,白浩就来了。

就跟以前接她去约会一样,等在她办公室的楼下。

看见白浩的瞬间,华琳眼神有些复杂。那天自己说的话,不知道他是什么滋味。

"东西找回来了,证件都在,手机也在,来,物归原主。"说着白浩递上一个精致的袋子,里面正是华琳那天被抢的包。

华琳一阵小激动,赶紧走过去,接过包包。然后打开里面的东西,仔细检查了一遍,果然都在,连钱也是一分不少。

"真没想到这么快破案。"华琳看了一眼白浩。

"你现在有空吗?我请你吃个饭吧。"白浩说。

看华琳没吭声,他马上解释:"顺便跟你说一下案情的详细过程,毕竟你是受害者。"

"好。"这句话说完,华琳就点头了。

两人走到学校附近一家环境不错的小烤肉店,点了一些烤肉和蔬菜。

就跟以前一样,白浩细心地帮华琳烤,她只负责吃就行。

"说说案子吧。"华琳也不是冷漠,只是她知道两人已经分手,不说案子的话,说别的,也没有话题聊。

白浩将烤好的一片牛舌放在她餐盘内才缓缓说道:"是一个高中生。"

华琳一怔,没想到是个孩子。

白浩接着说:"是江城十中的学生,离你们不远,家是下属乡镇的,他是住校生,但是因为迷恋网友,经常逃课,成绩也不好,老师也不怎么管,家里人也不知道,就导致他在网吧认识了一些不良朋友,给了一些错误的引导,他抢劫你,是第一次作案,也不是有目的性的,是随机正好挑中你。"

"我还真是倒霉。"华琳苦笑。

"嗯,所以我才说你一个人不要太晚回公寓,很危险。"

华琳没吭声,抿了抿嘴唇。

"这孩子被抓到后就交代了,也挺后悔的,我们追回了你的东西,就把他暂时先拘留了,具体怎么判,要等我们报告上边,然后起诉,交给上边处理。"

"他刚过完十八岁生日,所以算是成年人了,抢劫罪名很大,估计最少八年。"白浩一字一句地说着。

华琳颇为感慨:"刚过完十八岁生日,那他……还真是倒霉。"

"是啊,如果是未成年的话,进少年管教所,不会这么严重的,顶多三五年。"

"那我如果要是为他求情,不追究的话,他能不进去吗?"华琳觉得,如果给这个孩子一次机会,或许可以改变他的一生。

白浩有些震惊,他没想到华琳会这么善良,居然要为一个抢劫她、弄伤她、吓坏她的抢劫犯求情。

"这不行的,小琳,现在不是你追究不追究的事情,是我们警方已经立案,已经申报给检察院了,就等着法院那边开庭。"

"原来是这样。"华琳低下头,也没说什么。

其实这顿饭没吃好,华琳心情不是很好,白浩也没怎么吃。

吃完饭送华琳回到公寓,白浩就走了。

华琳收拾东西的时候,忽然发现了一点不对劲——钱包里的钱,不对劲。

虽然这也是两千多,但是不是她的那些钱。华琳当时取现金的时候,清楚记得,她的那些现金都是70开头的号码,而这些都是29……到底怎么回事?

华笙晚上回家的时候,和江流一起坐在客厅喝茶。小黑玩着华笙买的新玩具——几条仿真小鱼,还会发光,很有趣。

江流忽然觉得,这样的情景很温馨,有家,有妻子,有猫。

这时候,电视上忽然出现了华芷。

银杏眼尖,指着电视:"小姐你看,三小姐。"

江流和华笙同时望去,果然是华芷,漂亮得不像话。大明星就是有那种气质和光环。

那是一个颁奖典礼,华芷作为颁奖嘉宾,穿着一字肩的白色晚礼服,身材绝了,性感又高贵。

看到华芷,华笙忽然想起来今天吐槽的事。

"你应该问问王君显把华芷给怎么了。"

"这话从何说起啊?"江流被她说得有点蒙。

"华芷这两天都在跟我吐槽,说是王君显坑了她云云,说让我转告你,把王君显弄走,别去烦她。"

江流又是一怔:"那不对啊,我昨天还跟他打了电话,他说两人很好,王家奶奶很喜欢华芷。"

两人这么说完,都觉得有点怪怪的。

这说法很矛盾啊,所以华芷到底和王君显是什么情况?

此时此刻,颁奖典礼上,华芷给一个娱乐圈的男演员颁奖,颁的是最佳新人奖。

那男演员一副小鲜肉的模样,一双眼睛痴迷地看着华芷:"华芷姐,我崇拜你很多年了,很希望能有机会和你合作演一部戏,还希望你给我这个机会。"

当着那么多人的面,又是现场直播,华芷肯定不能拒绝啊。于是华芷优雅地笑了笑:"好的,没问题,有机会合作。"

哪知道那男孩子不死心,又来了一句:"华芷姐,我想跟你演情侣。"

台下顿时一片骚动,这是表白的意思吗?还是捆绑炒作?

江流和华笙看到这,也是有点迷。

"这什么情况?是要跟华芷炒CP(他人配对的情侣)吗?"江流猜。

华笙摇摇头:"不会的,我三姐最讨厌炒作,娱乐圈也没几个敢利用她炒CP的,更何况这男孩还是一个新人,这不是作死吗?"

"那就是真心崇拜华芷,喜欢华芷?哈哈……有意思。"江流看热闹不怕事大。

但是某人就不这么想了。

王君显此时还正在加班,在手机上看到了颁奖典礼的推送。他看到有华芷,就进去看了直播。哪里想会看到这样一幕。

一个小奶狗跟华芷撒娇?要演情侣?他怎么不直接说演床戏呢?还真是胆子大到不行。

王君显沉着脸，继续看着直播典礼。华芷情商很高，肯定不会让自己处于尴尬的地步，所以温柔一笑："我知道弟弟你这话是说我长得年轻，我很开心，我其实也发现了，现在的新人真的都很会说话，又有礼貌，谦虚得很，我相信你的未来会越来越好的，加油。"

"谢谢华芷姐。"小男孩有那么一点点的失望，因为华芷避开了他的问题，没正面回答，估计也就是婉言拒绝的意思。

华芷直接没接那尴尬的话，来了一句祝福语，结束这场谈话，得到了全场的掌声，主持人将华芷送下台，这就算是结束了。

后台休息室。

"那小子哪个公司的？"华芷冷下脸。

女助理忙回："是大风娱乐的人，据说是海外练习生，微博自带粉丝一千万。"

"吩咐下去，以后我不会跟大风公司的任何艺人合作，不管男女。"

"是。"

助理知道，华芷肯定是发脾气了，被一个毛头小子在台上调戏，就她这个暴脾气肯定不能忍。

而那个男孩子其实怎么说呢，喜欢华芷是真的，想合作拍戏也是真的，只是他可以私下说，没必要这么张扬。在直播上说，就有炒作的嫌疑，希望用这个话题上热搜，毕竟他是个新人，肯定不如华芷名气大。

他的私心被华芷看出后，恶心坏了，直接对那个公司下了永不合作的命令。

不过这还不是最可怕的。

最可怕的是一小时后。

大风娱乐为这个小奶狗买的热搜，钱都花了，一共160万，打算要黄金时段三小时热搜第一的位置，话题就是两人名字。

可一小时后，微博那边来消息了，说做不了了，钱全部退回来了，急得大风这边的公关团队直转悠，这个机会要是错过，以后可没有了。

还没等想出对策，就又来了一个坏消息。

大风娱乐海外华裔男星周冠佑因雇佣水军刷票恶意竞争，判定他刚拿的新人奖无效，并且永久性封杀，给其他想作弊的艺人敲一个警钟。

"冠佑，你……被封杀了。"经纪人看着手里还捧着奖杯的小奶狗，一脸的惋惜。

"怎么可能？"小奶狗也是傻眼。

为了他能出道,已经花了差不多七八百万来造势宣传,刚拿一个奖,还没等刷存在感呢,被封杀了?刷票是真的,可很多明星都这么操作啊,为啥别人都没事?他不服。

王氏集团办公室。

"王总,已经办好了,人已经封杀。"男秘书看着高高在上的王家少董,小心翼翼地汇报。

王君显默默地拿着手机,沉默不语。

王少很生气,生气的后果确实很严重。

可是为什么生气?王君显自己也不知道,反正就是看那小子不爽。

他还故意在心里告诉自己,这跟华芷是没关系的。

可是,谁信呢?

估计小鲜肉也不明白,为啥前一刻还在领奖,下一刻就被封杀了。

难道说……得罪了华芷?

大风娱乐的人确实蒙了,公关团队也是两眼一抹黑,不知道怎么办。

最后还是他们老板说,是不是刚得罪了华芷?华芷做的?

毕竟华家人在这个城市还是势力庞大的,明星跟人家顶级豪门比,简直就是个笑话。

所以小鲜肉赶紧趁着华芷还没离开休息室,马上去道歉。

这小子进来的时候,华芷正在喝热咖啡,晚礼服外披着一件厚外套。

"华芷姐。"这小鲜肉凑过去一脸委屈。

华芷挑了挑眉,没说话。

"华芷姐,我为我刚才在台上冒犯您的事情道歉,请您大人有大量,我不该妄想蹭热度,跟您炒CP的。我只是一个新人,希望您能给我一个机会,我保证以后再也不做任何冒犯的事情,拜托了。"

"呃……没事,反正我也说了,不和你们公司的艺人合作,所以你不必道歉。"说真的,华芷不喜欢这孩子,虽然长得还不赖,但功利心太强了,急功近利的男人,她不太喜欢。

在娱乐圈多年,见过太多这种的。

"我知道您生气,可不要封杀我好不好?我知道您出自名门,华家在这里呼风唤雨,肯定是你们一句话的事情,我家为了捧我,已经花了不少钱,我不想让家里的心血付诸东流,求求你了,华芷姐。"

小鲜肉说到动情处,直接双膝一跪。惊讶得华芷差点把嘴里的咖啡吐出来。

"你别这样,快起来。"

"华芷姐,不封杀我的话,我才起来。"

"封杀你不是我做的,我没么大本事。"华芷想他这是误会了,以为是她做的。

"不是您?"小鲜肉也是一脸的惊讶。

华芷将咖啡放在一旁,微微皱眉。

"确实不是我,我没有必要做了还不承认,我确实生气你在台上的做法,不过我只说了以后不跟你们大风娱乐的艺人合作,没有下令封杀你,所以那不是我做的,你若不信,我也没办法。"

华芷说完,起身就走,不想在这里承受这个小鲜肉的莫名一跪,她可受不起。万一被其他人看到,还以为她一个前辈在这里欺负新人呢。

听说不是华芷,小鲜肉又是一脸蒙,大风娱乐今晚注定是个难眠之夜。

因为顶级豪门一旦有人出手,他们是没办法翻身的,弄他们就跟踩死一只蚂蚁一样简单。

华芷的风波因为媒体没报,也就过去了。

周末的时候,华笙跟着江流回了江家老宅。江流的父母居然亲自下厨,做了几个家常菜,气氛很是温馨。

江流母亲不停地给华笙夹菜,还一个劲地嘱咐她多吃。

"阿笙,你太瘦了,要多吃点才行。"

"谢谢妈。"华笙低着头。

"不过我和你爸现在关心的是,你俩打算什么时候要孩子呢?"江流的母亲忍不住还是问了。

之前那次媒体误报,让江夫人白高兴了一场。他们也都年纪不小了,想抱孙子是情理之中。

"妈,您看,这问题我不是说过了吗?我和阿笙还想过几年二人世界的,阿笙还小,她才22岁。"

江流明显是偏心媳妇的,所以华笙这一刻挺感激他。不管真心还是假意,他一直都是帮她说话。

江流的母亲没理儿子,倒是盯着华笙,打算从儿媳妇这边下手。

"阿笙啊,我说几句,你别多心,我也没别的意思,其实越是年轻生孩子对身体越好。

"一是恢复得快,二是孩子也会特别聪明健康,越是大龄越是高风险，这个不是我们乱说的，是专家得出的结论。所以我想着，你们早晚都是要生的，不如早点，反正生完我们帮你俩照顾，生男生女都好，我和你爸不重男轻女的。"

江夫人的意思也很明显，不管生男生女，先生一个出来再说。

"妈，我身体底子不是很好，结婚后一直在吃中药调理，等我好得差不多我们会考虑这件事的。"华笙不打算直接拒绝，也是怕他们失望，毕竟江流的父母对自己一直蛮不错。

果然，这个说法，二老很能接受。连江流的父亲也赞同地点点头："阿笙说得也对，身体先调理好再要也不迟，年轻人啊现在作息饮食都不规律，你们一定要注意养生。"

江流和华笙点点头。饭后，华笙在花园散步，跟着江家的女佣浇浇水，修剪一下树木。

江流的母亲趁机将儿子拉到书房。

"儿子，你最近还头疼吗？还做梦吗？"

江流摇头："没有了，妈您怎么突然问这个？"

"呃……我怕你五年前住院那次后遗症一直没好，你……没去找医生复查吧？"

江流摇头："没有，五年了，就算有后遗症早就出现了，您别担心了，我真没事。"

"那……你没有背着妈做什么事吧？"

"没有啊，这话让您问的，我背着你们干吗啊，你们有什么见不得人的事瞒着我吗？"江流笑。

江夫人忙脸色一变，呵责道："胡说八道。"

"是是是，你们最好了。走吧，下楼去，我给您切水果吃。"江流搂着母亲的肩膀亲昵地下楼。

他没注意母亲脸上一闪而过的忧心……

直到江流和华笙离开后，江夫人和江流的父亲来了一场秘密谈话。

"他爸，有人开始调查五年前的事了。"

"是吗？知道什么人查的吗？"江父也是脸色一暗。

江夫人摇摇头："我之前害怕是咱们儿子暗中调查，可刚才试探，他好像什么都不知道，如果不是儿子的话，那是谁会对五年前的事情感兴趣呢？"

"这可不是什么好事，你派人盯住，不能透露出去一点风声，这件事,绝对不能暴露。"

"嗯,我也是这么想的。总之,希望江流一辈子都不要知道才好。"江母微微叹息。

回去的路上,华笙一言不发,江流故意逗她:"是不是我爸妈刚才催生,你生气了?"

"没有。"

"那你怎么一直不说话,有心事?"江流边开车边侧头看华笙。

她有那么一点点倦意。她自己也说不清,只是觉得身体很沉重,脑子有那么一丢丢混乱。

"你要困一会儿到家再睡,车里会感冒。"

"嗯。"她声音很低。

谢东阳最近过得特别充实,自己那个风投公司都不怎么管了,天天跑这个烂摊子,想各种办法挽救这个药厂,甚至为了这个,他还翻了不少医药类的书看,简直成了一个好好学习天天向上的好宝宝。

董老师加上谢东阳微信后,起初很矜持,一直没说话,等待谢东阳说。可谢东阳最近忙得很,再说本身就对这个董老师不感冒,所以也一直没说话。

董老师就忍不住去查了不少谢东阳的资料,越查越喜欢。

说实话,很多乖乖女其实喜欢的都是那种有点坏坏的男生。

董莹莹一直都是那种很乖很温顺的,可她偏偏喜欢这种叛逆的、放荡不羁的,甚至有些花心的。尤其是谢家身为顶级豪门,是多少女孩子都想嫁进去的金窝。

纠结了几天后,最终董莹莹忍不住,给谢东阳发来微信。

董莹莹:你好,总听宁宁说起你,她说你是一个特别好的人。

谢东阳:别听我侄女瞎掰,这是黑我呢,我是啥人,她最清楚。

董莹莹:你经常这么自黑吗?好有趣。

谢东阳:自黑?不,不存在的,我说的都是实话。

董莹莹:现在做什么,忙吗?

谢东阳:嗯,忙。

董莹莹发完就后悔了,干吗自己要问这句话呢,如果假装不知道他忙,继续多聊几句岂不是更好?

可话都说了,肯定无法收回,她只好礼貌地结束这次聊天。

董莹莹:那你快忙吧,就不打扰了。

谢东阳确实忙着呢,所以都忘记了给这老师回复微信。

当然,如果这要是华笙发来的,就另当别论了。

深夜,十一点钟,十里春风。

春桃和银杏收拾完也休息了,江流在书房加了一会儿班,跟海外分公司的几个高管开了一个视频会议。

华笙从江家老宅回来后,就不是很在状态,回到卧室休息一直没出来。

事实上,她睡着了,做了一个很奇怪的梦。梦里她躺在一个冰冷的石台上,一身红衣,绝色妖娆。

耳边响起几个陌生人的对话。

"老大,她什么时候才能醒来?"

"这不好说,要看她自己,我已经尽力了,她感知的力量太小,感受不到我们的召唤,只能看机缘了。"

"还有其他办法吗?我们等不了太久,我们族人还需要她。"

"除非她自己能亲手杀了自己。"

亲手杀了自己,亲手杀了自己,亲手杀了自己。

这个魔性的声音一直回荡在耳边,华笙只觉得梦中的她拿起一把匕首,对准自己的胸口猛地刺下去。

然后那钻心刺骨的痛楚令她发出痛苦的叫声。

她从梦中醒来,眼神带着惊恐……

江流第一时间冲进来,就看见呆坐在床上,披头散发、脸色苍白的华笙。

"阿笙。"他温柔地叫着她的名字。

听到江流的声音,她的眼睛才动了一下。她抬起头看着他,想说什么,动了动嘴,没说出口。

看她这个难受的样子,江流也不管她高兴与否,直接将她抱住,紧紧地抱在怀中……

华笙麻木地趴在他的肩头,伴随着淡淡的薄荷香味,缓缓闭上了眼睛。

赝　　品

再次入睡后，噩梦就彻底不见了，华笙一直昏昏沉沉睡到天亮。

凌晨五点半，华笙睁开眼，然后身子一震。

因为她发现此时此刻，正在一个男人的怀中。这男人，正是江流。

他没脱衣服，身上还是衬衫和西裤，自己也没盖被子，倒是给华笙用毯子盖得严严实实，生怕她着凉。

本来以为被轻薄了，可人家衣服都没脱，说人家轻薄就等于冤枉人家了。

华笙努力回忆昨晚的一切，然后想起来，江流是在她做噩梦后冲进来的，紧紧地抱住她，给予她安全感。

想通后，她心里有一种特别神奇的感觉，具体是什么，她自己也说不上来。

她近距离看着他，他还在睡。

轻微的喘息声仿佛就在自己鼻尖。睫毛浓密，皮肤不白，但格外地光滑。

江流睁眼睛，看见华笙后，笑了笑："你醒了？"

见他也醒了，华笙赶紧一个翻身，挣脱他的怀抱，然后有些不好意思："你怎么睡在我的床上？"

"你昨晚被噩梦惊醒，我看你有点害怕，就一直抱着你。"

"我知道，我说的是，我再次入睡后，你怎么不回你自己房间去睡？"华笙看着他。

江流慵懒地闭着眼睛，享受柔软的枕头带来的舒适感。

"因为我怕你还做噩梦啊！"

华笙沉默……

江流说得也对，万一他走了，她继续做噩梦呢？

"我昨晚……说了什么吗？"华笙其实不太记得中途那次醒来说了梦话没有。

江流点点头。

"我说什么了？"

"好像是什么杀了自己，怪吓人的。"江流努力回忆。

华笙脸色不太好看。

"你梦见什么了？吓成那个样子？"江流抱着枕头坐起来。

"没什么，一个梦而已。"华笙没打算说，毕竟这些年，类似的梦她已经做过几百次了。

她不觉得这是一个梦，或者一个巧合，她一直想弄清楚，可一直没有线索。不过这些都没有必要让江流知道。

江流有些无赖："阿笙，我昨晚帮了你，你不打算亲我一口，表示你对你老公的感激之情吗？"

华笙也不生气，似乎习惯了这种打情骂俏的节奏。

"你想多了，江先生。"

银杏和春桃看见江流在华笙房间走出来的时候，都惊呆了。

这个时间点，姑爷在小姐房里走出来，那……然后脑补的画面一下子就变得不可描述，少儿不宜了。

看着两个丫头张着嘴巴看着他俩，华笙忙解释："不是你们俩想的那样。"

"哈，没事，小姐，你和姑爷是夫妻，就算有什么也是正常的。"银杏偷笑。

这话说得江流很受用，微笑着点点头，心想银杏这丫头就是懂事。

一起吃过早餐后，华笙带着两个丫头去了古董小店。江流则开车去了公司，在公司忙到中午。

没来得及吃饭，就等来了秦皖豫和王君显的电话。于是江流开车赴约，在一家很有名的火锅店。

江流将车停好后，直奔店内，在一个靠窗的位置找到了两个老友。

三人见面寒暄一番。

"怎么没给小鹤打电话？"江流问他俩。

"那小子没在国内。"秦皖豫说。

王君显点头："你没看朋友圈吗？他昨晚的定位在印尼。"

江流笑:"我昨晚在书房加班来着,也没看微信。"

"你媳妇呢?没带来?"秦皖豫问。

"你俩也没提前说啊,我是从公司过来的,她这会估计都吃完了,不过她就算没吃,也不大可能会来,这里都是牛肉羊肉的,我媳妇不吃肉的,她常年吃素。"江流解释。

"我的天,常年吃素这可不是一般人能做到的,有毅力啊!"秦皖豫感慨。

江流又看了一眼王君显。

"你最近跟华芷如何?"

"就那样啊!"

"啊?你跟华芷?我怎么不知道?"秦皖豫一脸惊诧地看身边的王君显。

"我俩是假的,为了应付我奶奶。"

"那你也太会挑人了吧!华芷?哈哈,我很好奇你怎么说服她来帮你的?"秦皖豫又不是不知道华芷,那是四大家族内所有千金小姐中最牛最火辣的一个,无人敢惹,战斗指数五颗星,在娱乐圈更是没人敢跟她正面撕。

"用了一点点小手段。"说完,王君显看着江流,两人默契地笑了笑,都想着那晚华芷生日喝酒的事情。

秦皖豫吐槽:"华芷人不错,就是太猛了,一般男人招架不住,用两个电影来形容她,那就是《神奇女侠》和《惊奇队长》。"

这句话说完,三人都笑了。

"老秦,这话你有种当着华芷的面说,我就敬你是一条汉子。"江流调侃。

秦皖豫秒怂:"我没种,我也不是汉子。"

大家正闹着,就被一阵嘈杂的声音惊扰。

三人回头一看,居然是谢东阳来了,身后还带着十多个人,不过那些人都不是圈内的富二代,陌生得很。

谢东阳也看到他们了,不过没有打招呼,本身几个人关系也不是很熟。

秦皖豫看了一眼江流:"我可听说这小子最近憋大招呢,不知道是不是要对付你,毕竟惦记你媳妇呢,你要防备着点。"

江流淡定地拿着茶杯喝茶。

"随便,兵来将挡水来土掩,论商战的话,就谢家倾巢出动,我也不惧。"这话不是江流夸张,也不是吹嘘,他确实有这个本事。

江家能在短短五年内不断扩张商业版图,将排名第二的谢家甩在身后,说明江流是个有手腕的人。不过因为两家关系还可以,所以从来没竞争过。

不过如今谢东阳因为华笙,似乎对江流很是不爽,以后正面刚都是很有可能的。

秦皖豫好心提醒江流,就说明听到了一些风声。不过江流还真没把谢东阳当成对手,既然不是对手,自然也构不成威胁。

谢东阳带的十几个人是一个医疗团队。他差不多整整考察了一周,最后决定了一个方向,才重金从外地请来一个口碑不错的研发团队。

"谢总,承蒙您信任我们,今儿来也是希望您把话说明了,您想要什么?我们能做到哪一步?您能给我们什么样的待遇?最好都一次到位,也不枉我们飞了五六个小时来见您。"

团队负责人是一个四十多岁的男人,戴着眼镜。

谢东阳笑道:"先不着急,这家的火锅特别好吃,大家先吃饭,吃饱了什么都好谈。"

谢东阳是通过西北一个搞矿产的朋友引荐,接触这伙人的。

他们其实原来是国企制药的研发团队,后来因为企业改制,跳出来单干了。但是因为专业冷门,他们想找到对口的专业工作很难,大多数人都找了当地的小药厂或者保健品厂做检测。

谢东阳请他们来是花了大价钱的,直接托朋友给团队负责人送了一台保时捷卡宴。

那人一看这是个不差钱的金主,就二话不说带团队来了。

大家的火锅吃得满面红光,酒过三巡,谢东阳开口了:"哪位是研发核心?"

"在下不才,略懂一二。"一个五十多岁,头发有些花白的男人开口。

"谢总,范老师是医科大学博士,发表过很多有影响的论文,很有威望,谢少有什么想法可以直接跟范老师沟通。"负责人极力推荐这个老头,想必是有点本事的。

谢东阳随后将自己眼下的情况说了一下,大致就是现在要救一个起死回生的公司,必须研发出一种风靡市场的药。

众人听后,神色复杂。

"谢少,恕我直言,开发新药品前期投入很高,而且周期长,你这个想法恐怕是不成立的。"负责人觉得谢东阳这是异想天开,谁能在这么短的时间内研发新品啊!

谢东阳倒是很有把握地往后一靠:"资金不是问题,本身挽救这个破烂药厂也不是为了钱,是为了证明给我爸看。钱我有,唯一困难的就是希望你们在十五天内,给我出新品的样品。"

"这不可能,十五天这简直就是笑话。"大家都摇头,否决了谢东阳这个疯狂的想法。

"这样吧,你们回去想想,十五天时间,如果能给我出新品的话,只要拿到小样,我给你们一个亿酬劳,研发的费用算我的,研发失败我也认了,并且失败也会给你们三千万的酬劳,你们商量一下,我去个洗手间。"说完谢东阳起身。

十几个人目瞪口呆,半晌,那个范老师来了一句:"这小子是个能干大事的。"

谢东阳这次谋划其实是保密的,任何人都不知道。

当天晚上谢东阳的风投公司就开始转账出去,研发团队回了西北取材和研发。

三天后谢东阳也会去那边现场监督。

这次成功也就成了,不成功损失就大了,不仅烂摊子救不活,他还得从自己的风投公司拿出去那么多钱给人家。

这件事,换作其他人估计都不会干。但是谢东阳是个奇葩,他天生就喜欢刺激。甚至他都能想到救活鑫盛药业后,父亲和大哥对自己刮目相看的场景。

又过了两日,华笙因为需要一些材料,所以回了学校去上课。

谢东阳查到她行踪后,直接去学校附近的一家餐厅找到她。

华笙穿着卡其色的风衣,长发垂落腰际。她正优雅地吃着素面,然后就看见一个小女孩走向她。

小女孩长得很可爱,五六岁的年纪,华笙其实之前见过的,只是因为她不在乎谢东阳身边的人,所以忽视了。

这小女孩就是谢宁,穿了一身红色连衣裙,白色小外套,千金小姐的范儿。

她手里还抱着一捧红玫瑰。

她靠近华笙:"漂亮小姐姐,你是叫华笙吗?"

"我是。"

华笙放下筷子，拿起纸巾优雅地擦了下嘴角，看了看小女孩。

"这是送给你的花花。"

"我的？"华笙一怔。

"嗯，我是替别人转交给你的，他还让我给你带一句话。"

华笙下意识地抬起头往窗外看。

果然，马路对面停着一台招摇的法拉利。

谢东阳穿着深蓝色的针织衫，靠着跑车，正冲着她微笑。

"华笙小姐姐，我二叔谢东阳说，他明天就出差了，要去大西北，要好些天才能回来，他不在家的时候，你就会清净没有人来烦你了，但是他说不管你讨不讨厌他，他还是会想你的。"

谢宁也是厉害，二叔交代的话，一字不落地跟华笙说了一遍。

不过，用小孩子传话这种方式，估计只有谢东阳做得出来，太幼稚了。

"谢谢你，小朋友，但是请你把花转交给你的二叔，我不会要的，你也告诉他，不要再来烦我，我确实讨厌他。"

谢宁多聪明啊，哪里肯听话，直接将花放在华笙旁边的座椅上。

"小姐姐，其实我二叔没外面说得那么差，他人还是很好的，你慢慢接触就知道了，好了我的任务完成，拜拜。"

谢宁说完，扭头就跑。

华笙想还那些花都来不及。

然后华笙就看见，小女孩飞奔到谢东阳的怀中，两人一起上了车。

谢东阳临上车前，还恋恋不舍地看了华笙一眼。

出差前，确实很想看看她，也不知道自己是怎么了。

华笙无奈，坐下继续低头吃面，走的时候，玫瑰花也没拿。

谢东阳的执着，她视而不见，她相信这男人很快就会放弃的。

只是没想到后来……

华笙吃完本打算回学校，可是接到春桃的电话，春桃说有人在她店门口等很久了，要卖东西。

华笙打车回了店里，一进门就看见一个穿着很土气的大姐，怀中抱着一个七八个月的孩子，手里还拎着一个帆布包。

明明是白色的帆布包，可已经脏得不成样子。

"你要卖货？"华笙目光扫过那大姐。

那大姐点点头："大妹子，你是老板吧？"

"我是。"

"你这里既然卖古董，也收古董吧？我就想来碰碰运气。"

"好，你把货拿出来吧，我看看。"华笙让春桃去给大姐倒杯水。

那大姐把怀中的孩子随手就放在了座椅上，不管不顾，看得华笙胆战心惊，一直盯着，就怕那孩子掉下来。

大姐拿东西之前似乎很警惕地看了看外面，看没有人经过，才从帆布包里掏出一个塑料袋。一层层打开塑料袋后，里面还有一层防油布，看来确实是用了心思的。

最终，华笙看清她带来的东西。一个青铜酒杯，不太大，只有她半个手掌的高度。

大姐将东西递过来，华笙戴上白手套接过酒杯仔细看了起来。这东西确实是古董，青铜器盛行于战国时期，多数都是王侯将相使用，普通百姓根本就没资格。

那年代也不叫酒杯，叫作爵，制作很是精致，双边有浮雕，刻的祥云花纹。底下是三脚支撑，但由于年头太久，铜本身变绿色，显得有些破旧。但古董这东西，最不怕旧，年代越久越值钱。

华笙鉴定后，看了一眼那大姐："这个东西，你是哪里来的？"

"我是家里……祖传的，老一辈留下来的。"大姐说话的时候眼神闪烁，一看就是心虚。

"那你打算要多少钱？"

"大妹子，实不相瞒，我也是没办法了，我男人出去打工很久不回来，我带着娃也没收入，日子过得实在辛苦，所以我琢磨用老祖宗留下的东西来换些钱。

"我是一个农村妇女，也不懂这些，但是我公婆在世的时候，都说这东西是值钱的，我琢磨你怎么也得给我两万吧。"

那大姐伸出两根手指比画，在她眼里，两万已经是很大的数目。

华笙沉默不语，说实话，这东西是真的，来自战国时期，按照目前市场价格的话，八万到十万之间是没有问题的。

可是她却不能收下这东西。

"大姐，你怎么不去正规的典当行卖呢，我这个店小，给不上你价格的。"

看华笙这么说，那大姐忙解释："听说那些人坏得很，会坑我们，以前村里的人就被坑过，越是门面大的地方越是不靠谱。大妹子，既然咱俩有缘分,我还是想卖给你,你若是嫌弃钱多,给我一万八也行。"

见华笙没有要留下的心思,大姐有些着急,降了两千。

春桃倒完水后,一直看着那小孩,也在小姐身后听着她们的对话。

"大姐,一万八我也不能收,您要不然去问问别人家吧。"华笙笑着将青铜器放回她手里。

"大妹子,你就当可怜可怜我们吧,我们也是走投无路了。我一个农村妇女,也不认识谁,好不容易走到这边找到你一个店铺,觉得和你有缘。这样吧,你能给我出多少钱,你看着给,家里还等用钱买米下锅呢,我也不能空手回去哇!"这女人边哭边说,苦苦哀求,春桃都看得快掉眼泪了。

可华笙却无动于衷:"大姐你走吧,不是钱的问题,是我这里收了也没办法卖,所以我不能买你这东西。"

"小姐……你就可怜可怜她们吧。"春桃忍不住还给求了情。

春桃确实也觉得奇怪,小姐平时虽然性子冷淡,可还是有善心的,不至于这么没有同情心啊,今儿到底是怎么了?

看着春桃一副不知情还要跟着添乱的样子,华笙也是无奈。

最终她微微叹息,回头对春桃说:"你去拿1000块现金给这个大姐。"

那大姐一愣,以为是要用1000元收了她的货,那她可不能干。

没等大姐说话,华笙看着她,神色有点凉意:"这一千是我给你的,你能找到我的店,确实咱俩是有缘分的,拿回去买米也好,买奶粉也好,就当是我的善心。至于你的东西,我还是那句话,我收不了,你带着东西离开吧。"

"大妹子,你真的不想想了,我这是好东西啊,真的是值钱货。"

"我知道是好东西,但是这东西和我没缘分。"

看华笙态度很强硬,那大姐只好将东西收起来,抱起孩子。临走的时候,她接过春桃给的1000元现金,看了华笙一眼,说了声谢谢就走了。

"小姐,到底怎么回事啊?你今天……"

那大姐走后,春桃控制不住自己要爆棚的好奇心。

"你想知道我为什么不收她的东西,对吧?"

"是赝品吗?"春桃问。

"不是,是真的,而且能值个八到十万的样子,那是战国时期的青铜酒器,虽然存世量不少,但是喜欢收藏的人也多,还是很好出手的。"

"那您若是两万收了,卖八万也是赚钱的买卖啊!"春桃觉得小姐那么精明一个人,不该算不明白这笔账。

华笙微微叹息:"我喜欢收藏古董,但是喜欢的多数是那些祖传下来的,不是这种刚出土的陪葬品。"

"呃……刚出土。"春桃着实被惊着了。

华笙转过身,拿起茶壶给自己倒了一杯热茶,缓缓喝了一小口:"这东西打开的时候就是一股生土和发霉的味道,说明吃土的时间不超过三天。很可能是盗墓团伙的东西,收这东西,是违法犯罪的行为。"

"天哪,原来是这样,幸好您没要。"春桃想想都觉得后怕。

"我是不会收的,没必要给自己找麻烦。"不过那大姐和那孩子确实也艰难,所以走的时候也给了她一千块,算是结一个善缘。

"小姐英明,我以后不会多嘴了。"春桃很是不好意思,刚还误会了小姐。

华笙正准备跟春桃收摊回家,就接到家里打来的电话,又是母亲打来的,说是二姐有大事要商量。

华笙就让春桃直接送她回了老宅。

华笙回去的时候,只有二姐华青和母亲在家。

"五妹,你回来了?快来快来,刚还和妈念叨你呢。"看见华笙回来,华青罕见的热情,这让华笙更是起了警惕之心。

说话的时候,华夫人刻意支开了春桃和其他保姆。

客厅里,只留下母女三人。看样子华夫人是准备要和二女儿来一起说服华笙了。

"阿笙,你二姐有个好事要找你,我觉得你听了就会答应。"华夫人笑着。

华笙没说话,看了一眼华青。说实话,从小到大,华笙最不喜欢的就是这个二姐。她心眼特别多,而且特别做作,对谁都没有真感情,眼里只有利益,虽然大姐也是那样,但是大姐没二姐这么尖酸刻薄。

"阿笙,是这样的,我现在管的不是咱们家族旗下的整容医院吗?你也知道这几年整容成风,我们医院生意很好。但是,医院缺一个代言人,我今天开会的时候提了一下。如果请一线的女明星代言的话,代言费很贵,一年就要五千万,不划算。所以我们觉得不如五妹帮我们自家生意代言,你长得好看,要是用你的照片做代言的话,一定有很多人来我们医院做手术,这样的话,生意就会爆棚。"

"哦,那你们打算给我多少代言费?"华笙淡淡地问。

华青一愣，华夫人也忍不住问女儿："阿笙，自家生意，你还要什么代言费啊？"

华笙一脸无辜："可我现在不是华家人了，我理论上已经算是江家人了，我的身份是江家少奶奶，我婆婆不太喜欢我露面。

"如果你们还是坚持要用我的话，那肯定是要给钱的，我拿了钱也好跟我婆婆交代啊，我觉得一线女星五千万的话，我样子也输给女星，最少也要四千万吧？"

华青当时脸都绿了，就是因为她不舍得拿这么多钱来请代言人，才想到了华笙，没想到华笙开口就要四千万。

"五妹，你这话说得，你嫁人了，你也是爸妈的女儿，你也是我们的妹妹啊！再说了江家可是顶级豪门，怎么会在乎你这点代言费呢？"

华青虽然心里不满，可还是装模作样地继续谈下去。

"二姐，你怎么不找三姐代言呢？她长得又好看又是大明星，她影响力可比我大。"华笙这么一问，给华青又问住了。

华芷她确实找了，可是刚说出代言，华芷就挂了电话，后来助理给回复的，说华芷不接整容的广告，不希望被人说她是整容出来的，留下黑点一辈子都不好洗，而且华芷那个脾气，华青也不敢继续谈，只能打华笙的主意。

"她我也找了，华芷身上有合约的，她同时好几个代言，如果再接会违约，所以是合同问题。"华青撒谎敷衍。

"阿笙，这是自家的事，你就当帮家里的忙了，你二姐也是没办法了，从公司角度出发考虑一下。"

华夫人继续说服女儿，让华笙心里更加凉了，她对这个家、这些人，真的是无语到了极致。

华笙微笑："二姐，要是这样的话，那你给我婆婆打电话吧，我嫁到江家后，很多事情都是听婆婆的，如果她同意了，我就帮你，你看如何？"

华青差点没气死，她就没想到华笙能把这件事直接推到江夫人身上，问题是她敢给江夫人打电话吗？

江夫人那个脾气，会给她面子？会让自己儿媳妇当整容医院代言人？那不是找骂？

华青也知道江夫人根本不干涉华笙，她就是故意拿婆婆出来当借口的，心里暗骂华笙还真是一个戏精，以前怎么没发现她这么难对付。

"五妹，这么说，咱俩是没得谈了呗？"华青冷笑，有些要翻脸的意思。

华笙一脸无辜又冤枉的样子："并没有啊，二姐，我也是身不由己嘛！"

见华笙不肯帮忙，华青干脆开始演起了苦情戏，故意哭给华夫人看，眼圈红红的，倒是装得真像。

"妈，您说说，我们家这么大的生意，我和大姐支撑着，这些年容易吗？

"三妹人家想当明星，四妹两耳不闻窗外事，只当一个悠闲自在的老师，五妹命好，嫁到江家，到头来，苦的还不是我和大姐？

"这些年我和大姐为了这个家操碎了心，可是谁能理解我们啊？

"尤其是我，最开始做医美这行的时候，不被理解，出去融资还要看脸色，陪客户喝酒喝到吐，这些你们都看不到，倒是每年年底分红的时候，大家拿钱痛快得很。

"虽然都是亲姐妹，但是我也不是后妈生的啊，怎么就没有人心疼我呢？"

华青这话明显就是给华笙听的，意思是她自私，不管家里的事。然后诉说自己这些年多么多么苦。

华夫人只得安抚华青："没办法，你是姐姐，你和小枫就承受得多一些，爸妈知道你很辛苦。"

华夫人这么一说，她就更来劲了。

"那我这么辛苦为了谁啊？还不是为了这个家，可是有几个人说我的好？"

华笙看了一眼二姐，笑着来了一句："二姐，既然这么辛苦，你可以辞职不做啊，其实给大姐管理也是一样的。

"实在人手不够还能外聘职业高管，你就跟我们一样等着拿分红就好，何必为难自己呢？"

华青："……"

华笙心里看得透彻，这二姐苦情戏演得逼真，可也确实恶心，她说得好听，多么多么辛苦，其实还不是为了掌权？

当初为了和大姐争家族管理权，可是没少明争暗斗。华芷、华琳不参与就是好的，若是五姐妹都是喜欢弄权的，那华家岂不是大乱？

所以明明是为了自己利益，却偏偏要说自己多么伟大，这话谁能信?

见华笙这么说,华青心里憋气又不能明着说她,只得给自己打圆场。

"我还不是操心的命,没办法,放不下家族生意,看不得我们华家落魄。"

华笙又是淡淡一笑,没有接话。

这件事没谈成,华笙起身就走,华夫人留了她吃饭,她也没吃。

华笙走后,华青露出真面目,咬牙切齿地骂道:"华笙这个小狐狸,现在靠着男人翻身,就高高在上觉得自己是个人物了,我看她能风光到几时?我看看江流对她能新鲜多久?有她哭的时候。"

华笙走后,华青也没多留,等人都走了,华夫人和华老爷有这么一段经典对话。

华夫人:"她爸,你说,我们俩以后老了,谁能靠得住?"

华老爷:"不好说,老大和老二眼里只有生意,估计是没心思管我们的,老四是老师,求的生活简单,也不会想什么后路,老五的话,我们照顾得少,自小跟咱们也不亲近,估计靠不住,倒是老三,虽然脾气不好,可还是个孝顺的孩子。"

华夫人:"嗯,咱俩想得差不多,小芷去年在澳洲买了豪宅,还空着,我想以后我们倒是可以过去住。"

其实有时候女儿多了,倒不是好事,毕竟谁能养老也是个问题,华芷也没想到父母对她期望颇深。

她买澳洲豪宅,纯属为了给自己找个能清净度假的地方。

回去的路上,春桃知道此事后问华笙:"小姐,如果二小姐当时答应给您四千万代言费,您真的会给代言吗?"

华笙心情不错,抿嘴轻笑:"你猜。"

"我猜啊,以您这个脾气,估计是不会同意的,谁愿意给整容医院代言?您又不是整出来的,倒是二小姐别有居心。

"我看啊,她就是嫉妒您的美貌,这些姐妹中,就属她丑,长得像个男人。"

春桃狂吐槽,华青确实不好看,华家五姐妹,只有华芷和华笙最为出色。

华笙笑了笑,没接话,家里的人,她只要应付就好,不用对她们多真心。

当然私下里,跟华琳和华芷的感情又是另一回事。

回去的时候，华笙本打算和春桃去买一些鲜花回家，却接到了华芷的电话，要她去探班，还嘱咐她买点糖炒栗子过去。

华芷的脑袋真的是天马行空，什么奇葩的要求都有，华笙挂了电话就跟春桃去买了糖炒栗子，然后按照地址开车去了江城北部的一个影视城，这里不大，只有民国时期的一些简单布景，来的剧组也不是很多。

据说华芷新接的电影就是民国戏，华笙到的时候，华芷还在拍戏。是一场雨中的戏。上面有人用水管猛冲，下面华芷雨伞一扔，就开始演哭戏，她穿着清凉的旗袍，也是别有一番风味。

就是被淋得很惨，脸上的妆容都花了。

"三小姐好能吃苦啊，这么冷的天，还要淋水，还要哭。"

春桃这么近距离观察的时候，才发现其实演员也不容易。

华笙依旧一脸淡定："成年人的世界，哪有容易二字？"

五分钟后，导演喊停，华芷助理忙拿过去一件斗篷给华芷披上，然后搀扶她过来坐。

"你来了？"看见华笙，华芷亲切一笑。

"给，栗子。"华笙递上用纸包好的栗子。

华芷吃得津津有味："也不知道怎么了，莫名想吃这口，而且又有点想你，就琢磨指挥你来一趟了，一举两得。"

华芷大大咧咧的性格着实让人舒服，就连我想你了这样亲昵的话，她也说得很随意。

华笙听了心里也暖，华芷吃着，她就看着。

"对了，上次交代你那件事，你跟江流说了吗？"华芷想起来那茬。

华笙就知道，三姐一定会问那件事，果不其然啊！

"说了。"

"江流咋说？"

"江流说，他和王君显认识多年了，他不是那样的人，你是不是误会什么了。"

听完这句话，华芷气得将栗子往地上狠狠一吐："呸，我绝对不能误会，那个王八蛋虚伪得很，在江流面前估计都是装的，只有在我面前才原形毕露。"

一说起那个人，华芷就气得不行，觉得心脏比平时跳得都要快。

没等华笙说话，就看见一个五十多岁的男人走来，头发有些花白，戴着眼镜，脖子上还挂着一个工作证。

"小姑娘,你也是演员吗?"那人直接问华笙,给华笙问得有点蒙。

"我不是。"

"不是没关系,这个很好学的,你有没有兴趣演戏?你长得太古典美了,我觉得你很适合古装,我有个后宫戏,正好缺一个皇帝的贵妃,一直没找到合适的人选,你愿意来试镜吗?"这人看着华笙的脸,有些小激动。

华笙:"……"

这就尴尬了,这是被邀约了吗?都说自己不是演员了,还约?

华笙看了一眼华芷,华芷回头:"高导,我五妹不是演员,你是不是魔怔了?见人就邀约?"

那导演笑道:"华芷啊,你有所不知,我接了一部古装戏,马上就开拍了,可是还差一个贵妃没有合适的。海选了不少圈内的新人,都没有那个气质,因为投资过大,我也不敢糊弄。

"刚远远地看见她,忽然就觉得很有眼缘,这小姑娘长得真是精致,辨识度很强。我敢保证,演我的古装戏,一定能红,既然是你五妹,片酬的话我按照二线明星的价格给,你看如何?"

这导演确实是一眼看中华笙,确实这张脸很出色,谁看了都喜欢。

甚至他连片酬都谈了,这是真心实意邀请了。

可问题是人家自己还没发话呢。

华芷知道华笙的性子,直接就替她做主了:"得了吧,你可别打我五妹主意了,我们家出我一个操心的就够了,别误人子弟。"

"华芷,你真的不让你妹妹考虑一下?"那导演不死心。

"不考虑。"

拒绝后,华芷看了一眼华笙:"你不会接的,对吧?"

"嗯。"

"所以我替你回绝了,娱乐圈啊,就是一个大染缸,没好人。我来了都后悔了,还不如当初跟四妹一样去当个老师,没准现在都结婚生子了,哪里会变成大龄剩女。"华芷自嘲一笑。

华芷确实不小了,她已经 28 岁,还没有男朋友,对于普通人来说,就是年纪大了,再蹉跎几年,恐怕错过了女人最美好的年纪。

"人各有志,你的爱好和四姐不同,也没可比性的。"华笙安慰她。

两姐妹又坐了一会儿,闲话家常,拉近了两姐妹之间的距离。

春桃看着小姐有几个亲近的人也是开心,至少她不会那么孤单寂寞。

阵亡

华笙走后，华芷继续拍戏，收工的时候已经是晚上六点，然后马不停蹄地赶去电视台录一个节目，是一个关于她下一个新片的宣传。

虽然华芷已经筋疲力尽，可还是打起精神去了。

华芷和男主演还有一个编剧，三人一起接受了现场采访。

女主持人问了这样一个问题："新片里，两位有亲密戏吗？听说这是两位第一次合作，两家的粉丝都很期待呢。"

华芷含蓄地笑了笑，那男演员倒是实在，认真回道："有的，我和华芷在里面有八场吻戏。因为是情侣嘛，并且经历了那么多磨难，所以这段估计还挺深刻的，我最近一直在看剧本，想找找感觉，让自己更入戏一些。"

本来这回答也没问题，但是倒霉就倒霉在，这一段节目，又被某醋精看到了。

王君显在自己别墅里，端着红酒杯听着爵士乐，看到这段的时候，相当不爽了，他还仔细算了一下，八场亲密的戏？是要被人亲八次吗？

这么一想，王公子的心情又不好了。

节目结束后，华芷他们三人刚下台，就接到公司消息说，投资方撤资了，这部戏拍不了了。

华芷和那男演员都是一怔。

"这……这……怎么会这样？"男演员脸都白了，要知道他这部戏谈的片酬可是六千万啊，不是小数目。

若是这部戏黄了，那还真是损失巨大。

华芷心里总有一种感觉，觉得这件事太诡异了，怎么跟颁奖礼那次很像？

从电视台回到公寓后,华芷困意全无。她一顿打电话追问投资方为什么撤资的事情。最开始公司还不肯说,后来被华芷连哄带吓才问出来,据说投资方是受人之托撤资的。

华芷肯定生气啊,发动所有人脉,最终问出了幕后黑手,居然是王君显。

她差点气晕了,那个家伙为什么要干涉她的事情呢?还故意让投资方撤资,这不是挡她财路?

华芷气得打电话的心情都没有了,穿上衣服下楼直接开车去了王君显家。

凌晨一点钟。王君显刚睡着,就听见有人敲门。他迷迷糊糊起身,睡袍也是松松垮垮的,毫无防备地去开门。

门一打开,华芷就冲上来对着他的胸膛一顿捶。

王君显哪里想到会是华芷,赶紧往后退,然后一不小心,跌倒在了地毯上,华芷也跟着倒了下去……

两人双双跌倒,这一幕确实有点狼狈。

而且,差点又被那个家伙给占便宜,还好华芷有备而来。华芷直接坐起来,对着目标又是一顿猛捶。

"王八蛋,你简直坏到家了,我以前怎么没怀疑你呢,啊?在背后阴人,这是男人该做的事情吗?我一直以为江流的哥们儿人品怎么也不会太坏,没想到啊,你就刷新了我的三观。"华芷跟机关枪似的,一顿扫射。

王君显见事情败露,也不遮掩,笑着抓住她的两个小拳头:"你就为了这事,大半夜闯我家里来?"

"你以为我会轻易放过你吗?"华芷瞪着眼睛。

"可你这样子会让人误会的,你看看咱俩这处境。"王君显这么一提醒,华芷才意识到自己还坐在地毯上,离他那么近。

王君显本来就打算要睡了,所以穿得不太多,这样更容易被人误会。

华芷反应过来后,麻溜爬起来,坐在一旁的沙发上,还不忘趁机狠狠踹了王君显屁股一脚,凶猛无比。

"王君显,我问你,你有什么资格干涉我的工作?上次那小鲜肉的事,也是你吧?"华芷一下子就想通了其中利害。

王君显摸了摸后脑,一脸淡定:"你是我女朋友,跟别的男人传绯闻,我自然要管。"

"女朋友？你丫的是疯了吗？那是假的，我只是临时假装几天，你还当真了？你是不是以为我真的会看上你？啊？你也不照照镜子看看自己什么货色？长得白白净净，一点都不像个男人，我会喜欢上你吗？"

华芷气疯了，真是什么难听说什么。丝毫不顾及人家的感受。

王君显挑了挑眉毛："不像男人？华芷你敢再说一遍？"

"我就说了，你怎样？打我啊？你就不像男人，就是不男不女，人妖变态……"

后面的话，华芷没说出口，因为她毫无防备地被人袭击了，然后嘴巴被人用嘴堵上了，太突然了这一切。

华芷惊慌，死死挣扎，却一点力气都使不上。

就在华芷以为自己会被这家伙亲死的时候，一种异样的感觉传来。

说实话，华芷绝对低估王君显这人了，以为他是那种特别老实好欺负的。可越是老实的，才越不好欺负啊，这种是典型的扮猪吃老虎。

华芷后来自己都不记得是怎么落荒而逃的，都忘了找王君显算账的事。跑出来的时候，脸都是热的，发烧了一样，这些年，谁敢这么放肆地亲近她？

毕竟不是拍戏，这可是真刀真枪的，华芷只觉得脑子有点乱，开车就往家跑，也忘了骂人。

王君显躺在地毯上，似笑非笑，他摸了一下脖子，居然出血了，是刚才华芷临阵脱逃的时候给他挠的。这女人也是爪子够厉害。

但是他也不亏，还是如他所愿了不是吗？

看华芷那个反应，似乎她从来没做过这种事。难道，真的是不熟练吗？

这么一想，王君显还挺高兴，然后又躺了一会儿，起来去找了一个创可贴给自己贴上。

华芷那边也没好到哪里去，回到家赶紧去洗澡，然后就是不停刷牙，不停刷牙。

甚至脑海里时不时闪过刚才发生的情景，就跟做梦了一样。

更可怕的是她居然变怂了，不敢微信臭骂那个家伙了，甚至连话都不敢说了。

她自己都没反应过来，是不是被人家给整蒙了。

毕竟之前一直是高高在上的女王，谁敢得罪？

不过最后她还是在想那个问题，她跟别人演亲密戏什么的，关姓王的什么事？他有什么资格来管她的事情？居然还让投资方撤资，真是没事找抽。

不管怎样，华芷跟王君显之间梁子算是结下了，而且还是不小的那种。

又过了两日，华笙在学校回家的路上，在一个路口被谢东阳堵住。

高调无比的法拉利不是他还能有谁？

华笙还纳闷，这人不是说出差了吗？怎么没几日就回来了？

"春桃姑娘，我可以跟华笙说句话吗？"谢东阳也聪明了，知道拍春桃的马屁了。

春桃在主驾驶上回头看后面的华笙，后者没说话，就代表可以。

谢东阳就自来熟地打开车门，看了一眼里面的华笙，很是高兴。

"我出差回来了，这些日子没见，你有没有想我？哈？"他开玩笑。

华笙倒是一点都没笑的意思，一脸严肃地问他："谢先生，我时间宝贵，有事请直接说重点。"

听华笙这么说，谢东阳忙将手中的袋子递来，见华笙没接，他小心翼翼地放在她身边的座椅上。

"这是什么？"华笙瞄了一眼，看包装很是奇怪，也看不出什么东西。

"我这次去大西北，弄了一些那边的特产，不过都不值钱，一些牦牛干啊、马奶酒之类的。嘿嘿，你试试，好吃的话我再让那边的人给你邮寄。"

"不必了，谢谢你的好意。"华笙说着将东西拿起来就要还回去。

谢东阳却后退好几米："你若不要，就丢在垃圾桶里吧，没事……我先走了，拜拜。"

华笙："……"

谢东阳这人真是脸皮厚得很，还带强行送礼物的，不要的话丢垃圾桶。华笙是不喜欢，可丢垃圾桶未免太过可惜，只得扫了一眼那东西："春桃，你和银杏分了吧。"

"谢谢小姐。"春桃憋不住笑。

末了，春桃还不忘补充一句："小姐放心，谢少找你，还有送东西的事，我们绝对不会和姑爷说的。"

华笙一怔："江流知道又如何？我本就不怕他。"

春桃知道小姐向来是傲娇到骨子里，做事向来我行我素，不会在乎别人的看法。

但是在春桃和银杏眼里，姑爷不是别人，是小姐的丈夫，是亲密的人。

"姑爷肯定吃醋嘛！虽然他好，但是我们还是尽量少给他添堵。"

华笙也没吭声，关于江流和她之间，其实有些东西她自己也说不清。她原本打算和江流之间互不干涉，最好江流不回来这边住才好。

可结果却正好相反，江流不管加班多晚，都会开车回十里春风。只要来得及，也会每天陪着她吃早餐。

尤其是那天晚上，她噩梦，江流闯进来，抱着她，整整一个晚上。虽然两人没发生啥实质性的事情，但，有些东西还是变了，就是和以前不一样了。

华琳自从那日后，也没见过白浩，还是照样在大学里教书，甚至还多了一个追求者，是她新来的一个同事，从外地调回来的，也是一个高才生。不过教的是哲学，挺有深度的一个人，他的办公室离华琳不远，所以经常会见面。

这天放学，华琳拎着包往外走。

"华老师。"

"哦，柴老师你好。"

"一会有空吗？一起去看电影？听说最近新上映的电影口碑不错，我看评分很高啊，我觉得你应该能喜欢。"

柴老师比华琳大两岁，言谈举止很符合一个大学老师的身份，深受学生和同事们喜欢，只是……华琳心里有人。

"我一会儿还真有点事，不好意思。"

"没事，那就改日。"被拒绝了，柴老师也没尴尬，聊了几句就走了。

华琳有些失落，她拎着包不知不觉就来到了白浩所在的公安局门外。

其实她知道，男女分手属于正常，这个世界上每天有多少对情侣都分手了，感情也是允许失败的。

只是她还是不甘心，这么说吧，如果因为白浩出轨，或者因为她劈腿，分手也就分了。偏偏不是因为感情问题，是家庭问题，所以她一直觉得不应该是这样的结果。

"咦？你是浩子的朋友吗？你怎么在这里？"一个警察刚出门就碰到她，并且认出来。

"我……那个……其实我想问下，上次那个嫌疑人的事情。"

华琳犹犹豫豫地把那件事搬出来，那警察也是实在，直接来了句："那件事不都结了吗？浩子不是把东西都给你送回去了吗？其实你挺幸运的，除了两千多现金没了，被那孩子花了，其他的都在，什么都没丢。"

"啊？两千现金没了吗？"华琳听到了重点。

"对啊，那孩子抢劫就是因为没钱上网，自然是冲着钱来的，我们抓到人的时候，两千多就全部花没了，据说是充了不少在游戏里，现在的孩子啊，真是没救了，游戏害死人。"那警察叹了口气。

华琳这时终于明白了，自己的钱早就没了，可包拿回来的时候，一分都没少。

那么说，这些钱应该是白浩自己放进去的。想到这里，华琳心里很不是滋味。

"白浩在里面吗？"

"他在呢，今晚正好值夜班，你快进去吧。"

华琳点头，心情复杂地拎着包进去。

白浩看见华琳的时候，有点惊讶，他起身，神色有些不自然："小琳，你怎么来了？"

"找你有点事。"

"那你先坐，我给你倒水去。"

白浩转身拿出一次性水杯，给华琳倒了一杯水。局里的同事看见，都识趣地躲出去，办公室里只剩他俩。

华琳从包里拿出那两千多块钱，全部放在桌子上："你把钱拿回去。"

"什么钱？"白浩故意装不知道。

华琳心里又心疼又生气，心疼的是这个傻子一个月才四千多，偷摸给自己包里放两千多，还不说。

生气的是，都分手了，他这样关心她，算什么呢？只会让她心里更舍不得他，更难受。

华琳板着脸，看着白浩："你还要瞒着我到什么时候？我又不是三岁小孩，我的钱是我自己取的，都是连号的，虽然金额对得上，可不是我的钱。刚才门口看见你同事，他也跟我说了，我的钱已经被那个小孩花光了，这些是你放在我包里的。"

白浩沉默不语，低着头不说话。

"白警官，你对所有女性受害者都这么好吗？你这个警察做得真到位。"华琳说着气话。

"我只是想帮你原封不动找回来而已。"

"那我也不是差两千块钱的人,你把我当什么人?只看重钱吗?"

"我没那个意思,就是不想你失望。"白浩解释。其实他也说不清,可能心里对华琳还是有感情的,所以自然而然地就去做了这些,当然也不求回报,他没想那么多。

"算了吧,口口声声说不想我失望,可你却分手,难道不是更失望吗?"华琳苦笑。

白浩无言以对。

"钱你拿着,你的就是你的。"华琳指了指桌子上的现金,然后起身要走。

"小琳。"他还想说什么。

华琳顿住脚步,甚至一瞬间有了奢望,希望他能说一些挽留自己的话。

哪怕他只问她一句"还能不能重新在一起",她都会立刻回头抱住他。

毕竟心里都有对方啊……

可是……

"小琳,你以后不要那么晚出门了,最近不是很太平。"

"好,谢谢白警官。"华琳带着失望离开。

白浩站了好久,看着华琳一口没动的水杯,心情复杂得很。

喜欢华琳是真的,可抵触华家也是真的,华家真的不是他能高攀上的。

他若是真的娶了华琳,自己忍受豪门的气就算了,恐怕将来父母在亲家面前也都是没地位的,他不想日子过成那样。

谢东阳从西北回来后,就开始马不停蹄地忙啊忙。

没有人知道他具体忙什么,只知道很有干劲。

鑫盛药业总部,谢东阳打完最后一个电话,松了一口气,然后将药厂的几个领导喊来:"我说个事,你们呢,根据自身情况做自由选择。"

"谢总,您说。"那胖子高管一脸肥肉,笑面虎一个。

"咱们的场子不倒闭了,银行的贷款我已经提前垫付了。"

"啊?3.5亿啊,谢总,您别闹。"几个高管都吓傻了。

"我是那种随便开玩笑的人吗?钱我自己掏了,我差不多把自己另一个公司的全部资产都放在这里了,下一步我要做的就是让这个药厂起死回生,不过前途未知,你们几个想留下的,工资待遇跟以前一样,不想留下的,我会给你们一些赔偿,你们可以随时走人。"

谢东阳跷着二郎腿,拿着手机拄着下巴,一副胜券在握的模样。

谢东阳的提议让几个高管都有些蒙,说实话,他们都是老员工了,对药厂的情况心知肚明,就连谢东阳的父亲——集团的董事长,都知道这是没办法挽救的,只不过有钱人家的孩子不知道天高地厚,不当家不知道柴米贵,所以才乱搞一气来证明自己,这样的他们见多了。

所以几个人商量了一下后,一致决定辞职,拿着谢东阳给的赔偿离开这个烂摊子。

"谢总,对不住了,我们也都是上有老下有小的。"那胖子笑眯眯地解释。

谢东阳笑着摆手:"不必说,我理解,几位签字吧,签了这合约,我们就两清了,公司会根据你们在这里的工作年限给予补偿。"

几个人挺高兴,心想这下拿到的比预期的还要多,事实上,谢东阳确实没亏待他们。

打发走了几个蛀虫后,谢东阳马上又从自己公司调来骨干补位,专业的岗位就高薪外聘,很快就全部到位。

与此同时,谢东阳发动了娱乐圈的人脉,同一时间宣布鑫盛药业整合完毕,正式更名为东阳药业。

除此之外,还宣布一千万重金精选十人试用公司的新产品,周期是七天,并且由当地最厉害的媒体全程直播。

千万重金一宣布,顿时炸开。

具体要求如下:只要你身体健康,只要你够平凡,只要你有足够的勇气,我就送你一百万。

一千万,要十个素人来做新品实验,并且全程直播,这玩法,真的是前无古人后无来者。

一时间,吸引了社会各界人士的关注。

当晚谢东阳亲自录了一段小视频,发出来,算是官宣了。

华笙忍不住好奇心,也偷偷打开了手机推送的链接。

谢东阳收起以往的玩世不恭,坐在豪华气派的办公室内,极其自信地说了一句话:"给我七天时间,还世界一个奇迹。"

这口气,着实不小。

华笙对这些没什么兴趣,所以看了一眼就关了,也不知道这谢东阳弄这么大动静到底要干吗。

谢家老宅。

谢东泽跟父亲汇报道:"爸,我查了一下,东阳这次确实玩大了,鑫盛那边的贷款确实是他用自己的钱补上的,他等于收购了鑫盛药业,将两个企业合并在一起,做了整合,后期还投入了不少宣传资金,前前后后应该有五亿了。"

"这些钱,他在哪里借的?"谢家老爷子有些意外。

本想给小崽子一个下马威,让他以后夹起尾巴做人,没想到小崽子一下子作大了。

"这些钱都是东阳自己的,这些年他的风投没少赚钱,并且他名下的很多股票、基金最近全部套现了,这应该是他的全部,若是这次不成功,他怕是要一无所有的。"谢东泽一字一句解释给父亲听。

"嗯,那就让他胡闹下去吧,赔光了他以后就老实了,五亿让他学会做人,也值。"

谢家并不看重五亿,谢云只想小儿子要是能失败一次,尝到挫折的滋味,也是极好的,对他以后做人做事很有帮助,却不承想……

谢东阳铺天盖地地宣传,引起了全社会的关注,他在娱乐圈的那些绯闻女友也都全力帮忙转发,很是给力。

华芷看到后都乐了,直接给谢东阳发了微信:"我发现你是真会玩啊,不就收购一个破药厂吗?至于这么兴师动众?要出什么新品了,治疗不孕不育吗?"

谢东阳听完华芷这微信语音,差点喷了。

不孕不育?不不不,他做不了那么高端的,技术还达不到,于是赶紧回复:"你别扯淡,什么不孕不育,我这是干正经事的,你赶紧给我宣传。"

自从上次华芷生日谢东阳去了后,两人还建立起了交情,当然谢东阳是有所图的,希望通过华芷接近华笙。

而华芷倒是觉得,谢东阳这人还不错,没外面说得那么坏,也值得做个普通朋友。

"成,那我给你宣传宣传,不过你这真是要干大的意思了呗?"

"对,必须干大。"

"图啥啊,这么辛苦,你又不缺钱,做个只会吃喝玩乐的纨绔子弟不好吗?"华芷逗他。

"以前挺好,现在不行了,我有新目标了。"

"你别告诉我,目标是我五妹。"

谢东阳大笑,然后回复:"恭喜你都会抢答了,说实话,我就是想跟江流正面刚一下,至于目的,很清晰,我想要华笙。"

"你疯了,她都是别人媳妇了。"

"那我也抢,结婚也能离呢,我有决心。"

"好吧,那祝你成功。"华芷也懒得劝他了,但是还是帮他转发宣传了,随着铺天盖地的广告和转发,东阳药业新品还没出,公司先火了,谢东阳趁机挂牌上市,当天就融资三亿,本钱回来一大半了。

这件事成了财经新闻头条,很多商业大佬都津津乐道这件事。

江流也关注了,毕竟是商场的事,也挺感兴趣。

当天晨会后,还跟助理讨论了几句。

"江总,您看好谢东阳这次的新品吗?很多人都说药没那么好做,也许他只是昙花一现。"男助理分析。

江总笑了下:"不好说,谢东阳那人喜欢剑走偏锋,我倒是觉得他既然弄这么大动静,就不会甘心沉了,也许会有撒手锏,我们拭目以待吧。"

江流没想到的是,谢东阳下午居然来了,直接到他的公司找他。

两人见面,也是分外有趣。

"谢总大驾光临,这是有何贵干?"江流起身。

"江总别怕,我不是来贷款的。"谢东阳也是开玩笑。

随后两人相视一笑,女助理赶紧给客人倒茶。

这还是谢东阳第一次来江家的企业,他以前都未踏足半步。

谢东阳喝了一口茶水,环视一圈江流的办公室。

"以前我爸妈总是拿我和你比,说我样样不如你,我一直很不服气,后来我们各走各的路,也没有任何冲突,直到你抢了我的新娘子,我就彻底看你不爽了。"

"抢?这个词用得不精准,我可不是抢的,我是阿笙亲自挑选的意中人。"江流沾沾自喜。

尤其"意中人"三字,咬得很重。

谢东阳淡定微笑:"你也不用气我,我不会被你气到,说正事吧,我今儿来是想和你打个赌。"

"哦?赌什么?"

"赌华笙,咱俩玩一场商业游戏,你输了,离婚;我输了,五亿公司全盘送给你。"谢东阳一字一句,说得铿锵有力。

江流听后眼眸不禁变得深邃起来……这小子果然是有备而来。

大多数男人都是禁不住激将法的,越是有挑战性的越想尝试。

谢东阳赌江流这样的男人肯定是自负得很,对自己有信心,所以一定会应战。

很可惜,人心到底是捉摸不透的东西,谢东阳还是失算了。

江流听完他的壮志豪言,只是笑了笑:"对于你的赌局,我一点兴趣都没有。"

"你是怕了吧?怕输给我?"谢东阳继续刺激。

"不,我是不会用华笙做赌注的,因为你的五亿公司跟她比,分文不值。"

江流这话是发自内心的,华笙这姑娘你越是接触下去,就越发现她是一个宝藏女孩,有很多闪光点等待你去挖掘,那么好的一个姑娘,自己好不容易骗到手,怎么可能拱手让人?

还有一句话江流说得也对,五亿公司对他来说,真是毫无吸引力,他已经坐拥整个江家的商业帝国,所以为什么还去在乎谢东阳那一小块蛋糕呢?

见江流不为所动,谢东阳急了。

"你难道不想打败我吗?不想让我输得没办法翻身吗?"

江流淡淡地扫了他一眼:"不想,因为我从来没将你看成对手,所以打败你有什么乐趣呢?"

这下,谢东阳可受了刺激了,江流云淡风轻的一句话,他却觉得自尊心备受打击。

人家压根就没当他是个对手,可见他以前是多么不上进。

他死死握着拳头,拄着办公桌,瞪着江流。

"江流,你会为你今天这句话后悔的。就算你不跟我赌,我也会有办法让你跟华笙离婚,我一定要让你失去你喜欢的女人,让你失去你现在拥有的一切,到那时,你就知道我是不是你的对手了。你也就知道,跟我玩对手戏,会有什么乐趣了。"

说完,谢东阳愤然转身。

江流一脸平静,跟谢东阳不一样的是,他不管内心多么翻江倒海,波涛汹涌,表面上依旧风平浪静。这一点,跟华笙很相似。说得不好听叫会伪装,说得好听就是喜怒不形于色,是能成大事的。

晚上的时候,母亲打电话来叫他们回家吃饭,说是煮了一些新鲜的玉米。江流带着华笙回去简单吃了一口,走的时候,江夫人还给儿媳妇拿了不少生玉米。跟自己的亲妈比起来,华笙有点喜欢婆婆了。

回去的时候,江流开车,华笙坐在副驾驶座上。

红灯的时候,江流侧头看她,发现这小姑娘低着头玩着一款很幼稚的游戏,叫贪吃蛇,瞬间就觉得她萌到不行,江流伸出手,直接碰了一下华笙的手背。

最要命的是,手背也没什么问题,却偏偏还要拍两下。

暗示的意思很是明显了,华笙立刻一巴掌打在江流的手上,然后瞪眼:"拿开你的爪子。"

"阿笙你真小气,拍一下都不行。"江流忍不住笑,收回了手放在方向盘上。

华笙一脸不可思地看着他。天哪!还要脸吗?居然还大言不惭地说她小气?这明显就是颠倒黑白,得了便宜还卖乖。

"江流,你还要脸吗?"华笙气呼呼地盯着他。

"看情况,有时候要,有时候不要。"江流也是豁出去了。

华笙服气他的三观了,这么一个大人物,这样的事情都干得出来。

"我警告你,你给我收敛点,对我动手动脚,别说我不客气。"

"说得好像你现在对我多么客气似的。"

华笙:"……"

好吧,这人总是一堆歪理,说不过他,就不吭声,懒得搭理。

而江流倒是觉得,这是夫妻之间的打情骂俏,能增进夫妻感情。

晚上回去的时候,江流电话不断,都是公司那边的事。他只得进书房,华笙抱着小黑在沙发上看着小黑爱看的动画节目。

银杏端着果盘过来,趁机说道:"小姐,谢少给您带的特产,都特别好吃呢,牦牛干可香了,你要不要尝尝?"

"不要。"华笙直接拒绝。

"还有奶片呢,奶香味十足。"

"你俩吃吧。"

"那手链我俩也不敢戴啊,而且就一条,明显是给你的。"

"什么手链?"华笙一怔,谢东阳送的那些东西她都没拆开,直接送了春桃和银杏,所以并不清楚里面到底有什么。

银杏瞄了一下楼上,看江流书房没动静,才放心地从口袋里拿出一条很细的手链,全部都是红色的珠子,好看是挺好看,不过不值钱。

一看就是那种专门卖给游客的装饰品,这倒是让华笙松了口气。若是贵重的,她是要还回去的,绝对不能要。

"小姐,你鉴定一下,是不是古董?"

"不是,就是地摊货,最多不超过20块的那种。"

"不是吧?谢东阳那么有钱也送地摊货?这像是要追女生的样子吗?是不是让人给骗了?"银杏惊呆,她不懂这些,还以为是什么好东西,稀世珍宝,不然哪里会送给小姐?

"应该是吧,没事,你俩谁喜欢谁戴,不喜欢就丢了。"

华笙将手链丢回到银杏手里。

等银杏走了后,华笙暗自叹息,轻轻抚摸小黑的后背。

谢东阳的意思,她懂了,那手链虽然是地摊货,但……那珠子是红豆。

红豆代表什么?几乎所有人都知道,代表相思之情。

这还是来源于诗人王维的那首《相思》。

红豆生南国,春来发几枝。愿君多采撷,此物最相思。

谢东阳是想告诉她,他对她的相思之情,并不是让她在乎东西本身的贵贱。

她懂了,可是那又如何?谢东阳又不是她喜欢的人,这只能是那家伙的一厢情愿罢了。

所以,华笙并未告诉银杏其中的故事,只是说地摊货,随意处理就好。

次日清晨,华笙去了民族大学上课,上了两节后,她又一头扎进图书馆中。

和之前不同,以前她走到哪里都是人山人海,前呼后拥,围观她,议论她。

自从袁邵的事情后,华笙被这些学生给孤立了,没有人再敢靠近她半步,原因很简单,说她是个有暴力倾向的变态。

华笙听到这些传闻,只是微微一笑,这回清净了,求之不得。

她进图书馆的时候,随便找了一个位子坐下,她旁边的女生吓得赶紧站起来就跑。

不知道过了多久,才听见一个声音问她:"小笙,喝水吗?"

华笙抬起头,看见于萍手里拿着一瓶矿泉水,对她微笑。

说实话,如果说这个学校里,唯一能有一个让她印象还不错的同学的话,那一定就是于萍了,没有穷酸的气息,没有很重的心机,反而在逆境中一直乐观地活着。

华笙是做不到的,但是她佩服于萍。

华笙接过于萍递来的水,道了谢。

"我可以坐下来跟你一起学习吗?"

"可以。"

于萍拿着书坐在华笙对面,然后就开始讲起了中国近代史。

华笙一开始只是听,后来发现她哪里说得有漏洞,会补充。

就这样,两人一聊就是一个多小时,一直到中午吃饭的时间。

华笙合上手中的书,犹豫了一下才开口:"我请你吃中午饭吧?"

想着之前自己去吃包子都是于萍给的钱,虽然钱不多,可是心意难得。做人还是要有来有往才好,华笙就主动了一次。

那于萍也不做作,直接点头答应。

红豆手链

两人一起往校外走去，去的是一个华笙经常光临的小饭店，干净整洁。吃的是广式煲仔饭，华笙不吃肉，所以点的素菜煲仔饭。

于萍点的是经典腊肠煲仔饭，两人吃得很是欢乐。

期间，华笙忍不住问于萍："你为什么敢接近我这个奇葩？别人都害怕我，你不怕吗？"

于萍笑得坦然："我说了原因，你别生气就好。"

"我不气，你说。"

"因为我也是奇葩，你也是奇葩，奇葩只能和奇葩玩，不是也挺好吗？"

说完这句话，华笙先一怔，随后也忍不住低头笑了。

她是奇葩，于萍呢？也算是奇葩，说得还真对，都是被人孤立的学生，所以走到一起也不稀奇。

只是，她是生活在金字塔顶端的奇葩，而于萍则正好相反，她是生活在金字塔底下的人，大家是因为她穷远离她，她也因此会自卑至极。

可不管怎样，虽说是两个极端，可走到一起，认识了，也是缘分一场。

况且，华笙观察了一段时间，于萍是真的品行好，没有坏心眼，没有心机，她才能不排斥与她打交道的。

"你说得没错，我们俩确实都是奇葩。"华笙认同了这观点。

"小笙，你有过喜欢的人吗？"于萍这个话题转得有些快，华笙都没来得及反应。

"你别误会，我没打探你隐私的意思，我只是想问，你是不是因为心里有喜欢的人，才能那么果断地拒绝袁邵。袁邵在学校里是校草，喜欢他的女生多到天际,说实话,一般人都很难拒绝他,而你却能爆他的头。我猜想你应该是心里有喜欢的人吧?"

"并没有,只是我不喜欢袁邵而已。"

华笙其实不仅不喜欢袁邵,其实她是不喜欢任何侵犯她、冒犯她的人,她的自我保护意识很高的。

当然江流是个例外,虽然他也时不时地占点便宜,但华笙潜意识就认为江流没有恶意,所以对他会自动降低防御属性。

后来的后来,华笙才明白,她之所以纵容江流,其实是因为在天长日久的相处中,防备已经一点点被蚕食了。

她没有喜欢过任何人,所以这时候的她,还不知道什么叫喜欢。

于萍一脸羡慕地看着华笙:"真好,我要是有你那样优秀,我也不会喜欢袁邵,不过你是有资本,我是没资格,哈。"

华笙没接话,于萍看着电视上的广告,忽然想到了什么,一脸兴奋:"小笙,你知道吗?我前几天偷偷报名了东阳集团那个试药的活动,若是我能被抽中,能拿一百万奖金的。"

"你疯了?那是试药,药都是有毒性和副作用的,你怎么可以拿自己的健康开玩笑?"华笙皱眉,觉得她这么做实在不妥。

于萍有些惭愧,声音也越发地变小,生怕别人听见会笑话。

"小笙我知道你是有钱人家的孩子,不在乎这些钱,可我在乎,我真是穷怕了。

"我幻想着要是我真的拿到一百万,给我父母让他们没有后顾之忧,给我弟弟娶老婆也好,干什么都好,他们就不会再逼着我去找我不喜欢的工作了。

"不瞒你说,我喜欢历史系,真的喜欢,我曾经想毕业后,就当个历史老师,教给学生我毕生所学。

"可我爸妈说了,当老师能赚几个钱?怎么能养家糊口,养活我弟弟?所以还没等我毕业,我父母就开始给我规划了人生。

"让我毕业后,找个赚钱的工作,专业不用对口。我很害怕,也很迷茫,我怕我最终成了那个不喜欢的自己。"

华笙听完后,沉默不语。

确实,她没经历过于萍的人生,也没办法感同身受,不知道她的心里所想,听她说完,才发现她的人生一直在被金钱所支配。

当个老师是一个崇高的理想,但却败给了现实,不赚钱是不行的。

和她四姐正好相反，正因为华家有钱有势，所以不用在乎女儿做什么职业，华琳才能无忧无虑。

这么一想，她有点理解于萍了。

"你说得对，我认同，可我不能接受你为了得到那些钱，就去拿自己做试验品，试药你知道是多大的事情吗？小白鼠懂吧？"

"我懂，我也只是说说，肯定选不中的，听说报名的人已经突破七万人了，只能有十个胜出，哈哈，别担心。"

看着于萍傻笑，华笙更为心酸。

"你现在还没毕业，毕业后的事情先不要想，未来的事情谁都说不好的。"

"是，小笙你很睿智，是我一叶障目，执念了。"

两人吃饭后就回了校园，下午华笙提前离开，却没回家，而是直接找谢东阳了。

谢东阳是意外的，平时见华笙一面比登天都难，如今她居然主动找自己了？所以当坐在咖啡馆里，坐在华笙对面的时候，谢东阳还觉得是不是自己做梦了？

"我今天找你来，是想说一件事。"

"好，你说。"谢东阳这才回过神。

"我有个同学，她叫于萍……她报名参加你的试药了，但我不希望她去，我希望你一定要交代你的人，别选中她。"

"呃……我的药没有毒性，能试药，还能拿到一百万，这是好事啊，你应该鼓励你同学。"谢东阳也是一脸无辜，他又不是害人，干吗华笙要说得那么严肃。

"你不用解释这么多，我只是不想她试药而已，至于怎么做，你看着办。"说完，华笙冷着脸起身离开。

"华笙……你能不能别把我想得那么坏……"谢东阳一脸委屈地喃喃。

不过更为心酸的是，华笙对一个普通同学都那么关心，可对他却避如蛇蝎。

谢东阳最终还是听了华笙的话，暗中除名了那个叫于萍的女生。

然后当天晚上九点钟，官方公布了十人名单，同时公布了新药品的名字——深度觉醒。据说是一种精神类药物，主要的作用是放松大脑，缓解精神压力，从而达到让身心放松的效果。

东阳药业再一次霸占各大新闻版面。

连老爷子谢云看了新闻都坐不住了，问谢东泽："你弟弟到底弄什么花样？深度觉醒是什么药？别最后玩火自焚。"

谢云真怕儿子这次是雷声大雨点小，药拿出来后，效果没那么神奇，直接就沉了，五亿自然打水漂，谢东阳说不定还落个骗子的名声。

谢东泽也是很无奈，只得实话实说："爸，我真不知道这是什么，东阳没找我借过钱，这次他并购鑫盛前前后后我也没参与过，只知道他要推出一款新药品问世，我也是在电视上看见的广告推送才知道的。"

"竟瞎胡闹，你给他打电话让他回来。"谢云还是不太放心，怕谢东阳玩火自焚，想着先问问到底怎么回事。

可惜，谢东泽打他手机并未接听，眼看着明天就要全程直播十位小白鼠的试药过程，他不想任何人插手，更不想功亏一篑。

没有人知道，其实这个新品第一个小白鼠就是谢东阳本人，为什么不用动物做实验呢？

因为这种是抑制脑神经的药，动物就算用了，你也看不到它们的大脑反应。

药的成分并未有违禁的，对人体无害，其实短时间内是不可能这么快有新品出来的，机缘巧合的是那个范教授十五年前就开始研发这款药品，后来工厂倒闭，没有研发的环境和成分，所以这款药中途只能停下。

如今看谢东阳这么疯狂地想要新药，他只得捡起来继续尝试，然后合成后拿来面世。

具体有什么功效呢？这个还要保密，但是可以说的是，谢东阳试药后，对这款新品极其满意，当即用年薪三千万聘请范教授为东阳药业的首席药剂师，团队的人也是部分跟来，部分留在西北采购原材料。

谢东阳相信，这款"深度觉醒"一旦大批量面世，一定会受到追捧。到时候赚钱事小，他一炮打响才是大事；跟爸爸置气事小，能在商场做到堪比江流才是他看重的。

说到底，他做这一切，还是为了华笙。

所以说，英雄难过美人关，这是亘古不变的定律。

次日清晨，当地影响力最大的媒体开始帮东阳药业全程直播这次试药过程，堪比真人秀。收视率更是爆掉各大平台，引起全民关注。

随着他们服药前后的对比、交谈和药剂师的现场解说，最终大家也渐渐明白，这款"深度觉醒"是什么意思了。

说白了,就是吃了这个药后,大脑会深度放松,用药的人会睡一个好觉。

谢东阳记得他用药的当晚,做了一个和华笙继续当初那场婚礼的梦。他穿着新郎礼服跑回到现场,华笙还在原地等他。然后两个人完成了一场盛世婚礼,这确实是他心中所想。

七天试药直播结束后,谢东阳的东阳药业股票一路看涨,据说还没等正式开售,已经有全国各地不少药厂来下订单谈合作,他用了短短的十五天,打了一场胜仗,让自己从一个吃喝玩乐的纨绔子弟一跃成为药业大亨。

当天晚上,谢东阳上了电视专访,华笙正好看到了这一段。

主持人问:"谢总,是什么激发了你的灵感,做了这款深度觉醒呢?"

谢东阳听完,反问道:"说真话还是假话?"

这么一问,主持人笑了:"谢总真是太幽默了,真话假话我们都爱听,只要是您说的。"

谢东阳看了看摄像机,缓缓道:"如果是假话,那么我会告诉你们,我做这款药,是为了造福百姓,为了现在压力大的年轻人,给他们做一款解压并且能调节睡眠的好药。

"据说有了智能手机后,现在百分之八十的年轻人会对手机产生依赖感,睡眠的时间也是越来越短。所以我希望深度觉醒这款药上市后,能挽救年轻人的睡眠状况。"

"谢总格局很大,那么真话呢?"女主持人笑得优雅,将话筒再次递给谢东阳。

谢东阳顿了下,继续道:"如果说真话,那么我想说,我所做的这一切,都源于我喜欢的一个女孩子,我为了想跟她在一起,给她幸福的生活,所以不断努力,想将自己变成一个优秀的人,不让她失望。"

"哇,好励志啊!好甜,不知道是哪个女孩子这么有福气,能得到谢总的真心。"

"这个嘛……以后你们也许会知道。"谢东阳神秘一笑,话到这里就不再多说。

银杏和春桃看完后,同时瞄着自家小姐。

华笙还是一脸淡定,根本没有任何表情。

"小姐,我咋觉得谢东阳说的那个人是你啊!"银杏坏笑。

春桃点头:"肯定是咱们家小姐没错了,他怕是知道小姐不喜欢游手好闲的人,所以才去干了一番事业,然后走了狗屎运,研发出了什么新药,不过话又说回来,这款药我也挺感兴趣,不知道我吃了会做什么梦,哈哈。"

"你们啊,真是不怕被毒死,他研发的药,你们也敢用?"华笙说。

"那怕什么,能上市售卖的,肯定是经过多个机构检测的,没有问题才敢给我们吃,正好我最近睡眠不是很好,回头买点尝尝,哈哈。"春桃这一点上倒是觉得小姐对谢东阳是有偏见了。

华笙也没多言,她对这种事,一向兴趣不大。

当晚,秦皖豫在国色天香开了包房,找了江流、王君显、高鹤几个人去喝酒聊天。

巧的是华芷也去了,华芷跟几个娱乐圈的好友来聚聚。

华芷进来的时候,正好跟江流碰了个头。

"这么巧?"华芷打招呼。

"你也来了?"

"嗯,跟几个朋友。你呢?五妹来了吗?"华芷还特意找了找,没发现华笙的影子。

"我跟君显来的,他在外面停车。"

江流刚说完这句,华芷脸色大变,然后扭头就走,连再见都忘了说。弄得江流一头雾水。

果然,两分钟后,王君显停好车,走了进来。

"君显,你到底对华芷做了什么?"江流故意用异样的眼神打量他。

王君显依旧风轻云淡:"干吗这么问?"

"刚碰见华芷,我一说你在外面,她就跟耗子见了猫似的跑了,你俩该不会是已经……"江流承认,这一刻想法有点污了。

"并没有。"他知道江流的意思,直接否认。

"哈,我怎么老觉得你俩之间有故事。"江流还是不太信,虽然王君显伪装得很完美。但是看华芷刚才的反应,还是有点不对劲啊!

"我俩之间没有故事,只有事故。"王君显这一句话弄得江流差点笑死,他低着头跟着王君显上了楼。

梁潇潇跟谢东阳分手后,睡过一个小鲜肉,但是完全没有感觉,根本找不到那种跟谢东阳在一起时候的感觉。

谢东阳是大佬,所以做大佬的女人是很风光的,走到哪里都有人喊嫂子,都有人给面子。购物更是不用看价格,直接全部包起来,宠上天的感觉。

这次谢东阳频频露脸电视节目，上财经新闻，身价又是翻了几倍，让多少女人为之疯狂。

梁潇潇之前给谢东阳发过几个短信，但是都没有得到回应，也不敢再去别墅找，怕惹怒那个男人。

最终想来想去，梁潇潇想到了一个人，冯羽。

冯羽快下班的时候，女秘书说有一位小姐想见她，她还挺意外。

梁潇潇进冯羽办公室后，自我介绍说是谢东阳的前女友。

"你……找我有事吗？"冯羽有些意外，谢东阳的女人，一向都是跟她不搭边的。毕竟她是谢家正牌儿媳妇，现在是谢家集团的财务总监。

而谢东阳的那些女友，多数都是没有结果的，都是不入流的小明星。

"嫂子，我也是没办法了才想到您，希望你能原谅我的冒昧。"梁潇潇眼圈红红的。

"坐下说吧。"冯羽被弄得一脸蒙，完全不知道咋回事。

梁潇潇坐下后，就一边掉眼泪一边煽情："我和东阳真的很相爱，他一直都说我是他见过的最会唱歌的女生，我们俩在一起的时候，几乎得到了他所有朋友的认可，他也说了等机会成熟，带我去见家里人的，只是没想到……后来……"

"后来怎么了？"冯羽听着也是着急。

"后来逃婚那件事发生后，他把一切怪罪我身上，气江流抢了他的未婚妻，可能男人都要面子吧，他心里一直惦记要把华家那个五小姐抢回来，可我知道，那只是因为不甘心，而不是爱情。

"我不希望他被仇恨蒙蔽双眼。嫂子，我现在也不敢奢望能进谢家的门，我只希望我能在东阳身边，做一个红颜知己就好。"

"梁小姐，感情的事情旁人没办法插手，我觉得你还是找东阳亲自说开比较好。"

冯羽是何等聪明的人，自然不会因为她演戏就被感动。

"嫂子，我知道东阳是很尊重您的，之前也时常跟我提起您，希望您帮帮我吧。"

随后梁潇潇起身，拿起身后的一个精美的袋子，冯羽扫了一眼，里面是一个爱马仕的铂金包，并且是很难买的那种，要四十多万，这小明星还真是心机深，有备而来。

"嫂子，这是我一点心意，您先收着。"

"梁小姐,我不能要,感谢你对我的信任,可我真的无能为力,东阳平时是和我关系不错,不过这不代表我能干涉他的私事。"

"他是一个有独立思想、独立人格的成年人,感情的事情,我认为他心里自有判断,抱歉。"冯羽身为谢家儿媳妇,丈夫的贤内助,头脑也不是白给的。

别说几十万的包,就是几百万的包,她也不会收。

谢东阳跟她关系是好,可她自然也知道自己是什么身份,不会越了界的,这一直是她的处事之道。

梁潇潇好话说尽,可没有得到冯羽的帮忙,最后只得失望离开。

当晚八点钟。谢家家宴,谢东阳回来和家里人吃饭,脸上明显意气风发。

"爸,看今晚收盘前的股价了吗?"餐桌上,谢东阳故意问。

谢云板着脸不吭声,知道儿子是故意的,谢东泽笑:"你就别气爸了,我和爸都看了,收盘的时候15.8,涨了接近三倍是吧?说明你现在的药厂最少市值十五亿了呗!"

谢东阳夹了一只鲍鱼,洋洋得意。

"小心飞得高,摔得狠。"谢云来了一句。

"爸,您就随便泼冷水吧。我不怕,哈,现在药品还没正式开售,我已经接订单接到手软了。"

"包括海外也有几个药业公司表示很有兴趣,想买代理权。这次,我是彻底翻身了,救了您口中的不可能救活的烂摊子。"

"我和爸确实没想到,不过也足以证实一件事,之前你不好好创业,不是没有这个能力,只是懒。"谢东泽指责。

谢东阳笑,他确实懒,毕竟家里那么有钱,他也没有动力去奋斗。

如今可不一样了,他有目标了。

"什么时候回来公司?"谢云看了儿子一眼,表面上还是严肃,其实内心也是为儿子骄傲的。

"我今儿回来就是要说这事,暂时不回总部了,东阳药业我做得挺好,先弄着看,也属于帮咱们家多弄了一条渠道,反正都是一家人,不分那么清楚。"谢东阳如今风头正盛,当然不想回总部了,毕竟不放心给外人管理。

"都行,随你。"谢东泽没说什么,老爷子也没表态,不过算是默认了他的想法。

饭后,冯羽趁机单独将谢东阳带到一边,说了梁潇潇今天找了她的事情。

谢东阳一听,皱眉骂道:"嫂子你少搭理那个女人,她最会演戏,在我这里也没少拿好处,我可没亏着她,是她贪心想要更多,这样的女人,我真心喜欢不起来,玩腻了不扔,难道过年?"

冯羽淡淡一笑:"嫂子自然知道你不会喜欢那种女人,只是你如今创业这么起劲,怕不是为了江家那个少奶奶吧?"

"当然是为了她。"谢东阳也是大方承认。

"东阳啊,你这个身份,要什么女人没有啊?你何苦跟江家对上?这没好处。"冯羽不觉得小叔子跟江家对着干是多么明智的事情,反而担心以后惹怒了江流,会连累谢家的生意。

"嫂子,江流只是原因之一,我想要华笙是真心的,不是置气,不是不甘心。你不懂,她是一个能让我心甘情愿改变自己的女人,我有一种预感,如果能跟她在一起,我会比现在还要幸福一百倍。"

冯羽听完就气笑了:"这华笙是给你灌什么迷魂汤了?你要是因为容貌的话,我劝你还是算了,女人都会老的,她现在22岁风华正茂,可是二十年后,她也不过是一个被时光遗忘的女人而已。东阳,你还是太年轻了,看东西太表面。"

谢东阳背靠着身后的栏杆,笑得灿烂。

"嫂子,你说的这些我都懂,可我就是喜欢她,想得到她,怎么办呢?"

"算了,说不了你,这事先不提,以后也许你自己就懂了。"冯羽见小叔子油盐不进,如此执迷不悟,怕是说得再多也无济于事。

事实上,她这些话,谢东阳懂,是谢东阳的心她没懂,华笙也没懂,外人都没懂。

谢东阳那一日在大西北街头小饰品店看见了这样一首情诗:"我独自走过千年/做过天上仙,受过万人谴/我以为酸甜苦辣都尝遍,七情六欲早绝缘/直到那日,你看了我一眼,我才懂,为何眷恋人世间。"

谢东阳不是那种文艺青年,可还是被这首诗深深地触动,他脑子里第一个念头就是华笙的身影。

为了她,他愿意放弃那个从前的自己,重新开始,只为博得佳人一笑,所以他进店买了一串代表相思的红豆手链,他知道,华笙看不上,可他还是想表达。

人活一世几十年，万水千山，也许兜兜转转，华笙会回到他身边。

不过这些话，他只是放在心里，不曾跟任何人说过，包括谢东瑶。

王君显和华芷自从那一日后，好几日没有联络，也没见面。

这天晚上十点钟，华芷收工早，敷着面膜刷着微博，忽然手机响了，一看微信，是王君显发来的。

王君显：嗯？

华芷：滚。

王君显：周六中午，来我家吃饭。

华芷：你以为你是谁啊？姓王的你给姑奶奶听好了，我之前帮你，是履行我醉酒的承诺，我现在没有义务帮你了，你占我便宜的事，我以后有机会再跟你算，你等姑奶奶忙完这一阵。

王君显拿着手机，笑而不语。

直接发了一段小视频过来，华芷打开，直接气炸。

居然是他俩那天在一起不可说的画面，准确说，是她吃亏了，这说明啥？他家里居然也有高清摄像头？

华芷：王君显你信不信我现在立刻冲到你家打爆你的狗头，让你下半生在轮椅中度过？

王君显：好啊，我在家里等你，不来你是泰迪。

华芷：你丫的才是泰迪，你全家都是泰迪。

好吧，华芷承认刚才有点吹牛了，事实上，她不敢再去那个王八蛋的家里了，上次都被人给打败了，这次去还能有好？

华芷：姓王的，我跟你势不两立，你给姑奶奶等着。

王君显：周六中午十一点半，来我家吃饭，如果你迟到一秒，这个视频我会公布。

华芷：……

又是威胁？又来这招？可是怎么办呢？

换成别人威胁，华芷早找一群小流氓去人家家里一顿胖揍，把人揍成猪头了，可偏偏王君显是王家人，身份显赫不说，黑白两道都交好。就算你肯出钱，也没有人敢动王公子一根头发。

华芷只能认了，吃了这哑巴亏，她记在心里，琢磨逮住机会一定要狠狠地报复他才行。

谁能想到狂傲一世的华芷，最终会落到一个少言寡语的家伙手里？

要不说这种扮猪吃老虎的老实人最不能招惹，毕竟他们真的没有表面上那么老实啊!

　　与此同时,十里春风也是热闹得很。华笙十点还没有睡意,而是进了琴房。

　　里面有钢琴、古筝、琵琶、小提琴……只要华笙会的乐器,应有尽有。

　　不过奶奶过世后,她一直都没什么心情来弄这些东西。倒是今天华笙和春桃、银杏看了一晚上的武侠片,被林青霞演的东方不败挑起了兴趣,所以华笙换上红色古装,坐在琴房中来了一曲。

　　江流回来的时候,顺着琴声就到了琴房门口。只见华笙一袭红裙坐在榻榻米上,手扶琴弦,低眉轻笑。

　　《沧海一声笑》用古筝弹奏出来,真是别有一番风味。

　　别看华笙很瘦弱,弹奏的时候,手指很有力,所以曲子出来也是流畅至极。

　　春桃和银杏听得如痴如醉,银杏还拿着手机不忘录小视频留念。

　　江流拿着西装外套,就那么倚在门口,没有一点要打扰的意思,一直等到华笙弹奏完毕。

　　华笙抬起头刚要说话,才发现门口的人。

　　"呃……你回来多久了?"华笙有些尴尬。

　　春桃和银杏双双回头,看见姑爷,赶紧起身找借口下楼。

　　"从你刚弹的时候开始,就回来了。"

　　"我就是弹着玩。"华笙赶紧起身,收起古筝。她不太习惯被男人用那种眼神注视的感觉。

　　"今天怎么这么有雅兴?"江流温柔地开口。

　　"晚上看了一些武侠片,突然听到这曲子,就瞎弹了一会儿。"华笙低着头,小心翼翼地往下摘着拨片。

　　"很好听。"江流赞道。

　　华笙还是有些不好意思,低头也没吭声。

　　"阿笙。"

　　"嗯?"

　　"你后悔吗?"江流忽然问了她这样一句。

　　华笙停住手中的动作,抬起头看着他。

　　他的眼神,和平时看起来有些不太一样。

　　"什么后悔?我没明白你要问什么。"

江流将外套随手丢在门口的地毯上，一步步走进来，靠近她。

"阿笙，如果那一日，谢东阳没有逃婚，也就没有我们后来的相遇，如今你在我身边过得可好？可曾后悔入我江家门？可有想过如果当初按照原计划，跟谢东阳结婚，会不会比现在还好？"

江流最后问完这句，跟华笙的距离只在咫尺，华笙连他的喘息声都听得一清二楚。

说实话，这样的江流，让她微微紧张。

华笙其实真的不知道要怎么回答才好，若直接说不后悔，好像有点太直白了，搞得好像她对他有什么心思一样。若说后悔，那是假话，自从嫁到江家来，好吃好喝照顾着，肯定是不后悔的。

所以不管怎么回答，都是不好说的，华笙只能沉默不语。

两人沉默了几十秒后，江流突然在华笙嘴角边轻轻一吻。

华笙瞪大了眼睛，还没来得及反应，就听他温柔开口："晚安，阿笙。"

华笙一直回到卧室洗了澡，躺在床上，回想刚才那个画面，还觉得脸上红得跟熟透了的苹果一样。

怎么说呢？江流那一下，确实没有太过分，可对于华笙这个毫无经验的女生来说，还是有点招架不住。

这男人还真是……说他是感情高手吧，仔细查了他的过去，他还真的没有那种丰富的情史；说他心思单纯吧，那是不可能的，单纯的人怎么会想着一步步蚕食她的心呢？

华笙翻来覆去睡不着，想着江流，想着那个画面，就这样第一次失眠了。

她其实更纠结的是不明白自己的内心，她不知道，这是不是动心。

是因为相处得久了，对他动了心思吗？还是因为他本身就优秀，忍不住去欣赏他，去接近他？

华笙摸了摸嘴角边，仿佛还残留他那独有的男人气息……

华笙自小在钟翠山和奶奶一起生活，确实没接触过什么男人，所以对于没有一点恋爱经验的她来说，她也不知道这到底算什么。

早上她起来得有些晚，江流已经吃过早餐去上班了。昨晚发生的事情，春桃和银杏不知道，她也不可能提。

饭后，华笙让春桃送她去华琳那，华琳的学校其实离民族大学也不是很远。

华笙去的时候，华琳刚好上完一节课。

"四姐，有空聊几句吗？"

"好啊，难得你来找我。"自从那次后，华琳跟华笙亲近了不少，华琳带着华笙来了校内的一个咖啡店里小坐。

"阿笙，你来找我，有事吧？"

"嗯。"华笙点点头。

"说吧，看看我有什么能帮你的。"

华笙犹豫再三，才问出口："四姐，我其实想问问你，喜欢上一个人，是什么感觉？"

华琳一怔，哪里想到这话是不食人间烟火的五妹妹问的。不过反应过来后，她笑道："你是要问你和江流吗？"

华笙脸颊微微红："我不是很确定，所以想着你是谈过恋爱的，想问问你。"

华琳又是一笑："怎么说呢？喜欢上一个人的感觉，很神奇，就是你觉得他是一个能懂你的人。

"跟他在一起的时候会很自然，不用伪装，只需要做自己就好。见不到的时候会想念，见到了会开心得像个孩子，甚至你会不知不觉地将他纳入你未来的计划之中。不过我说的只是我的感受，爱情这东西，每个人都不一样，所以我也只能给你一些参考。"

华笙点点头，她懂华琳的意思。

"五妹，你是真心喜欢上江流了吧？"华琳看她纠结的样子，就猜到了她的内心所想。

华笙摇头："四姐，说真的，我不确定，我也不知道这算什么，刚听你说，我觉得我对江流没你说的那样，可我知道，他现在对于我来说，也不是一个毫无关系的陌生人了。"

"唉，你也无须纠结，这种事情要随缘，走一步看一步。"华琳倒是觉得，婚后恋爱也是一件不错的事情，至少两人已经是夫妻了。

江流家世一流，口碑也不错，五妹妹若是真心托付，想必也是一段佳话。

本以为在华琳这里能找到答案，可惜，华琳描述的喜欢一个人和她内心的感觉还是不同。

指桑骂槐

华笙坐了一会儿就回了民族大学。华笙拎着包走到教室门口的时候,就听到里面几个女生正在挤对于萍,并且,跟她有关。

"于萍,以前觉得你是学霸,挺有骨气的,现在发现原来你也是个舔狗啊!"

"就是,你看那个奇葩有钱,你就贴上去,你还有自尊心吗?做有钱人的狗腿子,舒服吗?"

于萍有些着急:"我没有,小笙人很好,并不是你们想的那样,她有钱没钱,都值得做朋友。"

"可拉倒吧,你说这些都是马后炮,我就不信,那女的若是没钱,你会巴结她吗?不过也对,你这么穷,巴结有钱人也是一条出路,不过她可是一个小三,钱都不是正道来的,你就不怕跟着她也沾了一身臊气吗?"

"你们别这样说,小笙才不是什么小三,你们不了解真相就会造谣。"于萍一个人有点应付不来,可还是真心为华笙解释。

听了一会儿后,华笙失去耐心,直接打开门走进去。

她进来的瞬间,几个围攻于萍的女生也都老实了,立刻闭上嘴回到自己座位上,因为她们知道,这女人是她们惹不起的。

华笙进来后,往自己的座位上走,路过于萍身边的时候,她顿了一下脚步,然后若有所思地说:"最近新学会了一个词,叫柠檬精。我觉得挺有意思,和你分享一下,那些吃不到葡萄就说葡萄酸的人怕都是柠檬成精了,估计最后的结果会酸死自己,你可要离那些人远一些,免得溅了自己一身柠檬汁。"

于萍听完忍不住笑了,她知道华笙什么意思,这是含沙射影呢。

那些女生听了也是生气,可又不敢顶嘴,只能听着华笙这么挤对她们。

于萍很羡慕小笙这样的个性,敢于反抗,活出自我。她总是在想,人若是能活到小笙这个境界,那真是没白来人间走一遭。

华笙刚一落座,一个家境还不错的女生忍不住回击:"一个靠男人的货色拽什么拽?全班又不是只有你有钱,我看你也没什么名牌嘛,还不如我这一身行头,该不是你的金主舍不得给你花钱置办吧?不应该啊,那你不是亏大发了?"

华笙扫了那女生一眼,尤其是那件古驰的外套花里胡哨尤为显眼,她骂了华笙的同时又炫了自己。

华笙拿出一本历史书淡定地翻着,然后不经意地道:"女生啊,还是要先减减肥才行,要不然在三米外的时候,你穿的无论是LV还是香奈儿,背爱马仕还是戴劳力士,别人都是看不清的。

"倒是可以一眼看清你腰粗腿短大屁股圆脸,所以说其实穿戴什么不重要,身材最重要。"

华笙这番话说完,那女生脸色一阵青一阵白,都要无地自容了,毕竟她看起来有一百五十多斤。

于萍对小笙这一刻崇拜得五体投地,觉得她骂人很有含金量,并且一招绝杀。

华笙在民族大学其实已经是谜一样的存在,让很多人看不清真面目。

你说她仙女下凡吧,她偏偏走的不是仙女人设,张嘴能气死人,毒舌功力一流。

可你要说她是个徒有其表的俗人吧,她在迎新晚会上,还能弹奏李斯特的《鬼火》。

简直就是天使与魔鬼的结合,一个无法说清楚的矛盾体。

华芷最近心情很焦躁,除了工作外,私人聚会也少了,因为大部分时间都用来诅咒王君显了。

这一天,她刷着微博忽然来了灵感,打算隐晦地骂一顿那个王八蛋,解解气。

于是,她苦思冥想后,发了这样一条微博:

不知道你们身边有没有这样一种人?看着老老实实、本本分分,其实内心坏得很,只会算计人、威胁人,躲在暗处做一些鸡鸣狗盗的恶心事,不敢见光,因为他们就是一群人人喊打的老鼠啊!话说我最近倒霉得很,家里闹老鼠,被老鼠缠上,可怕死了,求问哪里有卖毒鼠强,我要弄死这个小垃圾。

发完后,华芷又看了几遍,觉得很满意,相信那个家伙看见,应该知道骂的就是他啦!

华芷发完后,粉丝立刻跟着响应号召,纷纷痛骂老鼠这种生物。一些主流媒体趁机转发华芷的微博,并且解读——华芷被老鼠困扰,求粉丝支招。

还有一家媒体更逗,标题是——女神华芷千万豪宅居然闹老鼠?开发商不作为还是物业监管不力?

弄得当天就有物业的工作人员打电话过来,要热心地帮华芷清理老鼠,弄得她也是哭笑不得。

然而,王君显那边倒是一直没动静,微信也没发。

华芷还挺好奇,时不时打开他的朋友圈,看看他有动态没。然而,什么都没有。

华芷还纳闷,难道说这个王八蛋没看她的微博?不应该啊,她微博一发,都会上新闻头条的,看不见的可能性不大。

可是既然看见了,为何还能那么淡定?难道他愚蠢到看不出来这是在骂他?

华芷的内心已经是火急火燎,可是另一边却还是风平浪静。

事实上,华芷刚发完这条微博,王君显就看到了。

那时候他还在会议室听几个总监汇报工作进展,等他忙完出来后,又认真看了一下华芷的微博。

这是指桑骂槐,说他是老鼠吗?好,很好,非常好,华芷你长本事了。

按照常理的话,他应该打电话或者发微信质问的,可如果真的这么做了,那就不是王君显的作风了。

整整一天,华芷等了一天,都没见姓王的有一点动静,这可把她烦躁坏了。

最终,她忍不住发微信问人家,又要作妖。

华芷:我说,你公司是断网了吗,不看新闻吗?

华芷发完后,满心欢喜地等人家回复。很可惜,人家压根就没搭理她。

这一夜,王君显倒是睡得很好,华芷却纠结了半宿,她纠结的是王君显到底看没看见那条微博,知道骂的是他不。

转眼,周六就到了,按照约定,华芷今天还是要跟着他回王家老宅吃饭的。华芷故意说自己车借出去了,让王君显来接她。

王君显也按照要求去了,王君显的保时捷在富豪圈里算是低调的。

华芷坐上副驾驶座后,就开始臭美:"昨儿给你发微信,怎么不回?"

"工作忙,没看见。"人家一脸淡定。

"啊,那你看见我微博了吗?"

"没有。"

"胡说,我微博都上热搜了,那么多人议论,你怎么可能没看?"

"确实没看,没空,我又不是混娱乐圈的。"

"切,那既然这样的话,我读给你听吧。"

华芷不甘心啊,于是拿出手机,找到自己那条微博,就当着王君显的面读了起来。

边读还边观察姓王的反应,王君显倒是没什么反应,依旧很平静,双手搭在方向盘上。

"好玩不?"读完了,华芷故意问他。

"嗯,好玩。"

"我家的老鼠啊,恶心得不得了……你说这世界上怎么能有这么恶心的生物呢?"华芷有点飘了,看人家不吭声,就变本加厉,以为人家是好欺负的,将之前自己吃的亏也忘在脑后了。

什么叫得意忘形,这也许就是最好的解释了。

"嗯,你说得对,你长得那么好看,说什么都对。"

"哟呵,你今天反常啊。"华芷觉得,这个姓王的不正常,不生气也就算了,还夸自己好看?这是玩的什么套路?

王君显只是笑笑,也不说话,一路上不管华芷怎么过分,他都不吭声,可以说是很能忍了,然而到了王家老宅那一刻,他直接伸手搂住华芷的腰,亲昵得不得了。

有意思的是,搂住不算,还在腰上捏两下。哎哟喂,那个暧昧的程度就不说了,让人看了脸红。

"你干什么?"华芷瞪眼。

"到了我家,你的身份就是我女友啊,装也得装得像点,不是吗?"王君显笑。

华芷刚要反驳,就看见王家老太太出来了,身后保姆搀扶着。

"华芷，来来来，坐这边来，跟奶奶说说话。"

王家老太太喜欢华芷，所以看见她也是非常热情。当着老太太的面，华芷肯定不能拒绝啊，只得让王君显搂着。

"奶奶，您今天气色真好。"华芷假笑，奉承着。

"还不是因为你和君显的事情。我最近啊，做梦都能笑醒，只盼着你俩能早点结婚，早点生孩子，圆了我老太太的心愿。"

老太太说完这句话，王君显直接在华芷脸上吧唧亲了一口，丝毫不在意旁边还有人。

"奶奶说得是，我和小芷会努力的，等她有了，我们就结婚。"

这话说得，老太太都愣住了，意思很明显，两人这是同居了啊？！

这话说得如此露骨，听得老太太跟前的保姆都脸红了，王君显还真是语出惊人。

华芷被亲了一口，还没等发火，就听见这句要命的话，只觉得要气爆炸了。

华芷在底下狠狠一脚，只可惜，没踩到，王君显反应极快，知道华芷肯定生气。

不过她只能玩阴的，不敢当着老太太的面张牙舞爪。

"你这孩子，也不害臊。"王家老太太瞪了一眼孙子，嫌他说得太过了，也不给人家华芷留面子。

王君显亲昵地搂着华芷的肩膀："害臊啥，我俩本来也是要结婚的，早晚是夫妻。"

老太太看了一眼华芷，华芷只得硬着头皮赔笑："呵呵，是，奶奶，我也这么想的。"

王家张罗了一桌极其丰盛的午餐，趁着王君显上楼洗个手的工夫，华芷跟在他身后进了洗手间，然后对着他屁股就是一脚。可惜，人家反应快，一躲，华芷这一脚直接踢在了洗手台下面的大理石上。

顿时传来钻心的刺痛……她蹲在地上，眼泪都要掉下来了。

"哎哟，我淘气的未婚妻，你没事吧？"王君显蹲下来关怀。

"滚，别碰我，王八蛋，我忍你很久了，老娘今儿必须要讨回一个公道。"华芷不服气，扬起手照着王君显的脸就打，丝毫不留情，泼辣的劲头也是无人能及。

王君显眼疾手快，一把抓住她的手腕。

"华芷，这可是我家，你确定要闹下去？"他眯起眼睛，带着一股危险的气息。

华芷有那么一瞬间都要怀疑这货是不是有人格分裂症。毕竟眼前的这个，跟之前认识的那个完全不像是一个人啊！

"王君显，你有人性吗？我好心帮你，骗你奶奶，你呢？三番五次占我便宜！"见硬的不行，华芷决定来软的，男人肯定受不了女生哭。

果然，看华芷一脸委屈的样儿，王君显原本冷着的脸色也缓和下来。

"咱俩到底谁过分？你指桑骂槐发微博骂我老鼠，想过你现在的后果没有？"

"呃……"华芷语塞，她确实没想，骂人一时爽，被虐火葬场。

"所以华芷，别惹我，你好我好大家好，否则……我真不敢保证能对你做出什么来。"丢下这句话，王君显起身离去。

华芷捂着受伤的脚，有些呆滞，王君显这人，真的一点都不简单啊！该死的，为什么当初要招惹上他呢？

周五晚上的时候，江流下班回来，手里拿着一个包装精美的锦盒，粉红色，少女心十足。

华笙正在刺绣，最近有空会绣一些手帕玩玩，也当打发时间。

"阿笙，你来试试。"江流边说边将锦盒里的东西拿出来，春桃和银杏也都在偷瞄。

哎哟喂，居然是一双鞋，跟不是很高，但是颜值爆表了。杏色的高跟鞋，鞋子尾部连接鞋跟的地方全是钻，闪闪发光。

"好端端的，干吗给我买鞋？"

"觉得好看，适合你。"江流笑。

"直男审美。"华笙一脸的鄙视，真心觉得江流买的这鞋品味不高。

"你先试试，也许穿上会好看。"江流边说边蹲下来，帮华笙脱去左脚的拖鞋，手心小心翼翼地托起她那精致白皙的脚。

华笙哪里经历过这样的事情，顿时脸颊绯红一片。

"江流你起开，我自己可以穿。"

春桃和银杏见穿个鞋都这么暧昧，赶紧躲进厨房去了，生怕打扰小两口的美好时光。

"没事，我来就好，你坐着别动。"江流到底还是没让华笙起身，自己就帮她把新鞋穿上了。

还真别说，尺码刚刚好，华笙穿上后，有一股扑面而来的少女气息。

"你有能配得上这鞋的礼服吗？"江流问她。

"有。"华笙的衣服多的是，而且大部分都是自己买的高端布料自己画的图找人手工做的。

"那你快换上，一会陪我去拍卖会现场。"

华笙本来还觉得挺不好意思的，这么一听之后才明白，原来他是要自己陪她出席场合。这么一想之后，刚才的喜悦也全都消失不见了，华笙最后穿了一件杏色的鱼尾裙，上面是流苏的披肩，跟这双鞋子很搭，头发是银杏编的，妥妥的豪门少奶奶装扮，贵气逼人。

江流和华笙入场的时候，拍卖会已经开始了，他俩直接坐在了第一排。

来了后才发现，这是一个慈善拍卖会，是一个叫吴军的本地富豪筹办的，他声称筹到的款项全部捐给红十字会。

当天晚上，商界名流来了不少，不过没看见谢东阳的影子。

王君显也来了，不过他和王家人坐另一边，华笙还特意看了看，没有看到华芷的影子。

江流和华笙连续看了三四件拍品，都是以百万价格成交的。

"阿笙，你看上什么告诉我，我给你拍来，然后那些钱会以你的名义捐给红十字会，也算是积德行善。"江流伸出手握紧华笙。

"我不要。"

"怎么？不喜欢？"

"不是喜不喜欢的问题，而是目前拍卖出去的那些，没有一件是真品。"

江流微微一震，虽然他也略懂古玩，但也没有发现任何端倪，不过也不怪他，第一排和台上还是有一段距离的，不仔细观摩，其实很难发现这古玩的真假，不过江流知道，华笙对这些是很有研究的。

毕竟十里春风很多摆件都是华笙自己的藏品，那些东西不能说多罕见，可也确实都是好东西，如今华笙这么一说，那这儿的东西十有八九就是假的了。

"阿笙，你确定吗？"

"确定，这举办人是个大骗子吧，也就能骗骗这些无脑的土大款了。"华笙冷笑。

江流摸了摸鼻尖，还觉得挺尴尬，因为他带华笙来，就是打算买一件送她的。可如今听说是假货，还买什么。

这时，主持人介绍下一个藏品，是一幅山水画。

那主办人吴军拿着话筒介绍道:"这幅冯庆鸿大师的山水画,还是五年前我在意大利一个合作伙伴手里买的,当时看见就喜欢得不得了,冯大师是民国的画家,他的画产量很少,存世量也不高,尤其这幅他最拿手的山水图,尤为珍贵,不知道在场哪个有缘人能带它回家,这幅画起拍价是七百万。"

他话音刚落,华笙冷笑:"他撒谎,冯先生山水画确实很有名,只不过他这一生只画过三幅,其中两幅送给了他的子女,一直在冯家人手里,不曾外传,第三幅被冯先生送给了挚友年顺清。

"1972年,年先生一家移居新加坡,1981年,年先生因病去世,他的女儿知道父亲深爱这幅画,所以将这幅画与年先生一起葬在了墓园,这吴军又何来的山水图呢?"

"阿笙,你怎么知道得如此清楚?"江流被华笙惊得够呛。

华笙看了他一眼,依旧淡定:"因为我也喜欢冯先生的画,曾拜托过人四处寻找,想要重金收藏,最后打听来这个消息。

"冯家人书香门第出身,不看重钱财,所以无论如何也不会卖家传之物的,而年先生那幅画已经深埋黄土之下,所以眼前的这个人拿着一幅赝品卖七百万,你说他坑不坑?"

江流惊讶过后,一脸崇拜地看着自家媳妇。

"阿笙,你真优秀。"

"别闹。"被他这么一夸,华笙倒是不自在了,别过脸不再看他。

不过话说回来,虽然知道这吴军是骗子,可华笙并没有揭穿,毕竟她向来不是爱多管闲事的人。

一直到拍卖会结束,十件古玩全部出手,筹得善款三千多万。

江流低声问华笙:"阿笙,刚才这十件里,都是假的吗?"

"也不全是,有三件真品,但是被虚高了价格,比如那把檀香扇,市场价也就十几万,他最后卖了人家两百多万。

"还有那个紫玉珠钗,虽然做工精致,可也只是民间大户人家小姐戴的,并非王公贵族,所以也不值一百六十万。当然,这些人有钱愿意给,那就是另外一回事了,就当交点智商税了。"

江流听完忍不住低声笑。

"你笑什么?"华笙瞪眼。

"我只是觉得,没想到你还有这么幽默的时候,智商税,这你也想得出来。"

"本来就是,我若不在场,你今天也得被人坑,到时候你也得交。"华笙看着他,一脸"我救了你"的模样。

"是是是,阿笙说得没错。不过话又说回来,这吴军很厉害啊,十件藏品,七假三真,让大家看不出端倪来,也是高明。"江流对这个吴军不是很了解,只知道他是做环保起家的,张嘴闭嘴都是做慈善,和一些老一辈子的富豪倒是有些交情。

华笙嗤笑:"他这行骗的手法都轻车熟路了,真假掺着卖,自然是高明。"

拍卖会结束后,两人往外走,正好跟那个吴军走个碰头。吴军见到江流很是热情:"江贤侄,你今儿就没一件看得上的吗?都没出手。哎呀,也是可惜了,吴叔叔都替你遗憾啊!"

这话其实真正的意思就是,江流你那么有钱,你怎么不买一个?没坑到你钱,老子心里不爽。

华笙拿起手帕遮住嘴角的笑,只觉得好玩。

"我就带着夫人来看看,也没什么有眼缘的,就没出手。"江流当然也得与他周旋。

"那没事,等下次叔叔弄一些更好的东西来,到时候你一定要出手啊,众所周知我和鉴定大师SS是好友,所以经过她鉴定的那都是稀世珍宝,有钱都不一定买得到的,贤侄你下次可不要错过。"

这吴军还真敢说,连和SS是好友这样的话都能说得出口,看来平时牛皮也肯定没少吹。

不等江流回答,华笙忍不住了,笑着问他:"吴先生,请问你既然跟鉴定大师SS是好友,那你方便告诉我,她今年多大年纪吗?是何方人氏,国籍在哪,现居住在何地?"

"这……这是秘密啊,我不能说。SS是个很低调的人,不喜欢别人过问她的私生活,我身为她的朋友,肯定是要为她保密的,还请你们理解啊!但是我保证,将来有机会,我可以介绍给侄媳你认识,可好?"那吴军脸不红心不跳地说出这番话。

然而,华笙觉得,这是迄今为止,她听过最好笑的笑话,没有之一。

对于这种人,华笙怎么好意思继续揭穿他呢?只得装傻配合他啊!

于是华笙笑道:"好的,吴叔叔,我记住您这句话了,我可等着您把SS介绍给我认识的那一天。"

一直到上了车,华笙还在笑,心情似乎很不错,她笑的时候跟其他女人不太一样。

"什么事这么开心?"

"没事。"

"阿笙我发现你懂得特别多,你告诉我,你还有什么绝技没?我不知道,没表演给我看的。"

江流这才认识她多久啊,就见过了她弹琴、古筝、画画、鉴定古董、刺绣、插花,还有毒舌。

他真的不知道这个小姑娘身上到底还有多少宝藏,反正每一次都让他惊艳得不得了。

明明才22岁,稚嫩的脸上满满的胶原蛋白,可偏偏说话做事特别老成,尤其刚才鉴定古玩,堪比大师。

难怪谢东阳那家伙要反悔了,跟狗皮膏药一样贴上来,他觉得自己都要一点点沦陷了……

"没有,我就一业余爱好,喜欢研究而已,没那么专业,你也别把我看得太高。"华笙不希望被人知道她到底有多少实力,她做人的原则一直都是低调。

江流看她不愿意说,也没问。

回家的时候,华笙将鞋子脱下直接递给江流。

"你这是干吗?"

"还给你,这鞋太贵了,我不要。"华笙确实查了,这双鞋八万多,确实不便宜。

"你可够了,不要羞辱我了好吗?我江家哪里差一双八万的鞋,留着吧,以后想穿就穿,若是有机会遇到好看的,我看着合适,还会给你买,多买几双。"

江流是真心的,华笙听了也有点……说不出什么感觉。

总之就是江流不肯要,华笙最后也没坚持给,直接丢在衣帽间的鞋架上了。

谢东阳的药是一个星期后正式开卖的,只能从药店和医药超市买,大医院还在观察中,没有呼吁使用。

一开始华笙没当回事,说白了也是没看得起谢东阳,不认为他能研发出什么好东西来。

可后来随着口碑越来越好,热度越来越好,销售惊人,华笙也没忍住,让春桃出去给自己也买了一小瓶。

华笙买回来后，没有着急用，而是先做了成分分析，确认没有一丢丢毒性后，她才吃的。

蓝色的液体喝进去，口腔里会有一种冰冰凉凉的感觉，口感微甜，气味芳香，确实不难吃。

当晚华笙跟往常一样睡着后，做了一个这样的梦。

被白雪覆盖的钟翠山，一片银色，华笙披着红色的斗篷，打着伞，在雪中跳舞。她哼着最爱的曲子《倾国倾城》——雨过白鹭州，留恋铜雀楼……

"阿笙，太冷了，先进屋来。"

华笙听着熟悉的声音，猛然回头，她看见了奶奶那张慈祥的脸。她直接收起伞，激动地朝着屋子里跑去。

打开门的瞬间，一股暖意涌上心头。

她看见奶奶穿着青色夹袄，梳着老式的发髻，后头还插着一根银色的发簪。

奶奶正在暖炉前烤着火，小黑也懒洋洋地趴在白色的地毯上，享受着这一刻的温馨。

春桃和银杏在厨房做着午饭，饭香味时不时飘进华笙的鼻子——有一种幸福的味道。

熟悉的画面，熟悉的气息，这是她这些年最喜欢的一幕。

"阿笙，你本就体寒，不要在外面站太久，不要太贪玩。"奶奶絮絮叨叨地嘱咐着。

"我知道了，奶奶。"她乖巧点头。

清晨第一缕光从窗外照进来的时候，华笙从睡梦中醒来。

她第一反应就是，奶奶已经死了，已经不在了。可她这些日子以来，无论怎么想，奶奶都不曾入梦与她相见。昨天吃了谢东阳研发的那个"深度觉醒"后，确实做了一个特别甜美的梦。

直到醒来的时候，还感觉有幸福的味道。

华笙呆坐在床上好半天，然后无声无息地流下来眼泪。

春桃进来叫小姐起床的时候，吓了一跳。

"小姐，您怎么哭了？做噩梦了？"

春桃知道小姐的作息很规律，平时都是早上六点钟准时醒来，六点半肯定要吃早餐的。可今日却睡到了七点半还没有任何动静，春桃着急，进来一看，发现华笙哭了。

"我没事,就是梦见奶奶了。"她的声音哑哑的,糯糯的。

"小姐一定要宽心,老夫人肯定是心疼您思念她,才回来看您的,这是好事,咱不哭了。"

春桃搀扶着华笙起床、换衣服,下楼吃饭。

"小姐,那药好用不啊?"银杏还惦记这药的事情,因为她和春桃也都想试试看。

华笙捧着茶杯,小口地喝茶,半晌,才说:"还可以。"

能得到华笙一句"还可以",那是很高的评价了,估计谢东阳知道都会乐死。

事实上,谢东阳的药上市后,真的是吸金不断,据说第一周就销售了近九千万,这是前所未有的盛况。

"深度觉醒"几乎掀起了全民解压狂潮,很多工作压力大的白领、程序员纷纷赞美此药,说吃了这药后不仅会做美梦,还能有一个安稳的睡眠,这是普通安眠药无法代替的。

俗话说得好,红到至极必招黑,这似乎是一个解不开的定律。

谢东阳这么疯狂赚钱,自然有人是看不惯的,同行也好,竞争对手也罢,肯定是容不下他出这么大风头的。

所以,在"深度觉醒"这款药售卖后的第三周,终于出事了。

说是这药吃死了人,死者家属将棺材往谢东阳公司门口一横,拉着白色横幅——无良商人黑心药索命,谁人还我至亲至爱。

女助理告诉谢东阳这件事的时候,他直接来了句:"不可能,我的药就跟食物一样健康,怎么会吃死人?"

华笙知道这件事的时候,还是看的新闻,毕竟闹这么大,肯定被各大媒体报道了。

死者是一名六十多岁的老头,本市居民,退休的公交车司机,因为长期失眠,吃了很多药都无效,所以老人的女儿给买了这款"深度觉醒",连着吃了三天,睡眠果然得到改善,但是第四天早上,老人就死了,发现的时候已经断气。

老人没有任何病,所以家属断定是这款药的问题,直接闹到了谢东阳公司门口。

好事不出门坏事传千里,这么一闹,不管真相是什么,那药肯定是没人敢买了,所以自从这件事曝光后,"深度觉醒"的销量直接下降,据说很多厂家也要退订,当天收盘的时候,东阳药业股市大跌,一夜之间缩水好几个亿。

"小姐，这是真的吗？这药咱们也吃了，咱们不能被毒死吧？"银杏可是被吓坏了，站在华笙身后担心不已。

"放心吧，这药没毒，要是有毒，那么多人吃了，怎么会只有一个人死？"华笙笑银杏笨，这丫头脾气急躁得很，很少会分析前因后果。

"也对啊，您这么一说，还真是，那……死的那个老大爷到底是为啥呢？"

"其中缘由我们就不清楚了，不过谢东阳最近这么红，有人故意整他也说不定。"

谢东阳这边一切按照正规程序，报警走了法律程序，先是找了法医验尸，确认这人不是被毒死，而是因为心肌梗死发作，所以在半夜里去世。

查清原因后，这场闹剧本该结束了，可是那老头的女儿非常不讲理，就认定了是因为服了药后，才刺激父亲心肌梗死的，还要谢东阳给个说法。

法医都鉴定了，说不是药的问题，为了澄清自己，谢东阳还找了好几个药剂师给"深度觉醒"这款药做了检测。

可无济于事，不管怎么说，这女人就是不肯罢休，死活要索赔一千万。

其实赔钱不可怕，可怕的是，若是赔了钱，就说明是药有问题，这是谢东阳不能接受的。

所以最后结果只能是报警将这女人拘留，她是属于诽谤人家药厂的声誉。

可就在女人被抓的当晚，各个媒体平台流出这样一篇文章。

标题叫《谢家恶少牟暴利害人命，勾结执法一手遮天》。里面洋洋洒洒一万多字，大概就是说，谢东阳的药暴利，还害人致死。家属讨说法不成功，反被拘留，天理何在？而对于法医的验尸结果和药品成分检测，文中却说是动了手脚，勾结了执法部门，伪造的结果。最后就是煽动百姓情绪，意思是，有钱人坑害我们，却因为背景强大而逍遥法外。我们只能任人宰割，如果不出声的话，那么下一个受害者就是你我他。

这篇歪曲事实的软文一发，顿时掀起一片狂潮……

谢东阳看到这篇文章后，心情可以说是相当不好，被人冤枉的滋味不好受，他明明就是清白的，怎么能因为他是谢家人，就怀疑他一切都是用钱操作的呢？难道有钱人就没有善良的吗？

蓝莓爱芝士 著

此生不负你情深

下册

贵州出版集团
贵州人民出版社

目  录 (下)

此 生 不 负 你 情 深

第二十二章：讹 诈 _299

第二十三章：永久下架 _313

第二十四章：窝 囊 _326

第二十五章：讨价还价 _339

第二十六章：失 踪 _352

第二十七章：整 容 _364

第二十八章：献 血 _377

第二十九章：秦 家 _389

第三十章：香妃玉露 _402

第三十一章：邂 逅 _422

第三十二章：生姜夫妇 _437

第三十三章：美 梦 _450

此　生　不　负　你　情　深

第三十四章：癞蛤蟆吃天鹅肉 _465

第三十五章：张倩怀孕 _480

第三十六章：滚远点 _495

第三十七章：仙女姐姐 _509

第三十八章：王者对决 _521

第三十九章：幸运女神 _546

第四十章：古宝浮现 _560

第四十一章：案发现场 _574

第四十二章：相守白头 _587

讹　诈

晚上十点钟，华芷发微信给华笙。

华芷：阿笙，谢东阳的事你知道了吧，现在大家都在传，说是江流对他动的手，故意要他名誉扫地的。

华笙看完，微微皱眉。

华笙几乎是想都没想，回复道：不可能是江流，他不会做这种事。

华芷：哈哈，我也这么觉得，但是外面传得挺凶的，总之你让江流注意点吧。

华笙：嗯。

跟华芷发完微信，华笙就有点睡不着了，谢东阳公司出事，她倒是没什么感觉。可外面现在把江流牵扯进来，这是什么意思？

华笙睡不着，躺在床上刷着手机，果然，已经有一些言论是针对她和江流了。

有一个微博上的大V转发谢东阳公司那篇文章，评论道：冲冠一怒为红颜啊！

这么隐晦的说辞倒是容易引人无限遐想，华笙点开这人的评论，果然……

网友A：老师，您是不是知道一些什么内幕啊，求爆料！

网友B：我也听到了一点风声，据说谢东阳跟江流是死对头，以前就不和，后来因为抢女人更看不顺眼了。

网友C回复B：什么女人？求科普。

网友B回复C：我也是听说，不知道真假，说是江流现在的妻子是谢东阳的女人，后来不知道怎么被江流撬走了，谢东阳一直憋着气呢。

这不是准备开公司要在商场上赢他吗？

可是如今出了事，也不知道是不是江流在底下使了绊子，虽然有时候商场争斗看不到刀光剑影，但是更容易置人于死地。你看看这才多久，谢东阳公司股票跌得连他爷爷奶奶都不认识了。

网友D：谢东阳也不是白给的，若是真的发现是江流做的，肯定不会放过他，别忘了谢东阳这个医药公司只是一个小小的试金石，人家背后可是整个谢家。

网友C：嘿嘿，豪门的事情我们老百姓永远看不懂啊！就等着吃瓜吧，不过我其实很好奇，能让江流和谢东阳都看上的女人长什么样，是不是沉鱼落雁闭月羞花？

华笙看到这里，已经没有心情了，不管别人说什么，可如今怀疑江流就有点太可笑了。

没有任何证据就胡说八道，还真是没王法了，华笙将手机丢到一旁，打开门出去透透气，却意外发现书房的灯还亮着，书房几乎是江流的御用，他经常会在那里处理工作。

这么晚了，他还没睡？

想到这里，华笙走过去，看门虚掩着，她便敲了敲门，走进去。

江流抬起头，看见是她，目光瞬间温柔。

"你怎么还没睡？"

"睡不着，出来透透气，你还在加班？"华笙扫过他手中的图纸。

"嗯，公司最近要新建一个工业园区，找人设计好了外观，可我总觉得不妥，想改改。"

"你学过建筑设计？"华笙歪着头，带着好奇心走过去。

"以前大学的时候学过一点点，不过不专业，纯属个人想法。"

华笙看了一眼图纸，这些东西她不懂，她现在好奇的是，出了这么大的事情，江流还能安心在这里改图纸，心态也是很可以。

"谢东阳公司出事后，据说有一些风言风语。"华笙念叨。

"是吗？没关注。"

"我担心，会把你我卷入是非。"华笙静静地看着他。

江流看华笙那么严肃的表情，都觉得可爱得不像话。他伸出手，握住她的小手。

"别担心，不会的，那些人愿意说什么都好，可我没做过，我不怕，若有人蓄意陷害,那我自然会处理。"

"好吧,你既然都不在乎,我怕什么。"华笙觉得自己的担心是不是有点多余了。

华笙说完要走,江流哪里能没看出她有点生气的意思,所以直接拉着手不放,不让她走。

"你放手。"

"我不。"

"江流你别幼稚。"

"阿笙,我想喝咖啡,能帮我泡一杯吗?"

华笙:"……"

"好的,江总,您稍等。"华笙着实被气笑了,江流刚是撒娇的意思吗?

不过确实她很少为他做什么,如今要喝咖啡,那就泡一杯吧,反正也不是什么麻烦事。

江流松开手,华笙去给他泡咖啡。

本来送完咖啡就想走的,却不想,硬是被他拉着聊西方建筑美学。

华笙不是特别懂,也只是根据个人爱好,说了一些,这些也都是从书上看到的。

江流因为在国外留学后又去过很多国家旅行,所以他能绘声绘色讲出来。

两人就这么兴致高昂地一直聊到后半夜才去睡。

而谢东阳就没那么幸运了,刚刚起步的公司,如今因为死了人,背负了不好的名声,销量一落千丈。

公司股票更是跌得不敢看,客户也都要退订,这些损失加起来,比之前鑫盛药业的烂摊子还要多。

一时间压力就大了,他在别墅里,辗转难眠,同时让手下的人查了,看看到底是什么人在背后搞鬼,可是却查不到一点线索。

"谢总,如今按照今天的损失持续下去,我们公司到月末就会负债十几亿……我觉得您还是想想怎么止损吧,如果现在宣布破产的话,也许还能少损失点。"这是公司财务发来的短信。

谢东阳看了一眼没回。

"谢总,我们在原产地还需要收购凝神草吗?听说这药现在出了问题，那我们是继续生产，还是先停一停？"西北那边的团队也发来短信问他的意思。

"东阳，我和爸的意思是，你直接将公司清盘吧，然后回总部上班，这样下去你自己扛不了多久的，只会债务越来越大，最后又是一个大窟窿，爸不怪你，你放心。"这是谢东泽发来的。

谢东阳每个短信都扫了一遍，电话一律不接，心情呢，应该是史上最差了。

他早就预想创业会有风险，可是没想到这风险来得这么快，让他有点招架不住，弄得一身狼狈。

他躺在床上的时候甚至想，华笙看到新闻，也许会更看不起他了吧？只会觉得他是个什么事都做不成的纨绔子弟，江流也会看笑话吧？

还有以前自己得罪过的那些人，这时候通通都会笑话自己。

手机响起视频邀请的声音，他扫了一眼，是谢宁打来的，可是依旧没接。

响了很久后，谢宁挂了回头看了看父母。

"二叔没接，我发他也没接。"

"看来他的情绪比我们想得还要严重一些。"冯羽看着自己老公。

谢东泽微微叹息："东阳脾气倔强得很，这次出了这么大的事情，心里肯定难受。"

"那怎么办？"

"我和爸都说了，让他割肉，现在抛弃那个烂摊子的话，顶多损失几个亿，我们给补上就得了，如果坚持下去的话，只会滚雪球一样越来越多，到时候损失也越来越大，爸不能出面，爸若出面，东阳更下不来台面，所以让我说，不过我的电话他也没接，短信他看没看，我也不确定。"

"那先这样吧，看看他明天什么态度。"

冯羽和老公都是一心想要帮小叔子解决问题的，对于谢家来说，这损失只是九牛一毛。

不过若是真的一直不松手，损失越来越大的话，后期赔钱事小，谢东阳心态就会彻底崩了。

所以谢东泽和谢云担心的都是这个，而不是赔钱多少的问题。

割肉，说得轻松，可做起来难啊！

谢东阳的新药研发也是付出了心血的,他怎么可能说不要就不要了。

再说了,药本身没问题,那死者跟他的药没有关系,他这是受了委屈的,如果这时候放弃东阳药业,那不是更说明,他的药不行?人品不行吗?

又是一个难眠之夜。

次日清晨,谢东阳胡子拉碴地去了公司,公司自然是冷清得很。

家属闹得也差不多了,媒体也不围观了,现在就等着这个公司彻底垮掉了。

"老板,这月工资还能发不?"连门口的门卫大叔都担心薪水问题。

谢东阳只觉得可笑,他从钱包里,抽出一沓钱直接丢给他。

"拿着,薪水不会少你一分。"

"好的,谢谢老板,您也别怪我现实,现在确实很多企业的老板连夜跑路,拖欠工资的。"那大叔说。

谢东阳也没吭声,低着头一路进了办公司。

女助理进来,手里拿着一堆文件报表。

"现在什么状况?"谢东阳问。

"客户要退货,药现在销量不行,股市那边跌到底,按照现在估值的话,我们公司就算能卖3亿的话,还要赔偿外面5.7亿。

"除非您现在宣布破产,让银行清点这些,剩下的也就不用还了,不过……您因为是谢家人,万一有人追究起来的话,恐怕也得让您父亲的公司承担一些。"

"呵,我还有别的选择吗?"谢东阳冷笑。

女助理低声道:"有的,老板,就是去借钱先把这些窟窿补上,但是如果公司还是这个财务状况的话,其实补多少都是打水漂,这个选择我是不建议的。"

"行吧,你先出去,我想想。"

"好的,老板。"

女助理退出后,谢东阳靠在老板椅上,一时间也是没了主意。

现在让他放弃,显然不可能,让他继续吧,也没了信心,真的不知道怎么能经营好了。

并且借钱的话,如果跟总部说,他老爸一定会抓住把柄,以后被吃得死死的。就算将来进了总部,估计也是要给老爸和大哥打下手的,没有自己的话语权。

可如果不是问总部借钱的话，谁还能借5.7亿给他呢？

那些狐朋狗友平时吃喝玩乐倒是在行，如今需要钱，肯定不行的，也拿不出这么多。

想来想去，谢东阳想到了一个人，华芷。

华芷是大明星，应该是有钱的。

想到这里，谢东阳拿起手机，拨了华芷的号码。

华芷正在后台化妆，一会儿要参加一个选秀节目，她是评委。

看谢东阳打电话来，她也没犹豫，直接接了。

谢东阳："华芷，方便说话吗？"

华芷："方便，你说。"

谢东阳："我就直接说了，我公司现在出了点状况，我想借钱周转一下。"

华芷："借多少？"

谢东阳："怎么也得一两个亿吧。"

华芷："大哥，你别闹，你这一张嘴太吓人了，一两个亿啊！"

谢东阳："是，少了也不够用。"

华芷："那你为啥不跟你老爸借啊？"

谢东阳："个人原因，这个就不透露了，怎么样，你方便不？"

华芷："方便倒是方便，不过我手里没那么多现金，我必须要把手里的股票和基金套一下，还有一些存了定期，要亲自去银行才行，你着急不？"

谢东阳："着急的。"

华芷："你其实应该问江流借啊，他就是开银行的，哈哈，应该会秒批。"

谢东阳："别闹。"

华芷："还有我五妹，那是个小富婆你知道不？我奶奶过世后，大部分遗产都给她了，我五妹肯定也有钱。"

谢东阳更尴尬了："我就算穷死，也不会问华笙借的。"

华芷："这样吧，我需要三天时间筹钱，三天后我给你拿一个亿，你看成不？"

谢东阳："行，多谢。"

谢东阳也没多说客气话，直接挂断电话。华芷呢，为人确实仗义，跟谢东阳交情不是很深,可她接触了这几次后,也觉得谢东阳为人还可以,不会差了事,再说了,不是还有背后的谢家呢吗?也不怕他还不起。

当天下午,流言忽然多了起来,大致意思就是江流陷害的谢东阳,两人关系如同水火。

网上也多了一些类似水军的力量,开始不断操控评论,有的说是谢东阳故意买水军黑江流,有的说是江流买了水军,趁机落井下石,要弄死谢东阳。

总之,将两人的关系渲染得很是紧张。

晚上六点钟。江流从集团下班后,直接到地下车库准备开车回家。没想到刚到自己车旁边,就看见谢东阳在这里站着。

他有些憔悴,穿了件深灰色的冲锋衣,右手只握着一个手机。

"聊聊?"谢东阳问他。

江流点头:"上车吧。"

江流打开车门,上了车。谢东阳也跟着上了车,坐在了副驾驶位子上。

这可能是两人这么多年来,第一次这么近距离说话了,连谢东阳自己都没想到会有这样一幕。

"来兴师问罪的?"江流以为他是听信了那些谣言,来找自己问罪了。

谢东阳摇头:"我知道不是你做的。"

"哦?这么肯定?"江流这倒是有些意外。

"我相信你,以你的人品不会做这样恶心的事,你要想打败我,也不需要做这些见不得光的,更不会利用一条无辜的人命。"

江流微微扬起嘴角:"这话说得,貌似你比我老婆还了解我似的,不过你能信我,我还挺感动。"

谢东阳沉默不语……

"你现在处境似乎不太好,需要帮忙吗?"江流侧头看他。

见谢东阳不是来问罪的,江流觉得,那么他很可能是来借钱的。

说实话,谢东阳确实有些动摇,因为江流家就是做私人银行的,主要业务就是放贷款。

只要他开口,别说是五亿,就是十亿,江流肯定都会拿,并且不需要任何东西做抵押,只要他"谢东阳"三个字就够了。

因为出身名门谢家,所以不用担心还不上钱。

犹豫了三秒钟后,谢东阳笑:"多谢,可我还是想自己解决。"

说完,谢东阳推开车门下车,他今天来找江流,还真的不是为了借钱,就是想亲自替江流澄清一下。告诉他,自己知道这件事幕后黑手不是他,谢东阳自己也不知道为什么要这么做,也许是为了尊重对手吧?

有时候越是敌人,越是对手,才越了解,也越能惺惺相惜,不得不说这很讽刺。

谢东阳最终也没有用江流帮忙,因为他知道,他一旦从这个泥潭爬起来,还要继续抢江流的女人的。

所以怎么可以用他的钱?就算用了,也是名不正言不顺,那还不如直接宣布破产更实在一些。

谢东阳回到家里,也不纠结了,打了几个电话,开始折腾他这些家当。

于是当晚,谢东阳的三套私人别墅,包括现在住的这个,还有七部顶级豪车,三辆法拉利,一辆兰博基尼,一辆布加迪威龙,一辆宾利轿跑,一辆劳斯莱斯魅影,还有他收藏过的一些钻石、珠宝、名画,包括手表,全部出手抵押给了一家国有银行,换取了价值两亿的贷款,这算是谢东阳这些年所有的家当了,如果这次再失败,那么他才是真的一无所有,毕竟这些都是他自己回国后买的,可不是用父亲的钱。

谢东阳自己也是想赌这一把,看看能不能起死回生,大不了从头再来就是。

心里这么想着,谢东阳满怀希望地将这些钱一部分投入东阳药业的股市里救灾。一部分给那些退订单的客户打款,可最终的结果是两亿多没了,可公司依旧没救。

这两亿就好像打水漂了一样,丢进去连个回应都没有。

这是谢东阳完全没有想到的,股市一再低迷,连上升一毛钱的意思都没有。

而客户那边收到现金打款不仅没有感激,反而变本加厉要起诉他赔偿双倍,说他的药是假药,是害人的药。

一时间,谢东阳再次入了绝境。

应该说,本来就在谷底,现在只是又掉进了谷底的地洞里一样。

想要翻身,就等于难上加难。

华笙看到新闻的时候,说实话,也颇为同情。

春桃也忍不住感叹:"这谢少也是倔强,早点放手多好,何必越赔越多，听说啊，他把自己家当全部都抵押了，如果这次翻不了身，那他的豪宅豪车都没有了，他好像连住的地方都没有了，真是可怜。"

银杏倒是不服这个说法："谢东阳是谢家人，只要肯跟亲爹低头，就一切不是事，谢家那么雄厚的实力，还能怕这点小事？房子没了就回老宅去住嘛，哪有你说的那样，反正我要是谢东阳，我肯定回家了。"

"小姐，你怎么看？"春桃看着自家小姐。

华笙只是评价了一句："他现在确实身处绝境了，如果不翻身，以后就算回了谢家总部，估计也抬不起头。"

华笙说得确实很到位，谢东阳这次背水一战若是输了，就算回了总部，也不能抬起头了。

大家都知道他是因为生意失败，一身狼狈夹着尾巴回来的，而且还让亲爹给收拾烂摊子擦屁股，这个说法能压他一辈子。

所以现在的情况就是，进退两难，想起，起不来；想退，也不好退。

各大媒体争抢报道这次的风波，尤其是谢东阳，据说将自己关在东阳药业的大楼里，已经三天三夜没出来过。

整个大楼里，只剩下他和门口的门卫大爷了，状况无比凄惨。

华笙还是照常去上学，偶然有空会去小店坐一坐，喝喝茶。

只是她没想到的是，冯羽会找上她。

冯羽是亲自开车来的，在图书馆找到的华笙。

华笙并不认识她，所以她开口就先做了自我介绍："华笙你好，我是冯羽，是谢东阳的嫂子。"

"你好。"华笙合上手中的书，抬起头看着眼前的美少妇。

冯羽是一个很知性的女人，虽然没有倾城的美貌，却很智慧，并且衣品很好，是豪门中儿媳妇的典范了。

"真的很冒昧，这么突然来找你，我其实是为了东阳来的。"

冯羽猜想华笙这样的性格，应该是不喜欢拐弯抹角，所以也就直接说明来意。

"我有什么可以帮忙的吗？"华笙不太明白，谢东阳破产，找她有什么用，是借钱吗？

不应该，毕竟冯羽宁可从自家财团拿钱，也不会管华笙来借。

冯羽上下打量华笙，其实这也不是第一次见面了，当初在谢家婚礼上，她见过的。

那时候华笙还穿着婚纱,只是没想到后来婚礼没成,华笙倒是成了江家的人。

"东阳现在被逼到绝境了,又不肯跟老爷子低头,整个人心态……有点崩溃,他将自己关在集团大楼里,已经三天三夜没出门了,谁打电话都不肯接,发短信也不回,我们真怕他出事,怕他这样下去想不开。东阳跟我关系很好,所以我对你们的事略知一二。"

"我和谢东阳什么事都没有,谢太太你是不是误会了什么?"

冯羽知道自己的话让华笙误会了,笑着道:"怪我没说清楚,我的意思是,东阳很喜欢你,他多次跟我表达了想将你追回来的意愿。所以我想,这个时候,若是华笙你能出面,劝上几句,他也许会醒悟。"

"可我跟谢东阳关系并不是很熟。"华笙觉得,自己出面不太合适,自己毕竟连朋友都不算。

但是冯羽这么聪明的人,她能来找自己,绝对不是冲动,肯定是经过深思熟虑的。

"我明白你的难处,所以我才说我其实很抱歉,这么冒昧地打扰你。

"东阳的事情我们全家都很忧心,谁也不想会是这个结果,但是我敢保证,他是一个善良的人,绝对不会卖假药,卖坑人的药。华小姐,哦不,江太太你就当发发善心,说上几句话,常言道送人玫瑰手留余香,江太太你就当是随手做了一件善事,可以吗?"

望着冯羽那真诚又迫切的眼神,一瞬间,华笙有些为难。

最终,华笙没狠心到不管,还是答应了冯羽的要求。

当天下午,冯羽带着华笙低调出现在了东阳药业集团总部,冯羽跟守卫大爷打了招呼,放了华笙进去。

华笙一直坐电梯到顶楼,来到谢东阳办公室门口。

冷冷清清的办公大楼,让人有一种大势已去的感觉,华笙没经商,但也多少能理解这些生意人的大起大落。

她站在门口,犹豫了一下,敲了敲门,却毫无回应。

她干脆直接推开门走进去,就看见谢东阳趴在桌子上,不知道是睡着还是醒着。

华笙今天穿着一件米色的流苏针织披肩,下面是一条黑色的九分裤,平底小白鞋,手里拿着的是她经常在学校里用的帆布包,可以说是很低调了。

长发没有如往常一样披散，只是简单绑了一下，头上戴着一个黑色的小礼帽，跟衣服很搭。

听见脚步声，谢东阳头都没抬，不耐心地骂道："不管你是谁，都给我立刻滚。"

他现在已经心态彻底崩塌，不想看见任何活物，不能面对任何人和事。

华笙停住脚步，看着他："本以为你是个不轻易服输的，没想到，也是这么不经打击。"

听见这熟悉的声音，谢东阳猛地抬起头，然后，傻眼。

他都要以为自己是做梦了，才会看见华笙出现在眼前。

事实上，这几日，他只要睡着，就能梦见华笙，所以他才一直逃避现实，想躲在梦境里。

华笙扫了一眼谢东阳，确实够狼狈。

曾经那个不可一世、厚着脸皮跟她示爱的贵公子不见踪影了，眼前这个人倒是像一个落魄的乞丐，昂贵的西装被他弄得皱皱巴巴，头发也是乱成鸡窝，胡子遮盖了他原有的颜值，看起来像是四五十岁的样子。也许是没有睡好的原因，谢东阳的眼睛有些红，脸色也黯淡无光。

华笙居高临下地看着他："你们这些养尊处优的公子哥就是矫情，可能一路上顺风顺水惯了，所以就受不了一点点挫折。

"生意失败而已，有必要这个样子吗？你才二十几岁，你身后还有整个谢家，这点钱就让你站不起来了？"

"笙笙，我……"谢东阳一开口，才发现自己已经沙哑得说不出话来。

"之前不是大言不惭地要把我从江流身边夺走吗？果然是吹牛的，就你这个样子怎么能打败江流？你连自己都赢不了，失败从来都不可怕，可怕的是你失败一次后，就不敢站起来了，不敢再次面对失败的心态。

"你这样，还是趁早继续做你的富二代算了，吃你爸的，穿你爸的，用你爸的，以后结婚生孩子，一家三口也都你爸养，这样最省心，什么都不用面对，你觉得我这个主意可好？"

华笙的话语中尽是嘲讽之意，可只有这样，或许才能刺激到一点谢东阳。

谢东阳听完，颓废地往后一靠："笙笙，我真的有那么垃圾吗？连你也这么看不起我，也对，我现在就是个废物，就是一个笑话，我注定就是一事无成的人。"

"我确实看不起,不过我看不起的是你这个自暴自弃的心态,'深度觉醒'这款药,我有买过,也有服用过,效果很神奇,你们能用凝神草制造出改善睡眠和大脑紧张的药,我真的很惊讶,只是没想到你这么厌,这点挫折就趴下了。

"也罢,以后不要再找我,也不要说后悔、喜欢我之类的,我可不希望追求我的人,是一个懦夫,一个弱者。"说完华笙转身要走。

"笙笙,我知道我没脸见你……可我对你的心是真的,我不是为了气江流,当初放手一搏创业也是因为想夺回你。"谢东阳沙哑地解释。

华笙回头:"真心不是嘴上说说的,你若真的有这个决心,就不该轻易放弃。"

"那我还能做什么吗?我真的尽力了,我连房子都抵押出去了,我已经一无所有。"谢东阳确实也努力找出路了,可是目前除了回谢家,找老爸堵上窟窿之外,还真的没有其他更好的出路,至少他没想到。

"你有想过是被什么打败的吗?"华笙问他。

"是被负面消息,是因为药出了事,死了人。"

"嗯,那你没去查查为什么那人会想整垮你吗,难道只是为了钱吗?"华笙又提醒。

谢东阳愣住了,这几天只想着怎么去拿钱填补窟窿,却没有想过要从另一个角度去看问题。

华笙说得有道理,如果能查到当初讹诈自己的那家人,或许能为自己洗清冤屈,毕竟他的药是没有任何问题的。

"笙笙,是我糊涂了,竟然没想到……"谢东阳仿佛看见了一丝曙光,他笑着看华笙,眼里全是柔情。

华笙来的时候,就没想过只劝几句,她确实早就想明白了这件事的关键点,所以才出言提醒,至于能不能领悟,那就是谢东阳自己的事情了,她可不会手把手教,更不会亲自帮他。

"既然你懂了,那就好好想想下一步怎么做吧,资金的事,你也不是一无所有,我可听说华芷答应借你一个亿,如果没猜错的话,应该是明早到账,至于能不能翻身,就看你自己的本事了。"

说完,华笙抬脚要走,后来忽然想到什么,她转身回来,从帆布包里拿出一小袋粗粮饼干、一瓶纯牛奶放在桌子上。

"不管天大的事，我建议还是吃饱了再去解决。"

谢东阳看着那牛奶和饼干，眼睛有些湿润，他是无论如何也想不到，在他最艰难的时候，居然是华笙出手帮他。

所以说，人生啊，还真是处处有惊喜。

"笙笙，我何德何能，有幸能得到你的指点，我……"

"打住，少说这些套路话，我不吃这套的。"华笙抬手，打断了谢东阳后面的话。

看她可爱的模样，谢东阳笑了，发自内心地笑起来。

他看着她那张清新脱俗的脸，小心翼翼地问："笙笙，那我们可以做朋友吗？"

"我不和弱者做朋友，你先翻身再来说这些吧。"华笙说完这句话，就离开了大楼。

后来，每当谢东阳想起那天的场景时，他都依稀记得，那天阳光很暖。夕阳的余晖照亮了整个办公室，华笙就跟仙女一样，出现在他眼前，给了他最后一丝生机。

华笙走后，谢东阳拿起牛奶一口气喝光，但饼干却没舍得吃，他小心翼翼地放在西装口袋里，然后振作起来，拿起电话："给我立刻去查吃药死人的那家，最近接触过什么可疑的人没，账户上有可疑的资金没？"

吃死人的那家人姓杜，死者叫杜锦龙，老伴已经去世多年，平时都是一人在家，是女儿杜春燕照顾着。他女儿跟他居住在同一个小区，已经结婚，丈夫是电工，女儿也上了小学一年级，家境一般。

谢东阳之前也查过，那时候也是因为事情多，所以查了一下，没有线索就停了。如今华笙提醒后，他又认真找人查了一遍，结果，还真的被他查到了一些眉目。

老人死后，杜春燕闹了好久，一直都是在东阳药业拉横幅哭着找媒体。但是后来也证实老人是心梗去世，并不是吃东阳集团的药，她没有拿到任何赔偿。

谢东阳找人查了她的账户还有她老公的账户，确实没有大金额收入。

可是这件事风波过后，查到了她丈夫最近一直在一个地下钱庄赌钱，而且输了六十多万。

以杜春燕的家境，是不可能拿出六十多万给老公赌博的，但赌场那边确实也证实，杜春燕丈夫吴俊确实输了六十五万，而且全部付清。

那么这些钱,是哪里来的呢?

最终,功夫不负有心人,谢东阳查到了他想要的线索。

这天下午,杜春燕下班回家,一进门就看见谢东阳,顿时吓得脸色苍白。

她的女儿正在写作业,而谢东阳就坐在客厅里,在小女孩的身边。

孩子不知道大人的恩怨,还以为是父母的朋友。

谢东阳的身后,还跟着两个手下,身材高大,西装革履。

"谢东阳,你怎么在我家?"杜春燕吓坏了。

"怕什么,我当然是来慰问一下,看看你过得如何。"谢东阳盯着这女人。

"你赶紧给我走,不然我可报警了,你这属于私闯民宅我告诉你……"杜春燕说着颤抖地拿起手机。

"韩东林给你什么好处了?"

谢东阳这么一问,杜春燕吓得也不敢报警,浑身直抖。

"我不明白你说什么,谁是韩东林,我不认识。"她一口咬定不认识。

谢东阳也不着急,坐在椅子上打量他们的房子。

"当初你闹事,我一直都以为你是为了讹诈钱财,还想着要不然就给你点赔偿算了,现在我才发现,是我愚蠢了,竟然没发现,你是为他人办事,不过你老公还不知道你和韩东林的事情吧,他若是知道了,你猜……会不会原谅你?"

"谢东阳你少胡说八道,你赶紧离开我家,快走。"杜春燕打开门,很是激动。

谢东阳继续道:"两个月前同学聚会,你和韩东林勾搭上的吧,听说你们上学的时候就有过旧情,怕人发现,你们偷情私会从来都不在酒店里,而是在一个你自己租的民房里。

"后来你父亲因为吃了药后巧合发作心梗,误打误撞被韩东林知道了,他就给你出了主意,让你闹事,搞臭我的公司,甚至还给了你一大笔钱,不过聪明的是这钱没在账面上。而是在……你家。"

说完,谢东阳敲了敲桌子,身后的两人从床底下的一个暗格里拿出一个小箱子。

打开箱子的时候,里面金闪闪的全部都是金条……

永久下架

杜春燕见事情败露，跌坐在了地上，傻了眼，她以为这件事已经过去了，谢东阳也不会查到她。

"不过……你知道韩东林和我的关系吗？"谢东阳拿起一块金条把玩，不紧不慢地问杜春燕。

看着杜春燕迷茫的表情，谢东阳冷笑："看样子你的老相好并没有跟你说太多内幕，你也只不过是个被人利用的工具而已。"

"我……我不是，我没有，我没做过，这些黄金我也不知道哪里来的。"

杜春燕还在做垂死挣扎，打算来一个死不承认。

谢东阳觉得她这个样子真是可怜："你们夫妻俩都是奇葩，你在外面出轨被男人利用，赚了钱你老公都不问你这些黄金是怎么来的，就敢直接拿去赌场偿还赌债。

"你老公输了六十几万，家里还有这么多，看来韩东林对你还不错，出手还是很大方的。"

一听谢东阳调查得如此清楚，连她老公输了钱的事情都知道，杜春燕也知道，肯定是瞒不过去了。

她吓得直接双膝跪地，边哭边对谢东阳磕头，吓得她女儿站在一旁瑟瑟发抖，连话都不敢说了。

"谢老板，是我不好，我不该陷害您，我知道错了，求求您给我们一条生路吧。"

"现在知道害怕了？当初抬着你父亲棺材去我公司门口那盛气凌人的样子呢？你这个臭婆娘可还知道什么叫因果轮回，苍天饶过谁？"

谢东阳真的恨不得将她剁成肉泥，若不是这女人闹得这么凶，公司怎会落得如此惨境？

若是谢东阳以前那个暴脾气，肯定二话不说，先是一顿暴揍，至少让她面目全非。可现在，他不是以前那个谢东阳了，遇到华笙后，他就再也不是以前那个暴躁的家伙了。

"你不用求饶，我不动你，你们夫妻俩，只等着出庭做证吧，我留你们的狗命还有用，不过给我记住，别耍花样，我可不是什么菩萨。"

丢下这句话，谢东阳带人离开，临走前还留了人手在杜春燕家的门口监视，免得他们有什么小动作。

谢东阳也没想到会是韩东林，他甚至在去见韩东林的路上还一直想，自己有得罪过他吗？

事实上，并没有，韩东林以前是鑫盛药业的总经理，是外聘来的，年薪也是百万。公司还给配了车，后来鑫盛被谢东阳接手后，他怕救不活，就决定辞职走人了，走时候谢东阳还给拿了三个月薪水算是补偿。

可他居然利用杜春燕做陷害自己的事情，这一点，谢东阳想不通。

说他是为了钱吧？他也没勒索自己问自己要钱，说他为了私人恩怨吧，谢东阳确实也没跟他有深仇大恨。

韩东林是在一个麻将馆被堵住的，谢东阳的人进去后，直接将其他人赶走，然后将门反锁。

再然后，对着韩东林就是一顿毒打，一直打得快要认不出来本来模样，谢东阳才示意罢手。

"别打了别打了，谢总……我哪里对不住您啊，您怎么如此对我？"韩东林开始叫苦连连。

谢东阳蹲下，揪住这个胖子的头发："都这时候了，还跟我装傻是吧？演戏演得不错，你适合去当演员啊！"

"谢总，我真的不知道啊，您是不是误会什么了？"

"误会？杜春燕也是误会吗？黄金也是误会？"

听谢东阳这么一说，韩东林顿时吓得面如死灰，知道事情败露了。

"说吧，谁让你这么做的。"谢东阳缓缓起身，手下的人递来一张纸巾，他擦了擦手，面色阴郁。

看样子，不说肯定是不行了，韩东林也不傻，知道谢东阳弄死他是轻而易举的事情。

所以为了避免受皮肉之苦，他只得低着头，小声道："谢总，我对不住您，我离开公司后，去了天宝药业。他们也是做药的，您的新品出来后，他们生意难做，所以我就……"

"不过我也是帮人做事啊，这些都是我现在的老板让我做的，黄金也是他给的，不然我哪有那么多钱给杜春燕呢？"

谢东阳听完，低声笑了下。

"谢总，您别笑啊，我说的都是真的。"

谢东阳转头看着被揍成猪头的韩东林："你这个死胖子我以前真是小看了你，一直以为你不过是个见风使舵爱耍滑头的小人，现在我懂了，你脑子还挺灵光的，跟我玩阴谋诡计是不？

"我在你眼里，就那么愚蠢吗？开始出事的时候，我就怀疑有人背后搞鬼，特别查了杜春燕的账面，没发现可疑之处，现在想来你是直接给了黄金。"

"这些都是天宝药业的老板让我做的啊，我也是被迫的，谢总您相信我。"

这胖子边说边伸手拽住谢东阳的裤腿，此时此刻为了求饶，真是活得不如狗，一点尊严都不要了。

谢东阳抬起脚，狠狠朝着他的手指踩下去……顿时疼得他发出一声惨叫。

谢东阳居高临下地看着韩东林："在来找你的路上，我的人已经替我查清了，你确实在天宝药业任职，可天宝药业的老板李文玉是个老实人，天宝药业也是个小药厂，根本不算是我的竞争对手。

"你怕是早就做好了准备，万一我来找你，你就找个替死鬼对吧？看来你幕后的老板挺有来头，能让你舍命维护，既然你不愿意说，想做个效忠你主子的狗，那我就成全你，来人，先将他两只手剁了，拿去喂狗。"

谢东阳这话其实只是吓唬韩东林，没想到这么一吓唬，他直接尿裤子了，然后拼命地摇头，似乎要说什么，谢东阳冷眼看他。

"将胶带拿下来，给他最后一次说话的机会。"

手下的人按照吩咐，伸手撕下韩东林嘴上的胶带，他哭得一脸狼狈。

"谢总，我说，我全说，是张帅让我这么干的，一切都是张帅的主意。一开始我是不干的，可他威胁我说，如果我不做，就把我和杜春燕的事情弄得满城皆知,我害怕……然后就……"

"张帅?"谢东阳微微皱眉,一时间都没反应过来这人是谁。

"是,谢总,我这次说的是真的,你的药火的第二天,张帅就找上我了,因为我之前在鑫盛待过,知道公司的内部情况,所以再利用杜春燕父亲死亡的事情,能一举将您击垮。

"黄金也是张帅给的,他说这样不容易被查到,我发誓,我说的是真的,如果有半句假话,我老婆孩子出门都被车撞死。"

也许是怕谢东阳不相信,韩东林直接发了毒誓,脸上已经是血肉模糊。

张帅?谢东阳微微叹息,这人他真认识,并且很熟很熟。

张帅不算是富豪圈的人,但是家境也很不错,父亲是经营医疗器械的,他和谢东阳是初中同学。

因为那时候都喜欢打篮球,所以关系很不错,后来谢东阳回国后,他也主动靠上去,意思是想沾点光。

谢东阳也不是那么抠的人,也就带着他一起做点投资,并且带他在圈子里认识了不少人,他也因此赚了不少钱。说起来,这张帅就是谢东阳的一个小老弟,一个靠拍马屁发财的小土豪而已。

最主要的是,张帅为人很低调,性格看着也温和,谢东阳是无论如何都没想到他能做出来这样的事情。

若不是这次顺藤摸瓜,也许谢东阳一直到破产都不会知道,到底是谁害了他。

张帅也许没有想到谢东阳会这么快反击,并且查线索这么厉害。所以他有恃无恐地在公司给员工开会。

谢东阳几乎是冲进去的,然后拖起张帅就是一顿猛打。

之前揍韩东林那个死胖子,都是他手下的人代劳的,但是张帅,他必须亲自上阵。

"谢二哥,你这是干吗?"张帅被揍后,摸着脸还装无辜。

张帅被揍得很惨,他公司的人还报了警。

最后警察带走的却是张帅,谁也不知道发生了什么。

张帅临被带走前,谢东阳只说了一句:"事到如今,我只想问你一句,为什么害我?"

谢东阳确实想不通,张帅也算是生活富裕,年轻有为,何必要做这样的事情呢?"

张帅只是苦笑:"因为你什么都有,什么都能得到啊,我喜欢的,心心念念的,却都是你玩腻的。"

"这世界怎么就如此不公平?凭什么你生下来就是豪门权贵?我就得做你的哈巴狗?"

"你有钱有势,哪怕破产都有你老子撑腰。我呢?我为了公司利益,不得不去到处巴结人。"

"呵呵……本想着你破产后,我借机拿你的新药代理,也能翻身一把……现在看来,我注定没这富贵命了。"

"我不曾怠慢过你……"谢东阳有些心凉,那些小跟班小老弟中,张帅可以说是他比较欣赏的,他一直给他机会提拔他。

"是啊,你不曾怠慢我,你只是玩了我心爱的女人罢了。"

谢东阳身子一震,完全没想到张帅会这么说。

"你女人那么多,都不记得她了吧……我的小洁,我的雨洁,她还傻傻地因为被你抛弃而难过,才被车撞死。

"你这么造孽,是永远都不会幸福的,我也祝你,永远得不到心爱的女人,哈哈。"张帅红着眼,疯狂地笑,最终被警察带走。

谢东阳呆坐在原地好一阵,才隐约想起来,曾经是有个女友叫周雨洁,是个空姐,可那都是三年前的事情了。

周雨洁长得也挺漂亮,不过两人在一起不到两个月就分手了,后来听说那女的出了车祸死了,只是没想到,居然跟自己有关。

下午的时候,谢东阳回了东阳药业集团总部,他的人汇报:"谢总,查到了,周雨洁确实已经死了,听说是当年失恋后情绪不佳,求生欲望不强,有人说她就是故意撞车寻死的。"

听到这里,谢东阳心里还真不是滋味,以前他确实挺渣。尤其是刚回国那一会儿,受国外的教育影响,他一直觉得换女友不是什么大事,尤其他每次分手都会给重金补偿。只是没想到,自己当年的贪玩,居然间接害死了人。

可悲的是,他现在依然记不得周雨洁到底长什么样了。因为这几年,他身边女人一直都在换,大多数都是网红、模特、主持人、明星,各行各业都有,所以他真的脸盲。

"继续说。"谢东阳深吸一口气,有点难受。

"周雨洁有个弟弟叫周小军,这人是张帅认识很多年的哥们儿,据说有一阵子张帅通过周小军追周雨洁来着,可是她没同意。

"应该还是在她上航空学院的时候。后来周雨洁死了,周家人也搬走了,早就离开了江城,也没有人说起这件事了。"

谢东阳也记得,当时分手好像也给了几十万分手费的,他一直觉得给钱安抚就能心安理得。

这一刻才发现以前的自己确实错了……

看来张帅说得没错,周雨洁是他喜欢的女神,他爱而不得,可是却被谢东阳轻易给睡了,还抛弃了。

张帅心里自然是有恨意的,不过这都是三年前的事情了,张帅这三年估计一直在找机会报复他。

说起来,张帅确实给他狠狠上了一课,如果没有华笙一语惊醒梦中人,他也许就破产了回家做缩头乌龟了。也许还会继续跟张帅做兄弟,更不知道这么多的内情。

"律师怎么说?"谢东阳有些疲倦,声音也是有气无力。

"回谢总,我们的大律师说,张帅这种情况很恶劣,属于不正常竞争,并且用威逼利诱行贿的手法害得您损失严重,根据现在的情况来说,最少十年。"

"嗯。"谢东阳点点头。

"韩东林、杜春燕还有杜春燕的丈夫都已经同意做证,并且后期会为您澄清一切。"

谢东阳没说话,其实这时候,对于他来说,这些小虾米都已经不重要了。

"不过他们死罪可免活罪难逃,在这场阴谋中,他们属于从犯,也是要坐几年牢的。"

"好,我知道了,你出去吧。"谢东阳摆摆手,将手下的人赶出去,自己独自坐了很久。

最近这一个月发生的事情就跟做梦一样,不断在他脑海中闪过。有他去西北的,有新药发布会的,有他股票大跌的,也有华笙对他说的那些话。

还有张帅、周雨洁……

真相大白后,谢东阳没有预期的那么高兴,反而心情很沉重。

不过无论怎么说，风波过后，他都觉得自己蜕变了，变得比以前更沉稳，更坚强。

他当天晚上又去了一趟公安局，想单独见一见张帅，却被张帅本人拒绝了，张帅估计永远不会原谅他。

次日清晨，华芷之前答应借给他的钱准时到账，加上张帅公司先付给他一部分赔偿，他有了重启资金。

"谢总，第一步我们要做什么？"女助理很是激动，一脸崇拜地看着这个年轻帅气的老板。

"第一步，将深度觉醒这款药永久下架。"谢东阳一字一句地下着命令。

女助理震惊不已："谢总，这可是我们公司最大的招牌，是摇钱树啊！"

"听我的，去做吧。"

"可……那我们以后指望什么？"女助理一时间有些灰心，感觉老板有点自暴自弃了。

"我们是药业公司，自然是本本分分做药。"

交代完事情后，公司重新启动运营模式。

谢东阳将之前风投那边的几个自己人找回来，然后又在短时间内将之前的工作全部召回，月薪比之前还多了百分之二十。

后来又跟西北研发团队合作，说了一些新想法。

范博士当天晚上就飞来了江城，据说跟谢东阳讨论了一夜的新品和关于公司以后的定位问题。

不过这些都是东阳集团内部的消息，事实上，谢东阳这几日忙得不可开交。

电话、短信还是微信，一律没时间看，就连谢东泽来了两次，也都是说了几句话，就匆匆加班工作去了。

一直到一周后，东阳药业再次上了头条新闻，才被人们关注。

而且一次就来了三个重磅炸弹——

第一，东阳药业查清陷害始末，嫌疑人公开道歉认错，还了一个清白。

第二，东阳药业重新整合完毕，已经正常运行，股票在当天也逐渐回暖。

第三，深度觉醒这款药将永久性下架，以后也不会推出此类药品。

消息一出，全城都炸了，大家都想不通，既然都还了他们一个清白，就说明这款药没有任何问题。那么为什么不继续售卖了呢？可人家没说，答案外人肯定是没办法知道了。

江城，某五星级酒店旋转餐厅内。

华芷和谢东阳面对面坐着。

"你的钱已经让财务打到你的卡中，另外还多打了700万，是利息。"谢东阳手持红酒杯，风轻云淡。

华芷也笑了："厉害了，谢少，这么短时间内就翻身了，利息我就收下了，好借好还再借不难。"

说完他俩都笑了，谢东阳也知道华芷是开玩笑的。华芷自然不差七百万利息，但是谢东阳是一定要给的，毕竟他不是差事的人。

当初也只跟华芷开了口，华芷也是仗义，直接答应了，而且数目不小。他用了一周的时间，按照天计算的话，一天一百万利息，一个亿一天一百万，其实也不算过分，毕竟人家本金那么多。

"华芷，谢了，这人情我记下了，日后你肯定也有用我的时候。"谢东阳说。

华芷将酒杯往桌子上一放："我现在就有，你能不能帮我宰了王君显。"

谢东阳："……"

"真的，你要帮我宰了王君显，以后你借两亿都没问题，而且不收利息。"华芷提起那个人就觉得自己要疯。

"大明星，别闹，杀人犯法的，不过我很好奇，王家公子怎么会得罪你？"在谢东阳印象里，王君显和华芷似乎没有什么交集。

"算了算了，不说那个小人。你呢，这次东山再起，手刃仇敌后，还有什么打算？"

谢东阳望着窗外，沉默了好一会儿，才开口："将公司做大，跟江流斗，抢他老婆。"

华芷捂脸……又来了，又来了。

"你别闹，说真的。"华芷以为他是开玩笑。

谢东阳转过头，看着华芷，眼神无比认真："我没闹，这就是真的。"

"所以你你你……就真打算跟江流死磕到底了？"华芷觉得，谢东阳吃饱了撑着，为啥要去惹江流呢？是有多想不开。

谢东阳一脸平静："也不是要死磕到底，他要是现在同意把华笙让给我，我跟他做哥们儿都行。"

"噗……"华芷真的要被这货逗疯了,说话要不要这么搞笑?

谢东阳请华芷吃这顿饭,其实就是单纯地感谢,虽然利息给了,但是话还是要说的。

谢东阳以前觉得华芷这女人就是靠着家里红的,脾气又大像一头母狮子,巨讨厌这种女人。可是接触之后才发现,华芷并非传言中那样刁蛮泼辣,她厉害是真的,但也特别仗义,是个值得深交的朋友。

华芷和谢东阳吃饭本来也没掖着藏着,所以两人出来的时候,就被媒体拍到了。

更有胆大者上去采访:"请问谢总现在是在追求华小姐吗?"

"不是。"二人异口同声。

"你们两个都到旋转餐厅约会吃饭了,这还不是吗?"小记者也是狗胆包天了,在华芷面前居然不怕死。

果然,华芷瞪大了眼睛看着小记者:"是不是全世界只要男女一起吃饭,就是谈恋爱啊?就是因为有你们这些无良的记者不明真相地造谣,才给我们这些艺人带来很大的压力和困扰。

"你上学的时候,你考试成绩菜,女老师找你爸谈话,你爸为了不得罪老师,单独请吃饭赔礼道歉拜托老师照顾你。你妈看见了,是不是就认为你爸和女老师有一腿,嗯?"

小记者:"……"

谢东阳挠挠头,不忍直视,心想这小记者也是倒霉,惹谁不好,偏偏惹了华芷。

"孩子,成绩不好要多读书,别眼里只有男女那点事,这世界上可不只有爱情,我华芷是单身,谢总也是单身,若真的谈恋爱,也不必遮遮掩掩。

"我说不是谈恋爱,只是朋友,那就是真的,不用怀疑我的话。好了,滚开点,姑奶奶要回家了。"

说完,华芷将小记者往旁边一推,踩着高跟鞋就上了她的保时捷帕拉梅拉,炫酷至极。

华芷在娱乐圈绝对是一个奇葩的存在,她一直都不惯着记者,也不讨好粉丝,想怎样就怎样,但就是受欢迎。

为啥?因为演技好,片子含金量高,拿到的影后头衔也都是实至名归,她也没什么人设,不怕崩,所以敢和记者叫板,拿包砸狗仔队,脚踢醉酒的导演，跟自己经纪公司老板拍桌子瞪眼，这些都是家常便饭。

晚上，照片还是被人给泄露了，不过其实也没什么，就是谢东阳和华芷一起走出饭店的照片。

但是忍不住令人遐想啊……

结果当晚的热搜就是——谢东阳追求华芷，两人疑似恋爱。

点进去会发现很多网友都跑出来吃瓜，其中有一个爱八卦的大V最扯淡了，直接写道：她俩的事我早就听圈内朋友说过，华芷生日时候谢东阳还送了名贵珠宝，叫什么"缠绵一生"。据说这次谢东阳债务危机，华芷也是慷慨地拿了五亿给谢渡过难关，现在有情有义的女人不多了，华芷是好样的，看好这一对。

所以，晚上华芷洗完澡出来刷手机的时候看见这条微博，直接飙了脏话。

这时，王君显的微信也很是时候发来了。

王君显：又勾搭上谢东阳了？

华芷：关你屁事。

王君显：5亿援助？

华芷：怎样？我乐意，我就看谢东阳好，有钱难买我愿意。

王君显：你确定自己有5亿？

华芷：王君显你这话是瞧不起谁啊，我华芷可是大明星！

王君显：你现在住的碧桂园别墅价值1.2亿，你的两台车加一起也没有500万，你给谢东阳拿的一亿还是你变卖了股票和基金来的，你在澳洲还有一套豪宅，8000万，再算上你在华家的股市分红，往多了说算你有5000万，这些全部加在一起你也就是3.5亿左右，所以你哪来的5亿？

华芷：……

华芷：你居然敢查我财务状况？

华芷那个火啊，这个王君显，真是腹黑至极啊！居然连她的财务都查得一清二楚，说实话，华芷自己都没仔细算过。

王君显：还用查吗？你是个公众人物，哪里有房产，新闻不是每天都爆？会数学的人加一下就一目了然。

华芷：我有多少钱跟你有一毛钱关系吗？王君显，你以为谁都跟你似的，铁公鸡一样一毛不拔。

你有再多钱你也不会花,死了也带不走,就留给你的子孙后代挥霍吧,最好你儿子是个败家子,不仅花完你的钱,还欠一屁股债,然后让你们王家颜面扫地。

王君显:话别说这么狠,万一我儿子是你生的呢?

王君显这句话华芷一开始还没反应过来,后来一琢磨……我去,他是什么意思?

华芷:王八蛋,你放心好了,老娘就是找不到男人,也不会给你生,别往自己脸上贴金好吗?

华芷其实自己都没注意到,不知道从什么时候开始,和王君显发微信越来越频繁了,哪怕是互喷,那也是喷得来劲。

十里春风。北方进入十月天气更凉,但因为还没有集中供暖,所以华笙在别墅里安了壁炉,很有北欧风。

春桃和银杏坐在沙发上刷剧,据说是追一部叫《霸道总裁只娶我》的电视剧。华笙也是很佩服她们的品位。

江流回来的时候,看见这样温馨的一幕,华笙穿着鹅黄色的家居服,头发披散到腰间,轻轻抚摸小黑的后背,眼神很暖很温柔。

说实话,江流经常会羡慕小黑,因为它可以被华笙宠爱,更可以光正命大地睡她的床,钻进她的怀里。

"我们家这壁炉真不错,很有春暖花开的感觉。"江流进门换好鞋后,直接朝着华笙走来。

春桃和银杏见姑爷回来,赶紧识趣地起身。

华笙抱着小黑回过头:"外面冷不冷?"

"冷,你看我耳朵都红了,可以帮我暖暖吗?"江流撒娇将头伸过去,意思让华笙用手给他捂住。

可华笙哪里好意思做出这种事。

她直接别过脸:"冷就去泡热水澡,再喝点热咖啡。"

江流伸手,弹了弹小黑的头,自言自语:"小黑,你看看,你的主人多偏心,你明明都不冷,她却抱着你不肯松手,我都要冻死了,她也不抱我一下,这是什么道理?都是家庭成员,凭啥你就待遇那么高?只因为你长得比我萌吗?"

华笙扑哧一声就被逗笑了,眼带笑意地偏头看他:"跟一只猫争风吃醋,江总,你真有出息。"

江流点头："嗯，我一直都是这么没出息的，江太太你才知道吗？"

这时，小黑就像懂事一样伸了一个懒腰，喵喵两声从华笙怀里跳下去走了。

江流也就顺势坐在华笙的对面，脱下外套，露出里面月光灰的商务衬衫。

"刚看新闻说谢东阳和华芷？"江流闲聊着。

"你居然还相信这种八卦？"

"不是相信，我只是觉得挺有意思，不过谢东阳这次这么快能度过危机，我是没想到的。

"更没想到的是，他把最赚钱的药给下架了，这魄力是让人服气的。"江流不吝啬赞美别人，之前觉得谢东阳这人本事也就那么回事，如今看，倒是还有点意思。

华笙犹豫了片刻，还是决定如实相告，免得以后会有麻烦。

"其实还有件事，我一直想说来着。"华笙开口。

江流看着她，也没吭声，等着她继续说下去。

"谢东阳危机的时候，他嫂子找过我，说让我说几句，至于为什么让我去说，我相信你知道其中缘由。我呢确实没多想，谢家嫂子那么诚恳来求我，我也就应了，就去见了谢东阳，劝了几句。"

"哦，还有这事？"

江流其实早就知道，因为华笙去东阳药业的时候，就有一些不怀好意的人将消息透露给他了，所以他其实是早就知道的，只是一直没问华笙。

因为他信她，不过如今能听到她亲口说这事，他更开心了，至少觉得自己在华笙心里还是有那么一点地位，不是她一点都不在乎的人。

"嗯，不过我俩没有金钱往来，其实这也不算什么，不过我想着还是告诉你一声好，以免以后会有一些误会。

"你说得对，虽然这三年我们是假装夫妻，但若是出了一些负面新闻落人口舌，还是不好的。"华笙解释得清清楚楚。

江流点点头："嗯，我喜欢你这个坦白的性格，两个人之间最怕的就是一个不说，一个不问，那样天长日久的，难免会误会加深。

"不过这件事真的不算什么，不管你是出于善心也好，不忍也罢，在别人困难的时候，给几句鼓励话，其实挺重要的，也许正是因为你不经意的几句话，能救人于水火。

"当然，若是我，我也会帮，谢东阳找过我，我也问了需不需要帮忙，他拒绝了，我知道他自尊心强。"

"你真的一点都不介意吗？不怕吗？"华笙好奇。

"怕什么？"

"不怕谢东阳以后做大了威胁到你，成为你可怕的对手吗？"

江流笑："说真的，我真的没觉得他是对手，当然就算他以后真的做得很好，很出色，胜过我，那也是他的个人能力，我怕什么？

"这个世界上很多事不是你怕了就不会发生，与其这样，我宁愿坦然面对，这样自己也自在一些，我不太喜欢为还没有发生的事情过度焦虑，那也不是我性格。"

华笙听完这番话，心里对江流颇为欣赏，瞬间觉得这个男人格局还是很大的。

看华笙不说话，江流逗她："怎样？江太太，有没有觉得你老公是侠之大者，为国为民？"

华笙微微笑："臭美。"

看着华笙对自己微笑，江流就觉得心里舒服，也有点理解为什么古代帝王哪怕亡国也要博得佳人一笑。

回想最开始接触华笙的时候，刚搬到十里春风的时候，她总是冷冰冰的，仿佛对什么事情都不关心一样，如今她虽然性格还是淡薄，可笑容却逐渐多了起来，这样华笙，江流越发喜欢了。

此生不负你情深 | 第二十四章

窝　　囊

春桃和银杏看主子们关系好，肯定是打心里高兴的，在厨房就开始为两人准备甜品，华笙有时候状态好，也会跟江流下一会儿象棋。

虽然两夫妻没有热恋中情侣那种如胶似漆，可这样相敬如宾倒也让江流觉得很满足。

他甚至有些贪心地想，将来……若是华笙真的喜欢上他，爱上他，为他哭笑为他喜怒，为他担心为他操劳，那时候他应该是这世界上最幸福的人吧。

次日清晨。两人吃过早餐一起出发，江流开车去了公司上班，华笙则是由春桃开车送到学校。

十月的江城没有办法继续穿风衣了，因为抵御不了刺骨的秋风。于是华笙开始穿着红色的毛衣外套，很厚的那种，下面依旧是简单的黑色铅笔裤，不过是里面加了一层绒的那种，小白鞋换成了加厚的白色小短靴。

她很少会穿一身名牌招摇过市，但衣品却永远是一流，为了低调，她的江诗丹顿手表也没有戴，甚至耳环都极少用。

上午课程结束后，她照常出去吃饭，最近天冷，她迷上了学校附近一家砂锅粥。这家店很有特色，粥里面有各种蔬菜和蘑菇，香味很浓，再配上一个菠萝包，简直是人间美味。

华笙进门的时候，惊讶地发现今天店里居然没有其他客人，她之前每次来都是要排队的。

"来了，姑娘。"老板娘走出来热情地打招呼。

"一份砂锅粥，要全蔬菜的，不要肉末，再加一个菠萝包。"华笙坐下点餐。

"好的。"

正在这时,谢东阳从门外走进来,穿着军绿色的冲锋衣,手里还拎着一个袋子。

华笙看见他后,也没有惊讶,知道他肯定是来找自己的。

"知道你喜欢吃这家,今天我特意包场了,请你吃一顿砂锅粥,嫌弃不?"说着谢东阳自来熟地坐在她对面。

"不嫌弃,砂锅粥很好吃。"

听她这么说,谢东阳更开心了,从袋子里拿出四瓶果汁:"不知道你喜欢喝什么口味,就买了这四种,有桃子、橙子、草莓还有葡萄,你喝哪个?"

华笙淡淡扫了一眼:"我不喝这种复合型果汁,里面色素多。"

"呃……好吧,那我以后直接叫人鲜榨后再拿给你。"谢东阳有点尴尬。

"你找我有事?"华笙不太喜欢没事和谢东阳闲聊,毕竟自己如今是江家太太的身份,就算自己问心无愧,还是要顾及江家的颜面,顾及江流颜面的。

"嗯,有事,我先把这个给你吧。"谢东阳继续掏他的小袋子,拿出一个精致的小瓶,那里面是蓝色的液体。

"这是……"华笙有点惊讶。

"自从被我宣布下架后,市面上就再也没有'深度觉醒'了,不管是零售店还是代言商,全部召回后销毁,这是我留下的最后一瓶,送你。"

说着谢东阳将小瓶子递给华笙,因为他曾听华笙说过,这药她用了,并且还不错,所以销毁的时候,他就留了一瓶给她。

华笙伸手接过这蓝色液体,心里怎么说呢……不知道是什么滋味。

她确实对这款药高度评价,因为她用了,也梦到了奶奶,那是之前从未有过的温馨,而且成分她也研究过,除了凝神草外,都是一些中药成分,功效是放松人紧张的大脑,所以之前听谢东阳下架这款药,还真的为之惋惜。

"谢谢。"华笙只说了两字。

"是我该谢谢你才对,我不管你信不信,我这次确实因为你才有机会翻身。

"我那时候在办公室里苦思冥想,一直纠结这条路还要不要走下去,说实话,那是我这一生最怀疑自己的时刻。我以为我都要过不去了,甚至想逃避。

"是你给了我希望,是你的智慧点醒了我,让我查到了真相,也抓到了那些要坑害我的人。"

如果说谢东阳以前喜欢华笙是因为不甘心,还有她那倾世的美貌和才华的话,那么此时此刻,他应该是为她的智慧和善良所折服,要不然她大可以不管,在旁边做个吃瓜群众就好。

反正谢东阳倒了,以后没有人骚扰她,岂不是更好?

"你不必谢我,我也是受人所托,你若要谢,就回去谢谢你嫂子吧。"

"我嫂子?"谢东阳又是一怔。

"是,是你嫂子找的我,让我出面劝你几句,我也就是一介凡人,你别把我想得太过神话,我的话并没有什么用,只能说你自己爬起来还是因为你有毅力,我起到的作用甚微,倒是你嫂子,她是个好人。"

华笙觉得,冯羽那样的豪门贵妇能为小叔子做到这个地步,真心不容易,反看自己家的亲情,跟人家谢家比,简直就是笑话。

也许是被冯羽的低头所感动,也许觉得谢东阳太惨于心不忍,总之,华笙确实出手了,至于作用有多大,她可没想。

就算谢东阳最后还是想不通,破产了,那也是他自己的事。

"哈,原来是这样,我……真是高看了自己。"谢东阳有点尴尬,他最开始还以为是华笙对他有意思才会在危难之时伸出援手。现在看来,真是自己想多了,原来是嫂子出面求的她。

华笙默默不语,这时,砂锅粥好了,她低着头慢慢喝粥。

谢东阳忽然想到了那件事,委婉地问:"华笙,你对江流的过去了解多少?"

"一点都不了解。"华笙也是实话实说。

"那如果他有一些不太好的事情瞒着你,或者说将来会伤害到你,你打算怎么办?还继续留在江家吗?"

"你究竟知道些什么?"华笙反问,她那么聪明的人怎么会不懂谢东阳问这些话的含义。

谢东阳想了一下,还是决心先不说:"其实我也是听说了一些关于他的事情，只是我不确定真实性，所以我也不好跟你说，我觉得你若是想弄清楚，不如亲自问问江流。以他的为人，真的有什么，你只要问，他肯定不会撒谎。"

"好吧。"

华笙见谢东阳不想说也就没多问，毕竟她从来不是好奇心很重的人。

谢东阳这次来请华笙吃饭，其实更多的是感谢，如果是以前的他，可能恨不得包下整个五星级酒店来宴请华笙。

可今时不同往日，了解华笙的性格后，谢东阳也投其所好了，所以只是包下了这个砂锅粥的小店。

谢东阳吃完也没多留，送华笙走了一段路后就上车了。

华笙下午依旧泡在图书馆里，晚上回家的时候，不见江流。

"小姐，要吃水果吗？"

"不吃。"

"花茶要不？"银杏又问。

"不用。"

"小姐，您有心事？"

"我看起来像是有心事的样子吗？"华笙一怔，反问银杏。

"对啊，你今天放学回来，就有点……怎么说呢，跟平时不太一样。"

"江流一直没回来，是吗？"

"嗯，姑爷没有回来。"

华笙看了看手机，已经快九点钟，她打算再等一会儿，如果他不回来就上楼睡觉。

其实江流很少这么晚回来，大多数都是下班就直接开车回十里春风的。偶尔有应酬，也会发微信告诉华笙一下，哪怕她不在乎。

事实上，江流今天是去看医生了，心理医生，不过不是心理有病，是想问问脑子里偶然闪过的记忆片段和断断续续的头疼是怎么回事。

心理医生建议催眠，可江流试了几次，都进入不了状态，最后只能不了了之。

后来心理医生说："江总，我建议你头疼厉害的时候再来，也许在你发病的时候催眠会有更好的效果。"

江流从医院出来后，已经是九点钟了，想着都忘记给华笙发微信了，赶紧开车回家。

事实上他自己也觉得有时候会不对劲，自从那一年车祸失去了一些记忆后，就时不时头疼欲裂，然后还会闪过陌生女孩的脸。

有时候是声音，像做梦一样，她一直喊他的名字："江流……江流……"

这种感觉很奇怪，困扰江流很久，尤其最近频繁发作，有时候正在开会，都会开始头疼，他才想看看到底怎么回事。

只可惜，未果。

江流到家的时候，已经九点四十，华笙已经回了自己房间。

江流轻声上楼，路过华笙房间的时候，顿了一下，纠结着要不要去看看她，这时，门就很有默契地开了。

"你回来了？"华笙问。她穿着白色的棉质睡裙，长发披肩，仙气满满。

"嗯，刚还想要不要看看你，又怕打扰你，哈。"

"进来吧，我正好有事情想问你。"华笙面无表情，将房门打开。

江流也就跟了进去，随手带上门。

江流进来的时候，扫了一眼，小黑不在，华笙似乎是刚洗完澡，屋子里还弥漫着沐浴露的清香味。

"坐吧。"华笙转头，指了指沙发。

"这么严肃？什么事啊，我不会是犯错了吧？"江流半开玩笑，然后坐在沙发上。

华笙看了他一眼，开口："我今天见到谢东阳了。"

"啊，然后呢？"江流也没什么大反应，毕竟知道华笙对谢东阳没有别的心思。

"他似乎知道一些关于你的事情，不过没有直说。其实呢，按道理说我们是合作关系，你的私事我不该过问，可我怕万一这件事影响我们的合作，所以还是打算问问你，你可有什么事情隐瞒我？"

"隐瞒？"江流一怔，仔细想了想，"并没有啊，我一直都很坦白，我的状况你也知道，我小时候照片你也看到过，我在国外读大学的事，你也知道。"

"不是这些，是有没有其他的，比如……你在外面有没有私生子？"华笙承认自己确实脑洞开很大，但是私生子确实是豪门经常发生的。

谢东阳欲言又止那个模样，肯定是知道江流的一些私事，并且还不是什么好事。

华笙想了想，也许是因为江流以前做过什么糊涂事，所以有了私生子,江家怕败露,一直隐瞒?这个思维逻辑是没错的。

不过这么一问,江流差点从沙发上跌下来,真是没有一点心理准备。

"阿笙,你是认真的吗?"他都有点想笑。

"我什么时候不认真了。"华笙莫名其妙地看着他。

"哈,我以为你跟我说笑。行吧,既然你这么认真地问我,那我就认真地回答你。你听着,我江流,没有私生子,真的没有。"

"那养过其他女人吗?"

"没有养过,也没有跟女秘书暧昧,你可以去我公司查。"江流解释。

"我没什么兴趣查,其实就算有,也没关系,但你必须跟我说,毕竟我们现在是合作关系,我有知情权,别等以后出了什么状况,让我处境尴尬,到那时,别怪我不给你面子。"

"阿笙,你这是把丑话说在前头了吗?"

"对。"

"哈,我喜欢你这么严肃的模样,真可爱。"

华笙:"……"

"行了,没事了,你出去吧,我要睡觉了。"华笙转过头,直接上床,江流也不好赖着,只得离开人家房间,不过这件事却放在心里了,那就是谢东阳似乎知道一些关于他的秘密。

问题是他有什么秘密呢?江流自己都不知道。

次日清晨。

华笙去学校的时候就听说于萍病了,在校医务室打点滴,华笙听说后,就直接去了医务室。

果然,于萍一个人躺在那里,孤苦伶仃的,挂着点滴,模样有点凄惨。

"感冒了吗?"华笙走过去。

"小笙,你来了。"看见华笙,于萍赶紧起身坐起来,华笙拿起一个枕头放在她身后,让她靠着舒服点。

于萍有些受宠若惊,似乎没有想到华笙这样的性子也会照顾人。

"我只是有点发烧,没大事的。"

"怎么没去医院?"华笙觉得校医务室能力有限,医生也都不是专业的,肯定不如医院好。

"医院贵嘛!一个点滴要三百多,这里便宜,才五十。"于萍笑,华笙微微心酸。

"那个,小笙,你可以给我找个工作吗?我需要用一些钱,有点着急。什么工作都行,我能吃苦,打扫厕所都可以。你也知道同学们不太待见我,我也不好麻烦她们,只想着你可能会认识一些朋友。"

"你用钱干吗?"华笙问得也是直接,因为她记得之前故意让于萍中奖都拿了两万给她。

于萍低下头,似乎有些难言之隐。

"你不说我怎么帮你,我怎么知道你需要赚多少钱能够?"华笙静静地看着她。

半晌,于萍抬起头,眼圈红红的。

"我的原生家庭……就是很穷嘛,所以他们老是需要钱。之前有奖学金我都是给家里的。

"上次我意外中奖的两万也给我爸妈寄回去修房子了,昨天我爸打电话又说,他想买一辆播种机,这不是家里快种地了嘛,想轻松一点。

"看我答应得那么快,他又说还想要一辆收割机,秋天的时候收粮食用,还能帮别人家收,赚一些钱。

"我卡里现在只有四千,这是我打工赚的,想着去信用卡套现给他五千,买一辆播种机。可他又要收割机,又要一万块,里里外外一万五,我只有四千,剩下的一万一,我去哪里弄呢?"

于萍将心中的苦说出来,说完自己都想笑,其实更多的是无奈。

"你家里是把你当提款机了吗?"华笙冷声问。

"也不是吧,他们可能觉得这么多年供我读书也花了不少钱,该我回报的。"

"你现在还是学生,都没工作,拿什么回报?"

"他们……以为城里打工容易,不过我这个模样,其实找工作真不容易。"于萍摸着自己的脸,有些自卑。

华笙有些无奈,但是又有点理解,毕竟那是她的父母,就算真的是吸血鬼,她也没办法,总不能断绝关系吧。

"我可以借给你。"华笙说。

"不,坚决不行,本来大家都说我巴结你是为了钱,我必须自己争口气。小笙,你只要给我找个工作就好,我自己赚,如果要借的话,我去找小额贷款不就得了,但是我不想,借的钱心里不踏实。"

于萍虽然穷,但是人品不错,而且很有骨气,这一点也是华笙比较看重的。

华笙想了想,于萍说得也对,就算再好的朋友,也不能一直接济她,总是要靠自己的。她说:"我确实有个工作可以给你,比较难,但是赚得还不错,你可以试试。"

"好啊,你说,我肯定能做,我不怕难,不怕辛苦。"于萍有些激动。

"我有个朋友开了一个小古董店,她经常收一些有年代感的摆件啊,古玩啊之类的。总之要求有几点,第一要保真,第二价格要划算,第三不要刚出土的陪葬品。你历史学得精细,我相信你的眼光很准,应该难不倒你,江城有很多古玩市场,你可以去碰碰运气淘淘看,你手里不是有四千吗,可以先垫付,东西我帮你拿给我朋友。她会给你好价格,让你赚个酬劳费。这样既不耽误你上课,又可以多赚,你觉得如何?"

于萍听完拼命点头,简直是太好了,不仅能赚钱,还能学以致用,正好是她专业的东西。

在医务室待了一会儿后,华笙离开,想到于萍的命运,她不禁有些感叹,如果她能帮的话,于萍人生还有转机吗?

晚上回家的时候,她主动说要喝桂圆红枣汤,银杏赶紧去弄,春桃将织好的毛衣披肩搭在华笙的身上:"小姐,最近天气转凉,您是寒性体质,可要注意保暖。"

"嗯,我知道。"华笙点点头。

华笙拿出笔记本电脑,放在双腿上,打开自己的私密邮箱,是瑞士拍卖行发来的邀请函,请她帮忙鉴定一个古董。

华笙扫了一眼那古董的照片,又扫了一眼送古董来鉴定的主人资料,眼眸微冷。

竟然是那个吴军?如果上次江流没带她去慈善会,她也许还不了解吴军这人。可就是这么巧,居然是吴军来申请鉴定了。光看照片,是战国时期的青铜剑,而且刻有贵族标志,保存完好。

若是真品的话,肯定是要五千万起步的,她的鉴定费也会很可观,可吴军的人品着实让华笙恶心,所以她直接回复邮件,写明拒绝鉴定。

那头立刻又发来新邮件问为何拒绝。外国人嘛,很多事情喜欢刨根问底。

华笙直接英文回复道:"这件古董来路不明,不安全。"

那头看了邮件后也就明白了,随后拒绝了吴军的要求。

其实华笙还真不是信口开河,吴军这个青铜剑敢拿给她鉴定,必然是心里有底,十有八九都是真的。

可这种纹路和尺寸的青铜剑目前市面上极少见,以前曾看文献里记载过,战国时期楚国一位诸侯因为特别喜欢青铜剑,所以下葬的时候,他的家人放了很多进去。

不过这个墓目前还没有被发掘,吴军是哪里来的呢?

回复完邮件后,华笙抱着笔记本电脑坐在沙发上发了一会儿呆,所以连江流进来都没发觉。一直到江流坐在她身边的时候,她下意识地按键切换了电脑页面,没让江流看到她的私密信箱。

"阿笙,看什么呢,这么认真?"江流好奇地扫过笔记本电脑一眼,那桌面上正在播放的是《吸血鬼日记》里的一段不可说的戏。

碰巧就播放这一段……那画面有些过。

江流扫了一眼后别有深意地盯着华笙:"阿笙,原来你喜欢这一挂的。"

华笙此时尴尬癌都要犯了,好死不死的干吗正好是这种画面啊!搞得她好像喜欢看这类影片似的。她顿时涨红了脸。

"没,不是。"

"没事,我不笑话你,谁都有这方面的一些期待,正常。"江流这么一安抚,华笙更抓狂了,感觉自己人设要崩。

华笙气得直接合上笔记本:"我没有,这部美剧是正剧,不是那种少儿不宜片,主要是演吸血鬼,是剧情片。"

"没事,我都理解。"

华笙:"……"

算了,华笙觉得自己是说不明白了,真是坑自己到极致了。看着华笙想解释又解释不明白的样子,江流心情大好,因为他家这个小姑娘,只有在这种时候,才会有各种微表情,才会像个22岁的小姑娘,而不是冷淡的仙女。

谢东阳头脑确实还是够用的,"深度觉醒"下架后,他又一口气推出了几款新品,都是中药做的,安神补脑的药。还有回血丸,是给贫血的人群用的,更有清热解毒的金银玉露,是喝的口服液,主要提取金银花精华加上多种中药,去火化瘀。最后推出的镇山之宝——香妃玉露,更是深受欢迎。因为这款药连续服用三日后,身体就能散发着清香的味道,特别适合夏天出汗用,或者本身有狐臭的人群用。

据说这款香妃玉露售价亲民,一瓶50毫升才卖128元,比香水便宜,更比香水持久。因为香水是暂时性的,而且是来自体外。这个是内服的,是从身体内部散发出来的,还能排寒祛湿,一举多得。

当然这成果都是因为谢东阳有个好的研发团队,范教授确实功不可没。

东阳药业在短时间内再度成为行业佼佼者。

谢东阳经历了大起大落后,心态沉稳了不少。他晚上的时候,开着黑色的劳斯莱斯魅影回了谢家老宅。

儿子这次虚惊一场后重回巅峰,让谢云很是意外,同时也对儿子有所改观,吃饭的时候脸色比之前缓和了不少。

谢宁坐在谢东阳大腿上撒娇:"二叔,你现在生意这么好,是不是要送我礼物?"

"送,你想要什么?"

"我想要一个限量版的复仇者联盟手办,可难买了。"

"你啊,这点出息。"谢东阳捏了捏小侄女的鼻子。

饭后,谢东阳跟父亲还有大哥在客厅喝茶聊天,说了一下公司近况。

谢云听后,颇为满意:"这一次也是九死一生,以后可不能这么冒险,虽说做生意是赌,但是也要有胜算才能赌,你以后切记不可鲁莽,免得吃大亏。"

"爸说得是,我会记得。"谢东阳现在也不顶嘴了,对父亲态度也是毕恭毕敬,这是让谢家人最满意的地方。

临走前,谢东阳特意找机会单独跟嫂子说了几句。

谢东阳先是拿了一个释迦牟尼果递给冯羽:"嫂子,吃水果。"

冯羽接过,笑着看他,知道他是有话要说。

"嫂子……谢谢你,华笙都跟我说了,想不到你居然为了我去主动求人,这恩情我记下了。"

"一家人说什么两家话,能帮上你就行。"

谢东阳腼腆一笑,别看他平时话多,可到了关键时刻,其实都不知道说什么,嫂子对他的好,他确实感动了。

"这次脱胎换骨对你也是好事,不过你心意变没,还喜欢那姑娘吗?"冯羽试探地问。

谢东阳点头:"喜欢,比以前更喜欢了,心意不变。"

冯羽无奈笑了:"你这傻小子,那人家姑娘可喜欢你?单恋不累吗?"

谢东阳挠挠头,有点尴尬:"扎心了,嫂子。"

冯羽笑了笑,不再拿他开涮,但是也没有跟以前一样劝他不要一意孤行之类的,因为冯羽见到了华笙后,就知道自家小叔子为什么会这么迷人家姑娘了。若自己是男人的话,恐怕也会如此吧,所以冯羽也不打算继续劝了。

谢东阳在老宅吃完饭,陪小侄女玩了一会儿游戏,就开车回了自家别墅。

路上的时候,以前那些朋友打电话喊他去喝酒,都被谢东阳婉言拒绝。

喝酒泡妞,那是以前的他,现在,他只想好好创业。

尤其是经历了这一次大起大落后,找到了那种以前从未有过的成就感。

回到别墅后,保姆阿姨已经睡下了。

谢东阳上楼洗澡后,躺在床上。

这时,手机来了一条微信。

董莹莹:谢先生,睡了吗?

谢东阳想了半天,才记起这是宁宁的钢琴老师。

谢东阳:还没。

董莹莹:我一直是教钢琴的,圈子很窄,所以也没关注生意场的事,今天才听朋友说起你自己做药的事情,从你最开始挽救大局,到巅峰,到失败,再到东山再起,我真的听着就跟小说一样精彩,你真是太厉害了。

谢东阳:外面传言大多数不可信,没那么神的。

董莹莹:我真的觉得你挺厉害的,你还那么年轻,不靠着你家里你自己就能做这么好,还是很有天赋的,难怪宁宁说她二叔很优秀呢。

谢东阳:咳,董老师过奖。

董莹莹:对了,明天下午莹莹有一节钢琴课,你送她过来吗?

谢东阳:不了,我明天下午要见客户,可能是我嫂子送。

董莹莹:啊,这样啊……

谢东阳:董老师有事?

听着这女老师欲言又止的口气，谢东阳以为是小侄女犯错了呢。

董莹莹：呵，其实也没什么，就是我想请谢先生吃个饭，因为我爸最近也想投资点什么，可我对生意一窍不通，那天我无意中跟我爸说起认识你，我爸羡慕得不得了，说你是个天才，之前你做风投的时候，也买过你公司股票的。

谢东阳：啊，这个啊，那有机会的。

想着毕竟是宁宁老师，也就没直接驳了面子，但，谢东阳真的对这个老师没好感。

随便应付了几句后，他将手机丢在一旁，想着自己落魄的时候，那些女明星都避之不及，华笙居然愿意出手帮他，真是雪中送炭，而他重新站起来后，就再也不需要锦上添花的女人了。

入睡前，谢东阳忽然想到一件事，那就是好久都没有瑶瑶的消息了。

包括他之前创业出那么大的事情，瑶瑶居然一个电话都没打。

想到这里，他有些不安，再次拿起手机，拨了过去。那头提醒：对不起，您所拨打的电话暂时无法接通。

谢东阳有些奇怪，又给大哥打了电话。

"哥，你最近有跟瑶瑶联系吗？她给爸妈打过电话吗？"

"没有啊，还是半个多月前有一次，说她要考试了，很紧张，压力有点大，后来就没消息了，怎么？"

"瑶瑶最近消停得不像话啊，我觉得有点不对劲，不会出什么事吧？"谢东阳忧心忡忡。

这个三妹，是全家的宝贝，不管是谢东泽还是谢东阳，都视为掌上明珠的。

谢东泽听弟弟这么一说，也觉得有些不对劲。

"那行，那我一会儿联系一下那边照顾瑶瑶的管家和保镖，问问他们。"

就这样，哥俩大半夜开始查起了谢东瑶的行踪。

一直到天快亮的时候，才有回信，说谢东瑶半个月前放弃了考试，和一个女同学去了尼泊尔玩，但尼泊尔特别落后，经常断水断电，信号中断，总之，谢东瑶还是没办法联系上。

听说谢东瑶的事后，谢云大发雷霆，但还是心软派人去尼泊尔找了。

谢东阳也有些不安，因为妹子这次是放弃了考试走的，估计是心里有什么事。要不然以她那个乐观的性格，不会连考试都放弃就跑的。

江城开发区分局。白浩中午刚打算去食堂吃饭,就看见华琳不知道什么时候站在了门口。

她穿着浅绿色印花毛衣,下面是同颜色的短裙,手里拿着一个素色包包,打扮得很斯文。

"一起吃个午饭吧。"看见白浩,华琳主动说。

"好。"

随后华琳和白浩来到公安局附近的一家餐馆内,两人点了一荤一素一汤,很是简单。

白浩偷偷看了一眼华琳,见她低着头吃饭,什么都没说,自己也就不好说什么。

沉默了一两分钟后,华琳才抬起头看着白浩。

"学校里新来一个老师,对我有好感。"她说。

白浩一怔,然后尴尬一笑:"哦,是吗?那挺好的。"

"嗯,老师姓柴,学历很高,为人也不错,最主要的是他很有勇气,我拒绝了几次,他都没有气馁,而是继续对我好,向我示好,这一点上,比某些喜欢逃避的人强多了,你说呢?"华琳话中有话,自然是有所指,白浩也知道她是什么意思。

白浩低着头,吃了几口米饭。

"既然这么优秀,你可以考虑一下。"白浩的声音不大,但是足以让人听得清清楚楚。

华琳一听他这么说,腾地一下就炸了,直接将筷子啪的一下放在桌子上,瞪着白浩。

"白浩,我真没想到你一个大男人,居然会这么窝囊!"

白浩沉默不语……

"对爱情你就不能勇敢一点吗?我今天来,说白了,就是想问问你的意见,如果你还想我们继续,那我宁可跟家里人决裂,我也……"

讨 价 还 价

华琳昨晚一夜没睡好，在宿舍想了很久，可能因为看到一句话受了启发，那段话是这么写的——人的一生其实很短暂，不管是亲人、朋友还是爱人，都好好珍惜善待吧，毕竟来生不可能见面了。

当时华琳看了这句话颇为伤感，觉得如果矫情下去，浪费时间就没意思了。

从白浩偷偷往自己包里放钱就可以看出，他对自己还有余情未了的，所以华琳想找他把话说开，别那么别扭了，大不了以后不回华家，也要为了爱情勇敢一次。

可，白浩没有给她说完这些话的机会，也许白浩知道她要说什么。

"小琳，我们俩……都已经过去了，你该释怀……"

华琳："……"

"既然有人追求你，你也看好的话，不如开始新的恋情吧……祝福你。"说完，白浩起身，拿出两百块丢在桌子上，转身离开。

华琳一瞬间心情跌倒了谷底，她扭头对着白浩喊道："白浩，你这个口是心非的家伙，我瞧不起你。"

白浩苦涩一笑，没有回头，而是继续朝前走，回了公安局。

他又何尝不知道这是华琳在给他机会，可是如果小琳为了他跟家里人决裂，这不是他愿意看到的。

白浩虽然出身平凡，但家教极好，父母都是老实人，从小就教育他百善孝为先。他可做不出那种女友家人不同意就带着私奔的荒唐事，毕竟，有一句话说得很对，不被家人祝福的婚姻是不完美的。

就算华琳为了他跟家里断了联系，那以后呢？难免不会有怪他的时候。

所以白浩想来想去，还是决定放下了，既然都有人追她，那就祝福她吧。

华琳回到学校后，直接请了病假，然后将自己关在宿舍里。

差不多又是刚失恋那几天的状态。她是一个感性的女生，所以把爱情看得越重，伤得也越深。

与此同时，华芷和谢东阳的绯闻传开了。

其实华芷和谢东阳最近都没有见面，只是因为谢东阳请了华芷为他公司的爆款产品——香妃玉露做了代言人，并且听说华芷在代言费上给谢东阳打了一个六折。这件事惊动了多家媒体，很多人几乎认定了，华芷和谢东阳绝对已经交往了，不然不会做到如此地步……

所以媒体为了赚眼球、吸流量，也是费尽心机，不敢抹黑二人，只得将二人吹上天，什么门当户对啊，谢、华联婚啊，男才女貌啊，珠联璧合啊都用上了。

最有意思的是，有一家媒体写道，当初谢东阳原本想娶的就是华芷，华芷恐婚，所以临阵脱逃，没办法华家为了保住颜面，逼着小女儿华笙上了婚车，但谢东阳听说新娘不是华芷后，也逃了，然后华笙临时抓了江流救场。

这篇文章把四人的四角恋写得特别生动，以至于华笙看完都笑了。

"小姐，好玩不？"银杏蹲在地上，双手托腮问。

"太扯了，这帮媒体估计是狗血总裁文看多了——替姐出嫁，亏他们想得出来。"

"是啊，不过话又说回来，三小姐最近是和谢东阳走得很近啊，也许真的有要发展的意思呢。三小姐是单身，谢东阳也是单身，这没毛病啊。"银杏倒是觉得，要是真的成了，也不是不可能。

春桃在一旁横插了一嘴："我觉得不可能，三小姐那个性格，不太可能喜欢上谢东阳那个类型的。"

华笙笑而不语，也不发表任何意见。

倒是有人又开始隐隐约约吃醋了。

王氏集团总部。

王君显打电话给江流，直接就问："谢东阳和华芷？"

江流被问得一脸蒙。

"啊？"

"你没看新闻？"

"你说新闻啊！那都是扯淡的，你还真信？"江流乐了。

"华芷给人家谢东阳代言保健品，也是扯淡？"王君显很是不高兴。

江流听完后，反问他："你着急什么，你该不会是……"

"没事，我就是问问，若他俩是真的，我就不用华芷帮我扮演女友了，这事新闻闹得很大，我家老宅那边都要炸锅了，我奶奶一早上给我打了七个电话，我都没敢接。"

江流很是同情，庆幸还好他的爷爷奶奶在国外养老，没心思管他的事。

"这样吧，晚上咱们几个聚聚，小贺上次说咱们几个最近都不合群了，塑料友谊要掰。"江流提议。

"成，那晚上见吧，你给老秦他们打电话。"丢下这句话王君显挂了电话。

关于华芷和谢东阳的事情，也惊动了谢、华两家，谢夫人和华夫人也都打电话问了自家孩子这新闻的真实性。

两人都好一番解释。挂了电话，解释完后，谢东阳只觉得口干舌燥。

"文宣，给我倒杯水。"

"好的，谢总。"

女助理递上白开水，笑道："香妃玉露本身卖得火爆，这次华芷小姐代言后，销量更是突飞猛进。现在越南、泰国那边都有厂家和我们联系，想拿海外代理权。"

"这些都好说，你让海外分公司跟他们接洽。"

"嗯，不过谢总，我还是不明白，深度觉醒为什么不卖了？最开始我太姥姥也用了，她说那天晚上她梦到她小时候在山上放牛，漫山遍野的丁香花……真的超美的一个梦，我一直觉得那是咱们公司最伟大的发明之一，为什么就下架呢？"

现在"深度觉醒"全平台下架后，除了华笙手里的那瓶，真的是绝版了。

谢东阳也没有对外解释过为何要这么做，包括跟华笙也没说过，女助理这么一问，他犹豫了一下，微微叹息道："这款药曾经助我上了巅峰，也曾害我下了黄泉，成也萧何败也萧何，我现在对它情绪很复杂。但是不得不处理,要不然容易出事。"

"原来是这样,谢总英明。"

晚上八点,国色天香包房内,四个男人聚会,很干净利落,连个女人都没有,就是简单地喝酒,江流也破例喝了不少,比平时要给力很多。

谈笑间,高鹤看了一眼秦皖豫:"豫哥,你老这么单着也不行,要不然你娶了谢家那个掌上明珠算了,那丫头可是从小就对你有好感。"

高鹤说的正是谢东瑶,谢东瑶出国前,曾经疯狂追求过秦皖豫,这件事,整个富豪圈都知道。

"他啊,他有心头的白月光。"江流拿着酒杯笑了笑,替秦皖豫回答了。

秦皖豫指了指江流:"还是你了解哥们儿。"

"白月光是放在心里怀念的,现实中得找个红玫瑰真枪实弹享受着啊!"

"豫哥,我跟你说,我一哥们儿的女友家里有个双胞胎姐姐,真的颜值超好,最主要多才多艺,堪称宅男女神,你有没有兴趣?"高鹤最能逗这几个老哥。

"我没兴趣,你给你王哥介绍吧。"秦皖豫直接一竿子支到了王君显身上。

"我也不用,谢谢了,吃不消。"王君显也是拒绝。

"你们啊,真是不懂情趣,出身豪门,居然不出去祸害小姑娘,真是浪费了财富和颜值。"高鹤狂吐槽。

江流趁机逗王君显:"你最近情绪不高,怎么?吃醋了?"

"吃醋?还喝酱油呢。"王君显死不承认。

"别嘴硬,是不是因为华芷的绯闻啊……你心里不舒服?"

江流有一种感觉,王君显若是讨厌华芷的话,不会让她假装女友,而且假装一次也就得了,现在那个项目已经结束,可是他还是继续带华芷回老宅,这说明,里面有猫腻啊!

当然,华芷是不知道那个项目已经结束了的,她若是知道,估计早就跑了,不会踏入王家一步。

"华芷的事,跟我有关吗?"王君显继续装淡定。

"华芷不是跟谢东阳了吗?"高鹤插了一句,更让王君显心塞了。

"行了,咱们到底是来喝酒还是来八卦的?"王君显一句话结束了关于华芷的话题,四人继续喝酒。

很快又是一个周末，江流跟父亲出差去了邻市考察项目，华笙带着春桃和银杏先是去了小店那边坐了一个多小时，然后又去郊外走走。

其实她以前真的很少下山，跟奶奶倒是也出过几次国，可对江城周边却完全不熟悉。

春桃见小姐有兴致，就查了一下附近景点，发现西郊三十公里外有一个叫"安心绿色生态园"的地方，生态园最近几年很是流行，一年四季，大棚里都有草莓、葡萄、西红柿，还有桃子，家禽也是应有尽有，城里人都很喜欢。

华笙想着那就摘点草莓什么的也好，自己动手也会有点乐趣。

只是没想到，她刚一下车，就看见了一个熟悉的车牌号。

黑色的宾利车，车牌号江A1199，这是她奶奶生前的车，后来奶奶过世留给了她，她又送给了父母。

车子在这里，难道……父母也在？华笙微微皱眉。

"春桃，你将咱们的车停远一些。"华笙吩咐。

"好的，小姐。"春桃按照吩咐，将车停在了生态园一个偏僻的侧门。

华笙带着春桃和银杏下车就往里走，果然，不远处，一抹熟悉的身影，那是她爸。

华镇岳穿着黑色的长款毛呢大衣，一只手拿着包，另一只手牵着一个女人，而那个女人，却不是华笙的母亲。

那是一个看起来只有三十岁左右的女人，长相温婉，身材匀称。她穿着咖色的毛呢大衣，戴着小礼帽，一只手提着草莓篮子，正对着华镇岳微笑，不知道说了什么。

"咳咳……小姐，那是老爷和小情人吗？"银杏咳了一下，低声问道。

说实话，这一刻，华笙也很尴尬。

华笙停住脚步，好在她们离华笙父亲和那个女人还有一段距离，不然直接走对面，可就尴尬了。

"走吧。"华笙顿时采草莓的心情也没有了，带着春桃和银杏从侧门直接闪人，没有跟父亲碰头。

华笙这些年很少在老宅住，跟父母相处的时间不多，可她也多少了解父亲一点点。

华镇岳和妻子感情还不错，虽然没有达到恩爱的地步，但也是相敬如宾，没有吵闹过。

在外人看来，他们算是豪门里夫妻的表率了，而华镇岳这些年也没有什么绯闻。

五个女儿都是原配所出，后来他身体不好早早退休，将生意交给大女儿和二女儿管理，大多数时间都只是和三五好友喝茶、聊天、打高尔夫球。

华笙几乎没听说过父亲的半点传闻，可刚刚明明……

"小姐，您也别难过，也许……只是老爷的朋友。"春桃安慰。

银杏撇嘴："春桃，你这话就说服力不强了吧，若是老爷的朋友，会挽着老爷的手吗？那关系明显就是不正常啊，小姐心里比我们明白，你就别解释了，越描越黑。"

华笙坐在后座上，转头看着车窗外。和父母的关系淡归淡，可发现父亲有别的女人，心情还是有些压抑。毕竟父亲在她们面前表现得总是一副正人君子的模样，谁会想到他会牵着一个比自己小二十多岁的女人？

这件事若是母亲知道，估计会气炸吧？毕竟她那个脾气还是很倔强的，不太是能容下第三者的样子。

"小姐，我们怎么办？"银杏问。

"能怎么办，先瞒着吧，这件事终归是家丑，若是传出去，我们家肯定会乱，并且外人也会看笑话。"华笙微微叹息。

"那……我们不出面干涉一下吗？万一那女的接近老爷是不怀好意呢？"

"那也是周瑜打黄盖，一个愿打一个愿挨，她喜欢我爸的钱，我爸喜欢她的颜，这不是很公平的交易吗？"华笙冷漠地说出这句话，嘴角带着嘲讽。男人啊，果然都是有劣根性的。

看来不管多大年纪，终究还是家花没有野花香。

"春桃。"

"小姐，您说。"

"你回头去查一下那女的底细，看看有没有可疑之处。若只是普通小三倒还好，若是有人设计陷害我们华家，那就不妙了，集团名誉还是要保住的，我们能发现的，媒体早晚也能。"

"是，我回头好好查查，您放心。"

其实华笙是想查查父亲跟那女人发展到什么地步了，是刚认识，还是养了好几年，毕竟华家这个地位，这个财力摆在这，多一个孩子出来，以后财产划分上，免不得又要大战一番。

下午四点钟，春桃从外面回来，手里拿着一个厚厚的牛皮纸袋。

"小姐，查到了，您看看。"

华笙接过春桃手里的牛皮纸袋，缓缓打开。里面是一些照片，有那女人单独的，还有与华笙父亲一起被拍到的。

底下是详细的资料记载。

姓名：张倩。

年龄：31周岁。

学历：江城传媒大学，播音主持系。

工作：江城电视台旅游频道主持人。

婚姻状况：未婚。

有无孩子：无。

恋情经历：有过两任男友，一个是大学同学，毕业后已经分手。第二任是电视台的一个编导，也已经分手。

九河县石井村人，现居住在江城本地的名仕花园小区，全款购房，有车，宝马三系，全款。

家庭成员：父母（农民）、妹妹张玲（正在读高中）。

华笙静静地看着资料记载没说话。

春桃补充："张倩跟老爷认识已经七个月了，是今年三月份认识的。那时候她们电视台请了几个本地退休的富豪去做一档旅行节目，然后两人关系发展很快。据我所知，张倩之前有一套房子，在开发区，显示贷款买的。"

"后来跟老爷认识后，又全款买了这套名仕花园104平方米的房子。以前没有车，认识老爷后，全款买了宝马，所以这些东西应该是老爷买的无疑，只是老爷可能怕被发现，比较紧张，买车和买房都不是刷老爷的卡，是通过第三方转账过来的。"

"呵，还挺谨慎，这女人财务状况如何？"华笙又问。

"一般吧，您也知道咱们这里消费高、收入低，她不是主频道的，所以待遇并没有很高，月薪只有7500元。以她的财力，不可能自己全款买车买房，名仕花园的房子要170万，宝马车也要35万，里里外外205万，她是肯定拿不出来的。"

"银行存款查了吗？"华笙将资料放下。

"查了，个人名下只有两张卡，一张是工资卡，里面有五万多；还有一张招行金卡，是五月份办的，可以透支十万元，并且账面上还有十五万。"

"呵呵，看来真是指望男人发家致富呢。"华笙冷笑。

"老爷应该很宠她，不然不会买那么多东西给她，只是两人没有孩子，这一点还不错，可以后说不准。"春桃说完默默地看了华笙一眼。

"好了，这些拿去销毁吧，这件事容我想想。"

华笙也有些乱，不知道要怎么办。瞒着吧，总觉得这是个威胁家族利益的隐患；说出去吧，家里肯定要鸡飞狗跳，到时候大家都安宁不了。

越想越头疼，她揉了揉太阳穴，起身回到大床上休息。

江流是晚上八点的时候回来的，他看见华笙没在楼下就直接上楼了。

"阿笙，你睡了吗？"江流敲门进来。

华笙靠在大床上，脸色不是很好。

"嗯，我马上睡了。"

"你不是喜欢吃山野菜吗？今天一个公司同事从老家带了一些山野菜来，很嫩，明天让春桃和银杏给你煲汤喝。"

"直接给她们吧。"华笙的反应从头到尾都很冷淡，几乎没有抬眼看江流一下。

这和平时不太一样。

"你是有心事吗？看起来心情不是很好。"江流问她。

"没有，只是困了，你可以出去了吗，我要睡觉了。"华笙语气变得很冷漠。

"好，那早点休息。"

被赶出来后，江流还纳闷，这是怎么了？是来大姨妈了吗？不对啊，距离上一次好像还没有一个月的时间。

其实华笙自己也不知道究竟怎么了，只觉得很烦躁，也许是因为父亲的事情让她又一次对男人失望，对爱情失望。

哪怕是江流现在对她再好，也许等她到了五十岁，他也会跟父亲一样，去找更年轻的女孩子谈恋爱吧？

江流下楼的时候，将野菜交给银杏。

"这些是新鲜的山野菜，你冷冻保存，明天给阿笙煲汤。"

"好的，姑爷。"

"阿笙今天是怎么了，发生了什么事吗？"江流问银杏。

"啊？没有啊！"银杏装傻。

"可我看她好像不太对劲。"

"啊……也许是……没睡好吧。"银杏找着借口。

江流也没多说，只当华笙没休息好，情绪烦躁。

次日清晨，江流下楼吃早餐的时候，发现华笙已经走了，春桃也不在，只有银杏准备好了早餐。

"她呢？"江流问。

"小姐去上学了。"

"这么早？"

"嗯，她说想呼吸早上的新鲜空气。"

"好吧……"江流没看见华笙还挺失落的，本想着看看她恢复没有，只可惜人家也没给他机会。

民族大学校园内。

午休的时候，于萍跑来找她，有点兴奋："小笙，我今早去古玩市场的早市了，收了一点东西，你看看能行不？"

"走，换个地方说。"不想被别的同学知道她收古玩的事，所以华笙带着于萍去了学校顶楼的天台。

于萍小心翼翼地从兜里拿出来一个小手绢，然后缓缓地摊开在手心。

竟然是一枚粉彩鼻烟壶，色泽虽然暗淡，可纹路清晰，保存完好。

华笙戴上白手套后，拿起来仔细观摩了一下。

"这东西你在古玩市场淘来的？"华笙问于萍。

于萍点点头："说来也是巧了，是一个姐姐拿了一堆小物件要打包处理，不过因为都是一堆破铜烂铁，所以也没有人问价，我也是随手一翻发现这个，看着像清代的，不过因为没有官窑印记，所以我觉得也不会很值钱，只觉得挺好玩，就收了一个回来。"

"你多少钱收的？"华笙笑问。

"讨价还价好久，最后1880拿的，只是那个姐姐非要把那一对破烂都卖我，一共收我5000，可其他的都没有价值啊，不过我琢磨这玩意市场价格怎么也得有个三五千吧？"

于萍是历史系高才生，在鉴定古董方面虽然没有华笙经验丰富，可这种年代感的东西还是认得出的,并且她不会买那种赝品和高仿货,这也是华笙看重她做买手的原因之一。

华笙笑道:"你赚了,这东西少说也能值三万。"

"三万?"于萍张大了嘴巴,有些惊讶。

"之前有一个乾隆年间的粉彩鼻烟壶在拍卖会上拍出了104万的高价,当然你这个不是官窑,做工没那么精细,肯定不能值百万。但你这个鼻烟壶有一个优点。"

"什么优点?"于萍听得津津有味,同时很佩服华笙的鉴定才华,尤其是那份自信。

华笙将鼻烟壶放回于萍手帕上,缓缓摘下白手套:"清朝的粉彩鼻烟壶图案很有趣,大多数都是花、鸟、鱼或者山水,更有胆大的春宫图,它们颜色绚丽,代表着吉祥如意。清朝几代帝王都很喜欢这东西,所以后面兴起的也有夕阳仕女图、将军战场图和八骏全图。

"不过这些存世量比较大,物以稀为贵嘛,多了就不值钱了。而你这个虽然是民窑的东西,可图案很奇怪,你自己看看,上面画的是什么?"

于萍听得一愣一愣的,听华笙这么说,她忙低下头去看那鼻烟壶上面的图案。

之前她也仔细瞧过,不过没太看明白,只以为是简单的人物彩绘,毕竟瓶身比较脏,也看不太清。

"这是……什么厉害的人物吗?"

"你了解国画吗?"华笙问她。

于萍摇摇头:"那都是有钱人可以学的,我这个出身不敢想,所以也不曾研究过。"

"难怪……这个图案是钟馗。"

华笙说完,于萍才恍然大悟,然后一拍头自嘲:"哈哈,看着眼熟,原来是大名鼎鼎的钟馗,我还以为这个大胡子是门神。"

华笙继续道:"钟馗图是画家很喜欢的图案之一,那些知名的大画家都曾画过,包括吴道子、齐白石、徐悲鸿、范曾等。

"他们的手法很有自己的风格,而这个粉彩鼻烟壶上的画风很奇特,仔细观摩会发现,画工极好,很细腻。

"所以我猜测这个粉彩鼻烟壶可能是出自清代某位颇为才华却不知名的画家之手,虽然画家没名气,可画法新奇,存世量少,所以我觉得最少可以卖到三万。当然,也许会更高。"

"天哪!里面还有这些名堂,那我是不是走了狗屎运?"于萍一脸的惊喜。本想着这个小东西能赚个一两千差价,没想到能赚这么多!

"这样吧,东西给我,我回头拿给我朋友,先给你三万。若是她出手能卖更高,我会让我朋友再给你分红,如何?"

"不不不,三万就很多了,小笙,谢谢你。"于萍很知足,也不敢奢望还有后面的分红。

华笙将东西收起后,直接微信转账给于萍三万块钱。

放学的时候,她本打算直接回十里春风,可是临时却接到华琳同事的电话,说华琳病了,要她过去一下。

华笙就直接去了华琳的宿舍楼,一个女老师接待了她:"哎呀,我看小琳老师最近几天不对劲,突然就请了一周假,然后在寝室里也不出来。我觉得可能是病了。"

"好的,谢谢你。"华笙点点头,然后直接被女老师带着去了华琳寝室。

华笙进门的时候,已经是下午五点半。

华琳躺在床上昏睡着,华笙摸了一下额头,发现很烫,赶紧就和春桃一起搀着华琳去了附近的医院。

急诊室内。

"华琳家属。"

"医生,我是。"华笙走上前。

"她发烧41度——怎么才送来?知不知道会烧傻的。"女医生瞪着华笙。

"我……我也是今天才知道。"华笙心里有点不好受。

"她现在情况不太好,肺部大面积炎症,呼吸道感染,需要住院观察,你去交钱办理住院手续吧。"

华笙赶紧办理了住院手续,然后跟银杏打了电话,要晚点回家。

VIP病房内。华琳已经苏醒过来,她面色憔悴。

"五妹,谢谢。"

"我们之间就别说这些了。你这是怎么了?发烧到41度都不吃药,也不看医生?"华笙皱眉。

"死了更好,一了百了。"华琳双目呆滞,眼神涣散。看得出,她还是很伤心。

看华琳这么说，华笙就知道，肯定又是和那个白浩有关。但她没提，只怕这时候提了会更难过。

"四姐，你才多大，你才二十几岁，人生才过去四分之一，以前发生什么都会过去的，以后日子还长。"

华琳默默不语。

"想吃点什么吗？我让春桃去给你买米粥了。"

"不想吃。"

"要不要告诉爸妈？让妈妈来照顾你？"

"不要，我不想见他们。"

事实上，华琳已经很久没回华家了，自从白浩那次吃饭被嘲弄后，华琳就对父母有气。

"也行，那这几天我和春桃、银杏照顾你，你好好养病，其他的别想。"

"五妹，麻烦你了。"

华琳也想不到，自己这么狼狈的时候，依旧是那个看起来冷淡至极的五妹在身边，心里说不出是感动还是什么。

华笙安慰了华琳一会，又喂她喝了几口粥，然后看华琳睡着了，春桃就让华笙先回去，她来守夜。

华笙不放心，一直陪到了十点钟才离开医院。

华芷最近火得不行，因为代言了谢东阳的爆款药品，所以大街小巷都是华芷的海报。

王君显回家的路上，看到不管是在公交车站还是商场的广告位上，都是华芷。

他板着脸一路开车回了私人公寓。

而华芷此时此刻正跟一群同事庆祝新电影首映破亿，开庆功宴。

华芷手持香槟，穿着黑色露背晚礼服，长发卷成大波浪，很性感。她找了一个角度，发了一张自拍到微博上，写道——新电影首映破亿，宝宝很开心，再接再厉。

然后下面一众粉丝都留言祝贺，没几分钟就破万条评论。

真正将这个微博推到高潮的是谢东阳的转发。

"加油，女神。"

虽然只有四个字，但是引起了一片狂潮，两人的CP粉都激动到疯掉,一直刷着话题。导致半小时后,两人的话题再度上了热搜。

粉丝清一色地刷屏:"在一起,在一起,请你们原地结婚。"

还有一些欠的,直接去谢东阳微博留言:"请善待我们华芷女神,余生好好照顾她,否则我们粉丝追杀你到天涯海角。"

庆功宴上,连导演都忍不住问:"华芷,你和谢少到底是真的假的?"

华芷笑得不行:"都说了不是真的,要解释几次啊!"

这时,她手机响起,来了一条微信,是王君显发的。

其实王君显很少会主动给华芷发微信,所以华芷还挺得意的。

王君显:你最近很红啊。

华芷:一般一般,全球第三。

王君显:所以我有个提议。

华芷:哈,不会是请我做代言人吧?我可是很贵的,你这个铁公鸡舍得几千万代言费?

王君显:不,不用你代言,我的提议是……想和你睡。

华芷看到这句后,那表情无法形容了,她压根就没想到这个王八蛋如此简单粗暴,比她还凶猛。

华芷:王君显你是疯了?

王君显:睡不睡?

华芷:睡你××。

王君显:呵呵,我××今年86岁了,你想也白想,他也没那个能力,你趁早死心。

华芷:哈?你这个缺德冒烟的王八蛋,你跟我玩这种段子?

王君显:不,我很一本正经地邀请,跟你在一起,不过你要是无法接受,我换个说法也行。

华芷:比如?

王君显:我想跟你一起起床,吃早餐,看日出。

华芷:滚吧,去死吧。

华芷气得将手机直接砸在了桌面上。这是被混蛋给调戏了吗?

"华芷,怎么了?"经纪人刘姐都吓一跳。

华芷气得单手扶额:"没事,碰见一混蛋,气得脑门疼。"

失　踪

　　王君显突然提出这样的要求，气得华芷庆功宴都没心情了，草草地喝了几杯香槟就回了豪宅，然后躺在床上翻来覆去睡不着，这几天她确实有一件事很奇怪。

　　那就是，脑子里居然会时不时想起姓王的那个混蛋。

　　尤其是那天，在他家公寓，被直接打败……然后就……

　　算了算了，不想了，华芷只觉得烦躁，拉起被子，将自己蒙住，企图用一觉来解决所有烦恼。

　　而在这个深夜，同样睡不着的还有谢家人。

　　已经是深夜十二点，谢家老宅，几个人围坐在一起，面色凝重。

　　谢夫人抹着眼泪，冯羽挽着婆婆的手安慰。

　　谢宁已经睡着了，孩子还小，并不知道发生了什么。

　　"爸，要不我去一趟尼泊尔吧。"谢东阳开口。

　　"你去了也没用，尼泊尔那么大，那不是大海捞针吗？"谢云一脸老态龙钟，不过才一晚上的时间。

　　自从谢东阳发现妹妹不见了后，就跟谢东泽一直在查，最后只查到了她入境尼泊尔，就再也没有消息了。

　　"爸，要不然我们找当地政府帮忙，拿着瑶瑶的照片发寻人启事呢？"谢东泽提议。

　　谢东阳忙摇头："不行，大哥，现在还不知道瑶瑶是主动失踪还是被动失踪，若她被人绑架了，看见了寻人启事会更危险；若是没有被绑架，有一些心怀不轨的人看见瑶瑶照片后，也会去找她然后绑架她，这么高调绝对不行。"

冯羽也赞同谢东阳的意见:"东阳说得有道理。"

"瑶瑶去尼泊尔干吗,难道只是单纯的旅游吗?如果是旅游不会不跟我们联系的。"谢夫人边哭边说,"是,她长这么大,最长一次不联系顶多也就一周。这都半个多月了,这孩子到底去了哪里,这要是有什么三长两短,我也不活了,让我跟闺女一起死吧。"

谢夫人这么一哭,大家心情更沉重了。

谢云夫妻最宠小女儿,尤其是谢云,几乎对闺女是有求必应,从小到大从未舍得责备一句。

如今女儿就这么不见了,这可不是好事。

"我知道一个人,也许……他有办法。"谢东阳咬着嘴唇,低声道。

谢东阳的话让全家在绝望中燃起了一丝希望,然后谢东阳离开老宅。

清晨六点钟,谢东阳出现在秦皖豫的家里,是的,秦皖豫没错。

秦皖豫家其实不是本地的,他是省会城市蓉城人,父亲是做全球旅行的,家族旅行社开遍了世界各地。

而秦皖豫因为跟江流是高中同学,所以关系特别,五年前来到了江城定居,自己在江城开了一家风投公司,没事炒炒股票、基金和外汇,也是一个低调的土豪。

但有一点,秦皖豫只跟江流那帮人在一起,跟谢东阳并不熟悉,至于谢东阳为什么会找他,那就是因为他家做全球旅行的生意,想着他家在尼泊尔应该有不小的势力。

"谢少,这么早,你这是要找我晨跑啊?"秦皖豫迷迷糊糊地起身开门,看见谢东阳都有点蒙了。

"秦总,实不相瞒,我有事相求。"

秦皖豫微微一怔:"进来说吧。"

谢东阳进来后,秦皖豫给他拿了一罐可乐,随后两人在沙发上对坐。

谢东阳面色凝重地将事情经过跟秦皖豫说了一遍。

其实,谢东阳能找秦皖豫还有一个原因,那就是谢东瑶曾经很喜欢秦皖豫,那还是出国前,谢东瑶不知道从哪里认识了秦皖豫,迷得不行,一直黏着秦皖豫狂追不舍,被拒绝多次后,才伤心出国留学。

所以谢东阳觉得,既然秦皖豫认识瑶瑶,与瑶瑶有过这样的缘分,应该也不会见死不救。

"事情大概就是这样,我知道秦总你家是做全球旅行生意的,和世界各国政府还有其他的组织都关系不错,我希望你能帮帮我们,只要找到瑶瑶,我们愿意重金酬谢,当然你不会在乎这点钱,但心意我们必须到位。"

秦皖豫这时候才有点从半梦半醒中缓过来。他叼起一根香烟,点燃后,想了想。

"尼泊尔那边我家还真有一些人脉,我可以试试,不过你们也别抱太大希望。万一你妹妹是去探险,也许……凶多吉少。"说到这里秦皖豫顿了一下。

但是谢东阳知道他的意思,只觉得心里一凉,不敢往下想。

"秦总就先帮忙找吧,找不到再说。"谢东阳不敢往最坏的地方想,只能先冷静。

"嗯,我一会儿就打电话让他们查。"

"好,那就拜托了。"

"不用客气,既然你能找我,也是信任我。"

谢东阳从秦皖豫家里出来才不到八点钟,他心情很压抑,不知不觉居然到了民族大学。

然后正好华笙也刚来上课,两人走个对面。

"我还没吃早餐,如果不介意的话,一起?"谢东阳勉强微笑,开口邀请。

华笙看出他有点不对,也没有跟过去一样去拒绝他,而是陪他去了早餐店。

其实,自从上次谢东阳送华笙最后一瓶"深度觉醒"后,华笙就没那么讨厌谢东阳了,喜欢是不可能了,但至少能正常面对。

"家里出事了?"华笙第一句就开门见山。

谢东阳也是惊讶了:"你听说了?"

华笙摇头:"没有,我只是看你眉头紧锁,想必是家里出事了——不会是你妈生病了吧?"

"哈,神了,你居然猜到了。"

"这么说,我说对了?"华笙淡淡开口。

谢东阳微微叹息:"不是我妈,是我妹,我妹妹失踪了。"

"失踪?"华笙有点意外,毕竟最近也没听说哪个豪门千金离家出走,或者绑架之类的新闻。

谢东阳随后将妹妹的事情简单给华笙说了一下，又说了刚从秦皖豫家出来的事情。

华笙说了些宽心的话，谢东阳内心稍微好受了一些。

回到家后，她直接进了卧室，拿着书躺在床头看着。

自从发现父亲的婚外情后，她就开始有了连锁反应，直接疏远了江流。

江流下班回来的时候，再也没有看见华笙在客厅里，也没办法去调戏她了，主动去卧室，还会被她赶走，所以江流也是郁闷。

这天，他下班回来，看见华笙不在客厅，直接上楼。敲门后，他进去，看见华笙一言不发地看书。

"阿笙，刚看见银杏又去医院照顾你四姐了，我要不要跟你一起去看看她？"

"不必，四姐不喜欢被打扰。"

"那我买点水果，让人送去？"江流靠着门，其实是故意找话题。

"不用了，她什么都吃不下。"

"阿笙，八卦一下，你四姐是因为失恋才那样的吗？是上次我们在你家吃饭的时候那个警察吗？"

华笙放下手中的书，冷漠地扫过他的脸。

"江流，你一个男人打听八卦，不觉得很 low 吗？"

江流："……"

好吧，江流一脸委屈，其实他哪是对八卦有兴趣啊，还不是因为想和她说说话。

"阿笙，你最近有点……躲着我啊……怎么了？谁跟你说什么了？"江流就觉得，是不是别人背后跟她说了自己坏话之类的，不然怎么会突然被冷落了呢？

"你有什么害怕别人说的吗？"华笙反问他。

"那倒是没有。"江流一怔。

"那不就得了。江流，你不要想太多，我们俩本来也是合作关系，别入戏太深，各自安好吧。你若是觉得在这里别扭，也可以回你老宅住，或者去你自己的私人别墅都行，我们两个井水不犯河水。"

这番话说得江流心里有些凉意，这么绝情的话，那是说明之前那些小暧昧小美好，都被抹杀了吗？

华笙居然这么善变？

果然，女人心，海底针啊……

可江流还是不肯放弃，见时机不对，赶紧缓和了一下："我还是觉得十里春风好，就在这里蹭吃蹭住，还不用给伙食费，省钱。"

华笙："……"

"阿笙，就算合作关系，也要愉快点是不是？别苦大仇深的，咱俩可是最亲密的合作伙伴。"丢下这句话，江流扬了扬嘴角，主动帮她关好门离去。

华笙仔细想了想这句话，忽然觉得有些脸红。

最亲密的合作伙伴？然后她一下子就想到了那次做噩梦，他抱着她一宿……结果越想脸越红。

最后翻来覆去睡不着，华笙干脆起身，跟春桃一起熬了点消夜去了医院。

华琳情况好转了不少，肺部炎症消了大片，只是偶尔咳嗽几声。

"五妹，出院的时候你把账单发给我，我给你转账，包括这几天你们给我买的东西，都要清清楚楚给我记账。"

华琳做事也是分分毛毛不差。

"四姐，咱们是亲姐妹，这点钱，你就别跟我计较了。"华笙本来也没打算要。

"不行，你不要，以后我们就不要见面了。"

华笙："……"

华笙也是无奈了，华琳这个脾气确实……上来那股劲，比华芷还难摆平。

华琳心情好转的时候，偶尔会跟华笙说起白浩，说起追求她的那个柴老师。

没谈过恋爱的华笙听得也是云里雾里，不是当事人，真的无法体会那种痛彻心扉的感觉。

以前看新闻经常报道有人因为失恋轻生。那时候华笙还想，到底爱情是个什么东西，为什么会跟毒药一样，让人放弃生命？

如今看华琳的模样，倒是也明白了几分。

爱情这东西，若谈得不好，就算不折磨死你，也够你失去半条命了。你看华琳，发烧到41度，自己明知道有危险还不去医院，若不是同事给华笙打了电话,后果不堪设想。

"五妹,你性子淡其实是好事,不对任何男人动心就不会有软肋,没有软肋,就不会有致命的危险。

"你知道吗?有时候我觉得,你深爱一个人,就等于你给了他一把枪,他随时能一枪崩了你,而你还傻傻地以为,只是他不小心走火,呵。"

华笙似懂非懂:"也许吧,不过我没经历过也不做太多评价,我只知道身体发肤,受之父母,不能轻易因为任何人任何事,毁了自己的身体,不值得。"

"你说得也对,道理我都懂,只是情绪难以自控。"华琳苦笑。

当晚九点钟,江城银座夜场。一群年轻人正在开狂欢派对,是因为有一对富二代情侣双双考上了斯坦福,要出国留学,所以邀请了一大帮好友来狂欢。

许久不见的袁邵正在其中,上次出事后,袁邵就请假在家休息,有一阵子没去学校了。

巧合的是谢东阳姨母家的表妹宋美琪也在。

她喝了不少酒后,开始挑逗颜值出色的袁邵。

"校草,咱俩玩骰子啊!输的人要主动答应对方一个要求。"宋美琪玩得其实很疯,喜欢江流是一回事,但自己出去鬼混又是一回事,完全不影响。

袁邵反应冷淡:"不玩。"

"帅哥,漫漫长夜,来都来了,何必放不开呢……我人很好的,要不要……试一试?"这话是她凑近袁邵的耳边小声说的,袁邵鄙夷地笑道:"我对破旧的十八手公交车没兴趣。"

气得宋美琪当场就翻脸了,直接骂道:"你装什么装啊,校草怎样?还不是名声扫地?被江流老婆爆头的滋味好受吗?眼巴巴地献媚,人家看你一眼吗?你也是不自量力,你跟江流是一个段位的吗?"

"他老婆会看上你兜里那几个钢镚儿吗?"

"江流……老婆?"袁邵震惊地瞪着宋美琪。

"我去,你不会还不知道吧?你们学校里那个仙女可是咱们江城第一豪门江家太子爷的媳妇,太子妃!"宋美琪故意羞辱他,所以很大声地喊道。

袁邵确实被宋美琪的话给震着了，宋美琪也是被骂得急了，才会将这些让袁邵难堪的事情一股脑儿甩出来。

然后气氛就很尴尬了，有女生拉着宋美琪："美琪，消消气，别说了，大家都是朋友，你别这样。"

宋美琪还在气头上，直接甩开那女生的手："我凭什么不说啊？本来就是事实啊！他在学校里出了那档子丑事，还当我们圈内不知道呢。呵呵，然后觉得自己是夜华帝君呢，跟我玩三生三世？清高？你配吗？你调戏有夫之妇被爆头的那一刻，你就这辈子都与'清高'两个字绝缘。"

袁邵没有动手打宋美琪，他没有打女人的习惯，所以浑浑噩噩地离开了夜场。

宋美琪确实告诉了他一个他不知道的真相，之前华笙的律师出面与他们家谈赔偿，他们也不知道华笙到底是干什么的，毕竟江家人从头到尾都没露过面，后来华笙给他二十万他也没要。

那时候他一直错误地认为，华笙是谢东阳的情妇，只是一个养着的金丝雀而已，所以才那么大胆，带着轻薄的意思，去课堂要亲人家。

只可惜，被华笙一凳子差点打爆狗头。

身边的几个哥们也都骂他，一世英名毁于一个贱女人，那时候大家都以为华笙是谢东阳养的，所以觉得她很贱。

华笙自己也从来没解释过，没想到，她居然是……江流的妻子？

江流？那是袁邵少年时候曾一直欣赏且视为偶像的人，对他本人非常崇拜。

因为江流是富豪圈内第一个靠自己实力考上世界一流学府的。

不管是情商还是智商都是双高，最主要的是专情，私生活很干净，不沾绯闻，洁身自好。

袁邵一直想成为江流那样的人，站在金字塔的顶端做个王者，风轻云淡俯瞰一切。

可……他怎么跟江流比呢？无论是家世还是财力，甚至是学历上，他都差得不是一星半点。

除了自己颜值还过得去，其他的真的一无是处。

回家后，袁邵打开电脑，查了江流低调结婚的事情，才惊愕发现——原来，小笙就是华笙。

华笙？名门之后，华家的五小姐？原来真的是名门千金，难怪身上的那种气势，怎么看都不像是被人包养的小三。

袁邵苦笑，只恨自己眼拙。

次日清晨。休学许久的袁邵重新回到校园内，引起不小的轰动。毕竟是校草，所以一回到学校就传开了。

华笙今天刚好也在，她和于萍一起在看几本文物鉴赏的书，直到袁邵来图书馆找她。

"我今天来，是正式跟你道歉的。"袁邵一身白色毛衣、牛仔裤，脚踩 AJ11。

华笙头都没抬，非常淡地回了一句："不必了，对我来说，没有任何意义。"

是的，她从来不需要任何人道歉，因为袁邵对她的冒犯，她已经用板凳回报了。

"华笙，对不起，之前是我眼拙，误会了你，我以为你是谢东阳养的金丝雀……现在才知道原来你是……"袁邵没有被华笙冷淡的态度赶走，反而更真诚地道歉。

"够了，你如果是来公开我身份的话，那么我倒是希望你马上消失。"

"我没有，我昨天才知道真相，很是内疚，之前是我无礼，我深表歉意，以后……我绝不打扰，我知道你这样的出身，我连做朋友的资格都没有，我也不敢奢望，我只是……单纯地欣赏你的人品和低调的行事风格。"

"不用你欣赏。"

"总之……我也终于解开心结，可以面对自己、回来上课了，被你教训真的不丢人，是我有眼不识泰山。"说完，袁邵对着华笙深深地鞠了一躬，表达了自己最真诚的歉意后，转身离开，不再纠缠。

图书馆里不少同学看得目瞪口呆，心想，哇……被人暴揍后，还给人家道歉，这操作可真是……厉害了。

袁邵走后，于萍低声问："小笙，你刚刚好酷啊！袁邵那样的校草，都被你喷得哑口无言。"

"他是什么人跟我都没关系。冒犯我，他也承担了后果。"

"真羡慕你，哈，其实我说句话你别笑我，我也是袁邵的脑残粉。"说完于萍脸都红了。

华笙看她这样少女心，也是无奈摇摇头。

"真的真的，那时候我刚来学校，就听说他是校草，还对他的名字很是感兴趣。后来听说他叫袁邵，不是三国的那个袁绍，是因为他妈姓邵，爸爸姓袁，不过这名字还是挺霸气的。

"袁邵篮球打得也好，我以前也喜欢偷偷去看，还幻想过自己有一天可以给他递水喝。"

"喜欢那就去追啊。"华笙说。

于萍顿时一脸窘："你别说笑了，我这样的，追人家那不是癞蛤蟆想吃天鹅肉。我长得丑，家里又穷，这么能入得了他的法眼。不过刚刚看他被你狂喷，我也发现了，这世界很有意思。

"别人梦寐以求的却是你不屑一顾的，我要是你就好了，肯定去跟袁邵表白。不对，我要是你的话，袁邵就会主动来跟我表白，哈哈。"

于萍已经把华笙当成了唯一可以交心的朋友，她觉得在华笙这里，得到了尊重，所以才把自己的少女情怀说给她听。

"小萍，这世间其实没什么事是不可能的，就看你想不想，你若想追袁邵，我倒是可以助你一臂之力。"

华笙说得认真，于萍却捂着脸自嘲："得了吧，我就是做白日梦，你还当真了。我哪敢啊，我虽然丑穷，但我有自知之明，不想做那种让喜欢的男生看一眼就恶心的女生，我就远远地看看他就好了。"

华笙扬了扬嘴角，没多说。

关于袁邵此人，她不多做任何评价，在她看来，不管有什么仇怨，已经过去了。

中午吃饭的时候，银杏打电话说华琳有点反复发烧，华笙马上打车去了医院。

病房里，华琳面色憔悴，挂着消炎药水，人是沉睡的。

"我四姐如何？"

"她刚睡着了，可能是昨晚烧得厉害，也没休息好。"

"不是说炎症消除了吗，怎么会反复发烧？"华笙疑惑。

"不清楚呢，不过今天上午又给拍了片，医生说你来了让你去他办公室一下。"

"嗯。"华笙点点头，将包放在病房，就去了胸外科主任的办公室。

华琳住的医院也是本市的三甲医院，但不是最好的。当时是因为这里近才送到这里的,没想到后续会有一些麻烦。

主任办公室内。

"你是华琳妹妹吧?"

"是。"

"你父母呢?"

"他们出门了,不在家。"

"我建议你立刻给他们打电话让他们来,我有些话必须跟你父母说,因为我怕你做不了主。"

华笙沉默了三秒:"医生,你先跟我说吧,我父母人在国外,就算回来也需要时间,我先听听,随后可以转达给我父母。"

主任一听,点点头,拿出华琳早上拍的片子,对着华笙讲解道:"你看,这是你姐姐今天早上拍的片子,你看这里。"

华笙看见医生手指的位置,有一个很小的黑点,不过不是很明显。

"之前检查的时候是没有的,昨晚她又开始发烧,并且吃退烧药也没用,早上的时候我们又给她做了检查,发现多了一个这东西。"

"这是什么?"华笙并不太懂医学上的事。

"怎么说呢?我也不能下定论,这也可能是炎症,就看今天消炎针打了会不会消除了,也可能是……肿瘤。"

听到"肿瘤"两个字,华笙只觉得脑子嗡的一下。

"当然我不能确定,所以还要进一步观察,我建议给她做个穿刺,切片做详细病理分析,这样才能有具体结果。但是我身为医生,也确实要将最坏的打算告诉你,你的姐姐,极有可能得了肺癌。"

华笙倒吸一口凉气,都不知道要怎么接话了。

"你也别紧张,我只是说可能,因为现在黑点是什么还不好说,所以我才说让你父母来,商量一下,看看是否做穿刺。"

"做,多少钱我们都做。"

"但是有一点你要有心理准备,穿刺也是有风险的,也可能穿刺后,肿瘤会扩散。但是如果不做,我们就永远不知道那黑点到底是什么。这要你们家属自己选择,所有的后果,也必须你们家属自己承担。"

"最快什么时候能做?"华笙问医生。

"24小时后吧。"

"好,我回去考虑一下,24小时内给你答案。"

华笙起身离开办公室的时候，只觉头重脚轻，像做梦一样。

四姐才多大？才26岁，也是花儿一样的年纪，怎么会得肺癌？这也太突然了。

虽然现在结果还没出来，但她就是有不好的预感，刚看医生的反应，也觉得肺癌的概率很大。

人生无常，世事难料，这一刻，华笙真的感慨颇多。

华笙拿起电话，本来是要打给母亲的，却不知道怎么打到了江流那边。

"阿笙。"那边响起江流温柔的声音，华笙才恍然大悟，自己打错了。

"阿笙，说话啊，怎么了？"

"江流，你有认识的很好的胸外科医生吗？"

"医生？有的，你问这个干什么？"

"我朋友病了，我想让你找一个靠谱的医生帮我看看她的肺片结果。"华笙听到江流声音后，就想着这个男人神通广大，也许会找到更好的医生，也许会告诉她，华琳没事。

"嗯，好，你等我一下，我马上帮你联系首都医科大学的教授，那是我在国外认识的朋友。"

首都医科大学附属医院，全国数一数二的医院。听到是这里的教授，华笙心里缓和了不少。

随后华笙拿着华琳的片子，直接去了江流公司，想当面说这件事。

另一边，华芷去了一百多里外的影视城拍古装电影。

休息的空当无意中看到了一条新闻，而且还是财经版面的——王氏集团少东家王君显先生，近期完成了五大项融资整合，将之前五个分散的冷门项目规划在一起，并且做出了新的改革，据悉这是王氏集团今年投资最大的项目，预计超过三百亿，全权由王君显先生负责，可见他在家族企业中的地位无人能撼动。

下面还有一段记者专访王君显的视频，大概只有两分钟，就问了几个问题。

华芷打开扫了一眼，看到日期的时候，心态直接炸裂。

原来，这个项目半个月前已经结束，之前王君显也说了，只要项目结束，就不需要她配合演戏了。

因为之前找她帮忙，就是为了不让奶奶骚扰他，耽误他的工作。

可明明他早就完成了项目啊！他不仅不告诉她，居然还让她傻傻地陪着他第二次去了王家吃饭。

这是什么意思？玩我吗？华芷抱着这个心态，顿时脸色铁青。

"华芷姐，喝水。"女助理拿着矿泉水过来。

"不喝，告诉导演，不拍了，我有事要先走。"华芷直接脱下古装，甩手走人，然后自己开车回了江城。

整 容

王氏集团总部。王君显刚开完会,拿着文件夹从会议室走出来。

"王总,下午还要去美高梅见一个巴西的客户,两点钟开始。"

"好。"王君显低头看着手表,记住了时间。

这时候,华芷迎面走来。她穿着黑色的长款大衣,脚踩黑色长筒靴,霸气十足。

"咦?这好像是大明星……"王君显身后的助理也看傻了眼。

王君显刚抬起头,还没来得及看清,就被打了一耳光。

是的,被打了。

而且是当着自己那么多下属的面。

"王君显,你够阴险啊。"华芷气势汹汹。

王君显这才看清楚,是华芷来了,然后摸了摸被打的脸颊,笑了下。

"宝贝,有什么回家说,别在公司,丢人。"

"宝贝?谁是你宝贝?你要不要脸?"华芷吼道。

"宝贝别闹,这里是公司。走,去我办公室说。"说着不等华芷开口,王君显直接搂住华芷肩膀,将她强行拽到办公室。

"呃……老板居然和华芷在一起了,天哪!"身后的下属都惊呆了。

"你们要保密,咱们老板向来低调,估计不喜欢有人说出去,否则铁定被开除。"还是王君显秘书反应快,直接警告大家。

总裁办公室内。华芷一进门就狠狠地甩开了王君显的手。

"看不出来啊,王八蛋,你套路挺深啊!"华芷咬牙切齿瞪着他。

王君显也不气,他也不知道自己是不是变态,就喜欢看华芷炸毛的样子。

华芷炸毛，在他眼里无比可爱，只是……带了那么一点点的危险性。

"你这是干吗？"王君显假装不懂。

"装，继续装。你以为我不知道？"

"我确实不知道你为什么发这么大脾气，就因为那天我说了，我想和你在一起吗？"

华芷顿时脸红……那天的事，他不说，她都要忘了好不好，而此时王君旧事重提，不就是存心让她出丑吗？

想到这，华芷就一阵恼怒。可是王君显完全不在乎，往后一靠，直接躺在沙发上，双手放在脑后，无比悠闲地吹口哨。

"可我不是没说成嘛！你发什么火？"王君显说。

"王君显，你少跟我装蒜，我说的不是这个。"

"哦？那还有别的？"

华芷气得不行："若不是我今天看了财经新闻，还不知道你那个什么狗屁项目早就完工了，结果你在这边忽悠我，还害得我出丑，这下你得意了？"

"所以呢？"王君显挑了挑眉。

"所以，你当初是怎么跟我说的？你说等你项目完成，就不用继续装情侣，因为你就是怕你奶奶影响你工程进度才找我帮忙的。可你的项目早就完事了，你后来居然还骗我去你家吃饭，你恶不恶心，太可恶了！"

华芷觉得自己被耍了，被欺骗了，让自己幼小的心灵受到了很大的伤害。

这些年，还没有人敢这么对她，说真的，一耳光都是轻的。若不是因为他是王家人，这会儿估计早就被华芷的佛山无影脚踢成了太监。

王君显听完，假意恍然大悟："哦……那件事啊！我想起来了，确实完工了，我没和你说吗？那我可能是工作太多忘了吧。再说你来我家老宅吃饭，也没什么损失，你不至于这么生气吧？"

"你……还敢说我没损失？吃饭的时候，你仗着我不敢发作，你……"提起这个，华芷就觉得窝囊，居然被这个可恶的男人一而再，再而三地提起。

"那你想怎样？"王君显问这话的时候，嘴角扬起。

明显就是故意的！华芷又怎么会看不出来。

果然，华芷被这么一激，顿时再次爆发，直接朝着王君显扑来，然后手刚一伸，就被王君显直接钳制住，禁锢得死死的。

"王君显，你太可恶了。"

"拜托，是你先动手，还怪我？"王君显说得风轻云淡，丝毫没有羞愧的意思。

华芷想挠死他，但是双手被人家给禁锢了，英雄无用武之地。

看华芷愤怒的样子，王君显只觉得好笑。

华芷听完羞愧和愤怒夹杂在一起，拼命地挣扎。

其实，还真被王君显说对了，别看华芷都已经二十八岁了，可她的恋爱经验还在幼儿园，更没有开过车，所以华芷是娱乐圈的一股清流。

"王君显你放开我，不然我阉了你……"华芷放狠话。

"威胁我？我最不怕威胁了，你最好少说话，少动手……不然我真不知道会做出什么来！"

听王君显这么一说，华芷倒是愣住了。

这个平时看起来蔫巴坏的家伙，原来也有这么狂野霸道的一面。

说句难听的，就算真把她给怎么了，她也没什么办法。有些东西一旦失去了，就没有办法挽回。

弄不好，可能最后都要结婚……

一时间想得远了，华芷也就被王君显震慑得不敢乱动了……

这次虽然是气势汹汹来找人算账，却还是再一次羊入虎口。

她打了人家一个耳光是爽了，可便宜也被姓王的给占尽了，不知道到底是谁吃亏呢。

华笙下午的时候跟江流找的医学教授对话，最后得出的结论其实和这边医生的说法一致。

黑点谁也无法确定是什么，如果不是炎症，就要做穿刺切面化验，可穿刺确实还是有风险的。

最终，华笙和江流商量过后，决定回家告诉家里人。

华琳的父母知道后，起初是惊讶，后来也难过，再后来，将家里人都叫回来开会商讨。

华枫、华青、华芷、华笙，四姐妹全部到位。

华枫和华青的丈夫因为没有话语权，在华家也不受重视，就没有到场。倒是江流一直陪在华笙身边，而且因为江家的身份，也被华家人高看一眼。

华镇岳微微叹气:"这件事事发突然,我和你妈也是没了主意,大家说说该怎么办吧,人多好商量。"

华枫和华青对望了一眼后,没有立刻出声。倒是华芷心直口快,有一说一。

她深吸一口气,环视大家:"是挺突然的,但是现在也不确定到底是不是癌症,我们也别太悲观,还是先观察吧。我建议做穿刺,虽然有风险,可我们也能知道到底是什么病,而不是心里一直悬着。"

"三妹妹说得对,我也是这个意思。"大姐华枫笑道。

"江流,你有什么意见吗?"华镇岳看着姑爷。

"我跟华芷想法一样,还是尽快做穿刺吧,看样子那黑点不是炎症,否则不会高烧不退。"江流之前和华笙已经跟首都医科大学的教授沟通了,人家给的也是这个意见。

"那万一穿刺后,癌细胞扩散怎么办?老四岂不是死得更快了?"这话是老二华青说的。

华夫人擦着眼泪:"是啊,这也是我担心的,可怎么办?"

"要我说,那就别做了吧,大家都别告诉她,能活一天是一天,何乐而不为呢?不过……我还有一个问题,老四要是以后没了,她的那份财产怎么办?"华青向来都是利字当先,所以她能说出这样的话,大家一点都不意外。

只是华笙和她相处得少,无法接受她这样的丑恶嘴脸,人家还没确定啥病呢,她都想好了财产怎么分了!

还真的是亲生姐妹吗?

所以华笙直接火了,瞪着二姐:"人还没死就想着分钱,二姐你上辈子是乞丐转世吗?穷怕了,眼里只有钱?"

华青也是一怔,这五妹妹平时看着较弱,可说起话来,真是毫不含糊。

华枫和华芷也都颇为震惊。

华青被骂之后也没有敢立刻发作,毕竟江流还在场,她是个很会看时局的人,更是极其势利眼。

"哎呀,五妹妹你误会我了,我这个性格你还不了解?我哪有不关心老四的意思,我是说,万一……毕竟是癌症,救活的希望不大,我只是打个比方,你别激动。"

华笙冷眼扫过二姐,没有继续说话。

"行了,大家也都是为老四好。既然都同意穿刺,那就做吧,医院的费用我来出,不用你们分摊,我和你妈也还有不少积蓄,病肯定要治的,就算真的是癌症,我们也不能放弃,带她去美国也要继续治疗,哪怕有一丝机会。"

华镇岳这话说得还挺让人暖心,为人父亲就该如此。

当然那也是因为华家夫妻还是有些偏心老四华琳的,毕竟是从小在眼前养大的,就算是养女都会有怜悯之心,更别说这还是亲生的。

钱是老爷子出的,照顾则是华笙的人,这件事也就算暂时定下来了。因为大家也都没有心情吃饭,商量完后就各自离开老宅了。

回来的路上,华笙一直闷闷不乐。

江流单手开车,另一只手放在华笙的手背上,轻轻拍了下,以示安抚。

"别担心,我知道你心里难受,有我呢,我和你一起面对。"

华笙冷笑:"我只是觉得好笑,有再多钱有什么用?家不像家,亲情不像亲情,你看看刚才华青那个嘴脸,恶心死我了。"

"华青为人一直就那样,我在生意场上也略有耳闻,似乎很多合作方都对她颇为不满。人和人终究是不一样的。龙生九子还各有不同,更何况是你们家五姐妹。"

江流是个有大智慧的人,安慰人的时候废话不多,但总能说到点子上。

被他这么一开解,华笙缓和了不少,也不再憋着那口恶气。

"江流你信吗,如果今天患病的是我,我爸绝不会自己拿钱给我治病。"华笙自嘲。

"那不会,你也是亲生的,他应该会一视同仁。"

"一视同仁?不,如果他真的一视同仁,我就不会在钟翠山住那么多年……你该听说过吧,我出生的时候,还有一个龙凤胎弟弟,但那孩子命不好,没活成,我活下来了,结果变成了克死华家唯一男丁的克星,他们避我如蛇蝎。我若患病,只巴不得我早点死了,拿走我奶奶留给我的遗产,不会为我治病,为我奔忙的。"

"他们不会,我会。"江流说。

华笙低着头,没说话。

"阿笙,你现在身份不仅是华家女儿,更多的是江家的儿媳妇,所以别说那种傻话了。你若有事,我江流永远第一个挡在你身前。"

华笙依旧没回应,江流也许此时此刻是真心的,毕竟她有一副世人羡慕的美皮囊。

可二十年、三十年之后呢?美貌不再,老态龙钟的时候,他还会吗?谁知道呢?

回了十里春风,华笙就睡了小会儿,江流开车又回了公司。

华笙再次醒来的时候,已经是晚上六点钟,而且她是被电话吵醒的。

电话是谢东阳打的,那次关系缓和后,华笙就将他号码从黑名单拉了出来。

"华笙,我是来报喜的,我妹妹有消息了,秦皖豫的人查到了一点蛛丝马迹。"

谢东阳的声音里带着小兴奋,像个孩子一样,华笙只是静静地听着。

"嗯,那挺好。"华笙的声音清清凉凉的,可谢东阳觉得全身都舒服。

"秦皖豫说,我妹妹一开始确实在加德满都,不过只停留了不到两天就又走了,十二小时之前有人看到她在博卡拉出现,我们的人还有秦皖豫的人都去找了,希望能找到她。"

"好。"说实话,华笙因为华琳的病,情绪不太好,所以对谢东阳家的事情不感兴趣。

"那你最近有空吗?请你吃大餐?"谢东阳犹豫了一下,试着邀请。

"最近没什么空,家里发生了一些事。"

"行,那以后等你有空的时候再说。"

挂了谢东阳电话后,华笙又去了医院,一直不放心华琳的情况。

华笙去的时候,刚好华芷也在。三姐妹闲聊了一会儿,后来华芷有采访就跟经纪人走了。

春桃和银杏出去准备晚餐。华笙就在VIP病房里静静地陪着华琳。

"阿笙。"

"四姐你说。"

"我是不是快死了?"华琳有些沙哑地问。

"别胡说八道,干吗这么问?"华笙被问得有点揪心。

华琳干裂的嘴唇弯成一个弧度:"爸妈今天来了,后来大姐和二姐下午也来了,然后是三姐,这么兴师动众的,应该是我得了什么不好的病吧。"

"并不是,是我告诉他们你发烧了,家里人担心过来看看。"

"可我看见妈哭了,她虽然极力控制,可眼睛红红的,我就知道肯定是哭过了。"华琳自言自语。

"妈是心疼你,而且有点后悔那天对白浩的态度,让你们俩分手,所以内疚。"华笙反应极快,怕华琳多想,所以找的理由也都极具说服力。

华琳听了安心不少,主动伸出手:"来,拉我起来我坐一会儿。"

"好。"华笙将华琳搀扶起身靠在病床上。

"给我拿一个橘子吧。"华琳指了指果篮——她忽然就有了食欲。

华笙笑着拿起橘子给她。

"阿笙,你说我这次生病会不会让咱爸妈改变主意,接受我和白浩?再说了,我一直不服气的是,大姐和二姐也没嫁豪门啊,她们的老公也都是普通人,凭啥为难我啊?"华琳有了一点希望后,话也多了起来。

华笙笑了笑:"也许,大姐二姐长得难看吧。"

"哈哈,你别闹,好好说。"华琳被逗得不行。

"我认为,大姐结婚的时候,爸妈只想找一个入赘的姑爷,想着以后能帮衬着家里,事实也证明大姐夫确实这些年为公司出了不少力。"

"二姐的话听说是冲着二姐夫父亲的地位去的,刚结婚那一年,二姐夫的爸爸还是省财政司的高层,只是没想到半年后就胰腺癌去世了。"

"二姐夫也由此家道中落,成了二姐的出气筒。说起来,他们也不是平凡的人,跟你的白浩还不太一样。"华笙分析得有理有据。

华琳听完点点头:"你说得也对,不过我现在终于理解为什么很多古代公主和皇子都曾感叹来世不入帝王家了。"

"若是能选择的话,我宁愿来世投胎不要出生在豪门,只做个普通人就好,有时候平凡才是最大的幸福。我这一生,只求平凡,却求而不得。"

华琳是个有学识有深度的人,所以经常会和华笙探讨人生,更会说出自己的想法与感悟。

"你呢,五妹,如果给你选择,你愿意出生在什么样的家庭,做一个什么样的人?"华琳好奇地看着华笙。

被华琳这么一问,华笙还真给问住了,这个问题华笙从未想过。

如今让她想的话，那她还真得好好想想。考虑了差不多十几秒后，华笙才开口："如果能自由选择的话，那我希望我出生在一个四口之家，上面有一个大几岁的宠我的哥哥，妈妈是语文老师，爸爸是铁路工人。

"虽然平凡，却都在小岗位上散发着光，为社会做出微薄的贡献，而我应该会做一个医生吧。最好是妇产科医生，能用自己的双手迎接新生命，多救一些孕妇，挽救一些家庭，那应该很有成就感。"

华笙这个愿望很美好，连华琳听了都很感动。

"你要当医生，肯定也是全国最美女医生，哈，颜值很能打。"华琳夸赞。

华笙笑而不语……

这只是姐妹俩的一个小心愿而已，其实都知道，人生哪有重新选择的机会。

有华笙在，华琳心情好了不少，也能安心养病，但是她依旧不知道自己将要面临什么。

医院里，春桃和银杏轮流照顾华琳。

华笙晚上回家，白天去医院，倒是很少去学校里了。医生那边也有了父母签字，同意做穿刺手术，只等着安排时间。

接到于萍电话是三天后，她说又收了点东西，华笙就直接去了学校与于萍见面。

鉴定东西后，华笙又拿了三万块给于萍，这确实也是她应得的酬劳。于萍智商和情商都没有问题，专业课更是出色，只因为长相和家境，让她没了自信。

华笙看重她，她也确实不辜负期望，除了上课，业余时间都去寻找性价比高的古玩。

当然她找的也都是中下等的小玩意，珍品也不可能在地摊出现。

"阿笙，谢谢你，我这都赚了六万了。我是这么想的，江城的古玩市场我都走遍了，摆摊的也都找遍了，可能也都饱和。下一步我打算自己趁着周末休息坐公交下下乡，去碰碰运气，看能不能收点好东西。"

"办法不错，不过你要小心，白天去可以，晚上不行。"华笙提醒。

"嗯，我知道的。"于萍心里美滋滋，只觉得这个仙女同学是自己命中的贵人，对华笙比从前还要恭敬了。

"小萍，你有考虑过整容吗？"华笙忽然问了一句。

于萍吓了一跳:"整容?"

华笙没说话,只是淡淡地扫过她的脸。于萍底子其实还可以,就是因为小眼睛单眼皮,鼻梁骨塌陷,外加皮肤不是很白,所以凑在一起看着土里土气的。要是能改造一番,应该效果很不错。

"不行不行,我可不花那个冤枉钱,听说要不少钱呢。"

"可你想过没有这是投资?你花钱变美,以后找工作或者找老公,都会有个不错的归宿。你很善良,这是你的优点,但你还可以变得更好。如果外貌和内心都很美丽,岂不是锦上添花?每个女孩子都希望自己漂亮,我相信你也一样。勇敢一点,有追求的人没有错。"

于萍听后,低下头沉默不语……

"这件事不着急,你不用着急答复我,我也只是给你一个适合你的建议,最终你听不听都是自己的事情,与我没有关系。

"如果你想做的话,我可以帮你联系整容医院和医生,钱的话不够我也可以借给你。你也无须觉得不好意思,因为你也在帮我找古玩,作为酬劳,这很公平,你不欠我什么。"或许是怕于萍心里有负担,华笙才补了这么一句。

她想了半天,抬起头:"嗯,那我好好想想。谢谢你,小笙,我知道你是为我好。"

从学校回到家的时候,春桃和银杏都不在。她们一个去了医院照顾华琳,一个出去采购家里所需。

华笙忽然又觉得饿了,想着自己还没吃中午饭,看了看时间都下午一点了。

她正犹豫要自己煮面还是开车出去找点吃的,江流就回来了。江流回来其实是拿早上忘记在卧室的一份文件,却没想到华笙一个人正可怜兮兮地想着午饭。

"阿笙,你没去学校?"

"去了,临时回来了。"

"啊,那你吃饭了吗?"他以为她都吃了,所以只是象征性地问了一句。

华笙很诚实地摇摇头。

江流有点惊讶:"这都一点多了,你还没吃午饭?"

她点头。

"我的天……傻死了……你要吃什么,我给你弄。"

"你会做饭?"华笙看着江流半信半疑。自从一起住在十里春风,江流可没下厨过。

"小看我了吧?我在国外留学的时候,曾特意跟米其林的厨师学艺过。"说完,江流大步流星走向冰箱。

打开一看,还真是犯了难。

冰箱空了,因为最近都忙华琳的事,也没怎么买菜,所以春桃才出去采购。

江流翻了半天,最终拿到了几个鸡蛋。

然后他灵机一动,用这些鸡蛋给华笙烤了一盘子蛋挞。

说是一盘,其实只有六枚,但对于华笙来说足够了。

华笙看着这热乎乎的、色泽鲜艳的蛋挞,还有精心给她热的牛奶,瞬间心里某处被填满了,也忘记了之前要疏远男人、不要为情所困之类的警告。

"快吃吧,趁热吃,我公司还有点事,我先走了,随时电话联系。"江流其实很着急,公司那边都在等他拿文件资料后去招标。

可他居然有闲心给华笙做蛋挞……若是集团的人知道,怕会疯掉。到底是一个价值三亿的合同重要,还是六个蛋挞重要呢?!

华笙自然看出他是着急的,可他还是耐着性子给自己做了蛋挞。华笙为了不辜负人家的手艺,罕见地将这些全部都吃光,哪怕有一点点撑。

不过不得不说,这蛋挞口感极好,一点都不输餐厅里的。

有那么一瞬间,华笙对会做甜品的江流有那么一丢丢的小崇拜。

江流的好,不是一下子给你所有,而是细水长流,春雨润大地一样绵绵不绝,却能渗透人心。

"奶奶,我要怎么办,这个男人真的值得我相信吗?"华笙再一次陷入了纠结。

华琳的病事发突然,虽然华笙在家庭会议上怒骂了二姐华青,可却改变不了华青内心贪婪的想法。

华青下班回家后,就一直黑着脸,她的老公刘玉洲也是敢怒不敢言。

刘玉洲长得还行,眉清目秀,标准书生模样,父亲活着的时候也没有官二代的派头,不是那种作威作福的人。他挺有才华的,是理工男,目前就职研究院,参与一些环保设计的研发,有着自己的内心世界。

华青和刘玉洲结婚也有几年了，自从公公病逝后，她就越发看不上这个男人，甚至同床次数都是有限的。

华家虽然她们这一代有姐妹五人，可下一代却又遥遥无望。

目前华家只有一个外孙女，那就是老大华枫和老公刘德凯生的女儿，已经八岁了，因为刘德凯是入赘，所以女儿也跟着母亲姓华，叫华小涵，而悲剧的是华小涵打小就身体弱，经常感冒，是医院常客，这孩子也不爱说话。

可能是因为母亲太强势的关系，所以她沉默寡言胆子也小，自小是奶奶带的。上学后才接回父母身边。

说实话，虽说华小涵是华家目前唯一的孙子辈，可她却不受华家重视，甚至华家老两口觉得这个外孙女难成大器，她也没有存在感。

所以华青一直想，她若是生下儿子，将来华家财产就可以不费吹灰之力收入囊中了。

可不争气的是她还不如大姐，结婚几年肚子一点动静都没有，最开始还以为是老公的问题，后来做了详细检查后，才发现输卵管堵塞，是她的问题，而且生育的可能性很低。卵子质量也是不行，做试管婴儿都没希望。

这件事一直是华青的心头痛处，没有孩子，就后继无人，她弄这么多钱给谁花呢？

万一……华芷、华琳她们结婚后，人家肚子争气，生了几个男孩，那自己岂不是更危险？

想到这些，华青就烦躁，穿着浴袍坐在客厅里抽烟。

"小青，你少抽烟，对身体不好。"刘玉洲看见华青抽烟，便劝阻。

华青白了老公一眼："身体好能如何？还不是生不出来个蛋，我真恨我自己，到底是造的什么孽，怎么就连生孩子那么简单的事情我都不行？"

"孩子的事情也要看缘分，你别有压力，我也不会嫌弃你。"刘玉洲声音低，语气温和。

可他这么说，华青更炸毛了，她夹着香烟的手指着他："你嫌弃我？搞笑呢吧？你爸死了之后，你们老刘家是树倒猢狲散，你妈住院都是我掏钱，我养着你们老的小的，真是欠了你们的，还敢嫌弃我？"

"是，这几年你辛苦了，我也会努力的。"刘玉洲虽说心里不是滋味，可也敢怒不敢言。

"你努力有个鸟用，就算你最后坐了研究院院长的位子，你那个年薪五十多万都不够我一个爱马仕的包。省省吧，别丢人。"

说完，华青直接转身上楼不再搭理他。半小时后，华青化好妆换衣服后，出门寻欢作乐。而她老公明知道华青外面可能有别的男人，可也是不敢过问，毕竟……华青说得对，他爸死后，家里的很多烂摊子都是妻子帮着处理，两人已经不只是夫妻那么简单，似乎被很多东西捆绑在一起了，其中包括金钱、权利，唯独缺少平常夫妻之间该有的情分。

华青的担心也是华枫的痛，她下班回家，看着柔弱的女儿趴在书桌上写作业，微微叹息："小涵咱们是指望不上了，这可如何是好？"

"没事，老婆，我们抓紧再生一个儿子。"刘德凯亲昵地在身后帮老婆按摩，很是体贴。

华枫听完更是泄气："生儿子哪有那么简单啊！我年纪也大了，而且这几年咱俩也没避孕，一直要老二的，我们要了七年，还不是一无所获？我觉得这可能就是命。"

刘德凯亲了亲老婆的脸颊，温柔安慰："老婆，咱不能放弃，你还年轻呢，你看那些娱乐圈的女星，五十多还能怀孕呢。再不济我们也请人代孕，多生几个。"

华枫摇摇头，顺势拿出手机看了一眼公司群里的工作安排事宜。

"我爸妈骨子里特别传统，他们还是老思想，不会认可试管婴儿和代孕的，我还是别闹幺蛾子了，不过我们好歹还有小涵，也不是没孩子。老二才可怜，急功近利，一心想要往上爬，恨不得把钱都装自己口袋里。可有什么用呢？连个孩子都没有，以后给谁花？"

"是啊，华青也是难。"刘德凯附和了一句。

"说起来，最可怜的是小琳啊，真没想到那么年轻就……"华枫其实比华青好一点，她最少还有良知，没有被利益完全吞噬，所以想到四妹的病，也是一脸惆怅。

"这个也没办法，人各有命，我们就顾好自己吧。"刘德凯又敷衍地安慰了几句。

跟华青不同，华枫对老公刘德凯是很好的，不仅信任，而且夫妻很恩爱，几乎从不吵架。

刘德凯也是特别圆滑的人，不管在公司还是在家，都听华枫的，给了十足的面子。

华青则是对老公一点情分都没有，态度也是恶劣至极，婚姻算是名存实亡。闲暇之际，华青会去一些低调的夜店，找一些颜值高的小鲜肉过过瘾，有时候也会找一些年轻的大学生约上一回，算是用钱去换心理的空缺和爱。

献　　血

十月的最后一天，江城忽然下起了大雪，毫无预兆。一夜之间满城银装素裹，华笙早上起来的时候，看着窗外的景色，心都要被融化了。

她披散着头发，光着脚踩在柔软的地毯上，看着窗外的雪景，有被惊艳到。

下楼吃早餐的时候，银杏特意给她多拿了一件披肩搭在肩上。

"小姐，下雪天你寒疾可能复发，你要注意保暖。"

"嗯，春桃那边如何了？"

"春桃说四小姐一切安好，能吃能睡，让您放心。"

华笙点点头。

银杏开始陆陆续续地往餐桌上端早餐。小米粥、小咸菜、荠菜馅馄饨，很是丰富。

江流也是胃口大开，一口气吃了两碗馄饨，只觉得胃里都被美食填满了。

"阿笙，你今天有什么安排？"江流问。

华笙想了一下："我一会儿去医院，给四姐买束花，之前那束都枯萎了，然后给她带一些有趣的书解闷。"

"然后呢？"

"然后就没事了，中午可能就回来了。"华笙说。

"那这样吧，你去医院忙完告诉我，我开车去接你。"

"不用麻烦，我让春桃送我回来。"

"不，我们不回家，我带你去个地方。"江流神秘一笑。

华笙微微惊讶。银杏在一旁偷笑，总觉得小姐这样聪明的一个人，在爱情这方面，倒是像个孩子，有时候萌到不行。

华笙吃过饭后，就带着银杏去了医院，陪了一会儿华琳。

快到中午的时候，江流开车来接，换了一台相对低调的白色保时捷911。

华笙里面穿着高领的黑色羊绒衫，外面是白色的羽绒服，简单但好看。

上了车后，华笙就好奇："我们去哪里？"

"保密。"

"你不是要把我卖了吧？"华笙一本正经地问他。

"放心，没有人会买，毕竟论斤卖的话，你都不如春桃和银杏值钱。"

华笙被戳到了笑点，抿嘴笑了一下。

春桃和银杏身材怎么说呢，看着不胖，微微有点丰满，华笙才不到90斤，春桃和银杏两人一个118斤，一个120斤。要是论斤卖的话，买她确实很亏。

一路上，华笙看着周围结了冰的树枝，忍不住拿出手机拍摄。

"你好像很少用手机，微信也不玩，朋友圈也不发，自拍也很少。"

"嗯，是这样。"华笙觉得江流全部说中。

"为什么呢？不好玩？"

"不，我只是不想自己对手机过度依赖，过度依赖一件事或者一样东西，很可怕，会削弱人的自制力。"华笙说得很认真。

"你这也太理智了，你才多大，别对自己这么严格。"

"不，必须严于律己，如果自己都控制不好自己，那也注定一事无成。"

江流其实不太赞同华笙的意见，但是他不想去争论，一是不想因为这点琐事影响心情，二是他认为每个人都是独立的个体，有自己的看法和行为方式都很正常，没必要去让别人认同自己的观点，和自己保持一致。

到了目的地，华笙看见门口是木质的牌匾，很简单，只有两个字——梅庄。

"这是什么地方？"华笙问。

"私人庄园。"江流答。这里居然是一个私人庄园，而且是江流家自己的私人庄园，真是低调到不行，外人几乎不知道。

华笙和江流进去的时候，发现一对老夫妻出来迎接。

"李叔、李婶，这是我媳妇，阿笙。"江流说。

"哎呀！这媳妇长得俊俏，之前听你母亲说起，我就着急，想着有机会见见少夫人。"李婶一脸慈爱。

华笙点头微笑，算是打招呼。

"叔，婶，我们一会在这里吃饭，可以给我们炖一只大鹅吗？"江流说。

"必须的，雪天配大鹅正好。哈哈，等着，一个小时就好。"老两口很是开心。

江流带着华笙往后山走的时候，边走边解释："李叔和李婶在我们家工作多年，李叔是我爸的司机，李婶是我的奶娘，我母亲生我后没有奶水，正好李婶那时候也刚生女儿，我就正好借光了。

"夫妻俩人极好，我父母一直善待他们，退休后我父亲买了这个庄园交给他们打理，我们一家人闲暇时间会来这里小坐，聊聊天、喝喝茶、吃吃饭。我父亲常说，不要因为工作忙碌，忽略了大好时光，我深以为然。"

华笙听江流讲着这些家庭琐事，只觉得越听越暖，江家确实很有爱，跟其他那些所谓的豪门子弟不一样。

"到了，阿笙你看前面。"江流指着不远处。

华笙抬起头的瞬间，被惊艳到说不出话来。她从来都没有这么惊喜过。

华笙完全没有想到，这一生，还会看见这样的场景：庄园的后山坡上，铺天盖地的梅树，一夜风雪之后，红色的梅花开放得更加娇艳。

雪中微微一点红，花中之王不如它。

那花的周身被冰雪裹着，在阳光下闪闪发光，美得让人觉得不真实，像是虚拟的游戏世界。

"怎么样？好看吗？"江流侧头看华笙。

华笙点点头，然后迫不及待地朝着离她最近的梅花树走去。

她伸出手，摸了摸枝头上的花，心情说不出来地好。

"梅须逊雪三分白，雪却输梅一段香。"华笙不禁念出这句。

江流温柔地看着她的侧脸——这一刻，他心满意足。

"这里有多少梅花树？"华笙好奇。

"1200 棵。"

"那么多？家里有人喜欢梅花吗？"华笙觉得，如果不是因为偏爱，怎么会用这么大一片地来种梅花，毕竟这是不赚钱的东西。

江流点点头："嗯，我母亲喜欢。我外婆叫陈雪梅，外公很爱外婆，就在自家院子里给她种了很多梅花树，所以我母亲自小喜欢梅花。生下我的那一年，我爸很高兴，说要奖励她，问她要什么。她想了很久，才说想要一片梅林，于是就有了这里。"

"那你外公外婆也一定很喜欢这里吧。"华笙笑问。

江流神色有点伤怀："他们已经过世了。"

"对不起。"华笙觉得自己有点唐突。

"没关系，都过世很久了，我外公是胃癌走的。一年半后，我外婆也跟着去了。那时候我才三岁，也不太记得那些事。"

"那你外公只有你母亲一个女儿吗？"

"不，还有一个舅舅，比我妈小几岁，早些年移民去了英国，我舅母是中英混血，他们也习惯了国外的生活。我舅舅做房地产生意，资产雄厚，舅母家族据说有贵族血统，跟女王沾亲带故的。不过我们家和舅舅一家已经很少联系了，毕竟都有各自的家庭和事业，又离得这么远。"

华笙认真地听着江流说家里的事情，感慨也是颇多。

他俩就这样漫步在梅林中，看着满山绝美的风景。一直到华笙脸色有些苍白，江流才不忍心问她："回去吧，你都冷了吧？"

"还好。"她低着头，搓了搓手。

江流将自己脖子上的黑色围巾摘下，给华笙围上。

"我不……"她刚要说"不用"，就看见江流捧起她的手，将她的小手包裹在他的大手中间。掌心的温度传来，华笙只觉得被暖流包围着。

"我不冷了，好了。"华笙想抽回手。

江流却霸道地紧紧抓住，然后放在自己的大衣口袋里，并且用手继续握着她。

"嗯，我们下山吧，去吃铁锅炖鹅。"他温和一笑。

华笙忽然觉得，今天真是美好的一天，梅花好，雪山好，江流也好。

吃饭的时候，李婶八卦地问了一句："少夫人，您有身孕没？"

华笙将头埋得更低了，江流扬起嘴角，想笑。

看她不好意思回答，江流就替她回答了："没呢，李婶，阿笙还小，我们不着急,打算先过一阵子二人世界。"

"也好,现在的年轻人最享福了,有了孩子后确实就失去自由了,少夫人年轻貌美,以后生的娃娃肯定也是漂亮得不得了,小少爷你也是有福气。"李婶笑着。

"是,我也这么认为。"江流一点也不谦虚。

华笙从桌子下踢了他一脚,意思别让他瞎说了。

华笙不吃肉,所以没吃大鹅,却吃了不少里面的蔬菜和土豆,因为是铁锅炖的,所以很入味。

华笙也罕见地吃了两个玉米面馒头,胃口极好。

临走前,江流还帮华笙折了一枝梅花,打算放在她卧室里作为点缀。

华笙喜欢得不得了。一路上,她坐在副驾驶座上,小心翼翼地抱着梅花,生怕弄坏。

"看不出来,你这么无欲无求的人,竟然喜欢一朵梅花喜欢成这个样子。"江流边开车边笑她。

"我喜欢的其实不是梅花,而是生活中的小惊喜和小幸福。"

江流听她这么说更是美滋滋,觉得自己今天这个决定真是伟大。

"梅庄里还有小木屋,是仿照芬兰和挪威那种酒店风格建造的,很暖和,有空我们来小住几日。"

"也好。"

意外地,华笙第一次如此痛快地答应了他的邀约。

两人似乎又回到了之前那种熟悉且有默契的状态。

回到十里春风,华笙就迫不及待将梅花插入花瓶内,然后拿出手机拍了几张照片。

一分钟后,她罕见地发了一个朋友圈,配文是——偷得浮生半日闲。

华芷、春桃秒赞。

银杏评论:哇,好好看,小姐,在哪里买的?

华笙回复银杏:自己摘的。

银杏又八卦:哪里有梅园啊?天,我也想去。

华笙笑而不语,没有继续回复。

华琳评论:冰雪林中著此身,不同桃李混芳尘。忽然一夜清香发,散作乾坤万里春。

华笙回复华琳:王冕这首诗我也很爱,文风大气磅礴,满身傲骨。

华琳随后和华笙又在下面评论了几句。

下午五点钟左右，华笙又出了门，一人去了开发区公安局。

"请问白浩在吗？"

"在的在的，您稍等。"

小警察看见这么一个大美人上门，差点激动到撞墙。

没一会儿，白浩出来了，看了一眼华笙，觉得有些眼熟。

"我是华琳的妹妹。"华笙自我介绍。

"啊……我想起来了，在华家家宴的时候见过，你是五妹，对吧？"

"嗯，你下班了吗？可以聊聊吗？"

"今晚估计要加班，还在赶着一些资料，如果是要说我和华琳的事情，那就不必多言了，我心意已决。我就是一普通人，实在难登大雅之堂，更不会攀龙附凤，你们华家门槛着实太高，不是我可以入的。"

白浩确实有点小傲骨，他以为华笙是来说和的，所以直接拒绝了。

华笙沉默了几秒，淡淡开口："我四姐病了，可能是癌。"

白浩听完身子猛地一震……

白浩万万没想到等来的是这样的消息，他最近值班都是魂不守舍，上次华琳来找他，明显就是求和，可他还是说了狠话断送了两人最后的机会。

本以为痛苦一阵子就好了，哪里会想到，华琳居然……

"怎么……会？"白浩只觉得话都不会说了，连呼吸都是微弱的。

"找个方便说话的地方吧。"华笙看了看左右，觉得这里不方便说，毕竟华琳这件事不是三言两语能说完的。

白浩点头，主动请华笙喝了咖啡。

虽说是喝咖啡，可两人一口没动。这个时候，谁还有心情去喝咖啡？

华笙将事情从华琳发烧那天说起，简单说了一遍。

白浩算了算日子，正好是她最后一次来找自己的时候，顿时内疚不已。

他双手交叠在一起，紧紧握着，忏悔道："这件事都是我的错，那天她来找我，说有人追求她，她的意思我懂，是想刺激我一下，让我给句话，可我没办法，我真的是……

"我想了很久，我真的没办法做你们豪门的上门女婿，况且你父母本身也看不起我，也不会同意我们的事。我就想着，那就祝她一切都好吧,哪里会想到……都怪我,如果不是我说狠话,她就不会发烧,也就不会……"

白浩本来就难受,一听说华琳是因为悲伤过度才发烧的,更是自责到不行,恨不得马上给自己一刀,来给华琳报仇。

华笙只是静静地看着他。

"如果真的是癌,只能说是命,不能怪你,癌细胞不是一天两天就有的,肯定是早就有隐患。她最近情绪不好,不吃不喝抵抗力下降也是诱发癌症的原因之一,你也无须自责,自责也没用。

"我来只是想告诉你,今晚八点钟,我四姐会做穿刺,医生也说,穿刺是有一定风险的。万一真的是癌就可能刺激癌细胞扩散。我的家人商量后,还是愿意承担这个风险。"

"我对不起华琳。"白浩双手捂着脸,极其痛苦。回想起两人在一起的点点滴滴,他此时此刻感觉到扎心的痛。

"四姐最放心不下的就是你。虽然她没说,但我懂,我来找你也是想告诉你事实。你自己决定,是想看看她,还是觉得分手后和你无关,不去看她也行。决定权在你,打扰了。"

说完,华笙起身。

白浩都忘记了去谢华笙,毕竟华笙告诉了他这一切。

如果一直没有人找他,以后若是华琳真的……那他估计会一辈子都寝食难安。

傍晚六点钟。因为华琳要做穿刺,华家人全部到齐,就连华青也来了,至少装样子还是装得不错的。

江流担心华笙情绪不好,也是一直陪着。

华琳并不知道自己什么病,所以医生只说做个微创,检查免疫组织,所以华琳心情很不错。

手术前,主治医生带着几个护士在走廊里,背着华琳说了这样一番话。

"穿刺手术虽然很成熟了,但还是会有大出血风险。为了做百分之百的准备,我们需要有预备血液。病人是 AB 型血,血库刚好一直缺 AB 型血,你们都是近亲,所以看看谁是 AB 型血,我们需要 800CC。"

800CC 也就是说,最少要两个人才行,一人最多是 400CC。

医生说完这番话,大家都沉默了。华家很神奇,除了华夫人不是 AB 型,华镇岳和五个女儿都是 AB 型,所以其实这不是难题。

华青赶紧就说:"医生,我高血压,能献吗?"

"高血压不行,月经期不行,血糖高和贫血都不行。"医生补充。

华枫也是一脸遗憾:"那我也不行,我昨天才来月经。"

"我来吧。"华镇岳主动说。

"爸你是高血压你忘了?你今早不是还吃降压药了吗?"华枫确实也是为父亲着想。

"高血压不行。"医生再次强调。

"那我来。"华芷举手,她其实不在乎,毕竟献血而已。

岂料,华芷的女助理低声提醒:"华芷姐,你最近拍戏已经连续三个晚上睡眠不足四小时,献血会不会吃不消?"

还没等华芷回答,医生就给否定了:"连续熬夜的不行,伤害会很大,还有合适的吗?"

华笙默默走到医生面前:"我来。"

"你这么瘦……是不是贫血?贫血是不可以献血的。"

"没有贫血,符合要求,我来吧。"华笙其实早就想说她来,可她又不能先张罗,毕竟会被大姐二姐认为故意抢风头。看大家都说完了她才说,也是比较谨慎。

"那好,不过还缺400CC,还得再出一个人。"医生强调。

江流和春桃、银杏还有华芷的女助理都不是AB型,这就有点难了。

沉默半天,华笙才开口:"又不是马上就用,这不是提前准备吗?我先献400CC,然后在休息室待命,若是真的有风险,需要献血,我接着献。"

"那怎么行?"江流赶紧拦下。

400CC已经不少了,这是正常人承受的极限值,若是再加400CC,就华笙这个体质,估计会直接晕倒。

"没事,又不是说一定用得上,只是万一,就这么定了吧,医生您快准备吧。"

华笙声音不大,但是气场足,这一番话说完,其他人也就不好意思再吭声了。

江流心里感慨,难怪华笙老是羡慕他家的和睦。他忽然有些同情华笙了,她那么小就被送走,也没得到什么家庭温暖。唯一的奶奶也去世了,难怪她性子会是那么冷淡。都说人之初,性本善,没有人是天生的冷血和无情,只有经历过一些事情后,才会变成那样。

华笙献血后看起来有点虚,春桃照看着她,银杏赶紧出去买补血的营养品。

江流将自己的外套脱下来,盖在华笙身上。

"累了就眯一会儿,我守着你。"江流说。

"不累,我等结果。"华笙的声音也是带着浓浓的疲惫,她确实有些困。

江流知道她是放心不下华琳,等着看穿刺的结果。

一小时后,华琳手术结束,手术进行得很顺利,所以也没需要额外献血。

医生拿着报告走出来,大家都屏住呼吸,不敢吭声,就好像等着这一刻的宣判……

"医生,我女儿到底怎么样?"华夫人眼泪汪汪的,连说话也是有气无力。

医生扶了扶眼镜框,看着报告缓缓开口:"情况不是特别乐观,我们得到的检验结果很模糊,需要拿着切片去首都医科大学附属医院做进一步的检查。"

"这话什么意思?没结果?"华家老爷子带着怒气,相当不满。

华青一看爸爸这话,立刻跟风骂道:"是啊,你们医生干吗吃的?折腾了这么久,居然没结果?那你让我们承担个屁风险啊!你们到底行不行啊?医生执照是买来的吧?"

那男医生看华青这素质,也是摇头无奈。

"进一步检查是什么意思?"华笙凑上前问。

"就是现在的结果很模糊,那些数值在一个模糊区间里,可能是癌细胞,也可能不是,我们不敢下最终结论,因为那个黑点结构很是复杂,不是普通癌细胞的正常结构,所以我们为了避免误诊,决定拿到更权威的地方做精准的分析。"

华笙明白了,点点头,这其实不是医生医术的问题,是华琳的这个身体状况有点特殊,人家医生也是为了负责才提议进一步检查。

"那要多久能知道结果?"华芷追问。

"怎么也要一个星期吧,那边排队的人太多,全国各地每天都有不少送去的切片等着检查。"

华笙看了一眼江流:"可以找那个教授帮我们安排一下吗?"

"没问题,交给我吧,我会最快给结果。"江流直接从医生手里接过检验报告,然后带着华琳的切片组织直接派人连夜去了首都。

十一点钟,华家人陆陆续续地离开,最终只剩下华笙和春桃、银杏。本来华芷要留下的,但是华笙听女助理说明早六点还有戏要拍,就劝她先回去了。

华琳麻药劲过了后才醒,她醒的时候已经是十二点半。然而一睁眼,她就看见了白浩,她都以为自己是做梦了,又闭上了眼睛。

等过一会儿再睁开的时候,发现白浩还在,她才惊愕。

白浩没有穿工装,而是一件普通的黑色皮夹克,下身是黑色的休闲裤,精短的头发看着精神了不少。华琳以前就说,白浩穿便装比工装还要帅,那时候他俩还在热恋中。

其实白浩早就来医院了,华琳做穿刺的时候就来了,只是因为华家人都在,他不好露面。一直等华家人都走了,他才放心进来看她,一直到她醒来。

"小琳,你喝水吗?"他温柔地问。

"你怎么来了?"华琳的声音有些沙哑,气息也微弱很多。

白浩心里一疼,没有着急回答,先是转身给她倒了一杯温水。

华琳接过缓缓喝了一小口才放下。

"是我五妹告诉你的吧?"华琳也猜到了,估计是华笙说的,除了华笙知道内情,其他人也不关心她的这些琐事。

"嗯,不过你别怪她,我很感激她能告诉我,不然我都不知道你病得这么重。"

"没事,你走吧,我不用你管,上次你都说得很清楚了,咱俩已经分手,都是过去式,我不会纠缠你,更不会用自己生病去博取你的同情。你说得对,好聚好散,缘分尽了,我又何必强求。"华琳一场大病后,看得很开。

白浩沉默不语,十几秒钟后,他从口袋里拿出一个红色的锦盒,然后当着华琳的面打开。

里面竟然是一枚钻石戒指,华琳迷茫地看着钻戒,就听见了白浩的声音:"小琳,我们结婚吧。"

白浩忽然拿出钻戒求婚,弄得华琳震惊不已。

这剧情反转得太快，以至于她都没反应过来……

白浩主动抬起华琳的手，帮她把戒指戴在中指上，华琳的手很好看，所以戒指戴上格外合适。

华琳还在震惊中没有回过神，白浩握着她的手，笑着："说起来惭愧，我工资有限买不起那种什么克拉的，只能买这种碎钻。可我也听说碎钻不值钱，这只是我们穷人对爱情的向往和诺言，还希望你……不要嫌弃。"

"白浩，你这是什么意思？"深呼吸过后，华琳似乎还能听见心跳加速的声音从胸口传来。

她确实紧张啊，她幻想这一刻幻想过很多次了。甚至分手后，她还做过梦，梦见过两人在一个欧洲的小教堂举行婚礼。可醒来后，却只是那种更空虚的难受。

她哪里会想到，真的会等来白浩求婚的这一天。

白浩是老实人，笨，不会甜言蜜语，所以以前华琳逗他，每次问他什么时候求婚，他都脸红地说不会求婚。

可现在，钻戒有了，求婚也有了……

"求婚啊，哦对了，我是不是要单膝跪地，显得更有诚意？"说完，白浩放开华琳的手，要照着话去做。

华琳反手握住他："不要，不要你下跪，堂堂七尺男儿只能跪苍天和父母，我们不学西方那些洋玩意。"

"好，都听你的。"

白浩知道华琳是个很传统的女人，处处都不忘发扬传统文化。

"那你答应了吗？"白浩说。

"白浩，你为什么突然求婚，我是得了什么绝症吗？"

华琳很聪明，她不太相信白浩是自己想通忽然回心转意的，看白浩这么热情地求婚，华琳不怀疑他的真情，可……时机不太对，她就忽然想到了，是不是自己的病，有什么意外？

"没有，你别乱想。"到底是老实人，华琳一问，他就紧张了，华笙告诉他华琳不知道自己的情况如何。虽然还不确定是不是癌症，可万一说了，只会增加她的心理负担。

华琳苦涩一笑："你呀，真是撒谎都不会，一问你就紧张得不得了。成，不用瞒着我了，告诉我吧，我能接受，最坏的结果不过是一死，还有什么不能承受的?"

看华琳说得这么风轻云淡,白浩更是心酸。

"小琳,你别这样,真的不是你想的那样,我没骗你。"

"你不说,我就找我五妹问了,我一定会知道真相的。"华琳执意要知道真相。

最终白浩只得实话实说,将华琳现在的情况说了一下。

华琳听完也是格外地平静:"原来还没确定啊。呵,也许不是呢,如果不是肺癌,只是普通的炎症,你求婚不怕以后自己后悔吗?"

"不会,我想好了。"白浩认真地看着她。

华琳低下头,看着手指上的戒指,眼睛有点朦胧。

她又说:"那我若真的是肺癌,应该时日不多,你娶我马上就会变成丧偶的人,二婚的男人是贬值的,你何必这样想不开?"

白浩听了这话更觉得揪心,他有些紧张起来。

"小琳,我不后悔,真的,你就给我一个机会吧,不管结果如何,我们一起面对。"

华琳内心是纠结的,她很喜欢白浩,也一直想跟他结婚。可如今,得知自己的病情后,华琳忽然就泄气了。

可能人到了这个时候都是悲观的,虽然结果还没出来,可她已经往坏处想了。

因为喜欢白浩,才不想拖累他,她真的不想万一自己去了,白浩还落了一个骂名。

一阵纠结后,她将戒指摘下。

"对不起,我现在不想嫁给你了,戒指太小了,不符合我千金小姐的身份。"说完,华琳别过头不去看白浩的脸。

白浩却不为所动,他也知道这个时候华琳说什么都是故意激怒他,让他知难而退。

于是他捡起戒指,重新帮她戴上:"这个是小了点,不过没关系,我争取努力赚钱给你换更大的。我以前不爱去兼职,只想做一个警察确实没上进心。这样吧,以后我下班再找些赚钱的活儿,一定努力养你。"

华琳最终绷不住,眼泪落下……

秦　家

她有些心酸，也有些欣慰。

心酸的是，得到幸福的这一刻，偏偏是在这个处境，还不知道以后如何；欣慰的是，自己终究是没看错人，白浩确实是个值得托付终身的人。

这社会如此现实，大多数男人得知女友患病，面对巨额的医药费和病情，都会选择主动放弃，而白浩却在这个时候自己送上门，哪怕是被她拖累，背负二婚丧偶的名声，也执意要结婚。

"别哭，现在结果还没出来，你那么善良，不该被这样对待的，我会一直陪着你，只要你不嫌弃我是个如此平庸的人。"白浩的语气是从未有过的温柔，买钻戒的那一刻，他就想好了一切。

他也相信自己会说服父母，哪怕华琳真的是肺癌，真的只能活十天半个月，他也不后悔自己的决定。

华琳流着泪看眼前心爱的男人，百感交集。

"白浩，我不需要你的同情，你真的不必这样。"

"不，这不是同情，这是我的责任，爱的责任。对于你来说，是甜蜜的负担。小琳，我嘴巴笨，不会说太多好听的话，可我相信你知道，也能感受到，我是爱你的，真的爱，原谅我之前的懦弱，我以后……再也不会跑了……再也不跑。"

白浩后悔之前为何要因为那可怜的自尊，放弃华琳，差点就害他失去了拥有她的最后机会。

华琳长出一口气，最终什么也没说，没给白浩承诺，可也不再拒绝。

白浩走出来的时候，华琳已经吃了药熟睡了。

凌晨一点半，华笙还在，她坐在门口的长椅上，春桃在她旁边。

"华笙，谢谢你，我求婚成功。"

华笙微微震惊……

"我买了钻戒给她，我求婚了，不管结果出来如何，也不管多少人反对，我都打算娶她，给不了她荣华富贵，也能保证她一生无忧，总之我不会再错过了。"白浩这次的举动，让华笙很是刮目相看。

"好，我当伴娘。"华笙只回了一句。

华家人最开始还来得多一些，到了后来，只有华夫人和华芷偶尔会来看华琳，其他人已经不会问了。

这倒是方便了白浩每天过来照顾华琳，白浩基本上都是晚上来，在这里陪她到天亮再去上班。

华笙也放心了不少，组织切片拿到首都医科大学后，那边给出答复最快也得48小时。

所以现在只剩下漫长的等待……

华笙献血后，明显困倦得厉害，所以也没去学校和店铺。她只想宅在家里睡懒觉，这一睡就是一天一夜，中途起来吃了点东西，又接着睡。

直到第二天下午，她外出采买了一些贴身衣物后，回来洗过澡上了床，忽然觉得不对劲。

一向松软的大床怎么会有异物感？

这床可是定做的，床垫更是高达十几万元，可华笙穿着睡裙躺上去的时候，背后直接被硌到。

她诧异地掀起床单，傻了眼。

一堆的干果？

妈呀，青枣，桂圆，花生，莲子？

这是要做粥？

"银杏，你来一下。"华笙直接拿出手机发语音。

银杏马上从楼下跑上来，推门而入。

"怎么了，小姐？"

"这是什么？"华笙的房间几乎没有外人进来，江流偶然来一下，也只是待一会儿就走。房间平时也都是春桃和银杏打扫的，所以她觉得，银杏可能会知道到底怎么回事。

"呃……"银杏也是愣住了。

"这是什么东西？不应该放厨房吗？放我床底下，这是要恶作剧吗？"华笙不太理解。

银杏这时候忽然想起来了，一拍脑瓜仁："妈呀，小姐我知道咋回事了，今天下午您出去的时候，夫人来了……

"就是姑爷的母亲，您的婆婆江太太，她给我们送了一些无农药的青菜和水果，然后上楼转了一圈，我也没注意。毕竟是自己家人，也不会丢东西什么的，我就没看着，肯定是太太干的了。"

华笙更蒙了："我婆婆？她为什么要这样做？"

"小姐，这东西不是干果那么简单，您看枣寓意'早'，还有花生也是暗示'生'，桂圆是'贵'，莲子是'子'。合在一起就是'早生贵子'。"

华笙："……"

"这个风俗还是古代流传的，不过现在依旧有很多地区会保留这些风俗习惯，我在电视上就看到过。"

"好吧，是我见识少了。"华笙有点无奈。

她真的想不到江流的母亲，那么高贵的一个女人，也会有这样迷信的思想。早生贵子？可这样人不会硌出腰椎间盘突出吗？

"哈哈，您不喜欢我拿走就是，但太太也是好意，奶奶盼孙子这也是人之常情。"

银杏安慰了几句，赶紧把华笙的床垫又铺了一次。

华笙没了睡意，一直到晚上的时候，江流回来，华笙也没提这事，她可不想去告状。

倒是银杏嘴快，叽里呱啦就给说出去了，江流听完也是一脸无语。

"这老太太，太没劲了，我回头得给她说说。"

"算了，这也不是什么大事，她也没有恶意。"华笙倒是觉得不必小题大做。

江流看了一眼华笙，发现她比平时气色要苍白一些，顿时有些心疼。

"最近为了你四姐，你没少操心，又是献血又是跑医院，你也该注意自己的身体。"

"我没事。"

"不过有件事，我希望你有个心理准备。"江流犹豫了一下，还是决定提前告诉她。

华笙听他这么一说，弄得有点小紧张。

"你说，我听呢。"

江流有些不忍，说之前很自然地牵起华笙的手，似乎给够她很足的安全感，也是让她有个心理准备。

"我问了教授，虽然结果要48小时才出，但教授毕竟做了那么多年临床，也见了很多这样的病人。他私下跟我说，百分之八十都是癌症，黑点所在的位置很敏感，那里几乎没有良性肿瘤的可能。"

"当然也不说就一点机会没有，但是恶性肿瘤的可能更大一些。"这是教授临下班的时候给他打电话说的，江流听完也是有点郁闷。

虽然跟华琳不熟，可她才26岁啊，女人一生中最好的年华，而且还未成家，若真的死了，真的会很遗憾。

华笙倒是格外地平静，她沉默良久，才说："我早有心理准备，就看四姐造化吧。"

另一边，华芷也是闹心得不得了，最近觉得自己倒霉到不行。

拍戏的时候，居然也能不小心落水，在这样的天气，铁定是要感冒的。

她一个喷嚏接一个喷嚏地打，然后披着女助理拿来的毛毯，瑟瑟发抖。

自从那日跟王君显大闹一场后，最近一直没动静。

华琳出事，华家人也都受了影响，华芷虽然跟华琳关系也是一般般，可她毕竟心地比大姐、二姐要善良，所以也是跟着急上火，甚至私下联络不少朋友求医问药。

然后华芷吃了药，喝了热水后，靠在保姆车里，车子往家开。

百无聊赖之际，她拿出手机刷微博，然后就心塞了……

居然又看到王君显的消息，还真是有缘，他最近似乎频繁出现在财经版面，王家今年似乎有大动作了。

身为尊贵的王家嫡系孙子，王君显确实会受到更多的关注，不管是媒体还是生意场上的大佬，谁也不敢小看这个年轻人。

王家今年下半年主要投资还是在房地产上，国人对房子和家的痴迷程度位居世界第一，这就给房地产开发商带来了源源不断的商机。这些年王家在房地产内已经是龙头企业，而下半年重金打造的湖心小筑，更是跟洛城第一财团合作。

项目地点是江城与洛城之间的一个天然湖。那里被两大财团豪掷百亿买下，将湖中心的位置扩建整改，准备在湖心建造66栋古色古香的超级豪宅，还有小道消息称，洛城第一财团董事长杨士钊更有意把小女儿杨焕焕嫁给王君显，准备来个世家联婚。

看到这里，华芷居然有种不舒服的感觉，瞪眼道："联婚？呵呵，这个纯24K金的渣男，前几天还想着约我上床，这就要跟杨家联婚了，咋这么贱呢？"

光生气还不算，华芷更是直接拍下这一段，微信发给王君显。

王君显：？

华芷：混蛋，听说你要结婚，恭喜恭喜。

王君显：谢谢（很淡漠）。

是的，华芷也有这种感觉，觉得这男人最近冷得可怕，连谢谢都说得这么疏离，华芷越想越气。

华芷：呵呵，我觉得很好笑的是，某些人，前几日还约别人一起睡觉，转身就要和别人订婚，也是醉了。

王君显：有冲突吗？

华芷：当然有，人品问题，你不会不知道自己是个渣男吧。也对，眼镜蛇也未必知道自己有毒。

王君显：没劈腿，没出轨，有什么人品问题？是约了某人想睡，可没睡成，既然没睡成也就无须负责，既然无须负责，跟谁订婚、结婚那都是情理之中的，何来渣男一说？

华芷：……

仔细这么一琢磨，还真是……人家约她，她也没理会，既然没理会，干吗要干涉人家私人感情？

不过转头一想，不对啊，差点又被这个王八蛋绕晕了，他最会偷换概念来误导人了。

华芷：王君显，你看着挺低调挺老实靠谱的，亏我五妹还赞你稳重，可你三番五次戏弄我，占我便宜，还霸占我初……还霸占我的吻，然后一句话不交代，就跟人家订婚了，这算什么？我又算什么？

王君显：不是你说，咱俩之前是装情侣吗？不是你说，再也不会帮我演戏骗奶奶，不会入我王家大门了吗？我以为……演戏结束，大家都各自安好了，所以华芷，你跑来问我，你算什么，我倒是也想问问，你到底算什么？

华芷：……

是啊，华芷也被问蒙了，自己到底算什么？她跟王君显之间，真的是不清不楚的。

说男女朋友吧，是假的，给王家老太太看的；说情人吧更离谱，两人都没上床，也没有感情因素掺和。

可若说没关系的吧，也不是，王君显可是压倒过她，生扑过她，强吻过她，甚至……

所以被人家一问，也是烦躁到不行。

华芷：算了，懒得和你掰扯这些有的没的，既然你想跟杨家联婚，那就联婚好了，我祝你王家百年不倒，荣耀三世。

王君显：谢谢你的祝福。

华芷咬牙，继续打字：我还祝你娶个年轻貌美的娇妻，如你所愿。

王君显：已经如愿了，杨家小姐容貌双全，学历也好，如今更是家族的高层，生意上也会帮我很多。

华芷如同被人塞了一个柠檬一般，继续咬着牙恨得不行，打字道：那我祝你快乐五秒。

王君显：？

华芷：就是你们那个的时候，你最多坚持五秒。

王君显：要不，我先拿你练练手？看看到底是多少秒？

华芷：滚！

王君显拿着手机，低声笑着。

"王总，有什么好事这样开心？"助理正好送文件，看见年轻的总裁难得露出一丝笑容，很是惊讶。

"看了一个笑话，觉得好玩。"

"是吗？给我讲讲呗！"助理也是够没眼色了。

"不行，这是秘密。"王君显收起笑容，将手机放下，继续处理文件。

华芷也是直接将手机往车里一丢，懒得再跟他说话。烦死了，要娶什么杨家小姐，娶就好了，呸！

同一时段，谢东阳跟之前几个关系还不错的老友在会所小坐了一会儿，那几个富二代都是左拥右抱，本来也给谢东阳找了几个绝色佳丽，无奈谢东阳都婉言拒绝了，旁边有人低声问："谢少如今怎么了？转性了？"

"谁知道呢，都说谢少现在变了个人似的，也许创业后成熟了吧。"

"是啊，也许人家玩够了，总之，以后咱们记着点，别瞎送了。"

谢东阳坐了一小会儿，应付了一下就起身离开了。无论那女模特怎么主动热情，谢东阳都不为所动。

不过作为有过性经验的成年男人，时间长没有性生活的话，心理上没问题，可身体上还是会有一些提示。

半夜回到家的时候，他洗了一个澡后，隐约觉得身体有了微妙的变化。

谢东阳拿出手机，翻看着之前存在相册里的照片，一张是偷拍的，被猫挠了去医院那次，拍得不是很清楚，只有一个侧脸——华笙抱着黑猫，低着头。光一个侧脸已经让人无限遐想了。

还有一张，是华笙去民族大学后的证件照。

这个证件照要求很严格，必须是素颜，而且穿着白衬衫，没有任何修图和美颜的成分，贵在真实。

谢东阳是通过关系弄来的电子版，一直保存在相册里。

比起华笙穿着晚礼服那些，他更喜欢这张。因为看起来人更自然，更清新，舒服得不得了。

有时候谢东阳想，华笙也不过是一个22岁的小姑娘，可为什么江流和他都怕得要命呢？

真的很害怕，后来他觉得，应该是太喜欢一个人，怕她生气，怕她伤心，怕她难过，因为有了牵挂，所以各种害怕。

谢东阳用强大的意志力压下自己身体的那些不切实际的想法，然后小心翼翼地亲吻照片中女人的额头："晚安，笙笙，总有一天，我要和你一起躺在一张床上，亲自对你说这句晚安，我会努力变得优秀，变成让你欣赏的人，变成超过江流的人，我会去挽回我曾经错过的机会，等我。"

谢东阳自言自语后，昏昏沉沉入睡。

秦皖豫是半夜被电话吵醒的，他有点低血糖，所以半夜接电话会很狂躁。

"说，什么事。"他的声音低沉得可怕。

"秦先生，发现了您要找的那女孩的踪迹，她被关押在终结者的一个秘密基地里,那里有不少极端分子看守,可以确认的是,和她一起同行去尼泊尔的那个女孩子已经死亡,据说生前遭遇了非人虐待,很惨。这只是我们打听来的,具体情况还要进一步核实。"

秦皖豫心里一凉,那些组织里的狂徒禽兽不如,他早就有所耳闻,同伴已经惨死,谢东瑶被关在基地还有活路吗?

"继续说。"秦皖豫抬手按了一下弹跳的太阳穴。

"现在我们联系的那人意思是,让我问你,这女人的价值。毕竟在基地救人很困难,若没那么高的价值,这人就不要救了,劝我们放手。

"因为能被带到基地的女孩子,通常是被选中要做牺牲品的,他们是不会轻易交人的,若是硬抢,会有大规模伤亡,这不明智。

"那边的人意思是,他们也不想冒险,让我劝您不要查了。"

"你告诉那边,要多少钱都给,只要那个女孩平安无事,那女孩是无价之宝,不是钱可以衡量的,所以务必帮忙救人。"秦皖豫说。

"秦先生,真的有救的必要吗?"那人又确认了一次。

"有必要,一定要救,不惜一切代价。"

那边的人听后,安静了一下才说:"好吧,既然您要救,我们也会尽力,不过那边的人说了,不要钱,他们不缺钱。"

"那要什么?"秦皖豫皱眉,不要钱就麻烦了。钱能解决的事情都是简单的,如果人家不要钱,那就是要比钱更有价值的东西,这就不是好兆头。

"他们说要咱们在那边的博彩场管理权。"

秦皖豫听完脸色阴沉。果然啊,这帮人还真是狮子大开口。

说是不要钱,其实要得比钱都多,就好比你钓鱼送人,人家说不要鱼,但是要你鱼竿,这不是让人割肉吗?

秦家表面上是做全球旅游的,其实是在世界各地开设博彩场的。因为产业链巨大,所以人脉也很广,每年纯利润也是几十亿的。

这帮人张嘴就要博彩场,还真是……天价勒索。

"怎么样,秦先生,有问题吗?如果没问题,我就去找那些人谈判了。"

"容我想想。"

"秦先生,恕我直言,那女孩子在基地真的很危险,刻不容缓,您若打算救人,就请快点做决定,不然……只怕晚了的话……"

"这样吧,你跟他们说,我只能给百分之四十,剩下的六十,还是我们秦家的,他们若是同意就干,不同意的话,我会联络印度那边帮我找人,到时候他们也是没利可图。"秦皖豫不喜欢被人牵着鼻子走,所以没有完全答应,但是让出百分之四十,这已经很可观了。

况且,他们若是不管,印度灰色势力插手,只会更麻烦。

最终,那头同意,并且答应马上去救人。

秦皖豫心想,等天亮找谢东阳,要好好谈谈这个损失,看看谢家怎么赔偿,他可不是雷锋,不会白白救人。

十里春风。天快亮的时候,江流半梦半醒间依稀见到了那个多次出现的女人。

以前只是听到一个人声一直喊他的名字:"江流,江流……"

而这一晚,他看见了那女人的脸,清秀可人,却是一张陌生女人的脸。

她一脸哀伤地看着他:"江流,你怎么忍心把我忘记?"

"你是谁……你到底是谁?"江流只觉得头疼欲裂。

"江流,你看着我,我是……"

关键时刻,手机响起,江流猛地一下惊醒,条件反射般拿起手机按下接听键:"喂?"

"江总,集团出了点紧急状况,希望您能立刻赶来处理一下。"

江流看了看时间,才早上五点五十分,天才刚亮,这么早就打电话处理紧急事情,看来情况一定很严重。

"好,我马上去。"江流挂了电话,马上起身,一刻都不耽误。

他穿戴好下楼的时候,华笙已经在楼下喝花茶了,因为屋子里有暖暖的壁炉,所以温度很适宜。

华笙只穿了一件黑色的吊带背心,外面披着一件桃粉色的针织衫。

"早啊,阿笙。"江流努力调整情绪。

"这是要出门了吗?"

"嗯,去公司处理点事情。"

"不吃早餐了?"华笙问他。

"来不及了,你今天去医院吗?"

"我还不一定,再看。"

"好,那电话联系。"江流简单打招呼后,自己开车出了门。

银杏八卦地跑来:"小姐,姑爷好像脸色不太好看,是不是出事了?"

"不清楚。"华笙淡淡的。

"不会是破产了吧?妈呀,要是江家破产,我们是不是要跑路啊?"银杏突发奇想。

华笙低头抿嘴笑,春桃直接来了一句:"大姐,你不要想太多,江家这个财富值,就算江流每天挥霍一百万,连续花一百年都花不完,所以不需要担心破产。再说了,你听过有开银行的破产?"

银杏努了努嘴,不再说话,确实,江流家是这么多年来国内唯一一个家族开私人银行的。银行已经遍布全国各地,甚至海外也有不少分行了,资产雄厚自然不用说。

华笙对江家生意没兴趣,也不打算插手和过问,所以也没去深聊。

华芷最近倒霉得要死,那日跟王君显发微信后就一直没再说话。没想到喝个下午茶也能遇到王君显,还真是……冤家路窄。

江城喝下午茶最有名的地方,就是某101层的七星级酒店顶楼栖霞阁。这里视野极好,景色惊艳,所以是很多商务人士的首选。华芷带着经纪人刘姐来的,两人也是整理了一下最近接的合约。

而王君显是在华芷进来十五分钟后来的,跟一个年轻的女人,那女生长得一般,不过气质挺好。

两人坐的位置正是华芷斜对面,所以两人一眼就看到了对方的存在。

王君显微微怔了一下后,就淡定入座。

华芷惊讶了一下后,频频侧头往那边看,尤其是盯着王君显对面的女人。

"靠……那该不会是杨家小姐吧?这么快?"华芷琢磨,是不是那个要联婚的女人啊?

一边想着,一边腿就不听使唤地起身走了过去。

"哈喽,亲爱的,这么巧?"华芷故意叫了一声亲爱的,明显是要搅局。

王君显一点都不意外,倒是他对面的女人看见华芷后,惊讶不已。

"你是……你是华芷?"显然这女人认出大明星了。

"对,没错,不过我还有个身份,就是王先生的绯闻女友。"她微笑着对那女人说。

听华芷这么说,王君显挠了挠额头,没有任何表示。说实话,这些日子以来,他对华芷的脾气已经摸透了。

这女人看着强势,其实有时候幼稚得像个孩子,所以做出这样的事情太能理解了。

"啊?"听华芷这么说,那女人看了看王君显。

"我们还有事,你能先回避一下吗?"王君显看了一眼华芷,说道。

不说还好,一说华芷还不走了,直接坐在王君显的身边。然后亲昵地挽着他的手臂:"亲爱的,什么事情不能当着我面说啊,那天在你家里吃饭,奶奶可是交代了,以后你有什么事都不能瞒着我,你若欺负我,我可告诉奶奶。"

哎哟喂!一口一个奶奶,叫得真是亲,王君显也是醉了,不愧是演员啊,浑身是戏。

"你确定要听?"

"嗯,确定。"华芷美滋滋地点头,心想,王八蛋看我不搅了你的联婚,气死你得了。

"好吧,那随便你,赵小姐我们开始吧。"

那女人回过神后,拿出一个文件袋,递给王君显。

"这是我们目前拿出的方案,因为时间太紧所以只能做到这样,如果王总您看了觉得没问题,我会叫人进行下一步的详细填充,一周后再给您详细的资料。"

"好,我看一下。"王君显接过资料,认真看起来。

华芷瞄了一眼,上面写着——利亚公司针对王氏集团湖心小筑项目环保方面整改策划书。

"呃……你们聊工作啊?"华芷尴尬了,她以为这是王君显约会的对象,甚至以为是那个什么杨焕焕。可显然人家不姓杨,而且刚听着女人叫王君显王总,意思也不是很熟。

这是合作伙伴啊?

"是,你要是不觉得枯燥,就继续坐着,反正不碍事。"王君显边看资料边说。

"呵呵,那我就先不打扰了,我也还有点事。"华芷一看计划不成,麻溜起身跑了。

华芷走后,那赵小姐还问:"王总,大明星华芷真的是您女朋友啊?怎么没听媒体说过啊,前阵子还有新闻说她和谢总……"

"这年头新闻有几个真实可靠的？"王君显笑。

这女人恍然大悟："是是是，王总说得是，是我肤浅了。"

华芷回去后，继续和经纪人聊工作，但也心不在焉，时不时还扫过那边，一直到王君显和那女人聊完工作，那女人先走了，王君显打了几个电话后也起身。

"王君显，你站住。"华芷喊住他。

"有事吗？"

"你故意冷落我，就是玩的欲擒故纵吧，你别以为老娘不懂你的套路。我呸，你这点小九九在我这里不好使。"

"欲擒故纵？你想得倒是真多，不过你觉得是那就是吧，还有事吗？没有我走了。"

"有，把单给我买了。"华芷霸道极了。

其实下午茶一共也没几个钱，她就是找碴儿呢。

"买完了。"他淡定自若。

华芷有点尴尬："咳，光买单也不行，给我办张卡。"

"这个给你。"王君显从怀中拿出这张酒店的黑金卡。

这可是能享受最高折扣和服务的超级至尊黑卡，这已经不是钱能衡量的，这是身份的象征。

"这还差不多。"华芷美滋滋地接过，其实她有的是钱，可不知道为啥，坑了王君显的东西，她就觉得爽。

刚接过卡，还没等反应过来，王君显直接搂过华芷的头，吧唧一口亲在眼角。

华芷当场石化……这可是在下午茶餐厅啊，还有那么多客人呢！

这王君显是要死，还是要疯啊？！

不等华芷反应过来，王君显在她耳边轻语："坑我东西是要付出代价的，回见，亲爱的。"

说完，王君显扬了扬嘴角，带着一丝不易察觉的笑。

要说腹黑的话，不管是江流、秦皖豫还是谢东阳，都肯定不如王君显。他就是那种自小喜欢扮猪吃老虎，看着蔫巴老实，其实心里都有数。华芷想坑他，可能吗？

一直等王君显走后，华芷才反应过来，恨得牙痒痒。

"王八蛋，占便宜上瘾了是不？"

"华芷,怎么回事?"经纪人刘姐惊慌起身,毕竟这里这么多人都看见这一幕了,说不定新闻又要乱写。

华芷有点累,直接靠着沙发坐下去,双手环胸。

"我也不知道,他抽风了吧。"

一听华芷这么说,经纪人赶紧起身,跟下午茶餐厅里的客人解释:"大家不要乱带节奏,我们华芷和王少是朋友,他俩正在合拍一个情侣小视频,是为了宣传华芷下个月的新电影《恋上你的心》。到时候还请大家多多去电影院支持。"

大家一听这么说也都理解了,就不再大惊小怪,刘姐的公关能力没的说。这些年,两人已经跟亲人一样,感情深厚,无话不谈。

"华芷,说说吧。"

"说什么?"华芷抬头看经纪人。

"你和王少。"

"没什么啊,就跟谢东阳一样。"华芷敷衍。

"你跟我多少年了,能骗得了我吗?刚人家在那边你就一直往那边看,在意得很……这可不是跟谢东阳相处时有的表情,你不会是跟王少谈恋爱了吧?"

华芷赶紧摇头:"这可没有,真没有,我发誓,就算全世界就剩下他和一头猪了,我也不会选他,宁愿跟猪在一起!"

看华芷反应这么激烈,刘姐笑了:"有些话可别说得太早,免得打脸的时候疼。"

"不会,总之你别乱想,真的没有。王君显那人就是一色胚子,没见过女人似的,见谁都不放过,所以你真心不用在意。"

"不对啊,以你这个脾气,要是有人冒犯你你肯定当场就炸,刚我看他是亲了你一下吧……你居然就认了?"

华芷一怔……

"我……我那不是没反应过来嘛!我下次见到他,一定要让他得到教训。"

刘姐笑而不语,看华芷不说,也没多问,不过这件事算是留心了。

香妃玉露

医院 VIP 病房门外。

华笙拿着江流发来的鉴定结果给白浩看了一眼。

白浩看了眼泪止不住地往下落,一言不发,坐在长椅上,双手捂住脸,情绪崩溃,心碎了一地。

虽然结果早已预料到了,可真正到了该面对的时候,还是觉得无法接受。

华芷心里也是难过,不过她觉得,白浩应该比她要难过得多,毕竟是喜欢的人。

"你有什么打算吗?"华芷轻声问他。

"娶她。"

"你真的想好了?"华笙这一刻倒是有点欣赏白浩这男人了,能在这个时候还坚持娶华琳,真的不容易。毕竟现实生活不是小说和电视剧那么狗血,自己选择的就要自己去承担。

"嗯,想好了,不后悔。"白浩说完,擦了一下眼泪。

"结果要现在告诉她吗?"华笙也是没了主意,看到结果上面写着——腺性肺癌的时候,只能感叹造化弄人。

白浩点点头:"我去说,还是让她知道吧,早晚会知道。"

当华琳知道自己最终确认是肺癌的时候,心情竟然比之前还要平静了,她是一个容易悲观的人,或许早就在心里认定自己也许难逃这一劫了,所以反而松了口气。

她看着图片上的结果,又看了看病房里的华笙和白浩,笑了笑。

"早知道是这样了。"她微笑。

"四姐……"华笙想安慰几句,可又不知道说什么会让她好受一点。

"阿笙我没事,你不必多说。"

"小琳,你放心,婚礼我们如期举行,等你身体恢复一些,我们就去拍婚纱照。"

"我还没跟我爸妈说。"

"没关系,反正不管他们同不同意,我都娶定你了。"白浩紧紧地握住华琳的手,想给她足够的安全感,尤其在这个时候。

本来医生会诊的时候,病人是不允许听的,怕病人心里承受不了。可华琳不一样,她是一个很理智的人,坦然接受了这一切的不幸。

所以,最终,华笙、白浩还有华琳三人,请了主治医生来病房做会诊。

主治医生还带了两个权威的胸外科专家过来,不敢有一丝一毫的差池,毕竟人命关天。

"我先给你们介绍病人的病情吧。"医生看了三人一眼,拿着资料,开始给他们解释,"病人确认是肺癌,并且是腺性肺癌,其实这是一件不幸中的万幸。因为,腺性肺癌比鳞型肺癌和未分化肺癌要低很多的风险。"

"靶向药的概率也是高达百分之六十五。有很多药物型号都能匹配上。这种腺性肺癌呢,女性多发,并且发病人年龄偏小。"说完,医生看了华琳一眼,确实她才26岁。

"而且还有一点很重要,病人是早期,也就是说,可以有很多方案去治疗,并且腺性肺癌还有一点好处是生长缓慢,若是控制得好,也许三年五年,甚至十年八年都不会扩散和转移。

"所以我才说,这也算是一个好的结果了,只要病人饮食控制,心态调整好,再配合我们的治疗,我相信,问题不大。"

华琳平静地听完,问医生:"我最多还能活多久?"

"这个不好说,要根据个人体质的。"

"您给我估算一下,我心里好有个底。"华琳追问。

"我觉得你这种情况,六到八年应该不是问题。"医生扶了一下镜框,给出一个期限。

华笙听着有点心疼,六年,八年,这相当于一条小猫小狗的寿命了。

可华琳听完却露出一个欣慰的表情,也许对于她来说,这已经是莫大的惊喜,她转头看向白浩:"真好,我居然还有那么久的时间可以活呢,真好。"

"小琳,你会长命百岁的。"白浩搂住她,轻声安慰。

华琳靠在白浩怀里,又低声喃喃一句:"真好,还有六到八年呢,我已知足。"

"那病人先休息吧,回头我们会给出几个治疗方案,到时候你们家属商议后,再做决定。"医生出去后,华笙也跟着出去了,她的眼圈红红的,可又怕华琳看见她哭会更难过,所以只能到走廊里默默难受一会儿。

华笙拿出手机,竟然不知道该发给谁。最终,她还是发给了江流。

"医生刚说,我四姐还有6到8年的存活期。"

江流收到微信后,马上打电话过来。

"阿笙,你还在医院吗?"

"嗯,我还在。"

"那你等我一下,我去接你。"

说完,不等华笙回话,那边就已经挂了。20分钟后,江流就到了,他带华笙去了一家火锅店吃东西。

华笙因为不吃肉,所以只吃了一些青菜和面条,还有一些蔬菜丸子、红糖糍粑。

不过她始终是胃口不好,提不起兴趣。

"人都说这世间唯有美食与美女不可辜负,你两样都有了,真是幸运。"江流故意逗她。

华笙微微一笑,敷衍了事。

江流知道她还在担心华琳的病情,其实那天首都医科大学附属医院的教授就跟江流说了,不用化验,基本上可以确定就是癌症了。

因为没有炎症是消除不掉的,那黑点那么明显,又那么顽固,肯定是肿瘤无疑。

只是江流没有提这事,华笙也没说,两人在这一点上蛮有默契。

"对了,你早上那么早出去,是公司有什么事吗?"华笙说。

看华笙主动问起,江流有点小激动,毕竟,这可是华笙第一次主动关心和她无关的事情,这是多么难得。

"嗯,有点事,不过问题不大。"

"你骗不了我,问题不大的话不会那么早叫你出去,你走的时候是早上五点多,今天阴霾当空,诸事不顺,这样的日子你去处理事情,我猜是大事,并且很棘手。"

江流惊愕地看着华笙:"阿笙,你还自带胡吹特技啊?厉害了江太太。"

"我说得对不对?"华笙淡定地看着他。

江流点点头:"确实,之前有一个大客户在我们这里贷款了19个亿,用他的公司和房产做了抵押,如今还款日期将近,那客户忽然死在了泰国,具体死因还不知道。"

"为他服务的大客户经理因为心理压力过大,昨天夜里服药自杀了。早上他的妻子发现就报警了,我去警局录了口供,还要安抚家属,给一些安葬费。还要处理后续的一些事。总之,很麻烦,很头疼。"

"我相信这件事会得到解决的,你宽心。"

"嗯,必须宽心,集团事情繁多,我若是扛不住这点压力,早就心脏猝死了。"江流笑。

"这样的话不能乱说。"华笙一本正经地警告。

"嗯,以后不说了,都听你的。"

江流每次这样温柔地注视华笙的时候,她都会不好意思地低下头,不敢碰触他那炙热的眼神。

江流是害怕华笙心情不好,所以撇下公司那么多事,还是抽空带她吃了一顿午饭。

下午他送华笙回医院后,就马上回去继续工作了。

春桃下午来给华琳送黑鱼汤的时候,还顺便告诉了华笙一件事,这件事让华笙忍不住怒火中烧。

春桃在华笙耳边悄悄说:"小姐,我去买黑鱼的时候,看见老爷和那个小三了,两人也去海鲜市场买菜,吓得我赶紧躲起来,那女人一直挽着老爷的胳膊,很是亲密。"

华笙顿时就沉下脸。都这时候了,父亲居然还有心情陪小三?

春桃看小姐生气,赶紧安抚:"不过小姐您也别跟着气,这种事谁都没办法。别说你一个做女儿的,就是夫人知道了,也顶多是哭哭闹闹,男人出轨这种事,从古至今都杜绝不了。"

"没事,你先进去吧,把鱼汤给四姐,让她趁热喝。"说完,华笙转身下楼出了医院,直接回了华家老宅。

华琳住院不是一天两天,最开始华家人来得还算频繁,过了一周,基本上大家就各忙各的。

华芷和华夫人偶然会来,华青和华枫基本不见人影。

如今这个节骨眼上,父亲为老不尊,居然还去跟小三逛菜市场?这是有多绝情?

华笙回家目的只有一个,就是要讨论一下华琳的下一步治疗方案。

到家后,她跟母亲说了一下,华夫人就挨个打电话将家里人全部叫回来。

华镇岳回来得最晚,而且神色有些不自然。华笙知道,他肯定是海鲜还没来得及吃,毕竟春桃刚发现就告诉了她,所以小三肯定是闹了情绪,这样一来,就耽搁了。

华家人全部到齐后,大家围坐在豪华的真皮沙发上,气氛有点沉重,因为华笙是沉着脸的,从大家进门后她一直都是板着脸。

"妈,什么事啊,快点说,我下午还要开会。"华青摆弄着新做的指甲,有点不耐烦。说实话,自从结婚后,她早就不把这里当家了。

"阿笙,你说吧。"华夫人也不是很清楚华琳的病情,就让华笙来说。

华笙扫了一圈众人的脸后,简单将华琳病情说了一下,然后问大家:"现在的意思是,医生让我们家属商议该怎么治疗,是做手术、放疗、化疗还是保守的药物治疗,或者是以养生为主,又或者去美国治,毕竟那里医疗最先进。"

华青赶紧就说:"怎么治都行,我随意。不过去美国的话,我是没有时间陪同的,也没时间去探望,我忙得很。"

华笙瞪了她一眼,没说话。

"爸,您觉得呢?"大姐华枫看了一眼华镇岳。

华镇岳听完后,沉思了一下:"我认为既然是早期,还是要先手术切除吧,这样才能保险一点。"

"爸,不妥,我身边不少人就是因为做了手术癌细胞迅速扩散了,最后没几个月就死了,我觉得不要手术,不过放疗可以试试,那个药应该是有效的吧。对了,阿笙,靶向药可以吃吗?"华枫说。

"嗯,有一种可以匹配得上,一盒2.8万,一盒只能吃半个月。"华笙说。

"钱不是问题,多贵我们也吃得起,主要是要有效果。"华夫人一脸愁容。

"是,我听说靶向药不错,我们可以试试。"华芷提议,她向来是有一说一,而且积极参与。

华笙看大家都不说话了,沉住气说了句:"四姐今天知道结果后,难免情绪会有浮动。我建议,大家轮流去医院陪伴,这样能给她点信心和鼓励,有助于她的心态稳住,不会崩,医生说心态最重要,我们家这么多人,一周一天大家轮着,总该可以吧?"

"那可不行,我没空,不过我可以让我秘书去,或者保姆去送饭。"华青马上拒绝。

"我明天要出差。"华枫也为难地说。

华笙看向华芷,华芷左右看了一眼道:"我确实有戏要拍,不过我可以推掉,我觉得五妹说得对,一周一天还是没问题的。"

"我的话,你妈妈替我去就行了,我最近有点事忙,确实走不开。"华镇岳缓缓开口,让华笙终于忍不住爆发了。

"你在忙什么事?能详细跟我们说说吗?"华笙用的"你",不是"您",就证明她已经打算开始骂人了。

华镇岳完全没想到小女儿会用这样的语气跟他说话,也是震惊不已。

"五妹,你怎么跟爸说话呢?"大姐华枫有些不悦。毕竟目前在这个家里,最有地位的还是华镇岳,虽然他已经提前退休不去公司了,也不管公司的事情,可毕竟那些董事会的人和那些公司精英骨干都是他一手提拔的。换句话说,虽然华镇岳人不在公司,但是眼线都在公司。

所以,无论是华青还是华枫,都不敢惹老爷子一分一毫。

华笙也没搭理大姐,继续冷笑:"爸爸,我很好奇现在还有什么事情会比四姐的病还要重要?"

"啊……只是一些以前答应帮朋友办的事,还没办完,我不想失信于人。"华镇岳被小女儿逼到了这一步,也是象征性地解释了一下。

可华笙并不买账。

"大家既然都是一家人,都姓华,那我就有话直说了。你们以前对我如何,我不想评论,毕竟那些都是过去了的事,可四姐确实在这个家长大的,她和我们在座的每个人都有血缘关系,她现在情况这么不好,甚至生命都……都是有期限的。

"你们怎么能一个个好意思找借口避而远之。金钱不是万能的。四姐现在治病是不缺钱，可缺的是家里人的关心和陪伴。

"说句不好听的话，谁都不会一辈子健健康康，你们也都有老了病了的时候，难道你们也希望有朝一日，跟四姐一样躺在床上，其他人都不闻不问吗？"

众人沉默……华笙的这些话，确实说得有些重。

华夫人心里难受，一个劲地擦眼泪，华镇岳有些挂不住面子，给自己点了一根烟。

"大家都是成年人，也都一个个精明得很，有些话我不想说太透，是给你们留颜面。"

"五妹，这个家你最小，你有什么资格来指责我们？是不是嫁到江家之后就飘了？"华青本来就不喜欢华笙，所以被华笙怒斥后，一直都憋着气，之前两人也因为给整形医院代言的事情闹得很不愉快，所以现在华青也是毫不留情。

华笙侧头扫过华青的脸，直接回道："就凭我四姐住院后，都是我在跑医院帮忙联系首都医科大学附属医院的教授，饮食起居也都是我的人照顾着，所以别的事情我不敢说，这件事，我绝对有资格。"

华青被说得脸色有些难看，却也无法反驳。

华枫见大家闹得这么僵，赶紧打圆场："老二，小五，你们都消消气。都是一家人有什么话不能好好说，五妹我也知道，四妹住院以来你确实出了不少力，我们也都希望她好，现在是这样的，公司的事情都是我和老二弄，真的是没什么时间。

"这个不是借口，不过我们肯定不会不管就是，要钱出钱，要人出人，我没空，还有你大姐夫可以送饭，这样可以不？"

华笙没吭声。

华芷轻咳了一句："五妹说得没错，这种时候，大家就别想着赚钱和工作了，既然说了轮班，那就轮吧，一人一天，我没意见。"

"你们自己决定吧，该说的我都说了。"说着华笙冷着脸起身，走过华镇岳身边的时候，她看了他一眼，还不忘提醒了一句："爸，人到了您这个年纪，我认为没有什么能比家人还重要，您说呢？"

华镇岳本来就心虚，自从找了小三后，保密工作做得很不错，可被小女儿这么一敲打，顿时有些乱。

"是，阿笙说得没错，家人最重要。"

"嗯，我相信您是个明白人。"

华笙不想多说，也是为了给他留脸面，不想闹得家里鸡飞狗跳让外人看热闹。

华笙走后，华青骂骂咧咧好久："你们看看，这家伙自从拿了奶奶遗产后，嫁到了江家，就上天了，居然数落起我们这些姐姐来了。这也就算了，连爸都说，果然在山上长大的就是没素质没教养，跟山里的野丫头有什么区别。

"呵呵……我就不去了，四妹那里你们爱谁去谁去，我去了我的活谁干？整容医院这边业绩滑了，股东找我算账的时候，谁来替我顶？"

丢下这句话，华青愤然离开，说白了就是不想管华琳的事情。

不过也是，华青这样的人，连自己的丈夫都不被她待见，更何况是这个关系本就一般般的四妹妹呢？

华枫、华芷也没多说什么，也都是各有心思。

倒是华镇岳有些害怕了，他总感觉阿笙那些话，是故意说给他听的。难道说，阿笙知道了一些什么吗？

"老爷，阿笙还小，而且自小我们管得也少，如今妈过世，她无依无靠……所以有时候做事说话确实没有分寸，你不要怪她，再不济也是我们生的。"华夫人以为老公是被闺女说得郁闷，根本不知道华镇岳心里的小九九。

"嗯，不会的，都是自己的孩子，不分长短，不怪她。"华镇岳敷衍了几句后，就独自进了楼上书房。

这时，小三正好发来微信。

倩倩：老公，忙完啦？来的时候别忘了给我买一管芥末，家里没有了。

华镇岳：临时有点事，先不去了，你自己吃吧。

倩倩：啊？人家不要，说好了要陪人家吃海鲜的，你怎么可以放我鸽子？

华镇岳：乖，别闹，真的有事，先自己吃。

倩倩：那你什么时候来？

华镇岳：不一定，回头联系你。

倩倩：老公，你不会不要我了吧？

华镇岳：不会，别乱想。

倩倩：好吧，那你先忙，想你。

这个小三确实厉害，30岁出头，居然管一个能做自己父亲的男人一口一个老公叫着，而且毫无违和感，让华镇岳都为她神魂颠倒。要说这张倩也是本事大了，长得也没多好看，就是有手段。

华镇岳一辈子好名声，却为了她冒着晚节不保的风险，就足以说明一切了。

离开华家的时候，华笙直接去了小店，银杏打电话说，来了一个神秘客人。

华笙心烦意乱，也没多想，直接就过去了。

"客人呢？"

"小姐，客人走了，您来晚了。"

"男的女的？"

"不清楚啊，穿着汉服，戴着面纱，要不然怎么说神秘呢……也不知道是玩COS古装的玩家还是什么，总之很奇葩。"银杏一顿狂吐槽，她本来是过来打扫一下的，却没想到居然接了一个买家，还卖了一件古董，这也是缘分了。

"他买了吗？"

"买了，就是那把破扇子。"银杏指着原来放折扇的地方，标签上还写着五万的价格。

银杏和春桃曾经一直以为这把破扇子别说五万了，五十能卖出去就谢天谢地了。谁买啊？可偏偏就有人喜欢……

"哦？他买走了我的如意扇？"华笙倒是有些意外。

银杏猛点头："可不嘛，我都惊讶了，您说咱们这里好东西也不少，什么玉佩啊，花瓶啊……可他偏偏买了一把破扇子。那扇子我感觉都快碎掉了。小姐您说，他一会儿能不能回来找我们，讹诈我们，说我们是骗子啊？"

银杏确实很担心，总怕人家回来找。

"不会的，他赚到了，怎么会回来找我们？"华笙笑。

"啊？赚到了？"

"嗯，我那把如意扇，若是碰到识货的，二十万都不在话下。当然，能认出的人不多，所以我也没打算真的要卖，标价五万打算一直放着，遇到有缘人再说，没想到这么快出手了。"

"天哪……好吧好吧，土豪的世界我们不懂。"银杏跟了华笙许久，可她跟春桃一样在鉴定古董方面都很没有天赋，不管小姐怎么教，都不懂这些玩意，到现在依旧分不清真品和赝品。所以华笙才将这些收购的活儿给了于萍去做。

于萍身为历史系的高才生，确实眼睛很毒辣，帮她找了一些成色还不错的东西。

想到那把扇子，华笙只是笑而不语。

银杏给华笙泡了一杯茉莉花茶，主仆二人就在店里坐了小会儿。

那把扇子说起来还有一段来历，有一年她和奶奶去某寺庙朝拜，临时住在山脚下的一间民宿里。

民宿内有一个老奶奶，手持这把扇子，华笙十分喜欢，用三万元买下，后来她一直拿着玩。其实这扇子看似破旧，可材质却是罕见的竹簧。扇子的工艺正是将毛竹去青取簧，经过煮、压、刮等工序后，把竹簧和木板黏合在一起，再往扇子上雕刻一些图案。

华笙这把说实话雕刻手艺一般，但是因为竹簧这门工艺已经失传，所以这把扇子才稀罕，只是很少有人识货。

如今这把破扇子能出手，对方确实是个有眼光的人，只可惜……华笙没见到那神秘买家。

晚上回十里春风的时候，江流也刚到家。

难得回来这么早，江流换下家居服后，主动抱着小黑玩了一会儿。

华笙依旧很安静，在书房练了一会儿毛笔字后，有些倦意，就下楼靠在沙发上看电视。

江流抱着小黑立刻凑上去："小黑好像重了不少，不会是怀孕了吧？"

华笙一脸无奈地看江流："它是公猫。"

江流："……"

春桃和银杏差点笑喷了，心想姑爷你的撩妹方式真是别具一格，笑死人不偿命。

"啊……那就是咱们这里伙食太好，给小黑吃胖了，感觉现在抱着都压手腕了。"江流赶紧给自己找台阶下。

这时，电视里播了这样一条新闻："本台消息，今天下午四点五十分在开发区南希花苑的垃圾箱内发现一名死者，因样貌被毁，所以身份有待确认,警方已经正在进行进一步调查,如果广大市民有线索提供的,请联系本台,最近身边有失踪女性的也请到附近公安局备案。"

华笙一脸平静,江流微微皱眉,想起了快下班的时候,公司的人也在谈论这件事。

"最近貌似不太平,天黑后,你们女生尽量不要出门。"江流说。

"姑爷,是不是出了什么变态的杀手啊?"银杏一惊一乍地问。

江流笑了一下:"那倒不至于,就是觉得临近年关了,很多外地在江城打工的人,有一些过得不如意的想着春节要回家,难免会做出一些不好的事情来,抢劫偷盗的事都比平时要多出几倍,总之小心点好。"

华笙没接话,只是低着头轻抚小黑的后背。

"阿笙,你今天回去跟大家商量得如何了,下一步怎么打算?"

华笙知道,江流问的是华琳的病。

"他们都不是很关心,除了我三姐和我妈外,其他几个似乎不是很在意。"一想到今天大家的态度,华笙就觉得心寒。

江流微微叹息,也不知道该如何安慰。

"不过我跟白浩还有我四姐本人商量过,她们打算放弃手术。"

"放弃?早期不是手术的最佳时机吗?"

"是,不过也有可能手术后癌细胞扩散过快,适得其反。"

"可手术确实机会很大啊。"江流还是觉得不手术的话,有些不妥。毕竟华琳才20多岁,痊愈的希望还是很大的。

"我也很矛盾,不过最终还是听我四姐的意见。"

"也好,不过你最近要好好休息,你脸色很差。"江流很自然地伸出手,摸了摸华笙的头,那动作带着满满的宠溺。

华笙微微脸红,继续低下头摸着小黑。

"阿笙,你四姐那边若是需要什么,记得跟我打电话,我人脉还是有一些。"

"好。"

"钱的话若不够……"

"钱我有,不过我四姐也没让我拿,她在集团也是有分红的,这些年手里还是有积蓄的。"华笙解释。

"嗯,那就好,总之……我不希望你自己扛着,我们是一家人,有什么大家一起商量。"

"好。"

有了江流的安慰,华笙明显心情平和许多。在华琳这件事上,江流也是很支持她,连首都医科大学附属医院的教授都是江流联络的,这已经不是钱能解决的。

医院 VIP 病房内。

白浩的事情,华家人已经知道了,因为华琳病情的关系,华家父母也不再反对。

说白了女儿都不一定能活下来,还干涉个屁?但是华家人对白浩的态度依旧是冷漠的。

除了华芷和华笙外,其他人依旧看不起这个来自平民家庭的男人,不过白浩已经无所谓了,他为了华琳,可以将这些都忽略不计。

"小琳,你尝尝这个,青丝、红丝馅儿的,现在都难买了。"白浩端着碗,喂着华琳吃汤圆。

"我小时候吃过,我爷爷那时候还活着,他最喜欢了。每次他吃,我都跟着蹭几个。"华琳笑得很幸福。

这时,房门被推开,华青来了,是和华枫一起来的,华枫手里捧着一束百合花,华青则什么都没拿。

"大姐,二姐。"华琳淡淡地打招呼。白浩也起身,将汤圆碗放在了一旁。

"听说你们要结婚?"华青看了看华琳和白浩。

"是。"这话是白浩回答的,语气很肯定。

华青冷笑扫了白浩一眼:"你小子心机够深啊,这个时候求婚,真是豁得出去。"

"你这话什么意思?"白浩有些愣住。

"什么意思?别装了,小子,你的这点小心思就是司马昭之心路人皆知。不就是想着等我四妹一死,你就可以用丈夫的身份光明正大地继承她的遗产吗?说到底还不是为了钱?不然你会在这里当牛做马地伺候我四妹?"华青说话永远都是那么尖酸刻薄。

没等白浩说话,华琳直接火了,伸手将汤圆碗打翻在地。

"小琳。"白浩怕华琳跌落下床,赶紧去搀扶。

"我没事。"华琳伸出手,放在白浩手背上轻轻拍了拍,示意自己没事,让他别担心。

华青扫了一眼地上的碎碗，声音越发尖锐："我说四妹，你这是干什么？我知道这些话不好听，可是忠言逆耳啊！这就是真相，你不愿意听也得听。这男人对你什么心思，你自己猪油蒙了心，被情爱迷惑了也就算了。"

"偏偏小五那个家伙也是个不知事的，跟着掺和。爸妈心软，知道你有病也不想跟你对抗的，怕你不顺心，可我这个当姐姐必须提醒你啊，这男人之前都和你分手了，一听说你快死了，马上回来表忠心，这是什么居心，难道你自己心里不清楚吗？"

"华青，你给我出去。"华琳气得脸色苍白，指着华青，已经骂不出更难听的话。

毕竟是一奶同胞的亲姐姐，总不能爹长妈短地喷一顿，可华青这些话，着实是难听了点。

华枫居然一声不出，看来在来的路上两人已经商量好了，一致认为白浩是为了贪图华琳的遗产所以才这么殷勤，总之就是跟金钱有关。

"四妹，你别激动。我本来都不打算管了，可看着你临死还要被骗，真心觉得你可怜。"华青说。

"呵，华青，咱俩之间是有一个人可怜，但那绝对不是我，你不要用你的小人之心来看我的男人。倒是你处处以利益为先，看重金钱，这一生，你除了钱，你还有什么？"

"我有钱就足够了啊！"华青笑着。

"错了，你没有亲情，家里人根本不喜欢你。你没有爱情，你老公也是被你逼得快要抑郁了吧？要不是破产逃不开你的魔爪，也不会被你欺压成那个样子，你一把年纪了，青春不再，孩子都生不出一个来。你说，你要那么多钱有什么用？

"等你死的时候，连继承遗产的人都没有，难不成你是要你老公去跟别的女人生几个孩子，来继承你的商业帝国吗？"

这恐怕是华琳这辈子说过最最恶毒的话了，如果不是被逼急了，也许她也不会说出口。

华青听完脸色铁青，生不出孩子，确实是她一直被人取笑的话柄。

"呵呵，真是翻了天了。我是为你好，怕你兜里那几个钱被人骗光，可你却如此不知好歹。"华青说。

"不需要你为我好，你赶紧走，不要再来了。"

"小琳啊,你二姐那些话其实也是为了……"华枫刚想说什么,却也被顶了回去。

"你也走,你俩都赶紧消失,越快越好。"

华枫最终没说完,拉着华青就走了,华青临走前还不忘恶毒地骂了一句:"华琳我告诉你,这年头相信爱情的都是傻子,只有金钱才是最牢靠的,你这么执迷不悟,早晚后悔。"

华琳被气得直接血压升高,躺在了床上。

"小琳,我去叫医生。"白浩吓得魂飞魄散。

"别去……陪我。"华琳拉着白浩的手不肯松开,其实她是害怕自己随时会离开,然后见不到白浩最后一面。

白浩的手被华琳抓得死死的,他心疼不已,半天,低声道:"小琳,过几天你好些,我们去领证,领证前我们去做婚前财产公证,你的钱,我不拿一分。"

华琳气息有些微弱,刚跟华青大吵一架后,确实有些眩晕。

"你说什么傻话呢,你是什么人我难道不知道吗?如果你真的是那种贪恋荣华富贵的人,你早该在知道我是华家人的时候就一直贴上来而不是傻兮兮地跟我分手,所以不用解释,我都懂……

"至于财产公证,不要做,等我死后,我的钱全部都给你。你拿着钱再去找一个妻子,好好过日子,以后有小孩了,就送他出国留学……"

"求你了别说了,我除了你不要别人。"白浩觉得,从来都没有这么虐心过。华琳若死了,他哪里还有心思去找别人,只恨不得跟她一起下黄泉。

华青的到访让华琳情绪很激动,当晚再次发起了高烧。

华笙听说后,当时就要去找华青算账,却被江流给抱住,免得她将矛盾激化。

江流和华笙还有白浩三人一直在医院等到了后半夜两点钟华琳的病情才稳定下来,医生给她打了镇静剂,她好不容易睡着了。

"以后,不要让华青踏进四姐病房一步。"华笙气愤至极。

"是,我不会再容忍她了,再敢有下次,我就是拼了命也不会放过她。"白浩也是下了决心。

"你二姐那人……还真是……不知道为什么,对自己亲妹妹都能如此。"江流接触过华青,但是华青对江流很是客气,跟在白浩面前完全不一样，所以这才真的叫狗眼看人低啊！

"她眼里只有钱，没有亲情，只是想气走了白浩，气死我四姐，然后分了她在公司的股份。"华笙明白，华青看重的只是华琳死后那些股份和基金，还有一些能看得上眼的房产和珠宝。

"她已经很有钱了，华家整容医院少说一年最少有几个亿的收益，华青这几年多了不说，身价三五亿还是有的。"江流估摸着。

"人都是贪婪的，这些在她眼里远远不够。"华笙很平静。

"好了，华琳没事就好，阿笙你先冷静冷静，就算找她算账也不是现在，你现在需要的是回去好好睡觉。"江流也不管华笙愿不愿意，直接抱起来就往楼下走。

不太平的一晚终于过去了。

次日中午。

谢夫人因为担心女儿，心脏病发作，直接进了医院，谢家也是忙成一团。谢东泽和冯羽夫妇一边忙公司的事一边还要照顾老太太。谢东阳就被派去接学钢琴的侄女。

那个钢琴教师谢东阳见过。那个老师，呃，他还有微信的。

谢东阳来的时候，课已经上完。

董莹莹穿着修身的黑色小西装，跟空姐一样婀娜多姿，脸蛋也是好看，笑起来巨甜，小朋友都喜欢。

"莹莹老师，我二叔来接我了。"谢宁扑闪着眼睛说。

"好，我送你出去。"

董莹莹牵着谢宁的手，缓缓走到门口。

"谢总。"董莹莹笑得很灿烂。

"董老师。"谢东阳很客气，点点头。

"老师你怎么脸红了？"谢宁抬起头看着老师，来了一句。

董莹莹脸更红了，羞涩解释："没谈过恋爱的人，看见帅哥就不好意思，我朋友都说我是一张白纸，什么都不懂，笨得不行。"

照理说，董莹莹这种可爱又确实没啥经验的，谢东阳应该是会有兴趣的。

可是……

可是啊，他已经不是以前那个谢东阳了，他现在是脱胎换骨后的谢东阳。

"辛苦董老师,我们先走了。"谢东阳压根就没接话,直接带着谢宁走了。

董莹莹有些失落,本以为会多聊几句呢。想来想去,她不死心,又发了一条微信过去。

"谢先生,听宁宁说她奶奶病了,家里现在忙成一团,如果你们没空的话,我可以帮你们照顾宁宁几天的。"

"不用了,谢谢董老师。"谢东阳直接拒绝,不是不信任,是觉得跟这个女老师还没熟悉到送谢宁去她那里照顾的地步。

不过若是华笙这么说的话,估计谢东阳二话不说,直接就答应了。

可问题是,华笙也不是那么爱管闲事的人啊!

"二叔,你不喜欢董老师吗?"

"不喜欢。"

"是因为你喜欢上次那个漂亮得不像话的阿姨?"

"是。"谢东阳握着方向盘,笑了一下。

"真肤浅……你都多大个人了,还喜欢看外表……人家说女人最重要的不是外表,而是内在。我妈妈也不是很漂亮啊,可我爸爸还不是一样爱她?你不要找个花瓶,我爷爷奶奶也不会喜欢的。"

"花瓶?不,那个漂亮阿姨才不是花瓶,人家是青花瓷!"

"那还不是一样?"谢宁翻白眼。

"你懂什么,跟你说不通。总之,以后不要撮合我和你这个老师了,真的不合适。"

"好吧好吧,以后你的事我再也不管了,哼!"小丫头被这么一说,还不高兴了。

谢东阳带着谢宁去吃东西后,直接去了医院。谢宁就陪着奶奶在医院里。

下午谢东阳又回了公司开会,临下班的时候,助理忽然说,秦皖豫来了。

谢东阳内心有些激动,赶紧让助理带人进来。这个时候见到秦皖豫,肯定是有关瑶瑶的消息。

果然,秦皖豫进来后,谢东阳急不可耐:"皖豫,怎么样,瑶瑶找到了吗?"

"嗯,找到了。"

"人呢？"

"人已经在我们的人手里了，今晚会直接上飞机，明天回家。"

"谢天谢地。"

听到谢东瑶明天就能回来，谢东阳只觉得松了口气。

"不过别高兴太早。"秦皖豫还有后话。

谢东阳一听，有些心慌。

"不会是瑶瑶她……受了什么伤害吧？"

谢东阳最担心的就是妹妹被人玷污，毕竟她还是个小女孩啊！怎么能承受这些？

"不是，你妹妹很安全，完好无缺，这一点你不用担心，只是……我为了救她，损失了不少东西。"随即，秦皖豫拿出一个U盘，放在桌子上。

"这是电话录音和一些资料，你看看，是那些人对我开出的条件。"

谢东阳了解了来龙去脉后，二话不说，直接问秦皖豫："你能帮我们救回瑶瑶，钱都不是问题，你说个数吧，我叫人给你打过去。"

秦皖豫笑了一下："现在问题不是要一个数目那么简单，尼泊尔那些人要的是我博彩城分红，那可是源源不断的银子。不是一锤子买卖，所以……我也在想，你们谢家打算用什么跟我做交换呢？"

谢东阳微微一怔，这下可被难住了，因为他压根不知道人家博彩城每年红利多少，这个数目也没办法计算。

"有难度吗？"秦皖豫挑了挑眉毛，看了一眼谢东阳。

"不，没难度，问题是我现在不知道你家的博彩城每年红利多少，无法计算这个数值，所以给少了怕亏待你。这样吧，你自己主动开价，想要什么，尽管提。"

谢东阳跟秦皖豫不是很熟，因为他是江流的哥们儿，可也知道一些关于秦皖豫的为人。此人相当低调，而且不是那种趁火打劫的主，所以他才敢把话说得这么满，当然也是相信秦皖豫的人品。

秦皖豫低着头琢磨了一下，问谢东阳："听说东阳集团最火爆的是一款香妃玉露？华芷代言的那个？"

"是。"

"月销售利润多少？"

"大概是七千万。"谢东阳答。

"一个月七千万一年就是八个亿多,也还好……这样吧,你的公司股份我不要,这就一款药品分我五成,我要的是税后。"

"可以。"

"这么爽快?"秦皖豫有些小意外,没想到谢东阳答应得这么干脆。

"那是自然,我妹妹在我们全家的地位,不是金钱可以比拟的,别说这些,你要更多,我也给。"

谢东阳对妹妹这个感情,让秦皖豫有些感动。身在豪门,还能如此看重亲情,真心不容易。就冲这一点,秦皖豫觉得,谢东阳这人还行,值得帮一下。

秦皖豫哈哈一笑:"我也不是狮子大开口的人,更多就算了。你既然找上我,也算是信我,再说我和你妹妹好歹也是认识一回,额外的我不多要,只把尼泊尔灰色势力管我要的那些我拿回来就好。"

"总之这次你帮我,我记下了,以后若是需要我谢家的地方,义不容辞。"谢东阳很感激秦皖豫,想着妹妹若是回来,父母也就不那么担心了。

"好,以后的事情以后再说。"秦皖豫笑了下,没说太多就走了。

晚上七点钟,江流设宴,在八仙阁。八仙阁是江家自己的私人菜馆,只招待自己的客户与朋友。江流早就想好好请大家吃顿饭,无奈一直都有事忙不开。如今正好高鹤也在江城,就组了这个饭局。

华笙很感激江流这段日子的陪伴,尤其在华琳的事情上,出了不少力,所以很痛快就答应陪同他一起来。

知道华笙不吃肉,江流还特意吩咐厨房做了十二道素斋,特别精致。

除了江流夫妇外,秦皖豫、王君显、高鹤也全部到位。只是让大家没想到的是,华芷会来。

华芷是江流邀请的,当然,他之前保密,在群里没和大家说,王君显也是不知道的。所以华芷进门的时候,他真是意外了一下下,随即就恢复平静。

"哇,大明星。"高鹤调侃。

"你小子最近不是忙着泡妞吗?"华芷伸手直接弹了一下高鹤的头,看得出她和这几个人都挺熟。

"哈哈,泡妞有啥意思,喝酒多有意思。"高鹤跟华芷打闹着。

秦皖豫看了一眼华芷:"女神别来无恙啊!"

"男神,别闹,跟你吃饭多不容易,那么低调的人。"说完,华芷就坐在了华笙身边,跟高鹤和秦皖豫都说话了,唯独落下了王君显。

江流比较八卦,特意强调一下:"华芷,你没看见君显啊?"

华芷扫了一眼,一脸无辜:"王总吗?哦,不好意思,我和他不是很熟。"

她说完,华笙和江流都忍不住低声笑。

王君显眼皮微微跳了一下下……

高鹤和秦皖豫有点看不懂其中的意思,毕竟不了解王君显和华芷之间发生了什么,所以有点蒙。

王君显那个性格自然也不会多说,华芷公然冷落他,他也不会逞一时口舌之快,就先让她得意一下好了。

不一会儿,服务员开始陆陆续续地上菜。

"江流哥,我就喜欢你这个八仙阁的菜,真的好吃,就连我最讨厌吃的大白菜都能被你们这里的厨子做成人间美味,我是服气的。"高鹤年纪最小,是个小吃货,有一说一。

"那你以后就多来吃几顿。"江流倒是大方。

"高鹤你办张卡呗!充个百十来万,够你吃几年的了。"秦皖豫逗他。

"我来吃饭,我江流哥不会要钱的,办卡多见外啊!"

大家也只是笑笑不多说。席间,华笙忽然想起来一件事,主动问秦皖豫:"谢东阳的妹妹有消息了吗?"

"这件事你也知道?"

秦皖豫有些意外,毕竟这是谢家的私事,几乎很少有人知道,他也根本没有张扬出去,即便跟江流也没多说。

"嗯,听他提过。"华笙也是大方。正是她这样毫无芥蒂地问,所以江流才更不会多想,知道她跟谢东阳之间不会有什么。

秦皖豫倒是顾忌颇多,看了一眼江流,才道:"已经处理完了,不出意外的话,那丫头明天能到家。"

"那还好。"华笙说。

"阿笙,你认识谢东瑶?"江流知道华笙很少关心别人的事,所以还以为她之前就认识谢家那小公主。

华笙摇摇头:"不认识,不过倒是帮谢东阳判断过这件事。"

"嫂子,你还会这个?厉害了……能给我看看啥时候有儿子吗?"

高鹤皮得不行。

华芷直接笑道:"你小子毛长全了吗?媳妇都没有还想要儿子,想什么呢?"

"媳妇没有,儿子必须有,哈哈!现在不是试管婴儿技术发达嘛!我琢磨不行就先生几个,给我爸妈玩。"

大家笑着摇摇头,知道这小子是故意的。

王君显一直没说话,很是低调,低调得几乎没有存在感。

大家说话,他也没插嘴,偶然拿起手机,似乎回复什么消息。

华芷有些酸,主动瞄了他一眼:"王总吃饭还不忘回微信,这是有了新欢了吧?那天看新闻,说你要和杨家小姐联婚,怎么没消息了?"

邂 逅

"联婚?什么时候的事?"秦皖豫侧头看着身边的王君显,乐了。

王君显放下手机:"是老杨头有这个意思,我可没答应。"

"哟呵,这么说你还是个香饽饽了。"华芷很明显针对王君显。

王君显静静地看了一眼华芷,来了句:"我是不是香饽饽,你还不了解吗?"

这么一说,华芷顿时脸颊微红。众人看过去,也都是笑而不语。

"哎?我怎么觉得你俩有故事啊?"高鹤有点听出不对劲,笑眯眯地看着那两人。

华芷赶紧否认:"我和他之间有故事的话,也只能是坏故事。"

一句话逗得大家更是开怀大笑,王君显也笑:"是啊,坏故事的话估计也是《倩女幽魂》吧,是吧?我是宁采臣,你是我的小倩倩。"

"滚,我是姥姥,直接吸了你阳气。"华芷气急了。

高鹤捂着肚子笑:"华芷姐,你也太污了。当着这么多人的面,就要吸我们王少的男人之气。"

华芷:"……"

这么隐晦的段子其实一点都不意外,几个男人在一起经常会开开玩笑,无伤大雅。

华芷也是个开朗的性格,毫无芥蒂。

倒是华笙有些不好意思,听着这些有色的玩笑,微微低下头,默默吃着饭。

"你多吃点菜,这些素斋不错的。"江流看她吃得不多,忙给她夹了一些素菜,可谓是关怀备至。

一顿饭后,大家各自离去。华芷开车先走的,王君显因为喝了酒,让司机来接的。

表面上没什么,然而……一小时后。

王君显刚洗完澡,就听见了敲门声。他打开门,看见门口的华芷,微微惊讶,他没想到华芷会直接来他的住所。

"有事吗?"他态度不是很友好。因为他发现这女人,你就不能惯着,华芷明显就是从小到大被人宠惯了,所以你越是恭维,越是捧她,她越飘,越不在乎她,气她几次,她就乖了。

华芷穿着黑色的羊绒大衣,里面是一件墨绿色短袖羊毛衫,打扮得很高贵。

"不请我进去喝杯咖啡吗?"华芷笑。

"这么直白?"王君显挑了挑眉毛。

"怎么?不敢?怕我吃了你?"华芷朝着王君显的脸上吹气。

王君显刚洗完澡,头发还没干透,被这一吹,确实有点承受不住。

"进来吧大明星。"王君显转身,将门大开。

华芷进门后,直接关门,然后换鞋。她上次匆匆来匆匆走,都没仔细打量王君显的家。如今这么一看,品味还不错,全部都是实木装修,有点日式小清新风格,倒是温馨得很。

"喝点什么?"王君显拿着毛巾擦着头发。

"随便。"

王君显走到冰箱前,拿出一瓶橙汁放在华芷面前。

"王君显,你一个人住?"

"不然呢?"

"你没有女伴?"

"你说呢?"

"我问你……你干吗老是让我说?"华芷不服气。

"连双女人的拖鞋都没有,你自己不会看?"王君显说的这些,华芷确实都发现了,这里没有一点女人存在的气息。

"那你找女人约会,通常都去酒店吗?"华芷一边问一边打开橙汁。

王君显坐在沙发上,看着华芷:"大明星这是改行做狗仔了?连我约会去哪里,都要过问?"

"哈哈,不是,我就是好奇。"

"千万别好奇,好奇害死猫。"

"王君显,我今天来……是来约你生米煮饭的。"华芷一句话,弄得王君显差点喷血,真的很突然啊,一点铺垫都没有。

华芷继续道:"你干吗那种眼神看我,你不是一直想和我一起做那件事吗?"

"你又挖什么坑了?"王君显才不会相信华芷会忽然送上门跟他……唯一的可能就是又要挖坑让他跳。

华芷有点心虚,马上解释:"没有啊,真没有,我是真心来和你生米煮饭的。"

王君显默不作声,只是看着华芷。

"你不信的话,那我可走了,你可别后悔。"说着华芷起身,踩着高跟鞋要走。

王君显拉过她的手,直接抱在怀中,然后雨点一样密密麻麻铺天盖地……

那霸道又温柔的气势,让华芷也是乱了心神。

一阵激动人心略带生涩的操作后,王君显看着让人迷恋的华芷女神,在她耳边轻语:"华芷,你知道有句话叫'搬石头砸自己脚'吗?"

"王君显,那你知道有个词叫'鹿死谁手'吗?"

王君显勾了勾嘴角,也不给华芷多言的机会,一阵狂风暴雨似的侵袭……

估摸王君显此时已经不理智了,就算是坑,也愿意跳了。这时,华芷忽然推开他然后起身,从胸前拿出一个小东西。

"针孔摄像头,意外不?"

王君显眯起眼睛打量她,一言不发。

"你说你,都知道有坑,还跳,谁叫你色迷心窍了呢。呵呵,以前都是你威胁我,现在该轮到老娘了吧?王君显你刚才做的那些我录下来拿着公布出去,就说你要害我,你说……你会不会名声扫地?"

王君显抬起手,擦了擦嘴角:"我又不是靠脸和流量吃饭的,我名声不重要。倒是你,不怕自己名声扫地吗?"

"我是受害人我扫地什么?"

"可这里是我家。"王君显纠正。

"是你家没错,我可以说被你下毒了,然后被害的,别忘了上个月刚有一个电商大佬就是这么被妹子仙人跳的。名声扫地不说，公司股票也是跌了多少个点，几百亿都能一夜之间蒸发……

"你们王家现在正在搞新项目整合，这么关键的时期，你说要是出了丑闻，你要损失多少啊？"

华芷其实没有别的心思，就是之前被王君显占便宜多次，又被威胁，觉得心里不爽。最主要的还有今天吃饭的时候，王君显几乎全程没多看她几眼，弄得华芷毫无存在感，所以这姑奶奶又不开心了，闹起了幺蛾子。

至于说要弄得王君显名声扫地，弄得王家蒸发市值，这些不过都是吓唬人的话罢了，她是不会真的去做的。

她以为，王君显是会被吓倒的。

哪知道，这男人趁着不注意，直接扑来，华芷也是始料未及。

"你要抢这个吗，告诉你，你就算毁了也没用……我还有远程的备份。"华芷威胁。

"华芷，我说了，不要惹我，你偏偏不信。既然这样那我就不客气了。"

随即，"刺啦"一声，是布料撕裂的声音。

"王君显，你要干吗……你疯了吗，你不怕自己损失惨重吗？"

"那些都不重要，如果你送上门，我都不睡的话，那我才是真的损失惨重。"

一小时后……

华芷躺在大床上，身体传来微微的刺痛，她简直难以相信，自己真的就这样失身了，而且还是给了姓王的混蛋。

王君显洗澡后，翻身过来，直接搂住华芷。

华芷这时候应该发火的，或者跳起来给他一顿暴揍，可她居然……居然红了眼圈，委屈得不行。

若华芷真的闹起来，倒是还好应对。可她这么一哭，这么一委屈，王君显倒是有些慌，一瞬间心软了。

他将华芷紧紧搂在怀中，其实他心里是认定这女人的，只是想着早晚拿下，也没想到这么快有肌肤之亲了。

没想到华芷会玩这么大，到底还是把自己给玩进去了。

华芷还是完璧之身，这是王君显早就想到的，因为她这些年在娱乐圈都没有任何绯闻。

有人对她有非分之想的，也是被她整得不轻，所以华芷可谓是娱乐圈一股清流，这也正是王君显看重她的地方。

"华芷，别哭，我会负责的。"

华芷回头瞪他："负你大爷，滚。"

"我滚也行，那你别哭。"王君显伸出手为华芷擦着眼泪，声音也是自带温柔特效。

"妈的，老娘守了大半辈子的清白身，就这么给你祸害了……你这个混蛋，打死你。"说着华芷边哭边捶打王君显的胸膛，他也不还手，任由她发火。

"华芷，咱俩不是挺合适的吗？你看看，咱们两家门当户对，你没有乱七八糟的情史，我也没有花枝招展的小三小四，咱俩年纪相仿，我也算年轻有为，你也是貌美倾城，这不是正好吗？既然都睡了，那就在一起不好吗？"

华芷一怔……

王君显说得也没错，听他这么一说，还真是。

或许在这个圈子里，再也找不出比王君显还适合她的人。

秦皖豫其实也不错，可秦皖豫心里有白月光，华芷的骄傲是不允许自己男人心里还有别的女人的。

谢东阳也不错，可谢东阳以前睡过的女明星太多，华芷觉得，自己心里过不去那个坎。

江流其实更不错，可江流是华笙的人。

这么一看，王君显还真的是挺好。

"妈的，你赔钱，你睡了老娘，你必须赔钱。"华芷有些害羞，哪里会直接说咱俩合适的话，只能故意找碴儿。

"好好好，我赔钱，你说要多少。"

"要你全部身家。"

"好好好，都给你，王太太你消消气。"

"滚蛋，谁是王太太，不要脸。"华芷气得骂道。

"好好好，你说得对。"

莫名其妙地睡了之后，王君显属性变了，对华芷百依百顺。

都说男女上床后，是女人更依赖对方，可他俩之间，明显是王君显更宠她一些。

两人一直折腾到后半夜,华芷还在找碴儿,指挥王君显做夜宵,更提出买冰激凌、洗内裤之类的过分要求。

不过王君显都一一满足了,华芷也没要求要走,而是默认了留下来过夜。

与此同时,华笙和江流回到家将车停好后,华笙刚要下车,就被江流拖住,直接来了深情一吻。

这个吻有些突然,让华笙始料未及。

可反应过后,她却也没有推开他,虽然不好意思回应,可……到底也是顺了他的意。

江流的吻温柔又深情,没有放过一丝一寸之地,只想索取她唇齿间的余香。

最终江流恋恋不舍地松开华笙,主动为她打开车门,一路搂着肩膀上楼。

"小姐,姑爷,你们回来了?"春桃说。

"嗯。"

"要不要吃点燕窝?"

"不了,我吃得很饱,洗澡后先睡了。"

华笙直接上楼进了卧室,江流也回了自己房间。

春桃悄悄问银杏:"你发现没,小姐有点不对劲?"

"嗯,确实,感觉有点……哎呀,说不出来,总之……小姐和姑爷之间估计是有进展了。"

看着华笙含羞带笑的模样,两个助理都猜这是跟姑爷有关。

事实上,江流也是喝了一些酒,动情之下,才壮着胆吻了华笙。好在她没有拒绝,没有生气,不然可真是得不偿失。

次日清晨,华笙早早起来吃早点,江流也下楼陪她。

早餐气氛格外地好,江流临走前,还当着春桃和银杏的脸,执起华笙的手,放在嘴边吻了又吻,弄得华笙很是羞涩,赶紧抽回来,怕春桃和银杏笑她。

"阿笙,今天外面很冷,你要记得穿羽绒服才行。"江流说。

"好。"

"中午我有空去医院找你一起吃饭。"

"好。"

"有事记得打电话,临走前记得喝一杯姜茶。"

"好。"

"那我走了。"

江流再三嘱咐后,才放心出了门。

华笙心里有一种说不出的甜蜜,就跟小孩子吃了一颗糖果一样欢喜,可她始终不愿意表现在脸上。

"哎哟喂,小姐,你和姑爷关系突飞猛进啊!"银杏八卦。

"别胡说。"

"哪有胡说,明明就是啊,姑爷对小姐好关心……你俩是发生什么了吗?"银杏思想又污了。

华笙赶紧解释:"才没有,不要胡说八道,不是你们想的那样。"

"哈哈,好啦你脸都红了,我们不说就是,不过小姐您也别不好意思,本来您也是姑爷的妻子啊,夫妻之间亲密不是正常吗?我俩才不会笑你,倒是你自己要习惯才行。"

华笙低着头没有多说,不过经历这么多之后,华笙越来越发觉,自己有些依赖江流了。

因为很多次,她心里难受,有话不知道该跟谁说的时候,最后消息都是发给了江流。

白浩和华琳去领证了,民政局开门就去了,两人领完证回来,华笙才知道这件事。

"恭喜了,四姐。"华笙笑着看华琳。

"也不知道这是不是坑了他。"华琳趁着白浩去厕所,跟华笙说了些心里话。

"这是白浩自己愿意的,我相信对他而言,不是坑,是幸福。"

华琳也是欣慰地点点头:"很多东西,失而复得后会觉得更加珍贵。阿笙,我这一生,有他如此为我,足矣。"

"你还有好多年的时光可以浪费呢,别多想。"华笙安慰着。

华琳当天更新了许久没有动态的朋友圈,配上了红色的结婚证照片,写道:我跨过山涉过水,见过万物复苏,周而复始,如今山也是你,水也是你,目光所及之处,皆是你。

这相当于官宣了,华家人自然也都知道了。

华家父母已经不打算干涉了,倒是华青和华枫一脸的不悦,也没有送上祝福。

华芷还是很激动的,评论道:恭喜四妹,新婚快乐。

随即华芷直接银行转账给华琳八十八万八千元的红包,弄得华琳很是不好意思。

华笙抽空出去,回来的时候,送上自己的礼物,是从自己的珠宝箱里选的,一对上好的玉镯,暖白色,看着就价值连城。

"五妹,我不要,这太贵重了。"华琳婉拒。

"拿着吧,这些东西再贵也是身外之物,你我今生有缘姐妹一场,就是难得的情分,这些东西不算什么。"华笙看得很淡。

"五妹,我这次病了后,才发现幸福的真谛不是你拥有多少,而是你能有一个不离不弃的人。我希望你也能把握机会,好好珍惜自己的幸福,江流人不错,但愿你能早日敞开心扉,与他共度余生。"

华笙听后点点头,这些她心里确实早就有打算。

这时,白浩从外面回来,手里拿着外卖打包的火锅食材。

"小琳,听说领证后要吃火锅的,日子才能红红火火,如今你身子不好,我们就在医院先凑合一顿,等你痊愈,我带你出去吃更好的。五妹,你也留下一起,做我们的幸福见证人,知道你不吃肉,给你买了很多青菜和米粉。"

"好。"华笙欣然答应,华琳和白浩之间的感情,华笙其实有些羡慕,不觉得他们很平淡,反而觉得他们很幸福,很温暖。

白浩看重的不是华琳的钱,可华琳还是背着白浩将自己的遗嘱继承人改成了白浩,这些华家人都还不知道。

中午的时候,江流、华芷也来了。就这样,几个人简单地在医院病房里吃了一顿火锅。

白浩拿出手机,也发了朋友圈,写道:最近有谣言说我结婚了,我要澄清一下,这是真的。发完还拿给华琳看他朋友们的评论,气氛很是温馨。

"三姐,你脸色不太好,昨晚没睡好吗?"华笙发现华芷老是打哈欠。

"呃……是啊,最近失眠。"华芷心虚极了,很害怕别人知道她昨晚是留宿王君显家里,其实早上的时候,她和王君显就偷偷达成协议,暂时不对外公开他们的事,毕竟不想那么高调。

"那你可要好好休息,身体才是革命的本钱。"华笙叮嘱。

"嗯,我没事,我身体好得很。"华芷连忙遮遮掩掩。

午饭后,华笙问华琳:"四姐,学校那边你有什么打算?"

华琳看了一眼白浩,笑着靠在他胸口:"他已经替我打过招呼了,我原本是要辞职的,可学校不忍心,给我停薪留职了,说以后想回去就回去。"

"那也不错,你现在安心养病。"华笙安慰她。

"过几天我不发烧了,我打算出院,直接搬到他家里住,爸妈那边你们就帮我说一下。至于大姐、二姐,就算了吧,我想那天过后,我就没有那两个姐姐了。"华琳说。

华芷和华笙相互对望一眼,没有多说,她们能理解华琳的心思。

"五妹,这段时间照顾我,你辛苦了。将来若是有机会,真希望能好好报答你。"华琳握着华笙的手,有些激动。

"一家人不说两家话。"华笙微微动容。

华琳又看了一眼江流,缓缓道:"江流,我五妹是个很好很好的人,虽然性子清冷,可心是很善良的,你务必善待,这一生都不要辜负她。"

华笙听完,不好意思地瞄了一眼江流,有点期待他会说什么。

江流温柔地挽起华笙的手,对华琳说:"遇到阿笙我已经用尽了一世的运气,怎敢辜负。若失去她,我怕是以后几十年都要倒霉了。"

"别胡说。"华笙嗔怪。

华琳很满意,眼神里有着从前没有过的光芒。

华芷在一旁看得也是心痒难耐,看着四妹、五妹都有自己的幸福,她又想到了王君显,还有昨晚的那场旖旎时光……

从医院回来的路上,华笙有些疲惫,靠在副驾驶座上,眯了一会儿。

江流打开车内的蓝牙连接音乐,里面传来一首老歌——

红尘来呀来去呀去,都是一场梦,红尘来呀来去呀去也空,日落向西来月向东,真情难填埋无情洞,红尘来呀来去呀去也空……

华笙是第一次听这首歌,但深有感触。

她缓缓睁开眼,忽然说:"对于四姐来说,患病是劫难,可却因此失而复得了爱情。你说,这是好事还是坏事?"

江流听罢,沉默几秒:"我倒是觉得上帝向来是公平的,他亏欠你的部分，总是用另一种方式来弥补。对于华琳来说，也许健康的身体和深爱的人之间，她更看重后者，所以，这也算得偿所愿。"

华笙很是赞同，也点头："没错，四姐那人很有执念，她就看重爱情，或许因为她是个感性的文艺女青年，就跟三毛那样，爱情至上，所以这也许是最好的结果。羡慕他们。"

"不必羡慕，她有的你也有，她没有的，你还有。"江流侧头看华笙，这句话说得隐晦。

可华笙聪明，怎会不知？

她没回答，只是微微一笑。

江流下午将华笙送回家，本来要一起做晚饭的，可临时有事又要出去。临出门前，银杏和春桃正好都在厨房忙着。华笙几经思索，还是主动踮起脚尖，亲吻了一下他的下巴。

江流惊愕，随后看着华笙，以为这一刻自己是做梦了。

"开车慢一点，注意安全。"华笙的声音格外好听。

不知道是不是江流的错觉，他甚至觉得，华笙以前那么淡漠的声音今天居然有了温暖的味道。

"阿笙……"他看着她，目光柔情似水。

"好了，快去忙吧。"华笙第一次主动亲吻江流，虽然只吻了下巴，可对于江流来说，这已经是莫大的恩赐。

华笙转身跑掉，是因为害羞了。

看着他家小姑娘羞涩含蓄的背影，江流扬起嘴角，只觉得心情无比舒畅。

原来爱情这东西，真的能让人有那么一瞬间觉得，这个世界都美好了。

华笙的主动，给了江流莫大的信心和勇气，他自此对小妻子更加上心。

凌晨五点钟，谢家人一夜未眠，全家人等候在谢家豪宅内。

谢东泽和谢东阳去了机场，秦皖豫的人一路护送谢东瑶回来，不过却不见秦皖豫。

谢东瑶进门的一刹那，谢家夫妻双双落泪。

"闺女，你可算回来了。"谢夫人忍不住号啕大哭。

谢云也是老泪纵横，真是年纪大了，经不起一点打击。

"爸,妈,让你们担心了。"谢东瑶穿着一件黑色的长款羽绒服,还是谢东阳去机场的时候给带的,里面只穿了单薄的连衣裙,脸色很是憔悴,似乎看着比一个月前瘦了一大圈。

谢东瑶飞奔过去,搂住父母,三人哭成一团。身后的谢东阳和谢东泽兄弟俩,也是眼圈红红的。冯羽也是在一旁默默流泪,这一家人确实都操碎了心。

痛哭过后,谢东瑶逐渐冷静下来。

"瑶瑶,你到底经历了什么?"谢云心疼闺女,心里难受得很。

谢东瑶眼神有些迷茫,努力回忆这些日子发生的一切。

"爸,说实话,我只记得刚到尼泊尔时候的事情……后面的有点记不清了……我同学因为是佛教信徒,每年都会去尼泊尔朝拜,去了三年都没什么事,我想着这次跟她一起过去,因为考试前压力蛮大,就想去许愿。

"第一天到了的时候我俩还住在酒店,出去吃饭,后来有一个当地女人接近我们,与我朋友聊得很好,还说带我们去最灵的寺庙。"

"你居然相信陌生人。"谢东阳微微皱眉,相当不满。好歹也是成年人了,20岁的大姑娘,居然跟一个陌生人走。

"你听小妹说完。"谢东泽赶紧拦住谢东阳,不让他多说。

谢东瑶低着头,努力想那天发生的一切,接着说:"我开始是有防备心的,但是想着是白天,应该没事。路上那女人和司机给我们水,我和我朋友都没喝,一直到了寺庙后,她带我们朝拜,一切很顺利,还有高僧给我们写了带有祝福的护身符。

"我朋友很高兴,就请他们吃饭,那女人就说附近有一家特色餐厅,让我们尝一下,我记得那是一盘……手抓牛肉,我只吃了一口,后面的事情就全部都不记得了。"

"那你什么时候恢复神智的?"冯羽问。

"一直到昨天,有人救了我,带我离开后,给我打了一个什么针,我才醒来,这时候发现,我已经在尼泊尔失踪了那么久。"

"天哪,好可怕。"冯羽惊恐极了。如果不是谢东瑶亲口说,她真的以为,这些只会发生在小说里。

"这是怎么回事?催眠吗?"谢东泽也是一脸糊涂。

谢东阳倒是跟秦皖豫聊天的时候,略知一二:"当地有一个叫'终结者'的组织很猖狂,手中有一种控制脑神经的药,当地人叫它神仙水。

"就是你喝了它后会丧失神智,人家叫你干吗你就干吗,完全没有反抗的能力。

"听说去年被这种药水坑到的受害者有好几百人,大多数都被人洗劫了现金还有卡里的钱,很是猖狂。不过瑶瑶这个更危险一些,他们看重的不是瑶瑶的钱,而是用她做一些更极端的事。"

"更极端的事?"谢云夫妻听完也是倒吸一口凉气。

随后,谢东阳才把秦皖豫跟他说的情况大致说了一遍,情况跟谢东瑶自己说的也吻合。

大概就是,谢东瑶和女同学被那些极端分子带走后,辗转送到了组织的一个很重要的窝点,然后在里面等着祭天,而同去的女生可能因为某些原因,不符合规定,被人残害致死。

谢东瑶命大,还没被毒害,就被秦皖豫的人救出来了。

"二哥,我同学死了?"谢东瑶睁大了眼睛,如遭雷击。

"是,她一个星期前就死了,被发现的时候,惨不忍睹。"

谢东瑶吓得脸色苍白。

"秦皖豫说,你同学因为不是完璧之身,不符合祭品需求,被那些极端分子视为肮脏的女人,所以被侵犯后杀害。而你因为洁身自好,倒是逃过了一劫。"

谢东瑶的三观已经被震碎,她哪里会想到因为自己是清白身,所以能幸免于难,而她同学却不幸被人害了……

"东阳,你说这些干吗?看你妹妹吓得。"谢夫人一把搂住闺女,心疼不已。

"妈,她20多岁了,不小了,我们就是因为这些年把她保护得太好了,所以你看看,她单纯得不如幼儿园的孩子,连自我保护的能力都没有。所以有些事情必须让她知道。

"尤其是让她知道这世界可不是只有美好,也有黑暗的一面。"谢东阳下了狠心要给妹妹上一课,所以不管她心里是否能承受,都要说出真相。

"妈,我没事,我二哥说得对,是你们把我保护得太好了,我确实要自己面对这个世界,你们不能护着我一辈子。"谢东瑶说。

"好了好了,回来就好,回来就好。"谢云长出一口气,然后吩咐保姆赶紧去弄吃的给女儿。

冯羽和谢夫人带着谢东瑶去洗澡、换衣服。趁这空当,谢云问谢东阳:"秦皖豫把人救出来后,要什么报酬了?"

"我已经给完了,爸您就别问了。"谢东阳确实自己扛了,没用谢家的一分一毫,是自己的钱。

当然这些不用细说,谢东瑶是他亲妹妹,这点肉,他还是舍得的。

谢云点点头,很是满意谢东阳的态度,和他这次处理事情的手段。

相比之下,大儿子经商可以,赚钱可以,但这种涉及黑暗并且棘手的事情,就有点难以下手。

所以由此看出,谢东阳以前是故意吃喝玩乐、玩物丧志的,一旦认真起来,他其实比哥哥要优秀得多。

但是这些话,谢云不可能当面说,心里有数就好。

"瑶瑶回来后,就不打算让她回去了,在江城给她联系一所大学接着读书就好,加拿大那边你处理一下。"谢云看着大儿子。

"明白,爸。"

"东阳,你最近因为这事也没少操心,人如今也回来了,你也回去睡个觉,然后忙你的吧。"

"嗯,那我先回去了。爸,有事打电话。"谢东阳拿起外套就往外走,他确实一夜未合眼,有些疲惫。

谢东瑶回来后,足足三天才彻底缓过来,还好她那段时间是被控制,不记得发生什么,所以心理负担没么大,不然若是记得这个可怕的过程,那才是她终身的噩梦。

三日后,谢东瑶主动去找二哥,去了东阳药业的总部,谢东阳正好在开会。

她就坐在办公室等了一小会儿。谢东阳进来的时候,一眼就看见妹妹。

"二哥。"她笑得灿烂。

"脸蛋有肉了。"谢东阳盯着这丫头的脸。

"嗯,妈强迫我一天吃五顿饭,上顿吃下顿吃,不胖才怪,三天长了五斤肉,你敢信!"

谢东阳转身坐在老板椅上,拿起钢笔随手签了份文件递给女助理。

"得了,咱妈也是为你好。"

"二哥,我今天来,其实是想让你带我去找秦皖豫。"

"哦?见他干吗?"

"这话说得,他可是我的救命恩人。"谢东瑶有些羞涩。

"要是谢的话就不用了。因为秦皖豫也不是白帮忙的,他收了我们家的好处,各不相欠。"

"啊?收了我们家的好处?"谢东瑶眼神微微失望。

"不然呢?你以为人家会白白帮忙吗?人家可是商人,不是做慈善的。"谢东阳无奈地笑,还是笑妹子单纯。

这时,谢东瑶又想起什么,忽然说道:"对,那天在机场回来,你不是跟我说华笙姐姐也帮我了吗?那我们去请华笙姐姐吃个饭吧?"

"这个主意不错。"一听要跟华笙吃饭,谢东阳马上答应。

谢东阳随后拿起手机,拨了华笙的号码。

这段时间,谢东阳忙着妹妹的事情,华笙也忙着华琳的事情,两人确实好长时间都没联系。所以谢东阳还有些小激动,电话接通后,那边传来华笙冷清的声音。

华笙:"喂?"

谢东阳:"华笙,我妹妹三天前已经平安回来,如今休息好了,想请你吃个饭。我答应过你要带着她当面谢你。"

华笙:"不必了,这本就不是什么事,我也是举手之劳,回来就好。"

谢东阳:"饭还是要吃的,心意嘛!最主要是这丫头自己说要当面谢你。"

华笙:"什么时候?"

谢东阳:"今晚有空吗?"

华笙:"今晚不行,我有事。"

谢东阳:"那明天呢?"

华笙:"明天再看,回头联系吧。"

谢东阳:"好,那我等你消息。"

放下电话,谢东阳有点小失落,华笙确实很难约。

"没答应?"谢东瑶试探地问。

"也不是,她说待定,估计她最近有事吧。"

"啊……那行,那华笙姐姐什么时候有空你通知我。"谢东瑶在谢东阳办公室坐了一会儿就走了。

当晚为了不引起江流的怀疑，华笙去了自己的小店铺里开了直播。许久没接单了，所以接下这笔，顿时人气比之前还要高涨，刚开一分钟，人气就突破了三百万人。

华笙戴着银色面具，仔细观摩那头的鉴定品。这是一块美玉，确切地说是一把白玉梳子，听说持有者是英国贵族，二战时期，玉梳被人从国内带走，辗转到了这个贵族手中。

据说这位持有者十二年间找了无数专业的鉴定师都无法鉴定出这东西的年代和价值。这一次，他更是直接开价五百万酬金，请了最负盛名的鉴定师SS出面。

华笙接这个单，自然不是为了钱，而是想看看到底是什么神秘的古董，能让那么多鉴定师都看不出来历，这才是她真正感兴趣的地方。

"SS，时间差不多了，可以了吗？"主持人低声提醒。

"嗯。"华笙说。

随即主持人宣布鉴定结果，华笙在面具后，通过变声器，缓缓开口："这确实是一件神秘的古物，难怪那么多鉴定师都无法得知来历。

"如果我没看错，这东西应该是来自四千五百年前，北梁王朝的羊脂白玉雕刻而成。并且，这是出自皇族的物品！"

生姜夫妇

鉴定师一出口，直播间全部炸了，北梁王朝？这些人几乎是闻所未闻啊！

华笙接着道："北梁在历史书上是没有记载的，这个王朝传说因为某些事故，导致整个王朝一夜之间神秘消失在大陆上，他们的族人、牛、羊、房屋甚至……他们的文明全部都烟消云散。

"但有一点很有意思，我曾经有缘见过跟北梁唯一有关联的楼兰国古物，从中窥探到一些古文字并破解。根据文字记载，只有北梁王朝的羊脂白玉才会洁白无瑕中带了一点红。

"你们仔细看会发现，这梳子中心有一个红点，据说是因为北梁人将玉看成神器，每一件珍品都要融入自己的血，寓意人玉合一，永不分离。

"你们看，其中的红点正是人血留下的印记。而这么好的极品白玉，肯定不是普通人能拥有的，一定是皇族御用之物。我一直认为，北梁是真实存在的，至于为什么一夜之间消失，这不是我的工作范围。

"我只负责鉴定它的来历和价值，这件白玉梳，我给出的参考价格是……两亿八千万。"

华笙报出价格后，再次将气氛推到了高潮。

而正在观看直播的江流揉了揉眉心，也是好奇不已，第一次见到这么高价格的梳子，真的值吗？真的是北梁的东西吗？如果真的是，这个参考价值可大了，十亿也不为过啊！因为这可能是直接证明北梁王朝真实存在的唯一物件。

感叹的同时，江流对这个神秘的 SS 也更增添了一分欣赏之意。

华笙给出最终结果后,不仅让围观的人惊叹,更是让专家团的人也瞠目结舌。可最终结果他们是认可的,有了SS的金口玉言后,他们就追寻着线索更加进一步确认,这就是消失的北梁王朝白玉梳。

拍卖行在华笙下了直播后三分钟内,将五百万打入她在瑞士银行的账户。

华笙关了直播,起身的时候,有些头晕,身子摇摇欲坠,差点跌倒,好在银杏眼疾手快搀扶了她一下。

"小姐,您怎么了?"

"没事,有些晕。"

"是低血糖吗?"银杏赶紧拿出随身携带的巧克力给华笙吃了一块。

华笙含在嘴里后,一言不发。随后主仆二人回了十里春风,回来的时候,江流正好从书房出来,跟华笙走了个对面,发现她脸色有点不对劲。

"怎么了?"江流问。

"没事,可能是外面太冷着凉了,我先睡了。"

她没什么精神,也没心思跟江流多说几句,就默默地回了主卧。

"她去哪里了,这么晚才回来?"江流问这话当然不是不信华笙,想调查她的行踪,而是觉得她脸色难看,担心她。

"就是陪小姐出去随便走走,想买点东西。"银杏说。

"还以为她是去了钟翠山。"江流松了口气。他比较担心华笙因为思念过世的奶奶而回了钟翠山睹物思人,悲伤过度。不过听银杏说不是去钟翠山,他也没多想。

华笙回到房间后,洗了一个澡就赶紧躺下了,然后迷迷糊糊地睡了过去……

再然后又做了那个梦……

她梦见自己拿着那个白玉梳子对着镜子梳头,可镜子里的人却不是她。换句话说,是穿着奇装异服的她,是一个跟她长得一模一样的古代女人。

那女人身穿青色龙纹锦袍,头上戴着紫玉金冠,霸气十足,眼神冰冷。

"你是谁?"华笙惊恐。

"华笙,你该回去了。"

"回哪里去?"

"你从哪里来,就自然要回到哪里去。"

"我不知道,我不知道该回哪里?"华笙只觉得头疼得厉害。

"他们需要你,你该回去的,你该回去的……"

女人的声音一直在耳边回荡,华笙捂着头只觉得要炸裂一样刺痛。

然后画面切换,她又发现自己躺在了那个可怕的高台之上。

"这是什么?她还能回来吗?"

华笙想努力睁眼,可无论怎么用力都睁不开,只能听见耳边有人听话。

画面又是一转,她看着自己手中的白玉梳,不知道什么时候开始滴血……一滴一滴掉在地上,开出一朵艳红的花……

华笙猛地松手将梳子丢在地上,然后在睡梦中惊醒。

隔壁的江流听见声音直接从床上起身,衣服都没来得及穿,就推门进了华笙的卧室,然后发现她脸色苍白得吓人,胸口也是剧烈地起伏着……

"阿笙。"江流叫了一句阿笙,华笙却没有反应。

"阿笙,阿笙。"他又连续喊了两句,华笙才缓缓抬起头,江流发现她的眼神跟平时不太一样。

华笙看了江流好几秒才有些回过神。

"你怎么来了?"她的气息依旧微弱,就好像随时能断气一样。

"我听见你喊了,你做噩梦了?"

华笙点点头。

江流抽出一张纸巾帮她擦了擦额头的冷汗,然后把她拥入怀中。

靠在江流温热的胸膛上,华笙才觉得,自己是个有温度的人,神色缓和了不少。

她微弱地喘息着,伏在他胸口,虚弱至极。

"梦见什么了?吓成这样?"江流问。

"我……"华笙努力去回忆那个梦,却又觉得头开始痛得厉害。

"不想了不想了,我们不想那些,都过去了。"见华笙这么痛苦,江流心疼不已,紧紧地抱住她安慰着。

半小时后,华笙才逐渐恢复平静。她看了看时钟,已经凌晨三点半了……

江流就这么抱着她,一直不松手。

"我没事了,你快回去休息吧。"华笙说。

"不,我想好了,从今天开始,我必须跟你一张床睡。"

"不要。"华笙断然拒绝。

"你放心,阿笙,我不会碰你。我只是觉得你最近状态不好,老做噩梦,我陪着你你会好一些。"

华笙沉默不语。确实,她最近状态差得不行,神奇的是,每次江流在,她就会安心很多。

"就这么决定了,不许拒绝,等你什么时候真的好了,不做梦了,我再回去睡。"江流摸了摸她乌黑的长发,声音温柔。

华笙承认,她对江流已经有好感了,不会像以前那么防备和排斥了,所以江流的温柔和关怀她也是越发地无法拒绝。

次日清晨,江流走的时候,华笙还在沉睡。

"她一夜没睡好,估计要晚点起来,你们把早餐热上吧,等她起来吃。"江流上班前吩咐银杏和春桃。

华笙起来的时候,已经是九点五十分。她是快六点钟才睡着的,而且也只睡了三小时,所以整个人看起来很憔悴。

"小姐,要吃早餐吗?"银杏问。

"没胃口。"华笙摆摆手。

"那我给你倒一杯热牛奶吧。"银杏赶紧进了厨房。

华笙今天穿了一件黑色的流苏毛衣,黑色的紧身裤,浑身上下都是黑色。这样的打扮,还真是显得成熟又深沉,可这样的打扮很明显不是她平时的风格。

"小姐,您要出门吗?"见她穿好衣服,春桃问。

"嗯,我去墓地看看我奶奶。"

"那我陪您。"

春桃随后开车带着华笙去了墓园,华老夫人葬在这里,和华老太爷合葬。

华笙捧着一束菊花,轻轻地放在墓碑前。

"奶奶,您在那边好吗?见到爷爷了吧?如果你们泉下有知,拜托保佑四姐,她已经结婚了,我希望她能活得久一点……能跟自己喜欢的人在一起厮守到老。"华笙低声呢喃。

这时,春桃忽然脸色大变,喊道:"小姐,那边着火了。"

华笙顺着春桃指着的方向望去,发现不远处的山林里不知道何时已经被大火吞噬。而那熊熊的火焰,正肆无忌惮地朝着这边蔓延而来。

"天降大火,不祥之兆。"华笙微微皱眉,只觉得有什么事怕是要发生了。

墓园突然大火,确实匪夷所思,好在消防战士来得及时,没有造成人员伤亡。

华笙和春桃临下山的时候,还听工作人员和记者说,有可能是死者家属来悼念的时候偷偷烧了纸引发的火灾,墓园方面已经在调查了。

"小姐,好可怕啊,我们差点被困住。"下山后,春桃还惊魂未定,真是眼看着熊熊火焰扑来,好在两人都没受伤。

华笙一言不发,但看着就心事重重。

"小姐?"

"嗯?"

"您怎么了?今天有些心不在焉。"

华笙微微皱眉,看着车窗外:"我总觉得有什么不好的事情要发生,这样接二连三的事情真是不祥之兆。"

"不会吧……您别吓我。"春桃有些害怕。

下山后本想直接回十里春风休息的,却临时接到华琳的电话,说请她去新家看看。

华琳已经搬家有两三天了,白浩直接接她进了两人之前就准备好的婚房内。

华琳热情的邀请,华笙自然不能辜负,也就带着春桃去了,上楼的时候,还买了不少水果和一个新锅。

华琳看见华笙手里的锅,笑得前仰后合。

"我说五妹你年纪不大,倒是迷信得很,居然给我买了一个锅,哈哈。"

"不是说搬新家要燎锅底的吗?你收着吧,吉利。"

"嗯嗯,我收下了,快进来,看看我家。"华琳拉着华笙的手,带她到处参观。

装修的也是简约风格,一看就是普通人家,和华家的豪宅不能比,和十里春风的低调奢华更是没办法比,可华笙知道,华琳不在乎这些。

"这些都是我和浩子弄的,全部下来装修才花了十二万,划算吧?"

华琳说。

"嗯,很划算。"华笙点头。

"浩子很节俭,很多东西都是自己亲自去买去砍价,甚至很多活儿都是自己做的,没找工人。我那天一进来啊,就喜欢得不得了,你看看这里,这幅画还是我之前跟他提过的,没想到他就给我买了,还有这里。

"这个电表箱很难看,我就建议他用装修遮住,他都照做了,还有那个主卧的飘窗,也是我想要的,本来这里是没有的,都是他后来给我安装的,下了不少工夫。"华琳言语间透着幸福,透着对白浩的爱意和崇拜。

华笙看她这么开心,也很是高兴。

参观完毕后,几人围着餐桌聊天。白浩主动进了厨房做饭,本来春桃要去帮忙,他拒绝了,还给几个女人洗了水果。

"哇,四小姐你老公真不错,还会做饭,还细心。"春桃都忍不住赞道,华琳只是幸福地笑。

这时,白浩接了一个电话,然后转身出来:"小琳,我临时有个任务,出去一下,马上回来。"

"嗯,你去吧,没事。"华琳点点头。

半小时后,白浩匆匆返回。

"老公,你处理完了?"华琳起身去接,特意看了看白浩身上可有伤势。

"嗯,没啥大事,就是一个精神病在街上发疯,我有个同事跟他对峙的时候不小心被他用水果刀刺伤了,也是倒霉,还好没有生命危险,已经处理完事了,我去给你们做饭,都饿了吧?"白浩说完,匆匆进了厨房继续做饭。

白浩做了六个菜一个汤,知道华笙不吃肉,特意以素菜为主,诚意满满。吃完饭出门的时候,一个花盆就那么毫无预兆地从天而降。

华笙下意识地觉得有危险,挪了几步,可还是被砸中了手臂,手腕处被划了一个口,鲜血直流。

春桃吓傻了眼,赶紧送华笙去了医院,还给江流打了电话。

江流来的时候,华笙坐在急诊室的椅子上,手腕已经包扎完毕。

"怎么弄的?"江流抬起华笙的手,仔细瞧了又瞧,想责怪几句,可却始终不忍。

"没事,小伤。"

"姑爷,小姐她……"

江流知道是华笙不让春桃说的。

春桃只得小声道:"小姐她特别不小心,被砸伤了还不让我告诉你,说是小伤,还好我偷偷给您打了电话。"

"嗯,干得漂亮,晚上给你加鸡腿。"

春桃顿时嘻嘻笑,觉得姑爷也有可爱的时候。

然后江流就将华笙禁锢在怀中,兴师问罪:"你最近越发地胆子大了,是谁给你的勇气,梁静茹吗?"

"梁静茹是谁?"不能怪华笙啊,她的确不追星的,也很少听歌,她活得就是像一个古代人。

"行吧,当我没说。"江流很是尴尬地摸了摸鼻尖,想着他家的小姑娘确实不懂这些梗啊,以后还是不要尬聊了吧!

虽然华笙坚持自己没事,可江流还是让医生又仔仔细细给检查了一遍,又问清楚伤口会不会感染会不会留疤之类的,最后开了一大堆的药回家。

两人一起走出医院的时候狗仔队正好也在附近。江流搂着她的肩膀,细心呵护着,怎么看都是一对恩爱夫妻。

果然,当晚两人就再一次上了新闻和热搜。名字就叫:生姜夫妇。

至于为什么叫生姜夫妇?还不是有些奇葩的 CP 粉给取的。

生就是华笙的意思,姜就是江流的谐音,还真别说,这生姜夫妇,还真的挺有意思。

谢东阳很少关注新闻,可是有华笙的新闻除外。

他晚上在豪宅喝酒看篮球比赛,有好事者发来新闻链接,他顺手点开,上面是一张照片,就是华笙走出医院的时候,江流搂着她的亲密照。

华笙手上的纱布也是很明显,一看她受伤了,谢东阳心口没来由地一紧。

耐着性子继续看新闻,上面写道:顶级豪门新婚夫妇江流和妻子华笙今日现身第一医院,江太太似乎受了伤,江流细心呵护全程照顾,夫妻感情甜蜜,羡煞旁人。

下面不少网友开始跟风。

网友 A:哇,好羡慕江太太,有那么温柔多金的老公,你们看江总的眼神,温柔到不行啊!

网友B:我站生姜夫妇,简直男才女貌,都说他俩是商业联婚,可我怎么看人家是两情相悦呢。眼神不能骗人吧?

网友C:呃,难道只有我觉得江太太是被家暴才受伤了吗?说不定江流表面上对她好,私下虐她呢,很多电影都这么演的啊!就是那种老公表面上是高富帅,其实是个大变态。

谢东阳没什么心情继续看,直接将新闻关闭,然后打开微信。

其实加上华笙微信那还是不久之前的事情,本以为华笙不会加,却没想到还是给了他这个面子。

但是谢东阳不是没皮没脸的人,加了后,也没怎么敢跟华笙说话。就怕人家嫌他嘴碎,给人家不好的印象。

谢东阳:华笙,你受伤了?

华笙:嗯,一点小事。

谢东阳:怎么弄的?

华笙:不小心被花盆砸的。

谢东阳:花盆在哪里?老子要去给它鞭尸。

华笙笑了一下回复:花盆已经被我家春桃砸成粉末丢进垃圾桶了。

谢东阳:我其实很想去看看你,可我又觉得自己没资格。哈,我是不是最近变矫情了?

华笙也不知道该怎么回答这句话,就干脆没回。

又过了五分钟,谢东阳又发了一句:好好照顾自己,我不想等我把你从江流身边抢回来的时候,你满身是伤。

华笙依旧没回,谢东阳是个有执念的人,她也不想去劝说,就任由他去吧。

当晚江流细心帮华笙换药,然后帮她洗头发吹头发,温柔至极。摸着华笙满头的青丝,江流心里很满足,忍不住抱着华笙的额头吻下去。

"别别,江流,头发好痒!"华笙实在忍不住,头缩了下去,像极了可爱的白兔。

洗澡之后,华笙先上了床。

江流怕她自己会害怕,干脆就把笔记本电脑搬进来,在华笙的卧室里办公。

工作做完后,江流也就什么都不做,静静地坐在沙发上,一言不发,就这么静静地看着华笙。那精致的眉毛,时不时地跳动两下,就像是一只可爱的狸猫一样。

江流实在忍不住想用手挑挑她的眉毛,逗逗华笙,可是一想到华笙今天经历的事情,又不忍打扰她的美梦,于是停止手上的动作。

一直到十点钟,华笙熟睡了之后,江流忙完,洗澡上床,轻轻搂着她。

不过说来也怪,江流搂着她的时候,华笙就不会做任何梦,睡得特别特别好。

当然,她睡得好,可也苦了江流。明明就是一个年轻气盛的小伙子,面对自己喜欢的女人,只能一直抱着,江流所有的心事和怨念都消失了,他低下头轻轻吻着……

晚上十一点四十,华芷结束了走秀后,被助理送回了住所。等大家都走了,她马上换衣服偷偷下楼,然后直接钻进了路边一辆黑色车内。

说来也是好笑,为了不引起别人注意,王君显都不敢开自己的豪车。愣是把自己一个男助理的二十多万丰田给霸占来了,这种平价车江城多的是,自然不会惹人怀疑。

"你来多久了?"

"刚到五分钟。"王君显说。

"我有点饿,我想吃烧烤。"

"嗯。"

华芷无论说什么,王君显几乎都答应,也不嫌弃她事多。没多久两人就来到一个很便宜的烧烤店。老规矩,王君显下去打包,华芷坐在车里等着,然后趁热就在车里吃,弄得车内一股烧烤味。

吃饱喝足后,两人回了王君显的豪华公寓楼。在楼道间两个人又吵了起来。

"大小姐,这词不是这么用的。"王君显说。

"我就喜欢用,你管我?"华芷毫不讲理。

"好好好,你说什么都对。"王君显无奈地笑了笑。

华芷和王君显保密工作确实很不错,几乎没有人发现什么端倪。

凌晨四点钟,天还黑着。王君显送华芷回家的时候,在她下车时,王君显忽然拉住她的手。

"华芷……"

"嗯？"

王君显想了想，抬起头，严肃地看着华芷。

"你退出娱乐圈吧，别做艺人了。"王君显说得很认真，华芷一怔。

华芷好奇："为什么突然说这样的话？"

"就是不想你抛头露面。"

"你直男癌啊！"

王君显："……"

"我要是没有自己的事业，在家给你带孩子、洗衣服、做饭变成黄脸婆，然后等你去找小妖精快活，我好在家以泪洗面，一哭二闹三上吊吗？"

王君显："你太极端了。"

"这不是极端，这就是如今社会的现状啊！纵然我出身豪门，我们门当户对，我再有钱我也是会老的，我必须有自己的事业，否则我一旦闲下来就废了，整天就围着你转，到时候就会失去自我。"

"所以，让我做全职太太的事情，你最好想都不要想，打消这个念头。"

"好吧，当我没说。"不愉快的短暂谈话后，王君显微微叹息，看来还是他太过心急了，不该跟华芷说这些的。

"走了。"华芷是相当不悦，一甩头就直接上楼了。本来这也只是一个小插曲，所以王君显也没太在意。

两人睡过后，有了实质性的关系，自然心态也是发生了变化。

无论男人还是女人，都是有占有欲的，都希望对方只属于自己，所以王君显希望华芷退出娱乐圈，并不是要她做全职太太，她可以有自己的工作，甚至直接进王氏集团都没问题。他只是不希望她以一个艺人的身份出现在大众面前，承受着别人在背后的指指点点。

可华芷没懂王君显的意思，以为他是大男子主义。

华芷回去后，又补了一觉才开工。中午休息的时候，华枫给她打了一个电话，说要一起吃个午饭。她本想拒绝的，可是华枫说父母也来，华芷想了想还是答应了，于是换下戏服，戴着口罩和墨镜开车去赴约。

吃饭的地点就在华氏集团旁的一个私人会馆内，安静，奢华。

华芷来的时候，华枫下楼接的，很是热情。

"三妹，你怎么没好好打扮一番啊，妆都没化？"

"我从片场过来的,拍个古装戏来着,那个浓妆太吓人,我就直接全部擦了。"

其实华芷素颜也是很好看的,因为她是典型的五官立体,皮肤白,眼睛又大,很像混血模特,颜值很能打。之前某时尚周刊就评选过国内素颜十大女神,华芷以十七万票当选素颜女神的冠军,当之无愧。

之前更是在某综艺节目上玩清水洗脸的游戏,很多女星吓得花容失色,华芷直接一盆水洗得干干净净。浓妆褪去后,她的脸看起来很稚嫩。

所以她完全没在意,也没仔细听大姐话里的意思。

"好端端的,怎么在饭店聚餐了?今天是什么好日子吗?"华芷问大姐。

"没有啊,就是聚聚。"

"四妹五妹来了吗?"华芷又问。

华枫摇头:"没有,小琳自从上次后,已经将我和你二姐拉黑,不接电话。五妹的话……我打了电话,但是她身体好像最近不是特别好,就没来。"

"哦……"华芷点点头,心里琢磨可能是华笙和华琳都不喜欢这样的聚会,所以找借口罢了。

华芷进包房的时候,有些意外。因为除了父母、大姐、二姐和两个姐夫之外,还多了一个陌生男人。

这个陌生男人居然坐在了主位上。

那个男人年纪不大,看起来也就三十岁左右,可人家却坐了C位,这是什么意思?

看华芷一脸蒙,华青笑着起身主动介绍道:"三妹,给你介绍一下,这是龙城来的徐公子。"

华芷挑了挑眉毛,没说话。

见华芷这个表情,华青继续解释:"徐公子是你二姐夫的挚友,早年你二姐夫在龙城读书的时候两人是初中同学。要说徐公子啊,可真是名副其实的权贵之家出身,他的父亲那可是龙城的大人物。

"看过新闻吧,徐洪海知道吧,那是他三叔。还有前阵子拿到环保金奖那个大人物,徐红艳知道吧,那是他五姑姑……"

"等下,二姐,这些和我有关系吗?"看二姐介绍得那么殷勤,华芷烦躁得不行。说实话,若不是听说父母在这里,她真的懒得来。

见华芷这么说，华青笑得有些僵硬。

倒是那个徐公子朝着华芷一笑："电视上见过，没想到本人比电视上还美。华芷，我是你粉丝，我看过你所有的电影。"

"哦，谢谢。"华芷反应很冷淡。

也许在娱乐圈混久了，见过不少大人物，所以这样的权贵公子哥她不是很感兴趣，也没把他当盘菜。

"三妹，徐公子这次来，是和你二姐夫叙旧的，也顺便追星。他可是你的铁粉呢，你俩可得好好聊聊。"华青极力撮合。

"来，三妹，坐在这边，陪陪徐公子。"华青的老公也是很看重这个姓徐的，所以让华芷坐在那男人的身边。

这可惹怒了华芷，她直接回了一句："我没有跟粉丝叙旧的习惯啊！我粉丝都知道我很高冷，再说了人家不是二姐夫你的朋友吗？你应该有很多话跟他说才对，我去那边坐算怎么回事？"

这么一句话让刘玉洲顿时不敢吭声，华青给了父亲一个眼神。

还是华镇岳开口打圆场："小芷，徐公子远道而来，是我们的客人，不得无礼。"

"爸您这话说得，我哪有无礼，我根本都不认识他。"华芷直接坐在母亲身边，拿起筷子夹菜，也不顾什么规矩了。

"无妨无妨，伯父，我就喜欢华芷这么直率的性格。"那男人笑的同时，一双眼睛不怀好意地上下打量华芷的身材和脸蛋。

华芷心里那个气啊！她总算看明白了，这哪是什么家人聚会，这就是华青夫妇卖妹求荣的饭局啊！

用她来巴结龙城来的权贵，呸！真让人恶心。

华芷心里第一反应就是，难怪四妹和五妹都不跟她们来往了，华枫和华青还真是可恶至极。连自己亲姐妹都可以利用，之前觉得大姐还没那么可恶，顶多是自私一些，现在看来，大姐跟二姐根本就是一路人，她俩已经霸占了华氏集团，如今还想利用她巴结龙城的权贵，还真是……

华芷心里有了抵触后，更是不好好配合，吃饭也是极快，头都不抬。家里人说什么，要么她就直接顶回去，要么就干脆敷衍了事。趁着那徐公子去洗手间，母亲不知道被华青怎么给洗脑了，居然劝着她说："小芷，你也老大不小了，总不能一辈子做明星混娱乐圈，你也是吃青春饭的，还不如早日找个人嫁了。

"如今你这些姐妹中只有你是单身了,我和你爸都着急得很。徐公子家里人脉广、资源好,最主要是人家是龙城的大户人家,不比我们江城这种小地方,你若真的嫁到徐家,那以后……"

"妈,求你别说了,我有点反胃。"华芷说。

"妈您看看老三,这是什么态度?"华青一脸的不高兴,就因为华芷的不配合,万一惹怒了徐公子,岂不是偷鸡不成蚀把米?

"华青,我今天终于知道四妹五妹为啥躲你跟躲臭狗屎一样了,你还真是让人恶心。"

"老三,你居然这么跟我说话?"华青白了脸。

"这么说话都是客气的,你就是欺负人也得看看对方是谁。我华芷是软柿子吗?你利用我去帮你巴结权贵,你这如意算盘真是打得好。可惜啊,我跟你不一样,不是哈巴狗,看谁都想舔。

"还有,你要是豁得出去,你不如自己直接上,你风姿犹存,脸虽然不怎么好看,但是胜在技术娴熟,自己上,不是更靠谱吗?"华芷大怒道。

"华芷,你不要给脸不要脸!"

美　梦

　　华青被三妹当着这么多人的面损了一顿，肯定是挂不住面子，直接拍了桌子。
　　"要说不要脸，我跟你比还差一大截呢。我以后还得多多练习，有生之年希望能学到二姐你的皮毛。"
　　"你……"华青此时此刻已经说不出话了。
　　"行了，我吃饱了，爸妈你俩也一把年纪了，年轻人的事情不要掺和太多，小琳的事情就是一个例子。好自为之吧。"
　　华芷这次对父母也是有些失望，父母好歹也是豪门出身，为何也愿意去巴结龙城权贵呢？
　　怎么做人就一点尊严都没有了呢？华芷想不通，也不想去想通。
　　华芷说完转身就走，正好在门口跟那个徐公子走个对面。
　　"华芷，你这就要走啊？"
　　华芷瞪着眼前的男人，来了句："不然呢？难道在这里跟你一起过年吗？"
　　徐公子："……"
　　一顿饭吃得相当不愉快，可有外人在场，始终不能闹得太僵。华芷走后，华青为了讨好这个徐公子，又带着他去了夜场玩，还特意找了不少年轻漂亮的女人撑场面，一晚上消费了几十万，也是大手笔了。
　　另外一边，秦皖豫约了江流打台球，江流不放心华笙，先回家去接华笙了。于是他自己无聊，先在会馆里打了一杆，谢东瑶就是这时候进来的。
　　谢东瑶一眼就看见穿着一身米色休闲装的秦皖豫，顿时心动不已。

"秦皖豫。"她的声音很稚嫩,到底还是二十来岁的小姑娘,奶声奶气的。

"你来了?"秦皖豫抬起头,拄着台球杆,微微一笑。

谢东瑶经过几日的细心调养,脸蛋也圆了,气色也好了。她身穿一件驼色的羊绒大衣,穿着黑色的小皮靴,手里拎着一个香奈儿湖水蓝的新款包,一看就是千金大小姐。

头发剪短了一些,齐耳,是那种微卷的 BOBO 头,很可爱。

谢东瑶出国前就喜欢秦皖豫,被拒绝多次后,才伤心欲绝出国了,没想到兜兜转转又见面了。

说起来也有两年多了。

再见到秦皖豫,谢东瑶还是脸红心跳。

"秦皖豫,我早就想找你来着,可我哥说你也忙着呢,怕我烦着你。"

"不会。"秦皖豫淡淡地笑着。

"你和两年前一样,一点都没变,男人果然抗衰老。"小姑娘捧着聊。

"你倒是比之前成熟了那么一丢丢,脸蛋好像也圆了。"

谢东瑶羞涩地捂着脸:"我是这几天被喂胖的。秦皖豫,我是来谢谢你的。我哥说,如果不是你,我可能就要被那些人害了,谢谢你,真的。"

"大难不死必有后福。"

"嗯,我爸妈也这么说。虽然我哥哥说,给了你好处,但我还想自己表示一下。一点点心意,你不要嫌弃。救命之恩无以回报,本想以身相许,奈何公子看不上小女子。哈,所以……只能继续默默暗恋了,不过礼物你总该收下吧。"

谢东瑶的性格很开朗,越是这样,秦皖豫就越没有不自在的感觉,气氛倒是不错。

"这是什么?"看着谢东瑶手中的一个小锦盒,秦皖豫没有接。

"不值什么钱,但是我的一点心意。"

秦皖豫这才接过,缓缓打开,是一枚精致的袖口,对于他们这个级别的人来说,这确实是小东西。

秦皖豫安然收下:"成,那我收了。"

"嗯。"她很开心。

谢东瑶刚要问什么,江流进来了。

江流牵着华笙的手,走进来的一刹那,就好像童话故事里的公主和王子一样,气场十足。

"这位是……"江流也是两年多没见谢东瑶,也早就忘记她的模样。

"江流哥哥,是我,谢东瑶。"

"哎哟,这小姑娘长大了。"江流有些意外。

"哈,是,还长胖了。"谢东瑶笑着,这时,她将目光落在江流身边的女人那里,顿时深吸一口气……

那是一种窒息的美,谢东瑶自认见过美女无数,可是第一次见到华笙的时候,还是有被惊艳到。

华笙当日只穿了一件白色的长款轻薄棉服,打扮得很普通。可就是因为穿着普通,又没化妆,所以才更能体现出逆天的颜值。

谢东瑶觉得,这样的女人,只配出现在画里。她顿时脑子里有闪过一个人,一个虚拟的人物,是金庸老爷子笔下最有名的武侠小说《天龙八部》里的王语嫣——那个让段誉如痴如醉的神仙姐姐。

"我的妈,这就是传说中的神仙姐姐吧?"谢东瑶直接叫了出来。

华笙被谢东瑶这么一喊,也是微微一怔。

秦皖豫和江流都忍不住低声笑,江流一直握着华笙的手没松开,简直是高甜虐狗。

"你别吓着人家江流媳妇。"秦皖豫说。

谢东瑶这才回过神,一路小碎步跑过去,看见华笙,激动地伸出手。

"仙女姐姐你好,我是谢东瑶,就是那个谢东阳的妹妹。"

"你好。"华笙微微点头,但并未伸手。不是她不懂礼貌,是真的不习惯这种肌肤接触的感觉,不过好在谢东瑶也不介意这些小事。

"你坐在这里休息下,我跟皖豫打一杆。"江流对华笙说。

"好。"

江流拿起台球杆,帅气地走过去跟秦皖豫比拼球技。

华笙就安静地坐在休息区等候,台球室温度颇高,她脱下白色的棉服,里面是一件藕粉色的带领结雪纺衫,很淑女。

谢东瑶逮住机会,赶紧凑过去。

"仙女姐姐,我听我哥说过你。"

"是吗?"

"嗯,我哥被你迷得晕头转向,之前我在国外的时候他就老打电话跟我念叨,当时我还想,他估计是一时新鲜,现在看来完全不是啊!我要是男生，我也喜欢你，太好看了，要是把你娶回家，天天看，都能多吃两碗饭的。"

华笙扬起嘴角，只觉得这小姑娘有意思。

"我说的是真心话，不是吹捧你。仙女姐姐，你是不是巨讨厌我哥？"

"还好。"

华笙以前确实有点排斥谢东阳，觉得他很无聊，后来经历了那次药厂改革后，谢东阳能在巅峰时期下架了最卖钱的深度觉醒，华笙就对他改观了不少，觉得他是个有思想有深度的人，没有表面上那么肤浅。

"嘿嘿，我哥其实之前很装的，都是女人围着他转，主动讨好他。他换女人就跟换衣服似的。不过俗话说得好，出来混早晚要还的。他以前作孽太多，连老天都看不过去了，所以派你来收拾他。哈哈，这下可好了，让他也尝尝整天哄着别人却求而不得的滋味。"

"你真是他亲妹妹啊？"华笙忍不住笑。

"是啊，如假包换，不过你别好奇，我就是坑哥专业户，我和我二哥自小就打得不可开交，背地里说他坏话都是小菜一碟了。"

华笙还是笑而不语。

谢东瑶真的是喜欢华笙，所以一个劲地找话题，聊得热火朝天，虽然都是她单方面找话题，但是一点也不影响她对华笙的迷恋程度。

不远处，秦皖豫打了一个球后，指了指那边："看，谢东阳妹子，变身你媳妇的小迷妹了，比他哥还过分。"

"没办法，我媳妇就是招人喜欢，有魅力，怪我喽？"江流得意。

"你这是赤裸裸地炫耀啊……自从你结婚，时不时就要被你强行喂狗粮，我也是醉了。"

"不服你也找啊？"

"不，我没兴趣。"秦皖豫摇头。

"这一点上，你真不如老王，隔壁老王都春心荡漾了。"江流开玩笑。

"你是说他和华芷吧？"

江流和秦皖豫背后一直喊人家王君显为"隔壁老王"，这个称呼也是黑他黑到非洲了。

江流赶紧否认："我可什么都没说，你可别往我身上赖。"

"这怎么还不让说了呢？那天我就看他和华芷眉来眼去的了，不过这很符合我们老王同志的风格,闷骚……"

江流笑笑,不再多说。

说实话,王君显和华芷保密工作很不错,可江流跟王君显认识那么多年,还是有所察觉。

只是没想到他们已经发展到了那一步……

打了一小时的台球后,秦皖豫输给了江流,于是被坑了一顿大餐。谢东瑶也沾了光,跟着蹭了一顿饭。

四人是在一个五星级酒店的西餐厅吃的,牛排、黑松露、龙虾、鹅肝,都是顶级。

华笙因为不吃肉,只是吃了一些蔬菜沙拉、面包还有甜品,然后陪着谢东瑶喝了一点果汁。江流和秦皖豫心情不错,两人开了一瓶红酒,四人边吃边聊。

一直到晚上散场,江流本意是要叫司机来接,可华笙却说她来开。

小姑娘好不容易主动要开车,江流当然要给面子。于是"生姜夫妇"恩恩爱爱地离去,只剩下秦皖豫和谢东瑶。

"我叫代驾吧。"秦皖豫说。

"我来开。"谢东瑶自告奋勇。

"别,还是叫代驾吧。"秦皖豫不相信谢东瑶的开车技术,说什么都不肯。

最终两人叫了代驾,秦皖豫先是送了谢东瑶回家,然后才回自己家。

谢东瑶回来的时候,二哥正好也在,陪着谢宁玩游戏。

"瑶瑶,吃饭了吗?"冯羽问。

"吃过了。"

"看着很高兴啊,和朋友聚会了吗?"

谢东瑶笑而不语,直接走到谢东阳身后,拍了他肩膀一下。

"干吗?"谢东阳说。

"二哥,你猜我今天见到谁了?"

"秦皖豫。"

"你咋知道?"

"用屁股想也知道,就你那点心思……不过我劝你啊,不要跟两年前一样,狗皮膏药一样黏着人家。让人家清静清静,人家好歹是你的救命恩人。"谢东阳一边打游戏一边漫不经心地说。

谢东瑶一撇嘴:"我没有黏着他,虽然我还是喜欢他,可我不会跟以前一样幼稚了。感情这东西本来也不是勉强来的。算了算了,这些都不是重点,重点是,我今天看见神仙姐姐了。"

"哪个神仙?"谢东阳也没注意听。

"华笙姐姐啊,我看见她了。"

果然,一听华笙的名字,谢东阳顿时把游戏手柄丢在地上,转头看谢东瑶:"你看见华笙了?"

"看看你这个样,没出息。"

"别闹,好好说,你在哪里看见她的?"

谢东阳对华笙的事情很感兴趣,干脆游戏也不打了,就追着谢东瑶问。

谢东瑶优哉游哉地坐在沙发上,拿起一个橙子一边剥着一边絮絮叨叨:"今天我去找秦皖豫的时候,正好江流哥哥来了,就带了华笙姐姐。我的妈,她长得真是好看,人也是极好的,没有你说得那么冷,她还一直对我笑呢。"

听谢东瑶这么说,谢东阳心里可嫉妒了。

"那你俩都说啥了,提我了没?"谢东阳急不可耐。

"提了,还是我主动提的。"

"她说什么了?"

"你看你猴急的……"

"别磨叽,快说。小兔崽子……"谢东阳真是要急死了。

"没说什么,我就问她是不是很讨厌你。"

"她怎么说?"

"她说还好,看样子应该是有点讨厌吧。"

"瞎说……她才不会,她都加我微信了。"谢东阳直接弹了一下妹妹的头,表示不信。

"我说二哥,咱能有点自知之明吗?华笙姐姐是好看,可真心不是你的菜啊!她跟江流哥在一起才真的很配,我们就不要做破坏人家家庭的第三者了好吗,乖哦……"

"你懂什么,江流绝非她的良人。"谢东阳皱了皱眉,话里有话。

"怎么个情况?你知道什么?"

"没什么。总之,江流真的没有你们想得那么好。有些事……算了,以后再说。"谢东阳查过江流车祸的那件事,所以知道一些内幕。他几次都想跟华笙说,可看华笙和江流关系还不错,他又没说出口。

最主要的是,他也没办法确定那件事。毕竟那件事过去那么久,而且知情人少之又少。

没有把握的事情他也不太想干,万一打脸多疼。只是他对江流一直都是有芥蒂的,总觉得如果那件事是真的,江家能掩盖那女人死去的证据,会不会将来也对华笙……

当然,这些都只是谢东阳单方面的猜想,他也没和任何人提过。

晚上,谢家人一起吃了饭,谢东瑶回来后,谢家夫妇明显状态好多了。谢家老爷子更是心情大好,每顿都要喝上二两茅台。

饭后,谢宁有些困,被妈妈带着上楼休息,谢东阳拿起外套开车回了自己家。

只是没想到,在门口再次看见了许久不见的梁潇潇。

其实梁潇潇一生最辉煌的时刻,应该就是跟谢东阳在一起的日子,走到哪里都有人喊嫂子,都有人给面子,到处有人送礼请客,简直走上了人生巅峰。

可是有的时候,好运来得快去得也快,分手后,梁潇潇资源大不如从前。

其实若是她好好过日子,谢东阳给她的那些钱、房子、车、珠宝,也足够她衣食无忧了。只可惜,她偏偏是个不安分的主。

离开谢东阳后,她又找了几个富二代混,都是被人玩玩而已,也没弄到什么好处。

再后来,听说跟了一个背景不清不楚的大哥,俗称道上的人。那人四十多岁,脸上一道疤,是混混出身,坐过牢,现在给某地下钱庄当管事的,梁潇潇搭上他后又风光了几日。

可是后来……

"你怎么来这里了?"谢东阳说。

"东阳,救救我……"十一月的北方,晚上已经有零下十七八度,可梁潇潇只穿了一件黑色的皮夹克和小短裙,脸色极差,就算化了浓妆也无法掩盖眼角的细纹。

谢东阳看清楚后暗暗惊讶,这才多久,她就把自己造成这副样子……

"怎么回事?"谢东阳停好车后,微微皱眉,看着一身狼狈的梁潇潇。

"东阳,我可以进去说吗,我有些冷……"她一副楚楚可怜的样子说道。

若是以前的谢东阳,分手后是很绝情的,就算梁潇潇冻死也不会让这个女人进门。可如今,谢东阳心态变了不少,或许是喜欢上华笙后,也有了恻隐之心。

"进来吧。"他打开门,将梁潇潇带进了别墅。

梁潇潇进门后,小心翼翼地换鞋后坐在客厅的沙发上。

谢东阳脱下外套后,在冰箱里拿了两罐可乐,递给她一瓶,随后坐在她对面的沙发上,保持了一定的距离。

"说说吧,怎么回事?"梁潇潇这女人对谢东阳来说,就是传说中的狗皮膏药了。

谢东阳之前警告过梁潇潇后,她再也不敢缠着谢东阳了,这一次出现,谢东阳相信她应该是出了事,不然不会冒险来找他。

听谢东阳这么一问,梁潇潇又红了眼圈,手里的可乐也没动,轻放在茶几上。

"东阳,我博彩和跑马欠了很多钱,走投无路了。"

"博彩?跑马?"谢东阳一愣。

"嗯,我认识杜金奎后,跟了他一阵子,一开始只是在马场帮忙,拉客人赚一些提成。后来……不知道怎么的,就迷上了赌博无法自拔。一开始只输了十几万,后来就想着捞回来,结果一点点陷了进去。"

"你的房子和车呢?"谢东阳质问。

梁潇潇不敢抬头,很小声地说:"都被抵债了,我和杜金奎输了很多,两人在一起差不多有一千多万。他因为和大老板认识,所以还能容他缓缓,我就没那么好运了,我的车子、房子还有珠宝、存款、股票,全部都被他们拿走了。我还欠了不少。"

"那老板说,若是我一周内还不上,就让我在马场里接客还债。东阳,我实在没办法了,我不想陪客……我好歹也是个明星啊!我可以去拍戏、拍广告还债,你帮我一次……我以后绝对不会了,我肯定好好的,我给你写欠条,我一定会还给你的。"梁潇潇说着就对着谢东阳跪了下去,哭得是梨花带雨。

谢东阳叹了口气,直言博彩害人,更气这女人如此没有意志力,居然沾染这个恶习，被人坑得倾家荡产，如今真的要被逼死了。

"你还欠他们多少？"

"还有……还有三百多万……"梁潇潇底气不足。

三百多万对于她来说，已经是个天文数字了。

"哪个马场？"

"就杜金奎在的那个鸿宇马场。"

"嗯，我帮你还，你起来吧。"

"真的？"梁潇潇心头一喜，有些激动。

"真的，你起来。"谢东阳不太喜欢女人给自己跪着，说不出什么滋味。

三百万对谢东阳来说九牛一毛，所以他没有拒绝，当然也是看梁潇潇实在可怜。

"东阳，我给你写欠条吧，我会还给你的，我马上就去找工作拍戏……"梁潇潇说。

"不必，这些钱你不用还，就当我做慈善吧。不过，不会再有下一次了，这是我最后一次帮你。以后你是死是活我都不会管你，你记住，路都是自己走的。"

"是，我记住了。"

"还有，跑马和博彩都是可以人为操控的，庄家会根据盘口出结果，那些踢球的收了钱也会配合演戏，骗你们易如反掌，我劝你回头是岸。"

"是，我真的知道错了，是杜金奎坑了我，我已经打算离开他了。"

"你走吧，钱我会让人送去鸿宇马场，给你结清债务。"

"东阳，真的谢谢你。"梁潇潇有些想哭，又有些舍不得谢东阳。她跟过的那些富二代，她都求过，也都下跪过，可是没有一个人愿意帮她，只有谢东阳，所以谢东阳真是这些公子哥中最有情有义的人了。

"不用谢我。"谢东阳淡淡道。

"东阳，其实我一直挺想问你，当初没有华笙出现的话，你会跟我分手吗？会不会我们到现在还在一起？"梁潇潇做着美梦，她一直都怨恨华笙，认为是华笙剥夺了她最好的机会。

谢东阳有些意外。事到如今，梁潇潇还能问出这样的话来，所以一时间不知道怎么回答了。

两人僵持了差不多有十几秒，谢东阳才看了梁潇潇一眼："就算没有华笙,我们也一样没有结果。因为以前的我,就是那样一个混蛋渣男,换女人如换衣服,女人对我来说只是附属品,所以分手是必然,跟华笙没关系。只是因为她的出现改变了一个混蛋而已,我现在……已经有点知道什么是爱情了。"

梁潇潇深吸一口气,又嫉妒又羡慕,如果自己是那个能让谢东阳懂爱情的人该有多好。

"好吧,谢谢你告诉我……"梁潇潇失魂落魄地转身离去。她来找谢东阳的时候,其实是抱着绝望的心态。因为谢东阳对女人从来都不手软,尤其是分手后——他凭什么给你还赌债呢?

梁潇潇没想到的是,谢东阳居然帮了她,三百多万的债务一下子还清,那种感觉怎么说呢?没有喜悦,没有恐惧,没有解脱,剩下的只是空虚。

或许,她来找谢东阳原本想要的,也只是一个答案罢了。其实她原本还想问谢东阳有没有喜欢过她。可是她知道,问了也是自取其辱,如果喜欢,怎么会分手呢?

她也不过是谢东阳众多女人中的一个,毫无存在感,对于谢东阳来说,就跟衣服一样随便。

但是华笙就不一样了,人家是白月光,是谢东阳生命里那颗最亮的星星。

午夜街头,梁潇潇裹着黑色夹克行走在寒风刺骨的晚上,内心不得不感叹一句,同样是女人,可是命运却天差地别,有的人生来就高高在上,有的人生来就卑贱如草。

华笙,就算没有谢东阳的喜欢,人家也是高高在上的豪门千金。而她,为了过上好一点的生活,永远只能用自己去成为男人的附属品罢了。

另一边,某五星级酒店包房内,华芷收工后,导演和制片人提出要吃个夜宵,顺便聊聊下一部戏。

华芷是个工作狂,为了做到完美,经常是一个镜头拍上几十遍,只求没有瑕疵。这种敬业精神在娱乐圈已经很少见,所以华芷这些年口碑一直很好,不耍大牌,兢兢业业。

华芷原本以为只是吃一个简单的夜宵,没想到在这里还能看见徐哲。

徐哲是谁?就是华青夫妇讨好的那个龙城的权贵,人称徐公子。

看见他的一瞬间,华芷就有些反胃。

徐哲这一次来，说白了就是想睡华芷，京城公子哥玩女人太容易，所以碰上一个不好搞的，更是胃口被吊起来。

徐哲因为身份的缘故，人脉很广，跟华芷这部戏的制片也是熟人，所以自然而然地掺和进来。

整个饭局，华芷都没怎么开口说话，只是低头吃饭。

徐哲倒是没少喝酒，喝得老脸通红，配上那平平的五官，越看越猥琐。

饭后，华芷先行离去，准备开车回家，徐哲厚着脸皮开车一路跟着华芷到了小区楼下。

华芷停好车后，冷着脸问他："你到底要跟着我到什么时候？"

"华芷，跟着我吧，我资源和人脉都比你好，我能带你进好莱坞，走国际路线，你不亏的。"

"跟你个屁，滚。"华芷忍无可忍，掉头就走。

徐哲直接上前扯着华芷头发，就要硬来，也是借着酒劲的缘故，所以动作有些粗暴。

华芷没等发作，就见一个人影冲上来，揪着徐哲的衣领就是一顿拳打脚踢。

华芷震惊，她从来都不知道王君显身手这么干净利落，一看就是个练家子啊，真是太爷们儿了。

华芷今天一整天心情都不好，所以也没跟王君显联络。王君显八点的时候给她发微信，她也没回，所以王君显不放心，就开车一直等在华芷楼下，于是就看见了刚才这一幕。

徐哲也是倒霉，还没等看清楚人，就被打得双眼翻白了，眼睛肿得跟灯泡一样，门牙也掉了三颗。

如果不是华芷拉着，王君显估计还要一脚踢废这个家伙的关键部位。

"别，他是龙城的。"华芷及时出言制止。

王君显收回抬起的脚，然后打了一个电话："赶紧过来一趟，把这个垃圾给我丢垃圾站去。"

就这样，徐哲被暴揍一顿后，都没看清楚是谁动手的，就被王君显的人拽上车，丢进江城郊外一个大型垃圾站。

这绝对是徐公子这一生最狼狈的时刻。

华芷豪宅内。

她洗了澡换好浴袍后走出来,手里还拿着一罐可乐。

她出来的时候,王君显正坐着看电视,电视里是一个谍战片,无聊得很。

"刚才……你真爷们儿。"华芷美滋滋。

王君显瞄了她一眼,面无表情。

"怎么不说话,还想继续跟我装高冷?"华芷凑上去,伸出手指抬起男人的下巴。

他抬起手打掉她的手指:"如果我不来,你就被人占便宜了。"

"不会的,我有防狼喷雾,哈哈。"华芷得意。

"那东西没用的,一个男人对付你还是绰绰有余。你怎么被这种垃圾尾随了都不知道?你的警觉性呢?你的助理和保镖呢?都死了?"

王君显的口气很生硬。看得出来,这男人发飙了。

华芷知道他是担心她,所以心里很是高兴。她小鸟依人般靠在他胸口,罕见地撒娇:"我不是大意了嘛!没想到他胆子这么大,能一路跟来。这男人我见过两次了,跟我二姐夫认识,好像家里挺有背景的,父母应该是龙城有头有脸的人物。"

"那又如何?不管多牛的身份,到江城来,是龙也得盘着,是虎也得卧着。"王君显说。

"你今天真是威武霸气,老娘喜欢。"华芷今天真是兴奋了,第一次看见王君显这么霸气外露的一面,忍不住主动扯了人家的衣服……

另一边,江流煎熬得不行。他依旧搂着华笙睡,可是华笙睡着后,有时候会乱动,所以他就有些忍不住地……胡思乱想。

江流低着头看看怀中睡熟的小姑娘,睫毛卷卷的,嘴唇微红,很是可爱,精致得像个娃娃。她的身体散发着自带的香味,让他更加走神,眼看理智就要一点点崩溃。

"呼呼……"江流闭上眼睛深呼吸。

这时候,华笙无意中将小手一伸,真不是故意的,碰到了某人的耳朵。

顿时一股奇怪的感觉袭遍了全身……

"阿笙……不要这样。"他低哑地开口。

他知道,她已经睡着了,所以自己完全是自言自语,不会得到任何答案。

"你若这样,我就真的对你下手了……"他痛苦地忍着,努力控制最后一丝理智。

而怀中的女人显然对这一切还一无所知,睡得无比香甜。

最终,江流只能贪婪地多看她几眼,然后脑海里出现一些以后可能发生的画面。

最终,一切都回归平静。

次日清晨,因为是周末,所以江流吩咐春桃和银杏晚点做早餐。

在他温暖的怀抱中,华笙一觉睡到了七点五十,简直是史无前例。

江流不知道是哪里有魔力,只要他在,华笙就会莫名地安心,而且睡眠极好。

第一晚,她还有点不习惯,后来渐渐地,已经能坦然被他拥抱入睡。

所以,清晨第一束光照进来的时候,华笙下意识地翻身,搂住江流的腰,慵懒地打了一个哈欠。

"早安,江太太。"

华笙睁开眼,笑了笑。

"几点了?江先生。"她的声音带着一点沙哑和慵懒,像小猫咪一样,又乖又甜。

"已经八点钟了,要起来吃早餐吗?"

"八点了?"华笙睁大了眼睛,猛地起身。

"今天是周末,也不用上学,你着急什么?如果觉得困,再睡会儿也行。"

"不了,还是起来吧,睡得多容易变傻。"华笙念叨着,随后起身洗漱。

江流幸福地看着华笙忙前忙后地洗漱打扮,心情大好。

两人吃完早餐才发现,门外又下起了大雪。

"又是一年寒冬。"华笙端着精致的红茶杯,看着窗外。

"有想去的地方吗?我陪你。"江流说。

"这样的天气,适合出门?"华笙一脸不可思议。

"只要你想,就 OK。"江流说。

华笙想了下,缓缓开口:"我想去钟翠山。"

"可以,现在就出发。"江流对华笙宠到了极致,她一句话,他就可以不顾暴风雪的天气,开车三小时带她回钟翠山。

这一次没有带春桃和银杏,只有他们两个去,所以跟之前不一样。

江流开车很稳,一路上给华笙拿水和点心,把华笙照顾得无微不至。

两人就这样去了钟翠山的别院,这里有专人打扫和看守——是华笙找的一个阿姨。那阿姨以前是伺候老太太的,后来华老太太去世后,这阿姨也是无处可去,华笙就安顿她在这里留守。

阿姨看见华笙来,很是高兴,又是泡茶又是拿果干。

华笙带着江流,每一个屋子都走了一遍,还会说一些小时候的回忆。

"你小时候在这里长大,童年都玩什么?"江流好奇。

"什么都玩,不过我最喜欢下棋,而且喜欢破那种残局。"

"厉害。"江流笑。

"来一局象棋?"华笙兴致不错,主动提出下棋。

"玩可以,不过你输了的话,得亲我一口。"江流提出要求。

华笙脸颊微红:"我不会输的。"

"没关系,我要输了的话,我就亲你一口。"江流偏着头继续逗她。

三分钟后两人坐在榻榻米上喝着热茶,下着象棋,看着窗外的雪花。江流想,神仙眷侣大概就是如此吧?

华笙因为手腕受伤,所以手速有些慢,江流就一直耐心等她。

两人玩了三局,居然都是平局,也是罕见得很。

华笙自认棋艺高超,可遇到江流,才知道山外有山,原来真的有人可以跟她一样聪明,一样有天赋。

"你挺厉害的。"华笙抬起头。

"糟糕,平局我就没得玩了,还不如故意输给你,还能亲你一口。"江流惋惜道。

"你别闹。"华笙涨红了脸。

中午的时候,两人吃了阿姨做的热汤面,里面放了很多蔬菜和西红柿,酸酸的,很爽口。

吃饱后,华笙有些犯困,就迷迷糊糊地靠着贵妃榻睡着了。睡着的时候,手里还抱着一把蒲扇。

江流拿起一旁的毯子,顺手给她盖上,然后身后响起阿姨的声音:"阿笙小姐手里的扇子,是老夫人生前最喜欢的。"

"难怪……"江流恍然大悟。

难怪华笙睡着了都不舍得松开手,一直抱着睡,原来她是想奶奶了。

那老阿姨又说:"姑爷,我们小姐是个长情的人,虽然性格有些孤僻,可心是好的。老夫人活着的时候很疼五小姐。五小姐自小身体不好,一到了冬天寒疾就会发作,老夫人就会花钱买很多的炭火盆送来,把屋子里弄得很暖。

"小姐睡冒汗了,老夫人又要拿着蒲扇坐在她身边,给她扇风,这些对小姐来说,都是最珍贵的回忆。"

"奶奶是最疼阿笙的人了吧。"江流微微叹息。那个老太太他也只见过几次,临走前还交代他好好照顾阿笙的。

"是啊,老夫人总是哭着说小姐命不好,生来就得不到父母的爱,还要被送到这里来,过着尼姑一样的日子,不能跟其他小姐一样去上学,去过正常人的生活。"

"没关系,以后她就会过上最幸福的生活。"江流听了华笙童年的苦涩,微微心疼。

癞蛤蟆吃天鹅肉

华笙醒来后，两人又在山上坐了一会儿，拍了不少雪景才下山。

下山的时候因为台阶陡峭路滑，江流不顾华笙反对，强行背着她下山。

"江流，你放我下来，这样很危险。"华笙说。

"没事，要死也是死在一起，你怕什么？"江流笑道。

"你别胡说，这些话不吉利。"华笙气得捶打他的后背。

江流也只是笑着说道："阿笙，我喜欢背着你，我希望我可以背到八十岁。只要我还能走路，我就会一直背着你。"

那么一瞬间，华笙有点想哭。或许，江流是除了奶奶之后，这个世界上对她最好的人了。

可她为什么总是患得患失呢？或许因为从小就经历了那么多不幸，所以她不敢想自己这样的人有一天也会得到幸福。她总害怕这些幸福是短暂的，会长翅膀飞走。

"干吗不说话？"江流问后背上的人。

"八十岁你自己都要拄着拐杖，哪里还背得动我，尽瞎说。"华笙气鼓鼓道。

"哈哈，没事，我们可以生很多很多孩子，到时候让我们的孩子背着我们。"

"谁要和你生孩子？"华笙嘴上虽然这么说，可心里却隐隐有一丝甜蜜。

"阿笙，你喜欢男孩还是女孩？"江流忽然来了兴致，问她。

江流这个问题还真是把华笙给问住了，因为她从来都没有想过这种问题。毕竟她才二十二岁,也没有做好要生孩子的准备,可江流问了,若不回答,他该是很失落吧。

沉默了十几秒,华笙在江流的背上轻语:"女孩吧,男孩的话有点淘气,我怕我教不好。"

江流听完扑哧一声就乐了,华笙还不高兴:"你笑什么?"

"我是觉得这么才华横溢、文武双才的江太太,天不怕地不怕,居然害怕教育不好孩子,有意思。"

华笙:"……"

"我也喜欢女孩,我就想着我们以后有了女儿,她长得跟你一样,然后我们教她很多东西,最好学小提琴,然后读个音乐学院,以后毕业了,开自己的演奏会,我们就坐在第一排看着她。

"等她以后长大嫁人了,我们也不让她远走,就留在身边,等我们老了,能照顾我们饮食起居,能陪我去买鞋,能给你买护肤品,给你敷面膜,甚至……我们三个还一起去看电影,去看迪士尼的动画,我们一家三口其乐融融。"

江流想得有些远,所以能描绘出这样美好的画面,华笙听了都觉得那一刻无比的幸福。

天空飘着雪花,江流背着华笙一步步下了钟翠山。

这个温暖有爱的画面,后来华笙每次想起来,依然会记得那种幸福的味道。

东阳药业庆功晚宴。

因为华芷代言的香妃玉露销量再创新高,连带着股市一路飙升,谢东阳心情大好,在谢家集团旗下的酒店宴请了集团所有员工,并为他们发奖,包括驻扎西北的研发团队,也就是范教授的那个团队。

谢东阳当晚豪气冲天,一口气送出去十台玛莎拉蒂。西北范教授的团队更是拿到了高达八百万元的奖金,众人情绪高涨,当晚都喝了不少酒。

期间,谢东阳对范教授说:"范叔,谢谢您帮我走到这一步。没有您,就没有今天的我。"

"哎,你小子别这么抬举我,没有我,你还是谢家的公子,依旧有着花不完的钱。倒是我应该感谢你,是你给了我发挥余热的机会,让我这把老骨头在有生之年,还能根据自己心意研发出让百姓受益的产品,我们是相互成全啊！"

谢东阳一听更高兴了，两人一杯一杯地也没少喝。整个集团都沉浸在一片喜悦祥和之中。

这场狂欢一直持续到凌晨两点，谢东阳都不记得自己是怎么进的酒店套房，他还迷迷糊糊地问了一句："范叔他们都安顿好了吧？"

"谢总您放心吧，范教授他们都被送去了酒店休息。"一个女人的声音响起。

听见女人说话的声音，谢东阳抬起头看了一眼。这一看，不要紧，他直接愣住了⋯⋯

谢东阳就觉得眼前的女人，是华笙。

"你你你⋯⋯你怎么会在这里？"谢东阳摇摇晃晃地指着她。

"我看你喝多了，送你回房间休息。"

"你不知道我多想见你。我真的⋯⋯觉得自己是鬼迷心窍了，我真的一刻都不想等了⋯⋯"

或许是酒精的作用，谢东阳低下头冲着女人的脸吻下去。

可还没碰到那女人，他的酒就醒了一半。因为这女人脸上刺鼻的化妆品味道让谢东阳缓过神来。

华笙可从来都不会用这些东西的。他揉了揉眼睛，再仔细一看。

这哪里是什么华笙，这就是公司新来的一个女助理，确实也年轻漂亮，可还是无法跟华笙相比。

"怎么是你？"谢东阳一怔。

那女人也被吓得不轻，她也是刚到集团不久，看谢总喝醉了，就被行政总监指挥送谢总回房间，哪里会想到谢东阳把她当成了别人差点亲下去。若是真的发生什么的话，她的命运估计就要改写了。

"谢总，一直都是我啊，您刚才是不是认错人了？"女助理说。

谢东阳沉下脸："你是新来的？"

"是。"

"叫什么名字？"

"我叫马娇。"那女人弱弱地回着。

"哪个部门的？"

"行政部门的。"

"哦，你回头去销售部吧。"

"谢总……"

"我不太想看见你了,你也别在我眼前晃悠。走吧,要是不服从调派的话,就自己写辞职信。"

谢东阳摆摆手,将女人打发走,真的懒得多看一眼。他此时已经不想去考虑到底是这个女人有心还是无意或者是受人指使上自己的床。

总之,刚才那种感觉,真是太不好了。

所以这女人以后也尽量别出现才好,谢东阳一句话,将新来的美女高才生弄去了销售部。

小姑娘满心委屈,可碍于东阳药业待遇极好,也没辞职,也只能继续老老实实地待着。

华笙这一晃也有日子没去学校了,期间倒是和于萍见面几次。

于萍每周末都会坐着中巴去附近的乡镇收一些古董,然后拿回来给华笙换差价。

这么一来二去,自己倒是存下了七八万块钱。

又到了一个周末,于萍主动给华笙打电话约她见面。

两人约在了市中心一个高档的西餐厅,华笙是春桃开车送去的。

"小笙,我给你点了牛排。"于萍一脸的喜悦。

"有什么好事吗最近?"

说实话,不算华芷和华琳这样的亲姐妹,于萍应该是华笙下山后,第一个结交的朋友了。为了她,华笙破了不少例,为她联络工作赚钱,为她出面与人争执。

这个朋友对华笙而言,意义还是不同的,所以于萍约她,她也没有拒绝。

"挺好的,学校刚下来一个扶贫的奖金,有一万块,本来是要给我的。但是我最近不是自己赚了钱了嘛,我就跟老师说,让他把这个奖金给了咱们班另一个贫困生了。"

"你啊……自己都泥菩萨过河,还顾别人。"华笙无奈摇摇头。

于萍有些害羞,露着小龅牙:"我可不是泥菩萨了,我遇到你后,你已经给我镀了一层金,我现在厉害着呢。"

华笙微微一笑,随后两人边吃边聊。

"小笙,那天你说完那些话后,我仔细想了很久,加上最近我自己也存了不少钱,我想跟你说,能不能帮我联系整容医院啊,我想弄一下。"

你说得对,女人不该拒绝变漂亮的,我人品也不坏,能力也不差,不想只因为脸就处处输给别人。"

"怎么?想通了?"华笙看着她。

"嗯,最主要的一点是,我这只癞蛤蟆想追天鹅啦!"说完,于萍微微脸红。

"你想追袁邵?"华笙果然是够了解于萍的。

于萍羞涩地点点头。

"是什么驱使你这样勇敢了呢?"华笙好奇。

于萍看了看四周没有人,才不好意思地压低声音:"前几日我去看他打篮球了,我那天手里正好拿着一瓶水,但是没好意思送,他中途可能有些口渴,就不知道怎么了,走过来问我,手里的水可以给他喝吗?

"我的天,当时我还以为自己做梦。后来我把水递给他,他还微笑着跟我说谢谢。"

"当时篮球场只有你一个人吗?"华笙说。

"是啊,那天很晚了,同学们都走了,我因为打算去操场夜跑,才看见他和几个隔壁班男生在打球。"

"好吧。"华笙其实没忍心说,当时只有你一个女生,肯定问你要水啊。不过她觉得,既然于萍有勇气了就是好事。

表白被拒绝是一回事,可如果憋在心里不说,那这辈子连表白被拒绝的机会都没有了,两者相比,还是第一种更舒坦一些。

"我知道,你是不是想说,当时只有我一个女生,不找我找谁?"于萍笑着说。

华笙默认,于萍确实还是很会察言观色的。

"可我就是开心啊,就算他是因为口渴没得选择才跟我说话的,我也开心。我当天回来就在想,如果我努力将自己变得好一点,会不会就可以离他近一些了?"

华笙不知道怎么的,听到她说这些话,忽然想起了谢东阳。

当初那个男人也是大言不惭地对她说,他会努力变得很好很优秀,然后把她从江流身边夺回去。

看来,于萍如今的心态倒是跟谢东阳颇为相似。不过,值得赞美的是,于萍终于有勇气了。

"我赞同,你想好了别后悔就行。"

"我不后悔。我只是怕自己钱不够。哈,所以我打算先弄眼睛,听说双眼皮加开眼角,就可以让人变得漂亮很多。若是钱够的话,我再把鼻子做得坚挺一些。还有牙,我的龅牙我想矫正。"

"这些都不是问题,钱也不是问题。"

"不,钱是问题,我现在手里有七万八千块,我琢磨先照这些整,然后剩下的等我赚了再整。"

"也好。"华笙见于萍已经有了自我规划,也没强行说要借钱给她。

跟于萍吃饭后,她抢着买单,说是请华笙的,华笙也没推辞,她还是懂得给朋友留一些面子的。

饭后,华笙想带于萍去自家旗下的整容医院做个面部检查,可一想那里的负责人是华青,她又迟疑了。

最终,她打电话给了华芷,华芷一听立刻介绍了一个整容医生给她,是自己开诊所的医生,很多明星为了保护隐私,都不会去大医院,都找那种手法很好的医生单独做,这正好适合于萍。

拿到联系方式后,华笙带于萍去找了那个整形医生。

另一边,华青确实最近不太顺利,因为华芷得罪了徐公子后,她还跟老公大吵了一架,骂老公是个窝囊废,然后大半夜跑出去鬼混,她意外在酒吧见到了一个熟人。

一开始,华青还以为看错了,仔细确认后,才发现真的是他。

"呵呵,没想到你原来也喜欢这口。"华青看着不远处的刘德凯正猥琐地将手放在一个女人肩膀上。刘德凯没有发现她。

刘德凯是谁?正是华枫那个二十四孝老公,在华家一直扮演好女婿好老公的男人。

刘德凯哪里知道华青会来这里。他已经避开那些富豪经常去的夜场了,这边只是一个不起眼的小酒吧。华青来这里其实也是随便选的,哪知道会这么巧合。

华青拿出手机对着刘德凯偷偷拍摄。

只见刘德凯搂着那女人,最后去了酒店。

次日清晨。

华青去集团总部开晨会的时候,跟刘德凯偶遇。

"大姐夫,最近睡眠不好啊,看你眼圈都黑了?"华青故意问。

"啊,最近工作也多,压力大。"

看刘德凯敷衍,华青只是冷笑了一下,没多说,一直到开完早会后,华枫跟助理出门见客户,华青才去了刘德凯办公室。

"二妹,有事啊?"他一本正经。

"姐夫,你跟我大姐最近感情不好吗?"

"没有啊。"

"那你们是生活不和谐吗?是我大姐工作太忙,没能哄乐和你吗?"华青说得这么直白,刘德凯很是尴尬,脸色一阵青一阵白。

"二妹,这个玩笑有点过了吧……"

"行了,别装了,我倒是真不知道你城府这么深,以前一直以为你是因为害怕大姐,所以才那么老老实实在她身边做一条听话的狗。现在看,还是我太小看你了,狗才会改不了吃屎呢,昨晚玩得愉快不?那个酒吧的女人,一定让你累坏了吧?"

"二妹,你说什么呢?我不懂。"刘德凯此时已经心慌得不得了,可表面上依然要假装淡定。

"真是不见棺材不落泪啊……"华青笑着坐在了他的办公桌上。她跷着二郎腿,一副我什么都知道了的样子。

刘德凯不敢看她,直接别过脸,装得很正人君子。

"看看这个吧。"华青拿出手机,找出昨晚拍摄的视频。

刘德凯瞄了一眼后就傻眼了,这拍得也太清楚了,那些猥琐的动作是一点都不漏。

"你说这要是被大姐看见会如何?"华青好笑地看着已经被吓惨的刘德凯。

"二妹,你听我解释我,我只是一时糊涂。男人都会犯错,我昨晚和客户喝了不少酒,才……唉!求你不要告诉你大姐,我跟她夫妻多年,感情一直很好,若是我俩真的闹矛盾,可怜的只是孩子,我家小涵才上小学……"

如今铁证如山,刘德凯顿时软了,开始打温情牌,想求华青保密。

只可惜……

"保密倒也可以,不过呢……"华青欲言又止。

"你有什么条件你说。"

刘德凯被人撞破丑事,只能自认倒霉,所以华青有什么要求他都恨不得一股脑儿答应,只求不让老婆知道。他从一个什么都没有的人,一直走到现在的集团高层,还不是因为老婆的原因,若真的离婚,那他可就被直接踢出华氏集团了,而且不会带走一分钱。

"姐夫,我其实只想让你听我话,给我多传一些我需要的,也就是我大姐那里独有的集团机密信息就好,没难度吧?"华青在他耳边轻语。

刘德凯倒吸一口凉气,丝毫没有心理准备。

华青伸出手,摆弄自己的指甲:"说实话,我不太喜欢我大姐,尤其是在她身边,我永远是副总,是千年老二,所以我一直想找机会踢她出局,当然钱我不会要,该你们的也不会少,我只要权力。"

刘德凯无论如何都没想到,华青会提出这样的要求。说实话,华青不好看,甚至是五姐妹中最丑的,连华琳都比不过,可偏偏有狼子野心。

刘德凯对她没有一点好感,可是眼下有把柄在人家手里,就是不干也得干了。

最终,在华青的威逼利诱下,刘德凯颤颤巍巍地发誓,当华青的间谍。

华青走出刘德凯办公室的时候,相当得意,毕竟离集团第一把交椅的位子又近了不少。

华青其实不喜欢刘德凯,但是机会难得,他是大姐最信任的人,一定会是最大的突破口。有了视频以后就能百分百控制他了,因为手里的把柄,还不足以摧毁他,若是刘德凯主动跟华枫认错忏悔,没准人家夫妻能和好如初呢?

可是如果自己再找几个信得过的女人,让她们去接近刘德凯,跟刘德凯发生关系,那他就真的没办法求得大姐原谅了。

刘德凯也不可能敢跟老婆摊牌这么多背叛的事,所以华青要的是百分百控制这个男人,为自己所用。

刘德凯如今是迫不得已上了贼船。其实他真的挺冤枉的,因为财政被控制得很严格,所以他根本不可能有机会胡来,只能趁着跟客户喝酒的时候,晚一些回家,去一些酒吧找一些快餐女,最主要的是这些酒吧女人不用花钱,可以免费享受。

刘德凯这几年一直都是这么小心翼翼地消遣,因为都是临时抓的,不涉及情感纠纷,所以也没败露过。

只是没想到,居然被华青抓住了小辫子……

华青是什么人?那是一个跟毒蛇一样的女人,连自己亲姐妹都能坑,亲生父母都能算计的人。一旦被她拿捏住，以后还有好日子？

郁闷的人此时此刻，除了刘德凯外，还有一个，那就是徐哲。

徐哲确实是龙城权贵，仗着家族有一些人脉，所以一直作威作福。

当然他也只能在小地方发发威，在龙城，他这种给人家那些真正豪门公子哥提鞋都不配的。

尝到了在地方作威作福的甜头后，他就来了江城，目标很明确，想要华芷。只是没想到不仅没得到华芷，他还被人莫名其妙一顿揍。

他是咽不下这口恶气的，尤其是被人暴揍后，还被丢在了垃圾场，简直是受尽折磨。

徐哲一瘸一拐地在附近医院简单包扎后，就想要打电话，找人报仇。

他打算先查清楚是谁对自己下手，然后再找人黑华芷，弄得她名声恶臭，出出气。

可没想到，他还没等打完这通电话，旁边的陌生人就递上一堆照片和资料。

徐哲扫了一眼后，就傻了。

旁边的男人缓缓说道："奉我们家老板命令，给徐公子传个话。华芷小姐是我们老板的心头肉，谁也动不得，打你只是一个小小的教训，若是徐公子想报仇的话，那我们老板可就要不讲情面了。"

徐哲不敢说话，但是胸口跌宕起伏地喘息着，这些资料……

"这些资料徐公子看清楚了吧？这些年，你在各个地方做的那些丑事，我们全部都有人证物证，一旦爆料出去，凭借全国的舆论，我相信不仅徐公子你要吃牢饭，你的家里人也会被牵连下马。

"想想三年前XXX的儿子带着司机和保镖祸害女学生事件，那小子现在还在监狱里蹲着呢，徐公子是聪明人，应该不想走那人的路吧？"

"你们……你们老板是谁？"徐哲震惊了，他这些年确实因为身份的原因做了不少荒唐事，一旦真的被爆料，肯定是无法收场的。

男人抚了抚金丝边眼镜框："我们老板是谁，徐公子还是别问了，总之一句话，在龙城有人脉的可不止是你们徐家。而且，这里是江城，是卧虎藏龙的地方，我劝徐公子还是识时务点。"

说完，那人笑着起身，将资料往徐哲手里一塞。

"这些资料就当给徐公子做纪念了，底下有一张回龙城的机票，算是我们老板给你的礼物。"

徐哲拿着那些资料，再也不敢有报复的念头了。因为这人有他所有的黑料，他确实惹不起。最终，徐哲只得吃了闷亏不吭声，灰头土脸地拿着机票，当天下午离开了江城。

华芷本以为徐哲被打后肯定是要闹一闹的，毕竟自诩是龙城来的权贵，那头衔可大了。哪知道那家伙没有一点动静，最终华芷多方打听后才得知，徐哲已经回了龙城。

"该不会是回去找人了吧？"华芷隐约有那么一点点担心。她倒是不怕徐哲把自己怎样，就是怕徐哲查到是王君显动的手，对王家有威胁。

于是她思来想去，还是给王君显发了微信。

华芷：在？

王君显：嗯？

华芷：据说徐哲回京城了。

王君显：然后？

华芷：那个卑鄙小人我担心他被打后不甘心，回去找人对付我们，你要小心一点。

王君显：他不敢的，放心吧。

华芷：你怎么知道他不敢？没听说宁可得罪君子也不要得罪小人吗？

王君显：对付小人有对付小人的办法。

华芷：哦？这么说你有对策？

王君显：这件事我处理，你不用管。

华芷：看不出来，你不动声色，倒是颇有主意。

王君显：这是夸我吗？

华芷：呸，美得你。

王君显：今天几点收工？

华芷：要半夜呢，干吗？

王君显：你说呢？

华芷隔着手机屏幕都脸红了，最近俩人都有点激情过度的意思，华芷总觉得觉不够睡，王君显估计也是精力不足吧？

华芷：不和你说了，哼，继续工作。

王君显笑了笑，放下手机，继续开会中。

其实王君显也没想到，自己会喜欢上华芷这样的女人，那么强势，那么泼辣，那么难搞。

可是在他怀里的时候，华芷就跟小猫一样乖，让人心痒痒。他现在也有点明白为何江流那么宠华笙了，为何秦皖豫一直忘不了初恋。

原来，爱情这东西，一旦尝试，真的会上瘾。

另一边，华笙带于萍在医生检查过后，医生给了整容方案，包括双眼皮开眼角，鼻子植入假体，全脸做线雕V型，唇部整形，还有简单的文眉和美瞳线，这一套下来，一共是十四万。

但是因为是华芷介绍的，所以那医生又给打了五折，最终只收了七万，相当给力。

于萍开心极了，刷卡后约了下星期做手术。

华笙送她回学校后，就直接回了十里春风。她回去的时候，江流也刚到家，看见华笙，江流走过来帮她脱外套，递拖鞋。

"江太太，我有一件事想征得你同意，可否？"江流故意卖关子。

"说。"华笙换好拖鞋后，抱起脚下的小黑朝着沙发走去。

"明天晚上我想请朋友来家里吃个饭。"

"哦？什么朋友？"

华笙本身不是那种爱交朋友的人，所以请人来家里做客这种事，真的不是特别习惯。

"你都认识，就秦皖豫、小鹤、王君显他们，当然为了活跃气氛，我还打算叫华芷、华琳还有白浩，希望征得你同意。毕竟你是女主人。"

也许是怕华笙不理解，所以江流又加了一句："自从我们结婚搬来这里后，他们确实还没来过，搞得我好像不愿意让朋友来家里做客似的，这种感觉很奇怪。"

华笙想了一下，点点头："好，我同意。"

"谢谢江太太。"江流欣喜之余，情不自禁地搂着华笙，对着那黑色的长发就是轻轻一吻。

事实上，他也猜到华笙会同意的，她本来也不是那么不懂得人情世故的人。虽然她喜欢清静，可也不是不愿意招待朋友的人。

"不过我们要准备什么食物呢？我没招待过朋友，这些不太会。"华笙说。

"这些没关系，交给我。"江流说。

"那我可以让春桃和银杏帮你，她们俩厨艺不错的。"

"不用，太麻烦了，我直接买火锅和海鲜就好，简单又好吃。"江流早就想好了,也不想累着那两个丫头。

"也好。"华笙倒是没什么意见。

就这样,"生姜夫妇"愉快地决定了招待朋友的事宜。晚上的时候,江流给那哥几个打了电话。江流宴请肯定都要来啊!而且特意选择的是晚上,就是想等大家下班,不着急慢慢吃。

华芷和华琳是华笙发微信通知的,华芷本来是没兴趣的,可是听说有王君显后,又改口答应了。

华笙看破不说破,于是夫妻俩晚上的时候,躺在床上一直讨论明天要买什么水果和甜点。

华笙忽然感觉,原来生活中还有这么多事情要去做、去安排,虽然忙碌却也充实。

其实华笙原本还想叫于萍也一起来的,可转头一想,不妥当。

于萍跟这些人不是一个圈子的,不是说嫌弃她出身,而是她自己也融入不进来。于萍跟华琳还不一样,华琳出身豪门,只是想过平淡的生活,但是豪门气质还是在的。于萍原本就不自信,华笙不想因为自己的邀请让于萍变得更加自卑。想来想去,华笙还是放弃了。

第二天傍晚,华笙特意换成有些正式的连衣裙,是一条暗红色天鹅绒的长款裙子,收腰款,袖口带蕾丝边,典型的复古宫廷风格,很是高大上,这裙子还是她有一年生日,奶奶送的某品牌限量款。

她倒不是舍不得穿,只是觉得太庄重了,很少穿。如今招待朋友,她也是第一次穿,所以有些小紧张,生怕自己礼数不周。

江流看出华笙的不安,一个劲地安慰她没关系。七点钟的时候,大家陆陆续续都到了。

十里春风的餐厅摆满了一桌子丰盛的佳肴,连春桃和银杏都被江流和华笙招呼着一起入座,十几个人很是热闹。

"嫂子,以前一直觉得你自带仙气,如今看来你也有人间烟火味了,哈哈……怎么样,嫁给我江殿后,是不是觉得人间很值得?"高贺一直都是个闹腾的性子,所以口无遮拦,这么一句话,就让华笙羞涩了。

江流护妻成性,直接把华笙的手放在他的掌心:"小贺,别瞎闹,你嫂子容易害羞。"

"哎呀,都结婚多久了,害羞什么啊!嫂子你要好好锻炼了,看看我,脸皮多厚,到处蹭吃蹭喝。咦?这个龙虾粥谁做的,看着不错啊?"

高贺说着就起身给自己盛了一碗。

"那是银杏做的,她做这个很拿手。"华笙夸赞。

"银杏?这名字……"高贺忍不住吐槽。

银杏斜着眼瞪高贺:"怎样?"

"这名字谁取的,也忒土气了吧?真不是我说你,我都懒得吐槽。"

"那就给我把嘴闭上。"银杏气得想打人。

初次见面,高贺哪里会想到华笙的助理这么牙尖嘴利,被骂得差点人没了。

大家哈哈直笑,华芷这时插嘴道:"银杏和春桃的名字其实是我奶奶取的,我奶奶那个年代的人你们懂的。"

华芷说话的时候,王君显假装不经意地扫了她一眼,但只看了一眼,就赶紧转移视线了。

江流看得清清楚楚,心想,让你小子装,一会就露馅了。

华琳也笑道:"没错,我奶身边那两个阿姨也是,一个叫秋菊,一个叫红梅。"

高贺:"……"

"好吧,你奶奶赢了。"高贺真的是无力吐槽了,给助理取名,其实也都是这类的,哪里会有什么安琪啊、婉若啊这种好听的名字。

"小贺就是爱闹,你别往心里去。"江流害怕高贺的口无遮拦让华笙不舒服,所以赶紧解释。

"不会。"华笙倒是状态不错,一直笑着听大家调侃。期间,江流、王君显、秦皖豫几个商业大佬聊股票和财经。高贺嘴巴碎,就一直跟春桃和银杏斗嘴,还乐此不疲。

华笙怕华琳和白浩尴尬,就跟他们聊了一下婚后的日常。

华芷一开始是低着头用手机跟剧组的人聊工作,后来觉得饿,就吃了点海鲜。期间,时不时会跟王君显有眼神交流,但又怕别人发现,所以故意装得很不熟。

江流最终忍不住问:"老王,你跟华芷以前不是有过节吗?来,主动提一杯,给人家女孩子道个歉,大气一点。"

王君显看了看华芷,华芷咬着嘴唇,赶紧低头看手机。

王君显起身,倒满一杯红酒。

"大明星,来吧。以前所有的不愉快都过去了,我们以后好好的。"

这话确实很内涵,华芷听了都觉得太露骨了,一直担心会不会被人发现。

事实上,她也是想多了,别人根本就没注意,除了江流、华笙和秦皖豫看出点眉头。

"喝呗,谁怕谁?"

王君显主动敬酒,华芷扭扭捏捏地起身,两人提杯喝了一口。

秦皖豫比江流还坏,直接问华芷:"你和谢东阳发展得怎么样了?"

华芷一怔,王君显也是相当不高兴,偷偷吃了一把醋。

"呃……我跟谢东阳本来也没什么啊!"华芷赶紧解释。

秦皖豫还添油加醋:"那不能吧,我看最近很多媒体写那种软文分析你和谢东阳的事情,听说你代言了东阳药业的药后,他们销量翻了几倍,前几日,谢东阳还开庆功宴了呢。还有传闻说,他送了你兰博基尼的粉红色跑车,这事真的假的?"

"咳咳……谁造谣的,我拉出去打死他。"华芷一脸冤枉啊,一边说一边偷偷瞄王君显,就看那家伙什么表情。

"这个新闻我也看了,确实说你收了跑车。"这话是高贺说的,他不知道里面的猫腻,只是想起来那个八卦新闻。

"那都是野八卦啊,你们还信?我哪有什么粉色兰博基尼,那种死亡芭比粉我可不喜欢,那都是村姑的品味好吧!我最近确实想买车,不过不是兰博基尼了,我看上了法拉利周年纪念版。"华芷说。

"就那个法拉利恩佐吗?"高贺一看就是个玩家。

华芷猛点头:"对对对,就那个,你也看见了吧?是不是特别酷?外形仿的是F1,据说车速堪称世界顶级啊,我一直想入手一台来着,不过据说很难订到,我托了不少国外的朋友帮我联系经销商呢。"

"神豪啊,女神就是有钱。"秦皖豫笑道。

"跟你们比不了,我就赚点片酬,你们这些大佬才是人民币玩家。"华芷跟秦皖豫之间也是互捧。

王君显不再说话,而是拿着手机看球赛。酒足饭饱后,高贺提出要打麻将,于是高贺、王君显、江流加上华芷四人进了棋牌室。

秦皖豫拿着红酒去了阳台吹风,华琳抱着小黑跟白浩逗了一会儿猫。后来华琳有些困了,就和白浩就先走了。

华笙不会打麻将,却被江流拖着在身边观看,于是也就听到了关于秦皖豫的消息。

"秦皖豫今晚有些可怜啊，形单影只的，你们几个做哥们儿的不劝劝？"华芷似乎知道一些内幕。

"我们有啥办法，老秦是个死犟的性格，自己想不开，别人说再多都没用。"这话是王君显说的。

华芷看了他一眼，没吭声，罕见地没有抬杠。

高贺嘴巴最松了，直接来了句："我看这样下去老秦不得发展成同性恋啊，要不然咱们几个哪天给他下点药，找两个身材火辣的妹子开开荤算了。男人嘛，开荤后就把持不住了。"

张倩怀孕

"我敢保证他酒醒后,打断你的狗腿。"江流看了一眼高贺。

高贺缩了缩脖子。确实,秦皖豫看着很好说话,但是一旦惹毛他,碰触了底线,对方会死得很难看。

"秦皖豫很优秀啊,为什么不谈女友?"华笙是个单纯的孩子,听来听去都没听明白,为什么秦皖豫会感情空白。

江流低声在她耳边轻语:"老秦年少时有个很恩爱的女友,叫乔雪,后来车祸死了,从那以后他就把自己的感情世界封闭了,为了摆脱家里人的催婚,他就逃离了他生活的城市,一个人来了江城,在这里一住就是七八年。"

"原来是这样……那真是可怜。"华笙有些同情这男人了,毕竟这么痴情的人不多见了。

"乔雪死的时候,才十九岁吧,比秦皖豫小一岁,秦皖豫今年也二十八岁了,算起来乔雪死了有八年了,如果活着,也二十七岁了,真是造化弄人。"华芷第一次听到这件事的时候,震惊不已,后来也逐渐理解了秦皖豫的孤独。

"那只能说明他们缘分已尽,我相信上天对他还会有新的安排。"华笙相信,秦皖豫这么痴情的人,应该不会孤独终老。

十里春风因为朋友们的光临,热闹极了。而另一边,谢东阳跟客户喝完酒后,回到别墅,居然发现了一个惊喜来客。

"我的天,我没看错吧,你是……小黑?"谢东阳蹲下,将在他别墅门口蜷缩成一团的小黑抱起来,很是惊讶。

小黑是一个多小时前从十里春风跑出来的,至于为什么来谢东阳家,这里肯定有故事。

谢东阳以前对猫无感,也不喜欢女人养猫,觉得麻烦,可后来遇到华笙,全变了。

那时候为了接近华笙,他故意被小黑挠了一下。再后来,自己还买了一只和小黑品种一样的小白。只可惜,他也没空照顾,都是保姆在管。

他第一眼看见黑猫就认出来是小黑,这归功于他被小黑挠过,算是不打不相识吧。

小黑也是极有灵性,谢东阳抱它,它也不发火了,而是乖乖趴在他怀里装起了乖宝宝。

谢东阳心情大好,抱着小黑进门,然后还拍照留念。

小黑一开始挺乖,谢东阳怕它饿,让保姆拿了不少猫粮和鱼罐头。小黑象征性地吃了几口,就喵喵叫朝着楼上跑去。再然后,它就跟他家小白疯成一团,两只猫你追我赶,在谢东阳的豪宅里疯跑。

"少爷,这是谁家的野猫啊,不会有传染病吧?"保姆也是个实心眼,照顾小白时间久了有感情了,很是担心它被野猫欺负。

谢东阳一听,急了,为小黑正名:"阿姨,您可说错了,这可不是野猫,这是小黑,我朋友的猫,金贵着呢。和咱们小白一个品种,比咱们小白还要值钱。你可记住了,以后它来,可要好好招待。"

"啊?那少爷您的朋友也来了?"

"那倒没有。"

"那这个猫自己跑来的?"保姆震惊了。

其实不仅是保姆,谢东阳仔细琢磨过味儿也很是震惊,因为十里春风离这里有十多公里的路。小黑自己能跑来,还真是神奇。

但是他绝对没看错,那肯定是华笙的猫没错,因为小黑有一个明显的标记——细看的话,它的瞳孔是深紫色的,这一点跟别的猫完全不一样。

谢东阳随后将照片发给了华笙。

华笙:嗯?

谢东阳:是小黑吧?

华笙:是,它怎么在你家?

谢东阳:说实话,我也不知道,我刚回来的时候,发现它在我家门口蜷缩着,冻得不行,我就抱进来了。它吃饱喝足后跟我们家小白玩去了,你别担心。

华笙:我不担心,小黑是一直很聪明的猫,自己可以找到家。

谢东阳:哈,真是跟着厉害的主子,猫也厉害。

华笙:这话你之前就说过。

谢东阳:哈哈,那时候我还没这么高的觉悟。

闲聊了几句后,谢东阳难以抑制心中的喜悦,还将黑猫照片发到了朋友圈里。

高贺很八卦,看见后直接跟江流说:"这好像是你家的猫……"

江流看了一眼后确定是小黑,就非常郁闷,之前他一直觉得,小黑对他很好,只让他抱的。现在发现这个小家伙居然转头就跟谢东阳撒娇去了,心里十分不爽啊!

于是乎,江流让秦皖豫替自己玩几把,他起身走到华笙跟前。

"阿笙,小黑为什么去谢东阳家了?"

"呃……这个说实话,我也不清楚。"华笙还特意拿手机给他看了谢东阳和自己的微信聊天记录,证实了她确实也不知道。

"这个小崽子,以后再也不给它买鱼罐头了,还有芝士小鱼肠。"江流下决心。

华笙看他这个样子,差点笑喷。

"你还笑得出来?我们家的猫都背叛了。"

"所以江先生,你现在是怎样?该不会是吃一只猫的醋吧?"华笙第一次觉得,江流幼稚起来,真是不输给幼儿园小朋友。

江流挠了挠额头,有一点点尴尬之色:"我哪是吃醋,我是气小黑吃里爬外。"

"小黑虽然是猫,但也不是傻猫,我感觉它去谢东阳家里或许是有目的的。"

"它能有什么目的?该不会是谢东阳给它喂好吃的,吊住了吧?"

"不会的,小黑也不缺吃的,估计有别的原因,待我好好观察一下,江先生请宽心。"华笙看江流那模样就有点想笑。

这场聚会一直持续到深夜十一点半大家才恋恋不舍地离开。

华芷手气很好,横扫众人,据说赢了二十几万。

江流比较腹黑,故意说:"老秦,你送华芷回去吧,这么晚了,她自己走不安全。"

"好嘞,我愿意送女神回家,万一我俩再擦出点火花啥的,岂不是快哉?"秦皖豫这话是故意说给某人听的,只可惜,某人很沉得住气啊!

高贺不明真相,跟着掺和道:"可以可以,我觉得你和华芷姐挺配的,你俩要是凑成一对,我们也都高兴。"

"别闹,我哪里配得上秦总啊,我这个性格,泼妇似的,只能孤独终老了。"说着,华芷扫了王君显一眼,那人还是没吭声,继续装哑巴。

最后,秦皖豫还是没绷住,坏笑道:"哎呀,我忽然想起来一会儿还有一个酒局呢,不能送女神了。老王,你回家不是顺路吗?要不你送华芷?"

"也行。"王君显继续假装淡定,江流和秦皖豫都要笑场了。

华芷倒是有些藏不住了,心里一喜,忙接话:"这个行,王总开车稳,我不会晕车。"

"说得好像你坐过很多次似的。"秦皖豫逗她。

华芷顿时察觉自己失言,忙解释:"我那不是之前坐过一次嘛!你们有完没完了?不就是赢了你们二十几万吗?至于这么围攻我一个姑娘吗?"

"阿笙,你快帮我。"华芷看了一眼华笙,将五妹拉入战局。

"三姐那你就快上车吧,天寒地冻的,不要感冒。"华笙也不多说,笑了笑。其实她也隐隐约约感觉到华芷和王君显之间有点异常。怎么说呢?虽然他俩已经很刻意装作不熟了,但华笙就是有一种他俩有秘密的感觉。可能是因为越掩饰就越明显吧。

随后,华芷如愿上了王君显的车,秦皖豫和高贺等人也离去了。高贺喜欢闹腾,临走还伸手扯了银杏的头发一下,银杏直接一脚踢在他屁股上,然后抄起拖布追着他打。

华笙有些困倦,洗澡后习惯性地往江流怀中一窝,昏昏入睡。

此时此刻,某豪华公寓内,张倩内心一阵激动,她月经延迟四天了,这是从来都没有过的现象。所以她立刻下楼去药店买了一根验孕棒,一试,果然两道杠。

这是怀孕了?

华镇岳虽然年过五十,但因为保养得好,所以老当益壮,两人也是经常做一些男女之事。

张倩激动地发了一条微信过去。

张倩：老公，睡了吗？

华镇岳：怎么了？

张倩：我有一个消息要告诉你，不知道是好是坏。

华镇岳：说吧。

其实他在家的时候还是很小心的，毕竟和妻子在一起，好在华夫人已经睡熟了，华镇岳又是手机静音看电视剧，所以没有被发现。

张倩：老公，我有宝宝了，你要做爸爸了。

华镇岳看完这条微信后，直接脑子"嗡"的一声。

怎么说呢？华镇岳是喜欢张倩，也宠爱这个小老婆，可并没打算让她怀孕。一是因为华家这些女儿都已经长大成人，公司那边自己也没实权了；二是因为这个私生的孩子来路不明，以后要是被人曝光，华家肯定就要闹得天翻地覆，到时候他也没安宁日子。

张倩：老公，怎么不说话？你不高兴吗？

华镇岳：倩倩，我都五十多岁了，再有孩子，会被人笑掉大牙的。

张倩：你是五十多了，可我才三十多啊，我总不能没孩子啊，你就顾着自己。再说了，谁会知道？我们瞒着不就好了？你是怕我的孩子分割你的财产吧？

听张倩生气了，华镇岳忙哄着：你说什么呢？不是那么回事，一个孩子用不了多少钱，就算你没孩子，我也没亏待你不是吗？我只是觉得这个孩子来得不合适。

张倩：既然你这么说，那就做掉好了。不过老公，你真的不想要儿子了吗？你看看江城的豪门大户，哪个没有儿子继承家业？你姑爷再好那也是外人啊！你真的就甘心吗？将来真的到了地下，看你怎么去见华家的列祖列宗！

不得不说张倩很聪明，一句话说到了点子上，华镇岳这些年唯一的遗憾就是没儿子。

东华西王南谢北江，除了华家，哪个不是儿子继承家业？

看华镇岳没吭声，张倩乘胜追击：老公，要不然这样吧，我们先把这孩子留下，等四个月的时候看看性别，若是男孩就留下；若是女孩，我就做手术拿掉，好不好？万一是儿子，也是圆了你多年的心愿啊！

华镇岳：可是……四个月拿掉会很伤身的，我倒是有些担心你的身体。

张倩听他这么说，很是高兴：老公我没事的，为了你我什么都愿意做，我真的好爱你，很想给你生一个孩子，属于我们的孩子，你放心我不会让他跟姐姐们争的。

华镇岳：唉，说这些太早，明天我过去咱们商量一下，你早点休息吧。

华镇岳心里有些乱，原本是打算等以后老了，就跟妻子去华芷在澳洲的豪宅养老的。他心里明白，华枫和华青是指望不上的，华琳和华笙的话，跟他感情也不深。

如今张倩怀孕，他忽然又有了别的计划，不打算去国外了，想着万一张倩真的命好生出儿子来，他老来得子也是喜事一件，到时候自己想办法给张倩母子置办一些家业，哪怕不能认祖归宗，至少也能有个安稳之处。

若是顺利的话，妻子比他死得还早，他甚至可以离开家，去陪张倩母子度过余生。理想总是很丰满，可现实总是很骨感，他此时只顾着畅想美好生活，完全忘记了他的几个女儿是否能容得下这个没出生的孩子存在。尤其是华枫和华青两姐妹，那手段不是一般的毒。

次日清晨，华镇岳早餐都没吃，开着宾利匆匆离开家，去了张倩的住处。他看见验孕棒后，确定是怀孕了，算了算日子，也有一个多月了。

"老公，你想好怎么办了吗？我就等你一句话，你若实在不想留，我现在就去医院做手术，绝不拖累你。"张倩说这些话的时候，眼圈红红的，声音也是温温柔柔，一般男人都会怜悯心泛滥，何况华镇岳还是求子心切的人呢。

张倩越是这么说，华镇岳就越是不忍心。他拉着她的手，在她手背上拍了拍："我哪里会那么狠心，那就依你所说，先留下吧，四个月的时候看看，万一是男孩就好好生下来。到时候你也辞职别上班了，剩下的我来想办法。"

"我就知道你也舍不得。"张倩喜出望外，将头靠在华镇岳胸膛上。

华镇岳不由得感叹："说来也是缘分，其实就算是女孩，我也不忍心让你拿掉，毕竟是一条生命啊！我们就做好准备吧，既来之则安之。"

"嗯嗯，都听老公的。"张倩的眼神略有闪烁之意，她自己的那点小九九，华镇岳自然不知道。

张倩不满足于现状,一直都想要一个孩子,捆绑住华镇岳不说,若是将来能分一点点股份,那就衣食无忧了。

她也想好了,自己也三十几岁了,样貌也没那么出众,找对象的话,也没那么好找。条件太好的人家看不上她;条件不好的她也看不上,不上不下的最难。所以不如就死磕华家这棵大树,万一命好生下儿子,她相信,将华镇岳弄离婚都不是问题。

只是这些话自然不能说,放在心里就好。

张倩怀孕是个意外,但是华镇岳适应后,也是由衷地高兴,所以当天就带着张倩去买了珠宝。不过怕被人发现,他还特意开车去了邻市,买了一条项链和一块手表。项链是钻石的,九万多,手表是卡地亚新出的一款粉色女款,样式跟蓝气球类似,十八万多。两样加一起有二十几万,华镇岳积蓄不如从前,这些还是老太太死后他弄了一些闲钱投入股市赚了一些外快,是妻子不知道的小金库,里面有一百多万的样子,这一下就给张倩花了二十多万,也是大方得很。

张倩很是高兴,跟着华镇岳腻腻歪歪一天,不顾旁人眼光,一口一个老公叫得华镇岳晕头转向。

可世界上没有不透风的墙,华笙之前撞破后,就一直让春桃留意张倩的动向。这不,张倩去医院产检的时候,就被春桃给查到了,她拿到了张倩的检查结果后,震惊不已,匆忙跑回家跟小姐说了。

华笙听完,也是情绪很差。

春桃说:"小姐,这个张倩厉害啊,真的怀上了,老爷都五十多岁了,没想到……"

华笙很是尴尬,又羞愧不已,自己父亲都那么大年纪了,如今还让小三怀孕了,这都不好意思说出口啊!

"小姐,那个女人厉害啊,算计老爷成功了!我在想,怀孕肯定不是老爷希望的。"银杏也分析。

"春桃,她怀了多久?"华笙问。

"四十天了。"

"你去查查,她有没有动什么手脚,我一直觉得这个女人不简单。"华笙说。

"嗯,我这就去查。"春桃领了命令后,转身又出了门。

春桃办事麻利,又认识不少社会上形形色色的人,又有华笙给的资金,所以想查什么轻而易举。

整个下午,华笙都很郁闷,她气得连午饭都没吃,心里一直都重复四个字——为老不尊。

下午的时候,春桃回来,又带回来一个消息。

"小姐小姐,你猜得没错,那女人果然不简单啊!"春桃气喘吁吁地说。

"查到什么了?"华笙手持一杯清茶,还没来得及喝,就轻轻放下。

春桃凑近华笙,在她耳旁低语:"我查了张倩在那家私立医院的看病记录,她之前已经连续三个月打排卵针了。"

"排卵针?"华笙微微皱眉。

怕小姐不懂,春桃特意解释了一番:"排卵针是促进排卵的,正常女生一个月只排一颗卵子,但是如果打了针,一个月会多排好几颗,通常都是备孕的人才这么做。

"很多女星也喜欢打排卵针,因为很容易怀双胞胎和龙凤胎,毕竟概率高了。不过这件事老爷不知道,是张倩偷偷找医生打的,看来她确实是算计了老爷。"

"厉害。"华笙只得感叹一句,为了贪图荣华富贵,这女人真是拼了。

"这件事要不要告诉老爷,若是老爷知道张倩骗了他,估计要翻脸的。"春桃的意思是,想办法把这个小三耍心机的事情透露给华镇岳,让他们翻脸。

但是华笙觉得不妥,她摇摇头:"这个办法不够好,虽然她确实耍了心机,可也真的怀孕了,我父亲不会对她怎样的,再说以张倩的智慧,很快就会哄好他,并且还会打草惊蛇。"

"那怎么办,小姐您该不会容忍这个孩子生下来吧?这可是私生子,这会让华家蒙羞的,夫人知道也会气死的。"春桃隐隐为小姐担心。若是这个丑闻被爆,华家鸡飞狗跳,华笙势必也会被牵连其中,谁都躲不过。

"容我想想。"华笙有些头疼,她不如华青她们一样心狠手辣,但是这个孩子确实是个麻烦。所以华笙一时间也是为难,没下最后的决定。

王君显公寓内,华芷难得不用开工,她给助理放假,昨晚就跑过来了,今天一早也没走,俨然已经把这里当成自己家了。王君显早上去上班,中午惦记华芷,又特意回来陪她吃饭。

不过华芷是不会做饭的,她被人伺候惯了,所以王君显买菜回来,主动烧菜给她吃。

看着王君显在厨房里烧菜的模样,华芷心里就觉得有一种说不出的幸福感。她长这么大也没好好谈过恋爱,所以也不知道原来谈恋爱竟然是这样的美好。

她偷偷拿出手机,偷拍了一张王君显的侧脸,保存起来。

"这里油烟大,快出去。"王君显看了一眼华芷,忙催促。

"我都不知道你居然会做一手好菜。"华芷说。

"国外留学的时候吃不惯西餐,当然自己做了,江流和秦皖豫他们都会,这没什么。"

"那他们肯定没有你做的好吃。"华芷在他身后撒娇,搂着王君显的腰。

"别闹,这里是厨房。"

"厨房怎么了,厨房也可以那啥的,这叫情调。"华芷确实什么都敢说。

酒足饭饱后,华芷懒洋洋地躺在沙发上看电视。王君显收拾干净残局后,拿起外套往外走。

"你今晚还留下来吗?"他问。

"待定,要是临时有通告,就得走。"华芷说。

"嗯,那你下午睡一会儿,难得不用拍戏,好好歇歇。"

"过来一下。"华芷勾勾手。

"干吗?"

"让你来你就来,少废话。"华芷女王脾气又上来了。

王君显无奈,拗不过这个姑奶奶,只得朝着她大步流星走去。

"这里,这里。"华芷指了指自己的脸,撒娇道。

王君显低下头,一吻落在她脸上。

"还有这里。"华芷继续说。

王君显继续听话。

"还有额头。"

"还有鼻子。"

就这样,王君显和华芷闹着闹着,两人就不知不觉来了一场运动。

这次王君显体力极好,等他走了后,华芷都腿软了,根本下不了床。

王君显也没好到哪里去，下午开会的时候，频频瞌睡，第一次这么丢人。

另一边，江流就没这么好运了，家里这个是仙女，要哄着捧着惯着宠着，但是还不能吃，因为人家还没做好准备，弄不好就前功尽弃，所以只能一点点来了。

江流今天回来得早，下午两点多就到家了。他从车上拿下一个玩具熊，大约有半米高，咖啡色的，看着憨憨的，萌到家。

"给你。"江流说。

"你买这个干吗，我又不是小孩。"看着玩具熊，华笙有些惊讶。

春桃和银杏都偷笑，心想，小姐和姑爷越来越有趣了。

江流也是不太好意思："加油的时候加油站的人给的，说做什么活动，我说了不要，非给我塞车里。"

"难怪。"华笙接过玩具熊，抱在怀里，其实这些东西，她本身不是很喜欢，小时候也没玩过。她跟别的女孩不一样，别人小时候喜欢芭比娃娃，喜欢漂亮的房子，喜欢玩具熊，喜欢各种小饰品，华笙却喜欢下棋，喜欢看书，喜欢研究股市，喜欢听各个朝代的历史。

小黑似乎很兴奋，伸出爪子挠了挠玩具熊。

江流看见小黑就来气，直接拎起来抱在怀里，拿手指点了点它的头："你小子还有脸回来，不在谢东阳家养老吗？"

"喵喵喵……"小黑不知道是装傻还是卖萌，在江流怀里很乖。

"没良心的东西，白对你那么好了，你居然跑谢东阳家去了，还给人家抱，你咋么没节操？"

"喵喵喵……"

不管江流说什么，小黑都是喵喵喵。

华笙靠在沙发上，被他俩逗得不行，暂时也忘记了家里那桩事。

将小黑教训一顿后，江流挨着华笙坐下："阿笙，妈过几天要搞一个抗癌的慈善晚宴，咱妈是发起人，当晚筹集的善款要捐给癌症基金会，所以她希望你也能去，给她撑一下场面，有空吗？"

"哪天？"

"这周四晚上八点。"

"可以，妈很少会找我参加这些，这次开口，我是要去的。"华笙对婆婆这个人印象不错。婆婆并没有很难缠，也很少干涉小两口的事情，就是偶尔回去吃饭的时候，喜欢念叨孩子的事，华笙也都习惯了。

"嗯,到时候我可能没空陪你,因为那天我和爸要出差一趟。"

"没关系,我自己能搞定。"

"好乖。"江流亲了下她的额头,春桃和银杏赶紧扭头假装没看见。

晚上的时候,江流出去找秦皖豫,华笙在家将春桃叫来。

"春桃,你想办法让张倩怀孕的事透露给我二姐。剩下的,我们就不用管了。"

春桃一拍脑门:"小姐你好聪明,这招借刀杀人用得妙啊!二小姐知道后肯定要找大小姐的。就二小姐那个歹毒的心肠,估计张倩这孩子是肯定保不住的,说不定老爷都要遭殃。"

华笙纠结了很久,总觉得这么做会有点损,虽然不是她亲自下手,可毕竟是她在幕后策划的。可转头又一想,张倩这女人品行不端,三观不正,为了金钱利益勾引有妇之夫,还耍心机怀了孩子,破坏人家家庭。这样的女人,教训一下也是好的。

所以华笙想来想去,还是决定让春桃去把这个消息透露给华青。至于华青怎么做,那就是她的事了,她若是能容忍,那自己也不会再动张倩了。

毕竟让她亲自下手,她也是下不去的,没有那么狠毒的心肠。

而华琳和华芷从头到尾都不知道这件事的始末。华笙也没打算告诉她们。

春桃领了小姐的命令后,就悄悄出门去办这件事。

中午的时候,银杏打电话来,很着急,说店里来了大客户。

华笙的小店基本都是没什么人光临的,所以听说有大客户她也意外。于是自己开车去了那个隐秘的古董店铺。

华笙走得匆忙,只穿了一件驼色的羊绒大衣,连帽子都没来得及戴。外面还下着雪,她进门的时候,头发上还沾着雪花,倒是很有意境。

"小姐,那个就是。"银杏小声地说。

华笙看了一眼坐在那里喝茶的男人,四十多岁,穿着黑色的大衣,看着也不是个普通人。

"先生你好,我是这家店主,你要买什么?"华笙主动走过去。

那人起身,很是客气:"是这样的,我们家小主之前在这里买过一把扇子,觉得做工极好,所以让我再来看看还有什么好东西,带回去一两件。我刚扫了一眼,品种不太多,并且精品少,你这是暂时缺货,还是把好东西藏起来不卖了？"

华笙听完微微扬起嘴角，敢情这是来买好东西了，还真是大客户呢。

"你们小主就是上次拿走扇子的那个人？她确实眼光不错，不过我倒是很好奇，她想要买什么？古董分好多种类，至少要说个类别，我才好做你们这笔生意。"华笙说。

"我家小主喜欢画画，喝酒，吟诗题词，所以，如果店主你手里有画，有酒杯，或者毛笔、笔筒一类的我们都很有兴趣，钱不是问题。"

"容我想想。"华笙转身坐在椅子上，端起茶杯，边喝边琢磨了一番。

"银杏，你去把那个箱子打开，里面有一个砚台，拿出来给这位先生看看。"

"好的，小姐。"银杏接过小姐手中的钥匙就去了角落里，将一个陈旧的箱子打开，拿出里面那个毫不起眼的砚台。

"这个你家小姐若是喜欢，可以拿回去试试。"华笙说。

"怎么卖？"那人似乎也不太识货，只能问问价格。

"她既然是老客户了，我就给个实惠价格吧，十五万。"

银杏在一旁听得抽了抽嘴角，心想这个破砚台原来这么值钱！

"我可以拍照给我家小主看看吗？问问她的意思。"

"请便。"华笙也是好说话。

随后那人拍照发过去，又接了一个电话后，才转回来："我们小主说买了，请问是刷卡还是银行转账？"

"哦？她看照片后很喜欢吗？"华笙很好奇这个未曾谋面的客人。

"是，我们小主说，店主你的眼光很好，这砚台很合她心意，十五万也不贵，是友情价。"

"好吧，看来也是同道中人，银杏你带这位先生刷卡吧。"华笙心情不错，又成了一单，还这么轻松。

做完这笔生意，主仆二人就开车往十里春风走。银杏半路上很八卦地问："小姐，您说，二小姐要是知道老爷在外面有女人，还怀孕了，那鼻子不得气歪了啊？她最怕有人跟她分家产了。"

"是，她那个脾气，八成会气个半死。"华笙扬起嘴角。

春桃第一次看见小姐有这种幸灾乐祸的表情，可见，她对二姐是有多反感。

华笙也不去想华青到底怎么对付父亲那个心机小三了。她很快就来到了江流母亲慈善晚宴的主场。江流母亲身为上流社会的贵妇，同时也是本市妇女联合基金会主席，一直都在做慈善事业，为丈夫和儿子的事业添砖加瓦。

华笙特意新买了一件晚礼服，素色，没有一点花哨，低调不张扬。

华笙是和华芷一起来的，姐妹俩本来就颜值高，加上一起入场，顿时被媒体团团围住拍照。不远处的宾客也是纷纷夸赞江家儿媳妇漂亮。

华笙和华芷分开后，就直接向婆婆那边走去。

"妈。"华笙说。

"阿笙，你今天穿得太低调了，我都交代江流让他给你买一件好看的礼服，那小子没买吗？"

"不，是我没让，家里还有很多，况且今天是以慈善为主，低调些总是好的。"华笙的一颦一笑恰到好处，没有以前那么淡漠。

谢夫人今日也在场，带着女儿谢东瑶和儿媳妇冯羽。三人见到华笙，也是不由得感慨一番。

华笙跟婆婆聊了一会儿后，又跟谢家人打了一个招呼，随后刚想拿点东西喝，就跟一个人撞上了，华笙惊恐，忙道歉："不好意思。"

"是我不好意思才对，鲁莽了。"那女人的声音有些沙哑，但辨识度极高。

华笙抬起头，打量对面的女人。那女人有着精致的艳红色短发，在灯光的照耀下格外性感。身高与自己差不多，但更瘦弱一些，甚至连胸部都是平平的。

那女人穿着白色的休闲小西装，藕粉色镶钻的高跟鞋。那张脸也是精致得很，有点欧美女人的味道。

"我们……"华笙努力回想，想在记忆库里搜寻一下。她总觉得眼前的女人很面熟。

那女人挑了挑眉毛，等待下文。

"我们是不是见过？"华笙确定，这女人她是熟悉的，可是分明又没见过面，那熟悉的味道让她有些困惑。

听华笙这么一问，那女人"扑哧"一声就乐了："太逗了你，这不是男人搭讪的方式吗，你怎么……"

"我没开玩笑，我真的觉得你很熟悉。"华笙说得很认真。她双手交叠，规规矩矩地拿着手包，盯着那女人的脸，一点笑意也没有。

那女人深吸一口气,将手中的香槟杯放在一旁,看了看华笙。

"据说我们所生活的三维世界有时候会时空交叠,我们某一瞬间曾去过平行世界里,所以才会对一些自己没去过的地方熟悉,对自己没见过的人有面熟的感觉……也许真的是平行世界里的那个你,和那个我,是朋友,这样解释,对吗?"

"你很聪明。"华笙没想到这女人一开口,居然说起了平行世界这么烧脑的话题。

"哎,我也就是胡扯的,你别当真。"

"既然平行世界里我们是朋友,那这个世界……可以吗?"这是华笙生平第一次主动对一个女人伸出手,要做朋友。

那女人惊讶得不行,她似乎知道华笙的身份。

"何德何能与江家少奶奶做朋友,我只是一个普通人,真的很普通。当然如果你不嫌弃,我很高兴认识你。"那女人伸出手,与华笙轻轻一握。

"华笙。"华笙自介绍。

"风兮。"她说。

"风兮,是笔名还是真名?"华笙微微一怔。

"是笔名也是真名。"那女人笑得灿烂。

"那我看过你的书。"华笙从小就喜欢看书,而且口味独特,所以她有些小激动,没想到眼前这个女人居然是作家风兮。

"哦?看过哪本?"那女人也是好奇。

"看过那本比较冷门的《消失的北梁王朝和那些被人遗忘的印记》。"华笙向来喜欢看跟文物有关的书籍,而风兮本身是个历史小说家。唯一一本五年前出版的书,名字叫作《消失的北梁王朝和那些被人遗忘的印记》,卖得并不好,也鲜少有人知道。可华笙却看过,这也是冥冥之中的一种缘分。

听华笙这么说,风兮更加感兴趣:"那么无聊的书,你居然看过?"

"不,那本书一点都不无聊,你写得很棒。"

"谢谢夸奖。"

两个女人就这样认识了,第一次见面就聊得很投缘,一直到江夫人叫人来找她开始募捐的时候,华笙才惊觉,不知不觉和这个女人已经聊了快半个小时,这是以前从来没有过的,她跟陌生人通常不会多说一个字。

　　一直看着华笙远去的背影,风兮拿起酒杯,笑了笑:"今天收获还不小,江家少奶奶人挺有趣。"

　　说完,她将手中的酒一饮而尽,酒量好得惊人。

　　华笙等晚宴结束才走,那时候华芷已经离开了,春桃开车送她回家休息。

　　而此时此刻,有人要睡不着了。

滚 远 点

华青得知有张倩这么个人后,怒不可遏,当知道她怀了自己父亲的孩子后,更是暴跳如雷。

"岂有此理,我要撕了那个不知廉耻的绿茶。"华青瞪着眼睛,气得把桌子上的护肤品全部打翻在地。

"老婆怎么了?"刘玉洲拿着刚洗过的衣服准备放在晾衣架上,就听华青在卧室里发了火。

"滚。"面对这个男人,她已经连分享的心思都没有了。刘玉洲一脸尴尬,立刻关上门不敢多问。

华青气不过,连夜开车出去,去了华枫家里敲门。过了很久才有人来开,竟然是刘德凯。

"你怎么来了?"刘德凯看见华青,吓得一脸苍白。

"怕什么,又不是找你的,我姐呢?"

"她和孩子睡了。"刘德凯挤在门口,也没有让华青进来的意思,他是真的很害怕这个疯狂的女人。

"将她喊起来,我有重要的事。"

"有什么事明天说吧,她回来挺晚的,也累了。"

"哟呵,这会儿知道疼媳妇了,那你在酒吧乱来的时候,咋没想想我姐呢?"

"你小点声。"刘德凯顿时吓得不轻。

"起开,我自己去找。"华青懒得跟这个男人废话,直接推开他,进了主卧,将华枫从睡梦中叫醒。

十五分钟后,华枫、刘德凯、华青三人坐在客厅里,面如死灰。

"二妹,这个事情,准吗?"华枫有点不敢相信。

"当然,我有朋友在那个女人产检的医院,他已经帮我核查过了,已经有一个多月了,你说说咱爸一把年纪还这么不安分,竟给我们姐妹几个添堵,气死我了。"

"这个事情确实是老爷子做得不对,没想到他居然……唉。"自己父亲的事情,华枫也真是不好评论,骂也骂不得,打也打不得。

刘德凯也是一脸震惊,心里琢磨,看不出岳父一脸正气的外表下,原来也是个不安分的老狐狸啊!

一把年纪,居然还弄出私生子来了,真是荒唐极了。

"现在怎么办?"华青双手环胸,歪着头瞪着眼睛。

"太突然了,我得想一下,要不然我们将三妹、四妹、五妹找来,开个会研究下呢?"华枫提议。

华青冷笑:"那三个你还敢指望?人家三个是吃粮不管事,集团都是咱俩的事,累死累活还要给她们分红。她们坐享其成,我也是醉了。

"再说了,人家三个都是事不关己高高挂起。爸有了外遇,有了私生子,威胁的是我们俩,懂吗?万一生下一个男孩,你敢保证,集团不会有变动吗?你敢说你我不会被爸联合董事会那些叔伯罢免吗?"

"这……"听华青这么说,华枫也是动摇了,确实,万一小三生出儿子,那华家可就要变天了。

"依我看,不如告诉咱妈,让妈去收拾爸好了。"刘德凯提议。

华青瞪了刘德凯一眼:"你这是什么鬼主意?我妈本来就身体不好,要是闹起来那还不得气死?再说了,一旦闹大,有记者知道,这件事爆料出去,公司还是要震动的,股市下跌是轻的,弄不好,以后都难以缓过来,这件事绝对要低调处理。"

三人研究到半夜也没有研究出个什么来,最终华青愤愤离去。

与此同时,睡不好的还有华芷,她半夜收工回来无意中听说了一个消息。据说跟王家合作的那个豪门世家今日已经到达江城,王君显作为东道主宴请了杨家父女。

新闻上还特意刊登了那个杨小姐的照片,长得居然也是清水出芙蓉。

"难怪一天不给我发微信,原来有新欢了,渣男。"华芷在家暗暗生闷气。

事实上,媒体是有夸大其词的,杨家父女是来了,不过只跟王君显吃了中午饭。晚上的时候,人家就跟其他大佬一起吃的,杨小姐也没有私下见王君显,而是跟父亲住进了五星级酒店。

而王君显之所以忙,是因为王家出了点家事,乱成一锅粥了。起因是王家老太太的一个翡翠手镯丢了,那个镯子价值三百多万。老太太喜欢得很,有一天洗澡后不知道随手放在哪里,就不见了。

老太太气急败坏,一口咬定是被人偷了,于是把王家所有的佣人叫来挨个排查。此事还惊动了王君显的姐姐、姐夫、父母和他本人。甚至连一些住在附近的宗亲都来了,堪比三司会审。

王家老太太是一个跟老太君一样的人物,极其难搞,而且那个脾气蛮不讲理。因为年事已高,大家又不敢招惹,所以王君显才没给华芷发微信,但是却被华芷误会跟杨小姐约会去了。

"君显,你不是有公安局的朋友吗?报警,给我好好找找。"

"奶奶,今天太晚了,明天再说好吗?您先休息。"王君显说。

"绝不可能,镯子找不到我休息个屁啊!三百多万的东西,说没就没了?哪有这样的,真是晦气死了。我要是知道谁拿的,我决不轻饶。"老太太一口气在胸口,根本没心思睡觉,打定主意要闹个天翻地覆。

王家上下十几个佣人男男女女站成一排,被老太太也是折磨得不轻。

"妈,三百多万而已,回头再买一个,您至于吗?"王君显的父亲微微叹息。

"你懂什么?那是钱的事情吗?那是有意义的,那是我六十六那年,你爹给我买的,如今你爹都去了那么多年,这个手镯是我唯一的念想了,掘地三尺也必须给我找。"老太太将拐杖狠狠地一丢,"哐当"一声,全家顿时鸦雀无声。

王君显揉了揉太阳穴,很是无奈。这时,偏偏华芷发了微信过来。

华芷:你是死人吗?一天没动静。

王君显:有事。

华芷:呵呵,是有事,我看你是和杨小姐有事吧。怎样,背着我偷情爽吗,刺激吗?

王君显:华芷你这是干吗?不要闹好不好?

王君显被奶奶折磨得不轻,真的是心力交瘁,华芷这样的语气让他更是心情焦躁。

华芷:我闹?你当我是什么了?王君显,你是提了裤子不认账是吧?

王君显：不用说得这么难听吧？你难道不是自愿的？

华芷：是是是，我是瞎了才会跟你睡。我真是瞎了狗眼，滚吧你，渣男。

王君显：……

王君显都无语了，自己都不知道怎么了，就被华芷骂渣男，最可怕的是最后那个省略号发过去的时候，显示对方拒收了你的消息。

这是妥妥被拉黑的节奏啊！

若是平时，王君显肯定要开车过去找华芷的，可是眼下……

他刚要转身，就被老太太喊住："君显，你可不能走，你是未来的一家之主，你必须给奶奶解决这件事。"

王君显："……"

就这样，王君显被老太太纠缠住，错过了解释的机会。

次日清晨，一个新闻刷屏了，热搜一直居高不下。热搜话题是：华芷、凌梵高甜CP。

凌梵是谁？是当今偶像圈当红的小生，颜值在线演技在线，仙侠剧专业户，曾经因出演仙侠剧《仙魔奇侠传》而爆红。年纪比华芷小了一岁，两人曾经有过一些零零星星的绯闻，但是当事人都没正面回应。

如今，华芷居然正面回应此事，华芷说：凌梵是个不错的男人，也是我的理想型。

看完这句话，王君显顿时黑下脸。

华芷公开说这些话，顿时引起媒体的疯狂炒作，凌梵的公司也是配合炒热度和话题，简直双赢。

可华芷真的没想炒热度，她只是单纯气王君显。她以为，王君显看见新闻后，会马上来找她的，可她还是失望了。

整整一天，王君显一点动静都没有。

到了晚上六点钟，华芷和女助理看完一场时装秀后，刚要离席，手机微信响起。

华芷顿时心里一惊，然后打开手机一看，再次失望，居然不是王君显。

凌梵：华芷，炒热度怎么不提前告诉一声？太突然了。

华芷：提前告诉你？你算个鸟？

凌梵：哈，你别误会，我不是那个意思，我是说，你想怎样，我都帮你，你想炒作新电影我配合你就好了。

华芷：我不是炒作新电影，我只是最近比较烦躁。

凌梵：这么巧？我也是，要不……喝一杯？

凌梵名气不小，不过也一直没有女友，他曾对华芷委婉地表达想进一步发展，可华芷理都没理。

如今他趁热打铁约华芷出来喝酒，华芷居然答应了，而且两人去的还是一个夜场，摆明了是给媒体拍。

所以当晚八点，微博热搜还是华芷凌梵。

狗仔队放出两人在夜店喝酒的照片，然后很多粉丝相信两人估计是有戏。

王君显晚上八点钟还在加班处理公文，看到新闻后，面色一冷。

随后将手机丢在一旁，继续加班，也不理会。

既然华芷想作天作地，那就由着她去吧，他也不是闲人，每天还有很多事要处理，没时间去哄一个这么作的女人。

王家老太太的手镯已经折磨得全家发疯，好在最终在她的床底下找到了，这件事才平息下来。

华芷跟凌梵一直喝酒到了十点钟，看王君显还是没动静，华芷也就坐不住了。

"我有些醉了，先回家了。"华芷说。

"我送你。"凌梵暧昧地要伸手去搀扶华芷，却被华芷巧妙地避开，她不喜欢和这些不熟的人有任何肢体接触。

拒绝了凌梵后，华芷直接回了自己公寓，回来的路上还幻想，那个家伙会不会等在她楼下，或者是她家门口。

可是一直到她开门进房，都没见到一个鬼影子，不禁再次失望了。

华芷其实情商很好，这些年在娱乐圈很吃得开，可因为没有谈过恋爱，根本就没有一点点经验，所以才容易钻牛角尖。并且她一出生就是众星捧月，在家被家人捧着，在娱乐圈被粉丝和公司捧着，平时私下里也被朋友们捧着。这样一个高高在上有着严重偶像包袱的女神，肯定是受不了被人冷落的。

在她看来，她跟王君显在一起，明明是她吃了亏，那家伙占了便宜的。

晚上十一点，她翻来覆去实在睡不着，憋着气给王君显发了一条微信。

华芷：你是死了吗？

她将人家先从黑名单拉回来了，可是等了半小时没见回信，就气得再次拉黑，然后将手机直接摔下床。

王君显其实看到华芷的微信了，但是这样带着情绪的问话，他实在不知道怎么回答，毕竟他也是个没恋爱经验的人啊！

次日清晨，就看见微博热搜还是华芷，原因是华芷凌晨两点多发了一条微博。

微博上这么写的：现在这个时代，好像每个人都很小心翼翼，只会浅浅地喜欢。浅到一吵架就分手，一冷战就放弃，浅到连消息都懒得回一句，浅到还没真正相爱，就彼此转身了，呵。

王君显看完这些话，心口莫名一疼……

说实话，王君显从来没想到华芷那样神经大条的女人还有如此敏感的一面。

凌晨两点多发的微博，说明她没睡好，是因为自己吗？

王君显知道那些话是说给自己听的，所以华芷这是要放弃了吗？

王君显是典型的摩羯男，一直都是那种工作至上的，遇到华芷之前，他曾一度认为，没有女人的生活也一样完整。

再后来，她意外出现，意外跟他有了肌肤之亲，有了亲密度，平静的心也就有了涟漪。

只是，他不太会处理感情方面的事，而且也不想低声下气去讨好一个人。

最主要的是，这次冷战事件，他一直没觉得是自己做得不好，他甚至想，或许是两人的性格真的不合适吧。

那样的话，分开也好，对彼此都好。

所以华芷发了那样的微博后，王君显还是沉默不语。

华芷一整天都心烦意乱，甚至有些想哭，她想到之前王君显对她的宠，再看看现在的冷，判若两人，这反差之大让她无所适从。

倒是华笙看到微博后，给她发了消息问怎么回事。华芷也是敷衍了几句，毕竟她和王君显的事情没几个人知道，也许一直到分手，都没人知道。

另一边，华青背着大姐，将刘德凯约了出去，两人不敢去太显眼的地方见面，只能开车到郊外一个农家乐，找了一间隐秘的平房。

华青是个很强势的人，她若想见面，刘德凯不可能拒绝得了。而且除了那次后，华青还找了几个女人去给刘德凯继续下套，他依旧没逃过考验。男人嘛，色字当头，所以华青对他的控制，基本是如鱼得水了。

不管华青和大姐还是和刘德凯，都是利益关系，这一点，两人心知肚明。

"那件事，我大姐后来给你说什么了吗？"华青问。

"倒是没有，我看她心情也不太好，你也知道，这家里，她和咱爸感情最好，如今老爷子这样，她肯定伤心不已。"

"伤心有个屁用，都威胁到我们的权利和金钱了，还不赶紧有动作？"

"你大姐下不了狠心吧，一直纠结着，还想着要不要找咱爸谈谈。"

"打住吧，你可别让她打草惊蛇，这件事绝对不能直接问爸，老头子精明得很，不能给他对付我们的时间。"华青撇嘴。

"那你说怎么办？"

"怎么办都要办，我绝对不允许那个孩子出来的，包括那个绿茶，也要一起除掉才行。"

"你不要做得太过，毕竟人命关天，你这个身份还是要小心行事为好。"刘德凯真害怕华青直接弄死张倩和肚子里的孩子，毕竟是杀人犯法的事，还是要谨慎。

"我才不会那么愚蠢，我有别的办法……"

"嗯，总之我和你大姐也没什么主意，都以你为准。"

这话华青很爱听，她凑过来，笑了笑："刘德凯，讲真，你其实是个挺有能力的人，不该屈居人下，我大姐总觉得你能力不行，其实是根本就没给过你展示自己的机会。

"你想过没有，以后咱俩若是将我大姐架空，你自己拿实权，到时候华家就是我们俩说了算，我不会让你白帮我的，而你也不想一辈子看她脸色过日子吧？"

刘德凯被她这么一说，还真的有点小心动。他这点小心思，也被华青看在眼里。

华青最近已经通过刘德凯拿到了不少大姐那边的机密文件，下一步就是找机会泼一盆脏水在大姐身上，让董事会对她失去信任。

见刘德凯不说话，华青继续怂恿："其实我大姐那人怎么说呢，她在外人面前对你好像很好，可一旦到了我们华家老宅，就把你当狗使唤，不过也能理解，毕竟你又不是我大姐最爱的人，她心里可能只喜欢过……算了，过去的事情不提了。"

听华青话里有话，刘德凯忙问："你别说一半，继续说，她心里有谁？"

"我大姐有个前男友你知道吧？"

"知道，不是大学那个书呆子吗？"刘德凯脸色不太好看，毕竟是自己妻子的情史。

华青点燃一根烟，故意神神秘秘地，让刘德凯好奇心达到顶峰。

"嗯，就是那人，那是我大姐的初恋，我大姐很喜欢他，当初都想私奔来着，但是那人家里很穷，而且兄弟姐妹多，我父母死活不同意，据说我大姐为他打过孩子的，只是我没亲眼看见过，所以也不敢乱说。

"我也是有次无意中听我母亲说漏嘴才知道的，说是在一个小诊所打的，我大姐为此还得了病，这个你应该清楚，她妇科病很重的。"

说完，华青瞄了刘德凯一眼，果然，他的脸色已经不能用难看来形容了。

"继续说。"

"其实也没啥好说的，年少轻狂，谁没爱过人啊！我大姐那次后就跟变了一个人似的，后来也没人提了，不过我看她对你也还行，虽然不比前男友，但是也算不错了。"

刘德凯此时此刻心里已经很不是滋味，一想到妻子为前男友付出那么多，就觉得反胃。

然后不知道是报复还是什么，气得一拳将桌子砸碎。

"唉，你也想开点，谁还没个过去呢……"华青嘴上这么说，可其实这句话更刺激刘德凯了，他简直愤怒得想杀人。

就这样，华青三言两语挑拨了大姐的夫妻情分，还让刘德凯对大姐有了恨意和芥蒂，这样以后就会对自己更忠心了，毕竟自己可以给他很多钱、很多利益，刘德凯这个中年男人已经是差不多被华青变成傻子，知道的秘密，几乎是问什么说什么。

除了要对付张倩之外，华青还做了一件更狠辣的事，就是限制了华镇岳的财务自由。

她将华镇岳名下的股票基金全部冻结，将信用卡也停了，华镇岳名下的那点私房钱也被查出来,被她直接转移到母亲名下。

说白了华镇岳能动用的资金只有微信上的五千块零钱和支付宝里一万元的备用金。

起初他是不知道的,直到张倩念叨说要给孩子买一些婴儿用品的时候,华镇岳才发现余额不足,然后就慌了,换了几张卡还是这样。

他不得不拿起电话打给银行,银行的人直接说是华家集团有人出面冻结了他的卡。

他又打给华枫,华枫不知情,他又打给华青,因为在集团里说了算的只有这姐妹俩了。

华青接到电话的时候,故意问:"爸,什么事?"

"青,你怎么把我卡停了?"

"啊,公司最近跟人打官司有些纠纷,对面起诉我们索赔天价,我哪里能惯着他们,就跟他们对峙上了,您不还是公司的法人嘛,所以他们申请冻结了您的资产,不过没事,等官司结了,就解冻了,您现在用钱可以问我妈要,没事的。"

说完,华青就挂了电话,华镇岳自然是有苦说不出啊!

"老公,我要给宝宝买婴儿用品了,不资助我一些吗?"张倩一看老头子没动静,就等不及直接要钱了。

"我卡出了点问题,你先自己垫上,回头我给你补上。"

张倩看到这条微信后,顿时脸一沉:"真是抠门,说你的卡有问题鬼才相信。哼,现在不给没关系,等我生了儿子看我怎么搅和你们华家。"

张倩是铁了心要跟华家死磕了,就算最后真的生下女儿,她也不打算跑空的,勒索个一千万抚养费还是没问题的。

张倩为了生男孩,自从怀孕就各种吃酸的,也给华镇岳一种错觉,认为她怀的极有可能是男孩,对她更宠爱一些。

停了父亲的卡只是第一步,华青暂时还没动张倩,憋着大招呢。

十里春风。

华笙在画板前画了一个女人,就是那天在慈善晚宴认识的那个女人,红色短发气质很特别。

她努力回忆,可还是想不起来在哪里见过她。

银杏端着一杯红茶和点心进了画室。

"小姐,您说,这华青也知道好几天了,咋一点动静没有呢?难不成她不想管?"

"急什么,让子弹飞一会儿。"华笙淡淡开口。

"哈,我是觉得挺有意思,没想到华青那人这么能忍,我以为她知道消息就会找到张倩将她撕烂。"银杏可是没少被华青冷嘲热讽,也知道她是华家最坏的一个女人,所以对她很是没有好感。

"越是没动静,就代表越是憋大招呢。看着吧,要变天了。"华笙微微叹息,放下画笔,没有将这幅画画完。

她其实心情不是很好,因为她有些担心华青会怎么对付张倩。

她不是同情那个小三,而是如果真的是下场特别惨的话,她还是有些负罪感吧。

张倩虽然有罪,可孩子是无辜的,她怀孕了是真的。华青那女人向来不手软,这么久没动静,肯定不会有好事。

只怕张倩还不知道自己要面对什么吧。

华笙下午去了整形诊所,去接于萍。

于萍做了全脸手术后,包裹着白纱布很吓人,跟木乃伊似的。

"没事的,她皮肤我做过测试,愈合得很快,我相信恢复个一个月,应该就可以见人了,但是要自然的话,估计要半年。"那医生跟华笙说。

"嗯,麻烦您了。"华笙递上一个红包。

"钱我收了,红包就不要了。"

"收着吧,辛苦了,华芷说你医术很好,她的几个朋友都在这里做的,很满意,我相信于萍恢复后也应该不错。"华笙对华芷还是很信任的,她介绍的人不会差。

于萍被春桃和银杏搀扶着上了华笙的车。

"小笙,我没事,你别担心。"于萍脸此时肿胀成猪头,她也不敢看镜子。

"都有恢复期的,你最近不要上课了,你成绩一向很好,我帮你请一个月假,你安心休养,期末考试直接去就行。

"还有,学校宿舍不能住了,你住的那里人多,我怕你会伤口感染,所以帮你在学校附近租了一个单人公寓,拎包入住的那种。现在就送你过去,那边什么东西都有,也可以自己做饭。"

"小笙,你如此待我,我要怎么报答你才好?"于萍很是内疚,更多的是自卑,因为华笙对她太好了,她总觉得自己无以回报。

华笙拍了拍她的手背:"我不需要你的报答,小萍你只要记得我的一句话,不忘初心方得始终。你以后不管变成什么样子,都不能迷失自己,其实这个世界上很多诱惑,有些人一不小心,就会成为权力和金钱的奴隶,善良的心也会被一点点蚕食掉,我不希望你那样。"

"我不会的,我有自知之明。"于萍情商很高,华笙的意思她顿时就懂了,然后也做了保证。

华笙吩咐银杏时不时去照顾于萍一下,毕竟她一个人也艰难,如今整容恢复期,又赶上大冬天的,不方便出门。

银杏私下还跟春桃吐槽:"你说,咱小姐看着冰冷得很,其实心肠挺热的,当初四小姐生病,都没有人管,我们小姐带着我们跑了多少趟医院?如今这于萍就是一个穷苦的女学生,在学校都没有朋友,可小姐却一步步帮她到现在,也不知道这女人以后会不会感恩。"

春桃也笑:"小姐哪里是需要感恩?小姐是为了自己,咱小姐向来信佛,修的是一个'缘'字。"

"太深奥了,我可不懂。总之,咱小姐是好人,真希望能在她身边伺候一辈子,以后我岁数大了,小姐也老了,就像那些阿姨伺候老夫人一样,多好。"

春桃笑笑没接话。事实上,春桃和银杏自小来华笙身边,属于陪着她一起长大的丫头,感情自然不用说。可春桃知道,华笙不会留她们一辈子,肯定会为她们张罗人生大事,只是如今春桃和银杏年纪都不是很大,还没到时候。

这件事,华笙其实跟江流说过。有天晚上两人上床后,华笙往江流怀里缩了缩。

"我有件事想和你商量。"华笙说。

"江太太请讲。"江流伸出手轻抚她的长发。

"春桃和银杏也都老大不小了,总不能在我身边一辈子,她们都是奶奶在孤儿院选出来的,没有家人,估计也不想找家人。我想,你帮她们留意一下,集团里有没有合适的年轻有为的男生,给她们介绍一下,万一有这个缘分,岂不是更好?"

"哎哟,我们家江太太想做月老。"江流很是意外。因为华笙一向不喜欢多管闲事的。

"没那么严重,什么月老不月老的,她俩在我跟前就跟妹妹一样,我就想她们也能有个好归宿。"

江流点头:"想法是好的,可她们都走了,谁来伺候你?"

"我没那么娇贵,自己也能自理,而且招一些上了年纪的阿姨也行,我都不挑的。"

"嗯,这件事我放在心上,有空我去看看总部有没有这样的人。"

华笙也是提了一嘴,可江流真的就放在心上了。他后来每次开员工大会的时候,都会留心一些年轻有为的员工,看看是否合适。甚至有一次吃晚饭的时候,江流故意跟银杏说:"我公司有个年轻的工程师,是做程序维护的,年薪也有一百多万,父母都是工程师,硬核家庭,我看着小伙子长得也还好,银杏你要不要认识一下?"

银杏直接回了句:"姑爷你问春桃姐吧,她比我还大呢。我还小,不用您操心。"

江流:"……"

春桃一听也不乐意了:"我不离开小姐,至少等小姐生孩子后再说。"

"我也是。"银杏也忙说。

华笙苦笑:"你们这两个傻丫头,等什么等,缘分不等人。"

可不管江流和华笙怎么说,这两个丫头就是不开窍。说多了,银杏就哭了,问华笙是不是要赶走她。

华笙哪里还敢说呢,这件事也就暂时搁置了。

最近除了华家人闹心外,王君显遭殃了。王君显和华芷已经冷战了九天,这是两人自从认识后,第一次这么久没联系,甚至一个电话都没打,一个微信也没发。

华芷为了让自己不那么难受,每天拍戏、接通告,将自己忙得没空悲伤。

王君显更狠,中途出了一趟差,去了东南亚,回来后还是投入工作中。大摩羯嘛,永远工作最大。

两人表面上看着很平静,内心其实都备受煎熬。

杨家千金有意发展,不过被王君显拒绝后就止步了,人家也不是厚脸皮的人,自然不会纠缠。

王家老太太作了一通后,带着几个近身伺候的阿姨去了九华山拜佛,说是为王家祈福。她这么一走,王君显可清净多了。

晚上一家人吃饭的时候，王夫人忽然问儿子："君显，你和华芷挺配的，怎么最近没动静了？虽然她脾气厉害了点，可王家的少奶奶就得是个厉害的，能跟你一起支撑起家。"

"妈，我的事我自己有数。我吃饱了。"王君显不爱听这些，起身就走。本想找秦皖豫一起喝喝酒、听听歌的，哪里想到，这样也能碰见华芷。

秦皖豫和王君显坐的是二楼的一个卡包，华芷的朋友正好订了隔壁，所以华芷她们来的时候，正好路过这一桌。

"哎，华芷。"秦皖豫忙说。

华芷听见声音，扭头，微微一怔，看王君显的表情也是很耐人寻味。

"这么巧？"华芷是对秦皖豫说的。

"啊，我和老王喝点酒，听听歌，一起坐啊？"秦皖豫笑着邀请。

"不了，我跟朋友一起来的，你们玩。"说完华芷就去了隔壁，从头到尾也没理王君显。

秦皖豫侧头看向王君显："你俩怎么回事，气氛不对啊？"

"没事。"王君显拿起酒杯，慢悠悠地喝着威士忌。

"不对，肯定不对劲，你是不是得罪人家了？"秦皖豫看出端倪。华芷这次看王君显的眼神，分明跟上次在江流家吃火锅不一样。

"是她翻脸无情，不怪我。"终于，老王说了一句话。

"翻脸无情？啥意思，你俩……睡了？"秦皖豫还真给蒙对了。

秦皖豫这么扯了一句，王君显居然没反驳，那就是默认了。

秦皖豫多聪明个人啊，顿时明白怎么回事，瞠目结舌看了王君显好半天。

"干吗？"他单手拎着酒杯瞪着秦皖豫。

"可以啊老王，你居然这么早就得手了？你果然配得上隔壁老王这个称号。"

"滚蛋。"王君显确实没心情跟他开玩笑。

就刚才华芷看自己那个眼神……唉……

刚四目对上的一瞬间，他在华芷的眼神里看到了失望、冷漠，还有……绝情。

秦皖豫八卦心大起，很想知道王君显和华芷的故事，可以王君显的性格是绝对不会说的。

秦皖豫套了半天话，一无所获，气得直接起身："你不说是吧，那我问华芷去。"

"去呗，小心挨踹。"王君显友情提示。

秦皖豫拎着酒去了隔壁，他一去华芷那边，她的那些女性朋友顿时两眼冒光。

秦皖豫长得好，谈吐幽默，最主要是有钱啊。在江城，除了四大家族外，就是秦皖豫最有名了，而且口碑还极好，从来不跟女人传绯闻。有一个最近很火的小花旦，演傻白甜偶像剧出名的，长得很清纯，身高有一米七，笑起来还有酒窝，居然主动过来要跟秦皖豫拍照留念。

秦皖豫尴尬扶额："大明星你们弄反了吧，我一老百姓，你要和我拍照？"

"仰慕你很久了，必须拍照留念！"

就这样，秦皖豫过来都没跟华芷说上几句话，就被这些人给围得水泄不通。

华芷倒是清净了，她拿着一瓶百威，想到隔壁坐着的那个男人，居然心口开始微微刺痛。

夜场结束，这两帮人都往外走。

华芷没少喝，走路都有些不稳，好在有朋友搀扶。

"华芷没少喝，你应该过去打个招呼。"秦皖豫实在看不下去了，怂恿王君显过去说句话。

王君显纠结了三秒，慢吞吞地朝着华芷走过去。可他还没有到跟前，就看见华芷一个踉跄朝着前面台阶栽倒下去。

王君显眼疾手快赶紧一把抱住她，手指碰触身体的一刹那，那种熟悉感又回来了。

虽然他俩在一起的时间不长，可没少在一起过夜，所以彼此很了解对方身上的味道，尤其是华芷睡觉特别黏人，经常跟八爪鱼一样搂着王君显。

华芷被抱起来后，扭头看了他一眼，然后有点清醒了。

她狠狠地甩开手臂，将王君显推开："滚远点，别碰老娘。"

仙 女 姐 姐

这么一骂,让王君显的处境有些尴尬。

华芷身边的朋友赶紧解释:"王少,华芷喝醉了,不好意思啊,你别跟她一般见识。"

"没事,你们回吧,本想过来打个招呼的,她醉成这样,也没意义了。"王君显说着要转身,可华芷却更生气,直接冲上来,死死地揪住他衬衫的领子。

"华芷你干吗?"闺蜜都以为她是耍酒疯了,毕竟不知道两人之间的关系。

"王八蛋,我看不起你。"华芷说。

"嗯,看不起就看不起吧。"王君显声音不大。

华芷眼中含泪:"妈的,老娘真是倒了霉了,呵呵,真是惨痛的教训啊……算你狠,你给我等着。"

其实华芷心里明明是想说一些两人之间的话,可一出口,就变成了破口大骂。不过这也确实符合她的性格,王君显倒是也没生气,知道她心里难受。

"行了,华芷,快走吧,别丢人,一会儿有记者来偷拍了。"几个闺蜜连拉带扯地将华芷弄上车,王君显才脱身,回了秦皖豫跟前。

"你把她气得不轻啊!"秦皖豫说。

"是啊,所以说女人真是莫名其妙,还是单身好……为什么要谈恋爱呢,是手机不好玩还是酒不好喝?"王君显自言自语。

秦皖豫三秒钟爆笑……

"你要死啊?"王君显瞪他。

"江流要是听见估计也得笑疯,你谈个恋爱还谈出感想来了……要是谈个三五年,那还不得出本书啊!"

"滚,不说了,回家睡觉。"王君显心情也不大好,没心思开玩笑了,直接叫了代驾回了家。

另一边,谢东阳许久没见到华笙了。华笙最近基本不去学校,单独约吧,又不太好。尤其是跟华笙关系比以前近了后,谢东阳反而有些抹不开面子了,更不敢厚着脸皮表白了。

他苦思冥想很久后,终于找到一个借口。

"华笙,我有些东西要给你,能见个面吗?"

华笙刚好没什么事,就应邀出门了。

一家咖啡厅里,谢东阳穿了一件浅蓝色羊绒大衣,带了一条某大牌围巾,打扮得倒是很清新。

华笙就比较随意,为了保暖只穿了一件黑色长款羽绒服,从头到脚的那种,裹得严严实实。

"听说你有寒疾?"谢东阳直接问她。

华笙点点头:"嗯,是有。"

"怎么得的?"谢东阳很自然地切入话题。

"小时候就有,我奶奶说可能是胎带的。"

谢东阳看了她一眼,从身后拿出一个装得满满的手拎袋。

"估计你拎不动,一会我送你上车。"

"什么?"华笙看了看手拎袋。

"这是药。"

"果然是开药厂的,送药。"华笙笑了笑,听说是药后,也就没有心理负担了,还主动拆开袋子,拿出来看了看。

"这是?"华笙看着这些包装。

"这是非卖品。"谢东阳说。

"什么意思?"

"就是不卖的,是我让范教授在西北那边取材给你单独配制的药。"

"我不喜欢吃甘草,味道很难闻。"华笙看着标注的药材淡淡地开口。

"我知道,所以我让范教授做了多次改良,用柠檬的味道掩盖甘草的味道,不会有那么难喝的,你回家试试,若实在受不了就丢了也没关系。"

"谢谢你。"

华笙是个不太会表达的人,谢东阳为她特别设计了这些药——针对她的病情的保健药品,这让她有些感动。

"谢什么,我这也算是投桃报李了。"

"谢东阳,以后不要这样了。"华笙的声音很轻。

谢东阳脸上表情一僵。

"怎么,江流会说你吗?"

"跟江流无关,我只是觉得你不要对我这么好,我和你是不可能的,我也不想搞暧昧,当你是备胎一样利用。所以,不要在我身上浪费时间和精力,不值得。"

华笙虽然以前也直接拒绝过,可都没有这么正式过。这些话说出去肯定会伤人,但必须要说,华笙讨厌不清不楚。她不能给谢东阳希望,让他这么执着下去,那样对江流也不公平。

就在那天江流从钟翠山背着她下来的时候,她其实心里已经偷偷决定要和江流在一起了。

虽然早就有心理准备,可谢东阳真正听到这些话的时候,还是会难过。毕竟没说出口之前,总有一丝丝的侥幸,如今连这一丝丝的侥幸都破灭了。

"华笙,我知道你和江流不是因为爱才在一起的,如果我没猜错,你现在应该还没跟他……"

华笙有些羞涩,低下头,算是默认了谢东阳的猜测。

谢东阳当然只是根据华笙的性格去猜,华笙是那么传统的人,不会轻易就跟江流发生关系,所以自己还是有希望的。

"也许最后你会发现,适合你的人是我,而不是江流。"谢东阳说。

"你这又何必?"华笙觉得,他太为难自己了。

老宅这边正要吃饭,热闹得很,而巧的是谢宁也被钢琴老师董莹莹亲自送回来了。

"宁宁怎么回来这么早?"谢夫人看见孙女,赶紧抱起来。

"宁宁今天刚练了半小时钢琴竟然发烧了,我给她贴了一个退热贴,然后又喂了一点点退烧药,就赶紧送回来了。"董莹莹说。

"哎哟我的小心肝,居然发烧了。"谢夫人一听孙女发烧,心疼得不得了。

谢东阳正好出来，看见董莹莹有些意外。听到她来的原因后，谢东阳点点头："辛苦董老师了，谢谢你。"

"不用的，这是我应该做的，谢总今天没去公司吗？"董莹莹见到谢东阳的时候，眼睛发光。

"公司不忙，就回来吃口饭。"

"董老师，正好你也留下一起吃午饭。"谢夫人热情至极。

"这怎么好意思呢？"董莹莹有些拘谨，拎着包准备起身离开。

"老师，你就留下吧。"谢宁的声音奶声奶气的，孩子是喜欢老师的，毕竟董老师温柔漂亮又有耐心。

董莹莹是有心要留下的，她特意看了一眼谢东阳的反应。

谢东阳看她正看着自己，点了点头："留下一起吃个便饭吧。"

"是啊，留下来吧，孩子那么喜欢你。"谢夫人是真心的。

董莹莹只得笑了笑："那我就恭敬不如从命了，给你们添麻烦了。"

"东阳，你陪着董老师坐一会儿，我去楼上给宁宁洗个澡换个衣服。"谢夫人不放心孙女，带着女佣上了楼。顿时，偌大的餐厅只剩下谢东阳和董莹莹二人。

谢东瑶正和父亲在后花园给兰花修剪枝叶。

如今谢东瑶大难不死，谢云更是抽出更多时间陪女儿一起做一些生活中的趣事，享受父女的欢乐时光。

谢东瑶修剪完毕后，玩兴大起，抓着父亲陪自己玩某音短视频。

谢云配合闺女演得入木三分，上传平台后点击率很是可观。

秦皖豫无意间刷到还给点了一个赞。收到秦皖豫的赞后，谢东瑶马上回关，还发了一条私信："嘿嘿，秦皖豫你也玩某音啊？"

不过秦皖豫没回，八成是下线了。

客厅里，董莹莹努力找话题跟谢东阳聊天。

"谢总，你公司出的那个玉露超级好用，我用了好几瓶，还推荐了身边的很多朋友在用，大家都说性价比很高呢。"

"谢谢捧场。"谢东阳很客气。

"华芷小姐代言后，好像卖得更火爆了，您和华芷小姐是……"董莹莹其实拐弯抹角地想问，谢东阳是不是跟华芷谈恋爱了？因为之前有媒体爆料过二人私交甚好，一起吃饭什么的。

若是华芷跟谢东阳谈了的话，她就觉得自己没希望了。毕竟华芷那么好看，名气又大，何况华芷出身名门，和谢东阳门当户对，让她想酸都酸不起来。

"我和她只是好朋友。"谢东阳知道她想问什么，干脆解释了一下。

董莹莹一听，心情大好："原来是这样，看来那些报道都是乱写的，不过谢总你喜欢什么类型的？"

"我比较肤浅，喜欢好看的，前凸后翘的，身材好的，最好技术也不错的。"谢东阳故意说这些话，想让这个女老师知难而退。

董莹莹刚准备说话的时候，谢东瑶和谢云进来了。

"爸，你们回来得正好，快开饭了。"谢东阳忙起身。虚惊一场啊，不然得尴尬死。

"家里怎么多了一个大美女啊，哥这是你新女朋友啊？"谢东瑶不认识董莹莹，所以乱说一气。

董莹莹忙摆手否认："不是的，我是谢宁的钢琴老师，她今天学钢琴的时候发烧了，我就提前送她回来了。"

"原来是宁宁老师，失敬失敬。"谢东瑶吐了吐舌头，不敢乱说话了，谢云听说孙女病了，直接顾不上别的，上楼去看望。

谢东瑶留在客厅里招呼董老师，倒是让董老师不好意思再跟谢东阳继续刚才的话题了。

谢家的午餐极其丰盛，荤素搭配很全面，营养师和厨师都是顶级的，无可挑剔。

董莹莹第一次来，也不好意思吃太多，吃了几口也就饱了。

她之所以愿意留下来，一是想找机会接近谢东阳，二是想给谢家人一个好印象，以增加她和谢东阳在一起的成功率。事实上，她也比梁潇潇更接近谢家大门。

董莹莹前脚离开谢家，谢夫人果然就提了："东阳，我觉得这个董老师不错啊！"

"是不错。"谢东阳倒是没什么表情。

"那你要不要考虑一下？听你嫂子说，这姑娘家也是书香门第。"

"不考虑。"谢东阳直接拒绝。

"为什么？你看看那姑娘长得也可以，身高也够用，知书达理，我刚问宁宁，宁宁也说这个老师温柔得很。"

"宁宁还是个孩子，她知道啥？"谢东阳不屑。

"这话说得，他爸你说几句。"谢夫人看儿子不当回事，就找援军了。

谢云以前看不上老二的，后来知道这小子是个有本事的，态度才改观不少。

"他自己的私事让他自己处理吧，我们不管。"谢云倒是不想干涉孩子的感情。

谢夫人本来还想说几句，可谢东阳不给机会啊，他起身就走了。

他的心一直都在华笙身上，所以长辈说的那些话他根本就听不进去，他要是个听劝的，也就不是谢东阳了。

谢东阳下午见了几个领导，谈了一些地皮开发的事宜。晚上喝了点酒后，他也睡不着，就坐在沙发上一直看电视。

他的小白猫倒是会撒娇，直接钻进谢东阳怀里，乖乖趴着。

这时，手机响起。

谢东阳接起电话，眉头微微皱起。他派出去调查江流黑料的那个人，这一次真的带回来有用的信息了。

"老板。"

"坐吧。"谢东阳点点头，和那人面对面坐在沙发上。

谢东阳看了一眼那人："怎么样？好好说说吧。"

"幸不辱命啊，这一次我真是有所收获，您看看这个。"那人从怀中掏出一张照片，照片中是一个看起来只有十七八岁的女生。她灿烂地笑着，头上戴的是额饰珠链，红蓝叠加，大气又有异域风情。

"这是……"谢东阳不敢确认，只敢将话说了一半。

"她就是江流的神秘女友。"

"不对啊，这女人看起来好小。"谢东阳歪着头。

"老板，这是八年前的旧照啊，这女人如今算起来应该是有二十六岁了。"

"原来如此。"谢东阳点点头。

谢东阳仔细盯着照片看了看，确实是个美人，不过不是他喜欢的类型。

"这女人有点眼熟……"谢东阳一时间想不起来了。

"像罗绒卓玛。"那人替谢东阳说道。

谢东阳顿时一拍脑门："对，就是她，你这些资料哪里查来的？"谢东阳有些激动。

"我以游客的身份走遍了陵川那一带,打听了很多当地的人,才打听出一点眉目。"

"那她是死了吗,当年跟江流坠崖后,被江家掩盖了事实?"谢东阳有些紧张地问。

如果江流和他的家人真的害死这样一个无辜女孩的话,那么他一定要告诉华笙,让她离开那些黑心的人才行。

"卓雅的下落没人知道,不知道是死是活。但是可以确定的是,她确实是江流的前任女友,因为她跟江流是一个大学的,只是因为在校时间不多,她当年跟江流去旅行坠崖的事情,是千真万确。"

谢东阳点点头,心情再次复杂起来。打发走那人后,他拿起手机,给华笙发了一条微信,只说了一句话:若有缘分,我想与你白头偕老,若没缘分,我便护你一世安好。

谢东阳发完叹了口气,他也不指望华笙能给他回复了。

然而,一分钟后,华笙居然回复了。

只是打开看清楚后,尴尬癌都要犯了。

回复只有一句话:我是江流,她睡了。

这话不是江流故意气谢东阳的,江流跟对手之间从来不会那么幼稚,江流确实是说实话。

江流这段时间怕她做噩梦,一直跟她一起睡,甚至晚上还会起来给她盖被子。而江流是不想看华笙手机的,巧的是他刚想看看时间,就正好看到了谢东阳的微信。他还纠结要不要回复,所以一分钟后才回。

第一是宣示主权,第二,就是想让谢东阳尴尬。

但回复后,他又开始懊悔,万一华笙醒来生气了怎么办?

所以清晨第一件事,江流就是坦白从宽。

"阿笙,我昨晚拿了你的手机,是想看几点钟的,正好谢东阳给你发微信,我就看了。"

"然后呢?"华笙迷迷糊糊的,还处于半梦半醒之中。

"我看了后,有点吃醋,就给他回复了一个。"

"哦,没关系。"

意外地,华笙反应很平淡,因为她跟谢东阳之间本来就没什么,所以江流回了也就回了。

"你不生气?"江流试探。

"为什么要生气?"

"我以为你会怪我看你隐私。"

"你又不是故意的,我相信你不是那样的人。"华笙说。

江流一激动,就将华笙抱住,差点把持不住。华笙的信任让江流喜悦极了,以华笙的性子,能让她信任的人有几个?

"你起开,别让春桃她们看见……"最后,还是华笙红着脸将这个家伙推开的。

然后她将长发束起,拿起手机看了一眼谢东阳昨晚发的微信。

"谢东阳这是要和我死磕到底了。"江流说。

"没事,随他去吧。"华笙淡淡地,将手机丢在一旁,她也不想管了,她只需要管好自己的心,就天下太平了。

"今晚六点,我可以约你一起去看音乐剧吗?"江流说。

"这么有雅兴?"华笙轻笑着看他。

江流从抽屉里拿出两张音乐剧门票,递给华笙:"这是半个月前就托朋友帮买的,之所以选择这个音乐剧,是因为里面有一段小提琴独奏,是你最喜欢的曲子。"

"你知道我喜欢听的小提琴曲子?"华笙有些惊讶。

"贝多芬的《病毒》。"

"你怎么知道?"华笙错愕地看着他。

"我听过你的CD啊!"

华笙:"……"

好吧,她没想到的是,江流居然还有闲心听她那些已经好久都没听的CD。

"所以,晚上有空吗?"江流又问了一次。

"有空,江先生邀请,必须给面子。"华笙不知道什么时候也学会了皮一下。

江流看她的眼神,都像一江春水。

此时此刻,华镇岳有些为难地拨了那个号码。

很久之后,那头才响起华琳的声音:"爸。"

"小琳,方便见个面吗?爸爸想看看你。"

华琳结婚的时候没有仪式,也没有邀请父母,只有华笙和华芷在医院做了见证人,她跟白浩只是简单领证了。出院后,她就住进了白浩贷款买的两居室,过着温馨又平静的生活。

而华家,她一次都没回去过,并不是因为狠心,只是觉得父母并不喜欢白浩,也不想给父母添堵。

如今父亲主动说要见面,华琳有些惊讶,纠结了半天后,才答应:"好的,爸爸。"

市中心的一家西餐厅内,华镇岳先一步到了,等了十几分钟华琳才到。

"小琳,这边。"华镇岳摆摆手。

华琳走过来,然后解开羽绒服,缓缓落座。她的脸色憔悴了不少,可状态却还可以,倒是不像个癌症患者。

"想吃点什么?"华镇岳问。

"我都行,爸。"

"那给你点一份牛排?"

"好。"华琳是个好说话的,在饮食上一向不太计较。

点餐后,华镇岳看着华琳:"你的病情怎么样了,真的想好不做手术了吗?"

"爸我不想冒险了,万一手术失败,癌细胞扩散的话,我最多只能活半年,我输不起,我想活久一点。"

"唉,好吧,有空的话回家看看你妈妈,她很想念你。"

"我会的。"

"嗯,之前的事情就算了,如今你都结婚了,我们不想承认也没办法,以后你还是我们的女儿。白浩,我们也会跟对待你大姐夫二姐夫一样。"

"谢谢爸。"华琳的态度始终是不温不火的,也许是病了后看尽了世间人情冷暖,所以更加淡然。

聊得差不多的时候,牛排也上来了,父女俩吃完后,华镇岳还给华琳要了一份甜点,跟她聊了一些小时候的事。最后,还是华琳主动问:"爸,您来找我是有事吧?"

华镇岳一脸尴尬,他确实还有别的事情要说。

"小琳啊……你能借爸爸一些钱吗?"

"借钱?"华琳以为自己听错了,爸爸居然找她借钱?

"是,我的钱都是你妈妈保管,我自己的小金库炒股赔了不少,所以有些私人花销就不方便了,我又不想跟你妈开口要,也不喜欢听她唠叨,所以暂时跟你借点,等爸爸赚回来,就还给你。"

"爸你要多少?"

"十万吧。"华镇岳想了想。

华琳打开钱包,从里面抽出其中一张银行卡:"爸,这里十八万多,你拿着用,不用还。"

"这可不行,爸爸一定还你,但是小琳啊,你不要跟任何人说知道吗?就是你三姐和五妹也别说。"华镇岳再三交代。

华镇岳见她点头才放心离开。

他卡被华青冻结后,一直在为钱犯愁。如今刚在华琳这里拿到十八万多,就马上迫不及待取了现金去了张倩的公寓,将八万块放在桌子上,豪气冲天地说:"之前买孩子用的东西都是你自己垫的,这八万你先拿着吧。"

"谢谢老公,你最好了。"张倩穿着性感的黑色睡裙,直接搂住华镇岳的脖子亲了一口。

晚上六点钟,华笙跟着江流去看了音乐剧。

春桃照例去超市采购蔬菜、水果和生活用品。她出去的时候,喜欢开那台低调的黑色奥迪A8,跟车库里的豪车相比,这车真的低调多了。

她买好东西后,下电梯到了停车场,停车场很冷静,一个人都没有。

春桃快步往自己的车走去。忽然,她只觉得身后一冷,然后下意识回头望去,就见一人蹿上来用手帕捂住她的口鼻,然后用一条绳子勒住了她的脖子,就往一旁的楼道里拖。

春桃是有功夫的,力气很大,一个鲤鱼打挺直接翻转,然后一脚踢在那男人小腹上,随后两人厮打起来。

那男人也是出手极其麻利,一只手跟春桃厮打,另外一只手用力拉扯绳子,试图将她勒死。

关键时刻,春桃用头用力那么一撞,直接砸到了那人的头上。春桃这是不要命的一撞,所以那人直接被砸得栽倒在了铁门门口。

春桃自己脑门也是嗡嗡直响,等她反应过来后,那人已经跑了。惊魂未定的她第一时间报警,去公安局做了笔录。

华笙和江流十点钟出来的时候才知道这件事,连忙赶到了公安局。

"春桃,你没事吧?"华笙到了公安局,直接朝着春桃跑去。

"小姐，我没事，就是脖子有点勒痕。"春桃仰起脖子，那一条红红的线很明显，看着让人毛骨悚然。

"你是受害者什么人？"警察问。

"我是她姐姐。"华笙说。

春桃感激地看了华笙一眼，其实要是直接说春桃是助理也没关系的，可华笙没有。

"你来得正好，跟你说一下具体的情况。我们调了停车场的监控，可监控被人动了手脚，已经坏掉了，目前也没有找到一个目击证人。你妹妹伤势不重，不过应该吓得不轻。"

"这嫌疑人是劫财吗？"华笙盯着警察，内心好气啊！

那执法队摇摇头："这个比较抱歉，我们还要做进一步调查才知道，现在也不敢轻易下结论。"

"好。"

华笙跟警察说了几句后，就带着春桃回了家。

一路上，江流和华笙都问了春桃事发经过，春桃也描述得很清楚，只是……这人的动机有点问题。

"小姐，他应该不是劫财的，他直接就往我脖子上套绳子，要弄死我。"

"你最近跟什么人结仇了吗？"华笙问。

"没有啊，我每天都与你和银杏在一起，也从未与人发生过冲突，而且那人应该是有功夫底子的，抗击打能力很强，若是普通人，我最后那一撞，早就休克了。"

"肯定是男人没错了，不过无冤无仇，为何要杀你呢？"江流也是糊涂了。

一直到晚上回了家，华笙跟华琳在微信上闲聊，无意中说起这件事，华琳直接就打电话过来了。

问清楚春桃的事情后，华琳低声讲了个连环杀手的案例，这件事还是白浩和她说的。

她最后推测春桃可能遇到了这个变态杀手。

华笙听完，倒吸一口凉气。

"阿笙，你没事吧？"华琳有些担心。

"真可怕，那你最近也不要出门，一定不要单独出门。"华笙皱了皱眉。

"嗯,我不出去,我老公也不让我出去,就今天爸来找我,我才出去吃了一个午饭。"

"他找你干吗?"自从知道父亲的丑事后,华笙已经很排斥叫那个人爸爸。

"没事,就是来看看我。"华琳到底是个老实人,没有说爸爸借钱的事情。

"还算他有心。好了,你快早点歇着吧,我去商量一下怎么办。"华笙挂了电话后,就把事情跟江流说了。

春桃和银杏也都在一旁听着,震惊不已。

"我的妈,太吓人了吧。"春桃只觉得头皮发麻,若自己不会功夫,今天不就交代了。

"这人抓住必须千刀万剐,太损阴德了。"银杏也是气愤至极。

江流看了看家里的女眷们,说:"我明天会调保镖到家里24小时看守,你们几个出去也要有保镖跟着。"

上楼入睡前,华笙又给华芷发了微信,交代了一番。

华芷其实还好,她身边总是有很多保镖、助理、经纪人等,所以陌生人不太好靠近。

就这样又过了四天,周末下午的时候,华琳和她发微信说,又出事了。

"小姐,能找到凶手吗,我们直接找警察抓他好不好?"银杏给华笙研墨的时候,说。

华笙无奈地摇摇头。

江流下班后来接华笙去吃饭,说是秦皖豫请客,至于秦皖豫为什么请客,其实是因为他想撮合王君显和华芷和好。

秦皖豫当晚在燕归楼邀请了江流夫妇、华芷和王君显,高贺也在,还有一个是谢东瑶。

当晚,华笙见到谢东瑶的那一刻,就眼皮狂跳……

"仙女姐姐,我们又见面了。"谢东瑶穿着一条浅红色礼服,外面穿了一件白色的皮草大衣,很有名媛范儿。

王 者 对 决

"阿笙,你怎么了?"江流发现她有些不对劲,俯耳轻问。

华笙没说话,她忽然觉得谢东瑶和最近遇害的人,气质上和打扮上有些相似,想到这里,手心开始微微冒冷汗。

"没事,我没事。"华笙嘴上说没事,可是手却比平时还要凉几分。

随后大家落座,华笙左边坐着江流,右边坐着谢东瑶,是谢东瑶主动要求的,说要坐仙女姐姐旁边。

秦皖豫挨着江流坐,然后是高贺,然后是王君显,王君显旁边还有一个空位,那是给华芷留的。秦皖豫故意这么安排的,目的就是撮合这对 CP 啊!

所以王君显与谢东瑶之间留了那么一个空位,只是,都开场半小时了,华芷还没到。

"华芷姐不会不来了吧?"高贺突然问。

王君显默不作声,看不出什么情绪。

秦皖豫回了句:"不能,华芷一向很信守承诺,她答应我,就一定会来。"

话音刚落,华芷就来了,推门进来的时候,跟走红毯一样,气场十足。

"不愧是大明星,这气场绝了。"高贺鼓掌。

"你少拍马屁了。"华芷微微一笑,直接坐在了那个给她预留的空位,从头到尾也没看王君显一眼。

"让你们久等了。"华芷笑。

"是堵车吧?"看了看时间,秦皖豫觉得这个时间段容易拥堵。

"不,去医院输液了,所以耽搁了一点时间。"

"你怎么了,三姐?"华笙一听华芷说输液了,赶紧就问。

"没事,就是前晚感冒发烧。"

"那你最近要注意休息才行。"华笙交代。

"嗯。"华芷点点头,也没多说,她向来是女汉子,不那么矫情,所以生病输液在她这里毛都不算。

"来来来,我来晚了,先自罚三杯。"华芷提起酒杯连续干了三杯,速度之快,令人咋舌。

"你输液还喝酒,你是想死吗?"王君显阴沉地开口。

"我一向命大得很,不会死的。来吧,大家伙走一个。"华芷也没理会王君显的话。

整个过程,华芷和王君显几乎没怎么交流,都是和大家扯扯八卦什么的。

饭后,华芷直接去了片场拍戏,王君显也回了自己家。

临走前,华笙看了谢东瑶好几眼,欲言又止。

在车上,华笙看到一个穿着黑色衣服,戴着棒球帽的男人低着头走过,不知道为什么,华笙觉得这个男人很可疑。

华笙忽然说:"司机,掉头,去找谢东瑶。"

"怎么了?"江流在她身边,一脸狐疑。

"她有危险。"华笙似乎纠结了很久,做了很久的思想斗争才鼓起勇气说的。

江流微微一怔,赶紧让司机掉头回去找谢东瑶。

谢东瑶饭后没有回家,她也是开车出来的,喝了点酒也不能开了,就叫了代驾。可是左等右等,代驾都没来。就在她打算拿出手机更换代驾的时候,穿着黑色衣服、戴着棒球帽的男人缓缓朝她走来。

"是你叫的车吗?"男子说。

"呃,是。"谢东瑶说。

"我是代驾,你车在哪里?"男人问她。

"那边,那个白色的保时捷。"谢东瑶指了指停车场不远处。

"好,上车吧。"

谢东瑶点头,跟着他往前走,边走边问:"你的电瓶车呢?"

以往的代驾都是自己骑着电瓶车来的,将客人送回去后,再骑着电瓶车回家,而这个男人是走路来的。

"我电瓶车没电了,送完你我打车回去。"

"可我家那边是别墅区,很少有出租车的。"谢东瑶不禁开始为这个代驾担忧起来。

"没事,我可以叫网约车接我。"

"嗯,也好,我给你加小费,不会让你白白辛苦的。"谢东瑶什么都没想,就觉得这么冷的天,代驾司机不容易。

男人没有接话,只是低着头走。

谢东瑶打开车门,刚坐在副驾驶座上,没等系安全带,电话就响了。
"喂?"她看着来电号码有些陌生。

"东瑶,你在哪里?"

"我在饭店门口啊,我的代驾才到,我还没走呢。"

"那你别动,等我一下,我马上去找你,我有些东西忘记给你。"华笙拿着江流的手机说。

"好的,那我等你。"谢东瑶挂了电话,笑了笑,说:"师傅,可以等我一下吗?我朋友来给我送东西了,我拿了东西再走,我可以多加几倍的钱,不会耽误你很久。"

"多事。"那人显然不高兴。

谢东瑶也没注意听,就兴奋地打开车门,下车去等华笙。

两分钟后,江流的车到了,华笙和江流下车就看见谢东瑶在门口站着。

"仙女姐姐。"谢东瑶一脸兴奋,看见华笙咬着小嘴唇,很可爱的模样。

华笙暗自感叹,这么漂亮的姑娘,若真的出了事,她的家人会伤心欲绝吧?

"东瑶,我想吃甜点,你陪我去吃可以吗?"华笙发出邀请。

"啊?现在吗?"

"是。"

"那你们等我一下,我去将代驾打发走。"谢东瑶小跑回到自己车里,本想拿出五百块钱给他让他回去,没想到等她打开车门的时候,发现那人已经不见了。

"居然跑了,真是不讲信用。"谢东瑶发了几句牢骚后,赶紧又折回来，很热心地带着华笙和江流去了附近一个甜品店。

"东瑶，你最近还是不要一个人出门比较好。"甜品店里，华笙跟她说。

"啊，为什么啊！"谢东瑶有些不解。

"我听你哥说了你的事，毕竟你的身份已经暴露，那些坏人知道你很有价值，说不定还会来绑架你。"华笙随便找了个借口，只要谢东瑶做好防护，安全问题应该不大。

"我去个洗手间，你们等我下。"谢东瑶晚上也没少喝酒，所以老是想去厕所。

趁着她去了厕所的空当，江流问华笙："怎么了？阿笙，你确定谢东瑶有危险吗？"

华笙摇头："我也不是很肯定，刚刚看到那个戴帽子的男人，总感觉她会有危险，但没什么实际根据，总之她做好安保也无可厚非。"

从厕所回来的谢东瑶有些热，挽起袖口的时候，华笙忽然眼睛亮了。

谢东瑶的右手手臂上，有一个诡异的文身，是用朱砂刺的，是一个诡异的面具图案，有点类似川剧的变脸，但是比变脸那种脸谱还要诡异，有点狰狞的感觉。

华笙抓起谢东瑶的右手，仔细观摩了一下。

"仙女姐姐，怎么了？"谢东瑶有些诧异。

"你的皮肤好好，你用什么牌子的沐浴露？"华笙故意问。

"啊，这个啊，就是一个法国进口的牌子，很香是不是，回头我把链接发你。"

"好。"华笙松开她的手，她看清楚了，那是一个印记。

谢东瑶被人盯上了？华笙是震惊的，毕竟这个年代用这种印记的人已经不多了，她这么小的年纪，怎么会得罪这样强大的敌人？

"东瑶，我有些累了，我们先送你回去吧。"华笙说。

"不用啦，我自己可以的。"

"不，我们送你。"

最终，在华笙的强烈要求下，司机开车将谢东瑶送回了谢家老宅。

回十里春风的路上，华笙一言不发，江流握住她的手："谢东瑶是不是遇到了什么事？"

华笙点头，算是直接默认了，这个印记确实非常麻烦。

"如果你愿意说给我听的话,我愿意做那个倾诉的人。不管好的坏的,都不要自己承担,说出来,一切有我。"

华笙点点头,但是碍于车上还有司机也没多说。

回家后,华笙把江流、银杏和春桃三人叫上来,郑重说道:"今天晚宴的时候,我看见谢东瑶身上有一个印记,那是东南亚一个杀手组织留下的,以前我在东南亚那边听说过这种印记。如果没有人阻止,谢东瑶今晚就会出事。杀她的人应该是她叫的那个代驾。"

春桃和银杏听完面色一慌,江流虽然早有心理准备,可听了这些还是觉得震惊。

华笙接着说:"但是我既然管了,就要管到底。所以我打算今晚帮她解除印记。"

"小姐,我们需要做什么?"春桃说。

"这种印记极难清除,我先配制一种特殊的洗涤剂,你们帮我打下手就好。明天我们叫她过来,然后帮她洗掉。"

"那没问题。"银杏点点头。

春桃一脸担忧:"小姐,您这样做,会不会卷进去?"

"无碍,时间来不及了,我们开始吧,再拖下去,就来不及了。"华笙铁了心要救谢东瑶,至于春桃担心的那些,她也没仔细说,大家也都不懂。

江流有些蒙,始终半信半疑,毕竟他也不懂这些。

华笙准备好工具和材料后,在春桃和银杏的帮助下开始了。

然而,华笙突然感觉头晕目眩,身体一阵无力。

"阿笙,你怎么了?"江流感觉有些不对劲,心里突然慌乱起来。

然而没过几分钟,华笙就昏迷了过去。

江流手心已经微微冒汗了,因为他发现华笙昏迷后,脸色越发苍白。

"不好,小姐可能是中毒了!"春桃惊呼道。

"怎么会中毒?"江流有些不可思议,华笙回来可什么都没吃啊。

"难道是,刚刚的甜品?"春桃想了一下,冷汗直流。如果真是这样,那可就糟糕了。

"我想起来了。刚刚谢东瑶看到华笙的甜品,非要和华笙换着吃……也就是说,刚刚的甜品很可能是给谢东瑶的,但是中间发生了变化,所以,原本用来毒谢东瑶的甜品,现在变成毒了华笙。"江流经春桃提醒,想到了这件事。没想到,对方为了杀谢东瑶,竟丧心病狂到这个地步。

他着急,抱住她的双臂摇了摇。忽然,华笙一口鲜血喷出来,吐了江流一身,也把一旁的春桃和银杏吓傻了。

"小姐!"两个小助理顿时扑过去,哭得不行。

"快,备车,我们去医院!"江流不敢继续等待,他抱起华笙,飞快地跑下楼,然后去了最近的医院。

急诊室门外。

医生走出来,江流直接冲上来:"我妻子怎么样?"

"江总,您太太身体各个数据都在下降,血压下降,血糖下降,血脂下降,甚至……心脏的跳动频率也越来越慢。我们给她做了头部检查,发现她处于深度睡眠的状态。"

"这什么意思?"江流听得不是很明白。

"这种毒药的致病原理我们无从得知,还要进一步检查。但是她现在的状态就是……等同于植物人吧。"

医生说完后,江流只觉得大脑一片空白,春桃和银杏忍不住在急诊室门口哀号。

就这么短短一个小时不到的时间,华笙说是帮谢东瑶洗掉印记,可自己居然就……

华笙这个状态医生是没有任何办法的,他们完全不了解情况,为华笙做了全身检查,只能看着各项指标减弱,却无法挽救。

江流一晚上将华笙转了五个医院,可是每个医院的说法都如出一辙,都说江太太如今是植物人状态,能否醒来,全看她自己的意志力了。

春桃和银杏崩溃了,这件事太大,也瞒不住。

谢东瑶和谢东阳是一起来的,江流看见谢东瑶,情绪有些激动,指着她骂道:"都是因为你她才会这样,为什么要救你呢,为什么偏偏要救你呢?"

"呃……"谢东瑶一脸蒙。

谢东阳将妹妹推到身后,自己冲上去,揪住江流的衣领:"江流,你冷静一些,华笙出事,我们都很难受,但是你没必要迁怒我妹妹,她毕竟是不相干的人。"

"呵,不相干的人?"江流冷笑,看着谢东瑶的表情,带着说不出的怒色。

"谢东阳,你不要乱说,我们家小姐这样,都是因为你妹妹,可救了你们有什么用啊,你们还不是什么都不知道?"银杏气不过,直接一拳打在谢东阳的身后。

"都别吵了,到底怎么回事,谁能告诉我为什么仙女姐姐出事,跟我有关?"谢东瑶吼了一嗓子后,所有人都安静了。

半小时后,这些人坐在VIP病房的会客室内,听江流讲述了全过程。

听完后,谢东阳和谢东瑶已经是面如死灰。

"我知道你们不信,会觉得很扯,可我刚才所言都是真的,若是撒一句谎,让我不得好死。"江流发毒誓证明自己所言非虚。

谢东阳脸色苍白,胸口起伏不平,大口地喘息着……

谢东瑶自己也是傻眼了,估计这是她一生中听过最不可思议的事情,若是别人说了,她肯定打死都不信。

可江流是什么人?那是极有威信的大人物,江家比谢家还要显赫,犯得着编故事栽赃陷害?

春桃平静过后补充道:"昨晚谢东瑶小姐逃过一劫,是因为我们小姐的介入,杀手的施毒没有成功——她为你挡了枪。

"我去打听了,昨晚变态杀手又害死一少女,年纪与谢东瑶小姐相仿,而死亡地点就在距离谢东瑶小姐的停车场三公里外,那凶手伪装成代驾司机,将喝醉的少女残忍杀害,手段跟之前是一样的。

"我想,如果没有我们小姐,这会儿谢小姐你已经是一具尸体了。而谢东阳先生你,也是受害者的家属,所以不用质疑我们姑爷的话,他没必要骗你们。"

春桃这么一提醒,谢东瑶马上想起来昨晚的不对劲:"我想起来了,是这样的,当时仙女姐姐回去找我的时候,我确实找了一个代驾,那人怪怪的……"

然后她又将经过给大家说了一遍。

果然,真的很吻合。看来,那凶手已经将谢东瑶列入目标了,是华笙及时出现阻止了悲剧的发生。

"可……谁能告诉我印记是什么?"谢东阳听得云里雾里。

江流也不是很懂,他只是将华笙的原话复述了一遍。

"阿笙看了你的手臂,才说你身上有印记。"

"印记?"谢东瑶挽起袖口,这才发现自己手臂上多出了一个小小的花纹图案,那个图案类似文身,但谢东瑶绝对没有文过身,也就是说,这是她在尼泊尔的时候被人弄上去的,只不过她一直没发觉。

"我好像记得一件事。我在国外的时候,不是认识一个女人吗?

"就是那个女人将我引诱到终结者那里的,我记得那女人手臂上似乎有一个江流哥哥所说的文身,当时我还觉得好玩,还说我也想要一个。

"她还笑着说,会有的。难道是……我在国外被人催眠操控的时候,被人做了什么印记?"谢东瑶呼吸变得急促起来,那一段惨痛回忆,她真的不敢去想,每次想,都是身上毛孔张开的那种惊悚感。

"这样看的话,就吻合了,我们小姐其实不该帮你的,你被人盯上那是你倒霉。我们小姐若插手,纯粹是自己找麻烦。"

"我可怜的小姐……她以前明明不是这么心软的……"春桃说着说着就哭了,银杏也跟着哭起来,两个丫头从小跟着华笙一起长大,感情自然是极为深厚。

真相大白后,谢东瑶很是内疚,走到病床前,直接双膝跪地给华笙不停地磕头。

"仙女姐姐,你的大恩大德我要怎么回报啊!"谢东瑶也开始默默流泪。

而谢东阳的心情,不用说了,简直是生不如死。他自认为喜欢华笙并不比江流少,如今看她这副模样,并且是为了救自己的妹妹,他就觉得心跟被人扎了一样。

"江流,如果华笙醒不过来做一辈子植物人的话,你能跟她离婚吗?我想娶她,我不在乎她是不是植物人,我不在乎她能不能醒来,只要她还有一口气在,我就照顾她一辈子。"谢东阳忽然说。

江流二话不说,直接一拳将谢东阳打倒在地。

"江流,你不用跟我装深情,想想你之前的女人,她是怎么出事的……"说到这里,谢东阳忽然觉得,这个时候说这些不合适,便住了嘴。

"你接着说,什么女人?"江流脸上的怒意已经到了一个临界点,马上就要爆发。

谢东阳却不吭声了,这下可更惹火了江流。他直接扯着谢东阳的领子,把他单独拎出去。

"姑爷……"春桃和银杏害怕两个人打起来。

"你们别跟来。"江流红着眼睛警告春桃和银杏,吓得她二人不敢动一步。

说实话,小姐跟姑爷结婚这么久,一直以来,她们看到的都是姑爷温柔的一面,哪里看到过这样吓人的江流,那气场就足以让人大气都不敢喘一下。

江流走后,春桃慌乱地拿出手机,赶紧给华芷和华琳打电话,希望三小姐和四小姐一起来想想办法。

江流直接将谢东阳拎到一个偏僻的楼道里,这里四下无人,安静得很。

"接着说你之前没说完的话。"江流说。

"没什么。"谢东阳显然也知道自己刚才冲动了。

"谢东阳,你要是男人,你就把话说完。"

"江流,你这么逼我,对你也没好处,你何必自找苦吃?"

"呵呵,听起来你貌似知道什么?"江流眼带笑意,可分明杀气极重,真的恨不得当场撕了谢东阳。

华笙出事后,江流无法接受这个事实,已经将怒气全部转移到谢东阳和谢东瑶身上,尤其是谢东瑶。为了她一个人,华笙现在生死不明。

如果华笙不出手,那谢东瑶死了虽然可惜,可这就是命运的安排啊!

江流一直恨自己,为什么没阻止华笙去破那个什么狗屁印记,他真的好恨。

"我确实知道你一些黑料……当然,我觉得,或者说,我从你的表情里看到,你貌似自己都不记得了。听说你五年前坠崖后失忆了,忘记了那一年发生的事情。"

"是,你到底想说什么,这些跟阿笙有什么关系?"江流气的不是谢东阳爆料他的过往,而是他把华笙牵扯进来。

"当然跟华笙有关,华笙选择了你,相信你,在你身边,让你做了她的丈夫。可你呢?你就真的那么干净吗?别自欺欺人了,不仅是你,你父母也都不干净。

"你不如回去问问他们,当年你出事,他们做了什么,掩埋了什么真相,也许你问他们,比我告诉你,还要震惊。

"我相信华笙就算醒来,知道这些,她也不会原谅你,因为她是那么善良,而你们江家……草菅人命,一手遮天。你江流根本就不配拥有她,不配!"

谢东阳不清楚当年那件事的始末,但是确实查到,江家人做了手脚,就是不想让江流想起当年的事情。

那个卓雅,根据很多人回忆,最大的可能就是已经死了。但是可笑的是,这样一个在江流生命里出现过的女人,江流一点都不记得。

谢东阳觉得,不管他是真的失忆还是装的,都太过薄情了。这样的他,配不上那样好的华笙。

所以谢东阳刚刚在病房里才脑子一混,说了那句混蛋的话,说要江流和华笙离婚,他愿意娶植物人状态的华笙。

"好,我自己去问,但我若知道你是故意捏造谣言诬陷我,谢东阳,你就死定了。"江流冷着脸说完,直接转身离去。他先回了病房,安静地看了华笙一小会儿,随后消失在了医院。

今晚,注定是个难眠之夜,跟华笙有关的所有人,都无法安稳入睡。

江流听了谢东阳那些话后,开始怀疑起自己的父母,包括他之前总是梦到的那个女人,还有他的破碎记忆。

江流开车飞驰在午夜的公路上,直接朝着江家老宅而去,他要寻一个关于自己的真相。

江流都不记得自己是怎么开车回的老宅,回去的时候,父母都已歇下。他们并不知道华笙出事,所以江流半夜突然回来,很是意外。

江家夫妇双双起身,父亲带上银丝边眼镜,气场十足。

江父说:"儿子,这么晚了,你怎么回来了?"

江流半路上是有怒气的,本想直接开口质问,跟父母好好理论一番,可到底是自己亲生父母,终归不忍心用不敬的口气跟他们说话。

"爸,妈,我最近老是头疼,老是能听见一个女人说话。"

"儿子,你可别吓唬妈妈。"

江夫人以为儿子是撞邪了,赶紧过来摸了摸江流额头,然后看看儿子的瞳孔。

"妈,我只是做梦梦到的,就是一个女人对我说,我不记得她了,她很伤心……我总觉得那女人是我很熟悉的人,但是我想不起来了。"

"可她看着我的眼神分明那么哀怨,我想了想,只有五年前我坠崖那次失去过记忆,我想问问,我是不是忘记了什么人?"

江流的父母听完，很是紧张地对望了一眼，看他们的眼神，江流就知道，肯定有事瞒着他。

也许，谢东阳所言非虚。

"没有啊，儿子，做梦怎么能当真呢？"江夫人安慰道。

"妈，这不是普通的梦，我梦到很多次了，而且每次都头很疼，我总觉得很多事要浮出水面了。你们若是有事瞒着我，一定要告诉我，不然我早晚会自己想起来。"

江夫人一脸恐慌，没有了主意。她只能看向自己的丈夫。

"别乱想了，没事，你估计是最近工作压力大，休息不好，有空开点安神补脑的药。"到底是大人物，有魄力，江流的父亲依旧不肯透露半个字。

不过江流也改变了主意，不打算逼问他们了，打算自己去查，这样的话，也不会打草惊蛇。

"那好吧，那估计是我想多了，爸妈你们是我的亲生父母，我知道你们做什么都是为了我好。但是我长大了，我是一个成年人，有自己的思维逻辑和独立人格，我希望你们能尊重我，而不是私下替我做决定。"

"这话说得，你当初在谢家婚礼上劫了人家的未婚妻，我和你妈不是也默认了吗？"江父言语之间有些愠怒。

"是，爸妈一直很懂我，也很包容我，那行，早点睡吧，我还有事。"江流笑了笑，转身走出了老宅。

"是不是儿子感觉到了什么啊，老公……要不然我们就……"

"不能告诉儿子，过去的事情就让它过去吧，那件事一旦说了，江流会有抹不去的心理压力，我不希望他过得那么压抑。"江父语重心长地说。江夫人微微叹息，也没多言。

江流出来后，直接联络了自己人，去调查这件事。他相信，谢东阳能查到的，他也一定能。

回到医院的时候，已经是凌晨五点钟，天已经有些亮了。

华琳已经回家了，华芷还在，她在陪护病床上睡着了，春桃和银杏都没睡，坐在病床前一直看着华笙。

"姑爷，您回来了？"春桃和银杏起身。

"她有要醒的迹象吗？"江流明知道不可能，还是抱着一线希望。

春桃和银杏都红肿着眼睛，摇摇头。

"谢东阳呢？"

"他在走廊尽头抽烟，他妹妹好像是有些低血糖，被他送回去了。"

江流黑着脸听着，什么都没说。

一夜之间，家里天翻地覆，华笙一个大活人，就这么变成植物人了，到现在江流还觉得是大梦一场。

"你俩去休息一下吧，我来照顾阿笙。"江流说。

"不用，姑爷，我们不累。"

"去吧，我陪她说说话。"江流说完，春桃和银杏只得点点头，暂时进了旁边的陪护房间内，和华芷一起休息。

江流看着华笙苍白的脸，心疼不已。他伸出手，将她的小手放在自己的掌心。

"骗子，欺骗了我好几个月感情，让我对你动心，你却……

"总之，你必须醒来，不然不管上穷碧落下黄泉，我都不会放过你。"江流一字一句，声音沙哑无比。

华笙因为帮谢东瑶逃过一劫，将自己置于险境，让所有人担心，江流心里苦闷。

另一边，华琳回到家后，跟白浩也说起了此事，白浩一开始真的不信，可是华琳说得有鼻子有眼，他也就信了，他觉得他老婆可编不出这么奇怪的故事。

"老公，我五妹很可怜，她自小就不被我父母喜欢，送去了山上养大，这些年没什么亲情，好不容易有江流宠她，如今却……总之，我要你努力去破案，抓住那个变态杀手，为民除害，也让我五妹安心。"

华琳真的不知道自己能做什么，只能督促白浩去抓那个变态杀人犯。白浩点头："我一定尽力，等我忙完我去医院看华笙。说起来，我们俩一直承着她的恩情。"

谢东阳在医院抽了一夜的烟，不过一直没有去病房，因为他不想面对江流。如今华笙出事，两个男人之间关系已经降到了冰点。谢东阳怪江流有黑料，江流怨华笙救谢家人落到如此地步。

清晨六点半，华芷醒来，从里面的房间出来，看见江流一夜未合眼，一直坐着陪华笙，手也一直握着华笙的手，看到这画面，华芷很心酸。

"江流，我五妹她……吉人自有天相，你别太过担心。"华芷说。

"没事，你们去忙吧，阿笙我来照顾。"江流有些疲惫。

"我已经联络了几个朋友帮我找最厉害的医生,只要能救五妹,我们就是倾家荡产也行。"华芷很喜欢华笙,如今看五妹这样,真是一门心思想出一点力。

"嗯,谢谢你帮忙。"江流的口气始终淡淡的,他对任何人的话,都没有了思考的能力。

他心里,如今只有华笙,只要华笙能醒来,其他的什么都可以不在乎。

华笙安静地躺在病床上,无声无息,就跟童话故事里的睡美人一样。可是睡美人只要王子一个吻就醒了,可华笙并不会,江流知道,她也许永远都不会醒来。华笙沉睡的第五天,江流、华芷包括谢东阳联络了全世界的名医会诊,可拿到检查结果的医生都摇头,表示自己无法医治。用医生的话来说,我们治病是要有病因的,而华笙没有任何原因就这样,我们真的无从下手,不是见死不救,是真的不知道该怎么救。

江流受到的打击很大,吃不下睡不好,五天时间瘦了整整一圈,面容十分憔悴。

"江流,要不然,咱们巨额悬赏吧。"华芷说。

江流沉默……

"重赏之下必有勇夫,民间有很多高人的,万一我们能找到,那五妹不是有希望了吗?不如我们拿出一个亿来悬赏,然后招天下能人异士,都来试一试。"

"也好。"

华芷突发奇想的狗血办法,本以为江流不会同意,可是意外地,他竟然答应了。但是碍于不能高调声张,只能化名发布悬赏信息。

于是当天晚上,全国各地有一条这样的广告:某豪门千金得了怪病昏睡不醒,特招民间神医求救,一旦治愈,酬谢一亿。

广告一出,舆论顿时就炸开了锅。一瞬间,全国各地很多人都发邮件过来毛遂自荐,有中医,有江湖郎中,有卖药的。

江流和华芷的电子邮箱被炸了一样,邮件多得应接不暇,可是几天筛选下来,发现没一个高人,都是骗子,为那一个亿而来。

"江流,如果五妹一直不醒,你有什么打算?"折腾了这么多天未果后,华芷也是泄了气,往沙发上来了一个葛优瘫。

江流几乎是想都没想,回道:"那就一辈子这样守着她吧。"

华芷有些触动,她其实以前不相信爱情,尤其是身在豪门和娱乐圈,见了太多的因为钱最后一拍两散的爱情。

可江流不一样,他性格很执拗,认准的事情,绝对会一条路走到黑,不止是说说那么简单。

若华笙一辈子不醒,江流一辈子守着她,那还真会成为一段佳话,只是苦了江流。

华芷有些眼睛发酸,她揉了揉,努力不让自己哭。

"我出去抽根烟,最近烟瘾犯了。"华芷往外走的时候,正好跟王君显走个碰头。她手里一边拿着香烟一边点,刚抽一口,就被人拽下来。

"你……"华芷以为是助理多管闲事,刚想责备,就看见王君显那张带着怒气的脸。

"什么事?"她故意口气很淡漠。

"别抽那么多烟。"

"你这是担心我身体吗?"华芷嘲讽地笑。

"不,我是担心你的二手烟影响其他人。"说完王君显迈着大步走进去,气得华芷都想大骂,可这里是医院,她还是忍住了。

秦皖豫也来了,在王君显身后,还安慰了华芷一句:"他其实就是紧张你,怕你抽太多烟对肺不好,但是他那个脾气你懂的,不会直接承认,所以,别气。"

"你不要过度解读他的意思,他什么人我是清楚,他就是一个冷血动物。不对,他连动物都不算,动物还有人情味呢,他丫的就是一个兵马俑。"骂完了后,华芷重新点燃一根香烟,踩着高跟鞋去了吸烟室。

江流回头看见秦皖豫和王君显的时候,起了身。

"你神色很差,该睡一会儿的,不然这么下去,身体扛不住。"秦皖豫说。

"睡不着,眼睛一闭,都是阿笙。"江流说。

王君显看了看病床上的华笙,看了看江流。确实,身为兄弟,他真的很同情江流,很难受。

"都问过吗,没有别的办法?"王君显看着江流。

"暂时没有,不过我不会放弃,我会继续找。"

"华笙这件事太离奇了,真的,我现在都觉得不可思议呢。要不然……我们找找那些所谓的隐世高人?"这话是秦皖豫说的,他向来喜欢脑洞大开。

"得了吧,她是昏睡,又不是鬼附身,找隐世高人干吗?"王君显无语道。秦皖豫和王君显安慰了江流一阵才走。

他们前脚刚走,华青和华枫就来了,华芷看见两个姐姐的时候,很是不高兴。

"你们俩是来看笑话的吧,不过我劝你们一句,江流心情不大好,要是说些不好听的,得罪了江家,后果自负。"华芷说。

事实上,华青知道华笙出事后,确实挺高兴,觉得是报应,但是她还没有愚蠢到敢在江流面前说那样的话,毕竟不敢得罪江家。

"三妹你多虑了,我们姐妹一场,何必把我们想得这么绝情。"华青说。

"你们难道不是吗?"华芷冷笑。

"三妹,你似乎对我和你二姐有误解,有机会我们坐下聊聊,不过眼下我俩先进去看看五妹。"

华枫面无表情地跟着华青进了病房,江流对着两个姐姐,确实没有好感,但人来了也不能直接赶走。

"江流,你也别太难过,事情都发生了,还是要往开了想,世事无常。"华青装模作样道。

江流点点头,敷衍了一下,也没回应。

"五妹这件事,我爸妈还不知道,不过我相信也瞒不住多久的,你总不能一直不说。"华枫看着江流。

江流侧头:"没打算告诉,毕竟她们本就不喜欢阿笙,要不然也不会送到山上养着。"

华枫和华青对视了一下,知道江流这是对她们的父母有怨念了,也许是华笙跟江流背地里说了什么。

"总之,你要好好保重自己,有什么需要我们做的,尽管开口,人多力量大。"华枫是长姐,所以说了很多漂亮话。

江流也没说什么,她俩待了不到半小时就走了。

一上车,华青就笑:"哎呀,真是痛快,我之前就看那个小贱人不爽了,让她作死,这下可好了,活死人一个。"

"也别那么说,毕竟是我们的亲妹妹。"华枫觉得,老二的话有些恶毒。

"大姐,这都什么时候了?我们拿她当亲妹妹,她拿我们当什么啊……人家自从嫁进江家后,有正眼瞧过我们吗?那尾巴恨不得翘上天了。这下好,都是报应,呵呵。"

华枫沉默不语,说实话,华笙别说是植物人,就算是死了,华枫也是没什么太大感觉的。本就不在一起生活,也没什么深厚的感情。甚至听到华笙出事的消息后,都没有听到华琳患癌的消息震惊。

这就是淡薄的人性。所以华笙的死活,其实她们也没真正在意,毕竟其中没有牵扯太多利益。

倒是华青来了一句:"小五要是死了,奶奶的遗产是不是拿回来?不能白白送给江家吧?"

"江家也不差那些钱,不过五妹情况如何还不好说,你别惦记奶奶遗产了,太遥远。"华枫觉得华青想得太多,虽说是植物人,但是也不能三五天就死了,还是要看后续如何的。

又是一个难熬的深夜,江流画完手中的画,放在床边对着华笙的脸。

"阿笙,你看,我画的你,好看吗?是不是比之前还有进步?"江流自言自语。

"姑爷,外面有人找你,说是小姐的朋友。"春桃轻轻敲门。

听说是华笙的朋友,江流起身开门。

门口,站着一个年轻的女子,一头火红的短发,五官精致,穿着宽松的黑色棉服,嘴里还嚼着泡泡糖。

"你好,我是江流。"

"我知道,华笙老公嘛!"

"你认识我太太?"江流努力去想,华笙几乎没什么朋友的,他怎么没见过这女人。

"我长话短说,我听说她出事了,来看看,你能带我去见见她吗?我有个朋友专治疑难杂症,也许有办法帮你们。"

说实话,江流有些顾虑,毕竟不知道这女人的来历,可又不想错过一线生机,万一真的能救阿笙呢?

"你不用担心,我不是骗子,也不是为钱而来,这是我名片。"那女人看出江流的心思,主动递来名片。

"你是作家?"看着名片上写着——作家风兮。江流有些意外。

"是。"

"你和我太太是怎么认识的？"江流这话就不是怀疑了，因为华笙人脉圈很窄，所以除了学校外，很难接触陌生人。

"是在您母亲主办的抗癌慈善之夜上认识的。"红发女子说。

"原来是这样，请进吧。"江流点点头，将风兮带到病房内。

风兮直接走到华笙面前，翻了翻她的眼皮，把了把脉。

"她这样多久了？"风兮问。

"差不多十天了。"江流答。

"介意说下过程吗？详细的，一字不落的。"

江流微微迟疑，可此时除了死马当活马医外，还能如何呢？

最后，江流将华笙是怎么救的谢东瑶，怎么中毒的事情一五一十全部都跟风兮说了一遍。

风兮听完无奈摇头："华笙是个有本事的人，可太鲁莽了，她这是中了那种毒，一般人还真没办法解开。给谢家小姐下印记的那群人可不是普通人。"

江流有些惊讶，这个女子似乎知道华笙中的什么毒。

风兮继续说："那印记背后不简单，据我所知，那些组织里有不少能人。"

"不过这不是普通的印记，这是十方恶印，非常难清除，他们的目的也不是一个谢家小姐，而是借她引发一场更大的血案。

"华笙的出现打乱了他们的计划，因此他们选择对谢家小姐施毒，但却阴差阳错毒了华笙。这个结果意外也不意外，她太冲动了。"

江流听得目瞪口呆，这女人好像真的懂其中的内幕。

"不用怀疑，我是女作家不假，可我也是风家第八十五代传人，我爷爷是风无名。"

"你爷爷他……"江流震惊不已，这名字他知道的，他爷爷奶奶那一辈的人都知道，那是国内很有名的药剂师，据说他专攻中毒的发生机制，对各类毒素的中毒原理了如指掌。很多富豪中毒都会请他帮忙解毒，因此，他在富豪圈非常有名。但他很早就退休了，过着闲云野鹤般的生活。至于去了哪里，没有人知道。眼前这个女人居然是风家人，难怪会……

"原来是风家人，冒犯了。"江流肃然起敬。

听到是风家人，江流有些激动，马上问风兮："那能不能请你爷爷出山,帮我治我太太的病,我可以不惜任何代价的,只要她能醒来,拜托了,风小姐。"

江流对着年轻的风兮深深鞠了一躬,迫切地表达了想要救妻子的心情。

风兮平静地开口:"我爷爷三年前已经仙逝。"

"哐当"一声,一记重锤狠狠地砸来,江流只觉得身子一晃。风老爷子已经西去了?那……

"风小姐,那你身为传人应该得到不少老人家的真传吧,还请你出手救救我的妻子。"江流恳求道。

"说实话,我能力不够,不足以救她。"风兮这句话,让江流一颗心彻底跌到了谷底。那种有了希望后再次被毁灭的感觉,就是这样。

"不过你也别沮丧,我知道有个人,或许他可以救华笙。"风兮说。

江流再次抬起头,眼神中燃起希望,这心情,还真是跟过山车一样。

风兮的到来,让绝望的江流有了希望,不过这件事他没声张,因为他也不知道有没有把握能成功。

集团那边,江流借口说华笙病了要照顾,已经半个月没去工作,江家老爷子以为小两口闹别扭,也没追问。

江流按照风兮的指示,亲自去了一趟数百里外的一个破旧的道观,在那里,见到了道观里唯一的人——一个疯疯癫癫的老头。

是的,这个老头不仅浑身脏兮兮,而且疯言疯语,说话语无伦次,看着极其不靠谱。

江流给风兮打电话确认是他后,将他带回江城。

某酒店包房内。

江流按照那疯老头的要求,点了烧鹅、酱牛肉、熏火腿,还有清蒸太湖白鱼,最后要了两斤高粱酒。

这疯老头就开始不顾形象地吃起来,吃相极其夸张,弄得桌子周围狼狈不堪。

江流按捺着性子低声问风兮:"他真的是你说的高人吗?"

"是啊,他是我师父,是我爷爷唯一的徒弟。"

"啊?那他是你……"

风兮说:"他不是我父亲,我父亲没有天赋,学了中医,而我本人也不是很感兴趣,爷爷眼见一身绝技失传很是伤怀,后来机缘巧合之下认识了我师父。

"那时候我师父还没病得这么厉害,他就是一个普通的村民,不过却因为对各种毒草了如指掌,并且有很多土方子解毒,被我爷爷看重走上了这条路。

"只是后来实验的时候出了一些意外,他就变成这样了,不过我还是相信他没有忘记那些解毒的办法,你不要小看他。"

风兮能叫一声师父,想必这人确实不是泛泛之辈。这疯老头酒足饭饱后,带着一身酒气去了医院病房。

那疯老头看过华笙后,摸了摸脏兮兮的胡须:"这丫头有意思。"

"师父,你快救人吧。"风兮无奈催促。

"风兮你猜得没错,这施毒的确实是个高手。毒而不死,生而不醒,有意思,有意思,哈哈哈哈!"

"那怎么办,师父?"风兮忙问。

江流在身后听得也是紧张,手心微微冒汗。

"若是别人肯定是毫无办法,但是我可以。"

"哈哈,师父我就知道你行。"风兮松了一口气。说来也怪,这老头平时说话疯癫,可一旦到了专业上,人就正常了。

江流虽然听不懂,不过这老头说有办法,他就惊喜不已了。

"小子,你先别高兴太早,这丫头的情况很复杂,要是想唤醒她,过程极其艰难,你可愿意赴汤蹈火?"老头说。

"我愿意。"江流非常坚定。

"若是你也有生命危险呢?"那老头问江流。

"那也愿意,绝不后悔,请先生救我妻子,刻不容缓。"江流对着那老头又是一鞠躬。

"呵呵,算是个男人。罢了,那我们就试一试吧。"

疯老头解毒不适宜在医院进行,所以当晚江流抱着华笙低调出院,没有通知任何人,随后又将春桃和银杏支回了钟翠山,假意让她们回去拿东西。

谢东阳晚上来医院的时候,华笙已经走了,他直接去了十里春风找人,却被保安拦在门外。

"你让江流出来见我。"谢东阳好气啊,他这两天瘦了一圈,几乎是一天坐飞机飞三个城市,各种找神医,找能人,可是却一无所获,回来下飞机直接来医院，可华笙不见了。

五分钟后，江流出来，看着谢东阳。

"你怎么让华笙出院了，你明知道她的情况……"

"我们家的事情，不用你管。"江流说。

"江流，这件事我谢家对不起你和华笙，我妹妹她已经很自责了，她这几天一直哭一直发烧，我们都希望华笙能好，我父亲知道这件事后，也是深感愧疚，一直说，不管花多少钱，多少精力，一定要救华笙。"

"然而你们并没有任何办法，华笙也不需要你们感激，谢东阳你走吧，华笙是我妻子，不管怎么样，那是我的事。"

"江流，你不会要放弃她，要给她下葬吧？"谢东阳其实很害怕，江流最后绝望，认为华笙不会醒来，直接拔了氧气，那就完了。

"不会，永远都不会。"

江流没有心情跟谢东阳吵架，说完这句话后就转身回去了，然后十里春风的别墅大门紧锁，几十名保安24小时巡逻，就是一只苍蝇也飞不进来。

别墅后院内，疯老头和风兮也做好了准备。

"解这种毒，呵呵，有意思，总算没白活一次。"疯老头自言自语。

风兮也有点小紧张，她没有学到爷爷的十分之一，这些年一直都靠写作为乐，哪里能帮上什么大忙啊！可如今也没得选择了，江流也是做好了准备，决定最后放手一搏。

解毒时间很长，期间，江流无数次想睡，每次有困意，他都会给自己一盆冷水，强行保持清醒。

这一过程足足用了七天七夜，江流也是七天七夜没合眼，只求华笙一线生机。

第八日清晨。

江流按照那老头所说，将治疗后续事宜处置妥当，然后看见了风兮和那老头都倒下了。

"先生，风小姐，你们……"江流惊呆了。

"我们没事，那丫头醒了吗？"疯老头问。

江流摇摇头。

"走，带我去看看。"老头说。

随后三人来到华笙所在的房间，华笙平躺在床上，脸色已经恢复了一些红润，只是还没有苏醒的迹象。

"师父，怎么还没醒来？"风兮也有些慌了。

"等着吧，她体内的毒素虽然清除得差不多了，但神经系统还没这么快恢复，过几天应该就会醒了。"

过了一个星期，期间谢东阳要见华笙，被江流拒之门外，然而华笙还是没有复苏的迹象。

"难道失败了？"风兮趴在地上，捂着胸口，很是寒心。

江流没说话，他只是静静地转头看华笙的脸。

这时，她的手指动了动……

江流瞪大了眼睛，只觉得自己是不是幻觉，是不是看错了？可是眼看着五根手指都微微动了，他不敢相信，只觉得心跳加速，紧张得不得了。

再然后，他看到了这辈子都不会忘记的一个场景。

床上沉睡多日的华笙，缓缓地睁开眼睛。与江流四目相对的那一刻，她微弱地开口："对不起，让你担心了。"

她的声音很小，可江流却觉得这是他这辈子听过最好听的声音。

江流难以抑制心中的激动，直接将华笙从床上抱起来，然后深情地吻住她微凉的嘴唇。

那真实的触碰传遍了全身，华笙闭着眼睛，享受着这一刻来之不易的幸福，她知道，自己是真的活着回来了，他们成功了。

风兮看到这一幕后，松了口气，终于再也支撑不住，直接眼前一黑晕倒在了地上。在治疗华笙期间，她也或多或少沾染了些毒素，身体一直有些虚弱，现在，她终于放下了悬着的心。

江流这一生都不愿意回忆那天晚上发生的事情，不过无论经历了多少苦难，华笙终于回来了。

也许很多东西都是在失去后才知道珍贵，华笙呼吸着新鲜空气，感叹生命的珍贵与美好。她身边亲朋与好友，看见华笙完好无缺地醒来后，真的被惊到了。

华笙醒来后，因为身子还弱，所以江流强行命令她在家休养整整一个月。

春桃照顾着她，而银杏则被派出照顾风兮。

一直到一个月后，三人才见了面。

那一天已经是十二月下旬,连圣诞节都过完了。还有三天就是元旦,江流的司机开车去接风兮来十里春风。

华笙和江流亲自下厨,做了很多菜。

三人坐在一起,那种感觉,很微妙。

春桃和银杏识趣地避开,给了三人说话的空间。

"有没有什么想说的?"华笙看着风兮。

"我以为你会跟我说谢谢?"风兮笑。

"怎么会?这件事光说谢谢是表达不了的,所以我不说。"

江流给两个女人倒红酒:"我也有一种恍如隔世的感觉,就觉得之前的那件事已经是上辈子的事情了。我们三个,似乎重新活了一回。"

风兮点头:"嗯,还好活着,不然我风家的列祖列宗若是知道我连个毒都解不了,估计要扒了我的皮。"

华笙举起酒杯:"风兮,还记得我们第一次见面的时候我跟你说的话吗?"

"记得,你说,我们是不是见过?"

说完,风兮和华笙相视一笑。

这个梗江流不知道,所以他是有点蒙蒙的。

那一天华笙喝了不少酒,一直到最后双颊绯红,整个人也陷入了微醉的状态。江流知道她是高兴。

风兮酒量极好,连续喝了几瓶红酒都没有醉意。后来有了困意,江流才让春桃开车送她回家。

风兮临走前,还跟华笙说:"你也不必内疚,若真的想报答我,就允许我在你家蹭一辈子饭吧。"

华笙点头:"好,还允许你蹭一辈子的酒。"

说完两个女人都傻笑了起来。

春桃和银杏从没看过小姐这样的状态。怎么说呢?感觉小姐这次醒来后,跟以前不太一样了。

性格似乎……开朗了不少,不如以前那么淡漠了,最主要是她的眼睛里,有星星了。

当晚,两个喝了酒的人睡在了一张床上,似乎都紧张得不得了。

江流搂着华笙,小心翼翼地吻着。

"阿笙,我可以吗?"他无比温柔。

华笙羞涩得不敢抬头看他,她知道他问的是什么。

这一切都发生地这么自然,似乎应了那句水到渠成,华笙之前从未想过,会将自己毫无保留地献给江流。

经过此事后,他们都看透了对方的心意,经历生死后的两人,已经不想再浪费时间和生命,余生只剩相互温暖。

江流给了华笙一个美好难忘的夜晚,和倾其所有的温柔。

清晨的阳光照进来,江流先醒了,他看见华笙还在睡。她枕着他的手臂,跟个小孩子一样,窝在他的胸口。黑色的长发散发出令人愉悦的香。

他伸出手轻轻抱住她,终究忍不住低头轻吻她的额头。

华笙因为触碰感,从美梦中醒来。

"江太太,你怎么这么好看?"

华笙羞涩,将头再次埋入他胸口,她真的是要慢慢习惯了,之前真的是太传统太保守了。

江流的本意是想带她出去透透气,可话还没说完,就忍不住了……

从六点钟一直折腾到七点半,两人才停下来。

"阿笙。"

"嗯?"华笙抬起头,露出那清水一般的眼睛。

"除非黄土白骨,守你百岁无忧。"

华笙甜甜一笑,伸出手调皮地摸着江流的下巴。

其实这只是夫妻之间一些亲密的小动作,可江流想歪了,于是,不顾华笙的抗议……两人就这么反反复复折腾到中午,才起床下楼。

春桃和银杏也知道发生了什么,一脸的坏笑。

华笙红着脸坐在餐桌上,等着吃午饭。

江流倒是很大方,有一种意气风发的感觉,挽着袖口,帮华笙倒了一杯热柠檬茶。

"小姐,你脸好红。"银杏故意的。

华笙捂住脸,有些尴尬:"可能是暖气太热了。"

"哈哈,小姐你当我们傻啊,你明明就和姑爷……"银杏也是个直肠子,没等说出口,就被春桃给拽走了。

"这丫头……真是什么都说。"华笙不好意思地念叨。

"没事,都不是外人,她们俩早晚要知道,而且我们以后有了宝宝,还要她们帮忙带。"

华笙乐了:"你想得美,她俩也老大不小了,我得抓紧给她们找个好人家才行,还指望人家给你带孩子,那岂不是耽误了她们的大好年华?"

"好好好,都听江太太的,你长得美,你说什么都对。"

江流之前就对华笙百般宠爱,如今两人有了夫妻之实后,更是宠上天,恨不得将她揣在口袋里,时时刻刻带在自己身边才行。

午饭后,江流牵着华笙的手在小区里散步。

"阿笙,有件事,你必须答应我。"

"什么?"华笙不明所以。

"你以后……做个普通人,做我江流的妻子。

"我不需要你有那些过人的本领,我再也不想经历那些事,我只想安安静静地,和你过完下半辈子,可好?"

江流将华笙的双手牵起,放在自己的胸口。

华笙沉默好一阵,才眼带笑意地看着他道:"浮世三千,吾爱有三,日月与卿,日为朝,月为暮,卿为朝朝暮暮。"

江流眼中划过一丝惊喜,这是他的小姑娘在跟他表白吗?

"江流,此生我已经认定你了,所以你的要求,我答应。"华笙说。

"真的?"江流狂喜。

"真的,从今往后,我只是你江流的妻子。"

江流这一刻,无比感动,直接将华笙抱起来,在原地转了好几圈,以此表达他内心的激动和喜悦。

华笙为了他,愿意做一个平凡人了,这样真好。

当晚六点钟。

华笙和江流夫妇宴请了所有朋友,秦皖豫、王君显、高鹤、华芷、华琳、白浩、谢东阳、谢东瑶等人都到场了。

还多了一个风兮,华笙介绍说,这是她的新朋友。

大家也都热情地跟风兮打招呼。风兮将红色的短发染回了黑色,顿时从叛逆回到了清纯,就跟高中生一样清秀可人。

她话不多,吃饭的时候,大家问什么她答什么,大多数时间只是静静地笑着。

秦皖豫对她有些好奇:"你真的是作家风兮?"

"如假包换。"

"可是我看过你的书,文笔特别老练深沉,不像是一个姑娘写的,更不像是一个二十多岁的人写的。"

"你什么意思,怀疑我代笔?"风兮瞪着秦皖豫。

他拿着红酒杯一笑:"那倒不是,我只是惊讶。"

"没什么惊讶的,很多事,你没见过,不代表就没有,你不知道的多了去了,只能说明你见识太少,眼界太窄,井底之蛙。"

秦皖豫:"……"

"哈哈哈,你敢说我们秦公子是井底之蛙?你知道他家是干什么的吗?他家可经营着全球最大的旅行社,秦皖豫去过60多个国家,你居然说他是井底之蛙?"高鹤顿时笑得肚子疼。

风兮淡淡地扫了高鹤一眼:"去过60多个国家了不起?他去过火星吗?"

幸运女神

秦皖豫:"……"

后来大家发现了,风兮看着清纯可人,实则野蛮得很,并且特别喜欢怼人。但是跟华芷的火暴脾气相比还不太一样,华芷如果是火的话,风兮就是冰,冷中带孤傲,倔强中带自信。

深夜十一点半,华笙和风兮站在客厅,而这些人全部都醉倒,无一幸免。

"谢谢你,风兮。"华笙终究还是道了谢。

"不客气。"

半小时后,所有人都酒醒了,然后离去。

又过了半小时后,一条重磅消息在国际网站炸开,顶级天才鉴定师SS发文宣布退隐不再接单,整个业界一片哗然。

江流看到新闻后,拿着手机很失望地跟华笙说:"阿笙,你看,SS退隐了,太突然了,好遗憾,我一直想找机会见见她来着。"

华笙笑而不语。

"你笑什么?江太太?"江流有些奇怪地看着华笙。

"没什么,江先生,我饿了。"

"那我去弄吃的,你要吃什么?"一听华笙说饿了,江流马上放下手机,也忘记继续吐槽SS退隐的事情。

华笙之所以退隐,无非就是彻底卸下所有光环。

就跟江流说的一样,做一个最普通的普通人,然后跟他好好过日子。

华笙经历这么多,对目前的生活很满意,也倍加珍惜。

因为华笙的事情,所有人的生活似乎都慢了一拍,现在又继续回到之前的生活节奏里。

华芷参加了一年一度的重量级颁奖典礼,可是在最关键的时刻,却败给了一个新人女星。

那个女人凭借一部催泪的《单亲妈妈》成了国际电影节金球奖影后。

华芷当场黑脸,直接下台走人,弄得场面一度很尴尬。

"华芷,你也太冲动了,你一个一线明星资历呢,好歹是前辈,这么走了,会被媒体抓住小辫子乱写的,说你嫉妒、输不起。"经纪人苦口婆心。

"去他的吧,那女人是怎么得奖的你以为我不知道?"华芷瞪着眼睛,一脸不服。

若真的是凭借实力也就算了,华芷向来都是服气比自己牛的人,可偏偏那个得奖的女星是靠着陪床上位的。

这话还要从两个月前说起,华芷当时接到金球奖主办方通知,说她的文艺片《少女的心事》拿到了最佳女主角。

本来挺高兴的事,可那边后来意思是,让华芷陪着金球奖主办方的主席,也就是那个五十多岁的秃顶老头一夜春宵。

意思是如果睡了,奖肯定给她的,而且保证之后连续三年,影后都内定华芷。

华芷当时就火了,直接翻脸,弄得很难看,本以为就算拒绝了,那边也不会暗中操作的,哪知道他们就真的那么不要脸,居然捧了一个新人出来。

而且那女人演技是真不行,电影口碑极其差劲,豆瓣评分都下跌到4.7分了,居然还给影后,也是醉了。

"林月确实豁得出去,她为了出头肯定要潜规则的,我们不跟她比,我们靠实力说话。"经纪人和助理都极力安抚,可华芷心里还是憋着气。

当天下午,新闻就铺天盖地袭来,大多数写华芷现场发飙,嫉妒新人得奖。还有什么林月态度谦和,是今年最大的黑马,身价也是翻了八倍不止。总之,很多通稿都是踩华芷捧林月的,这通常就是女星们上位的手段。

王君显当时正在施工现场勘查,他看到这新闻后,默不作声,不过倒是打了一个电话过去让人查一下怎么回事,五分钟后,那头回电话。

"王总,查清楚了,据说这个新人林月是金球奖主办方协会主席潘伟达的新欢,跟那老头子开了好几次房了,据说那老头子之前看上的是华芷,但是被华芷骂了之后,才挑这个新人的。"

"好,我知道了。"王君显挂了电话,脑补出华芷暴跳如雷骂那个老头的画面,不自觉地笑了笑。

华芷落选后,心情着实不好,真不是输不起,就是憋气,她坐在保姆车内一言不发,拿着手机玩手游。

华笙电话也是这时候打来的,华笙和华琳看到新闻后,都想安慰她一下,于是就约了见面。

最近天冷,江流很少让华笙出门,怕她感冒,华笙就索性让人开车接了华芷和华琳来十里春风。

华芷进门后,先是打量了一下客厅,觉得有变化了。

"五妹,你这是怎么了,风格怎么变了?"华芷问。

"嗯,以前那种色调太沉闷了,我就自己改了不少细节。"华笙将家里原来的中式装修全部都换成了后现代简约风格。很是温馨,没有了以前的奢华大气,却能给人一种直击心灵的舒适。华琳也赞不绝口,三人坐在客厅里喝着茶,吃着点心。

小黑懒洋洋地趴在华笙怀里,华笙披着一个米色的披肩,一脸恬静地坐在那里,嘴角带着笑意,眉宇间也多了一分温柔。

"三姐,你都拿了那么多年影后了,失去一次没啥,你要想开。"华琳劝着。

"我不是因为输不起,我是恶心那个死老头。"华芷将内幕说了一下,华琳和华笙都不觉得意外了,娱乐圈嘛,永远比她们想得还要肮脏。

"对了,三姐,你和王君显最近有联系吗?"华笙很关心华芷和王公子的事,华芷一听王君显更来气了。

"联系个毛线,他算个球?"

华琳和华笙相视一笑,知道她向来喜欢口是心非。

"三姐,那你跟那个炒CP的男星呢?"华琳问。

"也没戏,不过是炒热度、相互利用罢了。"华芷对别的男人更是没有心思,看见就烦得很。

"四姐,你最近身体如何?"华笙端着红茶看了看华琳。

"我还好,一直有吃药,然后定期去做检查。只是偶尔会恶心发烧,免疫力低了就容易小病小灾,不过都问题不大,白浩什么都不让我干,我几乎就在家宅着,看电视,没事看看书什么的。"

"也好,你这样好好养着,等身体恢复了一些,你可以去跟白浩补个蜜月,我有个闺蜜跟他老公去了斐济,说那里很美。"华芷提议。

华琳点点头,其实以前华家五姐妹之间关系都很淡薄,相互之间都不怎么样。后来华笙结婚,跟华琳和华芷渐渐地联系起来,她们三个也就越走越近。

而华青跟华枫因为利益关系,也成了一丘之貉。

现在的华家有四股势力,华枫跟华青一队,华芷、华琳、华笙三人一队,华镇岳有了小三后,就自己一队。可怜的是华夫人,生了孩子,不得女儿心,嫁给老公,也不得老公心,只可惜,她自己没察觉到这些微妙的局势。

华芷一直在华笙家里坐到天黑,本来是要留下吃晚饭的,可偏偏这时发生了一件事。不知道是谁找了一个大V,写了一篇关于金球奖黑幕的爆料,还贴了很多照片,大意就是女星林月被潜规则,夺了属于华芷的影后。

金球奖主席潘伟达色胆包天,不仅贪污协会项目金,更是玩弄了不少圈内女星,这件事曝光后就直接上了热搜,引起全民关注。

华芷打电话给经纪人:"刘姐,是咱们公司做的吗?"

"不是啊,咱们公司哪有潘伟达的照片啊,这些可都是实锤啊!哈哈,真是天助我们。"经纪人也是乐得不行。

华芷就奇了怪了,这时候,除了她们公司,谁能帮她呢?

华芷带着疑惑匆匆离开了华笙家,华琳也被白浩接走。

华芷其实心里有想过会不会是王君显,毕竟他势力最大,做这种事轻而易举,他之前就因为吃醋,坑过男星。

可她又不能抹开面子去问人家,万一不是多打脸?她打了一圈电话,问了很多朋友,甚至连谢东阳都问了,大家都说没有做。

有了那篇爆料,风向立刻转了,之前说华芷耍大牌、欺负新人、嫉妒心强、人品差的,也都不敢吭声了。

倒是很多华芷的粉丝,为了华芷打抱不平,去了那些新闻下面撕那些原来黑华芷的。她们也去了林月微博下撕她不要脸,靠睡觉上位,那女星已经吓得不敢说话。

公关公司倒是像模像样出了一个公告,意思就是这些纯属造谣,已经请律师了云云。

可即便是这样还是没办法挽回名誉，尤其潘伟达，不仅爆料睡女明星，还被爆贪污，直接就被经济犯罪调查科请去喝茶了。

而那个爆料的大V，据说很多人发私信给他，有的要给封口费，有的威胁他乱说死全家。

可无论怎样，都没有人查到他背后的人到底是谁。不少人都以为是华芷拿钱操作的，其实华芷也是被蒙在鼓里。

王君显做这一切不需要华芷感激，他只是不希望看到有人抹黑华芷而已。

晚上八点钟，王君显被喊回老宅吃饭。姐姐今天不在，只有他和父母三人，王家家教极好，王君显和姐姐这些年都极为低调，很少惹是生非。

"君显，你最近忙什么呢？"

"和杨家合作的那个项目。"他回答。

"跟杨小姐见面了吗？"

"没有，她不是负责人，跟这个项目没关系。"

"你啊……积极一点啊！我看人家杨小姐不错，万一你俩成了，杨总成了你岳父，以后合作上不是更顺利吗？"王君显的母亲一直督促，只希望儿子早点成家。

"我和杨家没有那个缘分，妈您就别操心了。"

"儿子，你是不是喜欢华芷啊？"王夫人毕竟是他母亲，还是有些了解他的，这些年就没看过儿子跟哪个女人亲密过，可之前带华芷回老宅的时候，倒是对华芷很好。

"我不是说了嘛，之前是华芷帮我演戏，我俩是装的。"王君显低着头吃菜。

"可假戏真做也不是不可能啊，你若真喜欢华芷，那就去跟人家说，我也挺喜欢那丫头的。"

"我吃饱了，你们慢用。"王君显没点头答应，可也没拒绝，毕竟有些话不能说死，还是要留后路的。

王家父母也没猜透儿子的心思。

而此时此刻，华青和刘德凯再一次见面，拿到集团机密信息后，两人开始琢磨起了张倩和她肚子里的孩子。

"以你来看,张倩那个女人我要怎么对付?直接找人醉驾开车撞死她行不行,大的小的一起送走。"华青坐在沙发上,眼神恶毒。

刘德凯虽然也不是什么好人,可也从来没害过人命,听华青这么一说,浑身一个激灵。

"这不好吧……这是人命啊!万一有人追究起来,查到我们就不好了,你现在的身份做这些太冒险。"

"那没事吧,我们可以找个需要钱的亡命徒,让他背黑锅,还可以用他家人做威胁,若是咬出我们,就弄死他家里人,我相信一般人都不会的,张倩那个不得好死的,孩子如今已经满两个月,我不能让她再得意下去了。"

华青阴冷一笑,铁了心是要对张倩下手。

刘德凯猛吸了一口烟,忐忑地看了一眼华青,摇摇头道:"还是不妥,别冒险了,我们还是只除掉小的就好,万一以后那个张倩能为我们所用呢?

"毕竟她可是能牵制住爸的人,你要知道,爸爸如今虽然退休,可那些董事会的老家伙们都是他的心腹,保不准有什么变动,我们还是要做万全准备的。"

华青一听,还有点道理,然后笑着夸刘德凯:"果然够聪明,是我器重的人没错了,你想得周全,脑子也灵光,难怪我大姐当你是个宝。"

刘德凯尴尬一笑,其实每次华青说这些,他都觉得对不起妻子,华枫对他其实还不错的。倒是华青对自己老公很是看不起,那待遇不如她家养的泰迪犬。

有了刘德凯的劝说后,华青放弃了要弄死张倩的念头。而此时张倩还不知道有人要对她下手,丝毫没有防备之心。她每周几乎都会去产检,生怕这个摇钱树出什么问题。

华镇岳也时常过来,甚至留宿也比以前多了,她很满足,金钱上虽说没有什么大的给予,但张倩不急,等着孩子出生后,她再好好要一笔大的。

这天,张倩本来要去逛街买包的,可意外接到了一个人的电话,这人是陈诚。陈诚是谁?是张倩大学时候的男友,她第一次就是给了陈诚,还为他打过胎,可谓是感情极深。

只是最后,因为毕业后,陈诚没能留下,而是去了别的城市工作,两人维持了一段时间后就不了了之,这些年也没什么联系,如今突然接到他电话,倒是惊讶不已。

张倩最终还是去见了陈诚,她其实有两个目的,第一,让陈诚看看她现在混得好,显摆一下。第二,这些年没见,确实也想看看旧情人,心里还有一丝丝的情愫。

两人约在了一个幽静的咖啡厅见面,一番叙旧后,张倩很是满意,看着眼前不如自己的陈诚,她那眼神就好像是富豪看乞丐一样,甚至还不要脸地问他:"你若是有需要我帮忙的,尽管说,我在江城也是有些人脉的。"

"啊,不用了,我就在小地方继续做公务员吧,老婆孩子也都在那边。"陈诚笑了笑。

张倩没多说,喝了最后一杯咖啡后,打算起身走的,可这时头忽然晕晕沉沉的。

陈诚上前搀扶住她,两人一起走出去。

二十分钟后。华镇岳接到匿名短信的时候很震惊,但还是按照地点过去了,银河宾馆五楼,行政套房。

华镇岳敲门,打开门的是穿着浴袍的陈诚,华镇岳推开他直接冲了进去,一眼就看见浑身上下一丝不挂的张倩正躺在床上,地上还有散落的卫生纸和刺眼的橡胶制品,一看就是胡来后的场面,甚至空气中还有那该死的味道。

华镇岳气得血液倒流,直接走过去,将张倩从床上扯着头发拽起来:"贱人,你居然背叛我!"

张倩被这么一扯,头皮疼得不行。她从昏睡中醒来,然后彻底震惊了,她只记得与前男友喝咖啡,怎么会在宾馆?

再看看那一脸无辜的陈诚和一丝不挂的自己,再看看华镇岳愤怒的脸和地上散落的那些东西。

张倩只觉得脑子爆炸了一样,目瞪口呆。

"老公,不是的,我没有,真的我没有,是这男人侮辱了我,我是被侵犯的,你快帮我报警。"张倩醒悟过来后,就跟华镇岳解释,说陈诚侮辱她,要报警。事实上,确实也是陈诚下的药,可华镇岳相信吗?

尤其是陈诚还神补刀来了一句:"倩倩,我可是你第一个男人,我们在大学里相处几年,我什么人品你还不知道,我怎么可能会强暴你?你不能往我身上泼脏水啊？"

"好啊，原来是前男友。"华镇岳这时候脸色已经无法形容了，一把年纪了，风光一时，如今却被戴了绿帽子。

一片呼伦贝尔大草原长在头上，换成任何男人都会崩溃吧？尤其是华镇岳这样一辈子没受过女人委屈的富家子弟。

"陈诚，你……你这个卑鄙小人，我一定报警抓你。"张倩委屈啊，她真的是承了不白之冤，她此时此刻特别后悔，自己不该和这个土包子见面的，没想到还能被华镇岳抓个正着，等等，她忽然想到了什么……

"老公，这是陷阱啊，你一定要相信我，我是被人算计了，肯定是有人知道我怀了你的孩子，所以要对付我，你千万不能相信她们。你想一下，怎么会那么巧，我跟人开房你就来了，肯定是有人布局的。"

张倩分析得没错，可华镇岳在气头上，根本就听不进去这些，尤其是张倩确实跟陈诚睡了。不管出于什么原因，跟人睡了就是背叛，就是不忠，华镇岳只觉得这个女人脏极了，一个耳光狠狠地甩在她脸上。

"贱货，我真是瞎了眼，居然看上你，肚子里的孩子……呵呵，那根本就不是我的种，我也不会认的，你就死了这条心吧。"

说完，华镇岳大步流星离开，他可不想闹大，毕竟身份在这里。

倒是张倩，直接傻眼了，华镇岳不认这个孩子，让她一下子就慌了，不知道该怎么办。

"倩倩，你怀孕了，那你怎么不早说？你若是跟我说你怀孕，我也不会跟你……我也不能答应你跟你来这里啊？"陈诚一句话，更是将张倩推入了深渊，华镇岳在门口听得一清二楚，心里对张倩最后一丝情谊也都散了。

"陈诚，我和你无冤无仇，你为何害我，我跟你拼了。"张倩也是激动，直接冲上来厮打陈诚，陈诚也没还手，只是一直躲着。

"走，跟我去公安局，我要是不让你坐个十年八年牢，我就不姓张。"张倩恨死了这个前男友，所以铁了心要送他去坐牢。

陈诚似乎早有准备，在张倩耳边轻语："倩倩，你若报警，那我可就让我朋友把你的那些精彩照片发出来了。"

张倩身子一僵，这才想起来，当年跟陈诚在一起，年少不懂事，拍了很多那种大尺度的照片，他手里肯定是有的。

"陈诚，你这个小人，我真是小看了你，你卑鄙无耻。"张倩咬着牙，若是那些照片真的被公开,那她也就完了。

"彼此彼此吧,你也没好到哪里去,还不是为了钱跟老头子睡,你光彩吗?"陈诚嘲讽。

"呵呵,很好,你给我等着,陈诚。"张倩暂时无法动他,但是君子报仇十年不晚,她会找机会的。

眼下张倩就算再怎么愤怒,也都不能拿这个男人如何,最后她只得穿上衣服走人,回家先想办法跟华镇岳解释。

孩子真的是华镇岳的,所以就算他不认,只要她做亲子鉴定,他就无法抵赖,不过情分确实就没有了,只能要钱了。

而陈诚这边,办好一切之后,悄悄打了一个电话:"我已经按照你们的要求做了,张倩肯定是没有翻身的余地了,她也没有报警,一切都顺利,另一半钱可以给我打来了吧。"

陈诚的背后却是有人布局,而且给陈诚的好处费也是高达八十万之多,重金之下必有勇夫,他无法拒绝。

张倩被算计有苦说不出,回去后她冷静琢磨了这件事,觉得一定是有人故意陷害她。

但是以她现在的实力根本没有办法去查,除非华镇岳出面。于是张倩拿起手机拨了华镇岳的号码,那边直接是无法接听,估摸着被拉黑了,张倩编辑短信给他发去:老公你听我解释,我对天发誓我没有背叛你,我是被人陷害了,陈诚绝对在我的咖啡里下了药,然后才乘机侵犯我,我和他已经很多年没见了。真的,你可以去调查,我觉得一定是有人发现了我怀了你的孩子,所以才想害我们母子,你千万不要听信那些坏人的谗言啊!我肚子里可是你的亲骨肉,那是你的儿子,是你们华家唯一的希望,老公……求求你。

张倩还是用以前那种办法,想挽回华镇岳对她的信任,可这次不一样。

目睹了她跟前男友上床的场面后,华镇岳被恶心坏了,不管她是被陷害还是自愿,他都不可能再去碰她一下。

华镇岳毕竟不是年轻小伙子,对爱情冲动,他迷恋的是张倩的肉体和年轻罢了,最主要的原因是,张倩的脸长得像……那个人。

可是这些张倩并不知情,她一直以为华镇岳是爱她的,所以一条接一条地短信和微信轰炸,写了上百条之多。

只可惜，华镇岳一条都没看，就批量删除了，他没有心情。

华青出手着实够狠，第一步就已经打得张倩毫无招架之力，不过暂且没动她肚子里的孩子。

王君显的姐姐王柳润是一个极其温婉的女子，知书达理，情商、智商双高，曾经拿到剑桥大学的全额奖学金，学的正是金融，是王家人的骄傲，现任王氏集团财务部总监。

王君显能把财务大权交给姐姐，可见对她的信任。

王家姐弟年龄差了七八岁，感情极好，从未吵过架，王柳润结婚后也是幸福得很，只是一直工作忙，之前怀孕后也没保住，如今正在养身体，不过好在年纪不大，才三十几岁。

"君显，来一下。"集团总部，王柳润喊着刚从会议室出来的王君显。

"什么事，姐？"

"今晚下班干吗去？"

"回家看球，最近有NBA季后赛。"

"看什么球，下班陪我去购物吧，你姐夫出差了，没有人帮我提东西。"

"敢情你这是找个苦力。"王君显笑。

"不，是苦力加付钱的。"

说完，姐弟俩都笑了，下班后王君显直接带着姐姐去了市中心的顶级商场购物，给她买了一些衣服和鞋子。

随后两人来到商场里面一个高档西餐厅休息，刚一落座，就看见一个女人走过来。那女人大眼睛，嘴唇丰满性感，一头板栗色的卷发，身穿一件长款韩版西装，目测身高一米七，典型的大长腿。

"思琪，这边。"王柳润跟那个女人打招呼。

那女人听到王柳润的声音后，优雅一笑，朝着这边走来。

"我朋友，汪思琪。"

"我弟弟，王君显。"

做了介绍后，王君显和那美女握了握手。

"君显，思琪是法国留学回来的，学的是箱包设计，你不是一直想做一款国产品牌的奢华包吗，你可以跟思琪交流一下——你们先聊，我去打个电话。"说完，王柳润起身就走。

王君显这是看懂了，姐姐购物是假，给他介绍女友是真。

这要是被华芷看见……

王君显只是脑子里冒出这个想法，可偏偏就跟未卜先知一样。

下一秒，华芷跟一个女性朋友拎着购物袋也走了进来，一眼就看见了王君显。

王君显也是头大得不行，这下真是跳进黄河也洗不清了。

"君显，我听你姐姐说过你，你很厉害。"

"我姐夸大其词，我没那么好，你别听她的。"王君显低着头，其实没什么兴趣和这女人聊。

可偏偏这个汪思琪对他很有意思，一直主动找话题。远处看，两人有说有笑。

若是以前，华芷肯定直接过去开始搞破坏了。

可现在不一样，华芷已经默认两人分手了，那么久不联系，当然无法干涉人家跟别的女人交往。

心里虽然这么安慰自己，可还是好气啊，就觉得这个男人渣得不行。

华芷气得拿出手机，发了一个朋友圈，这条朋友圈只对王君显可见，别人是看不到的。

她说：成年人的游戏，果然玩得起就得输得起，我真的再也不会傻傻地去相信一个……呸，不值。

华芷其实是很心酸的，她到现在也不承认喜欢王君显，可就是心里难受。

王君显看见了这条朋友圈，其实他是有些心疼的，心疼这样自嘲的华芷。不过他是大摩羯啊，习惯了凡事都不动声色，敌不动我不动，敌动了我也不动。

华芷赌气连续喝了两瓶红酒，一直都是有意无意地观察那边。

一个多小时后，王柳润回来入座，三人继续聊着，还是有说有笑。

华芷明白，原来是人家姐姐牵线的，看来那女人应该是个家世好的了。

她忽然有些落寞，然后起身："我吃饱了，我们走吧。"

华芷的朋友跟着她一起准备离开。

王柳润看见了华芷，然后念叨："咦？刚才那好像是华芷。"

"是吗？没注意。"王君显面无表情。

汪思琪不明所以，一脸惊讶："华芷？是那个明星吗？哇，我好喜欢她的,她上镜好好看,气场足,霸气。"

王君显扯了扯嘴角,似笑非笑。

一顿饭吃完后,王柳润本意是让弟弟开车送汪思琪回去,正好多聊聊,可是王君显说有事就自己开车走了。

王柳润也无奈,汪思琪是个品性好的姑娘,她再三观察后才介绍给弟弟,可惜啊,弟弟这是没看上人家的意思。

华芷喝了两瓶红酒,回家后又喝了一瓶,可还是睡不着。干脆起来洗澡,然后洗头,一顿折腾后,发现才不到十点,时间过得还真是慢。于是她坐在沙发上看电视、吃零食,可心不在焉,脑子里一直都是王君显相亲的事。

于是她冲动之下发了一条微博,就是故意报复王君显,以牙还牙。

华芷:我想结婚了。

就五个字,结果半小时后微博服务器差点瘫痪了,热搜就是:华芷结婚。

为了吸引眼球和话题,这些媒体也是特别没有节操,过度解读华芷这句话的含义。

很多粉丝猜测华芷这是有交往对象了。

然后,华芷电话被打爆了,很多人都问怎么回事,她除了跟华笙、华琳解释了,其他人都没说。打的人太多了,后来她干脆直接关机。

正准备蒙头睡觉的时候,就在这时,门铃响了。

她心跳加速,幻想是不是那个王八蛋来找她求和了?于是小心翼翼从猫眼往外瞄了一下,顿时失望透顶。

居然是个陌生女人,华芷打开防盗门,还隔了一层铁门,警惕地问:"你找谁?"

"是华芷小姐吗?"

"我是。"

"你好,我是臻爱鲜花店的,这是你的朋友给您订的鲜花,请签收。"

"鲜花?"华芷接过,然后签字。

看着这捧紫色的花,她念叨着:"这是麦穗?薰衣草?丁香?"

华芷意外收到了一捧自己都不知道名字的花,足足有几百朵。

她拿出手机扫描识别了一下,上面显示了花的信息。

花名:风信子。

颜色：紫。

花语：道歉、后悔、爱意。

相关信息：传说天神阿波罗为了道歉和怀念，将花命名为风信子，也有着永远的含义。通常用来情侣之间的道歉，表达爱意和想念。

看到这里，华芷倒吸一口气，心脏怦怦乱跳——这难道是他送的？

华芷都不敢想，那男人跟石头一样死板，没有情调，他会送花？

她真的好想问问啊，可怕万一不是的话，岂不是更打脸？

所以华芷看着花，纠结了一个小时，最终还是没有问王君显。

此时此刻，王君显的车停在华芷楼下的一个隐蔽位置，他来了很久了。

其实他很想上楼，可又怕被华芷赶出来，所以不敢迈出这一步，于是索性订了334朵紫色风信子给华芷道歉，她看到后估计会明白他的心意。

若是她打了电话或者发了微信给他，他就马上上楼。

只可惜，华芷一直没有动静，王君显也就一直坐在车里。

一直到十一点四十分，华芷的房间关了灯，他才失望地开车离去。

华笙身体恢复后，终于获得出门权。江流一早就起来帮她准备东西，亲自开车送她去了民族大学。也许是许久没来了，同学见到她，比之前热情了一点。

华笙走到座位旁，静静地看书。

"小笙。"

耳边响起一个熟悉的声音，华笙抬起头，惊讶至极。

这张脸……

"是不是被吓到了？"于萍摸着自己的脸，有些不好意思。

"你居然恢复这么好？"华笙以为于萍最少要三个月的恢复期，中途一直让银杏过去看望，自己有段时间出事就没去，后来听说于萍还回了老家住了一段时间。

看着这张脸，怎么说呢？变化不是特别夸张，看模样还是跟以前的于萍很像。只是要比以前的她精致得多，眼睛大了，双眼皮也有了，眉骨高了，鼻子挺了，嘴唇薄了，皮肤都变了，最主要的是于萍的发型和穿着都改变了，虽然不是什么名牌衣服，可风格跟以前完全不同了。

"是啊，我也没想到能这样，说起来还是要感谢你。嘿嘿，变好看后我很自信,每天都照镜子,还愿意买漂亮衣服。"

"真棒。"华笙给了于萍一个赞。

下课后,两人一起走在校园的小路上,两旁还有未融化的积雪。

华笙穿着白色羽绒服,于萍穿了一件宽松的棉袄,鹅黄色,可能因为她本身不胖,所以穿着合身。

"阿笙,若不是你,我想我这辈子都不会有这样一天,丑小鸭原来真的可以变天鹅。"于萍说。

"你本来就是天鹅,丑小鸭是暂时的,早晚会蜕变。"华笙笑道。

"不,如果没有遇到你,我想我还是以前那个丑八怪。"

华笙笑而不语。

"对了,走,跟我去篮球场,你是我的幸运之神,我要当着女神的面,借着女神的光,去表白。"

古宝浮现

于萍见到华笙后很开心,直接拉着她去了篮球场,袁邵他们正在打球。

于萍是要跟袁邵表白吗?华笙有些震惊。

于萍的头发做了梨花烫,告别以前的土包子发型,洋气极了。

华笙坐在篮球馆观众席,于萍扫码买了两瓶饮料。

一瓶热的柠檬茶给了华笙,另外拿了一瓶运动型饮料直接朝着袁邵走去。

"喝水。"她很自信地走过去,递了水。

这已经不是于萍整容后第一次和袁邵见面了,事实上她回来一周了,早就见过袁邵。

袁邵也知道她整容的事,不但没有反感,还挺佩服她的勇气。

袁邵道了谢,刚要转身,就听于萍在身后忽然大声喊道:"袁邵,做我男朋友吧,我喜欢你很久了。"

袁邵脚步一顿,微微惊讶地转过身。

其他几个男人纷纷起哄,有的吹口哨,有的坏笑。

不等袁邵说话,于萍继续很大声地说:"我以前又穷又丑,胆子也小,极其没有自信。很多人都看不起我,没有人愿意和我一起玩,即便我成绩好,我是学霸,我拿了奖学金,可依旧还是那个异类。

"我曾以为我这辈子就这样了,直到有一天我遇到一个女神,她告诉我,人活着就要勇敢,就要有希望,这世界上没有什么事情是不可能的。"

身后的华笙眼中有感动,有欣慰。

袁邵全部都认真听进去了，于萍人品是好的，他知道。

那些男人也不再起哄嘲笑，此时此刻，整个篮球场都静悄悄的。

于萍接着说："小时候读过丑小鸭的故事，也幻想自己有一天能变回天鹅，终于我实现了梦想。

"我年轻，我输得起，我想要什么趁着自己还有一点勇气，想要厚颜无耻地疯狂一次，这样老了也不会后悔。袁邵，从遇到你的那天开始，我就知道你对我来说，遥不可及。

"但是我终究还是忍不住靠近你，预谋着想和你谈一场风花雪月、不到白头心不死的爱情。我于萍，来自农村，家境贫寒，无权无势。但是我有一颗善良的心和一身奋斗的劲头。

"我可能没办法给你辉煌的未来、显贵的仕途，但是我可以给你一辈子平凡却又温馨的柴米油盐生活。袁邵，我喜欢你，喜欢了很久很久，将你藏在心里也很久很久。

"今天我这只癞蛤蟆就没有自知之明了，想跟天鹅在一起，我女神小笙说，理想还是要有的，万一实现了呢？而你就是我的理想。不管实现不实现，你都是我少女时代最珍贵的回忆。"

于萍一口气表白完毕，篮球馆里还是静悄悄的，没有人发出一点声音。

大家都心照不宣地看着袁邵，他的眼神，捉摸不定，谁也不知道他到底在想什么。

袁邵也看到了不远处的华笙，她坐在那里，永远那么高高在上。

于萍说完后，心里轻松了许多，可掌心都是汗，她紧张死了，真的。

随后，她闭着眼睛，已经预料到袁邵估计会说抱歉、我们不合适之类的话，她已经做好了被拒绝的准备。

哪知道，等了半天，袁邵反问了一句："如果跟你在一起，能免费给我补课吗？"

于萍一脸蒙，完全没反应过来。

直到袁邵的一个哥们提醒道："丑小鸭同学，校草大人问你，如果做了你的男朋友，你可以免费给他补课吗？毕竟之前他因为打篮球，荒废了学业，挂了不少科，所以……你懂得。"

于萍这才反应过来。我的天，简直不敢相信，这幸福来得也太突然了吧？

于萍激动得心口剧烈起伏着。

"袁邵,你你你……"

"你给我免费补课,我就答应你。"

"补课补课,不收钱。"于萍激动地摆着小手,简直就跟做梦一样。

袁邵笑着往篮球场走,走了几步,回头看她:"放学后我在北门门口等你,一起吃晚饭。"

于萍已经激动得说不出话来,她捂着嘴巴,眼睛里都是眼泪,猛点头。

然后袁邵回到篮球场上继续打球,于萍一路小跑回了观众席。她激动地拉着华笙的手:"小笙,小笙……"

"我都看到了,恭喜。"华笙微笑。

"你快掐我一下,告诉我这不是梦。"于萍抓起华笙的手,就往自己脸上贴。

"这不是梦。"华笙轻轻掐了掐。

"不行,用点力才行,快,拜托了女神。"

华笙无奈,用了点力气,掐疼了于萍,她才彻底相信,这一切都是真的。

"我的天,袁邵他是我男友了?"于萍呆坐在观众席,还觉得精神恍惚。

"就你那一番告白,一般男生都招架不住,太接地气了。"华笙评价。

"哈哈,我就是瞎说的,也没打草稿,我的天,是不是丢人了刚才……"

于萍激动得不知道怎么好,一直用双手捂着脸,很是害羞。

其实华笙明白,于萍能告白成功,跟现在的容貌有一点关系,但主要还是于萍本身纯真善良,如果她本身品格不行,袁邵也是不会接受她的。

袁邵不是颜控,只是于萍以前确实太没有颜值,没法看。如今真的是气质好了,五官也精致了不少,虽说跟华笙、华芷她们那些绝色美人没办法比,但是在人群中已经是中上等的样貌了,所以袁邵肯定会接受,毕竟于萍是学霸,聪明,人也善良,三观正,不拜金。

这些都是袁邵看中的东西,所以当这个消息在学校里传开的时候,所有人都炸了。

女生们都酸成了柠檬,背后骂于萍是整容怪,还骂袁邵眼睛瞎了。更有甚者,说袁邵是为了接近华笙才接受的于萍,只是利用她。不过于萍很聪明,她有分辨能力,根本就不会在意这些传闻。

放学后,于萍欢快地跑去跟男友进行第一次约会,华笙朝着春桃的车走去,却意外看见了谢东阳。

其实见到谢东阳,华笙心情很复杂。为什么呢?因为她出事的那段记忆里,谢东阳是很在乎她的。

"华笙,我来看看你,很久没见到你,心里一直放不下。"谢东阳缓缓开口。

华笙都不知道要说什么,只是站在原地不动笑了笑。

"那些药有用吗,寒疾可有发作?"

"那些药我都在用,效果极好,寒疾也没发作,这个冬天挺好的。"华笙将手插在羽绒服的兜里,脸上带着岁月静好的温柔。

谢东阳心都要融化了,他盯着华笙的脸好一会儿,才说:"不知道我是不是太敏感,总觉得你哪里不一样了,感觉你跟以前不太一样,这种感觉真是奇怪,但我知道,眼前的你变得比以前更好了,更让人难以割舍。"

事实上,华笙这次醒来后,真的性情变了很多,爱笑了,以前那种清冷的气质也没了,取而代之的是温婉安静。

她想了一下:"我觉得可能是我前阵子病了,大病初愈后想开了很多吧,人生苦短,还是要简单开心一点才是。"

谢东阳表示赞同。他其实还想说"要不要一起吃个晚饭",但不知为何就是没好意思说出口。手一直放在大衣兜里,紧紧攥着的礼物也没好意思拿出来。那是一枚胸针,某奢侈品牌的特别限量款。谢东阳提前两周预定的,本打算圣诞节给的,可不知道怎么,这几日昏昏沉沉的,就给错过了。

胸针的图案是一朵盛开的莲花,无色,很漂亮,他觉得很适合华笙的气质,可如今看到华笙脸上那岁月静好的痕迹,就觉得她应该是跟江流在一起很幸福,那自己就……别多此一举了吧。

纠结了半天,谢东阳决定放弃送礼了:"那你快上车回家吧,天寒地冻的,注意保暖。"

华笙点点头,然后就上了车离开。

"小姐,谢少又找您干吗?"

"没事。"

"他不会还没死心吧?"春桃不喜欢谢东阳,她和银杏都是江流的脑残粉,誓死站队江流和华笙。

"他应该是只把我当朋友了。"

华笙看谢东阳那纠结的表情,也猜到他内心估计已经开始动摇了,不是不想追了,是不忍心惊扰华笙的幸福了。

深爱了华笙,就跟以前心态不一样了,真正爱上一个人的时候,你会希望她过得幸福,哪怕她最后没跟你在一起都没关系,正如他上次深夜发给华笙的那句——若有缘分,我想和你白头到老;若没缘分,我会护你一世安好。

江流半夜起身,头疼不已,他小心翼翼地下床,生怕惊着身边的华笙。然后自己倒了一杯水去了书房小坐,冷静了一会儿。

今晚的梦里,他梦到了一个地方,叫飞龙瀑,还有一个村落叫安河口。

他下意识地拿出手机搜了一下,居然真的有,而且这些地方他之前听都没听过。最为诡异的是,江流看了一眼地图,这两个地方离五年前他旅游坠崖的地方很近,难道真的是巧合吗?

江流有些心慌,总觉得这个陌生女人冥冥之中跟自己有些关系,可是他真的想不起来了。

没有了睡意的江流在书房坐了好一会儿,忍不住打电话让手下的人查了查这两个地方。

不查倒好,一查还真是查出了事。

大约是三天后,江流的人回来复命,进了江流的总裁办公室。

"什么事不能在电话里说,还非要你跑回来亲自说?"江流觉得是不是有些小题大做了。

那人一脸严肃:"江总,我们查这件事的时候发现了两件事,都很重要。"

"说。"

"第一,谢东阳的人也一直在查这件事,而且查了大约快两个月了,比我们知道的情报要多。"

"然后呢?"江流有些意外,谢东阳居然私下查了他,可是谢东阳怎么知道他梦里的内容呢?

"第二，关于这件事的很多蛛丝马迹和线索，都被人故意掩盖了，而我根据线索得出，掩盖真相的人很可能是老爷。"

"我爸？"这可是让江流意外得很。

江流那一段记忆被抹去后，他并不知道父母故意隐瞒，压根都没往那边想。

可是如今听到和自己父亲有关，他心里还是猛地一震。

"是的，应该是老爷的人没错，若是其他人我早就查出源头了。所以目前看来，这里面确实有一些您不知道的秘密，不过我觉得您最好不要去问老爷。

"他应该不会告诉您，您倒不如直接问谢东阳，他或许知道些什么。"这人给出意见。

现在的情况就是，继续查也没有线索，因为都被江流爸爸掩盖了，可越是这样，江流反而越想知道。

江流拿到这些信息后，一整天都心事重重，几次想跟父亲开口，可是话到了嘴边就咽回去了。

最终，他还是决定问谢东阳，或许他能说一些。

谢东阳对于江流主动来找他并不意外，毕竟他一直查江流，早晚会被江流察觉。

"喝点什么？"谢东阳问江流。

"有威士忌吗？"

"嚯，你要喝酒？"

"有吗？"

"必须有。"谢东阳没想到江流这么直白，于是谢东阳拿出一瓶威士忌，倒了两杯，一人一杯。

"你想问什么？"谢东阳隐约猜到江流的来意。

两个王者，坐在沙发上对视，有点巅峰对决的意思。

"你知道一些什么？"江流扬了扬嘴角。

"我知道的可多着呢，怎么，你没查到？"

"嗯，我查晚了。"

"看来你是不知情啊！"

"我是不知情，不然也不会现在才查。"

"那掩盖真相的，应该是你父亲的人吧。"

"是。"江流也大方承认。

"这一刻我倒是有些同情你了,身为事件的主角,却一直被蒙在鼓里,而且整整五年。我劝你一句,有些事你还是不知道的好,若知道了,或许就难以放下了,也许局面也会越来越乱。别忘了,你已经和华笙结婚了。"

"我知道你担心什么。不会的,我今天找你,就是问个明白,谢东阳,你知道多少,告诉我。我不会白拿你的消息,我可以付钱,或者我可以用其他东西作为交换。"

"钱就算了,那玩意我也不缺,我以前就想告诉你,可那时候还不确定,怕万一说错了对你影响不好,也伤害华笙,不过如今你主动问,那我就说吧,至于以后怎样,你自己决定。"

谢东阳端着酒杯,喝了一大口烈酒,随后将沙发边缘的资料袋丢过去。

"都在这里了,看看吧,但我还是劝你一句,看完了有些东西就回不去了。你确定要打破现在的宁静吗?"

江流微微迟疑,他觉得,谢东阳远比之前他了解的还要聪明得多。谢东阳说的话虽然含蓄,可句句都是真理,这样一个人,若真的成为对手的话,还真的会很难缠。

"不后悔,既然是我的事,就没有逃避的道理,早晚要面对。"说完,江流速度打开资料袋,读着那些关于自己失忆的那段线索。

其实谢东阳手里的资料也有限,只知道那女人是江流前女友,可是具体那女人是死了还是活着,家住在哪里,都是谜团。

江流看完后,脸色凝重,果然……这不是梦。

"怎么样?后悔了没?"谢东阳调侃。

"不,我说过,既然是我的事情我就要面对,谢谢你给我看这些。"

"不用,我本身也是有私心的,当初调查这些,是想给华笙看,让她离开你。不过现在看来,华笙对你好像也没那么容易放弃,而我也不想破坏她的幸福了,所以就一直没拿出来。"

谢东阳手里有黑料却一直没给华笙看,这一点上,让江流对他高看了一眼。

江流没说话。

谢东阳看了看他:"你打算怎么处理,万一你那个前女友还活着,她和华笙,你要怎么选择?"

谢东阳问的这个问题,江流没有回答,他不是不知道怎么回答,而是没有心情。

一口干了威士忌后,江流拿起资料袋:"介意我带走吗?"

"随便。"谢东阳摊了摊双手,江流转身离开,情绪相当复杂。

谢东阳知道,这对江流来说,绝对是一个大麻烦,一旦处理不好,就会危及他和华笙之间的感情。

可人就是这样,好奇心重,明知道是麻烦,也还是要弄个清楚。

"看来不用我搅和,他自己都乱了。我就做个旁观者吧,若他真的放弃华笙,那可就是天意了。"

谢东阳心里,还是对华笙爱意满满,只要一想到那张脸,他都会愉悦。

江流拿到资料后,一整天都心神不宁,反复看着。那女人是他的前女友,应该不能说前女友,因为还没分手,后来就出事了。

按照那些证人的笔录,他是和卓雅一起去旅行的,后来出事,他坠崖重伤失忆,卓雅不知去向,生死不明。

再后来他父亲出面压制了这件事,不许任何人说,连大学里都抹去了卓雅存在的痕迹。

他拿着那张照片,心里有些毛毛的。

照片里的人,正是他在梦里无数次梦见的人。她长得很美,很有辨识度,穿着少数民族服饰,很有风情,可江流看着这女人一点感觉都没有,如果真的是自己喜欢的人,那应该会有感觉啊?江流很矛盾,也很纠结。

这件事就这样成了他的心头之患,他不能去问父亲,只能找机会慢慢查了。

要是卓雅死了,他想找到她家人,给予一些钱补偿一下,要是卓雅没死……

他不敢想,卓雅没死的话,他要怎么办?

华笙是自己的挚爱,是自己的妻子,如今有了夫妻之实后,更是无法割舍。

卓雅是前女友,是和自己一起出事失踪的,虽然记忆不在了,但是这就是真相,如果他什么都不管,好像又很绝情。

晚上回到十里春风的时候，江流也不如往常那样话多。

华笙感觉到后，主动走过去，从身后将手轻轻搭在他的肩上。

江流伸出手，握住华笙的小手。

"怎么了，心情不好？"华笙问。

"被你看出来了？"

"嗯，你平时都很爱说笑的，今天回来就一直看电视，最主要的是……广告你还看得那么起劲，说明你心里有事，心不在焉。"

江流一怔，有些尴尬地咳了咳。

"江太太果然聪明，什么都瞒不住你。"

"说说吧，江先生，小女子愿意为你分忧。"华笙温柔地笑着。

现在的她，居然会开玩笑了，这若在以前，江流想都不敢想。

"就是公司的事情多，烦躁，还有就是马上快过年了，今年爷爷奶奶不回来，让我们去澳洲一起过年。

"可我又担心你长途飞行会折腾，到那边也是吃不好，毕竟都是生猛海鲜，你又不吃肉，蔬菜又少，就拒绝了。然后老头老太太就有些生气，跟我爸妈一直念叨。"

江流说的也是实情，不过他更多的是因为卓雅的事情，只不过不能跟华笙说。

"这算什么啊，你要去我就陪你去，我身体没事。"华笙走过来靠在他肩膀上。

"不，他们要去就去，咱俩就在江城，到时候我们找华芷他们吃团圆饭。"

"嗯。"华笙也挺开心的。

"阿笙。"

"嗯？"

"你信任我吗？"

"当然。"

"那如果将来发生了什么事，你能选择无条件信任我吗？一直在我身边，不听任何人挑唆和离间。"江流有些忐忑地问她。

华笙一怔："你所说的无条件信任是……"

这么一问，还真把华笙给问住了，她一个恋爱都没谈过的宝宝，直接就跟他结婚了，哪里懂那么多啊！

江流也觉得自己太敏感了，怕华笙乱想也就没多说，只是拿起她的小手拍了拍："没事，我就是问问。年底了，这周末晚上是集团年会，有兴趣参加吗？"

"我可以吗？"华笙笑问。

若是以前，华笙这种事是不会参加的，她一向不喜欢凑热闹，现在虽然也不喜欢人多，但是想陪着江流。

"当然可以，你可是正牌夫人。"

两人说完都笑了。其实集团年会真的超级无聊，就是大家表演一下节目抽抽奖什么的，江流和父亲一向行事低调，不会花大价钱请明星来撑场面，倒是舍得拿出钱给员工发年终奖，所以江家的私人银行，员工待遇极好，也是超难进的，竞争很激烈。

答应江流出席年会后，华笙剩余的几天就没去学校，在家里自己手工缝制了一件旗袍。

旗袍图纸是自己画的，尺寸也是自己量的，布料是奶奶活着的时候送她的，据说是苏州上好的七段锦。

颜色也是低调的杏色，花纹是暗纹，在灯光的照耀下会有点点星光，恰到好处，也很符合华笙的古典美风格。

这一天，她刚缝制完边角的珍珠，就接到了于萍的电话。

或许是看她最近没去学校，于萍就想来看看她，华笙索性就让春桃开车去学校接了一下。

于萍来了十里春风后，惊掉了下巴。于萍一直不太知道华笙是什么背景，只知道是有钱人，或者是男友有钱。她怎么也没想到华笙会住在这么奢华的地段，十里春风这边的楼盘那都是天价，普通人根本无法购买。

于萍带着惊叹一路跟春桃进了正厅，华笙起身，微笑："渴不渴，想喝点什么？"

"热水就行。"于萍有些拘束，确实没来过这么好的宅子，倒是有些失态了。

"快坐下，外面很冷吧，我看天气预报说最近还有暴雪，你最近少出门。"华笙坐在于萍对面，穿着净白色素版连衣裙，仙气十足。

"小笙，这是你家啊？"于萍问。

"嗯。"

"是自己的房子,还是……你男友……"

"是我自己的。"

"哈,你果然是有钱人家的女儿。"

"还好。"

"那你没有男友啊?"于萍以前在学校也听了不少关于华笙的传闻,都说她被包养了,还有说她和谢少有关系之类的。

"我没有男友,但……有老公。"

华笙这么一句,差点让于萍呛着,她真是一点心理准备都没有。

"咳咳咳……"

"你没事吧?"华笙关心道。

"没事没事,我只是……我太惊讶了,你这也太突然了吧,怎么没听你提起过啊,也没见他去学校接过你。"

"因为他身份比较特殊,我不想太高调。"

"好吧,你这个神豪,真是吓死我。"于萍回过神后,笑了笑。

这时银杏端来柠檬热茶,春桃拿了几份点心和甜品过来,两人就围在壁炉前闲聊着。

"小笙,我改名了。哈,以后不叫于萍了,叫于蔓薇。"

华笙挠了挠额头。

"怎么?不好听吗?"于萍看华笙的表情有些微妙。

"说实话,不是不好听,是有些绿茶气息。"

"哈哈哈,你跟我想的一样。不过吧,袁邵说了,我这个名字土气,换个挺好的,也许运气都好了。"

于萍说起袁邵的时候,脸上洋溢着灿烂的笑,一看就是恋爱中的女人。

"袁邵给你改的?"华笙端起柠檬茶。

"嗯,我俩就是随口开玩笑,他不是漫威的粉丝嘛!特别喜欢蜘蛛侠、钢铁侠、美国队长什么的,我俩有天聊起这个,他说你都不如叫于漫威。

"但我是女生啊,肯定不能同那个漫威一样,于是我就稍微改了一下,换成了这个蔓薇。"说着于萍拿出手机,打字给华笙看。

"嗯,也还好,确实比你原本的名字好。"

"是吧,那你以后叫我小薇好了。"

"我还是习惯叫你小萍，关山难越，谁悲失路之人？萍水相逢，尽是他乡之客。"华笙慢慢念着这句词。

于萍也是学霸，顿时秒懂，眼神都亮亮的，有些惊喜之色。

"哈哈，你知道吗？我爸爸是个粗人，当初给我取名字就是随便取的，但是我却不甘心，所以后来跟别人说起我名字来历的时候我就瞎掰说是我爸爸喜欢《滕王阁序》。

"所以给我取名叫于萍，萍水相逢的萍，没想到咱俩倒是想一块去了。"

"是啊，虽然字平庸，可看怎么解释了。"

"那你以后还叫我小萍。"于萍歪着头看着华笙，很是开心，她是个没有心机的人，从不嫉妒，也不算计别人，不是不会，是不愿意那么做。华笙小时候就明白一个道理，聪明是一种天赋，可善良是一种选择。相比起来，后者更难。

于萍情商智商都很高，只是家境不好，所以自卑，可她骨子里是善良的，华笙很喜欢这样朴实的她。

"嗯，我还叫你小萍。"华笙说。

于萍坐了差不多两小时，华笙留她吃了午饭才走。她来的时候也没空手，还给华笙买了两百多块钱的水果，于萍虽然穷但是很懂得人情世故。临走前，华笙还交代于萍有空继续收货。但其实她那个店铺很久都不去了，也不愿意开了，只是还想用这种方式，让于萍赚些钱，日子过得轻松一些。

一转眼就是集团年会了，江流牵着华笙的手，江流的父亲牵着江夫人的手。两对夫妻在热烈的掌声中登台，然后江流父亲讲了开场白，随后大家开始吃饭。

那些员工时不时就朝着这边偷拍，毕竟这是少夫人第一次亮相，华笙也不怯场，大大方方地任他们拍。

年会一结束，新闻就出来了。

华笙的一张照片被放大登上版头，那是一张被抓拍得很好看的脸，低着头，恬静地笑着。

华笙穿着旗袍，手里拿着一个限量版的香奈儿手包，带着白色珍珠耳环，雅致贵气，清新脱俗。

新闻标题是——江家太子妃首次高调亮相集团年会，倾世神颜百年难得一见。

这是华笙自从嫁给江流以来,第一次这么高调出现在公众眼前。

为了抓人眼球媒体什么都能写得出来。所以很多女网友就变身柠檬精,一个劲地说"什么颜值啊,很一般啊""看不出来多好看,都不如一个路人"云云,华笙看了只是一笑而过,毫不介意。

倒是谢东阳坐不住了,自己注册了小号跟那些黑华笙的网友对骂了几句,不解气,后来又花钱找了水军控评。

再然后,还找了那家媒体,大骂她们为何不放华笙更好看的照片,可把谢东阳给气坏了。

谢家老宅。

谢东瑶拿着手机给父母看那张华笙被偷拍的照片,神神秘秘地说:"爸爸妈妈你们看,这个就是我哥迷得不行的那个仙女,哈哈,好看吧?"

谢云看了看,没说什么,他一个长辈,肯定是不好评论一个小辈的颜值的。

倒是谢夫人看了一会儿笑道:"这姑娘是很耐看,不过看着怎么觉得有点福气薄呢?"

"妈您别瞎说,人家都是江家少夫人了,还福气薄?"谢东瑶向来不相信迷信,所以直接反驳。

谢家二老倒是没说太多,毕竟儿子的事情也管不了了,说也不听。

另一边华笙在集团年会上发现了一个好玩的东西,其实是江家送员工的纪念品,人手一份。

那是一个智能储蓄罐,只要你录一句你的口号,然后一喊口号,储蓄罐就自动打开,你把硬币放进去后,就自动关闭。

华笙一口气拿了好几个回来,自己玩得不亦乐乎,给了春桃和银杏一人一个,还给华芷、华琳、风兮和于萍留了一个。她发微信问风兮什么时候来家里。

风兮回了一句,在省城给新书签售,要过两天。华笙也就没多问。

次日,江流的父母打电话叫他们回去吃饭,华笙和江流就去了,没想到家里来了不少人,都是生意场上的一些大佬,江流要叫一声叔伯的,这些人几乎每年都来给江董事长拜年。

江流的父亲乘机介绍儿子跟那些人认识,为以后自己退居二线做准备。

　　这些人里,有一个华笙还见过,就是那个吴军,之前慈善拍卖的那个,后来弄了一个青铜器让 SS 鉴定,被华笙拒绝。

　　没想到他也在,酒过三巡,吴军带着醉意神神秘秘地走到江流父亲面前:"老哥,我今儿来,是给你送好东西来了。"

　　大家这么一听都特别感兴趣,都知道他是一个倒卖文物的大佬,手里奇珍异宝数之不尽。

　　华笙坐在江流身边默默喝茶,心里却也好奇,这人又能拿出什么好东西来?

　　"哦?吴军老弟这次带什么好东西了?"江流父亲喜爱收藏文物,对这些古玩也很有兴趣,吴军因为有事求江家,所以这次来肯定是下了血本。

　　于是在众目睽睽之下,吴军从包里拿出一个盒子,小心翼翼地将里面的东西举起来给大家看,并且极其得意地说道:"我这个可是好东西,在座的应该都没见过,这是明代的腰牌,而且是锦衣卫的腰牌。"

案 发 现 场

吴军继续说:"锦衣卫知道吧?那是皇帝直接管的部门,相当于现在的特工,厉害得很,这块纯金腰牌是一个校尉所持,上面记载了年份,洪武十五年。"

此言一出,震惊四座,江流也是一怔,看了一眼身边的华笙:"洪武十五年?朱元璋?"

随后吴军将腰牌递到江流父亲手里:"老哥,这个东西我可是来之不易啊,存世没有几件,已经无法用价值去估量了。"

江流父亲也不是一个贪得无厌的人,这么一听倒是不好意思收了:"那老弟还是拿回去吧,我不能夺人所爱。"

"哎,老哥您就甭跟我客气啦!咱俩关系这么好,送你我不心疼。"

吴军是诚心要送江家,所以强烈地将东西塞在了江流父亲的手里,江父有些小激动,拿着牌子看了看,只见正面有"校尉"和"凡遇悬挂此牌者,出皇城四门不用"。

字体是楷书阳文,背面光滑无花纹,可能因为年份久远,所以黄金已经变得有些暗淡,可重量还在。

吴军借机又开始大肆吹嘘道:"你们都看过明朝历史吧,那可是一个伟大的朝代。

"洪武皇帝那是朱元璋啊,那是大人物。那时候帝都还是南京城,锦衣卫在那时候可气派了,你们都看了那个电影吧,张震演的那个……飞鱼服,绣春刀,咔咔咔,多威风。"

吴军这么一比画那些叔伯都笑了,知道这是好东西,也都知道吴军这是有求于江董事长。

江流的父亲也确实很高兴，爱不释手，华笙微微叹了一口气，缓缓起身："吴军叔叔，这块腰牌，您是从何而来？"

吴军回头看了一眼华笙，然后对着江流父亲道："侄媳妇这话问对喽！若是别人肯定是弄不到的。不过老哥放心，不是盗墓贼手里买的，没有晦气，放心留着把玩。

"这东西我是在马来西亚一个拿督手里买的，花了不少钱呢，我也找人鉴定过，年份确实是明朝的无疑。"

吴军虽然狡猾，可不敢用假货糊弄江流父亲这样级别的人，最大的可能就是他也被人骗了，不知情。

所以华笙说："可是叔叔，明朝锦衣卫的腰牌，校尉的话，是铜制的才对，不会是黄金的，这些材质都是按照级别来分配的，职位越高，材质越好，校尉不是什么高官，不会用黄金的腰牌。这是不符合史书记载的。"

华笙说完，那吴军脸色有些尴尬，其他大佬也都窃窃私语，江流父亲也是怔了怔。

"可是这……"

吴军还想狡辩什么，华笙也没给机会，直接走过去，从江流父亲手里拿起那块腰牌看了看，又说："徽州博物馆有一块明朝腰牌，跟这个相似，不过级别比这个要高，是象牙材质的，只是背部的字迹跟这个略有不同，我记得正面写着的是'凡遇直宿者悬带此牌，出皇城四门不用'。"

"字迹也有区别，这些腰牌都是皇宫统一制作，除了职位不同，其他字迹应该是一样的，所以我怀疑……您应该是被人骗了，您的这块，应该是假的。"

"这不可能啊，我当时还找了专家鉴定的，我是花一千五百多万买来的，说是能值一个亿呢。"吴军也有些慌了。

"要么是专家和卖您东西的人串通的，要么就是那个专家眼拙，我建议您去京城古董商会一趟，请那些权威的专家好好看看，毕竟花了这么多钱是吧。"华笙百分百肯定这东西是假的，要说这东西值钱，也就是黄金能值点，但是没有收藏价值，也不会是洪武十五年的东西。

"这……怎么可能？"吴军脸色难看得不得了，送礼送个假的，这真是让人尴尬。

"侄媳妇啊，你还年轻，是不是看错了？"吴军显然是不信华笙的。

江流说："我妻子自小研究古玩，从未走眼过，更是熟读上下五千年历史，吴军叔叔您还是拿回去好好鉴定一下吧，我父亲想必也不想收一个不知道真假的东西在手。"

江流霸气护妻，华笙偷偷瞄了他一眼，心里甜甜的。

吴军被江流这么说了，也不敢继续质疑华笙，只得灰溜溜地将东西拿回去收好，不敢再高调。

饭后江流带着华笙先一步回了十里春风，路上江流还笑问华笙："你和吴军真是有缘分，哈哈，每一次都能拆台。"

"他就是个卖假货的，已经看穿了把戏，不过呢，这次我相信他也不知情，毕竟他真的不敢拿假货送给爸爸。"华笙分析。

江流点点头："你说得没错，不过被人坑了一千五百万也是活该，都是报应，他也是一直这么坑别人。"

"是，善恶到头终有报，人还是不要做坏事的好。"

华笙觉得吴军这人狡猾奸诈，早晚会栽的。两人吃饱喝足回了十里春风就休息了，最近一段时间华笙和江流感情突飞猛进，夫妻俩很有默契，对彼此的爱意更是上升了一个新的高度。

春桃和银杏也一直期待小姐能早点有宝宝，因为她们打扫房间的时候留意过，垃圾桶里并没有那个传说中的保护伞，所以说，这两人要是万一哪天中了……小少爷或者小小姐，就指日可待了。

另一边，张倩最近是度日如年，那件事过后，她就一直想跟华镇岳解释，可华镇岳根本不给她机会见面。

打电话不通，发微信不回，办法都用了，最可气的是，那个陈诚也跑了，回了乡下还搬了家，工作也辞了，也不知去向。

张倩找了人打算收拾陈诚，可惜都没能找到他。

这一天，张倩得知华镇岳约了友人一起钓鱼，她也就一路跟踪到了郊外的一个山庄的钓鱼塘，远远地就看见华镇岳跟一个男人一起坐在池塘边钓鱼，她心里一喜。

"老公，我可找到你了。"张倩一声老公，叫得让人有些反胃，旁边的友人一怔，看了看张倩，又看了看华镇岳。

"你来干什么？"华镇岳当场黑下脸，然后为了避免张倩乱说话，赶紧起身，将她带到无人的地方。

张倩刚要说话，华镇岳就粗暴地捏住她的下巴，捏得她生疼。

"告诉你，张倩，别乱说话，刚才我朋友在场，知道吗？"

"你那些朋友也都不干净啊，他们不会张扬的，哪个不是左拥右抱？"张倩一脸委屈。

"你赶紧滚，我不想见到你。"捏住她的下巴，华镇岳狠狠一推，差点将张倩推倒，真的是一点怜惜之情都没有。

"老公，你这是干吗啊？"

"不要叫我老公，恶心死了。"

"华镇岳，我可告诉你，别管我跟陈诚如何，孩子就是你的，那就是你的骨肉，你不认也不行，你不要逼我，别怪我因爱生恨。"被狠狠地推了一下后，张倩也是有些恼了，失去耐心，原形毕露。

华镇岳冷笑出声，眯起眼睛打量张倩半天。

"怎么？装不下去了，原形毕露了？"

"这些都是你逼我的，原本我们可以很好的，我们有孩子，我们有未来。"

"未来？你拿着我的钱去上前男友的床吗？"华镇岳讽刺道。

张倩深吸一口气，脸色不好看，声音也大了一些，或许是情绪有些激动："我发誓我真的没有跟陈诚藕断丝连，我俩是多年后第一次见，他一定是被人收买来陷害我的，我愿意发毒誓。"

"你这种人什么都干得出来，你就是发毒誓，我也不会相信你了，不管你和那个男人是怎么到一个房间去的，我都不会碰一个烂人，我华镇岳不会那么贱。"

说来说去，还是因为张倩脏了，男人可以不介意你不是清白身，但是如果你跟了他后，还跟别的男人有染，那就是背叛，那就是戴绿帽，这种是任何男人都无法接受的耻辱，所以不管张倩是否自愿，华镇岳都不可能再接受她，也不会再碰她一根手指。

看华镇岳说得这么明白，张倩知道没希望了，两人之间的情分不提，可孩子终究是他的。

"很好，华镇岳，你既然这么无情，那我也不想跟你讲情面了，抛掉感情不提，孩子你必须要管，你想跟我断了，也行，一千万，一千万我带着肚子里的孩子远走高飞，保证永远不会出现在你面前。"

"一千万？你倒是狮子大开口。"华镇岳轻蔑地看着张倩，此时只觉得她像个卑微的妓女。

张倩整理了一下头发，仰起下巴，一脸骄傲。

"一千万对于别人是多了些，可是对你们华家算什么，这就是毛毛雨，你们华家家大业大，你二女儿一个整容医院一年盈利都是几个亿，所以不要跟我哭穷，没得商量，我也不跟你讨价还价。

"无论生男孩女孩都是这个钱，你给我拿钱，我立刻走人，孩子都不需要你照顾，怎么样？"

"我怎么知道孩子是不是我的？"

"这个好办，现在医学这么发达，怀孕四个月就可以抽血检测基因，你跟我一起去检测，你找人，免得说我动手脚。"

张倩说得很自信，所以华镇岳心里其实也知道孩子应该是他的没错了。

"那就等生出来再说吧。"

"不行，以免夜长梦多，我现在就要，否则……"

"否则如何？"看张倩没说完，华镇岳有种不祥的预感。

果然，张倩冷冷地看着他，眼神里再也没有一点平时的温柔和可爱，有的全是贪婪、冷漠。

"否则我就将将这件事爆料出去，闹得天下皆知，我相信我找任何一家媒体，他们都会给我不低的价格。你是公众人物，你这么大的丑闻爆发，你确定你还能在家待下去？你妻子能容下你？你女儿们能原谅你？社会舆论如何？

"你可要想好，到底是拿一千万，还是晚节不保，你自己选吧。"

"张倩，我以前怎么没看出，你是个如此恶毒的女人？"华镇岳气得脸色发紫，恨不得掐死眼前这个曾经跟自己同床共枕的女人，这哪是什么白兔，这分明是一条眼镜蛇啊！

张倩倒是淡定多了，不谈情谈钱多实在、多直接，虽然暴露了自己的嘴脸，可眼下这是唯一的出路。

她嘲讽一笑："华镇岳，你可别惺惺作态了，你当初就知道我是什么人的，不然你也不想想，你都快六十岁了，一条腿都迈进棺材里的老头，我怎么可能愿意跟你上床，你当自己是汤姆·克鲁斯吗？别天真了，还不是因为你有钱。"

变脸后的张倩让华镇岳气得发抖，他指着张倩，气得脸色苍白。

"好，好得很啊，很好。"

"好不好现在说这些也没有意义了,俗话说得好,一日夫妻百日恩,我好歹也跟了你这么久,也为你怀了孩子,你如今翻脸不认是肯定不行的。"

"除非你有胆子弄死我们母子,但是我已经交代我家里人了,若我母子有意外,就会举报你,因为你是头号嫌弃人。"

"哈哈,你是真的连后路都想好了。"华镇岳今日才尝到了被人算计的滋味,连笑都显得冷清。

"我也是未雨绸缪,人不为己天诛地灭。华镇岳,破财免灾的道理你比我懂,你活了大半辈子了,这点钱真的不算什么,你也不是白白给我的。

"这些都是我应得的,你也别委屈了,我呢,拿着钱带着孩子好好过日子,你呢,继续扮演你的好父亲、好老公、好外公、好企业家。"

"够了,别再说了。"

此时,张倩说什么,华镇岳都觉得莫名的讽刺。

"钱呢,一星期内我要见到,然后咱俩之间就彻底断了,你放心我绝不纠缠你,我若不是为了钱,也不会在你身边这么久,毕竟你那点本事,我就不忍心嘲笑你了,说真的,我也腻了。"

"无耻的女人。"

张倩把他俩之间的私密事都拿出来说,并且暗讽华镇岳年老身体不行,也是对他人格的侮辱了。

张倩也不怒,仰起下巴,趾高气扬地走人。她相信,一千万对于华镇岳来说不难,这一千万不多,但也不少,刚刚好,在一个安全的范围内,又不会让华镇岳对自己痛下杀手。

她只是没想到,对她下手的人,从来都不是华镇岳。螳螂捕蝉,黄雀在后的道理,她还是没懂。

被张倩威胁后,华镇岳也没心思钓鱼了。左思右想后,这件事绝对不能曝光。

一千万是不少,可华家的名誉不止一千万啊,万一爆料出去,以后真的就众叛亲离了。他还指望和妻子以后去澳洲养老,霸占华芷那套差不多上亿的豪宅呢。

所以华镇岳当天回家就开始清点自己的财产,除去被华青冻结的那些,他其实还有不少古董、名画,还有一些品色俱佳的手串、珠宝、手表等各种奢侈品,这些加起来也有个七八百万了,再问朋友临时借一些,等卡解冻了再还,这样算下来,很容易就凑够了一千万。

第二天,华镇岳就悄悄拿着他的那些宝贝到了一个当地很大的私人典当行。

因为他不好出面,所以委托了自己的司机去,顺利拿到了七百五十万支票。

可华镇岳没想到的是,他这边刚有动作,那边华青就知道了。

"呵呵,老头子忽然卖家当了,这是那个女人坐不住开始勒索了?"华青咬着牙,眼里闪过寒光。

华青一直关注后续动态,本想看看那个张倩怎么装可怜,怎么去找老头子哭诉,也想陪她玩上一阵子。

可惜,张倩没那么有耐心,见老头子不肯原谅她,直接翻脸要钱,这跟那些普通货色也没两样。

亏得之前还高看了她,以为她是个有心机的高手。现在看,也就是个为了钱来的廉价货罢了。

华青收到消息后,直接以工作名义将刘德凯喊来办公室。

刘德凯进门后,故意拿腔作调:"华副总,找我有事吗?"

"过来。"华青勾勾手。

"华青别闹,这里是公司。"刘德凯东张西望,生怕被人看出端倪。

"看你这点胆子。关上门,过来,快点。"华青鄙夷地看了他一眼。

刘德凯把门关严后,慢吞吞地走过去。

"干吗,我能吃了你啊?"华青说。

"不是,你姐就在办公室呢,离得这么近。"

"怕什么,咱俩之间又没有什么亲密接触,我也不会爆料我看到的一切,包括照片和视频,你放心好了。"华青恶俗地笑着,时时都在敲打他,威胁他。

刘德凯顿时后退两步:"华青,你什么时候能是个头?"

"没事的,她发现不了,在她心里,你是二十四孝好老公,我是对她忠心耿耿的好妹妹,她做梦也想不到你会出卖她的,等我代替了她,她以后地位就跟你一样,到时候你就可以找她报仇出气,你说呢?"

"你赶紧说事,别闹了。"刘德凯不敢跟华青翻脸,只能硬着头皮转移话题。

华青看他这个怂包模样,也就不再嘲讽了,坐直了后,跷起二郎腿。

"那女人有所行动了,她问老头子要一千万。"自从知道华镇岳有了小三,还玩出了孩子后,华青就更加对老头子有成见了,也不叫父亲了,背后一直都叫老头子。

"一千万,她还真敢……"刘德凯惊讶不已。

"她当然敢,她千方百计怀上这个野孩子,就是等这一天呢。"

"那一千万爸能给吗?爸的卡不是被你冻结了,资金应该挪用不了吧?"

"是,可老头子有办法啊,他今早去了典当行,卖了那些私藏的家当,弄了七百多万,剩下的我估计会找朋友借,看样子老头子是打算给钱了。"

"那你打算怎么办?"刘德凯看向华青。

华青拿起水杯,不紧不慢地喝了一口,才嗤笑道:"我当然不会再让老头子在她身上花一毛钱。不仅如此,以前花的那些我都要那个女人给我吐出来,我要那个女人生不如死,翻不了身。"

刘德凯相信,华青真的不是说说而已,她一定能做出来的。

张倩现在名下有房、有车,加上银行存款、珠宝、名表等,总价值也是五百多万。

华青不仅要张倩遭殃,还想让她倾家荡产,这是最开始就打算好的。

只是张倩一直不知道对手是谁,猜到陈诚背后有人指使。她以为是华镇岳还有其他女人,万万没想到华家老二已经盯上她了。

而另一边,华笙刚修剪完一盆兰花,就接到白浩电话,说华琳住院了,心里咯噔一下。

春桃开车送华笙去了医院,这次是华琳家附近的医院,也是三甲级别。

到了后,白浩就站在病房门口,急得团团转。

"四姐如何了?"华笙焦急。

白浩心慌得很,说话声音都颤抖:"还不知道,还在里面抢救。"

"她是什么症状?"

"就是忽然晕倒了,很吓人。"

华笙沉默。忽然晕倒可不是好兆头,难道说……癌细胞转移了?

半小时后,医生走出来,摘下口罩。

"医生,我太太怎么样?"

"没有大事,只是因为咳嗽太频繁引发了哮喘,缺氧了,短暂休克,没有大碍。"

"医生,我四姐的癌细胞是否转移?"华笙关心的是那颗定时炸弹。

医生看了看白浩和华笙:"你们是直系家属吧?"

"是,我是她老公,这是她亲妹妹。"

"我们为她拍了片子,癌细胞没有扩散。"医生说完这句,华笙和白浩松了一口气。

可医生接下来还有一句比较致命的话,他说:"虽然没有扩散,但是那恶性肿瘤比以前大了。"

华笙和白浩顿时脸色苍白。

"比以前大了一厘米左右,可你们要知道恶性肿瘤变大不是好兆头,一厘米也是坏消息,说不定还会引发什么后遗症。

"你们确定真的不打算手术吗?我看病人目前各项指标都不错,若是手术的话,成功切除的机会很大,后期再配合放疗和化疗,也会有理想的治疗效果的,我不明白,你们家属为何放弃这么好的治疗黄金期?

"若是以后真的转移就晚了,到时候你们想手术,我们也做不了。"

白浩沉默,华笙也沉默。

这个问题之前医院已经说了很多次,他们也商量了很久,是华琳自愿放弃手术的,她选择了保守吃药治疗。

如今一次次病发,难道真的要手术吗?

"我和我妻子商量一下,谢谢医生。"白浩叹了口气,跟华笙进了病房。

华琳正在做雾化,躺在那里,人是清醒过来了,看见华笙还点点头。华琳做完雾化后,白浩帮她摘下雾化机,马上给她递了一杯温水。

"小琳,你怎么样?"

"别担心,我没事,好得很。"华琳微笑,伸手摸了摸白浩的脸,示意他安心。

白浩却更加心酸,华琳又看了看华笙:"老公你也太小题大做了,这么点事情就把五妹也折腾来了。"

"不折腾,应该的。"华笙静静地。

"我最近一直挺好的,也有按时吃药,偶尔坐在阳台上晒晒太阳。

就是晚上咳嗽得厉害，刚才医生也说了，咳嗽引发了过敏性哮喘，所以才休克的，你们真的不要太紧张。"

"四姐，医生的意思，还是让我们问你，要不要手术。"华笙直接就说了，也不想铺垫什么，华琳向来聪明，也淡定，不用给她心理预设，不过华笙没说肿瘤变大的事情，她害怕打消华琳治疗的积极性。

"手术？不是说不手术的吗？这个之前我们都决定了，我要保守治疗。"

"可是医生说现在是最佳治疗时期，万一错过……"白浩也有些动摇了，他只是想华琳活着。

华琳伸出手，放在白浩的手背上："老公，万一错过，我认了，你们不要劝了，我不要手术。"

白浩回头看了华笙一眼，也就没再说出口。

"那个变态杀手到底躲在哪里？他都快崩溃了。"华琳无奈道。

华笙一怔："那个人还没抓到吗？"

如果华琳不提，她都快忘记了，那个曾经差点杀死谢东瑶和自己的男人，那个身上背着多条命案的变态狂，他居然还在逃？

白浩摇摇头，一脸挫败感："本来之前已经有线索了，可惜我们去的时候打草惊蛇，被那人跑了。

"最近虽然没有发生新的命案，只要一想到那个恶魔逍遥法外，我们就恨得牙痒痒，恨不得日夜加班。"

白浩是正规大学毕业，三观特别正，使命感特别强，所以这件事给他打击很大。

江城刑警队已经被弄得焦头烂额，上面也是一再施压，如果再不破案，只怕他们都吃不了兜着走。

"我五妹也是受害者，不如让她帮你们找一下，那人藏匿的地方。"华琳说。

白浩看了一眼华笙，那意思也是看她是否愿意。

"没锁定目标，根本就不知道谁是嫌疑人。他智商太高了，隐藏得太好，江城有一千五百万人口，找一个人简直就是大海捞针，而之前的那些证据也都查着查着没头绪了，就跟进了死胡同一样。"白浩懊恼道。

虽然他只是一个普通民警，可其中有一个死者是在他们辖区内出事的，所以他们也是有责任的。目前看来，全江城以及周边的分局都在全力配合抓捕这个变态杀手,只是没有一点消息,也是急死人。

华笙倒是乐意配合,只要她能想到什么细节,就第一时间告诉白浩。

华笙在医院陪了华琳一小会儿后,就直接去了风兮的家,顺便把之前给她留的储蓄罐带过去。

风兮在省里签售回来,意气风发,心情很是不错,华笙去的时候她正在用烤箱烤着蛋挞,华笙和春桃还吃了两个。

随后,华笙坐在客厅跟风兮提了一下这件事。

"你的意思是,让我协助他们抓捕凶手?"风兮说。

华笙点头。

"我只是一个作家,关我什么事。"风兮很显然不爱多管闲事。

华笙找个借口说要吃山竹,就将春桃支走了,春桃走后华笙才压低了声音说:"如果是别的案件,我当然不会让你插手,可这是那个人的——你还记得谢东瑶的印记吗?"

"不是清除了吗?"风兮脸色一变。华笙痊愈后又找了个时间帮谢东瑶清除了身上的印记。可是,这件事似乎还没完。

"是啊,可是杀少女的那个变态也牵连其中啊,我不觉得那人是一个普通杀手,我之前就查过那些死者的出生日期,所有受害者都是年轻女子。"

"你的意思是,这个凶手,很可能和那些下印记的人有关?"风兮顿时明白了华笙的意思。

"我不是很确定,但是我知道这凶手肯定不只是以此取乐那么简单,如果那时候我没救谢东瑶,谢被这人带走后,就会引发更大的祸端,你想想这件事的前因后果。"

风兮听完,陷入沉思。华笙担心得对,那凶手已经不是杀人犯那么简单了,也许背后有人操控这一切,或者计划着更大的阴谋。

华笙和风兮都不爱管闲事,可是如果有人来危害社会的话,那她们就不能坐视不理了。

"你如今还能管这闲事。"风兮说。

"我可以配合你,听说风家有一个寻人技法——清风传音。"

风兮微微一笑:"你倒是知道得多。"

"我也只是听说而已,并未见过,你应该会吧?"

"会一点。"风兮有所保留。

清风传音可不是用风来传声音,它只是一种称号,无论男女都叫清风。

"那你帮忙吗?"

"帮又没好处拿。"风兮嘟嘴。

华笙笑了笑:"我这不是给你拿存钱罐了嘛!"

"神豪,你这个都不值100块钱,你逗我玩!"

"那你想要什么,酬劳我出。"华笙心里知道风兮不会真的要什么,她是一个把金钱名利看得很轻的人,不然也不会当作家了。以风兮的本事和头脑,她若出山,那绝对是日进斗金,毕竟她是风家唯一的继承人了。

"算了,就当积德行善吧。自从那次用了技法后,我一直都怕怕的,就担心哪天谁谁谁找我算账。如今赶上了这事,就当是为自己积德了。"风兮摆摆手,还是决定管了。

在华笙和风兮的强强联合下,没过多久,凶手就被抓住了。

"阿笙,我有些饿,咱俩吃烧烤去啊,我知道一个小摊很美味。"风兮行侠仗义后,觉得刺激极了,兴奋得睡不着就开始作妖。

"这都半夜了,还吃?"华笙看了看手机,觉得太晚了。

"走吧,难得今天可以放松一下,我要喝几杯,解解乏。"华笙就这样被风兮拖着下了楼,去了一个烧烤店。

刚一进门,她们就看见熟人了,居然是秦皖豫,他独自坐在那,孤零零的。

看见华笙后,他也是一怔:"咦?江流呢?"

"江流没来,就我俩。"华笙指了指风兮。

秦皖豫这是跟风兮第二次见面,第一次是前一阵在十里春风聚餐,两人没说几句话。

最主要是秦皖豫问了几个问题,都被风大小姐给喷了,喷得对方也就不敢开口了。

知道风兮是华笙好友,秦皖豫很热情地邀请三人一起坐。

至于为什么秦皖豫也会在这家小店。第一,因为这家店在江城很有名,别看店小,但好吃。第二,今天是乔雪生日,他心塞。

乔雪就是秦皖豫车祸去世的那个女友,已经很多年了,他一直放不下,每年到了乔雪生日,他都会一个人喝闷酒。

前几年江流和王君显还能陪他唠嗑，开导开导他。后来他也就不提了，大家以为他释怀了，哪知道……

"你怎么大晚上跑这里来了？"华笙看了一眼秦皖豫的手边已经有三个空啤酒瓶了。

风兮直接来了句："借酒消愁？"

"没，我就是自己无聊。"秦皖豫笑。

风兮抿嘴一笑，也不说破，秦皖豫虽然表现得很自然，极力遮掩失落的心情，可华笙和风兮还是看出，他是真的心情不好。

不过没必要拆穿人家。

"好得很，正好有人请客了。"风兮搓了搓手心，很是调皮。

"没问题，你俩随便吃，今天吃多少都算我的。"

风兮也没客气，点了很多自己爱吃的，华笙简单，因为不吃肉，只点了一些烤蔬菜和烤馒头。

风兮跟秦皖豫两人边吃边聊，气氛倒是还不错。秦皖豫也暂且将乔雪生日的事情放下了，陪着两个美人东扯西拉。

华笙话很少，而且确实没那么饿，她平时吃得也不多，只当陪着风兮了。

风兮一顿风卷残云，丝毫没有偶像包袱。

酒过三巡，风兮单手拄着下巴："啧，喝点啤酒，吃点烧烤，这日子……美！"

秦皖豫乐出声："你倒是容易知足。"

"那可不，人活一世，干吗愁眉苦脸的，何必跟自己过不去？"

秦皖豫摇摇头叹了口气："作家果然是作家，思想境界都比我们普通人高，你们作家是不是都超赚钱啊？"

"毛线！我要是指望写书赚钱，早就饿死了。"风兮撇嘴。

"那看这意思，你还有其他赚钱渠道？"秦皖豫很是好奇，风兮这样的女人，还能干什么？

"你对我的事那么感兴趣干吗，想泡我？"

相守白头

"噗……"秦皖豫一口啤酒差点喷了,华笙也是低头掩面轻笑。

可能是不太习惯风兮这么直接,秦皖豫脸有些红,有点小尴尬。

"你别误会,风作家,我绝对没有那个意思。我只是单纯好奇,想问你是炒股还是买理财什么的,或者玩黄金期货?"

"我没那经济头脑,不碰那些。"风兮低头夹了口凉拌黄瓜放嘴里,吃得嘎嘣脆。

秦皖豫也不敢再问了,但是又有点好奇,看出他纠结的心思,华笙替风兮说了:"她版权收入确实不多,风兮的第二职业是酒吧歌手。"

"酒吧歌手?她?"秦皖豫差点惊掉了下巴。

"怎么?瞧不起我?"风兮瞪大了眼睛看秦皖豫。

"不是不是,我只是没想到你这两个职业居然反差这么大。"秦皖豫也总去酒吧夜场,对那些女歌手的印象不太好。因为她们大多穿着暴露,卖骚博眼球,哄得土豪一掷千金。

不过江城也有极少数酒吧驻唱是真正的歌手,他们只安安静静唱歌,但这种基本赚不到什么钱。

"你没想到的事情多了去了。"风兮笑了笑。

"你在哪个酒吧唱歌?有空我去捧场。"秦皖豫随口一问。

"我估计你不会去的。"

"为什么?"

"场子太小呗,地点又偏,你这种神豪怎么会愿意去那里。"

风兮所在的酒吧确实有点偏远,环境也很一般,但是因为老板人缘好,夜夜爆满。

风兮有空就过去唱唱歌,一个月下来,也能赚个万把块,写书版税收入每月也有个一两万。这些收入足够她过得很好,至于那天能去江夫人的慈善晚宴,完全是因为她的名气大,社会影响力强。

但其实她真没什么钱,不过华笙知道,风兮不爱钱。

人各有志,风兮的理想,一直都是吃喝玩乐,当个米虫,游戏人生就好。

"我不怕场子小,只要你唱得好。"秦皖豫笑。

风兮也没搭理他,自顾自地喝着啤酒,华笙也没接话,一时间小店里倒是安静了。

秦皖豫干咳了一下,清了清嗓子,忽然念道:"大风起兮云飞扬,威加海内兮归故乡,安得猛士兮守四方!"

风兮握着酒瓶的手,微微停顿了一下。她抬眼看秦皖豫,眼神有些微妙。

"这首《大风歌》,刘邦写得不错,挺大气。你的名字就是取自《大风歌》吧?风兮风兮,大风起兮。"秦皖豫问。

风兮扯了扯嘴角:"你倒是懂得挺多。"

"哈,我也是联想的,也不知道对不对,就觉得你名字和大风歌相似,叫起来顺口。"

风兮笑了笑,也没回答对还是不对,这个话题也就略过了。

这顿饭一直吃到凌晨两点多,华笙都困得快睡着了,风兮倒是越喝越精神。

秦皖豫特别欠,还偷偷给江流发了微信,显摆一下,吃饭偶遇他的仙女老婆。

江流在家就坐不住了,直接穿上衣服跑来接人。于是,华笙直接被江流带走了。剩下风兮,华笙交代秦皖豫一定要安全送她回家。

回去的路上,秦皖豫开车到风兮家楼下,又送她上楼。

可能因为是旧楼的缘故,楼道里居然蹿出一只硕大的老鼠,吓得风兮尖叫一声后,直接跳到秦皖豫身上,两只手紧紧搂住他的脖子:"妈呀,哪里来的老鼠,吓死你爹了。"

秦皖豫忍不住笑,可笑完后觉得不对劲——风兮这个动作太过分了。

两人紧紧挨在一起,秦皖豫也是后知后觉,嗯……身上也不知道什么东西。

"那个……咳咳,你居然怕老鼠啊!"秦皖豫只能轻咳一声,缓解一下气氛。

风兮还在惊魂未定中,根本就没有要下去的意思。她确实怕老鼠,要是华笙知道,这个风家第八十五代传人居然怕一只老鼠,估计也会震惊无比。所以说,人都有软肋嘛。

"是啊,老鼠好恶心的,看着就头皮发麻。"风兮说。

"没事没事,人家只是路过,又不咬你,要不然你先下去?"秦皖豫试探地问。

风兮身上有一股味道很神奇,那种香味不是化妆品的合成味道,而是一种草药香,秦皖豫第一次闻到,感觉很舒服。

"啊,不好意思。"风兮这才反应过来居然占了人家便宜,将人家抱得这么紧,于是她赶紧跳下来。

但是她又怕老鼠钻出来,不敢再往前走。

"我在前边,你跟着我。"看出她害怕,秦皖豫就主动走在前,将风兮送到了门口。

"今天谢谢你啊,再见。"不等秦皖豫回答,风兮"哐当"一声就把门关上了。那种电视里常见的,请你上楼喝杯茶什么的,在风兮姑娘这里是绝对不存在的,因为她一向视男人如草芥,更不相信爱情。

秦皖豫无奈摇摇头,没说什么就下楼回家了。

此时的两人也没想到,日后他们还会有更深刻的交集。

一直冷战的王君显和华芷,也是在这天晚上偶遇了。

说来也巧,华芷应邀参加一个品牌发布会,而品牌的国内代理老板是王君显的朋友,两人就在酒会上见了面。

华芷直接扭头,看都不看王君显一眼,就当陌生人一样。

王君显本来就话不多,也没凑上前,两人隔着挺远。

一直到后来,有几个微醉的企业家凑上去跟华芷亲近,王君显才有点不是心思。

至于怎么个不是心思,这就有意思了。

"华芷小姐,难得见到你一次,明年上半年可有档期?我们集团的智能手机要上市了,我希望你能当我们的代言人啊!"某手机老板个子不高,一脸的猥琐样,跟华芷说话的时候,就差流口水了。

"这件事需要跟我们公司协商,我个人不直接谈代言的。"华芷淡淡道。

"别这样嘛!大家都是朋友,价格好说的,你当时给谢东阳代言的不也是这么私下谈的吗,圈子里都知道。"那人不知深浅,直接将谢东阳拉出来,华芷的脾气,能惯着他?

"我和谢东阳有私人交情,我们之前可以不打欠条借一个亿,王老板可以吗?你若是敢不打欠条借我一个亿,那我现在就跟你谈代言,你看如何?"

待了一小会儿后,华芷拿起外套匆匆下楼,进电梯的时候里面空无一人,刚想关门,王君显就进来了。

华芷一惊,随后把脸扭过去,不打算说话。

王君显进来后,电梯缓缓下降。

静静的空间内,王君显忽然转身将华芷推到电梯一侧,低头就来,很是强势。

谁会想到那么低调沉默的男人,一瞬间能变身野兽?

华芷也是惊呆了,都忘了拒绝,也忘了回应,傻傻的任由他欺负。

电梯到了二楼的时候,王君显才松开华芷,还邪恶地擦了一下嘴角,似乎意犹未尽。

华芷反应过后,扬起手就打,却被他抓在半空。

"马上一楼了,门口可都是记者,大明星,注意形象。"说完,王君显放开她的手臂。这时,时间计算得刚刚好,电梯门打开。

门口一群记者对着华芷猛拍,华芷下意识遮住眼睛。

"华芷小姐,您出席今天的品牌发布会,是因公因私?"

"华芷小姐,之前您和泰国当红男星拍的那部电影,年前还会上映吗?"

"华芷小姐,关于您的恋情,请问那条结婚的微博,是谢东阳,还是凌梵?"

"华芷小姐,请您说一下关于前几日颁布的福布斯明星收入榜,你已经连续五年蝉联女明星榜首,心里有什么想法?"

这群记者就跟苍蝇一样,将华芷围个水泄不通,王君显乘机跑了,气得华芷直咬牙跺脚。

两人冷战这么久,华芷都以为默认分手了,如今王君显忽然在电梯里强吻她,这是什么意思?

华芷哪有心情回答那些记者,满脑子都是刚才那个被强吻的画面。

说不上是喜悦还是愤怒,总之情绪很复杂。

十里春风也不太平,华笙回来后,洗了一个热水澡就上床了。

江流有心要做点成年人的事,可是看妻子实在太疲惫,终究是没忍心折腾她。

可是江流没想到的是,那个叫卓雅的女人再一次入了他的梦。

"江流,江流,你真的忘记我了吗?"

卓雅穿着一袭红色长裙,在风中飞舞,周围是数不尽的格桑花。

"卓雅。"

以前的江流,是完全不记得卓雅的,甚至叫不出她的名字,可最近因为拿到了谢东阳给的资料,自己又查了那么久,所以已经知道她是卓雅。

那女人脸上带有惊喜:"你想起来了?"

"卓雅,你到底是谁,是我什么人?"江流不确定,所以真的不知这个卓雅到底是不是自己以前的女朋友。

那女人一听,脸色再次转换成悲伤:"江流,是我啊,我是小雅……我们曾经在一起那么久,你怎么就不记得我了?"

江流很迷茫,他对这个女人真的一点印象都没有,而且一点感觉都没有。

"江流,你说过这一生只爱我的,你怎么可以背叛我?你娶了别的女人是不是?你背叛了我们的誓言,你怎么可以如此伤害我?"

女人越哭越伤心,最后,竟然缓缓地走来,一头扎进江流怀中痛哭起来。

江流想推开她,可手就跟不听使唤一样,动弹不得。

女人的身体冰冰凉凉,一点温度都没有,而且那种陌生感和排斥感越来越强烈。

江流的呼吸变得急促起来,他想挣脱,可是却使不上力气。

睡在一旁的华笙被江流的粗重喘息声惊醒,她看着他,状态不是很对。

"江流。"她轻声喊道。

江流的额头开始冒出汗珠,嘴唇也开始变得有些青紫色。

"江流,你醒醒。"华笙有些担心,开始摇晃他的身体。

江流受到震动,才从梦中惊醒,然后他捂着胸口,表情极其痛苦。

"阿……笙。"江流张了张嘴,声音很飘。

"你怎么了?你别吓我。"华笙握着他的手,微微发抖。

江流说话很虚弱,华笙吓得赶紧喊来春桃和银杏,送江流去了医院。

这时候,时间才凌晨四点钟。华笙带着黑眼圈坐在走廊的长椅上,一脸担忧。

"小姐,您别担心,姑爷肯定没什么大事。"春桃和银杏一个劲地安慰。

半小时后,医生出来:"谁是家属?"

"医生我是家属,我是他妻子,他现在什么情况?"华笙忙起身。

"没有大事,就是突发的心绞痛,给他打了止痛针,已经没事了,回去要注意休息,这几天不要过度操劳,注意饮食。"

"只是心绞痛吗?"

"是,不过你也别大意,心绞痛严重的话,会引发冠心病、心脏病等疾病。"

华笙点点头,听说没有大事,放心了一些。医生交代完后,华笙进了急诊病房。

江流躺在那里,脸色有些憔悴。

"我没事。"看见华笙来了,他要坐起来,被华笙直接按倒。

"你给我老老实实地躺着别动,好好休息。"

"我真没事,阿笙,你别紧张,我是个大男人,没那么娇气。"

"这不是男人女人的事,你以前有心绞痛吗?"华笙问。

江流摇摇头,伸出手,将华笙的小手握在掌心里,就好像随时怕她消失一样。

"那就奇怪了,好好的怎么会心绞痛?"华笙皱了皱眉,这个病比较罕见,一般多发于老年人,奶奶以前偶尔也有过几次,医生说是因为冠状动脉供血不足引发的短时间剧烈疼痛,说大不大,说小也不小。

可江流才二十几岁,怎么会有这个病?

江流抬起头看着她:"别皱眉,你那么美,皱眉不好看。"

"别闹。"华笙是一点开玩笑的心思都没有。

"好了,我真没事。"

"你是不是做噩梦了?"华笙回想他发病前的状态。

"啊，是。"

"梦见什么了，刺激成那样？"华笙认真盯着他俊秀的脸。

江流的眼眸中有那么一瞬间的闪烁，不过很快就消失了，他以为华笙没有发现。但华笙其实全部都看在眼里。

"没什么，就是梦见老虎要吃我什么的，乱七八糟的，可能是最近工作量太大，脑子太累了。"江流说。

华笙没说什么，也没有继续追问下去，但是这件事，她打算日后继续观察。

江流打完止痛针在医院又休息了两三个小时，天亮后才出院回家。

华笙不允许他上班，强迫他在家休息，所以江流给父亲打了电话请了假。银杏煮了一些白米粥，两人简单吃了一点，就休息了。本来昨晚就没睡好，华笙只睡了两小时就起来了，江流倒是睡得很沉。

华笙有些心慌，她走到阳台上，看着窗外的景色，心里有一种不太好的预感。

想了半天，她打了一个电话给风兮。

"风兮，我想问你一件事，你如实相告，可以吗？"

"这么严肃，你说说看。"风兮正在看电视，手里还拿着苹果啃。

华笙犹豫了一下，才轻声问："你师父除了能解毒之外，我听说他还有一个本事，会看相。虽然我不太相信这种迷信，但也挺好奇的。他知道我和江流的生辰八字，有没有说过我们俩的缘分如何？在一起合不合？有没有夫妻缘分？"

风兮听完，只是短暂地沉默。

"他有说，是吗？你如实相告，不要隐瞒一个字，求你。"华笙深吸一口气，有些难受，因为风兮的反应让她觉得不太妙。

"我师父说……情深不寿。"风兮也不好隐瞒，只能如实相告，但是华笙听完肯定会难过，"情深不寿"这四个字足以虐死人。

虽然早有心理准备，可是听到这四字的时候，华笙心里还是咯噔一下。

"阿笙，实不相瞒，我师父也说了，你俩在一起注定一生曲折、一生波折。可我也知道现在劝你放手是不可能的，经历了那件事后，你就更懂得珍惜你俩之间的缘分。

"江流能为你做到那样，换作是我我也会感动。所以只能祝你历尽万难,最终能得偿所愿。"

风兮很少会说好听的话,但是华笙不一样,她俩是彼此很珍惜的朋友,所以真心想给予华笙祝福。

华笙沉默了几秒后,才说:"只要最后的结局是和他在一起,过程曲折点不算什么,再多的劫难也都会过去,只要最后我俩是在一起的就好,我会坚持下去。"

"是不是最近发生什么事了,好端端的,你怎么忽然问起这个?"

"我也不是很确定,但是江流确实有点不对劲。"

和风兮打完电话后,华笙也就更没有睡意了。小黑跑到她怀里撒娇,华笙都没有了往日的热情,害得小黑以为被主人冷落,可怜兮兮地一直伸舌头舔着华笙的手,一脸求宠的眼神。

"小姐,您在想什么?"

"没什么。"

"那您都在这里发呆半小时了,一言不发的。"银杏奇怪。

"没事,可能是最近太累了。"华笙走到落地窗前,看着外面白茫茫的一片,忽然烦躁起来。

情深不寿,这是多可怕的四个字。

"不管怎样,我认定江流了,命运也好,什么都好,都不能阻止我和他在一起,我华笙这辈子就与江流死磕到底了。"这是华笙内心深处的声音,她是一个信念极强的人。

如果没有救谢东瑶以及后续的那些事,也许她还会犹豫要不要继续相信江流。

从那时候她就想,江流这样的男人也许以后都不会再遇到,她不要错过一个能为自己舍命的男人。

"阿笙。"江流睡醒后,没看见华笙就下楼找人。

他一眼就看见她站在落地窗前,光着脚踩在地毯上。

华笙的脚很好看,洁白又精巧,指甲也是晶莹剔透,最主要的是她从不涂那些指甲油类的化学东西,一直保持原始自然色。

江流走过来,弯腰拿起一双拖鞋放在她脚边:"快穿上,凉。"

"有地毯。"她轻笑。

"那也凉,你身体弱,受不得一点风寒,乖。"

看华笙迟迟没动作,江流就蹲下去,抬起她的脚,耐心地帮她穿上拖鞋。

华笙低着头，看着脚下的男人，更坚定了内心深处的那个想法。

"干吗那样看着我？"江流抬起头，四目相对的瞬间，发现华笙用一种从未有过的眼神看着他。

"喜欢你。"

江流一怔，以为自己听错了。

"江太太，你能再重复一次吗？我没听清楚啊。"江流激动地站起来，双手牵起她。

"嗯，因为喜欢你，才用刚才那样的眼神看着你，这样回答，江先生可否满意？"华笙罕见地乖巧，又重复了一次。

窗外阳光洒落，凉风习习，打翻一地落叶，她站在落地窗旁，置身阳光下。

华笙心生感慨，她发现每个人其实都在感情中徘徊，前进。华芷和王君显的感情几经波折，最后电梯一吻，峰回路转。

华琳和白浩在生死离别的关头跨越阶层，喜结连理，日子虽然平凡，却非常幸福。

华青仍然在追求金钱的路上孤独前行，她和张倩其实是一种人，这两人互相争斗，实在令人唏嘘。两人后续会如何，恐怕只有她们自己才关心。

刘德凯背叛华枫，目前还在华青的威胁下战战兢兢，不可谓不悲哀。

风兮和秦皖豫最近好像擦出了火花。有时候这就是命运。谢东瑶苦追秦皖豫而不得，风兮却和他不知不觉就开始了爱情长跑。

谢东阳……这个让人头疼的男人，也是一个让人刮目相看的男人，他的执着，他的勇敢，都给了华笙深刻的印象。华笙也无法看清这个男人会有怎样的未来。

最后，江流，这个让她改变了自己的男人……

华笙第一次感觉自己站在了命运的十字路口，前方会是什么等着她，她不知道。江流，会是那个命中注定的人吗？

这一刻，华笙眼中星云流转，那是前所未有的坚定。

纵然情深不寿，她不会放弃对江流的爱，这一世，她只想和江流，相守到白头。